姜漢椿注譯

新譯唐摭言

三民書局印行

國家圖書館出版品預行編目資料

新譯唐摭言／姜漢椿注譯.－－初版一刷.－－臺北市：三民，2005
面； 公分.－－(古籍今注新譯叢書)

ISBN 957-14-3833-2 (精裝)
ISBN 957-14-3834-0 (平裝)

857.142　　93012574

網路書店位址 http://www.sanmin.com.tw

注譯者　姜漢椿
發行人　劉振強
著作財產權人　三民書局股份有限公司
臺北市復興北路386號
發行所　三民書局股份有限公司
地址／臺北市復興北路386號
電話／(02)25006600
郵撥／0009998-5
印刷所　三民書局股份有限公司
門市部　復北店／臺北市復興北路386號
重南店／臺北市重慶南路一段61號
初版一刷　2005年1月
編　號　S 032331
基本定價　拾　元
行政院新聞局登記證局版臺業字第〇二〇〇號

ISBN 957-14-3833-2 (精裝)

刊印古籍今注新譯叢書緣起

劉振強

人類歷史發展，每至偏執一端，往而不返的關頭，總有一股新興的反本運動繼起，要求回顧過往的源頭，從中汲取新生的創造力量。孔子所謂的述而不作，溫故知新，以及西方文藝復興所強調的再生精神，都體現了創造源頭這股日新不竭的力量。古典之所以重要，古籍之所以不可不讀，正在這層尋本與啟示的意義上。處於現代世界而倡言讀古書，並不是迷信傳統，更不是故步自封；而是當我們愈懂得聆聽來自根源的聲音，我們就愈懂得如何向歷史追問，也就愈能夠清醒正對當世的苦厄。要擴大心量，冥契古今心靈，會通宇宙精神，不能不由學會讀古書這一層根本的工夫做起。

基於這樣的想法，本局自草創以來，即懷著注譯傳統重要典籍的理想，由第一部的四書做起，希望藉由文字障礙的掃除，幫助有心的讀者，打開禁錮於古老話語中的豐沛寶藏。我們工作的原則是「兼取諸家，直注明解」。一方面熔鑄眾說，擇善而從；一方面也力求明白可喻，達到學術普及化的要求。叢書自陸續出刊以來，頗受各界的喜愛，使我們得到很大的鼓勵，也有信心繼續推廣這項工作。隨著海峽兩岸的交流，我們注譯的成員，也由臺灣各大學的教授，擴及大陸各有專長的學者。陣容的充實，使我們有更多的資源，整理更多樣化的古籍。兼採經、史、子、集四部的要典，重拾對通才器識的重視，將是我們進一步工作的目標。

古籍的注譯，固然是一件繁難的工作，但其實也只是整個工作的開端而已，最後的完成與意義的賦予，全賴讀者的閱讀與自得自證。我們期望這項工作能有助於為世界文化的未來匯流，注入一股源頭活水；也希望各界博雅君子不吝指正，讓我們的步伐能夠更堅穩地走下去。

新譯唐摭言 目次

卷一四

卷一五

附錄

導讀

一

選舉制度，在中國有悠久的歷史。

在漫長的封建社會中，選拔人才是封建王朝維護其統治的重要手段。先秦時期的世卿世祿制度，經歷了相當長的歷史階段，春秋戰國時期各國相繼變法及「百家爭鳴」的學術繁榮，使「士」這一階層登上了歷史舞臺。而西漢初年實行的「任子」的貲選制度，二千石以上高官子弟可任為郎。文帝時，曾下令諸侯王、公卿、郡守舉賢良能直諫者，文帝親自策試；到武帝時，又正式建立察舉制度，詔舉孝廉，賢良方正直言極諫之士，親自策問，又在京師設太學，設五經博士，置博士弟子，學成考試合格，可授予官職，這是一個由貴族或高官子弟世襲任官到一般平民按才能任官的過程，擴大了選拔人才的範圍。

魏晉時期，推行「九品中正法」，形成了察舉為豪強大族所壟斷的門閥制度，官員任用發展到了「上品無寒門，下品無勢族」的程度。南北朝以來，隨著豪強士族的衰落，察舉制度重又受到重視。南朝和北朝都恢復了舉秀才、舉孝廉的制度，同時，有些寒門子弟通過明經策試的方式進入仕途，秀才、明經科的開立，也逐漸成為制度。

隋朝建立後，文帝廢除了九品中正制及州郡長官辟舉佐吏的制度，各級官吏包括地方佐吏均由中央政府任命，官吏的任用不再受門第的限制。於是，培養和選拔新一代官吏的問題，便提到了隋王朝的面前，隋文帝想通過學校培養一批人才，「開仕進之路，停賢雋之人」，到文帝開皇七年，「制諸州歲貢三人」，正式設立了每年舉行的常貢，而且，隋代以後的科舉均以考試為主，這是中國古代選士制度的分水嶺。

科舉考試制度的開創，在一定程度上限制了門閥士族把持選舉的局面，為庶族地主及士人參加政權開闢了道路，擴大了統治階級的統治基礎，從此開創了中國開科取士的新紀元。然而，隋代的科舉制度尚屬開創階段，到了唐代，由於朝廷積極推行科舉考試制度，逐步擴大考試科目，增加考試內容，完善考試程序，從而使科舉考試制度取代了以薦舉為主的選舉制度，並由此形成了長達一千餘年的開科取士的封建考試制度。

二

有關唐代科舉制度的記載，除新舊《唐書》的〈選舉志〉、〈職官志〉，《通典》，《唐會要》，《唐六典》等典籍外，不能不提到五代王定保所著的《唐摭言》。

王定保，生平事跡可知者寥寥。現將能見到的有關記載摘錄如下：

宋陳振孫《直齋書錄解題》卷一一云：「《唐摭言》唐王定保撰，專記進士科名事，定保光化三年（九〇〇）進士，為吳融子華婿。喪亂後入湖南，弃其妻弗顧，士論不齒。」

《十國春秋》卷六二〈王定保傳〉云：「王定保，南昌人。舉唐光化三年進士第。南遊湖湘，不為馬氏所禮。已而為唐容管巡官，遭亂不得還，烈宗招禮之，辟為幕屬。及高祖欲稱帝，憚定保不從，先遣定保出使荊南。……大有初，官寧遠軍節度使。十三年冬，代趙損為中書侍郎、同平章事，不逾年卒。

定保善文辭，高祖常作南宮，極土木之盛，定保獻〈南宮七奇賦〉以美之，一時稱為絕倫。所著《摭言》十五卷。定保妻吳氏，唐侍郎子華女也。」

《四庫全書總目提要》云：「《唐摭言》十五卷，五代王定保撰。舊本不題其里貫，其序稱王溥為『從翁』，則溥之族也。陳振孫《書錄解題》謂定保為吳融之婿，光化三年進士，喪亂後入湖南。《五代史・南漢世家》稱：定保為邕管巡官，遭亂，不得還，劉隱辟置幕府，至劉龑僭號之時尚在，其所終則不得而詳矣。考定保登第之後，距朱溫篡唐僅六年。又序中稱溥為『丞相』，則是書成於周世宗顯德元年以後，故題唐國號，不復作內詞。然定保生於咸通庚寅（八七〇），至是年八十五矣。」

從上述各書記載中，可知王定保生平之大概。然王定保生於「咸通庚寅」（《唐摭言》卷三〈散序〉），自無問題，但關於他的卒年，按《十國春秋》載，當卒於南漢大有十三或十四年（即西元九四〇或九四一年），則為七十餘歲，而《四庫全書總目提要》則以為定保卒於後周顯德元年（九五四）以後，當為八十五歲，兩說不知孰是，暫且存疑。

三

《唐摭言》備載唐代科舉制度、士風習俗、詩人墨客的遺聞佚事，乃至許多詩人的零章斷句，讓讀者了解唐代科舉制度的種種情況。

《唐摭言》介紹了唐代科舉制特別是進士科的起源、沿革：進士科「隋大業中所置」，「然彰於武德而甲於貞觀」（卷一〈述進士上篇〉），進士及第是仕進的重要途徑，在社會上也有很高的地位，當時士大夫「雖位極人臣，不由進士者，終不為美」（卷一〈散序進士〉）。

為參加進士考試，各州郡在當地舉行考試後，選拔學業、德行優秀者入京參加禮部考試，稱為「解送」。州縣考試，及格者舉送尚書省，謂之「鄉貢」。鄉貢「每年十月隨計偕入貢」（卷一〈統序科第〉）。

鄉貢在唐代貢舉中一直占有重要地位，唐初，鄉貢人數各州郡均有限制，但「必有才行，不限其數」（卷一〈貢舉釐革并行鄉飲酒〉）。其後鄉貢大行，景雲年間，「鄉貢歲二三千人」（卷一〈鄉貢〉），可見鄉貢之盛。而其中尤以京兆府、同州、華州解送的舉人最為引人注目。京兆府「選材以百數為名，等列以十人為首」，即「率以在上十人，謂之等第，必求名實相副，以滋教化之源」，凡被列入「等第」的，有時全部及第，一般也「十得其七八」（卷二〈京兆府解送〉）。而「同華解最推利市，與京兆無異，若首送，無不捷者」（卷二〈爭解元〉）。

到唐玄宗時，整頓貢舉和學校，學校受到重視，應舉者竟集於國子監，李華、蕭穎士等名士皆由太學登科，故「是時常重兩監」，「開元已前，進士不由兩監者，深以為恥」（卷一〈兩監〉）。但到貞元後，因「膏粱之族，率以學校為鄙事」（卷一〈鄉貢〉），「殆絕於兩監矣」（卷一〈兩監〉），學校的地位才大為削弱。

唐代的科舉，特別是進士考試，《唐摭言》也有記述。縣的考試，一般由縣尉主持（見卷二〈恚恨〉），府州考試，一般由功曹或司功參軍主持其事（見卷二〈廢等第〉、〈爭解元〉），而京兆府解試，則一直「比同禮部三場試」（卷二〈為等第後久方及第〉）。唐代科舉，自初唐至武則天時，實行帖經、試雜文、對策三場考試的制度已正式確定下來。《摭言》卷一〈試雜文〉中說：「至神龍元年方行三場試，故常列詩賦題目於榜中矣。」至武則天垂拱年間以後，則又開詩賦文學取士之途（見卷一〈試雜文〉）。中唐以後，這一現象更為突出，把所作詩賦的好壞，作為錄取人才的主要標準。卷八〈已落重收〉載，李程應進士舉，試〈日五色賦〉，楊於陵看到賦稿後對李程說：「公今需作狀元。」第二天李程雜文榜落，楊於陵大為不平，把賦稿拿給知貢舉的李涓看，李涓看後也認為當今場中著有此賦「即非狀元不可」。

唐代科舉考試的一大特點，是行卷和請託之風盛行。請託之風，始於武則天時，此後則愈演愈烈。

上述李程事，即是在主考官過問下才得以改正，並擢為狀元。

又如卷六〈公薦〉中所記之事，也可見一斑：大和二年（八二八），太學博士吳武陵看到杜牧的〈阿房宮賦〉，認為「若其人，真王佐才也」，匆忙趕到主考官崔郾處，將杜牧推薦給他，並請求給予狀頭（即狀元）。由於狀頭早已許人，不得已，同意杜牧為第五人。崔郾當即向席上諸公宣布：「適吳太學以第五人見惠。」

舉子行卷，達官貴人是主要對象，同時，當時的著名文人及主考官均是舉子行卷的對象。如卷八〈遭遇〉中所記，牛錫庶、謝登二人連年應舉不第，貞元二年（七八六）隨計到長安後，到處投卷。一日，誤入蕭昕住宅。蕭昕以為二人是來請謁的，命左右延接，二人「因各以常行一軸面贄，大蒙稱賞。（蕭）昕以久無後進及門，見之甚善，因留連竟日」。這時正好蕭昕接到任命他復知貢舉的消息，二人告辭時，「昕面告之，復許以高第，竟如所諾」。

又有在赴京考試途中經過某地，因請謁而投獻的。如：

蔣凝，江東人，工於八韻，然其形不稱名。隨計途次襄陽，謁徐相商公，疑其假手，因試〈峴山懷古〉一篇。（卷七〈知己〉）

行卷主要是通過書信及所獻辭章，希望得到被行卷者的賞識和提攜，一旦被達官貴人或著名學者賞識，即可身價大增。卷六〈公薦〉載：貞元年間，牛僧孺以其所作一軸請謁於韓愈、皇甫湜，受到二人的稱賞。二人故意趁他外出時前往拜訪，並在其門上大書「韓愈、皇甫湜同訪幾官先輩，不遇」。第二天，京城中人得知韓愈、皇甫湜在牛僧孺住處題字，一時觀者如堵，「由是僧孺之名，大振天下。」

舉子參加考試，唐代初年由吏部考功司主持。卷一五〈雜記〉即記載武德五年（六二二），諸州所貢明經、進士、秀才等，由「考功員外郎申世寧考試」。到了開元年間，情況發生變化。據卷一〈進士歸禮部〉記載：

> 雋、秀等科，比皆考功主之。開元二十四年，李昂員外性剛急，不容物，以舉人皆飾名求稱，搖蕩主司，談毀失實，竊病之而將革焉。集貢士與之約曰：「文之美惡悉知之矣，考校取舍存乎至公，如有請託於時，求聲於人者，當首落之。」既而昂外舅常與進士李權鄰居相善，乃舉權於昂。昂怒，集貢人，召權庭數之。權謝曰：「人或猥知，竊聞於左右，非敢求也。」昂因曰：「觀眾君子之文，信美矣；然古人云：瑜不掩瑕，忠也。其有詞或不典，將與眾評之，若何？」皆曰：「唯公之命！」既出，權謂眾曰：「向之言，其意屬吾也。吾誠不第決矣，又何藉焉！」乃陰求昂瑕以待之。……（李昂）乃訴於執政，謂權風狂不遜。遂下權吏。初，昂強愎，不受囑請，及有請求者，莫不先從。由是庭議以省郎位輕，不足以臨多士，乃詔禮部侍郎專之矣。

由禮部侍郎專主貢舉，看似是偶然事件，但實際上這是與當時參加科舉者日益增多，權門貴盛對主司的囑請日益頻繁，高官子弟參加科舉者增多，以及相互之間結為朋黨而膽大氣粗有關。僅為從六品上的考功員外郎，既無力上抗高官的囑請，也無力應付不第舉子的喧訟，因此，提高主考官員的級別勢在必行，即貢舉改由禮部掌管，且由禮部侍郎一人專掌。此後，雖也有非禮部侍郎主持貢舉的情況，如元和十一年（八一六）李逢吉以中書舍人知貢舉等，但基本上由禮部侍郎職掌進士考試。此後，在科舉中由禮部主持一直延續到科舉的廢止。應該講，禮部主持考試從體制上說也有其合理性。早年，由吏部下屬的考功司主持考試，吏部又掌管官員的銓選，事權過重；貢舉改歸禮部後，考試機關和銓選機關就完全分離了，相對而言，則增加了考試的公正性和官員銓選的合理性。

《摭言》還記述了唐代考試的有關情況。進士考試的考場在尚書都省（卷一五〈雜記〉）。而考試，有時安排在夜間。裴坦知貢舉，其早年同學劉虛白應試，投詩云：「二十年前此夜中，一般燈燭一般風。不知歲月能多少，猶著麻衣待至公。」就是講夜間考試的情景（卷四〈與恩地舊交〉）。又如，咸通八年（八六七）韋承貽進士及第，策試之夜，潛記長句於都堂西南隅。詩云：

褒衣博帶滿塵埃，獨上都堂納試回。蓬巷幾時聞吉語，棘籬何日免重來？三條燭盡鐘初動，九轉丸成鼎未開。
殘月漸低人擾擾，不知誰是謫仙才？

白蓮千朵照廊明，一片昇平雅韻聲。纔唱第三條燭盡，南宮風景畫難成。（卷一五〈雜記〉）

此詩描繪出一幅舉子夤夜考試圖：應試舉人夜入考場，點燃起上千支蠟燭，像千朵白蓮把都省廊廡照得通明。隨著殘月漸低，三條燭盡，舉子心中的甘苦、期待和忐忑湧上心頭，「棘籬何日免重來」，「不知誰是謫仙才」，正反映了舉子們的心態。

唐代每科所取進士，根據當時情況，人數是不等的。而且，考試舉人的能否及第，主要由主持考試的官員定奪。但在初唐，進士的錄取名單都是要經過皇帝批准的。以後亦時有皇帝干預進士錄取的情況。如長慶年間，陳商放榜，穆宗怪無顧非熊名，「詔有司追榜放及第」（卷八〈已落重收〉）。咸通年間懿宗還敕賜韋保乂、劉鄴進士及第（卷九〈敕賜及第〉）。不僅是皇帝，宰相對進士的錄取也時加干涉。如貞元四年（七八八），劉太貞知貢舉，「將放榜，先巡宅呈宰相。榜中有姓朱人及第，宰相以朱泚近大逆，未欲以此姓及第，亟遣易之」，劉太貞大為驚愕，腦中一時只記得有舉人包誼，臨時以包誼代替，包誼因而及第（卷八〈誤放〉）。武則天以後，奔競之風漸起，「請託大行」，固然有些知貢舉者能拒絕權貴的請託，但也有不少主考官盡量滿足權勢者的要求，甚至有因此而受到處罰的官員。如咸通四年（八六三）蕭倣掌貢舉因放故人及第而被貶為蘄州刺史，他在給上司的文書中就談到「常年榜帖，並他人主張，凡是舊知，先當垂翅」（卷一四〈主司失意〉）。唐代科舉進士錄取的情況由此可見。

考試結束後，一項重要的事情是「放榜」。進士放榜是在春天，故稱之為春榜；時人又稱之為「金榜」。放榜一般是在二月，但也有早在正月，遲至三月的（見卷二〈恚恨〉），沒有固定的日期。

放榜對於應試者而言，是性命攸關的大事。新科進士按名次先後排列，第一名即狀元排在最前面，稱狀頭或榜頭。貢舉歸禮部後，放榜的地點在禮部南院東牆。卷一五〈雜記〉云：

進士舊例於都省考試，南院放榜（原注：南院乃禮部主事領受文書於此，凡版樣及諸色條流，多於此列之），張榜牆乃南院東牆也。別築起一堵，高丈餘，外有壖垣。未辨色，即自北院將榜就南院張挂之。元和六年，為監生郭東里決破棘籬（原注：籬在垣牆之下，南院正門外亦有之），圻裂文榜，因之後來多以虛榜自省門而出，正榜張亦稍晚。

榜頭由黃紙四張豎黏而成，以氈筆淡墨寫「禮部貢院」四字，和以濃墨書寫的新科進士姓名相映成趣。

放榜的時間是在凌晨。榜於曙色朦朧中張貼。清晨禁鼓初鳴，宵禁解除，就算正式發榜了。大部分應舉者都會前去觀榜的，但惟有及第者列隊而出，並有進士團為之開道。除了張榜公布，榜還要流傳到各地，周聞天下。且進士團還要遣人齎榜，叩關相報。

新科進士及第後，還有一系列儀式。

進士放榜畢，要參見宰相。其日，進士團在大明宮內光範門裡東廊供帳備酒食，新進士在此集合，等候宰相上堂後參見。宰相到齊後，橫排站在都堂門內，新科進士在主考官率領下參見宰相，狀元出列致詞。然後，自狀元以下，一一通報姓名。此後主考官向宰相長揖施禮，整個儀式就結束了。參見宰相後，還要由主司率領新科進士至舍人院，拜見中書舍人。因參見宰相是在中書省都堂，因此也叫「過堂」

（見卷三〈過堂〉）。

過堂後，新科進士便要向掌貢舉的禮部侍郎或其他知貢舉官員謝恩。謝恩一般多在主司住宅進行，也有在都省或貢院進行的。掌貢舉的主司被稱為座主，新科進士自稱門生。謝恩時，新科進士到主司宅門前下馬，排列成行，呈送名紙，通報後入門，排列階下，狀元出列致詞，然後新進士一一拜見主司並謝恩，狀元還要曲謝名第。禮畢，新科進士退出。第一次謝恩，主要是禮節性的，主要表明座主、門生關係的確立。三日後，再次拜見座主，稱「曲謝」。曲謝時，「主司方一一言及薦導之處，俾其各謝挈維之力；苟特達而取，亦要言之」。唐後期通過進士科而建立起來的官僚關係網，在謝恩和曲謝這兩次活動中集中反映出來（見卷三〈謝恩〉）。

新科進士也有聚會活動，稱作期集。聚會的地點就在主司住宅附近，係臨時由進士團代為租用，稱為期集院。院內供帳宴饌，豪華豐盛。大凡正式錄取的敕文下來以前，每日都要期集，其間還要兩度詣主司之門參謁（見卷三〈期集〉、〈散序〉）。

進士及第，只是取得出身資格。新科進士還要到吏部參加關試，由吏部員外郎試判兩節。關試時，新科進士要向吏部員外郎謝恩，稱門生，謂之「一日門生」。新科進士經過關試，當年關送吏部，「自此方屬吏部矣」，這才取得了到吏部參加銓選授官的資格，開始步入仕途（見卷三〈關試〉）。

關試後，新科進士大宴於城東南的曲江亭子，四海之內，水陸之珍，靡不畢備。並請教坊派樂隊演奏助興。有時皇帝也登上曲江南岸的紫雲樓，垂簾觀看。曲江大會在關試後舉行，故稱「關宴」。宴會後新科進士將各奔東西，因而亦稱「離會」（見卷一〈述進士下篇〉、卷三〈散序〉）。

關宴過後，新科進士還要期集於曲江北岸的慈恩寺大雁塔下題名，這在當時人看來是一件極為榮耀的事，因而新科進士那春風得意的情狀和對座主的感激之情，往往在題名後的詩作中表現得淋漓盡致（卷三〈慈恩寺題名遊賞賦詠雜紀〉）。

由上面簡略的論述中可知，《摭言》確實包容了唐代科舉方方面面的內容。此外，書中還為我們留下了許多唐代文人墨客的趣聞軼事。如卷五〈以其人不稱才試而後驚〉載：

王勃著〈滕王閣序〉，時年十四。都督閻公不之信，勃雖在座，而閻公意屬子婿孟學士者為之，已宿構矣。及以紙筆巡讓賓客，勃不辭讓。公大怒，拂衣而起；專令人伺其下筆。第一報云：「南昌故郡，洪都新府。」公曰：「亦是老先生常談！」又報云：「星分翼軫，地接衡廬。」公聞之，沉吟不言。又云：「落霞與孤鶩齊飛，秋水共長天一色。」公矍然而起曰：「此真天才，當垂不朽矣！」遂亟請宴所，極歡而罷。

文中所記王勃年齡，似與實際情況不符，但卻充分顯示出王勃才思敏捷，走筆如神的才氣。又如卷七〈知己〉載：

白（居易）樂天初舉，名未振，以歌詩謁顧況。況謔之曰：「長安百物貴，居大不易。」及讀至〈賦得原上草送友人〉詩曰：「野火燒不盡，春風吹又生。」況歎之曰：「有句如此，居天下有甚難！老夫前言戲之耳。」

寫出了白居易的千古名句令當時著名學者折服的趣事。最有趣的是，書中記載杜甫酒後失態之事：

杜工部在蜀，醉後登嚴武之牀，厲聲問武曰：「公是嚴挺之子否？」武色變。甫復曰：「僕乃杜審言兒。」於是少解。（卷一二〈酒失〉）

極其簡略的敘述，活脫脫地顯現了杜甫不為人知的另一面。

在中國流傳至今的數量繁多的筆記中，《唐摭言》堪稱是獨一無二的專記科舉的筆記。該書的價值，誠如《四庫全書總目提要》所云：「是書述有唐一代貢舉之制特詳，多史志所未及。其一切雜事，亦足以覘名場之風氣，驗士習之淳澆。法戒兼陳，可為永鑒。」《唐摭言》為我們提供了研究唐代科舉制度彌足珍貴的資料。

《唐摭言》內容豐富，資料價值高。但因該書係筆記體的著作，作者所記，多出自傳聞及他人言談，因而該書也不可避免地存在不足之處。

首先，表現在該書的缺乏系統性和條理性。雖然作者在撰寫時有意地將相關的內容歸在同一條目中，且以科舉沿革為綱加以敘述，但總給人有缺乏整體感、內容駁雜之感。

其次，《摭言》當非作者一時所作，或許前後經歷過相當時日，因而，書中內容重複之處不少。如：卷二〈爭解元〉與卷五〈以其人不稱才試而後驚〉中盧弘正、馬植內容重出；卷八〈誤放〉與卷一三〈無名子謗議〉中顏標事重出；卷八〈別頭及第〉與卷一一〈已得復失〉中楊知至事重出；卷九〈好知己惡及第〉與卷一〇〈海敘不遇〉中章碣事重出，等等。而閩中進士歐陽詹事在書中數次出現。

更有甚者，在卷七〈知己〉條中，將李華所撰〈三賢論〉所指的劉迅、蕭穎士、元德秀中的劉迅，誤作劉眘虛。

此外，還有不少將人名張冠李戴、人名搞錯、官職搞錯等情況，筆者已在注釋中予以糾正，讀者在讀此書時自可了解。

儘管《唐摭言》存在種種不足，但瑕不掩瑜，該書在研究中國科舉制度史上的歷史地位及其價值是不可否定的。

四

最後，再談談本書的版本。據《四庫全書》（文淵閣本）書後所附跋語可知，《唐摭言》最初刊印於南宋嘉定辛未（即嘉定四年，西元一二一一年），此後少見流傳。至清代刊印後始得傳播。筆者此次為《唐摭言》作注，是以上海古典文學出版社一九五七年四月出版的《唐摭言》點校本為工作本，注釋時，對點校本中的標點錯誤揣以己意作了改正，並參閱了新、舊《唐書》、《唐國史補》、《全唐文》、《全唐詩》、《登科記考》、《唐才子傳》、《唐詩紀事》諸書，盡可能地對書中內容作出準確的注釋；但限於學識，自感有些地方的注釋不盡如人意，尚有一些地方未能注明出處，希望得到讀者朋友的諒解，並懇切地希望得到專家學者的指教，以便在日後有機會對不足之處予以訂正。

姜漢椿

於上海華東師範大學

二〇〇四年十月

卷一

統序科第

【題解】在中國古代漫長的歲月裡，人才的選拔歷來受朝廷重視。這一節，就是簡略地介紹了從古至唐選拔人才制度的沿革。

《周禮》❶，鄉大夫❷具鄉飲酒❸之教，考其德行，察其道藝❹，三年，舉賢者貢於王庭。非夫鄉舉里選❺之義源於中古❻乎？夫子❼聖人，始以四科❽齒❾門弟子，後王因而範❿之。漢革秦亂，講求典禮⓫，亦解⓬循塗方轍⓭，以須賢俊；考德行則升⓮孝廉⓯而激⓰浮俗，掄道藝則第雋造而廣人文⓱，故郡國⓲貢士無虛歲矣。繇是天下上計⓳集於大司徒⓴府，所以顯㉑五教㉒於萬民者也。我唐沿隋法漢，孜孜矻矻㉓，以事草澤㉔。琴瑟不改，而清濁殊塗；丹漆不施，而豐儉異致㉕。始自武德辛巳㉖歲四月一日，敕㉗諸州學士㉘及早有明經㉙及秀才㉚、俊士㉛、進士㉜，明於理體，為鄉里所稱者，委本縣考試，州長重覆，取其合格，每年十月隨物入貢。斯我唐貢士之始也。厥㉝有沿革，錄之如左。

【注釋】❶周禮　亦稱《周官》或《周官經》。儒家經典之一。搜集周王室官制和戰國時代各國制度，添附儒家政治理想，增減排比而成的匯編。有東漢鄭玄《周禮注》，唐賈公彥《周禮正義》。❷鄉大夫　周官名。天子六鄉，每鄉以卿一人各掌其政教禁令，位在司徒之下。❸鄉飲酒　即鄉飲酒禮。周代鄉學三年業成考核，考其德行學識優異者，薦於諸侯，將行之時，由鄉大夫設酒宴以賓禮相待。❹道藝　指學問和技能。❺鄉舉里選　從鄉里中考察推薦。❻中古　次於上古的時代。由於古人所處時代不同，所指時期不一。❼夫子　即孔子。❽四科　語出《論語・先進》。指德行、言語、政事、文學四科。❾齒列。猶言區分。❿範　效法；取法。⓫典禮　制度禮儀。⓬解　理解；能夠。⓭循塗方轍　即循塗守轍。遵守規矩。⓮升　向上舉薦。⓯孝廉　漢代選拔官吏的科目之一。始於董仲舒的奏請，與賢良同由各郡國在所屬吏民中薦舉。舉孝廉者往往被任為「郎」。在東漢尤為求仕進者必由之路。⓰激　抑制。⓱掄道藝則第雋造而廣人文　此句意為選拔學問技能則品評才智出眾之才而推廣禮樂教化。掄，選擇；選拔。第，品第；評定。雋造，才智出眾之人。人文，指禮樂教化。⓲郡國　漢初，郡和王國同為地方高級行政區劃。郡直隸中央，王國由分封的諸王統治。吳楚等七國亂後，王國權力削弱，上、中級官員均由中央政府任免，王國名存實亡。南北朝仍沿郡國並置之制，郡之長官為太守，國之長官為國相或內史，其實已無區別。至隋始廢國存郡。⓳上計　戰國、秦、漢時地方官於年終將境內戶口、賦稅、盜賊、獄訟等項編造計簿，遣吏逐級上報，奏呈朝廷，借資考績，謂之上計。⓴大司徒　官名。漢哀帝時罷丞相，置大司徒，與大司馬、大司空並稱三公。東漢時稱司徒。㉑顯　顯揚；昭示。㉒五教　五常之教。指父義、母慈、兄友、弟恭、子孝五種倫理道德的教育。㉓孜孜矻矻　勤勉不懈貌。㉔草澤　在野之士；平民。㉕琴瑟四句　意為雖沿隋法漢，然實質是大不相同的。㉖武德辛巳　即武德四年（六二一）。武德，唐高祖年號。㉗敕　皇帝詔書。㉘學士　指在國學讀書的學生，亦指普通讀書人。㉙明經　唐代科舉制度中的科目之一。與進士科並列，主要考試經義。㉚秀才　別稱茂才。本係通稱才之秀者，漢以來成為薦舉人員科目之一。南北朝時最重此科。唐初置秀才科，後漸廢去，僅作為對一般讀書人的泛稱。㉛俊士　唐代取士科目之一。㉜進士　唐代科舉取士科目之一，且最為重要。㉝厥　其。

【語　譯】《周禮》載，鄉大夫掌鄉飲酒之政教，考核鄉學士人的德操品行，考察他們的學問技能，三年業成，選拔賢能者薦舉給朝廷。這不正是鄉舉里選的本義起源於中古時代嗎？聖人孔夫子，從他開始用四科來區分門下弟子，後代君王因襲且效法此舉。漢朝革除秦代亂政，注重制度禮儀，也能夠遵守規矩，以待賢俊之才。考察德操品行則舉薦孝廉方正之人而抑制浮薄習俗，選拔學問技能則品評才智出眾之才而推廣禮樂教化，故而郡國薦舉人才沒有停過一年。由此天下上報的計簿匯集在大司徒府中，用來向天下百姓顯揚五教之義。我大唐沿襲隋代效法漢朝，勤勉不懈，以奉在野之士。雖然看來像琴瑟沒有改變，然而所奏之樂清濁不同；如不施朱漆，但豐盛儉約情況各異。始於武德四年四月一日，高祖下詔對各州學士及早已有明經身分以及秀才、俊士、進士等人，明於事理，又為鄉里所稱譽者，委託本縣進行考試，州郡長官再加覆核，選取其中合格者，每年十月隨同各地物產進貢之時舉薦給朝廷。這是我大唐州郡向朝廷薦舉人才的開始。其後的沿革變化，記錄如左。

貢舉釐革并行鄉飲酒

【題　解】此介紹唐開元年間貢舉及鄉飲酒之情況。

開元❶二十五年❷二月敕應諸州貢士❸：上州❹歲貢三人，中州二人，下州一人；必❺有才行，不限其數。所宜貢之解送❻之日，行鄉飲禮❼，牲❽用少牢❾，以官物充❿。

【注　釋】❶開元　(七一三～七二九) 唐玄宗年號。❷二十五年　西元七三七年。❸貢士　地方向朝廷薦舉人才。❹上州唐代州的等級名。一般按其所在地位的輕重、轄境大小和經濟開發程度劃分。《通典．職官》：「開元中定天下州府自京都及都督、都護府之外，以近畿之州為四輔，其餘為六雄、十望、十緊及上、中、下之差。」❺必　確實；一定。❻解送　選送。❼鄉飲禮　即鄉飲酒禮。❽牲　供祭祀、盟誓和食用的家畜。❾少牢　舊時祭祀用的犧牲，牛、羊、豕俱用叫太牢，只用羊、豕二牲叫少牢。❿充　抵償。

【語譯】玄宗開元二十五年二月下詔接受各州向朝廷薦舉人才：上州每年薦舉三人，中州二人，下州一人；如確有才能操行，不限此數。所適宜薦舉之人於選送之日，各州舉行鄉飲酒禮，所用供品用少牢，所需費用由官府物品抵償。

會昌五年❶舉格❷節文❸

【題解】從唐武宗會昌五年的應試規定中，可以了解到國子監及各地選送的應試名額是各不相同的，並對各地選送舉人有相應的限制，對違規的官員也將給予處罰。

公卿百寮子弟及京畿❹內士人寄客❺外州府舉❻士人等修明經、進士業者，並隸名❼所在監❽及官學❾，仍精加考試。所送人數：其國子監明經，舊格每年送三百五十人，今請送三百人；進士，依舊格送三十人；其隸名明經，亦請送二百人；其宗正寺❿進士，送二十人；其東監⓫同⓬、華⓭、河中⓮所送進士，不得過三十人，明經不得過五十人。其鳳翔⓯、山南西道東道⓰、荊南⓱、鄂岳⓲、湖南⓳、鄭滑⑳、浙西㉑、浙東㉒、鄜坊㉓、宣商㉔、涇邠㉕、江南㉖、江西㉗、淮南㉘、西川㉙、東川㉚、陝虢㉛等道㉜，所送進士不得過一十五人，明經不得過二十人。其河東㉝、陳許㉞、汴㉟、徐泗㊱、易定㊲、齊德㊳、魏博㊴、澤潞㊵、幽孟㊶、靈夏㊷、淄青㊸、鄆曹㊹、兗海㊺、鎮冀㊻、麟勝㊼等道，所送進士不得過一十人，明經不得過十五人。金汝㊽、鹽豐㊾、福建㊿、黔府(51)、桂府(52)、嶺南(53)、安南(54)、邕容(55)等道，所送進士不得過七人，明經不得過十人。其諸支郡(56)所送人數，請申(57)觀察使(58)為解(59)都送(60)，不得諸州各自申解(61)。諸州府所試進士雜文(62)，據元格(63)並合封送省(64)。准(65)開成三年(66)五月三日敕落下(67)者，今緣自不送。所試以來舉人(68)，公然(69)拔解(70)；今諸州府所試，各須封送省司(71)檢勘(72)，如病敗(73)不近詞理，州府妄給解者，試官(74)停見任(75)用闕(76)。

【注釋】❶會昌五年　西元八四五年。會昌，唐武宗年號。❷舉格　選拔的標準、規格。❸節文　減省文字。猶今之「節選」。❹京畿　國都及國都附近的地區。❺寄客　寄居他鄉之人。❻舉　選拔。❼隸名　隸屬於某部門而冊上有名。❽監　指國子監。國子監是唐代最高學府。❾官學　唐代太學、國子學、府州縣學均為官學。此指府州縣學。❿宗正寺　官署名。掌皇室親族屬籍之事務機關，政令仰承尚書省吏部。長官為宗正卿，次官為宗正少卿。⓫東監　唐東都洛陽國子監習稱東監。⓬同　同州。治今陝西大荔。⓭華　華州。治今陝西華縣。⓮河中　府名。唐開元八年升蒲州置。治所在河東（今山西永濟蒲州鎮）。⓯鳳翔　府名。唐至德二年升鳳翔郡為府。治所在天興（今陝西鳳翔）。⓰山南西道東道　即山南西道、山南東道。東道治襄州（今湖北襄樊），西道治梁州（後改興元府，今陝西漢中）。⓱荊南　唐方鎮名。至德二年（七五七）置。治荊州

（後升江陵府，今湖北江陵）。⑱鄂岳　即鄂州、岳州。鄂州治江夏（今武漢市武昌）。岳州治巴陵（今岳陽市）。⑲湖南　唐方鎮名。廣德二年（七六四）置。初治衡州（今衡陽市），大曆四年（七六九）移治潭州（今長沙市）。轄境相當今湖南長沙以南和廣東連江流域地區。⑳鄭滑　即鄭州和滑州。鄭州治管城（今鄭州市）。滑州治白馬，即古滑臺城（今河南滑縣東滑縣城）。㉑浙西　唐方鎮名。即浙江西道，唐乾元元年（七五八）置。建中間建號鎮海軍。初治昇州（今江蘇南京），後移治蘇州（今江蘇蘇州）、宣州（今安徽宣城）；貞元後定治潤州（今江蘇鎮江）。唐末年又移治杭州（今浙江杭州）。㉒浙東　唐方鎮名。即浙江東道，乾元元年置。治越州（今浙江紹興）。中和以後，先後建號義勝軍、威勝軍和鎮東軍。乾寧中為浙西錢鏐所併。㉓鄜坊　即鄜州和坊州。鄜州，唐時曾改洛交郡，治洛交。坊州，唐武德二年（六一九）分鄜州置，治中部（今陝西黃陵東南）。㉔宣商　宣州及商州。宣州治宣城（今屬安徽）。商州，因古為商於之地，故名，治上洛（今商縣）。㉕涇邠　涇州與邠州。涇州，唐時曾改曰安定郡，尋復改涇州，治涇川（今甘肅涇川北）。邠州，唐開元十三年（七二五）改豳州為邠州，治新平（今陝西彬縣）。㉖江南　此似當指蘇南、皖南一帶。㉗江西　唐方鎮名。治洪州（今南昌市）。相當今江西省。㉘淮南　唐方鎮名。至德元年（七五六）置。治揚州。相當今蘇皖兩省江北、淮南地區。㉙西川　即劍南西川，唐方鎮名。至德二年分劍南節度使西部地置。治成都府（今四川成都）。㉚東川　即劍南東川，唐方鎮名。至德二年分劍南節度使東部地置。治梓州（今四川三台）。㉛陝虢　陝州和虢州。陝州治陝縣（今陝縣）。虢州，唐時治弘農（今河南靈寶）。㉜道　唐代的行政區劃。然此處之「道」不同於貞觀十道、開元十五道之道，多為方鎮所轄之地。略同於今之「地區」。㉝河東　唐方鎮名。開元十八年（七三〇）改太原府以北諸軍州節度為河東節度使，治太原（今山西太原西南晉源鎮）。㉞陳許　陳州和許州。陳州治宛丘（今河南淮陽）。許州治長社（今河南許昌）。㉟汴　汴州。治浚儀（今河南開封）。㊱徐泗　徐州和泗州。徐州治彭城（今江蘇徐州）。泗州治臨淮（今江蘇泗洪東南，盱眙對岸）。㊲易定　易州和定州。易州治今河北易縣。定州治安喜（今河北定縣）。㊳齊德　齊州和德州。齊州治歷城（今山東濟南）。德州今屬山東。㊴魏博　唐方鎮名。廣德元年（七六三）為收撫安史餘眾而設置的河北三鎮之一。治魏州（今河北大名東北）。㊵澤潞　唐方鎮名。又名昭義。至德元年置澤潞沁節度使，治潞州（今山西長治）。㊶幽孟　幽州和孟州。幽州治薊縣（今北京城西南）。孟州治河陽（今河南孟縣南）。㊷靈夏　靈州和夏州。靈州治迴樂（今寧夏靈武西南）。夏州治朔方（今陝西定邊白灣子）。㊸淄青　唐方鎮名。寶應元年（七六二）置。治青州（今山東益都）。㊹鄆曹　鄆州和曹州。鄆州治須昌（今山東東平西北）。曹州治濟陰（今山東曹縣西北）。㊺兗海　兗州和海州。兗州今屬山東。海州治朐山（今江蘇連雲港西南海州鎮）。㊻鎮冀　唐方鎮名。又名恆冀、成德。寶應元年置。為收撫安史餘眾而設置的河北三鎮之一。治恆州（後改鎮州，今河北正定）。(47)麟勝　麟州和勝州。麟州，唐開元十二年（七二四）置。治新秦（今陝西神木北）。勝州治榆林（今內蒙古準格爾旗東北十二連城）。(48)金汝　金州和汝州。金州治西城（今陝西安康）。汝州治梁縣（今河南臨汝）。(49)鹽豐　鹽州和豐州。鹽州治五原（今陝西定邊）。豐州治九原（今臨河東）。(50)福建　福州和建州。約相當今福建。(51)黔府　指今貴州之地。(52)桂府　今廣西桂林地區。(53)嶺南　唐方鎮名。開元二十一年置嶺南五府經略擊討使，治廣州。(54)安南　唐調露元年（六七九）在今越南北部置安南都護府，省稱安南府，「安南」之名始此。(55)邕容　邕州和容州。邕州治宣化（今廣西南寧南）。容州即今廣西容縣。(56)支郡　唐末五代時，各地節度使割據一方，兼領數州，稱為「支郡」。(57)申　舊時官府下級向上級行文稱「申」。(58)觀察使　觀察處置使之簡稱。唐乾元元年改採訪處置使為觀察處置使。由節度使兼領，兼理民事，成為道一級最高行政長官。不設節度使之道，即以觀察使為最高行政長官。(59)解　唐宋時，凡舉進士者，皆由地方推薦發送入京，稱為解。(60)都送　統一發送。(61)申解　選拔發送。(62)雜文　唐宋時科舉考試項目之一。宋王讜《唐語林．補遺四》：「又舊例，試雜文者，一詩一賦，或兼試頌論，而題目多為隱僻。」(63)元格　原來的規格、辦法。(64)省　指尚書省禮部。(65)准　依據；根據。(66)開成三年　西元八三八年。開成，唐文宗年號。(67)落下　除去。此猶言「淘汰」。(68)舉人　唐宋時被地方推舉而赴京都應科舉考試者。(69)公然　公開。(70)拔解　唐宋科舉制，應進士第，不經外府考試，而直接送禮部考試的叫做「拔解」。(71)省司　指尚書省有關官署。(72)檢勘　檢驗考核。(73)病敗　猶病弊。此指文章毛病多。(74)試官　主持考試的官員。(75)見任　現任。(76)用闕　任用官職。

【語譯】公卿百官子弟及京畿內的士人而寄居外地州府參加士人選拔等修習明經、進士之業者，一概將姓名隸屬所在的國子監及官學，仍舊要加以仔細的考試。所選送的人數：國子監修明經業者，原先的規格每年送三百五十人，今年呈請選送三百人；應進士試的，按原先的規格送三十人；屬於應明經試的，也呈請送二百人。宗正寺進士，送二十人；東都國子監，同、華州、河中府所送進士，不得超過三十人，明經不得超過五十人。鳳翔府、山南西道東道、荊南、鄂岳、湖南、鄭滑、浙西、浙東、鄜坊、宣商、涇邠、江南、江西、淮南、西川、東川、陝虢等道，所送進士不得超過十五人，明經不得超過二十人。河東、陳許、汴、徐泗、易定、齊德、魏博、澤潞、幽孟、靈夏、淄青、鄆曹、兗海、鎮冀、麟勝等道，所送進士不得超過十人，明經不得超過十五人。金汝、鹽豐、福建、黔府、桂府、嶺南、安南、邕容等道，所送進士不得超過七人，明經不得超過十人。而各支郡所選送人數，也須申文觀察使推薦統一發送，諸州不得各自自行選拔發送。諸州府所考的進士試雜文，據原來規定均應加封送尚書省。依據開成三年五月三日敕令未入選者，此次依然不再選送。參加考試以來的舉人，公開選拔直接赴禮部試者。現諸州府所考的試卷，各地須加封送尚書省有關官署檢驗考核，如果文章弊病百出文理不通，而州府妄自給予推薦發送的，試官將被停止現任官職。

述進士上篇

【題解】本節自唐咸亨年間去俊士、秀才科入進士科，轉而敘述進士試始於隋而盛於唐的概要。

永徽❶已❷前，俊、秀二科猶與進士並列；咸亨❸之後，凡由文學❹一舉於有司者，競❺集於進士矣。繇是趙傪❻等嘗刪去俊、秀，故目之曰「進士登科記」。古者，閭❼有序❽，鄉有庠，以時教❾行禮❿而視化⓫焉。其有秀異者，則升於諸侯之學；諸侯歲貢其尤著者，移之於天子，升於太學；故命曰造士⓬，然後命⓭焉。周禮：大樂正⓮論造士之秀者以告於王，而升諸司馬⓯；司馬辨論⓰官材⓱，論⓲進士⓳之賢以告於王者，而定其論。論定然後官之，任官然後爵之，位定然後祿之。若列之於科目，則俊、秀盛於漢、魏；而進士，隋大業⓴中所置也。如侯君素㉑、孫伏伽㉒，皆隋之進士也明矣。然彰㉓於武德㉔而甲㉕於貞觀㉖。蓋文皇帝㉗修文偃武，天贊神授，嘗私幸端門㉘，見新進士綴行㉙而出，喜曰：「天下英雄入吾彀中㉚矣！」若乃光宅㉛四夷㉜，垂祚㉝三百，何㉞莫由斯之道者也。

【注釋】❶永徽（六五〇～六五五）唐高宗年號。❷已 通「以」。❸咸亨（六七〇～六七三）唐高宗年號。❹文學 當時所設置的學科及科舉科目之一。❺競 爭著；爭相。此猶言「全都」。❻趙傪《因話錄》：「趙傪，貞元三年進士及第，當年制策登科。」嘗為《顯慶登科記》寫序，抑或即下文的「進士登科記」。❼閭 民戶聚居處，里巷。一說古時二十五家為閭。❽序 「序」及下文「庠」均為古代學校名稱。庠特指鄉學。❾時教 四時之教，各有正業。❿行禮 本指按一定的姿勢禮拜。此似有行為禮節之意。⓫化 教化。⓬造士 學業有成就的士子。⓭命 此有「任用」之意。⓮大樂正 古時樂官之長。⓯司馬 官名。相傳少昊始置。周時為六卿之一。⓰辨論 把對人進行考查後所作的鑒定加以認真分析。⓱官材 按照才能授予官職。⓲論 分析；評定。⓳進士 古代指貢舉的人才。⓴大業（六〇五～六一八）隋煬帝年號。㉑侯君素 侯白，字君素，《隋書》本傳載其「舉秀才」。㉒孫伏伽（？～六五八）唐貝州武城（今河北清河東北）人。隋大業末，為萬年縣法曹。唐武德初，舉進士。上言諫事，授治書侍御史，考第第一。太宗即位，累遷大理卿，出為陝州刺史，永徽五年致仕。㉓彰 顯揚。㉔武德（六一八～六二六）唐高祖年號。㉕甲 第一。㉖貞觀（六二七～六四九）唐太宗年號。㉗文皇帝 唐太宗李世民謚文皇帝。㉘端門 宮殿的正南門。㉙綴行 連接成行。㉚彀中 牢籠之中；圈套之中。㉛光宅 廣有。㉜四夷 本指四方少數民族，此指開邊拓地的疆土。㉝垂祚 傳代。此猶言「立國」。㉞何 誰；哪個。

【語譯】永徽年間以前，俊士、秀才二科尚與進士科並列；咸亨年間之後，凡是由文學一科應試於有關部門的，全都集中於進士科了。由此趙傪等人曾刪去俊士、秀才科，故而將其視之為「進士登科記」。古時候，里巷有序，鄉有庠，以四時、禮節之教觀察學子的教化。其中有優秀出眾的，則升入諸侯之學府；諸侯每年貢舉那些特別突出的，移送給天子，升入太學，所以將這些人叫做「造士」，然後加以任用。按照周禮：大樂正評定造士中之優秀者報告給周王，而推薦給司馬；司馬對之考查鑒定，按照才能授予官職，評定貢舉的人才中之賢能者向周王報告，而評定對其的考核。考核評定後任用為官；任用為官後授予官爵，爵位定後給予相應俸祿。如果將推薦人才列入科目，則俊士、秀才科興盛於漢、魏；而進士科是隋大業中所設置的。例如侯君素、孫伏伽，都是隋代的進士是明顯的，然而顯揚於武德年間而冠於貞觀年間。因為文皇帝修文偃武，天助神授，他曾私下臨幸宮禁正南大門，看到新進士列隊而出，高興地說：「天下英雄都入我的牢籠之中了！」一如廣有四海，傳國三百年，沒有人不經由此道啊。

述進士下篇

【題解】 此節所敘，主要係介紹李肇《唐國史補》中對進士試的各種當時流行的稱呼。

元和❶中，中書舍人❷李肇❸撰《國史補》❹，其略曰：進士為時所尚久矣，是故俊乂❺實在其中。由此而出者，終身為文人，故爭名常為時所弊❻。其都會❼謂之「舉場」，通稱謂之「秀才」，投刺❽謂之「鄉貢」，得第謂之「前進士」，互相推敬❾謂之「先輩」，俱捷❿謂之「同年」，近年及第，未過關試⓫，皆稱「新及第進士」，所以韓中丞儀⓬嘗有「知聞近過關試儀⓭」，以一篇紀之曰：「短行⓮納⓯了付三銓⓰，休把新銜惱必先⓱，今日便稱前進士，如留春色與明年。」有司謂之「座主⓲」，京兆府⓳考而升者謂之「等第⓴」，外府不試而貢者謂之「拔解」，然拔解亦須預託人為詞賦，非謂白薦。將試各相保謂之「合保」，群居而賦謂之「私試㉑」，造請權要謂之「關節」，激揚㉒聲價謂之「還往」，既捷，列名於慈恩寺塔㉓謂之「題名」，大燕㉔於曲江亭子謂之「曲江會」，曲江大會在關試後，亦謂之「關宴」。宴後同年各有所之，亦謂之為「離會」。藉而入選謂之「春關㉕」，不捷而醉飽謂之「打毷氉㉖」，匿名造謗㉗謂之「無名子」，退而肄業㉘謂之「過夏㉙」，執業㉚以出謂之「夏課㉛」，亦謂之「秋卷」。挾藏入試謂之「書策」，此其大略也。其風俗繫於先達㉜，其制置㉝存於有司。雖然，賢者得其大者，故位極人臣，常有十二三；登㉞顯列㉟，十有六七。而元魯山㊱、張睢陽㊲有焉，劉闢㊳、元脩㊴有焉。

【注　釋】❶元和　（八〇六～八二〇）唐憲宗年號。❷中書舍人　唐代中書舍人掌制誥，以有文學資望者充任。❸李肇　憲宗時任翰林學士。穆宗時，累遷尚書左司郎中、中書舍人。文宗時，因薦人不當，貶為將作少監。❹國史補　即《唐國史補》。此書記自開元至長慶年間事，共三百零八條，保存了不少職官、科舉等制度和社會風俗史料以及文學家、技藝家軼事，書中還記載了建立摩尼寺和鑒真東渡等事。❺俊乂　亦作「俊艾」。才德出眾之人。❻弊　病。❼都會　即試場。❽投刺　投遞名帖。刺，名刺。即名帖。❾推敬　推重尊敬。❿捷　此指得中、及第。⓫關試　唐宋時吏部對進士的考試。合格者方能為官。⓬韓中丞儀　韓儀，唐京兆萬年（今陝西西安）人，字羽光。以翰林學士為御史中丞。被朱滔貶為棣州司馬，歸，又為登州司戶參軍。⓭知聞近過關試儀　一作「記知聞近過試」。⓮短行　指短的詩篇。⓯納　交。猶言「呈上」。納，一作「軸」。⓰三銓　唐代選官制度。六品以下官由吏、兵二部選授。銓試時分為三組，尚書掌其一，稱尚書銓；侍郎分掌其二。吏部稱中銓與東銓，兵部稱中銓與西銓。初以尚書掌六、七品選，侍郎掌八、九品選。景雲初，始通其品，而分典之。開元十三年（七二五），以吏部選事不公，乃置十銓選人。次年，復為三銓。⓱必先　唐時應試舉子相互間的一種稱謂。謂其登第必在同輩之先，有推敬之意。亦稱下第的同人。此指後者。⓲座主　唐宋時稱主試官為「座主」。⓳京兆府　唐府名。武德元年（六一八）置雍州。開元元年（七一三）改京兆府，治長安（今陝西西安）。⓴等第　唐代科舉，由京兆府考試後選送前十名升入禮部再試，稱為「等第」。㉑私試　唐宋時聚集進士定期舉行的臨時考試。多與「公試」相對。㉒激揚　激勵宣揚。㉓燕　通「宴」。㉔慈恩寺塔　即大雁塔。唐代每科進士在大雁塔刻石題名，被視為榮耀之事。㉕春關　唐宋時舉進士，登記入選，謂之春關。發給的憑證，亦稱春關。㉖毷氉　亦作「𣯫氉」。煩惱；鬱悶。㉗造謗　誹謗；毀人名譽。㉘肄業　修習課業。㉙過夏 唐時舉子下第後在京重新攻讀以待再試。㉚執業 課讀。㉛夏課 唐代舉子下第後寄居京師過夏，課讀為文，謂之「夏課」。㉜先達 有德行學問的前輩。㉝制置 規劃；處理。此有「處置之權」之意。㉞登 躋身。㉟顯列 顯要的行列。顯，顯要；顯貴。㊱元魯山 元德秀，字紫芝，唐河南人。嘗任魯山令，因稱元魯山。登開元二十一年進士第。德秀少孤貧，事母以孝聞。開元中從鄉賦，歲遊京師。不忍離親，每行則自負板輿，與母詣長安。登第後母亡，廬於墓所。㊲張睢陽 張巡（七〇九～七五七），唐蒲州河東（今山西永濟西）人，一說鄧州南陽（今屬河南）人。博通群書，曉軍事。開元進士。為地方官，有政聲。安祿山反，他率吏民起兵抗擊叛軍。至德二年（七五七）移守睢陽（今河南商丘南），與太守許遠合兵六千餘人守城，阻止叛軍南下。前後大小四百餘戰，殺敵十二萬。城中食盡，又因臨淮（今江蘇盱眙北）河南節度使賀蘭進明不出兵增援，城陷被俘，不屈而死。後人稱張巡為張睢陽。㊳劉闢 （?～八〇六）字太初。貞元進士，登博學宏辭科。劍南西川節度使韋皋辟為從事。永貞元年（八〇五）皋死，自為留後，拒憲宗徵召，得充劍南西川節度使。次年，勢益驕，求統三川，舉兵圍梓州。憲宗派兵進討，破成都，被擒送京師處斬。㊴元翛 未見著錄，事跡未詳。

【語譯】元和年間，中書舍人李肇撰寫《國史補》，書中大略說：進士為時世所推崇由來已久了，故而才德出眾之人確實在其中。由進士之途而出身者，終身為文人，所以他們爭奪名利也為當時所病。當時把試場叫做「舉場」，應試者通稱叫做「秀才」，投遞名帖叫做「鄉貢」，及第叫做「前進士」，互相推重尊敬稱為「先輩」，同時得中叫做「同年」，近年及第者，未經過關試，都稱「新及第進士」，所以御史中丞韓儀曾有「知聞近過關試儀」詩，用這一篇詩記此事云：「短行納了付三銓，休把新銜惱必先。今日便稱前進士，如留春色與明年。」主試官叫做「座主」，京兆府考試中選送參加禮部試的叫做「等第」，外地州府不經考試而舉薦者叫做「拔解」，然而拔解亦須預先託人作詞賦，並不是憑空推薦。將要考試前各自相互擔保叫做「合保」，集中居住而考試叫做「私試」，造訪干請權要叫做「關節」，激勵宣揚聲價叫做「還往」，既已得中，列姓名於慈恩寺塔叫做「題名」，在曲江亭子舉行盛大宴會叫做「曲江會」，曲江大會在關試後舉行，亦叫做「關宴」。宴會後，同年進士各自前往各地，因而宴會也叫做「離會」。藉此而入選者叫做「春闈」，未得中而醉飽叫做「打毷氉」，匿名誹謗叫做「無名子」，下第後修習課業叫做「過夏」，課讀為文、寄居京師叫做「夏課」，亦叫做「秋卷」。挾帶藏掖進入試場叫做「書策」，這些是進士試的大要。當時的風俗繫於有德行學問的前輩，處置之權存於有關官署。雖然如此，賢能者從進士中得到的是大量的。所以位極人臣者，出身於進士的常常十有二三；躋身顯要者，出身於進士的十有六七。而元魯山、張睢陽這樣的人進士中有之，劉闢、元翛之類進士中亦有之。

散序進士

【題解】 進士為仕進之途，亦是社會身分的象徵。讀書人為躋身進士之列，便身不由己地擠上了科舉的獨木橋，也便有了「三十老明經，五十少進士」之嘆，有了白首窮經、終老科場的悲劇。

進士科始於隋大業中，盛於貞觀、永徽之際；縉紳❶雖位極人臣，不由進士者，終不為美，以至歲貢常不減八九百人。其推重謂之「白衣公卿❷」，又曰「一品白衫」；其艱難謂之「三十老明經，五十少進士」；其負倜儻❸之才，變通❹之術，蘇、張❺之辨說，荊、聶❻之膽氣，仲由❼之武勇，子房❽之籌畫，宏羊❾之書計❿，方朔⓫之詼諧，咸以是而晦⓬之，修身慎行，雖處子⓭之不若；其有老死於文場者，亦所無恨。故有詩云：「太宗皇帝真長策，賺得英雄盡白頭！」獨孤及⓮撰〈河南府法曹參軍⓯張從師墓誌〉云：「從師祖損之，隋大業中進士甲科⓰，位至侍御史諸曹員外郎。損之生法，以碩學⓱麗藻，名動京師，亦舉進士，自監察御史為會稽⑱令。」

【注釋】❶縉紳 插笏於紳帶間，舊時官宦的裝束。亦借指士大夫。❷白衣公卿 唐代推崇進士的稱號，中了進士，被視為白衣公卿。白衣係古代平民服，中了進士，尚無官職，故稱。❸倜儻 卓異；不同尋常。❹變通 不拘常規，因地、因時制宜。❺蘇張 指戰國時縱橫家蘇秦、張儀。兩人均極有辯才，故有「辨說」之語。蘇秦，戰國時東周洛陽（今河南洛陽東）人，字季子。奉燕昭王命入齊，從事反間活動。善於辭說，齊湣王末年被任為齊相，合縱山東五國攻秦，被趙封為武安君。後因反間活動暴露，被車裂而死。《漢書·藝文志》縱橫家有《蘇子》三十一篇，今佚。馬王堆漢墓出土帛書《戰國縱橫家書》保存有蘇秦的書信和游說辭十六章。張儀（？～前三一〇），戰國時魏國貴族後代。秦惠文君十年（前三二八）任秦相。封武信君。游說各國服從秦國，瓦解齊楚聯盟。秦武王即位後，他入魏為相，不久即死。❻荊聶 指戰國時的刺客荊軻和聶政。荊軻（？～前二二七），戰國時衛國人，衛人叫他慶卿。遊歷燕國，燕人叫他荊卿，亦稱荊叔。後被燕太子丹尊為上卿，派他去刺秦王政（即秦始皇）。燕王喜二十八年（前二二七），帶著秦逃亡將軍樊於期的頭和夾有匕首的督亢地圖，作為獻給秦王的禮物。獻圖時，圖窮而匕首現，刺秦王不中，被殺死。聶政（？～前三九七），戰國時韓國軹（今河南濟源東南）人。韓烈侯時，嚴遂和相國俠累（即韓傀）爭權結怨，求其代為報仇，他入相府刺死俠累，後自殺死。❼仲由 字子路，一字季路。春秋魯卞（今山東泗水）人。孔子學生，性爽直勇敢。《孔子家語》稱其「有勇力才藝，以政事著名」。❽子房 張良（？～前一八六），字子房，相傳為城父（今河南郟縣東）人。戰國韓國貴族後裔。秦滅韓，他圖謀恢復韓國，結交刺客，在博浪沙狙擊秦始皇未中。傳說他逃亡至下邳時，遇黃石公，得《太公兵法》。秦末農民戰爭中，聚眾歸劉邦，成為劉邦重要謀士。楚漢戰爭期間，其許多謀略，都為劉邦採納。漢朝建立，封留侯。❾宏羊 即桑弘羊（前一五二～前八〇）。西漢政治家，擅於理財。洛陽人。武帝時，任治粟都尉，領大司農。制訂、推行鹽鐵酒類的官營專賣，設立平準、均輸機構控制全國商品，這些措施增加了西漢政府的財政收入，打擊了富商大賈的勢力。又主張積極抗擊匈奴。昭帝年幼即位，與霍光、金日磾共同輔政，任御史大夫。始元六年（前八一）召開鹽鐵會議，他在會上堅持鹽鐵官營政策。次年，被指為與上官桀等謀廢昭帝而立燕王旦，被殺。❿書計 文字與籌算。此有「精於計算」之意。⓫方朔 東方朔（前一五四～前九三），字曼倩，平原厭次（今山東惠民）人，西漢文學家。武帝時，為太中大夫。性詼諧滑稽。善辭賦。後來關於他的傳說很多。《漢書·藝文志》雜家有《東方朔》二十篇，今散佚。⓬晦 暗；不明。指具有這些歷史上的名人之才而因不是進士而不顯揚。⓭處子 猶處士。指有才德而隱居不仕之人。⑭獨孤及　（七二五～七七七）字至之，唐洛陽人。天寶末以道舉高第。代宗時，為左拾遺，歷太常博士，濠州、舒州、常州刺史等，俱有惠政。善寫古文，長於議論，與李華、蕭穎士齊名。門人編成《毗陵集》三十卷。⑮法曹參軍　即法曹參軍事。官名。隋唐五代為府州佐官。掌律令、刑獄、盜賊、贓贖等事。⑯甲科　唐代明經有甲、乙、丙、丁四科，進士有甲、乙兩科。⑰碩學　博學；學問淵博。⑱會稽　今浙江紹興。

【語　譯】進士科始設於隋大業年間，興盛於貞觀、永徽之際。士大夫即使位極人臣，然而不由進士出身者，終覺不完美，以至於每年舉薦應試者不下八九百人。進士受推重被稱為「白衣公卿」，又叫「一品白衫」；進士考試之艱難稱作「三十老明經，五十少進士」。那些負倜儻之才，變通之術，有蘇、張之辨說，具荊、聶之膽氣，仲由之武勇，子房之籌劃，弘羊之書計，東方朔之詼諧者，皆因不是進士而不顯揚。修身慎行，即使是處士也比不上。甚至有老死於科場者，至死也無所悔恨。故而有詩云：「太宗皇帝真有長策，賺得英雄盡是白頭！」獨孤及撰寫的〈河南府法曹參軍張從師墓誌〉云：「從師祖父損之，隋大業間中進士甲科，位至侍御史諸曹員外郎。損之生下了法，也以學識淵博辭采華麗，名動京師，亦中進士，自監察御史為會稽令。」

兩監

【題　解】國子監是唐代最高學府，朝廷在東西兩京設東西兩監，且進士以由兩監出身為榮。唐朝初，國子監盛極一時，並吸引了周邊諸國子弟入學。本節還介紹了學生的束脩、學業，及世事變遷，國子監廢弛的情況。

按實錄❶：西監❷，隋制；東監，龍朔元年❸所置。開元已前，進士不由兩監者，深以為恥。李華❹員外寄趙七侍御❺詩，略曰：「昔日蕭邵❻友，四人纔成童。」華與趙七侍御驊、蕭十功曹穎士、故邵十六司倉軫❼，未冠❽遊太學，皆苦貧共弊。五人❾登科，相次典校❿。邵後二年擢第，以冤橫貶，卒南中⓫。又郭代公[12]、崔湜[13]、范履冰[14]輩，皆由太學登第。李肇舍人撰《國史補》亦云：天寶中，袁咸用[15]、劉長卿[16]分為朋頭[17]，是時常重兩監。爾後物態[18]澆漓[19]，稔[20]於世祿[21]，以京兆為榮美[22]，同華為利市[23]，莫不去實務華，棄本逐末；故天寶二十載敕天下舉人不得言[24]鄉貢[25]，皆須補國子及郡學生。廣德二年[26]制[27]京兆府進士，並令補國子生，斯乃救壓覆[28]者耳。奈何人心既去，雖拘之以法，猶不能勝[29]。矧[30]或執大政者不常[31]其人，所立既非自我，則所守[32]亦不堅矣。繇是[33]貞元十年[34]已來，殆[35]絕於兩監矣。貞觀五年[36]已後，太宗數幸國學[37]，遂增築學舍一千二百間，增置學生凡三千二百六十員。無何，高麗[38]、百濟[39]、新羅[40]、高昌[41]、吐蕃[42]諸國酋長，亦遣子弟[43]請入；國學之內，八千餘人，國學之盛，近古[44]未有。至永淳[45]已後，乃廢。龍朔二年九月，敕學生在學，各以長幼為序。初入學，皆行束脩[46]之禮，各絹三匹；四門學[47]生，各絹二匹；俊士及律書[48]、算學[49]、州縣學，各絹一匹。皆有酒脯[50]。其分束脩，三分[51]入博士[52]，二分助教[53]。又每年國子監所管學生，國監試；州縣學生，當州試。並藝業[54]優長者為試官，仍長官監試。其試者通計一年所授之業，口問[55]大義[56]十條。得八已上為上，得六已上為中，得五已下為下。類三不及[57]，在學九年。律[58]，生六年，不任[59]貢舉者，並解退[60]。其從縣向州者，數下第，並須通計；服闋[61]重任者不在計限，諸博士助教皆分經授。每一經必令終講；未終不得改業。開元二十一年(62)五月，敕諸州縣學生二十五已下，八品、九品子弟，若庶人，並年二十一已下，通一經已上，未及一經而精神聰悟，有文詞史學者，每年銓量(63)舉送所司簡試，聽入四門學充俊士。即諸州貢人省試下第，情願入學者，聽。國子監所管學生，尚書省補；州縣學生，州縣長官補；州縣學生取郭下(64)縣人替。諸州縣學生習本業之外，仍令兼習吉凶禮，公私有禮，令示儀式，餘皆不得輒使。諸百姓立私學，其欲寄州縣學受業者，亦聽。

會昌五年正月，敕公卿百寮子弟及京畿內士人寄修(65)明經、進士業者，並宜隸名太學；外州寄學(66)及士人並宜隸名所在官學；仍永為常制。

【注　釋】❶實錄　中國封建時期編年史的一種，專記某一皇帝統治時期的大事。最早見於記載的有南朝梁周興嗣等的《梁皇帝實錄》，記梁武帝事。已散佚。至唐初由史臣撰已故皇帝一朝政事為實錄，成為定制。後世沿之。❷西監　設於西京長安的國子監。❸龍朔元年　西元六六一年。龍朔，唐高宗年號。❹李華　（約七一五～約七七四）字遐叔，唐趙郡贊皇（今屬河北）人。開元進士，又中宏辭科。天寶時，為監察御史，遷右補闕。安祿山軍陷長安，曾授偽職，亂平，貶杭州司戶參軍。上元時，被召，稱病不拜。善屬文，與蕭穎士齊名。力主文章尊經、載道，改革六朝以來衰靡文風，為韓愈所倡導古文運動先驅之一。原集已佚，後人輯有《李遐叔文集》四卷。❺趙七侍御　即趙驊。一作趙曄。字雲卿，唐鄧州穰（今河南鄧縣）人。驊志學，善屬文，開元中舉進士，連擢科第。❻蕭邵　蕭穎士和邵軫。蕭穎士（七〇八～七五九），字茂挺，唐南蘭陵（今江蘇常州西北）人。少聰慧。開元進士。嘗為揚州功曹參軍，世稱蕭功曹。後客死汝南，門人私謚文元先生。與李華齊名，樂於推引後進。有集十卷，已散佚，後人輯有《蕭茂挺文集》一卷。❼軫　邵軫，唐汝南（今屬河南）人。與蕭穎士、李華等遊。❽未冠　年未滿二十。古時男子年二十行冠禮，以示成年。❾五人　未詳。上詩中稱「四人」。❿典校　為校書之官。⓫南中　泛指南方地區。⓬郭代公　郭震（六五六～七一三），字元振，以字行。唐魏州貴鄉（今河北大名東北）人。入太學，少有大志，咸亨進士。累官至同中書門下三品，遷吏部尚書。玄宗立，封代國公。後坐罪流放新州，旋改饒州司馬，病死途中。有文集二十卷，已佚。⓭崔湜　（六七一～七一三）字澄瀾，唐定州安西（今河北定州）人。舉進士。文才知名，然為人詭險。累官至中書侍郎、同平章事，進中書令。後參與太平公主謀亂，被賜死於荊州。⓮范履冰　（？～六九〇）唐懷州河內（今河南沁陽）人。由太學登第。永昌元年（六八九），以春官尚書同平章事。次年，坐罪被殺。曾與元萬頃等為武后撰《字海》一百卷，已佚。⓯袁咸用　當為袁成用。事跡未詳。⓰劉長卿　（約七二五～約七九〇）字文房，因長住洛陽，自稱洛陽人，郡望河間（今屬河北）。天寶進士。歷任地方官，曾任隨州刺史，世稱劉隨州。工詩，自稱五言長城。有《劉隨州文集》。⑰朋頭　朋黨的首領。⑱物態　猶世態。⑲澆漓　亦作「澆醨」。浮薄不厚。多指社會風氣。⑳稔　熟。此有「熱衷」之意。㉑世祿　古代有世祿之制，貴族世代享有爵祿。㉒榮美　榮盛；榮耀。㉓利市　吉利；好運氣。㉔言　猶「於」。㉕鄉貢　唐代不經學館考試而由州縣推薦應科舉的士子。㉖廣德二年　西元七六四年。廣德，唐代宗年號。㉗制　帝王的命令。㉘壓覆　埋沒；困頓。㉙勝　制服。此有「杜絕」之意。㉚矧　況且；何況。㉛不常　不固定。㉜守　遵守；執行。㉝繇是　於是。㉞貞元十年　西元七九四年。貞元，唐德宗年號。㉟殆　幾乎；大概。㊱貞觀五年　西元六三一年。㊲國學　西周設於王城及諸侯國都的學校。後世國學為京師官學的通稱，尤指太學和國子學。㊳高麗　古國名。亦稱高句麗。故地在今朝鮮半島北部。相傳為朱蒙所建，都平壤。西元四世紀後強大，與新羅、百濟鼎足爭雄。隋初，其王遣使來獻方物，並受隋冊封為大將軍、高麗王，遂往來不絕。隋末唐初，兩國時戰時和。總章元年（六六八），為唐軍所滅，唐置安東都護府以統之。不久併於新羅。㊴百濟　古國名。故地在今朝鮮半島西南部，本馬韓故地。相傳西元前一八年由朱蒙子溫祚創立，西元四世紀後逐漸強大，與高麗、新羅鼎足稱雄。開皇初，遣使通好於隋，文帝冊封其王余昌為上開府、帶方郡公、百濟王。唐武德年間，遣使來朝，受唐冊封為帶方郡王、百濟王。顯慶五年（六六〇）為唐軍所滅。後其地併於新羅。㊵新羅　古國名。又稱斯羅。故地在今朝鮮半島東南部，本辰韓十二國中之斯盧國。傳為世祖朴赫居世所建，都金城。西元四世紀後逐漸強大。新羅與隋唐關係密切，亦為中國古代文化傳入日本之橋樑。隋初，文帝封其王金真平為上開府、樂浪郡公、新羅王。唐武德年間，高祖又遣使封金真平為樂浪郡王、新羅王。顯慶五年，與唐軍滅百濟，總章元年，助唐軍滅高麗，後統一朝鮮半島大部。新羅敬順王九年（九三五），為王氏高麗取代。㊶高昌　西域地名。在今新疆吐魯番東。亦稱高昌王國。西元四四二年沮渠無諱率北涼餘眾逐高昌太守據有其地，次年自立為涼王，為高昌地區建國之始。四六〇年柔然滅沮渠氏，立闞伯周為高昌王，此後遂以高昌為國號。四九一年高車滅闞氏，改立張孟明為王；四九六年為國人所殺，改立馬儒為王；四九九年又為國人所殺，改立麴嘉為王。麴嘉傳九世十王一百四十一年，至貞觀十四年（六四〇）為唐所滅，以其地為西州。㊷吐蕃　中國古代藏族政權名。西元七世紀至九世紀時在青藏高原建立。是由雅隆（在今西藏山南地區）農業部落為首的部落聯盟發展而成的奴隸制政權。在贊普松贊干布時，降服蘇毗、羊同等部，定都拉薩，建官制，立軍制，定法律，創文字，形成了以贊普為中心的集權的奴隸主貴族統治。八世紀後半，贊普墀松德贊時，最為強盛，曾轄有青藏高原諸部，勢力達到西域河隴地區。九世紀中贊普達磨死後，統治集團分裂，奴隸、屬民起義，吐蕃瓦解。計傳位九代，歷時二百餘年。㊸子弟　泛指年輕後輩。㊹

近古　不遠的古代。㊺永淳　（六八二～六八三）。唐高宗年號。㊻束脩　古代入學敬師的禮物。㊼四門學　中國古代的學校。北魏創立四門小學，初設於京師四門，後與太學同在一處。唐代四門學為大學，隸國子監，傳授儒家經典，性質與國子學、太學同，惟學生家庭出身之官品較低。㊽律書　律學和書學。律學係學習法律。晉始置律學博士，轉相教授。後秦姚興設律學於長安，召各郡縣散吏入學，成績優良者選任郡縣獄吏。唐宋律學，隸國子監。書學係唐宋培養書法人才之學。唐代書學，《石經》三體三年，《說文》二年，《字林》一年。㊾算學　唐宋時為培養天文、數學人才而設。唐隸國子監，宋屬太史局。所教有《孫子算經》、《九章算術》等。㊿酒脯　酒和乾肉。後亦指酒肴。(51)三分　及下文二分，指分成五份。(52)博士　學官名。源於戰國。秦及漢初，博士主要掌管圖書，通古今，以備顧問。漢武帝時，設五經博士，置弟子，博士遂成專掌儒家經學傳授的學官。以後歷代皆設經學博士，或沿用五經博士舊名，或稱國子博士、太學博士、四門博士等。西晉始置律學博士，北魏始置醫學博士，隋唐又增算學博士、書學博士等，為傳授專門技術知識的學官，至宋代廢止。(53)助教　學官名。西晉咸寧二年（二七六）立國子學，始置助教，協助國子博士傳授儒家經學。其後除個別朝代外，國學中都設經學助教，稱國子助教、太學助教、四門助教、廣文助教等。州（郡）縣學亦有設經學助教者。北魏增置醫學助教，隋增算學助教，唐增律學助教，協助博士傳授專門技術知識，至宋代廢止。(54)藝業　學業，技藝。(55)口問　猶口試。(56)大義　要義；要旨。(57)類三不及　如此三次未達要求。(58)律　規則；法令。(59)不任　不堪；不當。(60)解退　免退。(61)服闋　守喪期滿除服。闋，終了。(62)開元二十一年　西元七三三年。開元，唐玄宗年號。(63)銓量　衡量。(64)郭下　城下。此猶言「本地」、「當地」。(65)寄修　借太學修習。然「寄修」，宋王溥《唐會要．學校》作：「會昌五年正月制：公卿百官子弟及京畿內士人寄客修明經、進士業者，……。」(66)寄學　古指在州縣官學就學的外地士人。

【語　譯】按實錄記載：西監，沿襲隋代所置；東監，龍朔元年所設置。開元以前，進士不由兩監出身者，深以為恥。李華員外寄趙七侍御詩，詩中寫道：「昔日與蕭邵為友，我四人方成學童。」李華與趙七侍御驊、蕭十功曹穎士、已故邵十六司倉軫，年未及冠，遊太學，皆為苦貧所病。五人登科，先後為校書之官。邵軫於後一年登進士第，因受冤屈，橫遭貶謫，卒於南中。又如郭元振、崔湜、范履冰等輩，也皆由太學登進士第。李肇舍人撰《國史補》亦云：天寶年間，袁咸用、劉長卿分別為朋黨首領，當時非常看重兩監。後來世態浮薄，熱衷於功名利祿，以出身於京兆為榮耀，以出身同州、華州為吉利，沒有人不丟去實在追求浮華、放棄根本追逐末節；

所以天寶二十年朝廷敕令天下應試舉人不得由鄉貢之途應試，都必須補為國子監及州郡官學學生。廣德二年天子令京兆府進士，全都命其補為國子監學生，以此來救助被埋沒之人。無奈人心已去，雖用法律來加以拘束，尚且不能杜絕。況且有的執大政者不能久在其位，所制訂的法規既然不出自我之手，則遵照執行亦不十分堅決了。於是從貞元十年以來，進士出身之人幾乎絕跡於兩監了。貞觀五年以後，太宗數次臨幸國學，於是增築學舍一千二百間，增加安置學生共三千二百六十員。不久，高麗、百濟、新羅、高昌、吐蕃諸國酋長，亦派遣子弟請求入國子監學習。國學之內，計有八千餘人，國學的盛況，近古以來未有。至永淳年以後才廢弛。龍朔二年九月，敕令學生在學校，各自以年齡長幼為序。初入學時，均須行束脩之禮，各納絹三匹；四門學學生，各納絹二匹；雋士及律書、算學、州縣學學生，各納絹一匹。同時均備有酒脯。分配束脩，三份歸博士，二份歸助教。又，每年國子監所管學生，由國子監進行考試；州縣學學生，由本州進行考試。並選學業優異突出者為試官，仍舊由各級長官監督考試。所考試的內容，通計一年內所教授的學業、口試要義十條，答出八條以上為上等，答出六條以上為中等，答出五條以下為下等。如此三次未達要求，在學校學九年。按規定，學生在學六年，不宜貢舉者，一概免退。那些從縣向州舉薦的，數次下第，也須全部計算在內；因守喪期滿重新入學者不在計算限額中。諸博士、助教均分經書教授，每一經必須令其講授完畢，未講授畢不得改授他經。開元二十一年五月，朝廷敕令諸州縣學生年齡在二十五歲以下，八品、九品官員的子弟，如是庶人，而且年齡在二十一歲以下，通曉一經以上，或者雖未通一經但精神充沛聰明穎悟，有文詞史學功底的，每年經考核衡量推舉送有關官署簡略考試，允許入四門學修雋士學業。對於諸州貢舉之人省試下第，情願入學的，也予准許。國子監所管學生，由尚書省增補；州縣官學學生，由各州縣長官增補；州縣學生選取本地各縣人頂替。諸州縣學生除修習本業之外，仍令其兼習吉凶禮。公私如遇禮儀場合，則令其演示儀式，其他均不得隨便指派。各地百姓立私學，那些想借州縣官學授業的，亦予准許。會昌五年正月，朝廷敕令公卿百官子弟及京畿內士人借太學修習明經、進士之業者，均應註冊於太學；外州在州縣官學就學者及士人，均應在所在官學註冊，這將永遠作為正常的制度。

西監

【題　解】從這節中，可知元和年間兩京國子監的學生總數及西監的學生人數。

元和二年❶十二月，奏：「兩京諸館學生總六百五十員。每館定額如後：兩京學生，五百五十員；國子館，八十員；太學，七十四員；四門館，三百員；廣文館❷，六十員；律館、算館，各十員。」又奏：「伏❸見天寶已前，國學生其數至多，並有員額。至永泰❹後，西監置五百五十員，東監近置一百員，未定每館員額。今謹具每館定額如前。伏請下禮部准格❺補置。」敕旨：「依。」

【注　釋】❶元和二年　西元八〇七年。元和，唐憲宗年號。❷廣文館　唐代學校。唐天寶九年（七五〇）始設，置博士及助教，掌教國子監中習進士課業的生徒。不久即廢。❸伏　敬詞。古時臣對君奏言多用之。❹永泰　（七六五～七六六）唐代宗年號。❺准格　標準；規格。此猶言「按標準」。

【語　譯】元和二年十二月，上奏：「兩京諸館學生總計六百五十員。每館定額如後：兩京學生，五百五十員；國子館，八十員；太學，七十四員；四門館，三百員；廣文館，六十員；律館、算館，各十員。」又上奏：「伏見天寶年以前，國學生人數至多，並有規定名額。至永泰年以後，西監置五百五十員，東監近年來置一百員，但未定每館員額。現謹開具每館定額如前所奏。伏請下發禮部按標準補置。」天子敕旨：「依此辦理。」

東監

【題解】此介紹東監學生情況。

東監，元和二年十二月，敕東都國子監量置❶學生一百員：國子館十員，太學十五員，四門五十員，律館十員，廣文館十員，書館三員，算館二員。

【注釋】❶量置 酌量安置。

【語譯】東監，元和二年十二月，朝廷敕令東都國子監酌量安置學生一百員。其中國子館十員，太學十五員，四門館五十員，律館十員，廣文館十員，書館三員，算館二員。

鄉貢

【題解】鄉貢里選之制，古已有之，唐代沿襲了鄉貢之制。然貞元以後，「鄉貢」發生了很大變化，被舉者「蓋假名就貢而已」，且多名不符實，此節內容，即可見一斑。

鄉貢里選，盛於中古乎！今之所稱，蓋本同而末異也。今之解送，則古之上計❶也。漢武帝置五經博士❷，博士奉常❸，通古今，員數十人。漢置五經而已。太常❹選民年十八已上好學者，補弟子❺；郡國有好文學，敬順❻於鄉黨❼者，令與計偕❽，受業太常，如弟子。一歲輒課通❾經藝，補文學❿掌故⓫。上第為郎⓬。其秀異等，太常以名聞；其下材不事學者，罷之。若等⓭雖舉於鄉，亦由於學。兩漢之制蓋本乎周禮者也。有唐⓮貞元⓯已前，兩監之外，亦頗重郡府學生，然其時亦由鄉里所升，直補監生⓰而已。爾後膏粱⓱之族，率以學校為鄙事。若鄉貢，蓋假名就貢而已。景雲⓲之前，鄉貢歲二三千人，蓋用古之鄉貢也。咸亨五年⓳，七世伯祖鸞臺鳳閣龍石白水公⓴，時任考功員外郎，下㉑覆試十一人，內張守貞㉒一人鄉貢。開耀二年㉓，劉思元㉔下五十一人，內雍思泰㉕一人。永淳二年㉖，劉廷奇㉗下五十五人，內元求仁㉘一人。光宅元年㉙閏七月二十四日，劉廷奇重試下十六人，內康庭芝㉚一人。長安四年㉛，崔湜下四十一人，李溫玉㉜稱蘇州鄉貢。景龍元年㉝，李欽讓㉞稱定州㉟鄉貢附學㊱。爾來㊲鄉貢漸廣，率多寄應㊳者，故不甄別於榜中。信本同而末異也明矣。大曆㊴中，楊綰㊵疏請復舊章，貴全乎實。尋亦寢㊶於公族，垂㊷空言而已。

【注釋】❶上計　見本卷〈統序科第〉⓳。❷五經博士　五經，指《詩》、《書》、《易》、《禮》、《春秋》。博士，學官名。源於戰國。秦及漢初，博士的職務主要是掌管圖書，通古今，以備顧問。漢武帝時，設五經博士，置弟子，博士遂成為專掌儒家經學傳授的學官。以後歷代皆設經學博士，或沿用五經博士舊名，或稱國子博士、太學博士、四門博士等。西晉始設律學博士，北魏始置醫學博士，隋唐又增算學博士、書學博士等，為傳授專門技術知識的學官，至宋代廢止。❸奉常　官名。秦代九卿之一。即後來的太常。❹太常　官名。秦置奉常，漢景帝時改稱太常。為九卿之一，掌宗廟禮儀，兼掌選試博士。❺弟子　指博士弟子。❻敬順　敬重順從。❼鄉黨　鄉親。❽計偕　與計吏俱詣太常。計，計吏。偕，俱。❾課通　猶學通。❿文學　指儒家學說。⓫掌故　亦作「掌固」。官名。漢置，太常屬官，掌管禮樂制度等的故實。⓬郎　帝王侍從官的通稱。郎官的職責原為護衛陪從，隨時建議，備顧問及差遣。戰國始有，秦漢沿置。秦漢時，初屬郎中令（後改光祿勳），無定員，出身或由任子、貲選，或由文學、技藝，為士人出仕的重要途徑。⓭若等　猶言「各等」。⓮有唐　即唐朝。⓯貞元　（七八五～八〇四）唐德宗年號。⓰監生　此指國子監學生。⓱膏粱　借指富貴人家。⓲景雲　（七一〇～七一一）唐睿宗年號。⓳咸亨五年　西元六七四年（八月改元上元）。咸亨，唐高宗年號。⓴七世伯祖句　指王方慶。《舊唐書‧王方慶傳》：「封石泉縣男，遷鸞臺侍郎、同鳳閣鸞臺平章事，俄轉鳳閣侍郎。」可知「鸞臺鳳閣」指王方慶。原文中「白水」為「泉」字之訛，「龍」字係衍文。㉑下　本指交付、發下。此有「重新」、「再」之意。㉒張守貞　咸亨五年進士。㉓開耀二年　西元六八二年（二月改元永淳）。開耀，唐高宗年號。㉔劉思元　據《登科記考》，為劉思立之誤。劉思立，宋州人。高宗時為侍御史，遷考功員外郎，始奏請明經加帖、進士試雜文。尋卒於官。㉕雍思泰　開耀二年進士。㉖永淳二年　西元六八三年（十二月改元弘道）。永淳，唐高宗年號。㉗劉廷奇　永淳二年、嗣聖元年、光宅二年三知貢舉。㉘元求仁　永淳二年進士。㉙光宅元年　西元六八四年。光宅，武后年號。㉚康庭芝　光宅元年進士。《全唐詩》、《全唐文》俱有其作品。㉛長安四年　西元七〇四年。長安，武后年號。㉜李溫玉　長安四年進士。㉝景龍元年　西元七〇七年。景龍，唐中宗年號。㉞李欽讓　景龍元年進士。㉟定州　治今河北定縣。㊱附學　與州學生員同學，而非州學生員。㊲爾來　自那時以來。㊳寄應　謂在寄居地參加科舉考試。㊴大曆　（七六六～七七九）唐代宗年號。㊵楊綰　（？～七七七）字公權，唐華陰（今屬陝西）人。天寶進士。肅宗立，累遷中書舍人。代宗朝為禮部侍郎，上疏請廢進士科，不果。遷吏部侍郎，銓選公允。官至中書侍郎、同平章事。自奉儉約，不受請託。輔政後，官僚豪侈者為之斂跡。為相僅三月，病卒。㊶寖　止息；廢止。㊷垂　留下；流下。

【語譯】鄉貢里選之制，興盛於中古。現今所稱之鄉貢，與古時本質相同而細節有差異。今日所說之選送，即古時之上計。漢武帝設置五經博士，博士奉常，通曉古今，員數為十人。漢時置五經而已。太常選拔百姓中年齡十八以上好學者，補為博士弟子；郡國中有愛好文學，為鄉親敬重順從的人，命其與計吏一起赴太常處，受業於太常，如其弟子一般。一年即學通經藝，補文學掌故。考核上等的任為郎。其中考核為秀異等第的，太常將其姓名上奏朝廷；那些下第智材不適宜學業的，則捨棄。各種等第雖由鄉里舉薦，然亦出自學校。兩漢鄉貢里選之制是源於周禮的。唐朝貞元年以前，除東西兩監之外，亦頗重視州郡官學的學生，然而那時亦由鄉里舉薦，只是補為國子監學生而已。自那以後權貴之族，大都將在學校出身視為鄙陋之事。至於鄉貢，只是假借名義參加貢舉而已。景雲年間以前，鄉貢人數每年二三千人，這用的是古時鄉貢之義。咸亨五年，我七世伯祖鸞臺鳳閣石泉公，時任考功員外郎，進士重新復試十一人，其中張守貞一人為鄉貢。開耀二年，劉思元重新復試進士五十一人，其中雍思泰一人為鄉貢。永淳二年，劉廷奇重新復試進士五十五人，其中元求仁一人為鄉貢。光宅元年閏七月二十四日，劉廷奇重新復試進士十六人，其中康庭芝一人為鄉貢。長安四年，崔湜重新復試進士四十一人，只有李溫玉為蘇州鄉貢。景龍元年，復試者中李欽讓為定州鄉貢附學。自那時以來，鄉貢逐漸增廣，大多在寄居地應試，故而不在及第者榜中予以區別。確實本質相同而細節有差異是明顯的。大曆年間，楊綰上疏請求恢復原來的規章，貴在保全其實質。不久即為權貴豪門廢止，僅留下空言而已。

廣文

【題解】廣文館為修進士課業的生徒而設。此即介紹廣文館之大要。

天寶九年❶七月，詔於國子監別置廣文館，以舉❷常修進士業者，斯亦救生徒之離散❸也。始，其春官氏❹擢廣文生者，名第❺無高下。貞元八年❻，歐陽詹❼

第三人，李觀❽第五人。邇來❾此類不乏。暨❿大中⓫之末，咸通⓬、乾符⓭以來，率以為末第。或曰：鄉貢，賓也；學生，主也。主宜下於賓，故列於後也。大順二年⓮，孔魯公⓯在相位，思矯其弊，故特置吳仁璧⓰於蔣肱⓱之上。明年，公得罪去職，及第者復循常而已。悲夫！

【注釋】❶天寶九年　西元七五〇年。天寶，唐玄宗年號。❷舉　推薦；舉拔。❸離散　應試舉人落第後，廣文館招收一大批，故稱免其離散。❹春官氏　唐光宅年間曾改禮部為春官，此後春官便成為禮部的別稱。❺名第　名次等第。科舉考中，列榜有甲乙次第，因稱。❻貞元八年　西元七九二年。❼歐陽詹　字行周。唐泉州晉江（今屬福建）人。弱冠能文，貞元八年，與韓愈等同登進士第。為國子監四門助教，卒年四十餘。❽李觀　字元賓。唐趙州贊皇（今屬河北）人。李華從子。貞元進士，又中宏辭科。為太子校書郎。與韓愈相頡頏。唐末陸希聲編其文集並撰序，已佚，後人輯有《李元賓文集》。❾邇來　自某時以來；從那以來。❿暨　及。⓫大中　（八四七～八五九）唐宣宗年號。⓬咸通　（八六〇～八七三）唐懿宗年號。⓭乾符　（八七四～八七九）唐僖宗年號。⓮大順二年　西元八九一年。大順，唐昭宗年號。⓯孔魯公　孔緯，字化文。少孤，有才譽。登進士第。僖宗時，官至兵部侍郎、同中書門下平章事。昭宗即位，進司空，兼國子祭酒，加司徒，封魯國公。後病卒。⓰吳仁璧　字廷實，一作廷寶。唐長洲（治今江蘇蘇州）人。⓱蔣肱　唐宜春（今屬江西）人。

【語譯】天寶九年七月，詔命於國子監另外設置廣文館，以舉拔常修進士課業者，這亦是救助生徒免遭離散的舉措。開始時，禮部在擢拔廣文館出身的學生時，並無名次等第的高下。如貞元八年，歐陽詹第三名，李觀第五名。自那以來不乏此類例子。到大中末年，咸通、乾符年間以來，大抵將廣文館學生列為末第。有人說：鄉貢者，是賓客；廣文館學生，是主人。主人理應列於賓客之下，故而列於鄉貢之後。大順二年，魯國公孔緯在相位，欲矯正其弊端，所以特地將廣文館學生吳仁璧置於蔣肱之上。次年，孔緯得罪去職，進士及第者又恢復常例。可悲！

兩都貢舉

【題　解】此段說明東西兩京之貢舉狀況。

永泰元年❶，始置兩都❷貢舉❸，禮部侍郎官號皆以「知兩都」為名，每歲兩地別放❹及第。自大曆十一年❺停東都貢舉，是後不置。

【注　釋】❶永泰元年　西元七六五年。永泰，唐代宗年號。❷兩都　指西京長安和東都洛陽。❸貢舉　古時官吏向君主薦舉人才泛稱貢舉。即後世科舉。❹放　安置；安排。❺大曆十一年　西元七七六年。大曆，唐代宗年號。

【語　譯】永泰元年，始設置東西兩都貢舉，禮部侍郎的官號都以「知兩都」為名。每年兩地另外安排及第名額。從大曆十一年停止東都貢舉，此後不再設置。

試雜文

【題　解】唐代科舉考試中有「雜文」一項。所謂「雜文」，據宋王讜《唐語林·補遺四》云：「又舊例，試雜文者，一詩一賦，或兼試頌論，而題目多為隱僻。」此即介紹試雜文的由來。

進士科與雋、秀同源異派，所試皆答策❶而已。兩漢之制，有射策、對策二義者何？射者，謂列策於几案，貢人以矢投之，隨所中而對之也。對則明以策問授其人而觀其臧否❷也。如公孫宏❸、董仲舒❹，皆由此而進者也。有唐自高祖至高宗，靡不率由舊章❺。垂拱元年❻，吳師道❼等二十七人及第，後敕批云：「略觀其策，並未盡善。若依令式❽，及第者唯秪一人；意欲廣收其材，通三❾者並許及第。」後至調露二年❿，考功員外劉思元奏請加試帖經⓫與雜文⓬，文之高者放入策。尋以則天革命⓭，事復因循。至神龍元年⓮方行三場試⓯，故常列詩賦題目於榜中矣。

【注釋】❶策　古代考試取士，以問題令應試者對答謂策。❷臧否　得失。❸公孫宏　即公孫弘（前二〇〇～前一二一）。字季，西漢菑川（郡治今山東壽光南）薛人。據《漢書・公孫弘傳》載：「時對者百餘人，太常奏弘第居下，策奏，天子擢弘為第一。」治《春秋公羊傳》。曾建議設五經博士，置弟子員。以熟習文法吏治，被武帝任為丞相，封平津侯。❹董仲舒（前一七九～前一〇四）西漢哲學家、今文經學家。廣川（今河北棗強東）人。漢武帝舉賢良文學之士，他以「天人三策」為武帝採納，開兩千餘年封建社會以儒學為正統的先聲。其哲學體系為「天人感應」說，提出「三綱五常」的封建倫理。教育上主張以教化為「堤防」，立太學，設庠序。著作有《春秋繁露》、《董子文集》。❺率由舊章　完全依循舊規辦事。❻垂拱元年　西元六八五年。垂拱，武后年號。❼吳師道　一作吳道師，亦作吳道古。據《玉芝堂談薈》，師道為狀元。事跡未詳。❽令式　章程；程式。❾通三　指能通過策問三道。❿調露二年　西元六八〇年。調露，唐高宗年號。此年八月改元永隆。此處行文有誤。「調露」在前，「垂拱」在後，不當用「後至」之語。⓫帖經　唐代科舉考試的一種方法。《通典・選舉三》：「帖經者，以所習經，掩其兩端，中間唯開一行，裁紙為帖。凡帖三字，隨時增損，可否不一，或得四、得五、得六者為通。」《舊唐書・文宗紀下》：「其進士舉宜先試帖經，並略問大義，取經義精通者放及第。」⓬雜文　見本條題解。⓭則天革命指武則天取代李唐王朝自立。革命，古代認為王者受命於天，改朝換代是天命變更，因稱「革命」。⑭神龍元年　西元七〇五年。神龍，則天帝及唐中宗年號。⑮三場試　科舉時代考試須經三次，叫初場、二場、三場。亦總稱三場。

【語譯】進士科與雋士、秀才科同出一源而分為不同支派，然而考試均為答策而已。兩漢之制，有射策、對策兩類是什麼意思呢？所謂射策，就是列策於几案之上，貢舉之人用箭投策，隨所中之策而對答。對策則是當面將策問授予應試之人而觀其對答的得失。像公孫宏、董仲舒，皆是由此而進身之人。唐朝自高祖至高宗，無不依循舊規。垂拱元年，吳師道等二十七人進士及第，後天子敕批云：「大略觀看這些策問，並未盡善。如果依照程式，能及第者只有一人；朝廷意欲廣收人才，通過策問三道者全都准予及第。」後至調露二年，考功員外劉思元奏請加試帖經與雜文，文章得高等的安排進行對策。不久即因武則天代唐自立，事情重又因循舊制。直至神龍元年方才實行三場考試之制，所以常將詩賦題目列於榜中了。

朝見

【題解】從此節中可見當時被舉薦者朝見天子的情況。

國朝舊式❶，天下貢士❷，十一月一日，赴朝見。長壽二年❸，拾遺劉承之❹上疏：「請元日❺舉人朝見，列於方物❻之前。」從之。見狀❼，臺司❽接覽，中使❾宣口敕❿慰諭。建中元年⓫十一月，朝集使⓬及貢士見於宣政殿。兵興⓭已來，四方不上計⓮，內外不會同⓯者，二十五年矣。今計吏⓰至一百七十三人矣。仍令朝集使每日二人待制⓱。

【注釋】❶舊式　成例；慣例。❷貢士　地方向朝廷薦舉的人才。❸長壽二年　西元六九三年。長壽，武周年號。❹劉承之　事跡未詳。❺元日　正月初一。❻方物　各地方向朝廷進貢的土產。❼見狀　當指朝見隊伍。❽臺司　指御史臺職司。❾中使　宮中派出的使者。多指宦官。❿口敕　口頭詔令。⓫建中元年　西元七八〇年。建中，唐德宗年號。⓬朝集使　漢代，各郡每年遣使進京報告郡政及財經狀況，稱為上計吏。後世襲漢制，改稱朝集使。⓭兵興　指「安史之亂」。⓮上計　見本卷〈統序科第〉⓳。⓯會同　古代諸侯朝見天子的統稱。此指各地軍政首長長期不朝見天子。⓰計吏　古代州郡掌簿籍並負責上計的官員。⓱待制　等待詔命。

【語譯】國朝成例，天下貢舉士人，於十一月一日，赴宮中朝見天子。長壽二年，拾遺劉承之上疏云：「請於每年元日舉人朝見，排列在方物之前。」朝廷接納這一建議。見到朝見舉人，御史臺官員迎接招待，中使宣詔口頭敕令慰諭貢士。建中元年十一月，朝集使及貢士於宣政殿朝見天子。戰亂以來，四方不向朝廷進貢，內外不能會同溝通，已有二十五年了。現在各地的計吏已達一百七十三人。仍舊命朝集使每日二人等待詔命。

謁先師

【題解】先師者，孔子也。自漢代以來，孔子的地位越來越高。這是唐玄宗於開元五年九月所頒之詔命，令鄉貢、明經、進士在朝見天子後，均須謁見孔子。士人拜謁孔子之舉，抑或始於此乎。

開元五年❶九月，詔曰：「古有賓獻❷之禮，登於天府❸，揚於王庭，重學尊師，興賢進士；能美風俗，成教化，蓋先王之繇❹焉。朕以寡德，欽若❺前政，思與子大夫❻復臻❼於理❽，故他日❾訪道，有時忘餐；乙夜❿觀書，分宵⓫不寐。

悟⑫專經⑬之義，篤⑭學史之文。永懷覃思⑮，有足尚者；不示褒崇，孰云獎勸！其諸州鄉貢、明經、進士，見訖宜令引就國子監謁先師，學官為之開講，質問其義。宜令所司優厚設食。兩館⑯及監內得舉人亦准。其日，清資官⑰五品已上及朝集使往觀禮，即為常式⑱。《易》曰：『學以聚之，問以辯之⑲。』《詩》曰：『如切如磋，如琢如磨⑳。』此朕所望於習才㉑也。」

【注釋】❶開元五年　西元七一七年。開元，唐玄宗年號。❷賓獻　禮賜；饗贈。此引申為貢獻人才於朝廷。❸天府　指朝廷。❹繇　道。❺欽若　敬順。❻子大夫　古代國君對大夫、士或臣下的美稱。❼臻　到；達到；至。❽理　治。避高宗李治諱。❾他日　以往；昔日。❿乙夜　指二更時分。即晚上十時前後。⓫分宵　半夜。⓬悟　理解；領會。⓭專經　本指專研經學，專治某一經或某幾經。此當指儒家經典。⓮篤　深厚；厚實。⓯覃思　深思。⓰兩館　當指四門學及廣文館。⓱清資官　唐代士族稱為清流，做官稱為清資官。宋王讜《唐語林．豪爽》：「舊制，大理寺官初上，召寺僚或在朝五品以上清資保識。」⓲常式　固定制度。⓳學以聚之二句　見《易．乾卦．文言》。辯，通「辨」。這兩句意為「君子靠學習來積累知識，靠發問來辨決疑難」。⓴如切如磋二句　見《詩．衛風．淇奧》。切、磋、琢、磨均用來比喻研究學問和陶冶品行的精益求精。㉑習才　猶言通才。

【語譯】開元五年九月，玄宗下詔曰：「古時有賓獻之禮，登陟於天府，揚名於王庭，重視學習尊重師長，興拔賢能，薦舉士人，能使風俗美，教化成，這是先王之道於此。朕因少有德行，敬順前世惠政，欲與諸位大夫重新使天下大治，因而往昔訪求有道，有時忘記進餐；夤夜讀書，經常半夜不睡。領會經典之大義，專研史學之雄文。長懷深思，有足堪推崇者，如果不加褒揚崇尚，哪裡還稱得上獎勵勸勉！對於諸州鄉貢、明經、進士，待朝見後，理應帶領他們前往國子監拜謁先師，學官為他們講解經典，並質問經典大義。應令有關官署準備豐厚飲食。兩館及國子監內被薦舉之人亦准此。那日，清資官五品以上及朝集使前往觀禮，並將此作為固定制度。《易》云：『君子靠學習來積累知識，靠發問來辨決疑難。』《詩》云：對學問、品行要『如切如磋，如琢如磨』。這是朕所希望於熟習經書之才的啊。」

進士歸禮部

【題解】唐代進士考試本由吏部的考功員外郎主持。開元二十四年（七三六），考功員外郎李昂與進士李權言語衝突，朝廷以郎官的地位較低，改由尚書省的禮部侍郎主持。此後，科舉遂為禮部專職，且為歷代沿襲。

雋、秀等科，比❶皆考功主之。開元二十四年，李昂❷員外性剛急❸，不容物❹，以舉人皆飾名求稱，搖蕩❺主司，談毀❻失實，竊病之而將革焉。集貢士與之約曰：「文之美惡悉知之矣，考校取舍存乎至公，如有請託於時，求聲於人者，當首落❼之。」既而昂外舅❽常❾與進士李權❿鄰居相善，乃舉權於昂。昂怒，集貢人，召權庭數⓫之。權謝⓬曰：「人或猥知⓭，竊聞於左右⓮，非敢求也。」昂因曰：「觀眾君子之文，信美矣；然古人云：瑜不掩瑕，忠也⓯。其有詞或不典⓰，將與眾評之若何？」皆曰：「唯公之命！」既出，權謂眾曰：「向之言，其意屬吾也。吾誠不第決矣，又何藉⓱焉！」乃陰求昂瑕以待之。異日會論，昂果斥權章句⓲之疵以辱之。權拱而前曰：「夫禮尚往來，來而不往，非禮也。鄙文不臧⓳，既得而聞矣；而執事[20]昔有雅什[21]，常聞於道路[22]，愚將切磋，可乎？」昂怒而嗤笑曰：「有何不可！」權曰：『耳臨清渭[23]洗，心向白雲閒』，豈執事之詞乎？」昂曰：「然。」權曰：「昔唐堯[24]衰耄，厭倦天下，將禪於許由[25]，由惡聞，故洗耳。今天子春秋鼎盛[26]，不揖讓[27]於足下[28]，而洗耳何哉？」是時國家寧謐，百寮畏法令，兢兢然莫敢跌[29]。昂聞惶駭，蹶起[30]，不知所酬[31]，乃訴於執政，謂權風狂[32]不遜。遂下權吏[33]。初，昂強愎[34]，不受囑請，及有請求者，莫不先從。由是庭議[35]以省郎位輕，不足以臨[36]多士[37]，乃詔禮部侍郎專之矣。

論曰：永徽[38]之後，以文儒[39]亨達[40]，不由兩監者稀矣。於時場籍[41]，先兩監而後鄉貢，蓋以朋友之臧否[42]，文藝[43]之優劣，切磋琢磨，匪朝伊夕[44]，抑揚[45]去就，與眾共之。有如趙、邵、蕭、李，婁、郭、苑、陳，（趙驊，邵軫，蕭穎士，李華。婁師德[46]，郭元振[47]，苑咸[48]，陳子昂[49]。）靡不名遂功成，交全契分[50]。洎[51]乎近代，厥道寖微[52]；玉石不分，薰蕕[53]錯雜。長我之望殊缺，遠方之來亦乖。止謂群居，固非瓦合[54]。是知生而知之者，性也；學而知之者，習也。渾金璞玉[55]，又何追琢之勞乎？潢汙行潦[56]，又何板築[57]之置乎？紵衣之獻[58]，彼跡疏而道親也；畫龍之刻[59]，斯面交而心賊[60]也。後之進者，定交擇友，當問道之何如。

【注釋】❶比　考校。引申為考試。❷李昂　事跡未詳。❸剛急　剛厲急躁。❹不容物　不能容人，器量不大。❺搖蕩　撼動；搖動。❻談毀　評論毀譽。❼落　除去。此猶言除名、落選。❽外舅　岳父。❾常　嘗；曾經。❿李權　事跡未詳。⓫數　數落；責備。⓬謝　道歉；致歉。⓭猥知　謬知。猥，謬；錯誤地。⓮左右　不直稱對方，而稱其執事者，表示尊敬。⓯瑜不掩瑕二句　語出《孔子家語・問玉》。⓰不典　不合準則；不典雅；粗俗。⓱藉　顧念；顧惜。⓲章句　指文章、詩詞。⓳不臧　不善；不良。⓴執事　對對方的敬稱。㉑雅什　指詩篇。㉒道路　路上的人。指眾人。此指他人。㉓清渭　清澈的渭水。古人謂涇濁渭清（實為涇清渭濁）。㉔唐堯　即堯。傳說中父系氏族社會後期部落聯盟領袖。陶唐氏，名放勳。相傳曾設官掌管時令，制訂曆法。諮詢四岳，推選舜為其繼任人。對舜進行三年考核後，命舜攝位行政。堯死後，即由舜繼位。一說堯到了晚年，德衰，為舜所囚，其位也為舜所奪。㉕許由　一作許繇。相傳堯要將君位讓給他，他逃至箕山下，農耕而食。堯又請他做九州長官，他到潁水邊洗耳，表示不願聽到。㉖春秋鼎盛　指年富力強。㉗揖讓　禪讓；讓位於賢。㉘足下　對人尊稱。㉙跌　失足。喻指犯過錯。㉚蹶起　跌倒後站起。㉛酬　答。㉜風狂　瘋狂。㉝下權吏　將李權交司法官吏審訊。㉞強愎　亦作「彊愎」。剛愎；倔強固執。㉟庭議　議事於朝廷。㊱臨　由上視下，居高面低。此有應付、面對之意。㊲多士　古指眾多的賢士。也指百官。此指眾多貢士、進士。㊳永徽（六五〇～六五五）唐高宗年號。㊴文儒　儒者中從事撰述之人。漢王充《論衡・書解》：「著作者為文儒，說經者為世儒。」㊵亨達　通達順利。㊶場籍　科場的考生名冊。㊷臧否　得失。此猶言交遊是否得人。㊸文藝　指撰述和寫作方面的學問。㊹匪朝伊夕　不止一日。㊺抑揚　浮沉；進退。㊻婁師德（六三〇～六九九）字宗仁。唐鄭州原武（今河南原陽西）人。貞觀進士。前後總邊要三十餘年，多次主持屯田，成效卓著。為政孜孜不怠，薦賢虛己，故武周時，雖久為相，卻能善終。㊼郭元振　即郭震。見本卷〈兩監〉⑫。㊽苑咸　京兆人。開元末上書，拜司經校書。㊾陳子昂　字伯玉。唐梓州射洪（今四川射洪西北）人。少使氣任俠，後發憤苦讀。開耀進士。武則天時，為右拾遺。後解職回鄉，被誣下獄，憂憤而卒。於詩標舉風雅比興、漢魏風骨，反對齊梁以來綺麗之習。其詩風格剛健質樸。其文諷議時政，重視散體，反對浮豔，為古文運動先導。但亦有空談老莊，人生無常，嚮往神仙隱逸的消極思想。㊿契分　交誼；情分；緣分。(51)洎　至；到。(52)寖微　逐漸衰微。(53)薰蕕　香草和臭草。喻善惡、賢愚、好壞等。(54)瓦合　喻指臨時湊合。(55)渾金璞玉　未經提煉的金和未經琢磨的玉。比喻未加修飾的天然美質。(56)潢汙行潦　語出《左傳》隱公三年。潢汙，亦作「潢污」。積聚不流之水。行潦，道路上的積水。(57)板築　築牆用具。板，夾板。築，杵。築牆時，以兩板相夾，填土於其中，用杵搗實。此指築牆。(58)紵衣之獻　用為朋友交誼之典。《左傳》襄公二十九年：「聘於鄭，見子產，如舊相識。

與之縞帶，子產獻紵衣焉。」 59 畫龍之刻　比喻好高騖遠，終無成就。 60 賊　讒毀；傷害。

【語譯】雋士、秀才等科，考校皆由考功員外郎主持。開元二十四年，李昂考功員外性情剛厲急躁，不能容人，以舉人皆矯飾聲名以求時譽，動搖主考官之心，評論毀譽失實，心中對此厭惡而欲革除之。他召集貢士與他們約定說：「文章的好壞已全都知悉了，考校取捨之義在於至公，如果有人在此時請託關節，沽求聲名於人的，定當首先除名。」不久，李昂的岳父曾與進士李權相鄰而居且相處親密，因而向李昂薦舉李權。李昂大怒，聚集貢人，召來李權當面責備他。李權致歉說：「我為人謬知，私下將我的情況告訴了您，但卻不敢有所求。」李昂因而說：「觀諸君之文章，確實很美；然而古人云：瑜不掩瑕，忠也。如果文章中的文詞有不規範處，我拿來與眾人一起評論如何？」眾人說：「唯公之命是從。」待到出來後，李權對眾人說：「剛才的一番話，其意是針對我的。我真的不能及第是肯定的了，那還有什麼可以顧惜的呢！」於是暗中搜求李昂的瑕疵以等待機會。他日，召集舉人評論文章，李昂果然指斥李權詩文中的瑕疵來羞辱他。李權作揖，上前說：「禮尚往來，來而不往，非禮也。鄙文寫得不佳，我已經知道並得到您的指教了。而您以前所作的詩，我曾在他人處聽到，我將與您切磋，可以嗎？」李昂頗為惱怒，但嘻笑著說：「有什麼不可！」李權說：「『耳臨清渭洗，心向白雲閒』，不是您的詩句嗎？」李昂說：「是。」李權說：「古時唐堯體衰年邁，厭倦於國事，欲將君位禪讓給許由，許由厭惡聽到這樣的話，故而到渭水邊洗耳。現在天子年富力強，並沒有要將帝位禪讓給您，而您要洗耳是為了什麼呢？」當時國家安寧，百官敬畏法令，小心謹慎，沒有人敢犯過錯。李昂聽李權如此之言，惶恐驚駭，跌倒後又站起，不知該用什麼話來回答。於是將此事向執政大臣訴說，說李權瘋狂不遜。於是將李權下獄治罪。起先，李昂倔強固執，不受他人的囑託請求，經過此事後，只要有請求之人，無不先行允諾。因此，朝廷商議，由於吏部郎官職位太輕，不足以面對眾多的舉人，於是詔令禮部侍郎專掌此事。

論云：永徽以後，以所著文字在仕途通達順利的，不從東西兩監出身的已經很少了。在當時的科場名冊中，先兩監而後鄉貢，以所交之友是否得人，文章辭賦的優劣，相互切磋琢磨，非止一日，進退去就，所交友者息息相關。譬如趙、邵、蕭、李，趙驊，邵軫，蕭穎士，李華。婁、郭、苑、陳，婁師德，郭元振，苑咸，陳子昂。無不名就功成，保持友誼情分。到了近代，其道漸漸衰微，玉石不分，賢愚錯雜，能增加我所期望之人實在太缺，遠方來人亦已斷絕。舉人相聚只說是集中居住，而確非臨時湊合。由此可知，生而知之者，是天性穎悟；學而知之者，是勤學所得。渾金璞玉天然美質，又何勞刻意雕鑿？積聚不流的路面之水，又何必築起高牆？紵衣之獻，其交往雖少而道義相親；畫龍之刻，是當面交往而內心相輕。後來之人，在定交擇友之時，應當了解對方的學業道德如何。

卷二

京兆府解送

【題解】唐代京兆府選送舉人，為時所重。開元、天寶間以前十名為「等第」，標準頗嚴。其後因形勢變化，情況亦便非昔日可比了。

神州❶解送，自開元❷、天寶❸之際，率以在上十人，謂之等第❹，必求名實相副，以滋教化之源。小宗伯❺倚而選之，或至渾化❻，不然，十得其七八。苟異於是，則往往牒❼貢院❽請落由。暨咸通❾、乾符❿，則為形勢吞嚼⓫，臨制近⓬，同及第⓭，得之者互相誇詫⓮，車服侈靡，不以為僭⓯；仍期集⓰人事⓱，貞實⓲之士不復齒⓳，所以廢置不定，職此之由⓴。其始末錄之如左。

【注釋】❶神州　指京都。❷開元　（七一三～七四一）唐玄宗年號❸天寶　（七四二～七五五）唐玄宗年號。❹等第　唐代科舉，由京兆府考試後選送前十名升入禮部再試，稱為「等第」。❺小宗伯　亦作少宗伯。宗伯，在《周禮》為春官，輔佐天子掌管宗廟祭祀等儀禮。後世以大宗伯為禮部尚書的別稱，侍郎則稱小（少）宗伯。❻渾化　謂舊時科舉，被解送應試者全部錄取。❼牒　發文；行文。❽貢院　科舉考試的場所。❾咸通（八六〇～八七三）唐懿宗年號。❿乾符（八七四～八七九）唐僖宗年號。⓫吞噬　比喻淹沒、改變。⓬臨制近　頗費解。或指京兆府控制的地域較前為小。⓭同及第　即同進士及第。⓮誇詫　亦作「誇咤」。猶誇耀。⓯僭　過分。⓰期集　定期的聚會。特指唐宋時進士及第後按慣例聚集宴遊。⓱人事　人情請託；交際應酬。⓲貞實　忠信誠實。⓳不復齒　不堪與之同列。⓴職此之由　猶言京兆府解送舉人變化實由此始。

【語譯】京兆府選送舉人，自開元、天寶之際，大抵把本地考試的前十名升入禮部再試，叫做「等第」，且一定要求名實相符，以滋養教化之源。禮部侍郎偏重地加以選拔，有時以至全部及第。不能全中，也能十中七八。如果與此有出入，則京兆府往往行文貢院請其說明落第原因。及至咸通、乾符年間，則因為局勢的變化，京兆府控制的地域縮小，所取者為同進士及第，得中者互相誇耀，車馬服飾奢侈浪費，也不以為過分，照舊聚集宴遊，交際應酬，忠信誠實之士，羞於與此輩同列，所以京兆府解送廢置不定，實由此始。變化始末記錄如左。

元和元年❶登科記❷京兆等第榜敘❸

【題解】這是為登科記中京兆府等第榜所作的序文。由此可見京兆府舉人入等第者頗受重視。

天府之盛，神州❹之雄❺，選才以百數為名，等列以十人為首，起自開元、天寶之世，大曆❻、建中❼之年，得之者搏躍❽雲衢❾，階梯❿蘭省⓫，即六月沖霄⓬之漸⓭也。今所傳⓮者始於元和景戌⓯歲，次敘名氏，目曰「神州等第錄」。

【注釋】❶元和元年　西元八〇六年。元和，唐憲宗年號。❷登科記　科舉時代及第人士的名錄。詳載鄉、會試中式人數、姓名、籍貫、年歲以及考官以下官職姓名，並三場試題目。❸敘　通「序」。❹神州　指中原地區。亦指京都。❺雄　居於首位；居於前列。❻大曆　(七六六～七七九)唐代宗年號。❼建中　(七八〇～七八三)唐德宗年號。❽搏躍　搏風飛躍。比喻迅速高升。❾雲衢　雲中的道路。比喻朝廷。❿階梯　此用作動詞，有進身、躋身之意。⓫蘭省　即蘭臺。唐代指祕書省。⓬沖霄　亦作「冲霄」。直上雲天。喻取得功名。⓭漸　開端；起始。⓮傳　記載。⓯元和景戌　即元和元年，歲次丙戌。唐人避唐高祖李淵父李昞諱，以景為「丙」。

【語譯】以京城之繁盛，都畿之富有，選拔人才以百數為額，等第排列以前十名為首，這起自開元、天寶之世，大曆、建中之年，得中者如搏風飛躍直上雲天，進身於蘭臺，實乃輔佐朝廷取得功名的開始。現在所記者，始於元和丙戌歲，次敘姓名，並名為「神州等第錄」。

廢等第

【題解】開元、天寶年以後，京兆府解送之「等第」廢置不定，此即敘廢等第之情況。

開成二年❶，大尹❷崔珙❸判❹云：選文求士，自有主司。州司送名，豈合差第❺？今年不定高下，不鎖試官❻；既絕猜嫌❼，暫息浮競❽。差功曹❾盧宗回❿主試。除文書⓫不堪送外，便以所下文狀⓬為先後，試雜文後，重⓭差司錄⓮侯雲章⓯充試官，竟不列等第。明年，崔珙出鎮徐方⓰，復置等第。

大中七年⓱，韋澳⓲為京兆尹，榜曰：「朝廷將裨教化，廣設科場，當開元、天寶之間，始專明經、進士；及貞元、元和之際，又益以薦送相高⑲。當時唯務切磋，不分黨甲⑳，絕僥倖請託之路，有推賢讓能之風。等列㉑標名㉒，僅同科第；既為盛事，固可公行。近日已來，前規頓改，互爭強弱，多務奔馳㉓；定高卑於下第之初，決可否於差肩㉔之日；會非考覈㉕，盡繫經營㉖。奧學㉗雄文，例舍㉘於貞方㉙寒素㉚；增年㉛矯貌㉜，盡取於朋比㉝群強。雖中選者曾不足云，而爭名者益熾其事。澳叨㉞居畿甸㉟，合貢英髦㊱；非無藻鑑㊲之心，懼有愛憎之謗。且李膺㊳以不察孝廉㊴去任，胡廣㊵以輕舉茂才㊶免官；況在管窺㊷，實難裁處。況禮部格文㊸，本無等第，府解㊹不合區分。其今年所合送省㊺進士、明經等，並以納策試㊻前後為定，不在更分等第之限。」

【注釋】❶開成二年　西元八三七年。開成，唐文宗年號。❷大尹　此指京兆尹。尹，官名。商、西周時為輔弼之官。春秋時楚國長官多稱尹。漢代始以都城的行政長官稱尹。唐代京城長官稱京兆尹，因稱大尹。❸崔珙　（？～約八五四）唐博陵安平（今屬河北）人。精於吏治。文宗時，任徐州刺史、宣武軍節度使。開成二年，遷京兆尹。累遷戶部尚書、判度支。武宗即位，以本官同平章事。崔鉉為相，以宿怨貶。宣宗立，召為太子賓客，兩任鳳翔節度使，卒於鎮。❹判　裁定；決定；評判。❺差第　區分等級。❻鎖試官　猶言主試官與舉人相互不得通消息。❼猜嫌　猜忌嫌怨。❽浮競　爭名奪利。❾功曹　官名。漢代郡守下有功曹史，簡稱功曹，除掌人事外，並得與聞一郡政務。歷代沿置，隋唐改為司功，權任遠不及漢代之重，漸成空名。❿盧宗回　字望淵，南海人。元和十年進士。終集賢校理。《全唐詩》存詩一首。⓫文書　文章書法。⓬文狀　向上級申報的文書、公文。⓭重　又；再。⓮司錄　官名。晉時置錄事參軍，為公府官，非州郡職，掌總錄眾曹文簿，舉彈善惡。北周稱司錄參軍，屬相府；同時州之刺史有軍而開府者亦置之。唐開元初改為京兆尹屬官，掌府事。⑮侯雲章　寶曆元年進士。餘未詳。⑯徐方　指徐州。⑰大中七年　西元八五三年。大中，唐宣宗年號。⑱韋澳　字子斐，唐京兆杜陵（今陝西西安東南）人。太和進士，又登宏詞科。累官至兵部侍郎、學士承旨。為宣宗所親信。改京兆尹，出為河陽節度使。懿宗朝，歷平盧、邠寧節度使，遷河南尹。辭歸樊川別業而卒。撰《處分語》，已佚。⑲相高　比高；爭勝。⑳黨甲　派系與門第。㉑等列　處於同等地位；同列。㉒標名　題名。㉓奔馳　奔波；奔走。此指奔走鑽營。㉔差肩　比肩；並列。㉕考覈　亦作「考核」。查考核實。㉖經營　此指奔走鑽營。㉗奧學　高深的學問。亦指學識淵博之人。㉘舍　捨棄。㉙貞方　正直不阿。㉚寒素　指家世貧寒之人。㉛增年　增壽。㉜矯貌　整飾容貌。此有「裝模作樣故作姿態」之意，含貶義。㉝朋比　結成私黨。㉞叨　猶忝。用作謙詞。㉟畿甸　指京城地區。㊱英髦　亦作「英旄」。俊秀傑出的人才。㊲藻鑑　品藻和鑑別（人才）。㊳李膺　（一一〇～一六九）字元禮，東漢潁川襄城（今屬河南）人。桓帝時，為司隸校尉，與太學生首領郭泰等結交，反對宦官專權。延熹九年（一六六），宦官認為他們誹謗朝廷，被逮入獄。釋放後禁錮終身。靈帝立，外戚竇武執政，被起用。與陳蕃等謀誅宦官失敗，死獄中。㊴孝廉　漢代選拔官吏的科目之一。始於董仲舒的奏請。與賢良同由各郡國在所屬吏民中薦舉。實際上多由世家大族把持。舉孝廉者往往被任為「郎」，在東漢時尤為求仕進者必由之路。㊵胡廣　字伯始。東漢南郡華容（治今湖北潛江西南）人。舉孝廉，累遷尚書僕射。出為濟陰太守，以舉吏不實免。復為汝南太守。後入京。前後歷事六帝。卒謚文恭侯。㊶茂才　即「秀才」。東漢時為避光武帝劉秀名諱，改秀才為茂才。漢以來成為薦舉科目之一。㊷管窺　在管中看物。喻所見者小。㊸格文　猶公文，正式文件。㊹府解　唐代府州貢舉士子會試於京師稱為府解。㊺省　指尚書省禮部。㊻策試　古時以策問試士，因稱對臣下或舉子的考試為策試。

【語　譯】開成二年，京兆尹崔珙判定說：選拔文章求取士人，自有主試官。各州府所送名單，豈應區分等第？今年選送者不定高下，主考官與舉人不得互通消息，既杜絕猜忌嫌怨，也暫息爭名奪利。派功曹盧宗回主持京兆府試。除去文章不堪呈送者外，即以所下文書為先後，待試雜文後，又派司錄侯雲章充任試官，至終未列等第。次年，崔珙出任徐州刺史、宣武軍節度使，京兆府復置等第。

大中七年，韋澳為京兆尹，在榜文中說：「朝廷為有益於教化，廣設科場，當開元、天寶年之間，始專攻明經、進士；及至貞元、元和年之際，又更以薦舉選送比高。然當時只是相互切磋，不分派系門第，杜絕僥倖請託之路，而有推賢讓能之風。同列題名，也僅類同科舉考試；此既為盛事，固可公然進行。然而近日以來，以前的成規已全部改變，相互爭強鬥勝，多竭力奔走鑽營；評定高下於落第之初，決斷可否於比肩之日，實非查考核實之法，全繫奔走經營之途。即使學識淵博雄文蓋世，對於正直不阿家世寒素之人照例捨棄，而徒增年歲矯飾其貌，與豪強之家結成私黨之徒盡數錄取。即使中選者也有不值一提之人，而爭名利者卻更加熱衷此事。我忝居於京師，理應進獻俊秀傑出人才；我並非沒有品鑑人才之心，而是懼怕愛憎不公之謗。而李膺以不能省察孝廉去職，胡廣以輕率薦舉茂才免官，何況我管中窺天，實在難以裁定處分。況且禮部公文，本無等第之分，府解不應加以區分。今年所應送禮部的參加進士、明經試的舉人，均以繳納策試先後為定，不在區分等第之限。」

置等第

【題解】此為「置等第」完整一例。

乾符四年❶，崔淯❷為京兆尹，復置等第。差萬年❸縣尉❹公乘億❺為試官。試「火中寒暑退」賦，「殘月如新月」詩。李時❻孫文公❼、韋硎❽、沈駕❾、羅隱❿、劉纂⓫、倪曙⓬、唐駢⓭、周繁⓮池人⓯，善賦、吳廷隱⓰、賈涉⓱。其年所試八韻⓲，涉擅場⓳，而屈其等第。

【注釋】❶乾符四年　西元八七七年。乾符，唐僖宗年號。❷崔淯　文淵閣本作崔涓。若是，崔涓大中四年進士。❸萬年古縣名。西漢置。隋改名大興，唐復名萬年，天寶、至德時曾改名咸寧。宋宣和年改名樊川。❹縣尉　官名。始於秦，兩漢沿置，大縣二人，小縣一人，掌一縣軍事。歷代所置略同。唐代縣尉為通常進士出身者初任之官，京畿縣尉職位尤重。宋以後漸輕，明代廢除。❺公乘億　字壽山。咸通十二年進士。善作賦。《全唐詩》存詩四首，《全唐文》存文三篇。❻李時　事跡未詳。❼文公　指李翱（七七二～八四一）。字習之，唐隴西成紀（今甘肅秦安西北）人。貞元進士。師從韓愈，文章見稱當時。有《李文公集》。❽韋磵　事跡未詳。❾沈駕　事跡未詳。❿羅隱　（八三三～九〇九）原名橫，字昭諫。唐新城（今浙江桐廬東北）人，一作餘杭（今浙江餘杭南）人。少工詩善文，名重一時。以貌陋，應十舉不中。改名「隱」，自號江東生。不受朱溫召，入鎮海軍節度使錢鏐幕，後終老故里。著作頗多，大多散佚，有《羅隱集》。⓫劉綦　事跡未詳。⓬倪曙　字孟曦。唐侯官人。中和五年進士。仕劉隱為工部侍郎、平章事（見《淳熙三山志》）。⓭唐駢　事跡未詳。⓮周繁　事跡未詳。⓯池人　當指池州（今屬安徽）人。⓰吳廷隱　事跡未詳。⓱賈涉　事跡未詳。⓲八韻　指詩。⓳擅場　謂技藝超群。

【語　譯】乾符四年，崔淯為京兆尹，重又設置等第。派萬年縣縣尉公乘億為主試官。考「火中寒暑退」賦，「殘月如新月」詩。

此年「等第」十人為李時文公孫、韋磵、沈駕、羅隱、劉綦、倪曙、唐駢、周繁池人，善賦、吳廷隱、賈涉。

那年考的是詩，賈涉技藝超群，卻壓低他等第位置。

府元❶落❷

【題　解】作為京兆府試第一、居於「等第」之首的「府元」，在參加進士試時，亦有可能落第。這便是落第「府元」的名單。

郭求❸元和元年❹、楊正舉❺❻六年、唐炎❼❽八年、高鉽❾❿九年、平曾⓫長慶二年⓬貶、崔伸⓭寶曆二年⓮罷、韋鋌⑮太和二年⑯、鄭從讜⑰開成二年⑱、韋瑑⑲乾寧二年⑳。

【注釋】❶府元　科舉時代府試的第一名。❷落　落第。❸郭求　事跡未詳。《全唐詩》存詩一首。❹元和元年　西元八〇六年。元和，唐憲宗年號。❺楊正舉　事跡未詳。❻六年　元和六年（八一一）。❼唐炎　未詳。❽八年　元和八年（八一三）。❾高釴　字翹之。與弟銖、鍇俱擢進士第。穆宗時任翰林學士，敬宗時累遷吏部侍郎，出為同州刺史，卒贈兵部尚書。❿九年　元和九年（八一四）。⓫平曾　落第后入蜀。《全唐詩》存詩三首。⓬長慶二年　西元八二二年。長慶，唐穆宗年號。⓭崔仲　未詳。⓮寶曆二年　西元八二六年。寶曆，唐敬宗年號。⓯韋鋌　未詳。⓰太和二年　西元八二八年。太和，唐文宗年號。⓱鄭從讜　字正求。進士及第。僖宗時，累遷同中書門下平章事，進門下侍郎。參與平黃巢。卒謚文忠。⓲開成二年　西元八三七年。開成，唐文宗年號。⓳韋瑑　未詳。⓴乾寧二年　西元八九五年。乾寧，唐昭宗年號。

【語譯】郭求元和元年、楊正舉六年、唐炎八年、高釴九年、平曾長慶二年貶斥、崔仲寶曆二年放罷、韋鋌太和二年、鄭從讜開成二年、韋瑑。乾寧二年。

等第末為狀元

【題解】居「等第」之末而為狀元，堪稱幸運。然亦僅此一例。

李固言❶。元和七年❷。

【注釋】❶李固言　字仲樞。唐趙郡（治今河北趙縣）人。元和進士。累官至門下侍郎同平章事。出為山南西道節度使、劍南西川節度使。武宗時，領河中節度。宣宗時，官太子太傅，分司東都。卒年七十八歲。❷元和七年　西元八一二年。元和，唐憲宗年號。

【語 譯】李固言元和七年

等第罷舉

【題 解】經府試列入等第者，亦有不參加進士試的。這是一份「等第罷舉」的名單。

劉隲❶、田㽂並元和七年，張傒、韋元佐並元和八年，孟夷十二年，韋璟十四年，辛諒、崔愨、薛渾並長慶元年❷，韋澌、李餘並二年，郭崖三年，李景方、盧鎰並寶曆元年❸，韋敖二年，元道、韋衍並大和二年❹，殷恪、劉筠並八年，崔湏開成二年❺，胡澳、樊京並卒，溫岐四年，蘇俊卒，韓寧會昌二年❻，李謩、韓肱並三年，魏鐐、孫璵並四年卒，韋硎、沈駕、羅隱、周繁❼。並乾符三年❽。

【注 釋】❶劉隲 事跡未詳。以下諸人事跡俱未詳。❷長慶元年 西元八二一年。長慶，唐穆宗年號。❸寶曆元年 西元八二五年。寶曆，唐敬宗年號。❹太和二年 西元八二八年。太和，唐文宗年號。❺開成二年 西元八三七年。開成，唐文宗年號。❻會昌二年 西元八四二年。會昌，唐武宗年號。❼韋硎沈駕羅隱周繁 俱見本卷〈置等第〉❽❾❿⓮。❽乾符三年 西元八七六年。乾符，唐僖宗年號。

【語 譯】劉隲、田㽂都在元和七年「等第罷舉」，張傒、韋元佐都在元和八年，孟夷元和十二年，韋璟元和十四年，辛諒、崔愨、薛渾均在長慶元年，韋澌、李餘均在長慶二年，郭崖長慶三年，李景方、盧鎰均在寶曆元年，韋敖寶曆二年，元道、韋衍均在太和二年，殷恪、劉筠均在大和八年，崔湏開成二年，胡澳、樊京均卒，溫岐開成四年，蘇俊、韓寧均在會昌二年，李謩、韓肱均在會昌三年，魏鐐、孫璵均卒於會昌四年，韋硎、沈駕、羅隱、周繁。均在乾符三年。

為等第後久方及第

【題解】此為府試列入等第多年後方得中進士之例。

韋力仁❶、趙蕃❷並三年、黃頗❸、劉綦❹。後二十一年。

論曰：孟軻言，遇不遇，命也❺。或曰：性能❻則命通。以此循❼彼，匪命從於性耶！若乃大者科級❽，小者等列❾，當其角逐文場，星馳❿解試⓫，品第⓬潛方⓭於十哲⓮，春闈⓯斷⓰在於一鳴⓱；奈何取舍之源，殆⓲不踵⓳此！或解元⓴永黜，或高等尋休。黃頗以洪奧㉑文章，蹉跎㉒者一十三載；劉綦以平漫㉓子弟，汩沒㉔者二十一年。溫岐濫竄㉕於白衣㉖，羅隱㉗負冤於丹桂㉘。由斯言之，可謂命通性能，豈曰性能命通者歟！苟怫㉙於是，何姦宄㉚亂常㉛不有之矣！京兆府解試比同㉜禮部三場試㉝，巢寇㉞之後，並只就一場耳。

【注釋】❶韋力仁　列入「等第」後三年方及第。官至戶部郎中。❷趙蕃　元和四年進士。官侍御史，出為袁州刺史。武宗時為太僕卿。❸黃頗　《永樂大典》引《宜春志》：「黃頗字無頗，宜春（今屬江西）人，與盧肇相上下。每見肇所為文輒不取。會昌三年，擢進士科。頗自升等後十三年，始中選。」工文章，韓愈為袁州刺史，頗師事之。仕至監察御史。❹劉

綦　事跡未詳。清徐松《登科記考》未見著錄。❺遇不遇二句　今本《孟子》中未見。遇，機遇；機會。❻性能　天然具有的能力與作用。性，天性；本質。❼循　順著；遵循。❽科級　科第。❾等列　等級。❿星馳　猶競爭。⓫解試　唐代州府舉行的考試。⓬品第　評定、分列次第。⓭潛方　猶言暗中排列。⓮十哲　本指孔子的十個學生，此似當指主考官員。⓯春闈　唐宋禮部試士，在春季舉行，稱春闈，猶春試。⓰斷　評判；評定。⓱一鳴　猶言一鳴驚人。⓲殆　大概；幾乎。⓳踵　因循。⓴解元　唐制，舉進士者皆由地方解送入試，故相沿稱鄉試第一名為解元。㉑洪奧　博大深奧。㉒蹉跎　失意；虛度光陰。㉓平漫　平庸浮淺。然此似指「平民百姓」。㉔汩沒　湮沒；埋沒。㉕竄　混入；放逐。㉖白衣　古代平民服。指平民。㉗羅隱　因貌陋十試不中，因稱「負冤」。㉘丹桂　古時稱科舉中第為折桂，因以丹桂比喻科第。㉙佛　通「悖」。違反；悖逆。㉚姦宄　亦作「奸宄」、「姦軌」。違法作亂的事情；奸詐不法。㉛亂常　破壞綱常。㉜比同　等同。㉝禮部三場試　亦即省試。唐代開元年間由禮部侍郎主持進士考試，歷代沿襲，科舉遂為禮部專職，因稱在京舉行之會試為禮部試，亦稱禮闈。㉞巢寇　指唐末黃巢農民起義。

【語譯】韋力仁、趙蕃均三年後中進士、黃頗、劉綦。二十一年後中進士。

論云：孟軻說，一個人有沒有機遇，是命中注定的。有人說，具有天賦才能則命運通達。由此及彼，不正是命運遵從於天性嗎！至於大至科第，小至等列高下，當其角逐於文場，競爭於解試，品第高下掌握於考官之手，春闈考試正在於一鳴驚人；怎奈取捨之源，幾乎無不因循於此！有的鄉試解元被永遠排斥在外，有的列於高等而即刻名落孫山。黃頗以其博大精深的文章而虛度光陰一十三載；劉綦因是平民百姓而被埋沒二十一年。溫岐被放逐於平民之中，羅隱亦冤枉地失意科第。由此而言，真可謂是命通才有性能，哪裡能說性能方才命通呢！假設悖逆如此，那麼什麼樣的違法作亂、破壞綱常的事會沒有呢！京兆府的解試等同於禮部的三場考試，自黃巢事起，全都只考一場了。

海述解送

【題解】「海述」，意為漫無邊際地敘述，此猶「漫說」之意。

荊南❶解比❷，號天荒❸。大中四年❹，劉蛻❺舍人以是府解及第。時崔魏公❻作鎮，以破天荒錢七十萬資蛻。蛻謝書略曰：「五十年來，自是人廢；一千里外，豈曰天荒！」

【注釋】❶荊南　唐、五代方鎮名。唐至德二年（七五七）置荊南節度使，又稱荊澧節度使，治荊州。所轄今四川、湖北、湖南部分地區。當時荊南文化較為落後。❷解比　謂選送應舉者參加大比。比，考試；比較；考校。❸天荒　科考從未出過及第人才，謂之「天荒」。❹大中四年　西元八五〇年。大中，唐宣宗年號。❺劉蛻　唐長沙（今屬湖南）人，一作商州（今陝西商縣）人，字復愚，號文泉子。大中進士。咸通中，為左拾遺，終商州刺史。為文取法揚雄，以復古自任。自編《文泉子集》等，均佚，明人有輯本，或名《劉蛻集》。❻崔魏公　崔鉉，字臺碩，唐博陵（治今河北安平）人。大和進士。初為荊南節度使幕僚。官知制誥、翰林學士、中書舍人，會昌三年（八四三），為中書侍郎同平章事，兼戶部尚書。五年罷。大中三年（八四九），再度入相，為弘文館大學士。出為淮南節度使。咸通八年（八六七），徙山南東道、荊南二鎮節度使，進封魏國公。後卒於江陵。文中「時崔魏公作鎮」不確。

【語譯】荊南選送士人參加大比，從未有人及第，號稱「天荒」。大中四年，劉蛻舍人以本府解試及第。其時崔魏公為荊南節鎮，以「破天荒」錢七十萬資助劉蛻。劉蛻在答謝的書信中這樣說：「五十年來，自是因士人荒廢學業；一千里外，又豈能埋怨科場天荒！」

爭解元 叩貢院門求試後到附

【題解】這則題為「爭解元」，是記府試中的種種軼事。從中，對唐代府試的狀況及當時的世態都能有所了解。其中尤以「同華解最推利市」及「國朝自廣明庚子之亂」兩段頗有興味。

同華解❶最推利市❷，與京兆無異，若首送，無不捷者。元和❸中，令狐文公❹鎮三峰❺，時及秋賦❻，榜云：「特加置五場。」蓋詩、歌❼、文、賦、帖經❽，為五場。常年以清要❾書題❿求薦者，率不減十數人，其年莫有至者。雖不遠千里而來，聞是皆寢⓫去；唯盧宏正⓬尚書獨詣華請試。公命供帳⓭，酒饌侈靡於往時。華之寄客畢縱觀於側。宏正自謂獨步文場。公命日試一場，務精不務敏也。宏正已試兩場，而馬植⓮下解⓯。植，將家子弟，從事⓰輩皆竊笑。公曰：「此未可知。」既而試「登山採珠賦」。略曰：「文豹⓱且異於驪龍⓲，採斯疎矣；白石又殊於老蚌，剖莫得之。」公大伏其精當，遂奪宏正解元。後宏正自丞郎⓳將判⓴鹺㉑，俄而為植所據。宏正以手札戲植曰：「昔日華元㉒，已遭毒手；今來鹺務，又中老拳。」復日㉓，試「破竹賦」。

咸通㉔末，永樂崔侍中㉕廉問江西㉖，取羅鄴㉗為督郵㉘，鄴因主解試。時尹璞㉙自遠來求計偕㉚，璞有文而使氣㉛，鄴挾私㉜黜之，璞大恚㉝，怒疏鄴云：「羅鄴諱㉞則㉟，則可知也。」鄴父則，為餘杭鹽鐵㊱小吏。

白樂天㊲典㊳杭州，江東㊴進士多奔杭取解。時張祜㊵自負詩名，以首冠為己任。既而徐凝㊶後至。會郡中有宴，樂天諷㊷二子矛盾。祜曰：「僕為解元，宜矣。」凝曰：「君有何嘉句？」祜曰：「〈甘露寺〉詩有『日月光先到，山河勢盡來』。又〈金山寺〉詩有『樹影中流見，鐘聲兩岸聞』。」凝曰：「善則善矣，奈無野人㊸句云『千古長如白練飛，一條界破青山色』。」祜愕然不對。於是一座盡傾。凝奪之矣。

大中㊹中，紇干峻㊺與魏鏢㊻爭府元，而紇干屈居其下。翌日，鏢暴卒。時峻父方鎮南海㊼，由是為無名子所謗，曰：「離南海之日，應得數斤㊽；當北闕㊾之前，未消一捻㊿。」因此峻兄弟皆罷舉。

張又新(51)時號張三頭。進士狀頭。(52)，宏詩(53)敕頭(54)，京兆解頭(55)。

國朝自廣明庚子之亂(56)，甲辰(57)，天下大荒，車駕再幸岐梁(58)，道殣(59)相望，郡國率不以貢士為意。江西鍾傳(60)令公起於義聚，奄有(61)疆土，充庭(62)述職，為諸侯[63]表式，而乃孜孜以薦賢為急務。雖州里白丁，片文隻字求貢於有司者，莫不盡禮接之。至於考試之辰，設會[64]供帳[65]，甲於治平。行鄉飲之禮，常率賓佐臨視，拳拳然有喜色。復大會以餞之，筐篚[66]之外，率皆資以桂玉[67]。解元三十萬，解副[68]二十萬，海送[69]皆不減十萬。垂三十載，此志未嘗稍怠。時舉子有以公卿關節[70]，不遠千里而求首薦者，歲常不下數輩。

合淝[71]李郎中群[72]，始與楊衡[73]、符載[74]等，同隱廬山，號「山中四友」。內一人不記姓名。先是封川[75]李相[76]遷閤長[77]，會有名郎[78]出牧九江郡者，執辭[79]之際，屢以文柄[80]迎賀於公。公曰：「誠如所言，廬山處士四人，儻能計偕，當以到京兆先後為齒。」既，公果主文。於是擁旌旗，造[81]柴關[82]，激之而笑。時三賢[83]皆膠固[84]，唯合淝公年十八，矍然[85]曰：「及其成功，一也[86]！」遂東書就貢。比及京師，已鎖貢院[87]，乃搥院門請引見。公問其所止[88]。答云：「到京後時，未遑[89]就館[90]。」合淝神質[91]瓌秀[92]，主司為之動容。因曰：「不為作狀頭，便可延於吾廬矣。」楊衡後因中表盜衡文章及第，詣闕[93]尋其人，遂舉，亦及第。或曰：見衡業[94]古調詩[95]，其自負者，有「一一鶴聲飛上天」之句。初遇其人頗憤怒，既而問曰：「且『一一鶴聲飛上天』在否？」前人曰：「此句知兄最惜，不敢輒偷。」衡笑曰：

「猶可恕矣。」符載後佐李隲96為江西副使，失意，去從劉闢97。已上李群與楊衡、符載等事一節，事意、年代前後不相接，差互尤甚。

高貞公郢98就府解後時，試官別出題目曰「沙洲獨鳥賦」。郢援筆而成曰：「馭99有飛鳥，在河之洲。一飲一啄，載100沉載浮。賞心利涉101之地，浴質102至清之流。」其年103首送。

【注釋】❶解　即解試。❷利市　吉利；好運氣。❸元和　（八〇六～八二〇）唐憲宗年號。❹令狐文公　令狐楚（七六六～八三七），字壳士，唐京兆華原（今陝西耀縣）人。長於詩賦，自號白雲孺子。貞元進士。歷太常博士、知制誥等。元和十三年，出為華州刺史，即文中所云「文公鎮三峰」。十四年，擢中書侍郎，同平章事。穆宗時，為門下侍郎，貶衡州刺史。敬宗時，為宣武軍節度使。文宗時，歷天平軍、河東節度使，改鹽鐵轉運使，以山南西道節度使致仕，卒於鎮，謚文。❺三峰　指華州。華山有落雁、朝陽、蓮花三峰，因稱。❻秋賦　猶秋貢。即秋天進行的貢舉考試。❼歌　詩體的一種。❽帖經　唐代科舉考試的一種方法。《通典・選舉三》：「帖經者，以所習經，掩其兩端，中間開唯一行，裁紙為帖。凡帖三字，隨時增損，可否不一，或得四、得五、得六者為通。」❾清要　謂地位顯貴、職司重要而政務不繁的官職。此指身居顯貴者。❿書題　指書信。⓫寖　逐漸。此有「悄然」之意。⓬盧宏正　即盧弘正。一作盧弘止，字子強，唐河中蒲州（今山西永濟西）人。元和末進士。累官至戶部侍郎，充鹽鐵轉運使。大中三年（八四九）為武寧軍節度使，遷宣武軍節度使，卒於鎮。⓭供帳　提供帷帳、用具、飲食等。⓮馬植　（？～八五七）字存之，唐扶風（今屬陝西）人。元和進士，又登制科。歷任地方官，入為大理卿。宣宗即位，擢刑部、戶部侍郎，領諸道鹽鐵轉運使。大中二年（八四八）同平章事，遷中書侍郎，兼禮部尚書。四年，貶常州刺史。後轉忠武、宣武軍節度使。⓯下解　後到參加解試。下，次序或時間在後。⓰從事　官名。漢以後三公及州郡長官皆自辟屬僚，多以從事為稱，如從事史、從事郎中、別駕從事之類。到宋代廢除。此「從事」指令狐楚僚佐。⓱文豹　豹子。因其皮有斑紋，故稱。⓲驪龍　黑龍。《尸子》卷下：「玉淵之中，驪龍蟠焉，頷下有珠。」⓳丞郎　唐代尚書省的左右丞和六部侍郎的總稱。尚書在左右丞之上，也稱丞郎。⓴判　唐宋官制，以高官兼較低職位的官稱「判」。㉑

鹺　鹽的別稱。㉒華元　即指華州解元。㉓復日　過了一日。㉔咸通　（八六〇～八七三）唐懿宗年號。㉕崔侍中　當指崔鉉。侍中，官名。秦始置，兩漢沿置。初僅伺應雜事，因接近皇帝，地位漸形貴重。南朝宋文帝時，始掌機要，梁陳相沿，實際上往往即為宰相。北魏尤重其官。隋代改稱納言。唐代復稱侍中，並一度改稱左相，成為門下省的正式長官。但因官位特高，僅作為大臣加銜。非有同平章事的頭銜，即不為宰相。崔鉉兩度為相，且曾官左僕射門下侍郎，因而尊稱「侍中」。㉖廉問江西　咸通八年（八六七），崔鉉出為山南東道、荊南兩鎮節度使，次年，募兵扼守江、湘要衝，阻擊龐勛軍北上，此當指此。廉問，察訪查問。崔鉉，見本卷〈海述解送〉❻。㉗羅鄴　唐餘杭（今浙江餘杭）人。父羅則為鹽鐵小吏。咸通、乾符間，與羅隱、羅虬合稱「三羅」。因仕途不得志，北赴塞外，後鬱鬱而終。詩多七言，尤長律詩，筆力超絕，馳譽當時。明人輯有《羅鄴詩集》。㉘督郵　官名。漢代各郡的重要屬吏，代表太守督察縣鄉，宣達教令，兼司獄訟捕亡等事。隋唐後廢。此指佐吏。㉙尹璞　事跡未詳。《全唐詩》存詩一首。㉚計偕　稱舉人赴京會試。《史記・儒林列傳序》：「郡國縣道邑有好文學，敬長上，肅政教，順鄉里，出入不悖所聞者，令相長丞上屬所二千石，二千石謹察可者，當與計偕，詣太常，得受業如弟子。」㉛使氣　意氣用事。㉜挾私　心懷私念。㉝恚　憤怒；怨恨。㉞諱　迴避；顧忌；畏懼。㉟則　本指標準、法則。此實一語雙關。羅鄴之父名「則」，尹璞故意如此寫。㊱鹽鐵　掌管食鹽專賣及銀銅等的開採。㊲白樂天　即白居易（七七二～八四六）。字樂天，晚居香山，自號香山居士，又曾官太子少傅，後人因稱白香山、白傅或白太傅。原籍太原（今屬山西），後遷下邽（今陝西渭南）。貞元十六年（八〇〇）進士，官秘書郎、翰林學士、左拾遺，元和十年（八一五），上表請急捕刺殺宰相武元衡的凶手，為權貴所惡，貶江州司馬。後任杭州、蘇州刺史，官至刑部尚書。在文學上，提出「文章合為時而著，歌詩合為事而作」的口號，對新樂府運動有很大影響。長篇敘事詩〈長恨歌〉、〈琵琶行〉極負盛名。與劉禹錫唱和甚多，人稱「劉白」。有《白氏長慶集》。㊳典　掌管；主持；任職。㊴江東　隋唐以前，習慣上將蕪湖、南京以下的長江南岸地區稱作江東。㊵張祐　疑為張祜。㊶徐凝　唐睦州人。元和間有詩名。《全唐詩》存詩一卷。㊷諷　此指委婉地勸解。㊸野人　山野之人。此為徐凝自謙之稱。㊹大中　（八四七～八五九）唐宣宗年號。㊺紇干峻　未詳。疑即紇干濬。㊻魏鏢　事跡未詳。鏢，字書未收，音不詳。㊼南海　隋唐時以番州、廣州為南海郡。㊽數斤　「數斤」及下文「一捻」或有所指，然無從查考，暫付闕如。㊾一捻，一點點，謂數量細小。㊿北闕　古代宮殿北面的門樓。係臣子等候朝見或上書奏事之處。(51)張又新《唐才子傳》：「張又新字孔昭，深州人也。初應宏詞第一，又為京兆解頭。元和九年，禮部侍郎韋貫之下狀元及第，時號為『張三頭』。」(52)狀頭　即狀元。(53)宏詩　當為宏詞之誤。(54)敕頭　即宏詞科第一名。後世「敕頭」亦即狀元。(55)解

頭　即京兆府試第一名。(56)廣明庚子之亂　即唐僖宗廣明元年（八八〇）末，黃巢軍攻陷長安，僖宗出逃事。(57)甲辰　指唐僖宗中和四年（八八四），歲次甲辰。(58)岐梁　此指陝西西部。此年僖宗再次入蜀。(59)殣　餓死的人。(60)鍾傳　（？～九〇六）唐洪州高安（今屬江西）人。以商販為業。唐末大亂中，鳩集百姓，依山為壁，自稱高安鎮撫使，眾至萬人。後阻擊王仙芝軍得勝，入據撫州（今屬江西），被任為刺史。中和二年（八八二），逐江西觀察使高茂卿，自稱留後，占有洪州（今江西南昌），任洪州節度使。先後平服危全諷、韓師德部，擢鎮南節度使，割據江西三十年，封南平郡王。(61)奄有　全部占有。(62)充庭　古代的一種朝儀。每大朝會，陳皇帝車輦儀仗於殿庭，謂之充庭。此指到朝庭。(63)諸侯　此指藩鎮。(64)設會　本指朝會，此當指集會。(65)供帳　指陳設供宴會用的帷帳、用具、飲食等物。亦謂舉行宴會。(66)筐篚　謂禮物。(67)桂玉　喻昂貴的柴米。此指錢物。(68)解副　唐代科舉制中稱鄉薦第一名為解元，第二名為解副。(69)海送　猶遍送。指送給赴京應試的舉子。(70)關節　此猶言關係。有「引薦」、「推舉」之含義。(71)合淝　即合肥。(72)李郎中群　李群，長慶四年狀元。(73)楊衡　字中師。及進士第，嘗任犀浦縣令。(74)符載　當作苻載。字厚之。蜀人。辟西川掌書記，加授監察御史。《全唐詩》存詩二首。(75)封川　隋唐時有封川縣，歷為封州、蒼梧郡治。李宗閔晚年貶封州（今廣西封開東南），因稱「封川李相」。(76)李相　李宗閔（？～八四六）唐宗室，字損之。貞元進士。元和三年（八〇八）登賢良方正科，後遷駕部郎中，知制誥。穆宗立，為中書舍人，貶劍州刺史。後再為中書舍人，權知禮部侍郎。掌貢舉，所取多名士。大和三年（八二九），以吏部侍郎同平章事。七年，罷為山南西道節度使。後復入相，貶湖州刺史。武宗立，流封州，宣宗時，任郴州司馬，未離封州而卒。(77)閣長　古代朝中的近侍次官。當指李宗閔為中書舍人事。(78)名郎　為宋代禮部郎中代稱。宋官制沿唐，似當指禮部郎中。(79)執辭　謂話別。(80)文柄　考選文士的權柄。(81)造　造訪；訪問。(82)柴關　柴門。此指李群等隱居之地。(83)三賢　指楊衡、符載等人。(84)膠固　固陋；固執。抑或指三人不願出山應試。(85)矍然　急遽貌。(86)及其成功二句　待我成功，是一定無疑的。(87)貢院　考試士子的場所。(88)所止　居住之處。(89)遑　閒暇；餘裕。(90)就館　本指到治事之所，或到主人家授徒或充幕僚。此指到館驛。(91)神質　精神和形體。(92)瓌秀　亦作「瑰秀」。瑰異秀美。(93)詣闕　到京城。闕，指代京城。(94)業　以……為業；從事於。此猶言「專攻」、「鑽研」。(95)古調詩　指漢魏以來形成的古體詩。(96)李隲　曾任太常少卿、弘文館直學士，加知制誥，遷中書舍人、洪州刺史等職。(97)劉闢　見卷一〈述進士下篇〉(38)。(98)高貞公郢　高郢（七四一～八一一），字公楚，唐衛州（治今河北衛輝）人。通《春秋》，工屬文。寶應初，舉進士。先後充郭子儀、李懷光幕僚。後入為刑部郎中、中書舍人，進禮部侍郎。掌貢舉三年，拒絕請託，排除浮華，注意選拔才能之士，一變朋黨援引之風。貞元十九年（八〇三），擢中書侍郎、同平章事。順宗立，王叔文當政，罷相。元和初，召為太常卿，改兵部尚書，以尚書右僕射致仕。為官謹慎廉潔，奉公守法。生平不置產業，素守節儉。卒謚「貞」，因稱「高貞公」。[99]鴥　亦作「鴻」。疾飛貌。[100]載　語助詞。[101]利涉　順利渡河。[102]浴質　謂鳥在水中嬉水之處。[103]其年　當指寶應二年（七六三），是年高郢進士及第。

【語　譯】同、華州解試被認為最吉利，與京兆府一樣，如果是以第一名選送，沒有不高中的。元和年間，令狐文公任華州刺史，將到秋貢時節，出榜文云：「特別加設五場考試。」這五場考的是詩、歌、文、賦、帖經，總計五場。往常年份持清要顯貴的書信前來求推薦的，大抵不下十餘人，當年卻沒有一個前來的。即使有不遠千里而來的，聽到要加試五場，也悄然離去，只有盧宏正尚書獨自前往華州請求考試。令狐文公下令為他提供食宿，酒肴比以往更豐盛。寄居華州的士人全都前來觀看。宏正自認獨步文場，毫不在意。令狐公命每天考一場，求精而不求快。盧宏正已考了兩場，馬植後到，亦來參加解試。馬植，是武將家的子弟，他參加考試，令狐公的僚佐都在私下嘲笑。令狐公說：「還不知結果呢。」接著考「登山採珠賦」。馬植在賦中寫道：「文豹自不同於驪龍，來山上採珠是太少了；白石又不同於老蚌，剖開白石也無法得到珍珠。」令狐公大為嘆服文章的精當，於是取消盧宏正的解元資格而給予馬植。後來，盧宏正以丞郎官職去任鹽務官，不久此職位被馬植占據，盧宏正寫了親筆信調侃馬植說：「昔日華州解元，已遭你的毒手；現今鹽務差使，又中你的老拳。」過了一日，又考「破竹賦」。

咸通末，永樂崔鉉侍中按察江西，選拔羅鄴為督郵，羅鄴因而主持解試。當時尹璞自遠方前來希望求得赴京會試的機會，尹璞有文才但意氣用事，而羅鄴則心懷私念將尹璞排除。尹璞十分怨恨，憤怒地給羅鄴寫信道：「羅鄴避諱『則』字，是明顯的事。」羅鄴的父親羅則，時為餘杭鹽鐵小吏。

白居易任職杭州時，江東參加進士考試的人大多去杭州以求取解試。當時張祜對寫詩的名聲頗為自負，以解試第一名為己任。不久徐凝後到。恰逢杭州有宴會，在席間白居易委婉地勸解二人的矛盾。張祜說：「我為解元，是理所應當的。」徐凝說：「您有什麼嘉句？」張祜說：「我的〈甘露寺〉詩有『日月光先到，山河勢盡來』。又有〈金山寺〉詩有『樹影中流見，鐘聲兩岸聞』這樣的詩句。」徐凝說：「好確實是好，不過在下有詩句云『千古長如白練飛，一條界破青山色』。」張祐聽後不能應對。此時在座者都為之傾倒，徐凝奪取了解元。

大中年間，紇干峻與魏鐰爭京兆府解元，但紇干峻屈居魏鐰之下。發榜第二天，魏鐰暴卒。當時紇干峻之父正為南海節鎮，因此為不知名的小子所毀謗，說：「離南海之日，應得數斤；當北闕之前，未消一捻。」因此紇干峻兄弟都沒有參加進士試。

張又新時稱「張三頭」。進士考試為狀頭，宏詞科為敕頭，京兆府試為解頭。

國朝自廣明庚子之亂，到甲辰歲，天下大饑荒，僖宗再次臨幸岐梁之地，沿途餓殍比比皆是，當時各州府大都不把向朝廷選送人才當一回事。江西中書令鍾傳令公進身於聚眾起義，占有疆土，到朝廷述職，可稱為節鎮的表率楷模，而且仍然一心一意把向朝廷推薦賢才為急務。即使是州里沒有功名的白丁，用片言隻字到有關官署請求參加選拔的考試，也沒有不盡禮接待的。至於到考試之時，為舉子提供場所、食宿，比太平年月還好。行鄉飲酒之禮，鍾傳公常常率領僚佐親臨視察，面露誠摯的喜色。並重新舉行盛宴為舉子餞行，除禮物之外，大抵每人都給予財物資助。解元得錢三十萬，解副二十萬，送給每位舉子皆不下十萬。將近三十年，鍾傳公的志節未曾稍有懈怠。當時舉子因公卿大臣的舉薦，不遠千里前來求作為第一名被推薦的，每年通常不低於數人。

合肥李群郎中，起初與楊衡、符載等，一起隱居在廬山，號稱「山中四友」。其中一人記不起姓名。起先，封川李宗閔相國遷閣長，正逢有禮部郎中出為九江刺史，話別之際，屢屢預賀李公將主考試選士之柄。李公云：「如果真的如你所言，廬山四位處士，倘若能赴京會試，定當以他們到京先後為序加以錄取。」後來，李公果然主持考試。於是江州刺史持旌旗，造訪四人隱居之地，激勵他們並笑談必然高中。當時楊衡等三人都堅持不出山，唯有李群年方十八，急忙說：「我進京應試成功，是一定無疑的。」於是裝束書籍參加貢舉。等他趕到京師，貢院已上鎖，李群於是敲打貢院大門請求引見。李公問他居住之處，李群回答說：「到京城已超過規定時間，還未來得及去館驛。」李群神形體態瑰異秀美，主、副考官為之動容。於是說：「此人不能作狀元，亦可延請到家裡去了。」楊衡後來因他的中表兄弟盜用他的文章而進士及第，便前往京城尋找此人，順道參加試舉，亦進士及第。有人說，看到楊衡專攻古體詩，他頗為自負的，有「一一鶴聲飛上天」之句。剛遇到他的表弟時頗為憤怒，隨即問他說：「那麼，『一一鶴聲飛上天』之句還在否？」他表弟說：「這句知道兄長最為珍惜，不敢隨便偷去。」楊衡笑著說：「這樣尚可原諒。」符載後來輔佐李騭，任江西副使，不得志，離開江西，跟從劉闢。以上記載李群與楊衡、符載等事情這一節，事情的內容、年代前後不相銜接，出入尤為嚴重。

高貞公郢前去參加府試誤期後至，主試官另外出題為「沙洲獨鳥賦」。高郢援筆而成，寫道：「疾速而來的飛鳥，在水邊的沙洲上，飲水啄食，悠游浮沉。漫步在便利之地，沐浴於至清之流。」此年高郢以首名選送。

得失以道

【題解】這是李翱因其弟參加京兆府試未獲選送而寫給他的信。信的內容已超出選送的本身，而論及學文之義及仁義與文章的關係，頗耐咀嚼。

李翺❶與弟正辭❷書，貞元末，正辭取京兆解❸，掾❹不送，翱故以書勉之。其書曰：「知汝京兆府取解，不得如其所懷，念勿在意。凡人之窮達❺，所遇猶各有時爾，何獨至於賢丈夫而反無其時哉！此非吾人之所憂也。吾所憂者何？畏吾之道未到於天人之際❻耳。其心既自以為到，且無謬，則吾何往而不得所樂？何必與夫時俗之人同得失憂喜而動乎心？借如用汝之所知，分為十焉，用其九學聖人之道而和❼其心，使餘者以與時進退俯仰❽，如可求也，則不啻富且貴也；如非吾力也，雖盡其十，秖❾益動其心爾，安能有所得乎？汝勿信人號文章為一藝❿。夫所謂一藝者，乃時俗所好之文，或有盛名於近代者是也；其能到古人者，則仁義之辭也，惡得一藝而名之哉！仲尼、孟軻，沒千餘歲矣，吾不及見其人，能知其聖且賢者，以吾讀其辭而得之者也。後來者不可期⓫，安知其讀吾辭者而不知吾心之所存乎？亦未可誣⓬也。夫性於仁義者，未見其無文也；有文而能到者，則吾未見其不力於仁義也。由仁義而後文者，性也；由文而後義者，習也。猶誠明⓭之必相依爾。貴與富，在乎外者也，吾不能知其無也，非吾求而能至者也。吾何愛⓮屑屑⓯於其間哉！仁義與文章，生乎內者也，吾知其有也，吾能求而充之者也。吾何懼而不為哉！汝雖性過於人，然而未能浩浩⓰於其心，吾故書其所懷⓱以張汝⓲，且以樂言吾道云爾⓳。」

【注釋】❶李翺　見卷二〈置等第〉❼。❷正辭　貞元八年進士。憲宗時官拾遺，遷刑部郎中，貶金州刺史。❸取京兆解　即京兆府取解。取解，選送舉子應進士試。❹掾　官府中佐助官吏的通稱。❺窮達　困頓與顯達。❻天人之際　天道與人事相互之間的關係。此有「天人融合」之意。❼和　和諧；協調。❽進退俯仰　猶言進退應付、周旋。❾秖　同「秖」。只；但。❿一藝　一種才能或技藝。亦指「六藝」之一，指經學的一種。⓫期　預知；料想。⓬未可誣　猶不可妄加評說。⓭誠明　至誠之心和完美的德性。⓮愛　喜好；仰慕。⓯屑屑　特意；著意貌。⓰浩浩　謂胸懷開闊坦蕩。⓱懷　本指胸懷、懷抱。此有「內心感受」之意。⑱張汝 猶言開闊你的心胸；開導你。⑲云爾 亦作「云耳」。古人寫信習用語，用於語尾，表示如此而已；也相當於「而已」。

【語 譯】李翱給他弟弟正辭寫信，貞元末，正辭京兆府取解，佐吏不上報，所以李翱寫信勉勵他。他在信中寫道：「得知你京兆府取解，沒有能如你所願，望你切勿在意。普通人的困頓顯達，他們的機遇尚且各有其時，何至於賢能之士反而不逢其時呢！這並不是我們所要擔憂的。我所擔憂的是什麼？是怕我的修養德行尚未達到天人融合的境界。如果內心感到已經達到，而且不謬，那麼我到哪裡而會得不到所尋求的樂趣呢？又何必和那些世俗之人同樣患得患失憂喜相同而動搖你的心呢？假如用你所知的，分為十份，用其中的九份學聖人之道而協調自己的內心，用其餘的與時尚進退周旋，如果可求，則不啻富而且貴；如果非自己的能力所能達到，即使用盡十分心力，也只會動搖你的心而已，怎能有所得呢？你不要相信人家把文章稱做一藝。而所謂的『一藝』，只是世俗所喜好的文章，有些在近世享有盛名的人就是。假如能及古人境界的，那便是仁義之辭，又怎能用『一藝』來稱它呢！孔子、孟軻去世已經千餘年了，我未及看到他們本人，然而我能知道他們既聖且賢的，是因為我讀了他們的言論才知道的。後來之人不可預料，又怎能知道他們讀我的文章而不了解我內心的想法呢？這也不可妄加評說。天性源於仁義的人，未嘗見到沒有文章的；有文章而能達到一定境界的，則我從未見到他們不身體力行於仁義的。由仁義而然後為文的，是出於天性；由文而後達於仁義的，是學習的結果。這正如至誠之心和完美的德性相互依存一樣。貴與富，是外在的東西，我不能知道它們不存在，也並非是我想求得而就會來的。我為什麼要著意於富貴之間呢！仁義與文章，是生於內心的東西，我知道它們的存在，我能探求而充實自己，我有什麼要擔心而不去努力呢！你雖然天性過人，但是還沒有能做到心胸開闊坦蕩，所以我寫信將我內心的感受告訴你、開導你，也樂於談論我的處世、為學之道，如此而已。」

恚恨

【題解】這是幾則因「解送」而產生怨恨的記載。有的負氣指斥，有的得志後欲置人於死地，「陵轢險詖」，令人扼腕；有的發一番牢騷，有的借題發揮，由此也頗可見出當時士人的眾生相。

太和❶初，李相回❷任京兆府參軍❸，主試，不送魏相公謩❹，深銜之。會昌❺中，回為刑部侍郎❻，謩為御史中丞，嘗與次對❼，官三數人候對於閤門❽。謩曰：「某頃歲府解，蒙明公不送，何幸今日同集於此？」回應聲答曰：「經❾，❿。如今也不送。」謩為之色變，益懷憤恚。後回謫牧建州，謩大拜⓫，回有啟狀，謩悉不納。既而回怒一衙官⓬，決杖⓭勒停⓮。建州，衙官能庇⓯傜役⓰，求隸籍⓱者所費不下數十萬，其人切恨停廢。後因亡命至京師，接⓲時相訴冤，諸相皆不問。會停午⓳，甜於槐陰，顏色憔悴，傍人察其有私，詰之。其人具述本意，於是誨之曰：「建陽相公⓴素與中書相公㉑有隙，子盍㉒詣之！」言訖，魏公導騎㉓自中書而下；其人常懷文狀，即如所誨，望塵而拜。導從㉔問，對曰：「建州百姓訴冤。」公聞之，倒持麈尾㉕，敲檐子門㉖，令止；及覽狀，所論事二十餘件，第一件取同姓子女入宅。於是為魏相極力毀[27]成大獄。時李相已量移[28]鄧州刺史，行次九江，遇御史鞠[29]，卻迴[30]建陽，竟坐貶撫州司馬，終於貶所。

盧吉州肇[31]，開成中，就江西解試，為試官不送。肇有啟謝曰：「巨鼇[32]屓屭[33]，首冠[34]蓬山[35]。」試官謂之曰：「昨某限以人數擠排[36]，雖獲申展[37]，深慙[38]名第[39]奉浼[40]，焉得翻有『首冠蓬山』之謂？」肇曰：「必知明公垂問。大凡頑石處士，巨鼇戴之，豈非『首冠』耶？」一座聞之大笑。

華良夫[41]嘗為京兆解，不送。良夫以書讓試官曰：「聖唐有天下，垂[42]二百年，登進士科者，三千餘人。良夫之族，未有登是科者，以此慨歎憤惋。從十歲讀書，學為文章，手寫之文，過於千卷。」

王冷然[43]與御史高昌宇[44]書曰：「僕之怪君，甚久矣。不憶往日任宋城縣尉乎？僕稍善文章，每蒙提獎，勤勤見過[45]；又以齊甿[46]，叨承恩顧，銘心在骨。復聞升進不出臺省[47]，當為風波[48]可望，故舊不遺。近者，伏承『皇皇者華』[49]，出使江外[50]，路次於宋，依然舊遊，門生故人，動有十輩，蒙問及者眾矣，未嘗言冷然。明公縱欲高心[51]，不垂半面，豈不畏天下窺公侯之淺深與著綠袍[52]，乘驄馬[53]，蹌蹌[54]正色，誰敢直言？僕所以數日伺君，望塵而拜，有不平事，欲圖於君，莫厭多言而彰公短也。先天[55]年中，僕雖幼小，未閑[56]聲律[57]，輒參舉選。公既明試[58]，量擬[59]點額[60]；僕之枉落，豈肯緘口！是則公之激僕，僕豈不知！公之辱僕，僕終不忘，其故亦上一紙書，蒙數徧讀，重相摩獎[61]，道有性靈[62]云。某年來掌試[63]，仰取[64]一名，於是逡巡[65]受命，匍匐[66]而歸，一年在長安，一年在洛下[67]，一年在家園。去年冬十月得送，今年春三月及第。往者雖蒙公不送，今日亦自致青雲[68]。天下進士有數，自河以北，唯僕而已。光華[69]藉甚[70]，不是不知，君須稍垂後恩，雪僕前恥；若不然，僕之方寸[71]別有所施[72]。何者？故舊相逢，今日之謂也。僕之困窮，如君之往昔；君之未遇[73]，似僕之今朝。因斯而言，相去何遠！君是御史，僕是詞人[74]，雖貴賤之間，與君隔闊[75]；而文章之道，亦謂同聲。而不可以富貴驕人，亦不可以禮義見隔。且僕家貧親老，常少供養，兄弟未有官資，嗷嗷環堵[76]，菜色相看，貧而賣漿[77]。值天涼，今冬又屬停選。試遣僕為御史，君在貧途，見天下文章，精神、氣調得如王子[78]者哉！實能憂其危，拯其弊。今公之富貴亦不可多得。意者，望御史今年為僕索一婦，明年為留心一官。幸有餘力，何惜些些？此僕之宿憾，口中不言；君之此恩，頂上相戴。儻也貴人多忘，國士[79]難期，使僕一朝出其不意，與君並肩臺閣[80]，側眼相視，公始悔而謝僕，僕安能有色❽❶於君乎？僕生長草野，語誠觸忤❽❷。並詩若干首，別來三日，莫作舊眼相看。山東布衣❽❸，不識忌諱。伶然頓首。」

《論》曰：子曰：「不怨天，不尤人。下學而上達❽❹。」又曰：「求己，不責於人❽❺。」君子振跡發身❽❻，咸覬❽❼善地。反之於己，何得喪❽❽之不常❽❾；望之於人，則愛憎❾⓪之競作。王伶然之負氣❾❶，推命❾❷何疎；魏丞相之復仇，尤人❾❸太過。陵轢❾❹險詖❾❺，二子得之。有若李文公❾❻誨弟之書，華良夫於時之啟，所謂君子之儒也。徐凝、馬植❾❼，豈非得之！且武當垂名於不朽，尹璞❾❽所謂雖文何益！後之學者，得不以為炯戒❾❾哉！

【注釋】❶太和　又作「大和」。（八二七～八三五），唐文宗年號。❷李相回　即李回。回，唐宗室，字昭度，本名躔，字昭回。避武宗諱改名。長慶進士，登賢良方正制科。以強幹有吏才，為宰相李德裕賞識，累遷中書舍人。武宗即位，歷工部、戶部侍郎。會昌三年（八四三），以御史中丞奉使宣諭河朔。五年，以本官兼兵部侍郎、同平章事，累加中書、門下侍郎，歷戶、吏部尚書。武宗死，出為劍南西川節度使。大中二年（八四八），李德裕貶官，坐與親善，改湖南觀察使，再貶撫州刺史。❸參軍　為重要幕僚。❹魏相公謩　即魏謩（七九三～八五九）。字申之，唐巨鹿（今河北晉縣）人。魏徵後裔。太和進士。文宗時，官至諫議大夫。武宗時，貶汾州刺史。宣宗即位，遷御史中丞。大中五年（八五一），以戶部侍郎同平章事。每議事，以其直諫，無所畏避，宣宗稱為「綽有祖風」。歷任禮、戶、吏三部尚書，監修國史。十年，任劍南西川節度使。終官檢校右僕射、太子少保。所著頗多，皆佚。《全唐文》存文七篇，《全唐詩》存詩一首。❺會昌　（八四一～八四六）唐武宗年號。❻回為刑部侍郎　據《唐書》本傳，李回未任刑部侍郎。❼次對　猶輪對。即輪值上殿策對時政利弊。❽閤門　古代宮殿的側門。❾經　正常；經常。❿上呼　未明就裡。抑或指「經」字的讀音，或指皇帝宣召。⓫大拜　指拜相。⓬衙官刺史的屬官。⑬決杖　處以杖刑。用荊條或棍棒抽擊人的背、臀或腿部。⑭勒停　勒令停職。⑮庇　遮蔽；保護。此有「隱藏」、「躲避」之意。⑯徭役　古代官方規定的平民（主要是農民）成年男子在一定時期內或特殊情況下所承擔的一定數量的無償社會勞動。一般有力役、軍役和雜役。⑰隸籍　猶隸戶。⑱接　連續；接連。⑲停午　正午；中午。⑳建陽相公　指李回。時謫建州。㉑中書相公　指魏謩。㉒盍　何不。㉓導騎　前導的騎士。㉔導從　古時帝王、貴族、官僚出行時，前驅者稱導，後隨者稱從。此指隨從。㉕麈尾　古人閒談時執以驅蟲、撣塵的一種工具。在細長的木條兩邊及上端插設獸毛，或直接讓獸毛垂露在外面，類似馬尾松。因古代傳說麈遷徙時，以前麈之尾為方向標誌，故稱。後古人清談時必執麈尾，相沿成習，為名流雅器，不談時，亦常執在手。㉖檐子門　轎輿之門。㉗鍛　羅織罪名，陷人於罪。㉘量移　多指官吏因罪遠謫，遇赦酌情調遷近處任職。㉙鞫　通「鞠」。審問；究問。㉚卻迴　亦作卻回、郤回。回轉。㉛盧吉州肇　盧肇，《永樂大典》引《瑞陽志》：「盧肇字子發，望蔡上鄉人，會昌三年進士第一。」據《北夢瑣言》，盧肇為宜春人。似任過吉州刺史。㉜鼇　亦作「鰲」。傳說中海中能負山的大鱉或大龜。㉝屓贔　亦作「贔屓」。強壯有力；堅固壯實。㉞首冠　此有一語雙關之意。首冠，本喻第一，此又有頭上戴著之意。㉟蓬山　仙人所居之山。喻獲選。㊱擠排　排擠。此有「排除」之意。㊲中展　伸展。㊳慙　同「慚」。㊴名第　科舉考試中的名次。㊵奉浼　謂蒙受委屈。㊶華良夫　事跡未詳。㊷垂　將近。㊸王泠然　據《文苑英華》，泠然為開元九年進士。㊹高昌宇　事跡未詳。㊺見過　前來看望。㊻齊甿　甿，通「氓」。此猶言「平民」。㊼臺省　借指政府的中央機構。因高昌宇任御史，故稱。㊽風波　本指風浪、潮流。此有「平步青雲」之意。㊾伏承皇皇者華　伏承，表敬之辭。〈皇皇者華〉，為《詩．小雅》中的一篇，寫使者出外訪問中的片斷生活和情緒。因下文有「出使江外」之語，故而引用。㊿江外　猶言江南。(51)高心　心高氣傲。(52)綠袍　古時低級官員的袍服，亦為新科進士的袍服。(53)驄馬　亦作「驄馬」。指御史所乘之馬，因借指御史。(54)蹌蹌　形容走路有節奏的樣子。(55)先天　唐玄宗年號，是年（七一二）八月改。(56)閑　此當作「嫻」解。嫻，熟。(57)聲律　聲韻格律。(58)明試　明白考驗。此有公開考試之意。(59)量擬　猶斟酌、品評。(60)點額　謂跳龍門的鯉魚頭額觸撞石壁。後以「點額」指仕途失意或應試落第。(61)摩獎　撫慰鼓勵。(62)性靈　智慧；聰明。(63)掌試　主持考試。(64)仰取　隨取。(65)逡巡　從容；小心謹慎。(66)匍匐　勞頓；顛沛。(67)洛下　指洛陽。(68)青雲　喻高官顯爵；亦喻謀取高位的途徑。此指進士及第，踏上仕進之途。(69)光華　光榮；榮耀。(70)藉甚　盛大；卓著。(71)方寸　指心；腦海；思緒。(72)施　用。(73)未遇　未得到賞識和重用；未發跡。(74)詞人　擅長文辭之人。王泠然中進士不久，因有此語。(75)隔闊　相差懸殊。(76)環堵　指貧窮人家。(77)賣漿　出售茶水、酒等飲料。舊時為微賤職業。(78)王子　作者自稱。(79)國士　一國中最優秀的人物。80臺閣　似當指「臺閣」。此泛指中央官署。81色　此指和顏悅色。82觸忤　亦作「觸迕」。冒犯。83山東布衣　王泠然，一作王冷然，「泠」、「冷」錯出，未知孰是。《唐才子傳》：「王泠然，山東人。開元五年裴耀卿下進士，授將仕郎，守太子校書郎。」從「山東布衣」看，二者似為一人。84不怨天三句　見《論語‧憲問》。意為「不怨恨天，不責備人。學習一些平常的知識，卻透徹了解很高的道理」。85求己二句　今本《論語》中未見。86振跡發身　創造業績成名起家。87覬　企圖；希望。88得喪　猶得失。指名利的得到與失去。89不常　異常；反常。90愛憎　好惡。亦指讒佞之人。91負氣　憑恃意氣，不肯屈居人下。92推命　推算命運。93尤人　責怪他人。94陵轢　欺壓；欺蔑。95險詖　亦作「險陂」。陰險邪僻。96李文公　即李翱。見卷二〈置等第〉7。97徐凝馬植　見本卷〈爭解元〉41 13。98尹璞　見本卷〈爭解元〉29。99炯戒　亦作「炯誡」。明顯的鑒戒或警戒。

【語　譯】太和初年，宰相李回時任京兆府參軍，主持府試，不選送宰相魏謩，魏謩非常懷恨。會昌年間，李回任刑部侍郎，魏謩為御史中丞，曾經一起輪對，官員三五人在閤門等候天子召見。魏謩對李回說：「我昔年參加府試，蒙明公不予選送，何故今日有幸一起聚集於此？」李回應聲答道：「這是常事上呼，如果在今日我也不送。」魏謩聽了為之色變，心中更懷怨恨。後來李回被貶謫為建州刺史，而魏謩則拜為宰相，李回凡有書啟疏狀，魏謩一概不接受。不久，李回惱怒一衙官，對其處以杖刑並勒令停職。此衙官能包庇他人躲避徭役，請求隸屬他名下的人花費的錢財不下數十萬，因而此人切齒痛恨被停廢職務。後來，因此事逃亡到京師，接連向當時的宰相訴冤，諸位宰相都不予理會。一日正逢中午，此人在槐樹蔭下休息，臉色十分憔悴，一旁之人察覺他有隱情，向他詢問。衙官詳細地講述了他到京城的本意，於是旁人就開導他說：「建陽李相公向來與中書魏相公有矛盾，你為何不到魏相公處去！」剛說完，魏謩的前導騎士從中書省而來。此衙官一直將狀紙帶在身上，即如別人教他的那樣，望著揚起的塵土而拜。導從問他有何事，衙官回答說：「建州百姓訴冤。」魏謩聽到此言，倒持麈尾，連敲轎輿之門，命停下；等到瀏覽訴狀，上面論列的有二十餘件事，其中第一件是將同姓子女娶回家中。於是李回被魏謩羅織罪名，造成冤獄。此時李回調遷鄧州刺史，已到達九江，遇御史前來究問，重又回轉建陽。最終竟然因此而貶為撫州司馬，卒於貶所。

吉州刺史盧肇，開成年間，到江西參加解試，未被試官選送。盧肇有一書信答謝，信中說：「巨鼇強壯有力，頭上頂著蓬山。」試官對盧肇說：「日前我因限於名額，將你排除在外，雖然獲得伸展，但對你在考試中的名次蒙受委屈而深感慚愧，怎麼反而有『首冠蓬山』之言呢？」盧肇說：「我知道您肯定要問我。大凡頑石處在土中，巨鼇戴著，豈不是『首冠』嗎？」在座的人聽了大笑。

華良夫曾參加京兆府解試，未獲選送。華良夫用書信責備試官道：「聖唐有天下，已近二百年；登進士科的，共有三千餘人。而我們族中，至今沒有登進士科之人，因此感慨嘆息憤恨惋惜。我從十歲讀書，學作文章，我手寫的文章，早已超過千卷。」

王泠然在給御史高昌宇的信中寫道：「我責怪您，已經相當久了。您不記得任宋城縣尉時的事了嗎？我稍善於作文章，每每承蒙您提攜獎勵，又時時前來看望；作為平民百姓，叨承您的恩惠顧惜，刻骨銘心牢記在心。又聽到您進升任職臺省，應該是平步青雲有望，故舊親朋也不會遺忘。近來，又承〈皇皇者華〉，出使江外，路經宋城，依然是舊地重遊，門生故人，數以十計，承蒙您問及之人更多了，但卻未嘗提及我。明公您縱使心氣高傲，不肯賜見半面，難道不怕天下窺視公侯之淺深及著綠袍，乘騎驄馬，儀態有方一臉正色的御史，誰敢直言而無所顧忌？我之所以幾天來等候您，望塵而拜，實在是心中有不平之事，想有所圖於您，您切莫厭煩我的多言而顯露您的短處。先天年間，我雖幼小，未熟聲律，即去參加考試待選。您既然經公正考試，斟酌品評淘汰篩選，而我枉曲落選，又豈肯沉默不言！這是您對我的激勵，我豈能不知！您使我蒙受屈辱，我一直未忘，故而我也奉上一紙書信，蒙您多次誦讀，且又撫慰鼓勵，稱道文章有性靈。某年您前來主持考試，在舉子中選取一名，於是謹慎受命，顛沛而歸，一年在長安，一年在洛陽，一年在家鄉。去年十月獲得選送，今年春上三月進士及第。往昔雖承您不予選送，今日我也靠自己踏上仕進之途。天下中進士的很有限，自黃河以北，只有我一人而已。榮耀至極，不是不知道，您是要等到稍後降恩於我，以洗雪我先前的羞恥；如果不是這樣，我的心思會別有所用。這是為什麼？故舊相逢，就是說今日啊。我今日的困厄窮愁，一如您的往昔；您未被重用之時，就如我的今天。因此而言，相去又是多麼遙遠！您是堂堂御史，我是新科進士，雖然貴賤之間，與您相差懸殊，然而文章之道，亦可謂聲氣相同。因而不能以富貴驕人，也不可因禮儀阻隔。況且我家貧親老，時常缺少供養之資，兄弟中也無人有官資薪俸，家中貧窮嗷嗷待哺，老幼相看面有菜色，家人貧而賣漿。時值天氣寒冷，今冬又逢停選。假如讓我作御史，而您處在貧困之境，再來看天下的文章，其精神、氣調哪一個能如我那樣呢！您確實是能憂慮我的艱危，救助我的疲弊。您現今的富貴也不可多得。我但願，希望御史今年為我娶一妻子，明年留心為我謀一官職。這些您綽有餘力，何必吝惜些須之勞？這是我長久以來的遺憾，只是口中不言；您能賜予此恩，則我感恩戴德。倘若貴人多忘，而國士難以預料，假如有朝一日我出其不意，與您並肩任職臺閣，側目而視，您才後悔而向我道歉，我又怎能對您和顏悅色呢？我生長草野，語言實在多有冒犯。連同詩若干首，一起呈上。別來三日，切莫用舊眼相看。山東布衣，不識忌諱。泠然頓首。」

《論》曰：孔子云：「不怨恨天，不責備人。學習一些平常的知識，卻透徹了解很高的道理。」又云：「嚴格要求自己，而不苛責於人。」君子創造業績成名起家，都企望有一好的地位。認真反省自己，利弊得失怎麼會有異常；只是要求別人，那麼讒佞之人競相而起。王泠然的憑恃意氣，推算命運何等疏漏；魏丞相的挾私復仇，責怪別人亦太過分。欺蔑凌辱、陰險邪僻，此二人正是這樣的人。而像李文公教誨其弟的書信、華良夫當時寫的書啟，他們可稱是君子之儒。而徐凝、馬植，又難道不是他們自己努力取得功名！況且以他們的武藝也該名垂青史，正如尹璞所說雖有文才又有何益！後來學者，能不以此為戒嗎！

卷二

散序

【題解】「曲江宴」在唐代極具影響且規模盛大。本節即介紹曲江宴的由來及相關的內容，對唐代這一頗負盛名的宴遊，可以有較為直觀的了解。

定保生於咸通庚寅❶歲，時屬南蠻騷動❷，諸道徵兵，自是聯翩❸，寇亂中土，雖舊第太平里❹，而跡未嘗達京師。故治平盛事，罕得博聞；然以樂聞科第之美，嘗諮訪於前達❺間。如丞相吳郡公扆❻，翰林侍郎濮陽公融❼，恩門❽右省❾李常侍渥❿，顏夕拜蕘⓫，從翁⓬丞相溥⓭，從叔⓮南海記室⓯渙⓰，其次同年盧十三延讓⓱、楊五十一贊圖⓲、崔二十七籍若⓳等十許人，時蒙言及京華故事，靡不錄之於心，退則編之於簡策⓴。始以進士宴遊之盛。案李肇舍人《國史補》㉑云：曲江大會㉒比㉓為下第舉人，其筵席簡率，器皿皆隔山拋之，屬比之席地幕天，殆不相遠。爾來漸加侈靡，皆為上列[24]所據，向之下第舉人，不復預矣。所以長安遊手[25]之民，自相鳩集[26]，目之為「進士團」。初則至寡，洎大中[27]、咸通[28]已來，人數頗眾。其有何士參[29]者為之酋帥[30]，尤善主張[31]筵席。凡今年纔過關宴[32]，士參已備來年遊宴之費，繇是四海之內，水陸之珍，靡不畢備。時號「長安三絕」。南院主事鄭容[33]，中書門下張良佐[34]，并士參為「三絕」。團司[35]所由百餘輩，各有所主。大凡謝後便往期集院[36]，團司先於主司宅側稅一大第，與新人期集。院內供帳宴饌。卑於輦轂[37]。其日，狀元與同年相見後，便請一人為錄事。舊例率以狀元為錄事。其餘主宴、主酒、主樂、探花[38]、主茶之類，咸以其日辟之。主兩人，一人主飲妓[39]，放榜後，大科頭[40]兩人，第一部。〔小科頭一人[41]，第二部。〕常詰旦[42]至期集院；常宴則小科頭主張，大宴則大科頭。縱無宴席，科頭亦逐日請給茶錢。平時不以數，後每人日五百文。第一部樂官科地[43]每日一千，第二部五百，見燭皆倍，科頭皆重分[44]。逼曲江大會，則先牒[45]教坊[46]請奏，上御紫雲樓，垂簾觀焉。時或擬作樂，則為之移日[47]。故曹松[48]詩云：「追遊若遇三清樂[49]，行從[50]應妨一日春。」敕下後，人置被袋[51]，例以圖障[52]、酒器、錢絹實其中，逢花即飲。故張籍[53]詩云：「無人不借花園宿，到處皆攜酒器行。」其被袋，狀元、錄事同檢點，闕一則罰金。曲江之宴，行市[54]羅列，長安幾於半空。公卿家率以其日揀選東牀[55]，車馬闐塞，莫可殫述。洎56巢寇之亂，不復舊態矣。

【注釋】❶咸通庚寅　即咸通十一年（八七〇），歲次庚寅。咸通，唐懿宗年號。❷南蠻騷動　當指咸通十年十一月，南詔驃信坦綽酋龍（即世隆）率眾寇邊事。世隆（八四七～八七七），唐時南詔第十二代王。八五九～八七七年在位。唐以其名犯太宗（世民）、玄宗（隆基）諱，稱為酋龍。以父死，唐未遣使弔喪，遂斷絕往來。自稱驃信（王），建元建極，號大理國，以西京為中都（今雲南大理）。多次與唐發生戰爭，曾兩次攻入安南。❸聯翩　連續不斷。❹太平里　似當指長安附近里名。❺前達　有地位、聲望的先輩。❻吳郡公扆　指陸扆（八四八～九〇五）。扆字祥文，本名允迪，吳郡人，徙陝，為陝州人。光啟二年（八八六）進士，累官翰林學士、知制誥、中書舍人，有文才。遷戶部侍郎。乾寧三年（八九六），改戶部侍郎同平章事，因事罷，次年復拜相。光化三年（九〇〇）進封吳郡開國公。天祐二年遇害。❼濮陽公融　即吳融（?～九〇三），字子華。唐越州山陰（今浙江紹興）人。幼力學，工辭章。龍紀元年（八八九）進士及第。累官侍御史、翰林學士，拜中書舍人，進吏部侍郎。天復三年卒。《全唐詩》存詩四卷。❽恩門　恩府；師門。此猶言恩師。❾右省　唐時中書省官署位於門下省之右，故稱。❿李常侍渥　李渥，隴西人。咸通末進士，累官至中書舍人、禮部侍郎，光化三年知貢舉，王定保是年及第，因稱「恩門」。又李渥曾任中書舍人，稱「右省」。⓫顏夕拜蕘　顏蕘，登進士第，昭宗時，為中書舍人。夕拜，即「夕郎」。黃門侍郎的別稱。宋高承《事物紀原・三省綱轄・夕拜》：「漢給事中故事，每日暮時，入對青瑣門拜，故謂之夕拜，亦為夕郎。」⓬從翁　叔父。⓭丞相溥　王溥，字德潤。舉進士，官至刑部郎中。唐末，助昭宗復位，驟拜翰林學士、戶部侍郎，遷中書侍郎同中書門下平章事。後為朱溫所殺。⓮從叔　堂叔父。⓯記室　掌表章書記文檄。⓰渙　王渙，字群吉，大順二年（八九一）登進士第，官考功員外郎。⓱盧十三延讓　即盧延讓。延讓字子善，范陽人。光化三年進士，後歸偽蜀，累遷給事中，卒刑部侍郎。十三，為唐人行第，即一族中同輩人以年齒為序。下同。⓲楊五十一贊圖　王定保稱為「同年」，或許為別科同年。贊圖係乾寧四年狀元。《廣卓異記》引《登科記》：「楊贊禹，大順元年狀元及第。弟贊圖，乾寧四年狀元及第。」⓳崔二十七籍若　光化三年進士，事跡未詳。⓴簡策　指史籍、典籍。此指書籍、記載。㉑李肇舍人國史補　見卷一〈述進士下篇〉❸、❹。㉒曲江大會　在曲江池舉行的大會。曲江，又名曲江池，因其水流屈曲，故名。唐開元中興修疏鑿，以黃渠引義谷水注入池中，遂為勝景。逢中和、上巳、重陽諸節，京城士女來此遊賞，車馬填塞。進士及第者於此宴會，乃是一大盛事。然由此節可知，曲江會最初卻是下第舉子的集會。㉓比　本來。㉔上列　猶前列。指進士及第者。㉕遊手　閒逛不務正業。㉖鳩集　聚集；搜集。㉗大中（八四七～八五九）唐宣宗年號。㉘咸通（八六〇～八七三）唐懿宗年號。㉙何士參　事跡未詳。㉚酋帥　為首之人。㉛主張　籌劃；主持。㉜關宴　唐宋時吏部對進士的考試稱關試，合格者方能為官。關宴即指關試後所舉行的宴會。㉝鄭容　事跡未詳。㉞張良佐　事跡未詳。㉟團司　唐代新進士及第，負責籌辦同年遊宴及糾察諸事的機構。主其事者亦稱團司。又，唐代進士及第，賜宴曲江，狀元置司處，亦謂之團司。㊱期集院　亦稱「期集所」。新科進士聚集之地。㊲輦轂　皇帝的車輿。指代皇帝。此指皇帝所賜之宴。㊳探花　此探花係指「探花使」，亦稱「探花郎」。唐時稱進士及第後杏園初宴時採折名花的人，常以同榜中最年少的進士二人為之。北宋因之。㊴飲妓　陪酒的妓女。㊵科頭　古代教坊歌樂分部分科，其頭目稱為「科頭」。亦以稱歌伎樂工。㊶小科頭一人　據文淵閣本補。下文有「小科頭主張」可證。㊷詰旦　平明；清晨。㊸科地　舊時藝人應邀於喜慶筵宴間演出。㊹重分　猶言「雙份」。㊺牒　呈文。㊻教坊　古時管理宮廷音樂的官署。專管雅樂以外的音樂、舞蹈、百戲的教習、排練、演出等事務。唐初屬太常，開元年間以中官為教坊使，不屬太常。㊼移日　移動日影。指較長的一段時間。㊽曹松　字夢徵，舒州（今安徽潛山）人。詩學賈島。興化四年（九〇一），與王希羽、劉象、柯崇、鄭希顏同登第，年皆七十餘，號為「五老榜」。授教書郎，終秘書省正字。存詩一百四十首。多為遊覽、送別之作。詩境界幽深，工於煉字，頗能為苦寒之句。原有集三卷，已散佚。㊾三清樂　喻指仙樂。此指美妙的音樂。㊿行從　侍從；跟隨。(51)被袋　即「被囊」。放置被褥衣物的行李袋。(52)圖障　指繪有圖畫的屏風、軟障。(53)張籍　（七六八～約八三〇）字文昌，祖居蘇州，後移居和州（今安徽和縣）。貞元十五年（七九九）進士。早年生活貧苦，後官職低微，以致貧病交加。現存樂府詩七八十首，淺顯通俗、活潑圓轉，頗有民歌風味，甚為白居易推崇。(54)行市　指商店會集之所。此指臨時所設店鋪。(55)東牀　女婿的代稱。(56)洎　自；自從。

【語　譯】定保生於咸通庚寅年，當時正值南蠻騷動，諸道紛紛徵兵，自此後連年不斷，侵擾中原。我家舊宅雖然在太平里，但我卻從未到過京城。故而對於國家太平安定時的盛況，極少能廣博了解。然而我樂於了解科舉考試的種種美事，曾在有聲望的前輩處諮詢訪問。如丞相吳郡公陸扆，翰林侍郎濮陽公吳融，恩師中書舍人李渥，夕拜顏蕘，叔父丞相王溥，堂叔父南海記室王渙，此外如同年盧十三延讓、楊五十一贊圖、崔二十七籍若等十餘人，時時承蒙他們談及京華舊聞，對聽到的無不牢記於心，回家後則將所聞編入記載之中。錄於首位的是記載進士宴遊的盛況。按查李肇舍人的《國史補》云：曲江大會本來是為落第舉子而辦，那筵席簡略草率，粗陋的器皿用後即抛至山後，將此筵席比作以地為席以天為幕，大概相去不遠。但近年來逐漸奢侈豪華，又均為及第者所占據，原先的那種下第舉子，就不再參加了。所以長安那些遊手好閒不務正業之民，自發聚集，被看作為「進士團」。起初時人數極少，自大中、咸通年以來，人數已相當可觀。其中有一個叫何士參的是他們的為首之人，尤其善於主持筵席。通常今年的「關宴」剛過，何士參已在籌備來年的娛遊宴飲的費用，由此，四海之內的佳肴，水陸所產的珍品，無不畢備。當時即有被稱作「長安三絕」的。南院主事鄭容，中書門下張良佐，以及何士參被稱為「三絕」。主持遊宴的團司及屬下有百餘人，各有主管的事情。大凡新科進士謝恩後，即前往期集院，團司先在主司宅邸旁租一大宅園，供新進士期集。院內設置帷帳，舉行宴會。規格低於宮中之宴。遊宴那天，狀元與同年相見後，便請一人為錄事。舊例，大多以狀元為錄事。其餘主宴、主酒、主樂、探花、主茶之類的職事，全都在當天選拔。有主持二人，一人主管陪酒的歌妓，科舉發榜後，有大科頭兩人屬第一部，〔小科頭一人，第二部。〕通常在清晨即趕到期集院；普通宴會則由小科頭主持，大宴會則有大科頭主持。即使沒有宴席，科頭也每天要發給茶錢。原先沒有規定數目，後來每人每天五百文錢。第一部樂官宴會間演出每天一千錢，第二部每天五百錢，到點燭時則加倍，科頭都取雙份。臨近曲江大會，即呈文教坊請在大會時前來演奏，天子親臨紫雲樓，垂簾觀賞。當時或準備奏樂，則將進行很長時間。故而曹松在詩中寫道：「追尋遊宴如遇演奏三清樂，行動隨從會妨礙一日春。」天子敕令下達後，新科進士每人置一被袋，按慣例將屏風軟障、酒器、錢絹等裝在其中，遇有花處即飲。故而張籍的詩寫道：「無人不借花園宿，到處皆攜酒器行。」對於被袋，狀元、錄事一同檢查清點，缺一物件即罰金。舉行曲江大宴時，各種臨時店鋪林立，長安城中人紛紛擁來，城中幾乎半是空城。公卿之家大都在此日於新進士中選擇女婿，道路上車馬堵塞，無法盡述。然自從黃巢事起後，已經不再能恢復舊貌了。

謝恩

【題解】此節可見狀元以下之新科進士謝恩的禮節及名目。

狀元已下，到主司❶宅門，下馬，綴行❷而立，斂❸名紙❹通呈❺。入門，並敘立於階下，北上東向。主司列席褥，東面西向。主事❻揖狀元已下，與主司對拜。拜訖，狀元出行致詞，又退著行，各拜主司，答拜。拜訖，主事云：「請諸郎君敘中外❼。」狀元已下各各齒敘❽，便謝恩。餘人如狀元禮。禮訖，主事云：「請狀元曲謝❾名第❿。第幾人，謝衣鉢。」「衣鉢」謂得主司名第，其或與主司先人同名，即謝衣鉢，如踐世科⓫，即感泣而謝。謝訖，即登階，狀元與主司對坐。於時，公卿來看，皆南行敘坐，飲酒數巡，便起赴期集院。或云：此禮亦不常。即有，於都省⓬致謝。公卿來看，或不坐而去。三日後，又曲謝。其日，主司方一一言及薦導⓭之處，俾其各謝挈維⓮之力，苟特達⓯而取，亦要言之。

【注釋】❶主司　此指主考官。❷綴行　排列成行。❸斂　聚集。❹名紙　名帖。即今之名片。❺通呈　通報呈遞。❻主事　主持事務之人。主事，非正規官職。❼中外　家人和外人，家庭內外。猶言「家中情況」。❽齒敘　按年齡大小定位次。❾曲謝　遍謝。❿名第　科舉考試中的名次、高第。⓫踐世科　所指未詳。⓬都省　官署名。亦號都堂。隋唐五代尚書省總辦公廳。⓭薦導　薦引。⓮挈維　提攜護持。⓯特達　謂自達、自薦。也作「特殊知遇」解。此似以後說為妥。

【語譯】自狀元以下的新科進士，到主考官宅門，下馬，排列成行而立，收集名帖通報呈遞。進門後，都依次站立在臺階下，以北為上首面朝東方。主考官設列席子褥墊，站在東面朝向西方。主事向狀元以下諸人作揖，並主持諸人與主考官對拜。拜見禮畢，狀元出列向主考官致詞，再退回行列，進士各自拜見主考官，主考官答拜。拜畢，主事道：「請諸位郎君各敘自己情況。」狀元以下諸位各按年歲長幼定位次，然後向主考官謝恩。其餘諸人按狀元的禮節行禮。禮畢，主事道：「請狀元遍謝名第。行列中的某人，出列謝衣缽。」「衣缽」是說得的名次與主考官相同，或者與主考官的先人同樣名次，即為謝衣缽。如踐世科，即要感泣而謝。謝畢，即登上臺階，狀元與主考官對坐。此時，公卿百官前來觀看，都在南面列行依次而坐。飲酒數巡，新科進士便起身赴期集院。有人說：此禮也不是常規。即使有，在都省致謝。公卿前來觀看，抑或不坐即離去。三日後，又遍謝。那天，主考官才一一言及薦引之處，以便讓新科進士各自去各處拜謝提攜護持之力；如果因特殊原因錄取，也擇要告之。

期集

【題解】新科進士在期集院有各種活動，本節記載了此類情況。

謝恩後，方詣期集院。大凡敕下已前，每日期集，兩度詣主司之門；然三日後，主司堅請已，即止。同年初到集所，團司、所由❶輩，參狀元後，便參眾郎君。拜訖，俄有一吏當中庭唱曰：「諸郎君就坐，隻東雙西。」其日醵罰❷不少。又出抽名紙錢❸，每人十千文。其斂名紙，見狀元。俄於眾中驀抽三五箇，便出此錢鋪底，一自狀元已下，每人三十千文。

【注釋】❶所由 「所由官」的省稱。猶言有關官吏。因事必經由其手，故稱。多指吏人。❷醵罰 猶言湊錢出金。醵，湊錢聚飲。❸抽名紙錢 從上下文看，即從眾人名帖中隨意抽取。

【語譯】新科進士謝恩後，才前往期集院。大凡在天子敕書下達以前，每天聚集，兩次到主考官府上；但三天後，主考官堅決請求不再前去，方才停止。同年進士初到期集所，團司、所由官等，在參見狀元後，就參見眾位進士。拜見畢，隨即有一名官員在庭院中唱道：「請諸位郎君就坐。名次逢單的坐在東面，名次逢雙的坐在西面。」此日能聚集到的酒宴款不少。新科進士又要出抽名帖錢，每人十千文。將收集來的名帖，讓狀元過目。隨即在名帖中很快抽出三五張，即由此幾位出錢鋪底，而自狀元以下，每人出三十千文。

點檢文書

【題解】由本節可知，新科進士中有若干人要賦詩進呈，且作詩有不少忌諱。

狀元、錄事❶具啟事❷取人數，主司於其間點請三五人工於八韻、五言❸者。或文字乖訛❹，便在點竄❺矣。大約避廟諱❻、御名、宰相諱。然三十❼所製，分為兩卷，以金銅軸頭、青縹首❽進上。

【注釋】❶錄事 隋唐五代中央及地方部分機關低級官吏名。❷啟事 陳述事情的奏章、函件。❸八韻五言 指作詩。❹乖訛 亦作「乖譌」。差錯。❺點竄 刪改；修改。❻廟諱 封建時代稱皇帝父祖的名諱。❼三十 十的三倍。此非確數。❽青

標首　青白色絲綢製成卷首。

【語　譯】狀元、錄事準備公函選取若干人，主考官於其中點請三五名擅長作詩者作詩。如果有人文字錯訛，便在刪削修改之列了。作詩時大致要避廟諱、天子御名、宰相名諱。對所作的若干詩，分為兩卷，以金銅軸頭、青縹首進呈天子。

過堂

【題　解】新科進士拜見宰相謂之「過堂」。過堂有許多禮節，由此可見一斑。

其日，團司先於光範門裡東廊供帳備酒食。同年於此候宰相上堂後參見。於時，主司亦召知聞❶三兩人，會於他處。此筵罰錢不少。宰相既集❷，堂吏來請名紙；生徒❸隨座主❹過中書❺，宰相橫行❻，在都堂❼門裡敘立。堂吏通云：「禮部某姓侍郎❽，領新及第進士見相公。」俄有一吏抗聲❾屈❿主司，乃登階長揖而退，立於門側，東向；前後狀元已下敘立於階上。狀元出行致詞云：「今月日，禮部放榜，某等幸忝成名⓫，獲在相公陶鑄⓬之下，不任⓭感懼⓮。」在左右下⓯，即云慶懼⓰。言訖，退揖。乃自狀元已下，一一自稱姓名。稱訖，堂吏云：「無客⓱。」主司復長揖，領生徒退詣舍人院⓲。主司襴簡⓳，舍人公服靸鞋⓴，延接主司。然舍人禮貌謹敬㉑有加。隨事㉒敘㉓杯酒，列於階前，鋪席褥，請舍人登席。諸生皆拜，舍人答拜。狀元出行致詞，又拜，答拜如初。便出於廊下，候主司出，一揖而已。當時詣宅謝恩，便致飲席。

【注釋】❶知聞　朋友。❷既集　已齊集。唐代宰相非一人，故有是說。❸生徒　學生。此指新科進士。❹座主　唐宋時進士稱主試官為座主。❺中書　中書省的省稱。唐高宗以後宰相辦公廳政事堂遷至中書省。❻橫行　橫列；橫著排列。❼都堂　即政事堂。❽禮部某姓侍郎　指主試官。玄宗開元二十四年後，進士考試由禮部侍郎主持，因稱。❾抗聲　高聲；大聲。❿屈　敬詞。猶言「請」。⓫成名　稱科舉中式。⓬陶鑄　造就；培育。⓭不任　猶不勝。⓮感懼　感激惶恐。⓯在左右下　即「在相公左右下」。左右，袒護；保護。⓰慶懼　慶幸惶恐。⓱無客　從上下文意看，似後世「送客」之意。⓲舍人院　官署名。屬中書。唐以舍人名官者甚多。如中書舍人、通事舍人、中舍人、起居舍人等。⓳襴簡　身穿襴袍手持手版。襴，襴袍。一種公服。因於袍下施橫襴為裳，故稱。簡，笏；手版。⓴靸鞋　把鞋後幫踩在腳跟下。據宋沈括《夢溪筆談·故事一》：「衣冠故事多無著令，但相承為例。如學士舍人躡履見丞相，……近歲多用靴、簡。」可知。靸鞋，一作「拖鞋」解。㉑謹敬　謹慎誠敬。㉒隨事　根據所擔任職務。㉓敘　此有「依次」之意。

【語譯】此日，團司先在光範門裡東廊設置帷帳備下酒食。同年進士在此等候宰相上堂後參見。此時，主考官亦邀約朋友三兩人，在別處相會。此次筵會罰錢不少。宰相們齊集後，堂吏來請進士呈上名帖；學生隨座主前往中書省，宰相排成橫列，在都堂門裡面依次站立。堂吏通報云：「禮部某姓侍郎，率領新及第進士晉見相公。」隨即有一官員高聲請主試官，主試官於是登上臺階長揖而退，立於都堂門側，向東站立；然後狀元以下依次站立在臺階上。狀元出列致詞云：「今某年某月，禮部放榜，某等有幸忝列其間，獲在相公栽培之下，不勝惶恐感激。」如說在相公左右下，即云惶恐慶幸。言畢，退回行列中向上作揖。於是自狀元以下，一一自報姓名。報畢，堂吏云：「無客。」主試官又長揖，率領學生退出都堂前往舍人院。主試官身穿襴袍手持手版，舍人身著公服踩著鞋幫，前來迎接主試官。而舍人禮貌謹敬有加。新科進士根據名次先後依次手拿杯酒，排列在臺階之前；鋪設席褥，請舍人登席。新科進士皆拜，舍人答拜。狀元出列致詞，再拜，舍人如先前那樣答拜。然後即從廊下而出，等候主試官出來，再作一揖而止。此時即前往主試官府中謝恩，並赴宴飲。

關試

【題　解】新科進士要經過吏部考試合格方能為官。此節敘述關試事。

吏部員外❶，其日於南省❷試判❸兩節。諸生謝恩。其日稱門生，謂之「一日門生」。自此方屬吏部矣。

【注　釋】❶員外　本指正員以外的官員，即員外郎。❷南省　唐尚書省別稱。因其官署位於宮城正南，故名。❸試判　唐代選拔人才的考試項目之一。考察其審定文字的能力以斷定其文理是否優長。

【語　譯】新科進士參加關試，吏部員外郎，於考試之日在尚書省試判兩節。試畢，諸生謝恩。參加關試者那天向主考官稱門生，叫做「一日門生」。自此新科進士才屬吏部。

讌❶名

【題　解】新科進士要參加各種宴會。此即各種宴會的名目。

大相識主司在具慶❷、次相識主司在偏侍❸、小相識主司有兄弟、聞喜❹宴敕士、櫻桃、月燈、打毬、牡丹、看佛牙❺每人二千以上。佛牙樓，寶壽、定水、莊嚴❻皆有之，寶壽量成佛牙，用水精❼函子盛。銀菩薩捧之，然得一僧跪捧菩薩。多是僧錄❽或首座❾方得捧之矣。、關讌。此最大宴，亦謂之「離筵❿」，備述於前矣。

【注釋】❶讌 通「宴」。❷具慶 謂父母俱存。❸偏持 謂雙親一方去世，一方尚存。❹聞喜 即聞喜宴。唐制，進士放榜，醵錢宴於曲江亭子，稱曲江宴，亦稱聞喜宴。❺佛牙 相傳釋迦牟尼圓寂之後，全身都變成細粒狀舍利，但牙齒完整無損，佛教徒奉為至寶，予以供奉，稱佛牙。亦稱「佛牙舍利」。❻寶壽定水莊嚴 似當指寺廟名。❼水精 即水晶。❽僧錄 僧官名。掌寺院事務。❾首座 位居上座的僧人。❿離筵 餞別的酒宴。關試後，新科進士將由吏部選派任職，各奔前程，因稱「離宴」。

【語譯】大相識主考官父母俱在、次相識主考官雙親中存一人、小相識主考官有兄弟、聞喜宴天子所賜之宴、櫻桃、月燈、打毬、牡丹、看佛牙每人出錢二千以上。佛牙樓，寶壽、定水、莊嚴寺皆有。寶壽寺量出佛牙大小，用水晶函盛放，有一銀製菩薩捧持。看佛牙時，由一名僧人捧著銀菩薩，然而大多是僧錄或首座才能捧銀菩薩。、關讌。此是最大宴會，亦叫做「離宴」，已詳細敘述於前了。

今年及第明年登科

【題解】為選拔官員，在及第進士中設置考試科目，錄取者謂之登科。此節所舉兩例，均為及第次年即登科者。

郭代云十八擢第❶；其年冬，制入高等❷。

何扶❸，太和九年❹及第；明年，捷三篇，因以一絕寄舊同年曰：「金榜題名墨上新，今年依舊去年春。花間每被紅粧問：何事重來只一人？」

【注釋】❶郭代云十八擢第　「郭代云」當為「郭代公」之誤。郭代公即郭震，字元振，封代國公，因稱。❷制入高等　制科考試列入高等。唐代較重要的制科為賢良方正直言極諫科、才識兼茂明於體用等科。對錄取者優予官職。❸何扶　太和九年進士。《全唐詩》存詩二首。❹太和九年　西元八三五年。太和，唐文宗年號。

【語譯】郭代公十八擢進士第；其年冬，制科考試列入高等。

何扶，太和九年進士及第；次年，連捷三篇，因而以一首絕句寄給昔日同年。詩云：「金榜題名墨色猶新，今年宛然去年之春。花間每被紅粧所問：因何重來只君一人？」

慈恩寺題名遊賞賦詠雜紀

【題解】唐代新科進士慈恩寺塔題名和曲江宴遊，被視作極為榮耀之事。至卷末，均為相關的記述，特別是第一節關於慈恩寺塔題名的變化，頗耐尋味。因篇幅過長，將本條分為若干節，逐一注譯。

進士題名❶，自神龍❷之後，過關宴後，率皆期集於慈恩塔下題名❸。故貞元❹中，劉太真❺侍郎試慈恩寺望杏園花發詩。會昌三年❻，贊皇公❼為上相❽，其年十一月十九日，敕諫議大夫陳商❾守❿本官，權知貢舉。後因奏對不稱旨⓫，十二月十七日，宰臣遂奏：依前命左僕射兼太常卿王起⓬主文⓭。二十二日，中書覆奏⑭：「奉宣旨，不欲今及第進士呼有司為座主，趨附其門兼題名、局席等，條疏進來者。伏以國家設文學之科⑮，求貞正⑯之士，所宜行敦風俗，義本君親，然後申於朝廷，必為國器⑰。豈可懷賞拔之私惠，忘教化之根源！自謂門生，遂成膠固⑱。所以時風寖薄⑲，臣節何施？樹黨背公，靡不由此。臣等商量，今日已後，進士及第任一度參見有司，向後不得聚集參謁，及於有司宅置宴。其曲江大會朝官及題名、局席，並望勒停。緣初獲美名，實皆少雋⑳；既遇春節，難阻良遊。三五人自為宴樂，並無所禁，唯不得聚集同年進士，廣為宴會。仍委御史臺㉑察訪聞奏。謹具如前。」奉敕：「宜依。」於是向之題名，各盡削去，蓋贊皇公不由科第，故設法以排之。洎公失意，悉復舊態。

【注釋】❶題名　古人為紀念科場登錄、旅遊行程等，在石碑或壁柱上題記姓名。❷神龍　(七〇五～七〇六)則天帝及唐中宗年號。❸慈恩塔下題名　前蜀馬鑒《續事始》：「慈恩寺題名：開遊而題其同年姓名於塔下，後為故事(慣例)。」慈恩塔，即今西安大雁塔。唐代規模頗大，為長安權貴和士大夫等遊樂勝地。❹貞元　(七八五～八〇四)唐德宗年號。❺劉太真　宣州(今屬安徽)人。少師事蕭穎士。天寶末舉進士。累歷臺閣，自中書舍人轉工、刑二部侍郎。及轉禮部侍郎掌貢舉，宰執、姻族、方鎮子弟先收擢之，頗遭物議。貞元五年貶信州刺史，到州尋卒。尤長於詩。❻會昌三年　西元八四三年。會昌，唐武宗年號。❼贊皇公　即李德裕(七八七～八五〇)，字文饒，趙郡(治今河北趙縣)人。李吉甫子。世家出身，主張大臣應用公卿子弟。歷任浙西觀察使、西川節度使等職。武宗時居相位，力主削弱藩鎮。他反對李宗閔、牛僧孺集團，是牛李黨爭中李派首領。後遭牛派打擊，貶崖州司戶而死。著有《次柳氏舊聞》等。❽上相　對宰相的尊稱。❾陳商　字述聖。

元和九年進士。會昌五年以左諫議大夫知貢舉。六年，以禮部侍郎知貢舉。次年出鎮分陝。⑩守　猶攝。暫時署理職務。多指官階低而署理較高的官職。陳商時任諫議大夫，官階低於禮部侍郎，故稱「守」。⑪稱旨　符合上意。⑫王起　（七六〇～八四七）字舉之，唐揚州（今屬江蘇）人。貞元進士，又登直言極諫科。穆宗時，遷禮部侍郎，文宗時，歷河中、山南東道節度使，皆有政聲。武宗時，累遷左僕射、知禮部貢舉。凡四典貢職，時稱公正。會昌四年，以使相出鎮山南西道。後卒於鎮。博洽經史，富於文學，有集一百二十卷，已佚。⑬主文　主持考試。⑭覆奏　複奏。覆，重複。⑮文學之科　文章博學之科。本指孔門四科之一。此實際是指以文章取士。⑯貞正　堅貞端方。⑰國器　治國之材。⑱膠固　互結不解。指某種集團。⑲寖薄　日漸澆薄。⑳少雋　亦作「少俊」。少年英俊。㉑御史臺　隋唐時為中央監察機關，掌糾彈百官，肅正朝綱。貞觀以後，亦受理獄訟，並置臺獄。

【語譯】新科進士題名之風，起自神龍年間之後，通過關試及關宴後，大都聚集於慈恩塔下題名。所以貞元年間，劉太真侍郎曾出試題慈恩寺望杏園花發詩。會昌三年，贊皇公李德裕為宰相，此年十一月十九日，敕令諫議大夫陳商以諫議大夫身分，主持貢舉。後因奏對不合上意，十二月十七日，宰相於是上奏：依照以前情況命左僕射兼太常卿王起主持考試。二十二日，中書重又上奏：「奉宣旨，不希望使新及第進士稱主考官為座主，奔走依附在其門下以及題名、設局宴飲等事項，有奏疏進呈。疏云：伏以國家設文學之科，求取堅貞端方之士，所應該的是行為敦厚風俗，義理本於君親，然後申述於朝廷，務必成為治國之材。豈可懷有賞識薦拔之私恩，而忘卻教化之根源！新科進士向主考官自稱門生，遂形成盤根錯節的集團。因此而時尚風俗日漸澆薄，人臣之節何以實行？結黨營私有背公心，無不由此而來。臣等商量，自今以後，進士及第允許一度參見有關官員，過後便不得聚集參謁，以及在有關官員宅中設置宴席。至於曲江大會朝官及題名、局席，並希望下令禁止。由於新科進士初獲美名，又多為少年英俊，且遇新春時節，難以阻止他們乘興之遊。三五人自行宴飲遊樂，並不加以禁止，只是不得聚集同年進士，廣為宴會。仍舊委派御史臺察訪上報朝廷。謹具奏如前。」奉敕令：「宜依。」於是先前的題名等事，全都削去。這是因為贊皇公不是由科第出身，所以設法將題名等排除。而從贊皇公失意之後，一切又都恢復了舊態。

曲江遊賞，雖云自神龍以來，然盛於開元❶之末。何以知之？案《實錄》❷：天寶元年，敕以太子太師蕭嵩❸私廟❹逼近❺曲江，因上表請移他處，敕令將士為嵩營造。嵩上表謝，仍議令將士創造❻。敕批云：「卿立廟之時，此地閑僻❼；今傍江修築，舉國勝遊。與卿思之，深避喧雜，事資改作，遂命官司承已拆除，終須結構❽。已有處分❾，無假❿致辭！」

【注釋】❶開元（七一三～七四一）及下文天寶（七四二～七五五）均為唐玄宗年號。❷實錄　中國歷代所修每個皇帝統治時期的編年大事記。此「實錄」當指《明皇實錄》。❸蕭嵩（？～七四九）唐雍州長安（今西安）人。開元初，為中書舍人。後官至兵部侍郎。十四年，領朔方節度使。以破吐蕃功，十六年，加同平章事，次年，兼中書令，加集賢院學士、知院事，兼修國史。然奏事常以順旨為務，少有直言。後以太子太師歸，卒年八十餘。❹私廟　猶家廟。❺逼近　接近。❻創造　建造；製造。❼閑僻　亦作「閒僻」。清靜偏僻。❽結構　亦作「結搆」。連接構架，以成屋舍。此指建造。❾處分　決定。❿無假　猶不須。

【語譯】曲江宴遊賞玩，雖然說自神龍年以來即已興起，但興盛於開元末年。何以得知呢？案《實錄》：天寶元年，因太子太師蕭嵩家廟靠近曲江，因此上表請求在別處移建，朝廷下詔，令將士為蕭嵩營造。蕭嵩上表婉拒，朝廷仍商議令將士為其建造。天子批文云：「卿立家廟之時，此地尚清靜偏僻；現今依曲江而建亭臺樓閣，是全國名勝之地。為卿考慮，當遠避喧鬧嘈雜，此事資助改建，即命有關官署著手將舊廟拆除，並終須另建。此事已有處置辦法，無須致辭！」

蕭穎士❶開元二十三年及第，恃才傲物，夐❷無與比。常自攜一壺，逐勝郊野。偶憩於逆旅❸，獨酌獨吟。會風雨暴至，有紫衣老父，領一小僮避雨於此。穎士見其散冗❹，頗肆陵侮❺。逡巡❻，風定雨霽，車馬卒至，老父上馬呵殿❼而去。穎士倉忙覘❽之，左右曰：「吏部王尚書也。」穎士常造門，未之面，極所驚愕。明日，具長牋，造門謝。尚書命引至廡下，坐而責之，且曰：「所恨與子非親屬，當庭訓之耳。」復曰：「子負文學之名，倨忽❾如此，止於一第乎！」穎士終於揚州功曹。

【注釋】❶蕭穎士　（七〇八～七五九）字茂挺。唐南蘭陵（今江蘇常州西北）人。少聰慧。開元進士。天寶初為祕書正字。被劾居濮陽，名士多從學，人稱蕭夫子。後官揚州功曹參軍，至官一日而去，世稱蕭功曹。後客死汝南，門人私謚文元先生。文與李華齊名，樂於推引後進。原有集十卷，已佚。後人輯有《蕭茂挺文集》一卷。❷夐　全；都。❸逆旅　旅舍；旅店。❹散冗　亦作「散宂」。閒散。❺陵侮　凌辱；欺壓。❻逡巡　頃刻；極短時間。❼呵殿　謂古代官員出行，儀衛前呵後殿。❽覘　觀看；察看。❾倨忽　傲慢輕忽。

【語譯】蕭穎士開元二十三年進士及第，恃才傲物，同年中都不能與他相比。曾經獨自攜一壺酒，到郊野尋訪勝蹟。偶爾在一旅店休息，獨酌獨吟。恰逢風雨驟然而至，有一身穿紫衣老人，領著一個小僮到此避雨。蕭穎士見老人顯得閒散，頗為放肆地輕慢他。不一會，風停雨止，車馬突然前來，老人上馬前呼後擁而去。蕭穎士急忙上前察看，邊上人說：「這是吏部王尚書。」蕭穎士曾到王尚書府上拜訪，但未能見到他，聞此言後極為驚愕。第二天，準備了一封長信，登門謝罪。王尚書命人將蕭穎士領到廊廡下，坐著責備他，並且說：「所恨的是我與你非親非故，卻還要當庭教訓你。」王尚書又說：「你雖負文章才學之名，然而如此倨傲輕慢，也就只是進士及第而已了！」後來蕭穎士官終於揚州功曹參軍。

小歸尚書❶榜，裴起部❷與邠❸之李搏❹先輩舊友。搏以詩賀廷裕曰：「銅梁❺千里曙雲❻開，仙笋新從紫府❼來。天下也張新羽翼，世間無復舊塵埃。嘉禎❽果中君平卜❾，賀喜須斟卓氏盃❿。應笑戎藩⓫刀筆吏⓬，至今泥滓⓭曝魚鰓⓮。」既而復以二十八字謔之曰：「曾隨風水化凡鱗⓯，安上⓰門前一字新。聞道蜀江⓱風景好，不知何似杏園⓲春？」裴有六韻⓳答曰：「何勞問我成都事？亦報君知便納降⓴。蜀柳籠堤煙矗矗，海棠當戶燕雙雙。富春㉑不並㉒窮師子㉓，濯錦㉔全勝旱曲江㉕。高卷絳紗楊氏宅，（時主文寓楊子巷，故有此句。）半垂紅袖薛濤窗㉖。浣花㉗泛鷁㉘詩千首，靜眾㉙尋梅酒百缸。若說絃歌㉚與風景，主人兼是碧油幢㉛。」

大和二年㉜，崔郾㉝侍郎東都放榜，西都過堂。杜牧㉞有詩曰：「東都放榜未花開，三十三人㉟走馬迴。秦地少年多釀酒㊱，卻將春色入關來。」

【注釋】❶小歸尚書　即歸仁澤。仁澤蘇州吳郡（今蘇州）人。咸通十五年（八七四）狀元及第。中和二年（八八二）以禮部侍郎知貢舉。因有「小歸尚書榜」之語。❷裴起部　即裴廷裕。廷裕字膺餘。中和二年進士。昭宗時朝林學士，左散騎常侍。後貶湖南卒。起部，唐武德年間曾將工部司改為起部。此為習稱。廷裕或在工部司任過職。❸邠　亦作「豳」。此可能指邠州。❹李搏　一作李搏。《全唐詩》卷六六七：「李搏，登乾符進士第。詩二首。」按此，似當以李搏為是。❺銅梁　山名。在四川合川南。據上下文，裴廷裕由四川選送。❻曙雲　拂曉之雲。❼紫府　稱道教仙人所居。此猶指「仙府」。❽嘉禎　亦作「嘉貞」。猶言吉祥的徵兆。❾君平卜　君平，漢高士嚴遵的字。隱居不仕，曾賣卜於成都。卜，卜筮；占卦。❿卓氏盃　用卓文君典故。司馬相如以琴心挑卓文君，文君夜奔相如，歸成都。因家貧，復回臨邛，盡賣其車騎，置酒舍賣酒，文君當壚。因用「卓氏盃」之典。盃，通「杯」。⓫戎藩　軍府；幕府。⓬刀筆吏　指掌文案的官吏。此當作者自指。⓭泥滓　比喻地位卑下。⓮曝魚鰓　曝鰓，亦作「曝腮」。《後漢書・郡國志五》：「(交趾郡)封谿建武十九年置。」劉昭注引晉劉欣期《交州記》：「有隄防龍門，水深百尋，大魚登此門化成龍，不得過，曝鰓點額，血流此水，恆如丹池。」後以此喻挫折、困頓。⓯化凡鱗　即用「曝魚鰓」之典。凡鱗，指普通魚類。⓰安上　唐長安城門名。⓱蜀江　蜀地的江河。⓲杏園名。故址在今陝西西安大雁塔南。唐代新科進士賜宴之地。後亦泛指新科進士遊宴處。⓳六韻　六個相同或相近韻腳的詩句。⓴納降　此所指未詳。㉑富春　似指富春山(在今浙江桐廬)。㉒不並　猶謂不可同日而語。㉓師子　即「獅子」。似當指獅子山。此句具體所指未詳。㉔濯錦　濯錦江。即錦江。岷江流經成都附近的一段。一說，成都市內之浣花溪。然從全詩來看，當指前者。㉕曲江　即曲江宴遊之處。㉖薛濤窗　與「楊氏宅」對仗。薛濤(?~約八三四)，字洪度，長安(今陝西西安)人。幼時隨父入蜀。後為樂妓，出入於鎮幕，侍酒賦詩。武元衡為相，奏授校書郎，時稱「女校書」。曾居浣花溪，創製深紅小箋寫詩，人稱薛濤箋。白居易、杜牧、劉禹錫等皆與其唱和。《全唐詩》錄其詩八十八首。㉗浣花　即浣花溪。一名濯錦江。又名百花潭。在成都西郊，為錦江支流。溪旁有杜甫故居浣花草堂。㉘鷁　古時在船首以彩色畫鷁鳥之形。後借指船。㉙靜眾　據《全唐詩》此詩下注「寺名」。㉚絃歌　同「弦歌」。古代傳授《詩》學，均配以絃樂歌詠，故稱絃歌。後因指禮樂教化、學習誦讀為「絃歌」。㉛碧油幢　青綠色的油布車帷。唐以後御史及其他大臣多用之。㉜大和二年　西元八二八年。㉝崔郾　(七六八~八三六)字廣略。唐貝州武城(今河北武城西)人。貞元進士。累官至中書舍人，進吏部侍郎，所擢名士為輔相名卿者十數人。終於浙西觀察使。卒時家無餘財。㉞杜牧　(八〇三~八五二)字牧之，唐京兆萬年(今陝西西安)人。太和進士。歷監察御史、左補闕、司勳員外郎及黃、池、睦、湖等州刺史。性剛直，不拘小節，不屑逢迎。詩、文均負盛名。與李商隱齊名。有《樊川文集》。㉟三十三人　指此榜進士為三十三人。㊱釀酒　指釀春酒。即冬釀春熟之酒。唐劉禹錫有詩句云：「吟詩釀酒待花開」，可作此詩後兩句注腳。

【語　譯】小歸尚書榜，裴起部廷裕與郃地李搏先輩是舊交。李搏寫詩祝賀裴廷裕進士及第。詩云：「銅梁千里曙雲已開，仙筍新從紫府而來。天下也張開新羽翼，世間更無復舊塵埃。嘉兆果中君平之卜，賀喜須斟卓氏之杯。應笑戎藩刀筆小吏，至今泥滓龍門曝鰓。」不久又用一首絕句戲謔廷裕云：「曾隨風水化凡鱗，安上門前一字新。聞道蜀江風景好，不知何似杏園春?」裴廷裕有六韻回答云：「何勞問我成都之事，亦報君知便即納降。蜀柳籠堤煙霞矗矗，海棠當戶飛燕雙雙。富春不同於窮師子，濯錦全勝過早曲江。高卷絳紗楊氏之宅，當時主考官居住在楊子巷。半垂紅袖薛濤之窗。浣花泛舟得詩千首，靜眾尋梅有酒百缸。若要說絃歌與風景，主人即兼是碧油幢。」

太和二年，崔郾侍郎在東都洛陽放榜，回西都長安率進士過堂。因而杜牧有詩云：「東都放榜未見花開，三十三人走馬而回。秦地少年多釀春酒，卻將春色帶入關來。」

胡証❶尚書質狀❷魁偉，膂力❸絕人❹，與裴晉公度❺同年。度嘗狎遊❻，為兩軍力人❼十許輩陵轢❽，勢甚危窘。度潛遣一介❾求救於証。証衣皂貂❿金帶，突門而入。諸力士睨⓫之失色。証飲後到酒，一舉三鍾⓬，不啻⓭數升，杯盤無餘瀝。逡巡主人上燈，証起取鐵燈臺⓮，摘去枝葉，而合⓯其跗⓰，橫置膝上，謂眾人曰：「鄙夫⓱請非次⓲改令⓳，凡三鍾引滿，一遍三臺⓴，酒須盡，仍不得有滴瀝。犯令者一鐵躋。」自謂燈臺。証復舉三鍾。次及一角觝㉑者，凡三臺三徧㉒，酒未能盡，淋漓㉓逮至並座。証舉躋將擊之。群惡皆起，設拜㉔叩頭乞命，呼為神人。証曰：「鼠輩敢爾，乞汝殘命！」叱之令去。

崔沆㉕及第年為主罰錄事㉖。同年盧彖㉗，俯近㉘關宴，堅請假往洛下㉙拜慶㉚；既而淹緩㉛久之。及同年宴於曲江亭子，彖以雕幰㉜載妓，微服㉝軃鞚㉞，縱觀㉟於側。遽為團司所發。沆判㊱之，略曰：「深攙㊲席帽㊳，密映氈車㊴。紫陌㊵尋春，便隔同年之面；青雲㊶得路，可知異日之心。」

【注釋】❶胡証　（七五八～八二八）字啟中，河東人。登貞元五年進士第。累官至御史中丞充魏博節度副使。元和九年（八一四），因党項寇邊，授單于都護、御史大夫、振武軍節度使以守邊。長慶元年（八二一）太和公主出嫁回紇，為和親使，不辱使命而歸。後官至兵部尚書、廣州刺史充嶺南節度使，卒於任所。❷質狀　形狀；體態。❸膂力　體力。❹絕人　猶過人。❺裴晉公度　即裴度（七六五～八三九）。度，字中立，河東聞喜（今山西聞喜東北）人。貞元進士，登宏辭科，又應賢良方正、直言極諫科。元和十年（八一五），任中書侍郎、同平章事，力主消滅淮西藩鎮。十二年，因破吳元濟功，封晉國公。十四年，出為河東節度使。長慶二年（八二二），入京為平章事。遭嫉，罷政事，出為山南西道節度使。寶曆二年（八二六），入朝輔政，兼判度支。文宗即位，再度為相。太和四年（八三〇），罷為山南東道節度使、襄州刺史。歷事四朝，數入相，審時度勢，抵制權臣，挫折強藩，名震華夷。以身繫國家安危者二十年。晚年避禍自保，居洛陽。與白居易等交往。《全唐文》存文三十九篇。❻狎遊　亦作「狎游」。亦即狎妓遊。狎妓。❼力人　猶力士。❽陵轢　欺壓；欺蔑。❾一介　一個。多指一個人。且往往地位低下。❿皁貂　亦作「皂貂」。黑貂製成的袍服。⓫睨　顧視；回視。⓬鍾　本指酒器。此為量詞。⓭不啻　不僅；何止。此有「不下」之意。⓮燈臺　油燈的底座。亦指油燈。⓯合　覆置；倒覆。⓰跗　物體的底部。⓱鄙夫　胡証自謂。⓲非次　泛指不按常規、慣例。⓳令　指酒令。⓴三臺　曲調名。《樂府詩集．雜曲歌辭十五．三臺詞序》：「劉禹錫《嘉話錄》曰：『三臺送酒，蓋因北齊高洋毀銅雀臺，築三個臺，宮人拍手呼上臺送酒，因名其曲為〈三臺〉。』」㉑角觝　古代體育項目之一。宋高承《事物紀原．博弈嬉戲．角觝》：「今相撲也。」在這個意義上，也作「角抵」。㉒徧　即「遍」。㉓淋漓　流滴貌。㉔設拜　行下拜之禮。㉕崔沆　唐博陵（今屬河北）人。大中十二年登進士第。乾符二年知貢舉，選名士十餘人，多至卿相。乾符末任同平章事。㉖主罰錄事　主罰酒錢。㉗盧彖　事跡未詳。㉘俯近　此有「臨近」之意。㉙洛下　洛陽。㉚拜慶　即「拜家慶」。久別歸家省親。㉛淹緩　遲緩；延緩。㉜雕幰　裝飾華美的車。㉝微服　改換常服。㉞彈鞚　鬆弛馬勒。㉟縱觀　恣意觀看。㊱判　評判；裁定。㊲攙　扶；牽。㊳席帽　以藤席為骨架，形似氈笠，四緣垂下，可蔽日遮顏。男女均可戴。此暗指歌妓。㊴氈車　毛氈為篷的車子。㊵紫陌　指京師郊野的道路。㊶青雲　指青雲之士。喻指位高名顯之人。

【語譯】胡証尚書體格魁梧高大，體力過人，與晉國公裴度同年進士。裴度曾經狎妓遊樂，被兩軍力士十餘人欺侮，情勢甚為危急窘迫。裴度暗中差一人向胡証求救。胡証穿著黑貂袍服腰束金帶，破門而入。諸軍士看見為之失色。胡証飲遲到的罰酒。他一下子喝了三鍾，不下數升，杯盤中不剩點酒。不久，主人點上燈來，胡証起身取過鐵燈臺，摘去枝葉，將其底座覆置，橫放在膝上，對眾人說：「鄙人請求打破慣例更改酒令，那三鍾都倒滿酒，奏一遍〈三臺〉曲，酒必須飲完，且不能剩點滴。違犯此酒令的將給一躋。」躋，自是指燈臺。胡証又飲了三鍾。接著輪到一角觝者，〈三臺〉曲共奏了三遍，酒尚未飲完，而且滴流至同座。胡証舉起燈臺要擊打那人，那群惡漢皆起身，下拜叩頭求饒，將胡証稱為神人。胡証說：「爾等鼠輩膽敢欺我同年，暫且饒你們性命。」叱斥後令他們離去。

崔沆及第那年，同年宴遊被推為主罰錄事。同年盧象在臨近關宴時，堅持請假回洛陽省親。然而他又延緩多時。等到同年在曲江亭子宴飲遊樂，盧象用裝飾華美的車子載著歌妓，改換常服，鬆弛馬勒，在一邊恣意觀看。盧象的舉動隨即被團司告發。崔沆對此判評云：「深深攙扶歌妓，密密掩映氈車。紫陌尋春，便阻隔同年之面；青雲得路，即可知異日之心。」

咸通中，進士及第過堂後，便以騾從❶，車服❷侈靡之極；稍不中式，則重加罰金。蔣泳❸以故相之子，少年擢第。時家君❹任太常卿，語泳曰：「爾門緒❺孤微❻，不宜從世祿❼所為，先納罰錢。慎勿以騾從也。」

盧文煥❽，光化二年❾狀元及第，頗以宴醵❿為急務。常俯關宴，同年皆患貧，無以致之。一旦，紿⑪以遊齊國公亭子，既至，皆解帶從容⑫。文煥命團司牽驢。時柳璨⑬告文煥以驢從非己有。文煥曰：「『藥不瞑眩，厥疾弗瘳⑭！』」璨甚銜之。居四年，璨登庸⑮。文煥憂戚⑯日加。璨每遇之，曰：「『藥不瞑眩，厥疾弗瘳！』」

【注釋】❶騾從　似當指騾車、侍從。❷車服　車輿禮服。❸蔣泳　字越之。宰相蔣伸之子。登咸通七年進士第。❹家君　王定保的父親。❺門緒　家門世系。❻孤微　低微貧賤。❼世祿　古代有世祿之制，貴族世代享有爵祿。❽盧文煥　事跡未詳。❾光化二年　西元八九九年。光化，唐昭宗年號。❿宴醵　宴飲；宴集。⓫紿　欺誑。⓬從容　盤桓逗留。亦指經濟寬裕。⓭柳璨　唐河東人。少孤貧好學。光化二年進士。當時頗有文名。昭宗超拔之，以諫議大夫平章事，改中書侍郎。後為朱溫所殺。⓮藥不瞑眩二句　語出《書．說命上》。瞑眩，指用藥後產生的頭暈目眩的強烈反應。瘳，病癒。⓯登庸　選拔任用。⓰憂戚　亦作「憂慼」。憂愁煩惱。

【語譯】咸通年間，進士及第過堂之後，就騎著騾，後頭跟著隨從，車輿服裝奢侈豪華到了極點；稍有一點不合規格，在宴遊時就要被重加罰金。蔣泳作為去世宰相之子，年紀很輕就進士及第。當時我父親任太常卿，對蔣泳說：「你家門人少清貧，不宜跟從世代官宦之家的作為，先交納罰錢。切記不要以騾從相隨。」

盧文煥，光化二年狀元及第，頗以宴集為緊要之事。嘗臨近關宴，同年進士都擔憂清貧，無法弄到宴飲之費。一日早上，盧文煥欺誑大家遊齊國公亭子，待到了那裡，眾人都解帶閒遊。盧文煥命團司牽驢。當時柳璨告訴文煥他的驢從並非自己所有。盧文煥說：「藥石不能產生頭暈目眩的強烈反應，那疾病就不會痊癒。」柳璨甚為怨恨。過了四年，柳璨被重用。盧文煥的憂愁擔心日益增加。柳璨每每遇到盧文煥，就對他說：「藥石不能產生頭暈目眩的強烈反應，那疾病就不會痊癒。」

曲江亭子，安、史未亂前，諸司皆列於岸滸；幸蜀❶之後，皆燼於兵火矣，所存者唯尚書省亭子而已。進士關宴，常寄其間。既徹饌❷，則移樂泛舟，率為常例。宴前數日，行市❸駢闐❹於江頭。其日，公卿家傾城縱觀於此，有若中東床之選者，十八九鈿車❺珠鞍，櫛比❻而至。或曰：乾符中，薛能❼尚書為大京兆❽，楊知至❾侍郎將擕家人遊，致書於能，假❿舫子⓫。先是舫子已為新人⓬所假。能答書云：「已為三十子⓭之鳩居⓮矣。」知至得書，怒曰：「昨日郎吏⓯，敢此無禮！」能自吏部郎中拜京兆少尹⓰，權⓱知大尹。開成五年⓲，樂和李公⓳榜，於時上⓴在諒闇㉑，故新人遊賞，率常稚飲㉒。詩人趙嘏㉓寄贈曰：「天上高高月桂叢㉔，分明三十一枝風。滿懷春色向人動，遮路亂花迎馬紅。鶴馭㉕迴飇㉖雲雨外，蘭亭不在管絃中㉗。居然自是前賢事，何必青樓倚翠空㉘？」

【注釋】❶幸蜀　天寶十四年（七五五）安史之亂爆發，次年七月唐玄宗逃往蜀中。❷徹饌　撤去酒席。徹，通「撤」。❸行市　臨時的店鋪。❹駢闐　猶「駢田」。聚會；連屬。形容多。❺鈿車　用金寶嵌飾的車子。❻櫛比　如梳篦密密排列。此猶謂蜂湧而至。❼薛能　（？～八八〇）字太拙，唐汾州（今山西汾陽）人。會昌六年（八四六）進士。歷刑部員外郎、嘉州刺史、權知京兆尹、工部尚書等職。出為徐州、忠武節度使，後為部將所殺。能詩，日賦一章。《全唐詩》有詩四卷。❽大京兆　即京兆尹。為京城行政長官。❾楊知至　字幾之。唐虢州弘農（今河南靈寶）人。累官至比部郎中、知制誥，累遷京兆尹、工部侍郎。❿假　借。⓫舫子　即船。⓬新人　指新出現的人物。從上下文看，似當指新科進士。⓭三十子　指新科進士。本科進士為三十一人。下文趙嘏詩「有三十一枝風」之語。《登科記》亦作三十一人。⓮鳩居　鳩鳥的居處。源自「鳩居鵲巢」。喻指船已不在自己處。⑮郎吏　郎官。下文有「吏部郎中」之語，故云。⑯京兆少尹　官名。唐時，設京兆尹，另有少尹二人，助理府事。⑰權　唐以來稱試官或暫時代理官職為「權」。⑱開成五年　西元八四〇年。開成，唐文宗年號。⑲樂和李公　即李景讓。景讓，字後己，唐太原文水人。元和進士。歷商州刺史、中書舍人、華州刺史，開成四年入為禮部侍郎，五年知貢舉。後任山南道節度使，入為吏部尚書。卒謚「孝」。⑳上　指唐武宗。㉑諒闇　亦作「諒陰」。居喪時所住的房子。唐文宗是年卒，武宗即位。故稱。㉒雅飲　《唐詩紀事》：「開成五年……時在諒闇，率皆雅飲……」當以「雅」為是。雅飲，富於意趣地飲酒。㉓趙嘏　字承祐，山陽（今江蘇淮安）人。會昌二年（八四二）進士。仕至渭南尉，世稱趙渭南。性豪邁爽達，詩名達於宮禁。今存詩二百五十餘首。㉔天上高高月桂叢　科舉及第稱「折桂」，故有是句。㉕鶴馭　死的諱稱。㉖迴飈　《全唐詩》作「回飄」。㉗蘭亭不在管絃中　借東晉王羲之等蘭亭雅集典故以指「雅飲」。㉘居然自是前賢事二句　呼應上文「上在諒闇」，「率通雅飲」。前賢，即指蘭亭雅集諸人，暢談清議，故而趙嘏有此感慨。

【語　譯】曲江亭子，安、史未叛亂前，各官署的亭子均列在曲江岸邊；唐玄宗幸蜀之後，皆為兵火焚毀，所保留下來的只有尚書省亭子而已。進士關宴，常常在其中舉行。待宴會撤去酒肴後，則移樂泛舟，大體已成為慣例。宴會前數天，各色店鋪排列在曲江江頭。到宴會那天，長安公卿大夫之家傾城而出，到此恣意觀看。其中如果有成為東床女婿人選的，那麼十有八九寶車珠鞍，接踵而至，前來觀看。有人說：乾符年間，薛能尚書任京兆尹，楊知至侍郎欲攜帶家人遊宴曲江，寫信給薛能，向他借舫船。在此之前舫船已被新科進士所借。薛能在回信中說：「舫船已成了三十名新進士的鳩居了。」楊知至收到回信，大怒，說：「昨日的郎官，竟敢如此無禮！」薛能由吏部郎中拜京兆少尹，權知京兆尹。開成五年，樂和李景讓主持貢舉，當時唐武宗正居喪，因而新科進士宴遊玩賞，通常都一改往常喧鬧的情況，而在宴飲時暢談清議。詩人趙嘏有詩寄贈新科進士中的友人，詩云：「天上那高高的月桂叢中，分明三十一人折枝臨風。滿懷春色向著人間揮動，遮路亂花迎馬分外豔紅。鶴馭迴飄在那雲雨之外，蘭亭雅集不在管絃之中。顯然此舉自是前賢雅事，何必非在青樓依翠傍紅。」

寶曆❶年中，楊嗣復❷相公❸具慶下❹繼放兩榜❺。時先僕射❻自東洛入覲，嗣復率生徒迎於潼關。既而大宴於新昌里第，僕射與所執❼坐於正寢❽，公領諸生翼坐❾於兩序❿。時元、白⓫俱在，皆賦詩於席上。唯刑部楊汝士⓬侍郎詩後成。元、白覽之失色。詩曰：「隔坐應須賜御屏⓭，盡將仙翰⓮入高冥⓯。文章舊價⓰留鸞掖⓱，桃李新陰⓲在鯉庭⓳。再歲生徒陳賀宴，一時良史盡傳馨⓴。當年疏傅㉑雖云盛，詎㉒有茲筵醉醁醽㉓！」汝士其日大醉，歸謂子弟曰：「我今日壓倒元、白。」

【注釋】❶寶曆　（八二五～八二六）唐敬宗年號。❷楊嗣復　（七八三～八四八）字繼之，唐虢州弘農（今河南靈寶）人。貞元進士，登博學宏辭科。初為秘書省正字，遷中書舍人。長慶四年（八二四），權知禮部侍郎，所選貢士多至達官。文宗即位，為戶部侍郎。出為劍南東川節度使，徙西川。開成二年（八三七），再為戶部侍郎，領諸道鹽鐵轉運使。三年，以本官同平章事，進門下侍郎。武宗時，出為湖南觀察使，再貶潮州刺史。宣宗即位，召為吏部尚書，卒於途中。❸相公　唐代宰相稱相公。❹具慶下　唐代父母俱在，稱「具慶下」。❺繼放兩榜　楊嗣復寶曆元年、二年兩知貢舉。❻先僕射　指楊嗣復之父楊於陵。楊於陵在穆宗時任戶部尚書、東都留守，以左僕射致仕。因稱「先僕射」。❼所執　朋友；至交。執，至交。❽正寢　指房屋的正廳或正屋。❾翼坐　如羽翼張開坐於兩側。❿序　堂兩房的東西廂房。⓫元白　元稹和白居易。當時兩人甚為友好，常以詩相唱和，文學主張和詩歌風格相近，並稱元白。元稹（七七九～八三一），字微之，河南（今河南洛陽）人。少孤貧。十五歲明經及第。後官監察御史，與宦官及守舊官僚鬥爭，遭貶謫。此後轉與宦官妥協，拜相。出為同州刺史，改浙東觀察使、鄂州刺史，卒於武昌軍節度使任所。白居易，見卷二〈爭解元〉㊲。⓬楊汝士　字慕巢。唐虢州弘農（今河南靈寶）人。元和四年（八〇九）進士，又登博學宏辭科。官至工部侍郎、同州刺史、檢校禮部尚書、梓州刺史、劍南東川節度使。位至尚書卒。⓭隔坐應須賜御屏　用「御屏隔坐」典故。宋戴埴《鼠璞．御屏隔坐》：「後漢鄭弘為太尉，舉第五倫為司空，班次在下，每朝見，弘曲躬自卑，上遂聽置雲母屏分隔其坐，由此為故事。是隔坐發端於門生座主也。」⓮仙翰　本謂鳳凰。亦借喻新登第的進士。⓯高冥　高空。⓰舊價　原先的聲價、名聲。⓱鸞掖　門下省的別稱。猶鸞臺。⓲桃李新陰　出自《韓詩外傳》卷七：「夫春樹桃李，夏得陰其下，秋得食其實。」後以桃李喻指栽培的後輩和所教的門生。⓳鯉庭　《論語．季氏》載，孔鯉「趨而過庭」，遇見其父孔子，孔子教訓他要學《詩》、學禮。後因以「鯉庭」謂子受訓之典。此指楊嗣復在新昌里的府第。⓴傳馨　傳播美名。㉑疏傅　《全唐書》作疏廣。疏傅，即指疏廣。疏廣在漢宣帝時任太子太傅，因稱。疏廣，字仲翁，西漢東海蘭陵（今山東棗莊東南）人。少好學，善《春秋》，家居教授，遠方的人都前來就學，徵為博士。故此句有「雖云盛」之句。㉒詎　豈；難道。㉓醁醽　亦作「醁醽」。美酒名。

【語譯】寶曆年中，楊嗣復相公雙親俱在，又接連兩次主持禮部考試。當時他父親僕射公楊於陵從洛陽到長安朝見天子，楊嗣復率領學生到潼關迎接。到長安後又在新昌里府邸設宴，僕射公與至交好友坐於正廳，楊嗣復率領眾門生如張開的羽翼依次坐在兩邊廂房。當時元稹、白居易均在座，且都在席上賦詩。賦詩者中只有刑部楊汝士侍郎的詩最後完成。元稹、白居易讀後為之失色。詩寫道：「尊卑隔坐自須賜予御屏，盡將仙翰後才攬入高門。文章昔日聲價留在鸞掖，桃李今日新陰長在鯉庭。兩榜門生共陳賀喜之宴，一時良史盡在傳播美名。當年疏廣授徒雖云興盛，怎比今日盛宴醁醽醉人。」楊汝士此日大醉而歸，回到家中對子弟說：「我今日壓倒了元稹、白居易。」

大順❶中，王渙❷自左史❸拜考功員外，同年李德鄰❹自右史❺拜小戎❻，趙光允❼自補袞❽拜小儀❾，王拯❿自小版⓫拜少勳⓬。渙首唱長句⓭感恩。上裴公⓮曰：「青衿⓯七十⓰榜三年⓱，建禮含香⓲次第遷。珠彩乍連星錯落，桂花曾到月嬋娟⓳。玉經磨琢多成器，劍拔沉埋便倚天。應念銜恩最深者，春來為壽拜尊前。」裴公答曰：「謬持文柄⑳得時賢，紛署㉑清華㉒次第遷。昔歲策名㉓皆健筆，今朝稱職並同年。各懷器業㉔寧㉕推讓，俱上青霄㉖豈後先！何事老來猶賦詠，欲將酬和永留傳。」

王起於會昌中放第二榜㉗，內道場㉘詩僧廣宣㉙以詩寄賀曰：「從辭鳳閣㉚掌絲綸㉛，便向青雲㉜領貢賓㉝。再闢文場無枉路，兩開金榜絕冤人。眼看龍化門前水㉞，手放鶯飛谷口春㉟。明日定歸臺席㊱去，鶺鴒原㊲上共陶鈞㊳。」起答㊴曰：「延英面奉入青闈㊵，亦選功夫亦選奇。在冶只求金不耗，用心空學稱無私。龍門變化人皆望，鶯谷飛鳴自有時。獨喜向公誰是證㊶，彌天㊷上士與新詩。」

【注釋】❶大順　（八九〇～八九一）唐昭宗年號。❷王渙　見本卷〈散序〉⓰。❸左史　唐龍朔二年（六六二）至咸亨元年（六七〇），天授元年（六九〇）至神龍元年（七〇五），改起居郎為左史。此為習稱。❹李德鄰　大順二年（八九一）進士。事跡未詳。❺右史　唐龍朔二年至咸亨元年，天授元年至神龍元年，改起居舍人為右史。此為習稱。❻小戎　唐時兵部郎官別稱。❼趙光允　即趙光胤（？～九二五），唐末五代京兆奉天（今陝西乾縣）人。大順二年進士。累官至駕部郎中。後唐同光元年（九二三）拜平章事，頗以熟悉禮樂典章制度自負，然無所建樹。後與宦官楊希交惡，憂懼卒。❽補袞　唐時左右補闕之俗稱。❾小儀　唐時禮部郎官之俗名。❿王拯　大順二年進士。事跡未詳。⓫小版　唐時戶部員外郎的別稱。⓬少勳　唐時吏部員外郎的別稱。⓭長句　指七言古詩。後來亦泛指七言律詩。此即指七律。⓮裴公　即裴贄。贄，字敬臣。咸通十三年進士。累官右補闕、御史中丞、刑部尚書。昭宗時，拜中書侍郎，兼本官同中書門下平章事。進尚書左僕射，以司空致仕。為朱溫所害。⓯青衿　《詩・鄭風・子衿》：「青青子衿，悠悠我心。」《毛傳》：「青衿，青領也。學子之所服。」借指學子。此指及第進士。⓰七十　指王起三榜得進士七十。⓱榜三年　指及第已三年。由此可知，王定保所記有誤。「大順」

共二年，而王渙為大順二年及第，不可能在當年由起居郎升任考功員外郎。⑱建禮含香　語出北周庾信〈哀江南賦〉：「始含香於建禮，仍矯翼於崇賢。」建禮，漢宮門名，為尚書郎值勤之處。亦借指尚書郎。王渙等人任郎官，屬尚書省，因有此語。⑲嬋娟　形容月色明媚。⑳文柄　考選文士的權柄。指主貢舉。㉑署　委任；任命。引申為任職。㉒清華　指職位清高顯貴。㉓策名　謂科試及第。㉔器業　才能學識。㉕寧　豈；難道。㉖青霄　喻巍科、高第。㉗王起於會昌中放第二榜　王起第二次主持貢舉在會昌四年（八四四）。會昌，唐武宗年號。㉘內道場　皇宮中舉行佛事的道場。因在宮中，故稱。㉙廣宣　俗姓廖氏，蜀中人，早有詩名。劉禹錫貶蜀期間與其最善。與李益、令狐楚、元稹、白居易倡和甚密。元和、長慶兩朝為內供奉，詔許居安國寺紅樓，以詩供奉，屢屢應詔制詩。《新唐書．藝文志》有記，以紅樓名集，今佚不傳。散見《全唐詩》、《記事》等集。㉚鳳閣　中書省的別稱。㉛絲綸　《禮記．緇衣》：「王言如絲，其出如綸。」後因稱帝王詔書為「絲綸」。因王起奉詔知貢舉，因有是語。㉜青雲　指春官。唐光宅年間曾改禮部為春官，後「春官」遂為禮部別稱。進士試由禮部掌管，因有「青雲」之語。㉝貢賓　指參加會試的士子。㉞龍化門前水　用鯉魚跳龍門典故。《藝文類聚》卷九六引辛氏《三秦記》：「河津一名龍門，大魚積龍門下數千，不得上，上者為龍，不上者（為魚），故云曝鰓龍門。」㉟鶯飛谷口春　鶯處幽谷，喻指人一鳴衝天。下文「龍門」、「鶯谷」皆此意。㊱臺席　古以三公取象三臺，故稱宰相的職位為臺席。此喻王起能任宰相。㊲鶺鴒原　《詩．小雅．常棣》：「脊令在原，兄弟急難。」脊令，同「鶺鴒」。後即以「鶺鴒在原」比喻兄弟友愛之情。㊳陶鈞　亦作「陶均」。比喻治國大道。亦指治理國家。㊴起答　此詩一作王涯作。㊵青闈　借指禮部考試進士之所。古代開科取士多在春季，故稱。㊶證　佛教語。參悟；修行得道。亦指「證實」。㊷彌天　喻志氣高遠。

【語　譯】大順年間，王渙由起居郎拜考功員外，同年李德鄰自起居舍人拜兵部郎官，趙光允自補闕拜禮部郎官，王拯由戶部員外郎拜吏部員外郎。王渙第一個寫了一首七律表達感恩之情，在上裴贄的詩中云：「學生七十及第已三年，建禮含香次第得升遷。珠彩相聯如星星錯落，桂花領略到月色嬋娟。璞玉經琢磨多能成器，深埋之劍拔起即倚天。理應感念銜恩最深者，春來為作壽拜於尊前。」裴贄以詩作答云：「謬持文柄選得時賢，紛任要職次第升遷。當年及第均係健筆，今朝稱職都是同年。各懷才識怎能推讓，俱登高第豈分後先！何事老來猶在賦詩？欲將酬和永久流傳。」

王起在會昌年間第二次主持貢舉，內道場詩僧廣宣以寄贈作賀。詩云：「從辭鳳閣掌選舉之任，便向青雲試應舉士人。再主文場無不直之路，兩開金榜絕冤屈之人。眼看蛟龍化門前之水，手放飛鶯出谷口報春。明日定將歸臺席而去，鶺鴒原上當協力陶鈞。」王起作詩答云：「延英殿奉旨主持春闈，要選功夫更要選奇才。冶煉時只求金不損耗，用心日但學稱職無私。龍門變化是人人所望，鶯谷飛鳴亦自有其時。只喜向你參悟何所取，選得高遠之士與新詩。」

周墀❶任華州刺史，武宗會昌三年❷，王起僕射再主文柄，墀以詩寄賀，並序曰：「僕射十一叔❸以文學德行，當代推高。在長慶之間，春闈主貢❹，採摭❺孤進❻，至今稱之。近者，朝廷以文柄重難❼，將抑浮華❽，詳明❾典實❿，繇是復委前務。三傾⓫貢籍⓬，迄今二十二年於茲，亦縉紳⓭儒林⓮罕有如此之盛。況新榜既至，眾口稱公。墀忝⓯沐深恩，喜陪諸彥⓰，因成七言四韻詩一首，輒敢寄獻，用導下情，兼呈新及第進士：文場三化魯儒生⓱，二十餘年振重名⓲。曾忝木雞誇羽翼，又陪金馬⓳入蓬瀛⓴。墀初年〈木雞賦〉及第，常陪僕射守職內庭。雖欣月桂㉑居先折，更羨春蘭㉒最後榮㉓。欲到龍門看風水㉔，關防㉕不許暫離營。」時諸進士皆賀。起答曰：「貢院離來二十霜，誰知更忝主文場。楊葉縱能穿舊的，桂枝何必愛新香㉖！九重㉗每憶同仙禁㉘，六義㉙初吟得夜光㉚。莫道相知不相見，蓮峰㉛之下欲徵黃㉜。」

王起門生一榜二十二人和周墀詩：

嵩高[33]降德[34]為時生，洪筆[35]三題造化[36]名。鳳詔[37]佇[38]歸專北極[39]，驪珠[40]搜得盡東瀛[41]。褒衣[42]已換金章[43]貴，禁掖[44]曾隨玉樹[45]榮。明日定知同相印，青衿[46]新列柳間營[47]。

盧肇[48]，字子發。

公心獨立副[49]天心，三轄春闈冠古今。蘭署[50]門生皆入室，蓮峰太守別知音。同升翰苑[51]時名重，遍歷朝端[52]主意深。新有受恩江海客[53]，坐聽朝夕繼為霖[54]。

丁稜[55]，字子威。

三年竭力向春闈，塞斷浮華眾路歧[56]。盛選棟梁稱昔日，平均雨露及明時[57]。登龍[58]舊美[59]無斜徑[60]，折桂新榮盡直枝。莫道只陪金馬貴，相期更在鳳凰池[61]。

姚鵠[62]，字居雲。

昔年桃李已滋榮，今日蘭蓀[63]又發生。葑菲[64]采時皆有道，權衡[65]分處[66]且無情。叨陪[67]鴛鷺[68]朝天客[69]，共作門闌[70]出谷鶯。何事感恩偏覺重？忽聞金榜扣柴荊。

退之自顧微劣，始不敢以叨竊[71]之望，策試[72]之後，遂歸盩厔[73]山居。不期[74]一旦進士團[75]遣人賫榜[76]，扣關[77]相報，方知忝幸[78]矣。高退之，字遵聖。

當年門下化龍[79]成，今日餘波進後生[80]。仙籍[81]共知推麗則[82]，禁垣[83]同得薦嘉名[84]。桃谿[85]早茂誇新萼，菊圃初開耀晚英。誰料羽毛[86]方出谷，許教齊和九皋[87]

鳴。孟球[88]，字廷玉。

孔門頻建鑄顏功[89]，紫綬[90]青衿[91]感激同。一簣[92]勤勞成太華[93]，三年恩德重維嵩[94]。楊[95]隨前輩穿皆中，桂許平人[96]折欲空。慙[97]和[98]周郎[99]應見顧[100]，感知大造[101]意無窮。劉耕[102]，字遵益。

常將公道選群生，猶被春闈屈重名。文柄久持殊[103]歲紀[104]，恩門三啟[105]動寰瀛[106]。雲霄[107]幸接鴛鸞[108]盛，變化欣同草木榮。乍得陽和如細柳，參差長近亞夫營[109]。裴翻[110]，字雲章。

滿朝簪紱[111]半門生，又見新書甲乙名。孤進自今開道路，至公依舊振寰瀛。雲飛太華清詞[112]著，花發長安白屋[113]榮。忝受恩光同上客[114]，唯將報德是經營[115]。樊驤[116]，字彥龍。

滿朝朱紫[117]半門生，新榜勞人[118]又得名。國器[119]舊知收片玉[120]，朝宗[121]轉覺集登瀛[122]。同升翰苑三年美，繼入花源[123]九族榮。共仰蓮峰聽雪唱[124]，欲賡[125]仙曲[126]意怔營[127]。崔軒[128]，字鳴岡。

一振聲華入紫微，三開秦鏡照春闈[129]。龍門舊列金章[130]貴，鶯谷新遷碧落[131]飛。恩感風雷皆變化，詩裁錦繡借光輝。誰知散質[132]多榮忝，鴛鷺清塵[133]接布衣。蒯希逸[134]，字大隱。

龍門一變荷[135]生成，況是三傳不朽名。美譽早聞喧北闕[136]，頹波[137]今見走東瀛[138]。鴛行[139]既接參差影，雞樹[140]仍同次第[141]榮。從此青衿與朱紫，升堂侍宴更何營？　林滋[142]，字後象。

恩光忽逐曉春生，金榜前頭忝姓名。三感至公裨[143]造化[144]，重揚文德振寰瀛。佇[145]為霖雨[146]增相賀，半在雲霄覺更榮。何處新詩添照灼[147]？碧蓮峰下柳間營。　李仙古[148]，字垂後。

二十二年文教主，三千上士滿皇州[149]。獨陪宣父[150]蓬瀛[151]奏，方接顏生[152]魯衛遊[153]。多羨龍門齊變化，屢看雞樹第名[154]流。升堂何處最榮美？朱紫環尊幾獻酬。　黃頗[155]，字無頗。

三開文鏡繼芳聲，暗指雲霄接去程。會壓洪波先得路，早升清禁[156]共垂名。蓮峰對處朱輪[157]貴，金榜傳時玉韻[158]成。更許下才[159]聽白雪[160]，一枝今過郄詵榮[161]。　張道符[162]，字夢錫。

常將公道選諸生，不是鴛鴻[163]不得名。天上[164]宴迴聯步武[165]，禁中麻[166]出滿寰瀛。簪裾[167]盡過前賢貴，門館[168]仍叨後學榮。看著鳳池相繼入，都堂[169]那肯滯關營[170]？　邱上卿[171]，字陪之。

重德由來為國生，五朝[172]清顯冠公卿。風波久佇濟川檝[173]，羽翼三遷出谷鶯。
絳帳青衿同日貴，春蘭秋菊異時榮[174]。孔門弟子皆賢哲，誰料窮儒忝一名！

石貫[175]，字揔之。

文學宗師心稱平，無私三用佐貞明[176]。恩波[177]舊是仙舟客，德宇[178]新添月桂名。
蘭署崇資金印重，蓮峰高唱玉音清。羽毛方荷生成力，難繼鸞凰[179]上漢聲。

李潛[180]，字德隱。

科文又主守初時，光顯門生濟會期。美擅東堂登甲乙[181]，榮同內署[182]待恩私。
群鶯共喜新遷木，雙鳳皆當即入池。別有倍深知感士，曾經兩度得芳枝[183]。

孟宁，字處中。

儒雅皆傳德教行，幾敦浮俗贊文明。龍門昔上波濤遠，禁署同登[184]渥澤[185]榮。
虛散[186]謬當陪杞梓[187]，後先寧異感生成？時方側席[188]徵賢急，況說歌謠近帝京！

唐思言[189]，字子文。

聖朝文德最推賢，自古儒生少比肩。再啟龍門將二紀，兩司鶯谷已三年。蓬山[190]皆羨齊榮貴，金榜誰知忝後先。正是感恩流涕日，但思旌旆[191]碧峰[192]前。

左牢[193]，字惠膠。

春闈帝念主生成，長慶公聞兩歲名。有詔赤心分雨露，無私和氣浹[194]寰瀛。
龍門乍出難勝幸，鴛侶先行是最榮。遙仰高峰看白雪，多慚屬和[195]意屏營[196]。

王甚夷[197]，字無黨。

長慶曾收間世[198]英，早居臺閣[199]冠公卿。天書再受恩波遠，金榜三開日月明。

已見差肩200趨翰苑，更期聯步掌臺衡201。小儒謬蹟雲霄路，心仰蓮峰望太清202。

金厚載203，字化光。

【注釋】❶周墀　（七九三～八五一）字德升，唐汝南（今河南汝南西）人。長慶進士。累官至中書舍人。武宗即位，出為華州刺史，遷江西觀察使，鎮撫地方。大中二年（八四八），進同平章事，兼修國史。次年，罷為劍南東川節度使。❷會昌三年　西元八四三年。是年王起第三次知貢舉。❸僕射十一叔　即王起。起會昌四年拜左僕射。十一，王起行第。❹在長慶之間二句　王起在長慶三年以禮部侍郎知貢舉。❺採摭　選取。❻孤進　特別求取上進。謂非常出色。❼重難　繁重而艱難。❽浮華　虛浮不實。❾詳明　審察明白。❿典實　典故、史實。⓫傾　盡。指盡心。⓬貢籍　貢士名策。指選才。⓭縉紳　插笏於紳帶間，舊時官宦裝束。借指士大夫。⓮儒林　此泛指讀書人。⓯忝　羞辱；有愧於。⓰彥　俊彥。彥，賢士；俊才。⓱魯儒生　魯國儒生。泛指儒家學說的信奉者。此指應試舉子。⓲重名　盛名，很高的名望或很大的名氣。⓳金馬　金馬門。漢宮門名。學士待詔之處。王起曾任翰林侍讀學士。⓴蓬瀛　蓬萊和瀛洲。神山名，傳為仙人所居。亦指仙境。此借指皇宮。㉑月桂　傳說的月中桂樹。比喻科舉登第、登科。㉒春蘭　此喻指科舉得中。㉓榮　繁茂；開花。㉔龍門看風水　喻指到京城看望恩師及新科進士。㉕關防　守關防務。㉖楊葉縱能穿舊的二句　上句為自謙之詞，下句意為有了新的門生，也不會忘了以前的學生。楊葉，楊葉弓。可百步穿楊的好弓。的，靶子。桂枝，喻登科及第。㉗九重　喻指宮禁。㉘仙禁　指皇宮。此指翰苑。㉙六義　指風、雅、頌、賦、比、興。唐代科舉要考詩，故有「六義初吟」之語。㉚夜光　珠名。喻指選得人才。㉛蓮峰　華山西峰又名蓮花峰，借指華山。華山為華州轄地，因有「蓮峰之下」之語，借指華州。㉜徵黃　西漢黃霸為潁川太守，有治績，被徵為京兆尹。事見《漢書．循吏傳．黃霸》。後因以「徵黃」謂地方官員有治績，必將被朝廷徵召，升任京官。此喻指周墀將被大用。㉝嵩高　即嵩山。唐代時帝王多次到嵩山祭祀天地。㉞降德　賜予恩惠。㉟洪筆　大筆。喻擅長寫文章。㊱造化　幸運；福分。將及第者視為幸運之人。㊲鳳詔　即詔書。㊳佇　企盼；期待。㊴北極　指朝庭、朝堂。㊵驪珠　寶珠。傳說出自驪龍頷下，故名。此喻新科進士。㊶東瀛　東海。㊷褒衣　亦作「褒衣」、「裒衣」。賞賜的禮服。㊸金章　金印。一說銅印。因以指代官宦仕途。㊹禁掖　謂宮中旁舍。泛指宮廷。㊺玉樹　喻指王起。㊻青衿　此指「學生」。作者自謙之詞。㊼柳間營　即柳營。漢周亞夫為將軍，治軍謹嚴，駐軍細柳，號細柳營。亦即「柳營」。景帝時，任太尉，平定吳楚七國之亂，遷丞相。此喻周墀日後也將出將入相。㊽盧肇　見卷二〈恚恨〉「太和初」段㉛。㊾副　相稱；符合。㊿蘭署　唐代指祕書省。(51)同升翰苑　王起曾任翰林侍讀學士；周墀曾任翰林學士，因稱。(52)朝端　朝廷。亦指位居首席的朝臣。指尚書省長官。(53)江海客　浪跡四方，放情江海之人。此指四方各地之人，亦為丁稜自指。(54)霖　比喻恩澤。(55)丁稜　字子威。因李德裕薦，中會昌三年進士第。(56)眾路歧　即眾歧路。指各種請託之路。(57)明時　指政治清明之時。常用以稱頌本朝。(58)登龍　即登龍門。喻科舉及第。(59)舊美　指王起早年知貢舉時所取之人。(60)無斜徑　即均取自正道。(61)鳳凰池　唐代宰相稱同中書門下平章事，故多以「鳳凰池」指宰相職位。此句喻王起、周墀日後均將作宰相。(62)姚鵠　字居雲，蜀人。(63)蘭蓀　即菖蒲。一種香草。喻佳子弟。此喻指新科進士。(64)葑菲　《詩・邶風・谷風》：「采葑采菲，無以下體。」鄭玄箋：「此二菜者，蔓菁與葍之類也，皆上下可食，然而其根有美時有惡時，采之者不可以其根惡時并棄其葉。」蔓菁，即蕪菁。蕪菁與葍皆屬普通蔬菜，葉與根皆可食。但其根有時略帶苦味，人有因其苦而棄之。後因以「葑菲」用為鄙陋之人或有一德可取之謙辭。(65)權衡　權，秤錘；衡，秤桿。此將權、衡喻指人的才智、品行不一。(66)分處　分別居於各自應處之地。(67)叨陪　謙稱陪侍或追隨。(68)鴛鷺　本喻指朝臣。此借指周墀。(69)朝天客　新科進士要朝見天子，故稱。(70)門闌　亦作「門欄」。本指門框或門柵欄，喻指師門。(71)叨竊　謂不當得而得。(72)策試　古代以策問試士，因稱對臣下或舉子的考試為「策試」。(73)盩厔　今作周至。屬陝西。(74)不期　不料。(75)進士團　當指主持新科宴遊之團司。(76)賫榜　送榜。賫，持；帶；送。(77)扣關　扣門。(78)忝幸　謂受之有愧的恩遇。(79)化龍　即化魚為龍。舊傳鯉魚跳過龍門即化為龍。喻登科及第。(80)餘波進後生　指周墀的詩。(81)仙籍　古以科舉及第為登仙，因稱及第者的資格與名姓籍貫為仙籍。(82)麗則　指美麗典雅。麗則，一作麗藻。(83)禁垣　指宮廷。(84)嘉名　好名聲。(85)桃谿　桃樹眾多的地方。此以「桃谿」喻指周墀一科進士，以「新萼」喻新科進士。下句「菊圃」、「晚英」義同。(86)羽毛　喻指新科進士。羽毛方出谷，即飛鶯出谷。(87)九皋　指鶴。喻指賢士，此指王起。(88)孟球　字廷玉。會昌三年進士。咸通中，任檢校工部尚書、徐州刺史。(89)孔門頻建鑄顏功　將自己及新科進士以孔門弟子喻為王起學生。鑄顏，顏回為孔子最賞識的學生，因有「鑄顏功」之說。(90)紫綬　紫色絲帶。古代高級官員用作官印絲帶，或作服飾。此借指周墀。(91)青衿　指學生。借指新科進士。(92)一簣　一筐。(93)太華　即華山。此句以「最後一筐土壘成華山」，表達對王起提攜的感激之情。(94)重維嵩　指嵩山。重維嵩，《全唐詩》作「仰維嵩」，更佳。(95)楊　指楊葉弓。(96)平人　平民百姓。(97)慙　同「慚」。(98)和　和詩。(99)周郎　指周墀。(100)見顧　照顧、賞識我。(101)大造　大恩德。(102)劉耕　字遵益。會昌三年進士。事跡未詳。(103)殊　此有「超過」義。(104)歲紀　十二年。(105)恩門三啟　王起長慶元年、長慶三年、會昌三年三主科場，因稱。(106)寰瀛　天下。(107)雲霄　喻指朝廷。(108)鴛鸞　皆鳳屬。喻朝官、同僚。(109)乍得陽和如細柳二句　用周亞夫細柳營典故。見前。陽和，暖和的天氣。(110)裴翻　字雲章。會昌三年進士。事跡未詳。(111)簪紱　冠簪和纓帶。古代官員服飾。用以喻顯貴、仕宦。(112)清詞　清麗的詞句。(113)白屋　平民所居。亦指平民或寒士。此作者自指。(114)上客　指周墀。(115)經營　本指籌劃營造，經辦管理。此當指努力從政。(116)樊驤　字彥龍，一作元龍。會昌三年進士。事跡未詳。(117)朱紫　指官服顏色。此指官員。(118)勞人　勞苦之人。此作者自指。(119)國器　舊指治國的人材。此指周墀。(120)片玉　喻群賢之一。(121)朝宗　古代諸侯春、夏朝見天子。後泛指臣下朝見帝王。(122)登瀛　登上瀛洲。比喻士人得到榮寵，如登仙界。(123)花源　桃花源。此指理想境界。(124)雪唱　語本戰國楚宋玉〈對楚王問〉。後用「雪唱」指高雅的歌聲。此指王起的詩。(125)賡　繼續；連續。此有「和作」義。(126)仙曲　指王起詩。(127)征營　惶恐不安貌。(128)崔軒　字鳴岡，一作鳴山。會昌三年進士。事跡未詳。(129)一振聲華入紫微二句　指王起。聲華，猶言聲譽榮耀。紫微，指帝王宮殿。三開秦鏡，指王起三主貢舉。秦鏡，亦作「秦鑑」。傳說秦始皇有一方鏡，能照見人心的善惡。詳見《西京雜記》卷三。(130)金章　金質的官印。也指古代高級官員的官服。此指周墀。(131)碧落　道教語。青天；天空。(132)散質　謂資質凡庸，不堪為用。此作者自指。(133)清塵　車後揚起的塵土。用作對尊貴者的敬稱。(134)蒯希逸　字大隱。會昌三年進士。事跡未詳。(135)荷　承受恩德。(136)北闕　古代宮殿北面的門樓。是臣子等候朝見或上書奏事之處。後用為宮禁或朝廷的別稱。(137)頹波　向下流的水勢。比喻衰退的世風或事物衰落的趨勢。(138)東瀛　東海。(139)鴛行　即鴛鷺行。比喻朝官的行列。(140)雞樹　指古代中書省。亦指宰相府中的樹。(141)次第　依次；逐一。(142)林滋　字後象。唐閩縣人。歷金部郎中，後王鐸辟為判官。與同年詹雄、鄭誠齊名。時稱雄詩、誠文、滋賦為閩中三絕。(143)裨　增加；補益。(144)造化　本指自然界、自然，此當指朝廷，與下句「寰瀛」對舉。(145)佇　企盼；期待。(146)霖雨　甘雨；及時雨。也喻濟世澤民。(147)照灼　光芒四射；閃耀。(148)李仙古　一作李宣古，字垂後。會昌三年進士。事跡未詳。(149)皇州　帝都；京城。(150)宣父　唐代對孔子的尊稱。(151)蓬瀛　本指仙人所居之仙山，此喻指朝廷。此句喻指周墀陪王起守職內庭。(152)顏生　即顏回。(153)魯衛遊　孔子曾帶領學生周遊列國。(154)第名　列上名字。謂科舉中式。(155)黃頗　字無頗。宜春（今屬江西）人。見卷二〈為等第後久方及第〉❸。(156)清禁　指皇宮。此指朝廷。(157)朱輪　古代王侯顯貴所乘之車。因用朱紅漆輪，故稱。此喻指周墀。(158)玉韻　指王起的詩。(159)下才　張道符自指。(160)白雪　陽春白雪。借指王起的詩。(161)郄詵榮　亦作「郤詵榮」。《晉書．郤詵傳》載：郤詵舉賢良對策為天下第一，自視為「桂林之一枝，崑山之片玉」。後因以「郤詵榮」、「郤詵丹桂」喻科舉及第，獲得功名。(162)張道符　字夢錫。會昌三年進士。事跡未詳。(163)鴛鴻　鴛鶵和鴻雁。比喻賢人。(164)天上　指宮中。(165)步武　腳步。(166)麻　唐宋時詔書用黃、白麻紙書寫，因用為詔書的代稱。(167)簪裾　古代顯貴者的服飾。借指顯貴。(168)門館　新科進士將座主稱恩師，自稱門生，門館本指業師授徒之處，故有此說。(169)都堂　尚書省總辦公處稱都堂。(170)關營　關說營求。(171)邱上卿　字陪之。會昌三年進士。事跡未詳。(172)五朝　王起在德宗貞元十四年進士及第，歷憲宗（順宗在位不滿一年，不計）、穆宗、敬宗、文宗，至武宗會昌年間已五朝。(173)檝　同「楫」。船。(174)絳帳青衿同日貴二句　絳帳青衿、春蘭秋菊均指王起主持貢舉時先後及第的進士。絳帳，為師門、講席的敬稱。語出《後漢書·馬融傳》。(175)石貫　字摠之。會昌三年進士。事跡未詳。(176)貞明　指日月。喻指天子。(177)恩波　謂帝王的恩澤。(178)德宇　德澤恩惠的庇蔭。(179)鸞凰　亦作「鸞皇」。鸞與鳳，皆瑞鳥。喻賢士。(180)李潛　字德隱。宜春（今屬江西）人。會昌三年進士。事跡未詳。(181)東堂登甲乙　喻科舉考試及第。東堂，指官舍。(182)內署指翰林院。(183)兩度得芳枝　孟宁（一作孟守），字處中。長慶三年（八二三），王起主貢舉，孟宁進士及第，但被當時的宰相除名。至會昌三年，王起再主貢舉，時孟宁已年老，再次及第。因有「兩度得芳枝」之語。(184)禁署同登　指王起、周墀在翰林事。禁署，宮中近侍官署。(185)渥澤　指恩寵。(186)虛散　淺薄閒散。(187)杞梓　杞和梓。兩木皆良材。比喻優秀人才。此作者自謙之辭。(188)側席　不正坐。指謙恭以待賢者。(189)唐思言　字子文。會昌三年進士。事跡未詳。(190)蓬山　即蓬萊山。傳為仙人所居。此指翰林院（因蓬山又為祕書省代稱）。(191)旌旆　亦作「旌旆」。旗幟。借指官員。此指周墀。(192)碧峰　指華山。(193)左牢　字惠膠（《全唐詩》作戈牢，字德膠）。事跡未詳。(194)浹　遍及；滿。(195)屬和　指和王起詩。(196)屏營　惶恐；徬徨。(197)王甚夷　字無黨。會昌三年進士。事跡未詳。(198)間世　隔代。指年代相隔長久。(199)臺閣　漢時指尚書臺。後亦泛指中央機構。亦指尚書。(200)差肩　先後。(201)臺衡　喻宰輔大臣。(202)太清　天空。(203)金厚載　字化光。會昌三年進士。事跡未詳。

【語譯】周墀任華州刺史，在唐武宗會昌三年，王起僕射又一次主持進士考試，周墀寄去自己所作的詩祝賀，並在詩前作序云：「僕射十一叔以他的文才德行，為當代所推崇。在長慶年間，主持禮部考試，選拔出色的人才，至今為人稱道。近來，朝廷以主持考試繁重而困難，又要抑制虛浮不實之風，審察史實，因此再次委以主持貢舉之任。三次盡心於選取人才，至今前後達二十二年，這是縉紳儒林罕有如此之盛。況且新榜既發，上下一致都稱公道。我曾有幸沐浴深恩，如今喜陪諸位俊才，並作成七言四韻詩一首，即冒昧寄獻，用以引導下情，並兼而呈獻給新及第進士：文場三次教化魯儒生，二十餘年來振起盛名。曾以〈木雞賦〉得誇羽翼，又在金馬門同入宮廷。當年，周墀以一篇〈木雞賦〉進士及第，曾陪王起在宮中當值。雖然欣喜我月桂先折，更羨慕春蘭近又繁榮。欲到京城去看望恩師，關防事不能片刻離營。」當時諸位進士都來祝賀。王起作詩答云：「貢院別後又來二十霜，誰知再次忝名主文場。楊葉弓縱能百步穿楊，桂枝又何必愛惜新香！在朝廷每憶同在宮禁，六義初吟時喜得夜光。切莫道相知不能相見，蓮花峰下即將來徵黃。」

王起門生這一榜二十二人和周墀詩：

盧肇作詩云：「嵩嶽降德為時而生，大筆三題造化之名。詔書期盼專歸北極，驪珠搜盡來自東瀛。袞衣已換金印珍貴，禁掖曾隨玉樹光榮。明日定知同拜相印，青衿新列細柳軍營。」盧肇，字子發。

丁稜作詩云：「公心獨行特立上副天心，三次主持春闈名冠古今。蘭署門生全都登堂入室，蓮峰太守別是僕射知音。師生同登翰苑一時名重，遍歷朝堂主上情重意深。新有我這受恩江海之客，朝夕坐聽教誨繼為甘霖。」丁稜，字子威。

姚鵠和詩云：「三年盡力面對春闈考試，堵塞斷絕浮華請託歧路。為國盛選棟樑稱譽昔日，平均雨露及於清明今時。登龍門的舊美均自正道，折玉桂的新榮盡是直枝。莫道是陪伴在金馬為貴，相期許更應聚於鳳凰池。」姚鵠，字居雲。

高退之和詩云：「昔年桃李已枝茂葉榮，今日蘭蓀又逢春發生。封菲按時採摘皆有道，權衡分別處置更無情。有幸叨陪鴛鷺朝天客，今日共作門闌出谷鶯。何事感恩遍覺情義重？忽然聽說金榜扣柴荊。」高退之自覺出身卑微，開始時不存中舉的希望。到策試過後，就回到周至山中的居處。不料有一日進士團派人送來榜文，扣門相報，才知有幸得中了。高退之，字遵聖。

孟球和詩云：「當年的門生化龍已成，今日將餘波進掖後生。名籍共知當首推麗則，禁垣中得以同推嘉名。桃谿早已繁茂誇讚新萼，菊圃初啟耀映晚開之花。誰料羽毛新生方才出谷，就教齊聲應和九皋長鳴。」孟球，字廷玉。

劉耕和詩云：「孔門屢次建立鑄顏之功，紫綬青衿感激之情相同。最後一簣之勤成就太華，三年恩德之深仰望維嵩。楊葉追隨前輩穿靶中的，桂枝亦許平民折取欲空。慚和周郎之詩應予眷顧，感知大恩大德意猶無窮。」劉耕，字遵益。

裴翻和詩云：「常以公道選拔群生，猶被春闈屈尊重名。文柄久持殊逾歲紀，恩門三啟震動寰瀛。雲霄幸接鴛鸞興盛，變化欣同草木繁榮。乍得陽和如在細柳，參差長近亞夫軍營。」裴翻，字雲章。

樊驤和詩云：「滿朝官員半為僕射門生，今日又題新榜甲乙姓名。才識之士自今開闢道路，大公無私依舊名動寰瀛。雲飛太華刺史清詞已著，花發長安學生白屋有榮。忝受朝廷恩光如同上客，唯將報德更當努力經營。」樊驤，字彥龍。

崔軒和詩云：「滿朝官員半是恩師門生，新榜進士學生又得列名。國器原是舊交收得片玉，朝見天子轉覺共登瀛洲。同升翰苑多年成為美談，繼入桃源九族共覺榮光。共仰蓮峰高聳傾聽雪唱，意欲應和仙曲心中徬徨。」崔軒，字鳴岡。

蒯希逸和詩云：「名聲一舉振起進入紫微，秦鏡三次開啟照耀春闈。龍門舊列早已金章高貴，鶯谷新遷自今青天奮飛。恩重感深風雷皆有變化，詩體別裁錦繡借重光輝。誰知凡庸今日有幸榮忝，有勞鴛鷺清塵迎接布衣。」蒯希逸，字大隱。

林滋和詩云：「龍門一變恩德生成，況是三傳不朽之名。美譽早聞響徹朝廷，頹波今見流走東瀛。鴛行既接參差身影，雞樹仍同依次進榮。從此青衿連同朱紫，升堂侍宴更有何營？」林滋，字後象。

李仙古和詩云：「恩光忽逐曉春而生，金榜前頭忝列姓名。三感至公補益朝廷，重揚文德振動寰瀛。盼為甘霖增相慶賀，半在雲霄更覺光榮。何處新詩更添光彩？碧蓮峰下細柳軍營。」李仙古，字垂後。

黃頗和詩云：「二十二年間三主文教，三千上士已布滿皇州。獨陪宣父在蓬瀛面奏，將接顏生作魯衛之遊。更歆羨龍門齊生變化，屢次見中書列上名流。升堂時何處最為榮美？朱紫環繞幾番來獻酬。」黃頗，字無頗。

張道符和詩云：「三開文鏡至今仍有名聲，暗接雲霄連接逝去途程。會逢壓制洪波先已得路，早已升遷翰苑共垂佳名。蓮峰相對之處朱輪華貴，金榜傳播之時新詩作成。更許不才聆聽陽春白雪，玉桂一枝遠過郄誂之榮。」張道符，字夢錫。

邱上卿和詩云：「常以公道選取諸生，不是賢才不得其名。宮中宴迴聯接步武，禁中詔出名滿寰瀛。簪裾盡過前賢尊貴，門館仍叨後學殊榮。看著鳳池相繼而入，都堂哪肯滯留關營？」邱上卿，字陪之。

石貫和詩云：「大德從來為國而生，五朝清顯名冠公卿。風波久佇濟川舟楫，羽翼三遷出谷之鶯。絳帳青衿同日顯貴，春蘭秋菊異時繁榮。孔門弟子皆是賢哲，誰料窮儒忝列姓名。」石貫，字揔之。

李潛和詩云：「文學宗師心地堪稱公平，大公無私三次協助天子。恩波澤被早年仙舟之客，德宇庇蔭新添月桂佳名。蘭署尊崇資望金印高貴，蓮峰高唱玉音委婉清亮。羽毛初滿感激生成大力，難繼鸞鳳上入雲漢清聲。」李潛，字德隱。

孟守和詩云：「又主科場秉持初時志，光顯門生濟濟有會期。專擅美名東堂登甲乙，榮同翰苑天子待恩私。群鶯共喜新近遷喬木，雙鳳皆當即日入鳳池。另有倍加深知感恩士，曾經先後兩度占芳枝。」孟守，字處中。

唐思言和詩云：「儒雅文士皆傳德教行，幾番敦厚浮俗贊文明。龍門昔日躍上波濤遠，翰苑同登天子恩澤榮。不才之人謬當陪杞梓，後先同門怎異感生成？時下正逢側席求賢急，何況聞說歌謠近帝京！」唐思言，字子文。

左牢和詩云：「聖朝文德最推君賢，自古儒生少能比肩。再啟龍門將近二紀，兩司鶯谷又已三年。蓬山皆羨一齊榮貴，金榜誰知忝列後先。正是感恩流涕之日，但思旌旆碧峰山前。」左牢，字惠膠。

王甚夷和詩云：「天子一念春闈主考生成，長久慶幸兩次聞公大名。奉詔赤誠之心分灑雨露，無私和順之氣遍及寰瀛。龍門乍出難以承受欣幸，前輩鴛侶先行最是光榮。遠處仰望高峰瞻看白雪，慚愧和詩心中惶恐不寧。」王甚夷，字無黨。

金厚載和詩云：「長慶曾經收得前輩英才，早已位居臺閣名冠公卿。再度承接天書恩厚波遠，金榜三次開啟日月光明。已見師生前後入趨翰苑，更加期盼聯步執掌臺衡。不才小儒謬跡雲霄之路，心中感仰蓮峰遙望太清。」金厚載，字化光。

曹汾❶尚書鎮許下❷，其子希幹❸及第，用錢二十萬。榜至鎮，開賀宴日，張之於側。時進士胡錡❹有啟賀，略曰：「桂枝折處，著萊子❺之采衣；楊葉穿時，用魯連之舊箭❻。」分之名第故也。又曰：「一千里外，觀上國之風光；十萬軍前，展長安之春色。」

楊汝士❼尚書鎮東川，其子如溫❽及第。汝士開家宴相賀，營妓咸集。汝士命人與紅綾一匹。詩曰：「郎君得意及青春，蜀國將軍又不貧。一曲高歌綾一匹，兩頭娘子❾謝夫人。」

華州榜❿薛侍郎⓫《諸門生》詩⓬曰：「時君過聽⓭委平衡⓮，粉署⓯華燈到曉明。開卷固難窺浩汗⓰，執心⓱空欲慕公平。機雲⓲筆舌臨文健，沈宋⓳篇章發韻清。自笑觀光⓴渾㉑昨日，披心㉒爭不愧群生！」

【注釋】❶曹汾　字子晉，唐河南（治今河南洛陽西郊澗水東岸）人。登開成四年（八三九）進士第。後為中書舍人、忠武軍節度使，入為戶部侍郎判度支卒。❷許下　忠武軍節度使治許州（今河南許昌），因稱。❸希幹　咸通十四年（八七三）進士。事跡未詳。❹胡錡　當為曹希幹同榜進士。唐俗，剛登第者曰進士，逾年則為前進士，可知兩人同榜。❺萊子　即老萊子。春秋末年楚國隱士。據《藝文類聚》卷二〇引《列女傳》：「老萊子孝養二親，行年七十，嬰兒自娛，著五色采衣。

嘗取漿上堂，跌仆，因臥地為小兒啼，或弄烏鳥於親側。」後用「老萊采衣」為孝養父母之詞。❻用魯連之舊箭　據《史記・魯仲連鄒陽列傳》載：戰國時，齊將田單攻聊城，年餘未克。魯仲連修書，用箭射入城中，曉以厲害。燕將與國內有矛盾，無法回去，降齊又怕受辱，後自殺。城中大亂，田單攻克聊城。後來就用「魯連箭」或「魯連書」用作以文克敵，不戰而勝的典故。魯連，即魯仲連。戰國時齊人。有計謀，但不願做官。常周遊各國，排難解紛。❼楊汝士　見本卷〈慈恩寺題名遊賞賦詠雜紀〉「寶曆年中」段⓬。❽如溫　查《舊唐書》，當為楊知溫。如溫誤。又《登科記》楊知溫為會昌四年進士，《舊唐書》載楊汝士開成元年十二月為劍南東川節度使，四年九月入為吏部侍郎，則楊知溫中式當在開成年間。❾兩頭娘子　指營妓。❿華州榜　是年禮部試在華州。時昭宗駐蹕華州。⓫薛侍郎　即薛昭緯。昭緯河東人。官中書舍人。乾寧中，以禮部侍郎知貢舉。後貶磎州卒。⓬諸門生詩　一本作〈示諸門生〉詩，是。《全唐詩》卷六八八作〈華州榜寄諸門生〉。⓭過聽　錯誤地聽取。⓮平衡　本指兩物齊平如衡。此指公允。即要以公心主持貢舉。此句為作者自謙之辭。⓯粉署　即「粉省」。尚書省的別稱。禮部屬尚書省左司。⓰浩汗　形容廣大繁多。⓱執心　秉性。也指心志專一、堅定。⓲機雲　指晉代陸機、陸雲兄弟。二人以文才著稱。⓳沈宋　唐代詩人沈佺期、宋之問的並稱。他們講求作詩的聲韻格律，對五七律詩格式的形成產生相當影響，因有「發韻清」之語。⓴觀光　觀覽國家的盛德光輝。㉑渾　幾乎；猶。㉒披心　披露真心。

【語　譯】曹汾尚書鎮守許昌，其子曹希幹進士及第，用錢二十萬。榜文到鎮，大開賀宴之日，將榜陳列在一側。當時進士胡錡有書啟祝賀，大略云：「桂枝採摘之處，著老萊子之彩衣；楊葉穿的之時，用魯仲連之舊箭。」區別等第的緣故。又云：「一千里外，觀覽上國之風光；十萬軍前，展現長安之春色。」

楊汝士尚書鎮守東川，其子楊知溫進士及第。楊汝士開家宴祝賀，軍營中軍妓全都前來。楊汝士下令給每個軍妓紅綾一匹。其中有人作詩云：「郎君得意正及青春，蜀國將軍且又不貧。一曲高歌紅綾一匹，兩頭娘子多謝夫人。」

華州榜薛昭緯侍郎〈示諸門生〉詩云：「君上錯愛委我主持貢舉，尚書省內華燈燃到天明。開卷披閱實難畢視浩瀚，向志專一只欲嚮往公平。機雲兄弟筆力臨文雄健，沈宋二人篇章發韻聲清。自覺觀覽盛德渾如昨日，披露真心怎不愧對群生！」

盧相國鈞❶初及第，頗窘於牽費❷。俄有一僕願為月傭❸，服飾鮮絜❹，謹幹❺不與常等。覩鈞褊乏❻，往往有所資。時俯及❼關宴，鈞未辦醵❽，率撓形❾於色。僕輒請罪，鈞具以實告。對曰：「極細事耳。郎君❿可以處分⓫，最先後勾當⓬何事。」鈞初疑其妄，既而將覘⓭之，紿⓮謂之曰：「爾若有伎⓯，吾當主宴，第一要一大第為備宴之所，次則徐圖。」其僕唯而去，頃刻乃迴白鈞曰：「已稅⓰得宅矣，請幾郎⓱檢校⓲。」翌日，鈞強往看之，既而朱門甲第擬於宮禁。鈞不覺欣然，復謂曰：「宴處⓳即大如法，此尤不易張陳⓴。」對曰：「但請選日，啟聞侍郎張陳，某請專掌。」鈞始慮其非，反覆詰問㉑，但微笑不對；或意其非常人，亦不固於猜疑。既宴除㉒之日，鈞止㉓於是。俄覩㉔幕帟㉕茵毯㉖，華煥無比，此外松竹、花卉皆稱是，鈞之醵率㉗畢至。由是公卿間靡不誇詫㉘。詰朝㉙，其僕請假，給還諸色假借什物，因之一去不返。逮㉚旬日，鈞異其事，馳往舊遊訪之，則向之花竹一無所有，但見頹垣壞棟而已。議者以鈞之仁，感通㉛神明，故為曲贊㉜一春之盛，而成終身之美。

盧肅，鈞之孫，貞簡㉝有祖風，光化㉞初，華州行在㉟及第。洎㊱大寇㊲犯闕，二十年縉紳靡不徧乏。肅始登第，俄有李鴻者造之，願傭力㊳。鴻以錐刀㊴暇日，往往反資於肅，此外未嘗以所須為意。肅有舊業㊵在南陽，常令鴻徵租，皆如期而至，往來千里，而未嘗侵費㊶一金。既及第，鴻奔走如初。及一春事畢，鴻即辭去。

【注　釋】❶盧相國鈞　盧鈞，字子和。唐范陽（今北京西南）人。元和四年（八〇九）進士。歷左補闕、給事中；出為華州刺史，遷嶺南節度使、山南東道節度使，移鎮昭義，在職廉潔，有政聲。宣宗即位，歷吏部尚書，宣武、河東節度使。召為左僕射，尋以使相出鎮山南西道，改東都留守。懿宗初，以太保致仕。卒年八十七。❷牽費　初仕酬酢之費。牽，謂牽絲，即執印綬。❸月傭　按月為傭的僕人。❹鮮絜　亦作「鮮潔」。潔淨無瑕疵。❺謹幹　謹慎幹練。❻徧乏　猶匱乏。指拮据。❼俯及　下及。此猶言臨近。❽辦醵　錢物尚未辦齊。醵，湊錢飲酒；集資。❾撓形　煩擾。❿郎君　唐代新進士的別稱。⓫處分　處理；處置。⓬勾當　料理；主管。⓭覘　覷看；觀察；窺視。⓮紿　欺誑。此猶言「試探」。⓯伎　通「技」。本領；能耐。⓰稅　租賃。⓱幾郎　猶「某郎」。唐人以行第稱呼。⓲檢校　查核察看。⓳宴處　閒居；安居。此當指宴會的舉辦。⓴張陳　陳設；安排。㉑詰問　詢問；追問。㉒宴除　宴會將舉辦之日。除，日月將過去。㉓止　止宿；住。㉔覩　睹。㉕幕帟　帷幔；帳幕。㉖茵毯　褥子、毯子。㉗醵率　按規定的標準湊錢飲酒。㉘誇詫　亦作「誇咤」。猶誇耀。㉙詰朝　詰旦；天亮。㉚逮　及；及至。㉛感通　有所感而通於彼。㉜曲贊　多方贊助。㉝貞簡　守正而清簡。㉞光化　（八九八～九〇〇）唐昭宗年號。㉟行在　行者所。指天子巡行所到之地。時昭宗在華州。㊱洎　自；自從。㊲大寇　指黃巢農民起義。㊳傭力　受雇出賣勞力。㊴錐刀　喻從事微賤工作。㊵舊業　先前的園宅。㊶侵費　侵占花費。

【語　譯】盧鈞相國當初進士及第，頗為酬酢之費所窘困。不幾天，有一僕人願按月為傭，此人服飾光鮮潔淨，辦事謹慎幹練不同於常人。他看到盧鈞手頭拮据，往往有所資助。當時將臨近關宴，盧鈞錢物尚未辦齊，心中煩惱形諸於色。僕人見了即向盧鈞請罪，盧鈞將詳情據實告訴了他。僕人回答說：「這事太小了。郎君可以吩咐，先後各安排辦理何事。」盧鈞開始懷疑他的虛妄，隨即打算觀察他是否真有能耐，試探地對他說：「你如真有本領，我當主持宴會，第一要有一處很大的宅院作為準備宴會的場所，其餘的事則慢慢設法。」

僕人唯唯答應而去，頃刻間就回來向盧鈞報告說：「已租到宅院了，請郎君前去查看。」次日，盧鈞勉強前去查看，剛到那裡但見朱漆大門的高大宅院幾乎可與皇宮相比。盧鈞心中十分高興，又對僕人說：「宴會處置大如法，這特別不易安排。」僕人回答說：「請郎君只管選擇宴會日期，並向侍郎匯報。我請求專門掌管此事。」盧鈞起先擔心此人無法操辦此事，反覆詢問，僕人只是笑而不作回答；有人以為此僕絕非常人，也就不再猜疑。到宴會將舉辦之日，盧鈞住宿在這裡。不一會親眼目睹帷帳地毯，華美鮮亮無比，此外松竹、花卉的布置也恰到好處，盧鈞辦置宴會的錢物也都送達。於是公卿之間無不誇讚稱奇。宴會結束次日天亮，盧鈞的僕人請假，歸還各色租借來的器用雜物，因而一去不返。過了十餘天，盧鈞對此事覺得奇怪，騎馬到租借的宅院處尋訪，則先前的花竹一無所有，只見頹垣殘壁、破敗的房屋而已。人們議論說這是由於盧鈞仁厚，感通神明，故而多方贊助他成全整個春季的盛舉，並成就他的終身之美。

盧肅，盧鈞之孫，守正清簡有乃祖之風，光化初年，華州榜進士及第。自黃巢事起侵犯京師，二十年來公卿士紳無不匱乏拮据。盧肅剛登進士第，即有叫李鴻的人前來求見，願受雇出力。李鴻在空閒之日從事微賤工作，所得錢款往往反而資助盧肅，此外從來不把所須放在心上。盧肅有舊業在南陽，常命李鴻收租，李鴻都能按期而回，往來有千里之遙，但他從不占用花費一點錢銀。盧肅及第後，李鴻像原先一樣前後奔走。等到整個春季應辦之事全部結束，李鴻就告辭而去。

新進士尤重櫻桃宴。乾符四年❶，永寧劉公❷第二子覃❸及第；時公以故相鎮淮南，敕❹邸吏❺日以銀一鋌❻資覃醵罰❼，而覃所費往往數倍。邸吏以聞，公命取足而已。會時及薦新❽，狀元方議醵率❾，覃潛遣人厚以金帛預購數十碩❿矣。於是獨置是宴，大會公卿。時京國⓫櫻桃初出；雖貴達⓬未適口⓭，而覃山積鋪席，復和以糖酪者，人享蠻畫⑭一小盎⑮，亦不啻數升。以至參御⑯輩，靡不霑足⑰。後有關宴前羅玠⑱，貞元五年⑲及第，關宴，曲江泛舟，舟沉，玠以溺死。後有關宴前卒者，謂之「報羅」。

【注釋】❶乾符四年　西元八七七年。乾符，唐僖宗年號。❷永寧劉公　即劉鄴。鄴，字漢藩，潤州句容（今屬江蘇）人。少孤，六七歲能賦詩。後因獲薦，累官至戶部侍郎。懿宗時，官至同平章事、中書侍郎兼吏部尚書。僖宗即位，罷政事，出為揚州大都督府長史、淮南節度使。召為左僕射。黃巢犯長安，遇害。❸覃　事跡未詳。❹敕　告誡。❺邸吏　古代地方駐京辦事機構的官吏。❻鋌　即「錠」。❼醵罰　湊錢聚飲，時而罰酒。❽薦新　以時鮮食品祭獻。❾醵率　按規定標準湊錢飲酒。此指設櫻桃宴。❿碩　通「石」。⓫京國　京城，國都。⓬貴達　顯貴之人。⓭適口　此猶言「品嚐」、「嚐新」。⓮蠻畫　一本作「蠻榼」，是。南方製的酒器。⓯盎　盆類盛器。⓰參御　此指駕車之人。⓱霑足　普遍受惠得益。⓲羅玠　事跡未詳。此處說羅玠貞元五年及第後溺水而死，然據劉禹錫〈送周魯儒詩序〉，言羅玠升俊造，仕甸服，官至御史，則此說不確。⓳貞元五年　西元七八九年。貞元，唐德宗年號。

【語譯】新及第進士尤為重視櫻桃宴。永寧劉公鄴第二子劉覃及第；當時劉鄴以原宰相身分為淮南節度使，他告誡駐京官員每天用一錠銀子供給劉覃作為聚飲罰酒之用，而劉覃所花費的往往要數倍於此。駐京官員將此情況報告劉鄴，劉鄴只是讓他們給劉覃補足而已。恰逢此時將要舉辦櫻桃宴，新科狀元正在商議聚款會飲，劉覃已暗暗派人帶著許多金帛預先購得數十石了。於是劉覃獨自舉辦櫻桃宴，大會公卿。其時京師櫻桃剛剛上市，即使是達官貴人也還未曾嚐新，而劉覃處卻堆積如山，又在櫻桃中和以食糖乳酪，與宴者每人享用一蠻榼酒、一小盎櫻桃，也不下數升。甚至於駕車之人，也無不受惠得益。

羅玠，貞元五年及第後參加關宴，到曲江泛舟，舟船沉沒，羅玠溺水而死。此後及第進士在參加關宴前亡故的，叫做「報羅」。

宣慈寺門子，不記姓氏，酌❶其人，義俠之徒也。咸通十四年❷，韋昭範❸先輩登第，昭範乃度支侍郎❹楊嚴❺懿親❻。宴席間，帟幕、器皿之類皆假於計司❼，楊公復遣以使庫供借。其年三月中，宴於曲江亭，供帳之盛，罕有倫擬。時飲興方酣，俄覩一少年，跨驢而至，驕悖❽之狀，旁若無人。於是俯逼筵席，張目，引頸及肩，復以巨箠❾振築❿佐酒⓫，謔浪⓬之詞，所不忍聆。諸君子駭愕⓭之際，忽有於眾中批⓮其頰者，隨手而墜；於是連加毆擊，復奪所執箠，箠之百餘，眾皆致怒，瓦礫亂下，殆⓯將斃矣。當此之際，紫雲樓門軋⓰開，有紫衣從人數輩馳告曰：「莫打！莫打！」傳呼之聲相續。又一中貴，驅殿⓱甚盛，馳馬來救；門子乃操箠迎擊，中者無不面仆於地，敕使⓲亦為所箠。既而奔馬而返，左右從而俱入，門亦隨閉而已。座內甚欣媿⓳，然不測其來，仍慮事連宮禁，禍不旋踵⓴；乃以緡錢㉑、束素㉒，召行毆者訊之曰：「爾何人？與諸郎君誰素㉓，而能相為如此？」對曰：「某是宣慈寺門子，亦與諸郎君無素；第不平其下人㉔無禮耳。」眾皆嘉歎，悉以錢帛遺之。復相謂曰：「此人必須亡去，不則當為擒矣。」後旬朔㉕，座中賓客多有假途宣慈寺門者，門子皆能識之，靡不加敬，竟不聞有追問之者。

【注　釋】❶酌　衡量；估量。❷咸通十四年　西元八七三年。咸通，唐懿宗年號。❸韋昭範　乾符二年（八七五）登宏詞科。事跡未詳。❹度支侍郎　度支司屬戶部，主管天下物產、租賦及收支出納等財政事務。安史亂後，戶部諸司之職多被侵廢，唯度支所掌財賦出納日顯重要，故多以宰相或本部尚書、侍郎判度支事務。❺楊嚴　字凜之。唐馮翊（今陝西大荔）人。登會昌四年進士第。累遷至工部侍郎、翰林學士。出為浙東觀察使，貶為邵州刺史。乾符中以兵部侍郎判度支卒。❻懿親　至親。❼計司　古代掌管財政、賦稅、貿易等事務官署的統稱。此當指度支司。❽驕悖　傲慢悖逆。❾箠　鞭子。❿築　居室；建築物。⓫佐酒　勸酒。⓬謔浪　戲謔放蕩。⓭駭愕　驚恐貌。⓮批　用手擊。⓯殆　危急。⓰軋　擠。⓱驅殿　驅前殿後。指護從。⓲敕使　皇帝的使者。⓳欣媿　欣喜而慚愧。⓴旋踵　掉轉腳跟。形容時間極短。㉑緡錢　用繩穿連的錢。㉒束素　束帛。作為禮品。㉓素　交情；情誼。㉔下人　行為卑下之人。㉕旬朔　十天或一個月。指不長的日子。

【語　譯】長安宣慈寺的看門人，不記得他的姓名，據其行為，是俠義一類人物。咸通十四年，韋昭範先輩進士及第，韋昭範是度支侍郎楊嚴的至親。舉辦宴席期間，帷帳、器皿之類用具都自計司借來，楊嚴又派人前來，將庫內用具供進士租借使用。那年三月間，在曲江亭宴飲，帷帳及各類器具規模之盛，很少能與之相比。當時眾人酒興正濃，卻見一少年，騎著驢子來到面前，傲慢狂妄的態度，旁若無人。於是他居高臨下直逼筵席，瞪大眼睛，伸長脖頸，又用一根長大的鞭子一邊敲擊牆壁一邊喝酒，戲謔放蕩的言詞，不堪入耳。諸君子正在驚恐之際，忽然有人從人群中用手擊打少年的臉頰，那少年隨即從驢上墜落；那人又接連毆打那少年，又奪下了少年手中的鞭子，用鞭子將少年抽了百餘下，當時眾人也都十分憤怒，瓦礫紛紛砸下，將那少年差點打死。正在此時，紫雲樓門被擠開，有一穿紫衣的，身後跟著數人騎馬而來，大聲呼告說：「莫打！莫打！」傳呼之聲連續不斷。又有一太監，前後護衛甚為賣力，驅馬來救，看門人於是操起鞭子迎頭擊去，被擊中的全都臉朝下跌倒在地，皇帝的使者亦被鞭打。不一會，那些人騎馬飛奔而去，左右隨從也跟著離去，紫雲樓門隨即關閉。座中諸人都頗欣喜而又慚愧，然而又猜不透那些人的來歷，而且擔心此事關聯宮內，禍患很快就會降臨。於是紛紛拿出緡錢、束帛，召來毆打少年之人詢問道：「你是什麼人？與諸位新科進士中誰有交誼，因而能有如此舉動？」那人回答說：「我是宣慈寺看門人，與新科進士沒有任何交情，只是對那行為卑下之人的所為抱不平而已。」眾人都讚歎不已，將緡錢、束帛全部贈送給他。又相互說：「此人一定要逃走，不然就會被抓走啊。」但過了一段時日，當時在座的賓客中有不少人途經宣慈寺，宣慈寺看門人對他們都還認識，並且對他們格外恭敬，而且，竟然沒有聽到有追問打人之事的。

裴思謙❶狀元及第後，作紅牋❷名紙❸十數，詣平康里❹，因宿於里中。詰旦，賦詩❺曰：「銀缸❻斜背解鳴璫❼，小語偷聲❽賀玉郎❾。從此不知蘭麝❿貴，夜來新惹桂枝⓫香。」

鄭合敬⓬先輩及第後，宿平康里，詩曰：「春來無處不閒行，楚閏相看別有情。好是五更殘酒醒，時時聞喚狀頭⓭聲。」楚娘、閏娘，妓之尤者。

盧肇⓮，袁州宜春人，與同郡黃頗⓯齊名。頗富於產，肇幼貧乏。與頗赴舉，同日遵路⓰，郡牧⓱於離亭⓲餞頗而已。時樂作酒酣，肇策蹇⓳郵亭側而過，出郭十餘里，駐程俟頗為侶⓴。明年，肇狀元及第而歸，刺史已下接之，大慙恚㉑。會延肇看競渡，於席上賦詩曰：「向道是龍剛不信，果然銜得錦標㉒歸。」錦標，船頭所得。

薛監㉓晚年厄於宦途，嘗策羸㉔赴朝，值新進士榜下，綴行而出。時進士團所由㉕輩數十人，見逢行李蕭條㉖，前導曰：「迴避新郎君！」逢囅然㉗，即遣一介㉘語之曰：「報道莫貧相㉙！阿婆㉚三五少年時，也會東塗西抹來。」

許晝㉛者，睢陽人也，薄攻㉜五字詩。天復四年㉝，大駕㉞東幸，駐蹕㉟甘棠㊱。晝於此際及第。梁太祖㊲長子㊳，號大卿郎君者，常與晝屬和。晝以卿為奧主㊴，隨駕至洛下，攜同年數人，醉於梁祖私第，因折牡丹十許朵。主吏㊵前白云：「凡此花開落，皆籍其數申令㊶。公秀才，奈何恣意攀折！」晝慢罵久之。主吏銜之，潛遣一介馳報梁祖。梁祖聞之，頗睚眥㊷，獨命械㊸晝而獻。於時，大卿竊知，間道先遣使至。晝遂亡命河北，莫知所止。

【注釋】❶裴思謙　字自牧。開成三年狀元及第。官衛尉卿。❷紅牋　亦作「紅箋」。紅色箋紙。多用以題寫詩詞或作名片用。❸名紙　猶名片、名帖。❹平康里　唐代長安街坊名。妓女聚居之處。❺賦詩　此詩《全唐詩》題〈及第後宿平康里〉下注一作〈平康妓〉詩。❻銀缸　即「銀釭」。銀白色的燈盞、燭臺。❼鳴璫　指首飾。金玉所製，晃擊有聲，故稱。❽小語偷聲　猶細語低聲。《全唐詩》「偷」即作「低」。❾玉郎　舊時女子對丈夫或情人的暱稱。❿蘭麝　蘭與麝香。指名貴香料。⓫桂枝　指裴思謙。進士及第稱「折桂」，故稱。⓬鄭合敬　乾符二年狀元。終諫議大夫。⓭狀頭　即狀元。⓮盧肇　見卷二〈恚恨〉㉛。⓯黃頗　見卷二〈為等第後久方及第〉❸。⓰遵路　猶出發。⓱郡牧　郡守。郡的行政長官。此指州刺史。⓲離亭　古代建於離城稍遠的道旁供人歇息的亭子。古人往往於此送別。⓳策蹇　即「策蹇驢」。喻坐騎差，行動遲緩。⓴倡　先導；帶領。此有「結伴」、「同行」之義。㉑慙恚　亦作「慚恚」。羞慚懊惱。㉒錦標　錦標為錦製的旗幟，古代用以贈給競渡的領先者。自此詩後，即以「錦標」為狀元及第之典。㉓薛監　據下文，知為薛逢。薛逢，字陶臣，河東人。會昌元年（八四一）進士。曾任巴州刺史、蓬州刺史，入為太常少卿。㉔策羸　指乘坐瘦弱的牲口。㉕所由　見本卷〈期集〉❶。㉖蕭條　簡陋；簡單。㉗囅然　大笑貌。㉘一介　一人。㉙貧相　猶言小家子氣、寒酸相。㉚阿婆　自稱的謙詞。㉛許晝　事跡未詳。㉜薄攻　猶言用力於、專攻。㉝天復四年　西元九〇四年。天復，唐昭宗年號。㉞大駕　時昭宗在朱溫軍中，因稱。㉟駐蹕　帝王出行，途中停留暫住。㊱甘棠　用來稱頌循吏的美政和遺愛。典出《史記．燕召公世家》。此喻指朱溫。㊲梁

太祖　即朱溫（八五二～九一二）。五代時後梁建立者。西元九〇七～九一二年在位。唐宋州碭山（今屬安徽）人。幼時為人佃傭。唐末，參加黃巢起義。後降唐，賜名全忠。參加鎮壓黃巢起義，又擊敗諸藩鎮，挾制唐昭宗，進爵梁王，大殺宦官，盡攬重權。天祐元年（九〇四，天復四年閏四月改），迫昭宗遷洛陽。不久殺之，立哀帝。天祐四年，廢哀帝自立，都汴，國號梁，改名晃，年號開平，開五代歷史。晚年為子友珪所殺。㊳長子　朱友裕，字端夫。幼善射御，從朱溫征戰多年，天復初為奉國軍節度留後，遷華州節度使，天祐元年卒。㊴奧主　靠山。㊵主吏　屬官。㊶申令　號令；發布命令。此有「申報」之意。㊷睚眦　亦作「睚眥」、「睚眥」。瞋目怒視。借指微小的怨恨。㊸械　拘禁；拘繫。

【語譯】裴思謙狀元及第後，製作紅牋名片十餘張，前往平康里，並在里中過夜。次日天亮，賦詩云：「銀燈背後解下鳴璫，細語低聲祝賀玉郎。從此不知蘭麝珍貴，夜來新惹桂枝馨香。」

鄭合敬先輩及第後，夜宿平康里，作詩云：「春來無處不可閒行，楚、閏相看別有豔情。好是五更殘酒已醒，時時聞喚狀頭聲聲。」楚娘、閏娘，是妓女中最出色的。

盧肇，袁州宜春人，與同郡黃頗齊名。黃頗富於產業，盧肇自幼貧乏。盧肇與黃頗一同赴京應試，同日出發，州刺史只為黃頗在離亭餞行，其時樂聲悠揚酒興正濃，盧肇騎著驢子從郵亭邊經過，出城十餘里，停下來等候黃頗同行。第二年，盧肇狀元及第而歸，刺史以下官員都去迎接，且都十分慚愧懊惱。正逢延請盧肇觀看舟船競渡，就在席上賦詩云：「先前說是龍卻不信，果然銜得錦標而歸。」

薛逢晚年仕途十分不順，曾騎著老弱的牲口上朝，正值新及第進士名單張榜，新進士列隊魚貫而出。此時進士團吏人數十名，見薛逢行李簡陋，在前開道說：「迴避新進士。」薛逢大笑，就差了一個人對他們說：「在前引路不要太小家子氣！我在十多歲的少年時，也會東塗西抹的。」

許晝，睢陽人，專攻於五言詩。天復四年，天子東幸，駐蹕朱溫軍中。許晝就在此時及第。梁太祖朱溫的長子，叫做大卿郎君的，時常與許晝作詩唱和。許晝將他作為靠山，跟隨天子到洛陽。有一次帶著數名同年進士，在梁太祖的私宅裡喝醉了酒，乘酒興折了十餘朵牡丹花。府中官員上前對他說：「凡是府中牡丹花開花落，都要計其數字上報。您是秀才，怎能恣意攀折！」許晝對那人謾罵很久。那人懷恨在心，暗中派一人騎馬報告梁太祖。梁太祖聽說，頗為惱怒，當即命將許晝拘繫送來。此時，朱溫長子已私下得知消息，預先派人從小路告訴許晝消息。許晝於是亡命河北，沒有人知道他的去向。

鄭光業❶新及第年，宴次❷，有子女卒患心痛而死，同年皆惶駭。光業撤筵中器物，悉授其母，別徵❸酒器，盡歡而散。

乾符四年，諸先輩月燈閣打毬❹之會，時同年悉集。無何，為兩軍打毬，軍將數輩，私較於是。新人排比既盛，勉強❺遲留❻，用抑其銳。劉覃謂同年曰：「僕能為群公小挫彼驕，必令解去，如何？」狀元❼已下應聲請之。覃因跨馬執杖，躍而揖之曰：「新進士劉覃擬陪奉，可乎？」諸輩皆喜。覃馳驟❽擊拂❾，風驅雷逝，彼皆愕眙❿。俄策⓫得毬子，向空磔⓬之，莫知所在。數輩慚沮⓭，僶俛⓮而去。時閣下數千人因之大呼笑，久而方止。

咸通十三年三月，新進士集於月燈閣為蹙鞠⓯之會。擊拂既罷，痛飲於佛閣之上，四面看棚櫛比，悉皆褰⓰去帷箔⓱而縱觀焉。先是飲席未合，同年相與循檻肆覽⓲。鄒希回者，年七十餘，榜末及第。時同年將欲即席，希回堅請更一巡歷。眾皆笑。或謔之曰：「彼亦何敢望回⓳！」

大中十年⓴，鄭顥㉑都尉放榜，請假往東洛㉒覲省㉓，生徒餞於長樂驛。俄有紀於屋壁曰：「三十驊騮㉔一烘塵㉕，來時不鎖杏園㉖春。楊花滿地如飛雪，應有偷遊曲水㉗人。」

【注釋】❶鄭光業　及第年及事跡均未詳。❷宴次　宴席間。❸徵　求取；索取。❹打毬　我國古代軍中用以練武的一種馬上打球遊戲。亦有徒步打球的。❺勉強　盡力而為。❻遲留　停留；逗留。❼狀元　乾符四年進士科狀元失其姓名。❽馳驟　馳騁；疾奔。❾擊拂　拍擊；拍打。❿𥊶䀿　亦作「𥊶視」。驚看。⓫策　此指用球杖爭到球。⓬礫　投擲；砸。⓭慙沮　亦作「慚沮」。羞愧沮喪。⓮僶俛　亦作「僶勉」。須臾；頃刻。⓯蹵鞠　踢球。古代的一種足球活動。⓰褰　撩起；張開。⓱帷箔　帷幕和簾子。⓲肆覽　縱覽。⓳回　此一語雙關。一指巡歷一回，一指孔子門人顏回，因其名希回，故稱。⓴大中十年　西元八五六年。大中，唐宣宗年號。㉑鄭顥　字奉正。宰相絪之孫。登進士第，官起居郎。尚宣宗女萬壽公主，拜駙馬都尉。歷禮部侍郎、知貢舉。遷檢校禮部尚書、河南尹。㉒東洛　東都洛陽。㉓覲省　探望雙親。㉔驊騮　指駿馬。喻指三十名新科進士。㉕烘塵　猶言揚起的塵土。㉖杏園　園名。故址在今陝西西安大雁塔南。唐代新科進士賜宴之地。後亦泛指新科進士遊宴處。㉗曲水　古代風俗，於農曆三月上巳日（魏晉後固定為三月三日）就水濱宴飲，以為可袚除不祥，後人因引水環曲成渠，流觴取飲，相與為樂，稱為曲水。此似指曲江。

【語譯】鄭光業新及第之年，宴飲之際，傳來他的孩子終因患心痛病而死的消息，同年聽說都頗為惶恐驚駭。鄭光業命人撤去宴席上所有器物，全都交給他的母親，另外索取酒器食物，與同年盡歡而散。

乾符四年，及第的各位先輩有月燈閣打毬之會，當時同年全都會集。不一會，兩軍打毬，有軍將若干人，在此私下較量。新科進士宴飲安排頗為豐盛，於是都停留在此，以抑制軍將的銳氣。劉覃對同年說：「我能為諸公稍稍挫去軍將們的驕橫之氣，定能使他們離去，如何？」狀元以下諸人都應聲請他前去。劉覃於是跨上馬，手執毬杖，躍馬上前作揖說：「新科進士劉覃欲奉陪諸位，可以嗎？」諸軍將都很高興。劉覃騎馬飛奔拍擊，如風馳電掣，那些軍將全都看得驚呆。不一會劉覃用球杖搶到毬子，向空中擲去，無人知道那毬飛向何處。那些軍人羞愧沮喪，頃刻之間全都離去。當時在月燈閣下有數千人觀看，因此大聲呼喊歡笑，很久才停止。

咸通十三年三月，新科進士齊集於月燈閣舉行蹙鞠之會。蹙鞠結束後，在佛閣之上痛飲，四面看棚鱗次櫛比，全都撤去了帷幕和簾子而盡情觀覽。起先，宴飲的酒席尚未合在一起，諸同年紛紛循沿各間觀看。新科進士中有一個叫鄒希回的，年已七十多歲，排在榜末及第。此時諸同年正準備入席，鄒希回堅持請求再到各間巡視一回。眾人全都笑了起來。有人戲謔鄒希回說：「他也怎麼敢望回！」

大中十年，鄭顥都尉主持貢舉，放榜後，請假到洛陽探望雙親，新科進士在長樂驛為他餞行。隨即有人在屋壁題詩記此事云：「三十驊騮一烘輕塵，來時不鎖杏園新春。楊花滿地猶如飛雪，應有偷遊曲水之人。」

乾符丁酉❶歲，關宴甲於常年。有溫定❷者，久困場屋，坦率❸自恣❹，尤憤時之浮薄，設奇以侮之。至其日，蒙衣❺肩輿❻，金翠之飾，敻❼出於眾，侍婢皆稱是❽，徘徊於柳陰之下。俄頃，諸公自露棚移樂登鷁首❾，既而謂是豪貴，其中姝麗❿，因遣促舟而進，莫不注視於此，或肆調謔不已。群興方酣，定乃於簾間垂足定膝，脛⓫偉而毳⓬。眾忽覩之，皆掩袂⓭，亟命迴舟避之。或曰：「此必溫定矣！」

乾寧末，駕幸三峰⓮，太子太師盧知猷⓯於西溪亭子赴進士關宴，因謂前達⓰曰：「老夫似這關宴，至今相繼赴三十箇矣！」

李嶢⓱及第，在偏侍⓲下，俯逼⓳起居宴⓴，霖雨不止，遣賃油幕以張去之。

嶢先人舊廬升平里㉑，凡用錢七百緡，自所居連亙㉒通衢㉓，殆㉔足一里。餘參馭㉕輩不啻千餘人。韉馬㉖車輿㉗，闐咽㉘門巷㉙。來往無有霑濡㉚者，而金碧照耀，頗有嘉致。嶢時為丞相韋都尉㉛所委，干預政事，號為「李八郎」。其妻又南海韋宙㉜女。宙常資之，金帛不可勝紀。

神龍㉝已來，杏園宴㉞後，皆於慈恩寺塔下題名。同年中推一善書者紀之。他時有將相，則朱書之。及第後知聞㉟，或遇未及第時題名處，則為添「前」字。或詩曰：「會題名處添前字，送出城人乞舊詩。」

苗臺符㊱六歲能屬文，聰悟無比；十餘歲博覽群籍，著《皇心》三十卷，年十六及第。張讀㊲亦幼擅詞賦，年十八及第。同年進士，同佐鄭薰㊳少師宣州幕㊴。二人嘗列題㊵於西明寺之東廡㊶。或竊注之曰：「一雙前進士，兩箇阿孩兒。」臺符，十七，不祿㊷；讀，位至正卿。

【注釋】❶乾符丁酉　乾符四年，歲次丁酉。乾符，唐僖宗年號。❷溫定　事跡未詳。❸坦率　坦白率直。❹自恣　放縱自己，不受約束。❺蒙衣　以巾蒙頭。此似當指有帷幔的肩輿。❻肩輿　轎子。❼敻　遠；高。❽稱是　與此相稱。❾鷁首　古時畫鷁鳥於船頭。此指船。❿姝麗　美女。此當指歌妓。⓫脛　小腿。⓬毳　毛糾結。此指腿毛濃密。⓭袂　衣袖。⓮乾寧末二句　乾寧三年，李茂貞犯京師，昭宗出，駐蹕華州。三峰，指華州。見卷二〈爭解元〉❺。⓯盧知猷　字子暮。唐范陽人。登進士第。在朝及地方任職多年，僖宗時，官至工部尚書，領太常卿。昭宗在華州，進位太子太師檢校司空，卒於華州。⑯前達　有地位有聲望的先輩。⑰李嶢　事跡未詳。⑱偏侍　父母雙親中一人在世。⑲俯逼　逼近；下逼。⑳起居宴　當指在家中舉辦宴會。起居，居址；住地。㉑升平里　唐代長安里名。㉒連亙　亦作「連亘」。接連不斷；綿延。㉓通衢　四通八達的道路。㉔殆　接近；大致。㉕參馭　駕車之人。㉖韉馬　指車。韉，借指馬。㉗車輿　車轎。㉘闐咽　堵塞；擁擠。㉙門巷　門庭里巷。㉚霑濡　沾濕。㉛丞相韋都尉　似為韋昭度，未知確否。㉜韋宙　唐京兆萬年（今陝西西安）人。宣宗時，歷任朝廷、地方官職，為政清廉。大中十二年（八五八），出為江西觀察使，咸通三年（八六二），遷嶺南東道節度使，八年，加檢校尚書左僕射，同平章事。善治生業，於江陵有良田，積穀七千堆，故稱足穀翁。㉝神龍　（七〇五～七〇六）則天帝及唐中宗年號。㉞杏園宴　唐進士科放榜後，宴於杏園，選少年英俊進士二人為探花使，同諸及第進士遍遊名園，折取名花。若他人先採得名花，則二人被罰。故杏園宴亦稱探花宴。㉟知聞　知悉；告知。㊱苗臺符　大中六年（八五二）進士。事跡未詳。㊲張讀　大中六年進士。有俊才，累官至中書舍人，禮部侍郎典貢舉，位終尚書左丞。㊳鄭薰　字子溥。失其鄉里世系。登進士第。官至吏部侍郎，後以太子少師致仕。曾知貢舉，舉引寒俊，為時所稱。㊴宣州幕　鄭薰曾任宣歙觀察使，苗、張當在其幕。㊵列題　指題寫姓名履歷。㊶廡　走廊；廊屋。㊷不祿　士死的諱稱。此指短壽。

【語　譯】乾符四年，關宴的規模比常年盛大。有一個叫溫定的人，久困科場，屢試不第，坦白率直不受約束，對浮薄的時俗尤為憤激，設奇舉加以侮慢。到關宴那天，坐著有帷幔的肩輿，用金銀珠翠加以裝飾，遠遠高出眾人，跟隨的侍女的裝束也與此相稱，徘徊在柳蔭之下。不一會，參加宴會的諸公將歌樂移到船上，乘舟遊玩。他們看見岸上的肩輿，隨即以為豪貴之家，肩輿上女子必定貌美。於是催促船向前進，且無不注視那肩輿，有的人還肆意調笑不止。眾人興致正濃，溫定卻在簾中垂下雙腿將褲腿捲到膝蓋，小腿粗壯而腿毛濃密。眾人忽然看見，都趕緊用衣袖遮掩，又趕快叫船掉頭迴避。有人說：「這人肯定是溫定。」

乾寧末，天子駕幸華州，太子太師盧知猷在西溪亭子赴進士關宴，於是對當時的名流賢達說：「像這樣的關宴，老夫至今前後參加已有三十個了。」

李嶢及第那年，雙親僅有一人在世。當時臨近起居宴，正遇久雨不止，他派人租賃油布幕帷用以防雨。李嶢先人舊宅在升平里，共用錢七百緡，從自己的住宅到大街全都用油布幕帳支起，大約足有一里路長。其餘駕車之人也不下千餘人。馬匹車轎堵塞里巷門庭。來往之人沒有被淋濕的，而府中金碧輝煌，照耀如同白畫，頗有優美的情致。李嶠當時受丞相韋都尉委派，干預政事，號稱「李八郎」。他的妻子是南海韋宙之女，韋宙時常資助他，金銀財帛無法計算。

神龍年間以來，在杏園宴之後，新科進士都在慈恩寺塔下題名。同年中推選一名善於書法的記其事。日後其中有出任將相的，則用朱筆書寫。新科進士及第後要及時告知。倘或遇到未及第時題名之處，則在題名處添一「前」字。有人作詩云：「在先前題名處添前字，送出城之人乞討舊詩。」

苗臺符六歲時即能為文，聰明穎悟無比；十餘歲時即博覽群書，著《皇心》三十卷；十六歲時進士及第。張讀也是幼年即擅長詞賦，十八歲時進士及第。兩人為同年進士，同在鄭薰少師宣州幕任職。兩人曾在西明寺東廊題寫姓名履歷。有人私自在下面作注云：「一雙前進士，兩個小孩兒。」苗臺符，十七歲時亡故；張讀後來位至正卿。

李湯❶題名於昭應縣❷樓，韋蟾❸覩之，走筆留詠曰：「渭水秦川拂眼明，希仁❹何事寡詩情？只應學得虞姬壻，書字纔能記姓名❺。」

裴晉公❻赴敵淮西❼，題名華岳❽之闕門❾。大順❿中，戶部侍郎司空圖⓫以一絕紀之曰：「岳前大隊赴淮西，從此中原息戰鼙⓬。石闕⓭莫教苔蘚上，分明認取晉公題。」

白樂天⓮一舉及第，詩曰：「慈恩塔下題名處，十七人中最少年。」樂天時年二十七。省試⓯「性習相近遠」賦，「玉水記方流」詩。攜之謁李涼公逢吉⓰。

公時為校書郎，於時將他適。白遽⑰造之，逢吉行攜行看，初不以為意；及覽賦頭，曰：「噫！下自人上⑱，達由君成；德以慎立，而性由習分⑲。」逢吉大奇之，遂寫二十餘本。其日，十七本都出。

論曰：科第之設，沿革多矣。文皇帝⑳撥亂反正㉑，特盛㉒科名，志在牢籠㉓英彥㉔。邇來㉕林棲谷隱㉖，櫛比鱗差㉗，美給華資㉘，非第㉙勿處㉚；雄藩劇郡㉛，非第勿居㉜。斯乃名實相符，亨達㉝自任㉞，得以惟聖作則，為官擇人。有其才者，靡捐於甕牖繩樞㉟；無其才者，詎㊱繫㊲於王孫公子！莫不理推畫一㊳，時契㊴大同㊵。垂三百年，擢士眾矣。然此科近代所美。知其美之所美者，在乎端己直躬㊶，守而勿失；昧其美之所美者，在乎貪名巧宦㊷，得之為榮。噫！大聖設科，以廣其教，奈何昧道㊸由徑㊹，未旋踵㊺而身名俱泯㊻，又何科第之庇乎！矧㊼諸尋芳逐勝㊽，結友定交，競車服之鮮華，騁㊾杯盤之意氣㊿；沽激(51)價譽(52)，比周(53)行藏(54)，始膠漆(55)於群強(56)，終短長(57)於逐末(58)。乃知得失之道，坦然(59)明白。邱明(60)所謂「求名而亡，欲蓋而彰(61)」。苟有其實，又何科第之闕歟！

【注釋】❶李湯　李宗閔侄。累官至京兆尹，黃巢攻陷長安，被殺。❷昭應縣　今陝西臨潼。❸韋蟾　字隱桂，唐下杜人。大中七年（八五三）進士及第。初為徐商掌書記，終尚書左丞。❹希仁　當為李湯表字。❺只應學得虞姬壻二句　用項羽故事。《史記．項羽本紀》載：「項羽少時，學書不成，去，學劍，又不成。項梁怒之。籍（項羽名籍，字羽）曰：『書足以記姓名而已。』」❻裴晉公　裴度。見本卷〈慈恩寺題名遊賞賦詠雜紀〉「胡証尚書質狀魁偉」段❺。❼赴敵淮西　指破吳元濟事。元和九年（八一四），吳元濟反，唐軍與之相持三年而無進展。十二年，憲宗以宰相裴度督率諸軍，士氣振奮，屢有克捷。後吳元濟兵敗被俘，斬於長安。❽華岳　亦作「華嶽」。指西嶽華山。❾闕門　兩觀之間。也指高大樓門。❿大順　（八九○～八九一）唐昭宗年號。⓫司空圖　（八三七～九○八）字表聖，自號知非子。唐臨淮（今江蘇盱眙北）人。咸通進士。累官至中書舍人、知制誥。後歸隱中條山王官谷別墅。聞朱溫代唐建後梁，哀帝被殺，絕食而死。有《司空表聖文集》、《司空表聖詩集》。其《二十四詩品》論述詩歌風格，分詩為二十四品，各以四言韻語十二句描寫詩歌特徵。強調沖淡，追慕玄遠，為後代詩家所重。⓬戰鞞　亦作「戰鼙」。古代軍中於馬上所擊的鼓。借指戰爭。⓭石闕　石築的闕。多立於宮廟陵墓之前，作銘記官爵、功績或裝飾用。華山為西嶽，有西嶽廟，因有石闕。⓮白樂天　即白居易。見卷二〈爭解元〉㊲。⓯省試　唐宋時由尚書省禮部主持舉行的考試。又稱禮部試，後稱會試。⓰李涼公逢吉　（七五八～八三五）字虛舟。唐隴西（治今甘肅隴西東南）人。貞元進士。德宗時，官至門下侍郎、同平章事。為人陰險詭譎，嫉裴度，反對討淮西，罷為劍南東川節度使。穆宗立，入為兵部尚書，以陰謀罷裴度、元稹，代為相。勾結宦官，把持朝政。敬宗時，又力阻裴度入相，不果，出鎮山南東道。後徵拜左僕射，以司徒致仕。李逢吉穆宗時封涼國公，因稱李涼公。⓱遽　趕快；匆忙。⓲下自人上　意為低下的地位因他人而得以提高。⓳性由習分　原本相近的天性因不同的教育而不同。⓴文皇帝　即唐太宗。㉑撥亂反正　治理混亂局面，使恢復正常。㉒盛　大。此為「重視」之意。㉓牢籠　包羅；容納。㉔英彥　才智卓越之人。㉕邇來　近來。㉖林棲谷隱　喻指隱居之人。㉗櫛比鱗差　猶鱗次櫛比。言其多。唐代有些文人以隱居來搏取名聲，稱為「終南捷徑」。㉘美給華資　猶言優厚的待遇、顯貴的地位。㉙非第　不是進士及第。㉚處　享有；取。㉛雄藩劇郡　地位重要、政務繁劇的州郡。㉜居　此猶言「任職」。㉝亨達　通達順利。㉞自任　自信；自用。㉟甕牖繩樞　用破甕口作窗戶，用繩子縛著門樞。指房屋簡陋，家境貧窮。㊱詎　豈；難道。㊲繫　歸屬。㊳理推畫一　以理推求，同樣的標準。㊴契　達；至。㊵大同　大體相同。此指一致、統一。㊶端己直躬　端正自己以直道立身。㊷貪名巧宦　貪圖名聲而鑽營官位。㊸昧道　不明事理。㊹由徑　從小路走。後比喻行為不正或不由正道。㊺旋踵　轉過腳跟。形容時間極短。㊻泯　滅。㊼矧　況且；何況。㊽尋芳逐勝　賞遊美景。㊾騁　放縱；放任。㊿意氣　此指感情衝動，缺乏理智。51沽激　矯情求譽。52價譽　即沽譽。53比周　結黨營私。54行藏　行跡；底細。55膠漆　比喻事物的牢固結合。56群強　猶群雄。57短長　優劣；是非；評判；批評。58逐末　指經商。

此指追逐末流。59坦然　顯然。60邱明　即左丘明。春秋時史學家。魯國人。雙目失明。與孔子同時或在前。相傳著《左傳》，又傳《國語》亦出其手。61求名而亡二句　語出《左傳》昭公三十一年：「或求名而不得，或欲蓋而名章，懲不義也。」章，同「彰」。

【語　譯】李湯題名於昭應縣城樓，韋蟾看見後，信手在邊上留下一首戲謔的詩：「渭水秦川拂拭眼明，希仁因何少有詩情？只要學得虞姬夫婿，寫字才能記得姓名。」

裴晉公赴淮西破敵，在華岳的闕門上題名。大順年間，戶部侍郎司空圖以一首七絕記此事云：「華岳前大隊奔赴淮西，從此後中原停息戰事。石闕上莫教苔蘚生成，分明能認取晉公所題。」

白居易應試一舉及第，作詩云：「慈恩塔下題名之處，十七人中我最少年。」那年白居易二十七歲。省試的題目為「性習相近遠」賦，「玉水記方流」詩。白居易此詩賦帶去拜謁涼國公李逢吉。李逢吉當時任校書郎之職，恰好要到別處去。白居易趕緊前去拜訪，李逢吉拿在手裡邊走邊看，起初並不在意，待看到賦的開頭，云：「噫！低下的地位因他人之力而提高，順利通達的仕途由君上造成；德行靠敬慎得以樹立，相近的天性因不同的教育而有所區分。」李逢吉對此大為讚賞，於是繕寫了二十餘本，當天，有十七本被人索取。

論曰：科舉的設置，沿革頗多。文皇帝撥亂反正，特別重視科名，意在收羅才智卓越之人。近來隱居之人，日益增多，優厚的待遇顯貴的地位，若非進士及第則不取；地位重要政務繁劇的州郡之職，非進士及第則不居。此乃名實相符，通達自信，因而能夠只以聖賢作為榜樣，為官職選擇人才。有才能的人，沒有捐棄在陋室窮巷的；沒有才能的人，又豈能將其歸入王孫公子之列！無不以理推求、標準統一，時時做到一致。近三百年間，擢拔的人士可謂很多了。然而進士科為近代所稱美。知道此美之所以為美，在於端正自己以直道立身，守正而勿疏失；不明其美之所以為美，在於貪圖名聲而鑽營官位，並以得到為榮。啊！大德聖賢設置科舉，用以推廣其教化，怎奈有人不明事理不行正道，很快就身敗名裂，又何談科第之庇祐呢！何況之於賞遊美景，結友定交，比較車馬服飾的鮮豔華麗，放任聚會宴飲的狂放意氣；沽名釣譽，結黨營私；開始緊隨於群雄豪強，最終被指為追逐末流。由此可知得失之道，顯然而明白。左丘明所謂「有人求名而不加記載，有人想要掩蓋反而明白地記下了名字」。如果真有這樣的事實，又奈何科舉的缺失呢！

卷四

節操

【題解】中國是個禮義之邦，歷來重視操守、品行，亦有很多傳統美德。如裴度的拾金不昧，盧上的甘於清貧，孫泰的重於道義，都體現了他們為人的正直。在裴度的一段中，有關看相的記述，則頗有唯心論之嫌了。此條篇幅較長，分為數段。

裴晉公❶質狀❷眇小❸，相不入貴。既屢屈名場，頗亦自惑。會有相者在洛中，大為縉紳所神。公時造之問命。相者曰：「郎君形神稍異於人，不入相書。若不至貴，即當餓死。然今則殊未見貴處。可別日垂訪❹，勿以蔬糲❺相鄙。候旬日，為郎君細看。」

公然之。凡數往矣。無何❻，阻朝客❼在彼，因退遊香山佛寺，徘徊廊廡❽之下。忽有一素衣婦人，致一緹⿰糹習❾於僧伽和尚❿欄楯⓫之上，祈祝良久，復取筊⓬擲之，叩頭瞻拜⓭而去。少頃，度方見其所致，意彼遺忘，既不可追，然料其必再至，因為收取。躊躇至暮，婦人竟不至，度不得已，攜之歸所止。詰旦，復攜就彼。時寺門始闢，俄覩向者素衣疾趨而至，逡巡⑭撫膺⑮惋歎⑯，若有非橫⑰。度從而訊之。婦人曰：「新婦⑱阿父⑲無罪被繫，昨告人，假得玉帶二，犀帶一，直千餘緡，以遺津要⑳。不幸遺失於此。今老父不測之禍無所逃矣！」度憮然㉑，復細詰其物色，因而授之。婦人拜泣，請留其一。度不顧而去。尋詣相者，相者審度聲色頓異，大言曰：「此必有陰德及物！此後前塗萬里，非某所知也。」再三詰之，度偶以此言之。相者曰：「秖㉒此便是陰功矣，他日無相忘！勉旃㉓，勉旃！」度果位極人臣㉔。

【注釋】❶裴晉公　裴度。見卷三〈慈恩寺題名遊賞賦詠雜紀〉「胡証尚書質狀魁偉」段❺。❷質狀　形狀；體態。❸眇小　此指瘦小、弱小。❹垂訪　下訪。垂，敬詞。指上對下。❺蔬糲　指粗食。❻無何　不久；不多時。❼朝客　朝中官員。❽廊廡　堂前的廊屋。❾緹繒　赤色厚絲織物。❿僧伽和尚　西域名僧。後借指觀音大士或塑像。此當指觀音像。⓫欄楯　欄杆。⓬筊　本作「珓」。占卜吉凶的用具。⓭瞻拜　參拜；瞻仰禮拜。⓮逡巡　徘徊不進；猶豫。⓯撫膺　撫摩或捶拍胸口。⓰惋歎　亦作「惋嘆」。悲嘆；嘆息。⓱非橫　不測之禍；非常之禍。⓲新婦　指婦人。⓳阿父　父親。⓴津要　身居要職之人。㉑憮然　驚愕貌。㉒秖　同「祇」。㉓勉旃　努力。多於勸勉時用之。㉔位極人臣　官位達到最高一級。

【語譯】裴晉公體格瘦小，相貌不入富貴之列。多次科場失利，自己也頗感不解。正逢有看相的人在洛陽，大為士大夫所推崇。裴度立時前去拜訪並向他問自己的命運。看相的人說：「郎君的精神體態稍稍不同於常人，但不入相書。如果不能大貴，就會餓死。然而現今卻實在看不出富貴之處。不妨他日再來，切勿嫌我處只有粗茶淡飯。等十天半月，再為郎君細看。」裴度以為可行。此後，裴度去了幾次。不久，因朝中官員在那裡而受阻，於是退出，去遊香山佛寺，徘徊在廊廡之下。忽然間，有一婦人身穿白色衣服，將一包赤色厚繒放在觀音大士像的欄杆之上，祈求祝禱了很久，又取筊拋擲，叩頭參拜後離去。過了一會，裴度才看見那婦人放在欄杆上的東西，料想是那婦人遺忘，但已無法追上，然而料定她必定會再來，於是將此物收取。裴度在寺裡等到天將晚，那婦人始終未來，裴度不得已，將東西帶回住所。第二天天亮，裴度將東西帶至寺裡，那時寺門剛開，不久即見昨天穿白色衣服的婦人疾步而至，在那裡捶胸嘆息，好像有非常之禍。裴度走近她向她詢問，婦人說：「小婦人的父親無罪被拘捕，日前向人求告，借得玉帶兩條，犀角帶一條，價值千餘緡，用它們來送給有權的人。不幸將東西遺失在這裡。現在老父的不測之禍看來是逃不過了！」裴度聽後深感驚愕，又仔細詢問那些東西的樣子和顏色，說得一模一樣，於是裴度將東西交給了那婦人。婦人流淚拜謝，又要裴度留下其中的一件。裴度頭也不回逕自離去。隨即，裴度前往看相的人處，看相人仔細審視裴度，發現他形體氣質已與以前完全不同，大聲說：「你必定有陰德相及！此後前途萬里，就不是我所能知了。」看相人再三詢問發生了什麼事，裴度偶爾在言語中談及此事。看相人說：「只此事就是陰功啊，他日富貴不要相忘。好自為之，好自為之！」裴度後來果然位極人臣。

盧大郎補闕❶，盧名上字與僕家諱同，下字曰暉。升平鄭公❷之甥也。暉少孤，長於外氏❸，愚❹常誨之舉進士。咸通十一年初舉，廣明庚子❺歲，遇大寇犯闕❻，竄身❼南服❽，時外兄❾鄭續❿鎮南海。暉向與續同庠序⓫。續仕州縣官，暉自號白衣卿相⓬。然二表俱為愚鍾愛。爾來⓭未十稔⓮，續為節行將⓯，暉乃窮儒，復脫身虎口，挈一囊而至。續待之甚厚。時大駕幸蜀，天下沸騰⓰，續勉之出處⓱，且曰：「人生幾何！苟富貴可圖，何須一第耳！」暉不答。復請賓佐誘激⑱者數四，復虛右席⑲以待暉。暉因曰：「大朝⑳設文學之科以待英俊，如暉能否，焉敢期於饕餮㉑！然聞昔舅氏所勖㉒，常以一第見勉。今舊館寂寥㉓，奈何違宿昔之約！苟白衣歿世，亦其命也；若見利改途，有死不可！」續聞之，加敬。自是龍鍾㉔場屋復十許歲，大順㉕中，方為宏農公㉖所擢，卒於右袞㉗。

【注釋】❶盧大郎補闕　盧玄暉。景福二年（八九三。下文云「大順中，方為宏農公所擢」，不確。）登進士第。官至右補闕。❷升平鄭公　未詳。❸外氏　指外祖父母家。❹愚　作者自稱。❺廣明庚子　西元八八○年。廣明，唐僖宗年號。❻大寇犯闕　指黃巢軍廣明元年十一月攻克洛陽，十二月攻克長安。❼竄身　藏身。❽南服　古代王畿以外地區分為五服，故稱南方為「南服」。此指嶺南。❾外兄　指表兄。❿鄭續　據《唐方鎮年表》，鄭續任嶺南東道節度使，因有「鎮南海」之語。⓫庠序　古代的地方學校，後泛指學校。⓬白衣卿相　指尚未發跡的讀書人。⓭爾來　自那時以來。⓮稔　年。⓯節行將　當指任節度使。⓰沸騰　比喻社會動亂。⓱出處　出仕和隱退。此指出仕。⓲誘激　誘導激勵。⓳右席　指高位。⓴大朝　指居於正統的朝廷。㉑饕餮　比喻貪得無厭者。此指貪戀官位。㉒勖　亦作「勗」。勉勵。㉓舊館寂寥　意含時過境遷之意。舊館，舊日的館舍。寂寥，冷落。㉔龍鍾　失意潦倒貌。㉕大順　（八九○～八九一）唐昭宗年號。㉖宏農公　指楊涉。乾符進士。唐馮翊（今陝西大荔）人。性謹厚。哀帝時，拜中書侍郎、同平章事。拜相之日，以災禍將至，與家人相對泣下。天祐四年（九○七），朱溫代唐時，以宰相身分為押傳國寶使，將傳國璽送朱溫。仕後梁為門下侍郎、同平章事。在任三年，無所施為，後數年卒。㉗右袞　指右補闕。

【語譯】盧大郎補闕他名的上一字與我的家諱同，下一字為暉。升平鄭公的外甥。盧玄暉少年時便失去雙親，在外祖父母家長大，我時常教導他要去考進士。他於咸通十一年初次參加禮部試。廣明庚子年，遇大寇侵犯京師，藏身於嶺南。其時，他表兄鄭續為嶺南東道節度使。盧玄暉早年與鄭續同一學校就讀。鄭續在任州縣官時，盧玄暉自稱白衣卿相。表兄弟倆我都十分鍾愛。自那時以來不到十年，鄭續已是獨當一面的將領，盧玄暉卻仍是一介窮儒，又脫離虎口，只隨身攜帶一布囊來到嶺南。鄭續待他甚為優厚。當時天子入蜀，天下動亂，鄭續鼓勵盧玄暉出仕，並對他說：「人生能有多少年！如果富貴可謀，何必一定要進士及第呢！」盧玄暉未置可否。鄭續又請幕僚賓客反覆誘導激勵，又為玄暉留出高位。盧玄暉於是說：「朝廷設置文學之科是為搜羅英俊之才，至於我是否有才能，豈敢未經考試而貪戀官位！而早年聽到舅父的勉勵，也常鼓勵我要爭取進士及第。現雖已時過境遷，但怎能違背當年的約定！如果到老布衣沒世，亦是我自己的命運。如果見利而改變初衷，即使是死也不行！」鄭續聽了，對他更加敬重。從此，盧玄暉又失意於科場十餘年，到大順年間，才被宏農公楊涉拔擢及第。卒於右補闕。

孫泰❶，山陽❷人，少師皇甫穎❸，操守頗有古賢之風。泰妻即姨妹也。先是姨老矣，以二子為託，曰：「其長損一目，汝可娶其女弟。」姨卒，泰娶其姊。或詰之，泰曰：「其人有廢疾，非泰不可適❹。」眾皆伏泰之義。嘗於都市遇鐵燈臺，市之，而命洗刷，卻銀也，泰亟往還之。中和❺中，將家於義興❻，置一別墅，用緡錢二百千。既半授之矣，泰遊吳興❼郡，約回日當詣所止。居兩月，泰迴，停舟徒步，復以餘資授之，俾❽其人他徙。於時，覩一老嫗，長慟數聲，泰驚悸，召詰之。嫗曰：「老婦常逮❾事翁姑❿於此，子孫不肖，為他人所有，故悲耳！」泰憮然⓫久之，因紿曰：「吾適得京書，已別除官，固不可駐此也，所居且命爾子掌之。」言訖，解維⑫而逝，不復返矣。子展，進士及第，入梁為省郎⑬。

論曰：范宣之三立⑭，德居其首；夫子⑮之四科⑯，行在其先。矧⑰乃五常⑱者，總之於仁；百慮者，試之於利。禍福不能迴⑲至德⑳，貧富不能窺㉑至仁㉒。夫炯戒㉓之倫㉔，而窮達不侔㉕者，其惟命與！苟居㉖諸道，又何窮達之異致㉗矣！

【注釋】❶孫泰　事跡未詳。❷山陽　今河南焦作東北。❸皇甫穎　乾符進士。不仕而終。❹適　女子出嫁。❺中和　（八八二～八八四）唐僖宗年號。❻義興　治今江蘇宜興。❼吳興　今浙江湖州。❽俾　使。❾逮　昔。❿翁姑　公婆。⓫憮然　悵然失意貌。⓬維　繩。此指纜繩。⓭省郎　即郎官。隋唐五代稱尚書省諸司郎中、員外郎為郎官，又稱省郎、尚書郎、南宮郎，最為清選。⓮范宣之三立　語本《左傳》襄公二十四年：「（穆叔曰：）大上有立德，其次有立功，其次有立言。」按：「三立」乃穆叔之言，王定保誤作范宣子。⓯夫子　即孔子。⓰四科　孔門四種科目。指德行、言語、政事、文學。⓱矧　況且；何況。⓲五常　指舊時的五種倫常道德，即父義、母慈、兄友、弟恭、子孝。⓳迴　改易；轉變。⓴至德　最高的德。㉑窺　看透；覺察。㉒至仁　最高的仁。㉓炯戒　亦作「炯誡」。明顯的鑒戒或警戒。㉔倫　類。㉕侔　齊等；相當。㉖居　至；到。㉗異致　不同情狀；意趣不同。

【語譯】孫泰，山陽人。少年時以皇甫穎為老師，品行節操頗有古賢的風範。孫泰的妻子即是他的姨表妹。先前，他的姨母已老，把兩個女兒託付給他，對他說：「大女兒有一隻眼睛不好，你可以娶她的妹妹。」姨母去世後，孫泰娶大女兒為妻。有人問他這是為什麼，孫泰說：「她有殘疾，除了我無人可嫁。」眾人都嘆服孫泰的仁義。孫泰曾在街市中見到一只鐵燈臺，買了回來，讓人洗刷，卻發現是銀的，孫泰趕緊到街市還給賣主。中和年間，孫泰將要在義興安家，購置一別墅，用緡錢二百千。已經付了一半給賣主，孫泰前往吳興郡，約定回來之日就要住到那裡去。過了兩個月，孫泰回來，船停後徒步去別墅，又將剩下的錢交給賣主，以便讓他搬到別處去。此時，孫泰看見一老婦，哭得很傷心，孫泰十分驚異，把她叫來詢問。老婦人說：「我早先在這裡侍奉公婆，現在子孫不肖，此屋已為他人所有了，故爾悲傷！」孫泰若有所失，好一會兒，他回過神來，哄那老婦人說：「我正好收到京城來信，已任命到別處任職，實在不能住在這裡了。這所房子就讓你的兒子管理。」說罷，解開纜繩而去，再也沒有回來。孫泰的兒子孫展，進士及第，入梁後，任郎官。

論曰：范宣子所謂的三立，德居其首；孔夫子所言的四科，行在其先。至於五常，歸總於仁；所謂百慮，試之於利。禍福不能改易最高的德，貧富不能看透最高的仁。那明顯的鑑戒之類，而窮厄通達的不同，那只是命運的不同。如果能達到道德節操很高的境界，那又何必去擔心窮厄通達的不同呢！

與恩地舊交

【題解】昔日的同窗、好友，因不同的際遇，不經意間，卻成了師生。此條記述的即是。

劉虛白❶與太平裴公❷早同硯席❸。及公主文，虛白猶是舉子。試雜文日，簾前獻一絕句曰：「二十年前此夜中，一般燈燭一般風。不知歲月能多少，猶著麻衣❹待至公！」

孟棨❺年長於小魏公❻。放榜日，棨出行曲謝❼。沆泣曰：「先輩，吾師也。」沆泣，棨亦泣。棨出入場籍❽三十餘年。

長孫籍❾與張公❿舊交。公兄呼籍。公嘗諷⓫其改圖⓬。籍曰：「『朝聞道，夕死可矣⑬！』」

【注　釋】❶劉虛白　咸通十四年（八七三）進士及第。事跡未詳。❷太平裴公　指裴坦。裴坦字知進。大和八年（八三四）進士及第。性簡儉。累官至禮部侍郎、江西觀察使、中書侍郎、同中書門下平章事。卒於任。❸硯席　硯臺與坐席。借指學習。❹麻衣　麻布衣。古時平民所穿。❺孟棨　乾符二年（八七五）進士及第。官司勛郎中。《唐書・藝文志》著錄《孟棨本事詩》一卷；《全唐文》卷八一七有〈本事詩序〉。❻小魏公　指崔沆。崔沆字內融。唐博州（治今山東聊城）人。見卷三〈慈恩寺題名遊賞賦詠雜紀〉「胡証尚書質狀魁偉」段㉕。❼曲謝　遍謝。❽場籍　科場的考生名冊。❾長孫籍　未詳。❿張公　未詳何人。⓫諷　用委婉的語言暗示、勸告或譏刺、指責。⓬改圖　改變計劃，另作打算。⓭朝聞道二句　語出《論語・里仁》。

【語　譯】劉虛白與裴坦早年同在一起讀書。到裴坦主持貢舉時，劉虛白仍是應試的舉子。在考試雜文的那天，劉虛白在簾前獻上一首七絕，云：「二十年前的此夜之中，一樣的燈燭一樣的風。不知道歲月能有多少，仍穿著麻衣等待公道。」

孟棨年齡長於小魏公崔沆。孟棨在進士及第發榜的那天，出行遍謝師友。崔沆見了孟棨流著淚說：「前輩，你是我的老師啊！」崔沆哭，孟棨也哭。孟棨隸名考場三十餘年方才得中。

長孫籍與張公是多年知交。張公稱呼長孫籍為兄。張公曾規勸長孫籍另作打算。長孫籍說：「早上得知真理，即使晚上死了都可以。」

師友

【題　解】唐代文學，在中國文學史上占有重要地位。同樣，唐代許多文學家為後人留下了極為寶貴的遺產。在唐代文人中，有許多亦師亦友、意氣相投的感人故事。本條所記，便可窺斑見豹。篇幅較長，分為若干段。

李華❶以文學名重於天寶❷末。至德❸中，自前司封員外，起為相國李梁公峴❹從事❺，檢校吏部員外，時陳少遊❻鎮淮陽，尤仰公之名。一旦，城門吏報華入府，少遊大喜，簪笏❼待之；少頃，復曰：「云已訪蕭公功曹矣。」即潁士❽也。

盧江何長師❾，趙郡李華，范陽盧東美❿，少與韓衢⓫為友，江淮間號曰「四夔⓬」。

裴佶⓭字弘正，宰相耀卿⓮之孫，吏部郎中綜⓯之子，卒於工部尚書。鄭餘慶⓰請先行朋友服⓱，私謚⓲曰「貞」，子曰泰章。

喬潭⓳，天寶十三年及第，任陸渾尉。時元魯山⓴客死是邑，潭減俸禮葬之，復卹其孤。李華《三賢論》曰：「潭，昂之孫，有古人風。」李華稱元德秀、張友略㉑：「志如㉒道德，行如經術。」

貞元十三年㉓，李摯㉔以大宏詞㉕振名，與李敏㉖同姓，同年，同登第，又同甲子，及第時俱二十五歲。又同門。摯嘗答行敏詩曰：「因緣㉗三紀㉘異，契分㉙四般同。」

【注釋】❶李華　見卷一〈兩監〉❹。❷天寶　（七四二～七五六）唐玄宗年號。❸至德　（七五六～七五七）唐肅宗年號。❹李梁公峴　（七〇九～七六六）唐宗室。少有吏才。以蔭入仕。天寶中，累遷京兆尹，為政得人心。不附楊國忠，出為長沙太守。乾元二年（七五九），擢中書侍郎、同平章事。因直言貶蜀州刺史，廣德元年（七六三），再度入相。不久為宦官所疾，罷為太子詹事、吏部尚書，再貶衢州刺史卒。至德二年封梁國公，因稱李梁公。❺從事　唐藩鎮幕僚稱「從事」，非官職。❻陳少遊　（七二四～七八五）唐博州博平（今山東高唐西南）人。登進士第。長於權變，賄結權貴，屢得升遷，三領藩鎮，聚斂億萬。德宗時，加同平章事。後密附叛鎮李希烈、李納。及希烈敗，慚懼而死。❼簪笏　冠簪和手版。古代仕宦所用。此指以朝會禮節相迎。❽穎士　即蕭穎士。見卷一〈兩監〉❻。❾何長師　事跡未詳。❿盧東美　曾任考功員外郎。⓫韓衢　官主客員外郎。⓬夔　傳說中龍一類的神獸。⓭裴佶　唐絳州稷山（今屬山西）人。幼能屬文，弱冠舉進士。佶清勁明銳，所交友皆當時一流人物。卒於工部尚書，諡曰「貞」。⓮耀卿　（六八一～七四三）字煥之。八歲中童子舉。睿宗即位，任國子主簿。開元間，遷長安令，歷濟、宣、冀等州刺史，皆有善政。入為戶部侍郎、同平章事。二十四年，以尚書左丞相罷知政事，尋轉尚書右僕射，卒。⓯吏部郎中綜　即裴綜，官至吏部郎中。⓰鄭餘慶　（七四六～八二〇）字居業。唐鄭州滎陽（今屬河南）人。大曆進士。貞元十四年（七九八），拜中書侍郎、同平章事，後貶郴州司馬。憲宗立，再拜相。四朝為官，剛正梗直，言朝政得失多中肯。元和十三年（八一八）拜尚書左僕射。次年，兼太子少師，封滎陽郡公。性清儉，死後家無餘財。有文集五十卷，已佚。⓱行朋友服　以朋友身分穿孝服居喪。⓲私諡　古時人死後由親屬或門人給予的諡號。⓳喬潭　天寶十三年（七五四）進士。師事元德秀。⓴元魯山　即元德秀。因德秀曾任魯山令，因稱。德秀，字紫芝，河南人。開元二十一年（七三三）進士及第。德秀少孤貧，事母以孝聞。㉑張友略　未詳。㉒如　及；比得上。㉓貞元十三年　應為貞元十二年（七九六）。徐松《登科記考》及《唐詩紀事》均為貞元十二年。貞元，唐德宗年號。㉔李摯　事跡未詳。㉕大宏詞　博學宏詞科。㉖李敏　李行敏。「李敏」誤。《登科記考》、《全唐詩》均作李行敏，下文亦有「答行敏詩」可證。㉗因緣　緣分。㉘三紀　十二年為「一紀」，及第年已二十五歲，已過二紀，因稱三紀。㉙契分　交誼；情分。

【語　譯】李華以文學著名於天寶末年。至德年間，由前任司封員外，被起用為相國梁國公李峴的從事、檢校吏部員外。當時陳少遊為淮陽節度使，尤其仰慕李華的名聲。一天早上，城門官吏來報告李華已入府門，陳少遊大喜，穿戴冠服等待李華，不久，又來報告說：「據說已經去拜訪蕭功曹了。」功曹即蕭穎士。

盧江何長師，趙郡李華，范陽盧東美，年輕時與韓衢為友，江淮間將他們稱為「四夔」。

裴佶字弘正，宰相裴耀卿之孫，吏部郎中裴綜之子，裴佶卒於工部尚書任上。鄭餘慶請求先以朋友身分穿孝服居喪，又私諡為「貞」。裴佶之子名叫裴泰章。

喬潭，天寶十三年進士及第，任陸渾縣尉。當時客居陸渾的元德秀亡故，喬潭減去俸祿以禮安葬了元德秀，又撫恤他的遺孤。李華在《三賢論》中云：「喬潭，喬昂之孫，有古人之風。」李華稱讚元德秀、張友略云：「志節如同道德，行事猶如經術。」

貞元十二年，李摯以博學宏詞科及第聞名，與李行敏同姓，同年，同時登第，又同甲子，及第時兩人都是二十五歲。又同師門。李摯曾有詩酬答李行敏云：「因緣三紀有異，情誼四般相同。」

隴西[1]李舟[2]與齊相國映[3]友善，映為將相，舟為布衣，而舟致書於映，以交不以貴也。時映左遷於夔[4]，舟書曰：「三十三官[5]足下，近年已來，宰臣當國，多與故人禮絕。僕以禮處足下，則足下長者，僕心未忍；欲以故人處足下，則慮悠悠[6]之人，以僕為詭[7]。我欲修書，逡巡[8]至今。忽承足下出守夔國，於蒼生之望，則為不幸；為足下謀之，則名遂身退[9]，斯又為准[10]。僕昧時[11]者，謹以為賀。但鄱陽、雲安，道阻且長；音塵[12]寂蔑[13]，永[14]以三歎[15]。僕所疾沉痼[16]，方宰子弟力農，為世疎矣，足下亦焉能不疎僕耶！足下素□，僕所知之；其於得喪[17]，固怡如也。然朝臣如足下寡矣，明王豈當不察之耶！惟強飯[18]自愛。珍重，珍重！」

李華〈祭蕭穎士文〉：「維[19]乾元三年二月十日，孤子[20]趙郡李華以清酌[21]之奠[22]，敬祭於亡友故楊府功曹蘭陵蕭公[23]之靈：嗚呼茂挺，平生相知，情體如一；歲月之別，俄成古今。天乎喪予，此痛何極！華亹罰[24]深重，艱難所鍾[25]；殊方永慕㉖，觸目號裂㉗；途窮易感，況哭故人。以足下才惟挺生㉘，名蓋天下，道㉙孤命屈，淪阨㉚終身。避亂全絜㉛，忠也；冒危遷祔㉜，孝也。有王佐之才，先師之訓，而歿於道路，何負於天乎？痛哉！華疇昔之歲，幸忝周旋㉝，足下不棄愚劣，一言契合㉞，古稱管、鮑㉟，今則蕭、李，有過必規，無文不講。知名當世，實類無人；循環往復，何日忘此！存實㊱等泣血千里，羈旅㊲相依；聞其一哀，心骨㊳皆斷。夫痛之至者，言不能宣；雖欲寄詞，秖㊴益填塞。茂挺，君其降靈！尚享㊵！」

韓文公㊶〈瘞㊷硯文〉：「隴西李元賓㊸始從進士，貢㊹在京師，或貽㊺之硯。四年，悲歡否泰㊻，未嘗廢用。凡與之試藝㊼春官㊽，實二年登上第。行於褒谷㊾間，役者誤墜之地，毀焉。乃匣歸，埋於京師里中。昌黎韓愈，其友人也，贊而識㊿之：土乎成質，陶乎成器。復其質，非生死(51)，類(52)全斯(53)，毀不忍棄，埋而識之仁之義，硯乎硯乎瓦礫異(54)！」

【注釋】❶隴西　治今甘肅臨洮。❷李舟　字公受。官虔州刺史，金部員外郎，吏部郎中。❸齊相國映　齊映（七四八～七九五），唐瀛州高陽（今河北高陽東）人。大曆進士，登博學宏辭科。累官至中書舍人。貞元二年（七八六），以本官同平章事。三年，罷為夔州刺史。復遷桂管、江西觀察使。卒於任。❹夔　夔州（治今重慶奉節）。❺三十三官　齊映行第三十三，因稱。❻悠悠　世俗；一般。❼詭　欺詐；詭詐。❽逡巡　遲疑；猶豫。❾名遂身退　猶功成身退。❿准　足。⓫昧時　猶言不識時務。⑫音塵　音信；消息。⑬寂蔑　沉寂；音信全無。⑭永　長。⑮三歎　亦作「三嘆」。多次歎息。形容感歎之深。⑯沉痼　亦作「沉錮」。積久難治的病。⑰得喪　猶得失。指名利的得到與失去。⑱強飯　亦作「彊飯」。努力加餐。⑲維　助詞。用在句首或句中。⑳孤子　古代居父母喪者自稱。㉑清酌　古代祭祀所用的清酒。㉒奠　祭品。㉓楊府功曹蘭陵蕭公　蕭穎士曾任揚州功曹參軍，到官一日而去。蕭穎士，字茂挺，蘭陵（今江蘇常州西北）人。㉔譴罰　罪過。㉕鍾　匯聚；集中。此指李華喪母、喪友。㉖殊方永慕　有「天人永隔」之意。殊方，遠方；異域。㉗號裂　號啕大哭，肝膽欲裂。㉘挺生　傑出；挺拔生長。㉙道　既指人生，亦指仕途。㉚淪阨　猶困阨。㉛避亂全絜　蕭穎士對安祿山的叛亂早有察覺，並對朝廷大臣、節鎮屢次提出，而建議不被採納，於是將家中書藏妥後出走。全絜，猶全節。㉜遷祔　亦作「遷附」。遷柩附葬。此事未詳。㉝周旋　此有「追隨交往」之意。㉞契合　投合；意氣相投。㉟管鮑　春秋時管仲和鮑叔牙的並稱。兩人相知最深。後常用以比喻交誼深厚的朋友。㊱存實　當指其兒輩。《新唐書》本傳中，蕭穎士有子名存，字伯誠。另一子名韻，字所原。未見有蕭實。㊲羇旅　同「羈旅」。寄居異鄉的人。㊳心骨　內心。㊴秖　同「祇」。只；但。㊵尚享　亦作「尚饗」。舊時用作祭文的結語，表示希望死者來享用祭品的意思。㊶韓文公　即韓愈（七六八～八二四）。字退之。唐懷州修武南陽（今河南修武東北）。因韓氏郡望昌黎，遂以昌黎自稱。三歲而孤。好讀書，通六經百家之學。貞元進士。敢直言，屢遭貶。元和十二年（八一七），以行軍司馬隨裴度平淮西，升刑部侍郎。十四年，上書諫迎佛骨，貶潮州刺史。穆宗立，累遷兵部、刑部侍郎，京兆尹兼御史大夫。卒謚文。人稱韓文公。倡導古文運動，主張文道合一。散文如長江大河，氣勢雄渾，為唐宋八大家之首。詩亦自成一家。有《昌黎先生集》。㊷瘞　埋。㊸李元賓　曾任右衛兵曹參軍。下文有「二年登上第」之語。但查《登科記考》及《新唐書・宰相世系表》均未見著錄。㊹貢　舉薦。此猶言「作為京城的舉子應舉」。㊺貽　贈送。㊻否泰　指世事的盛衰，命運的順逆。此指「順逆」。㊼試藝　應試的文字。此指應試。㊽春官　唐光宅年間曾改禮部為春官，後「春官」就成為禮部的別稱。㊾褒谷　當即褒水的山谷。亦即褒斜道。自古以來往秦嶺的主要通道之一。㊿識　記。51生死　佛教指流轉輪迴。此意為無法再成硯。52類　率；皆；大抵。53斯　全；皆。54埋而識之仁之義二句　為對仗而如此寫。仁之義猶云「謂之仁義」。

【語　譯】隴西李舟與相國齊映友善，齊映身為將相，李舟自是布衣，然而李舟給齊映寫信，只論友情而不管身分的貴賤。當時齊映被貶為夔州刺史，李舟給他的信說：「三十三官足下：近年以來，作為宰臣執掌朝政，與故舊多斷絕了往來。如果我以禮節與您相處，則您是長者，我心中不忍；若以故人身分與您交往，則世俗之人，必定以我為詭詐。我想給您寫信，亦猶豫至今。忽又承望您出任夔州刺史，對於百姓的願望，則是不幸；而為您考慮，則可謂功成身退，這又可知足。我是不識時務之人，謹以此為賀。但歷鄱陽經雲安，道路險阻且又遙遠，音信全無，唯有長歎。我的病積久難治，且正率領子弟盡力農事，於世事已很疏遠了，您怎麼能不疏遠我呢！您向來□□，這是我所知道的；您對於仕途得失，也定會處之怡然的。但朝臣中能像您這樣的太少了，聖明的君主豈可不審察呢！只希望您努力加餐多多自愛。珍重，珍重。」

李華〈祭蕭穎士文〉云：「乾元三年二月十日，孤子趙郡李華用清酒作為祭品，恭敬地祭奠於亡友故楊府功曹蘭陵蕭公的靈前：嗚呼茂挺，平生相交相知，情感身體如同一人；原以為只是年月之別，卻不料已成古今之分。老天使我失去了你，這悲痛哪有窮極！我罪過深重，多災多難；天人永隔長相追慕，觸目所及肝膽俱裂；途窮易生感慨，何況哭奠故人。以你傑出之才華，名揚天下，卻人生孤寂命運曲折，困阨終身。避亂出走保全名節，這是忠；冒險遷葬父母靈柩，這是孝。你有輔佐帝王之才，滿腹先師之訓，而埋沒於當世，為何有負天之所託？令人痛心呵！我在早年，有幸與你交往，你不棄我的愚劣，意氣相投，古時稱頌管鮑，今日則有蕭李，我有過失必加規勸，每篇文章必作講求。你知名當世，實在無人可比；你的音容笑貌在我心中循環往復，哪一天能夠忘記！存實等泣血於千里之外，寄居異鄉，相依為命。聞聽他們的哀傷，內心皆斷。悲痛到了極點，語言也無法表達；雖想寄託於言辭，只是思緒更加堵塞。茂挺，你的英靈降臨，來享用菲薄的祭品！」

韓文公〈瘞硯文〉云：「隴西李元賓開始參加進士考試，由京師舉薦，有人送給他硯臺。四年間，不管悲歡順逆，天天用它。此硯跟隨李元賓參加禮部考試，實際上二年即中進士。一次途經褒谷之間，隨從不小心將硯掉在地上，打碎了。於是李元賓將碎片用匣子裝著帶回，埋在京城里巷之中。昌黎韓愈，李元賓的朋友，對他此舉稱道並記錄下來：此硯的質地由土製成，經過燒製成了陶硯。恢復了它的本質，無法再製成硯，雖已完全破碎但不忍心丟棄，埋而記之謂之仁義，硯乎硯乎異於瓦礫！」

杜工部[1]交鄭廣文[2]，嘗以詩贈虔[3]曰：「諸公袞袞[4]登臺省[5]，廣文先生官獨冷。甲第[6]紛紛厭粱肉[7]，廣文先生飯不足。先生有義[8]出羲皇[9]，先生所孤或屈宋[10]。德尊一代常壈坎[11]，名垂萬古知何用！杜陵野老[12]人更嗤[13]，短褐[14]身窄[15]鬢如絲。日糴太倉[16]五升米，時赴鄭老同衾期[17]。得錢則相覓[18]，沽酒不復疑，忘形到爾汝[19]，痛飲真我師。清夜沉沉動春酌，燈前細雨簷前落。但覺高歌有鬼神，焉知餓死填溝壑！相如逸才親滌器[20]，子雲識字終投閣[21]。先生早賦歸去來[22]，石田茅屋荒蒼苔。儒術於我何有哉？孔某[23]盜跖[24]俱塵埃。不須聞此意慘愴[25]，生前[26]相遇且銜盃[27]！」又曰[28]：「廣文到官舍，繫馬堂階下。醉則騎馬歸，頗遭官長罵。垂名[29]三十年，坐客寒無氈。賴得蘇司業[30]，時時與酒錢。」及虔即世[31]，甫賦〈八哀〉詩，其一章誄[32]虔也。

崔群[33]字敦詩，貞元八年，陸贄[34]下及第，與韓愈為友。群佐宣州幕時，愈與群書論交[35]，略云：「考之百行而無瑕[36]，窺之閫奧[37]而不見畛域[38]，明白[39]淳粹[40]，輝光[41]日新者，唯吾君一人[42]。僕愚陋無所知，然曉聖人之書，無所不讀，其精麤[43]巨細，出入[44]晦明[45]，雖不盡識，抑不可謂不涉其源者也。以此而推之，而廣之，誠足下出群拔萃，無謂[46]僕從何而得也。」

劉駕㊼與曹鄴㊽為友，俱攻古風㊾詩。鄴既擢第，而不即出京，俟駕成名同去，果諧㊿所志。

【注釋】❶杜工部　即杜甫（七一二～七七〇）。杜甫字少陵，自稱少陵野老。其先代由原籍襄陽（今屬湖北）遷居鞏縣（今屬河南）。開元後期，舉進士不第，漫遊各地。天寶時，在洛陽與李白相識。後寓居長安近十年。安祿山攻陷長安，逃至鳳翔，見肅宗，官左拾遺。後迎肅宗還京，出為華州司功參軍。不久棄官居秦州、同谷。又移家成都，築草堂於浣花溪上。一度任劍南節度使嚴武參謀，武表為檢校工部員外郎，世稱杜工部。晚年攜家出蜀，病死湘江途中。杜甫是唐代的偉大詩人。他身經安史之亂前後的社會變化，加上其仕途坎坷，生活困窘，對社會有深刻認識。他的詩極為深廣地反映了當時的社會現實，被稱為「詩史」。他的詩風格多樣，各體兼擅，對後世詩歌產生很大影響。有《杜工部集》。❷鄭廣文　即鄭虔。虔字弱齊。唐鄭州滎陽（今屬河南）人。好書法，常苦無紙，取柿葉日習之，歲久殆遍。能詩善畫，魚水山石，時稱奇妙。嘗自寫其詩並畫以獻，玄宗大喜，署其尾曰：「鄭虔三絕」。天寶初，為協律郎。後有人告其私撰國史，坐謫十年。後還京師，玄宗特為置廣文館，以為博士，時號「廣文先生」。遷著作郎。在官甚貧，與杜甫、李白為詩酒友。卒於代宗時。長於地理，著《天寶軍防錄》，已佚，另有《胡本草》，亦佚。❸以詩贈虔　即《醉時歌——贈廣文館博士鄭虔》。❹諸公袞袞　稱眾多的顯宦。亦作「袞袞諸公」。後專稱居高位而無所作為的官僚。❺臺省　即臺省官。隋唐時臺指御史臺，省指尚書、中書、門下三省。❻甲第　高宅大院。借指高官。❼粱肉　以粱為飯，以肉為肴。指精美的膳食。❽有義　《全唐詩》作「有道」。❾羲皇　即伏羲氏。古人以為羲皇之世其民皆恬靜閒適，故隱逸之士自稱「羲皇上人」。此亦有指鄭虔為隱逸之士的意味。❿所孤或屈宋　《全唐詩》作「有才過屈宋」。此兩句以《全唐詩》為佳。屈宋，指戰國時楚詩人屈原和宋玉。此喻鄭虔有文才。⓫壈坎　困頓；不得志。⓬杜陵野老　杜甫自指。⓭嗤　譏笑；嘲笑。⓮褐　粗布衣。古時貧賤者所服。⓯身窄　不合身。⓰太倉　古代京師儲穀的大倉。⓱衾期　襟懷；志趣。衾，《全唐詩》作「襟」。⓲相覓　相邀。⓳爾汝　彼此親暱的稱呼，表示不拘形跡，親密無間。⓴相如逸才親滌器　指司馬相如與卓文君在臨邛因生活貧困，變賣車騎，買了一家酒店，卓文君親自在店堂賣酒，相如則穿短衣褌和傭人一起洗滌酒器。見《史記．司馬相如列傳》。㉑子雲識字終投閣　用「揚雄投閣」典故。揚雄，一作「楊雄」，字子雲。西漢文學家、哲學家、語言學家。著有《法言》、《太玄》、《方言》等著作。西漢末年，王莽篡位，王莽始建國三年，劉歆之子劉棻得罪被流放。劉棻曾向揚雄學古文奇字，因此揚雄受到牽連。當時揚雄正在天祿閣校書，有司前去收拿他時，他害怕不能自免，便從閣上自投，險些喪命。後為王莽所赦，以病免歸。杜甫將鄭虔和自己以司馬相如和揚雄為例，以表達懷才不遇的感慨。㉒歸去來　東晉陶淵明有〈歸去來兮辭〉，此借用，勸鄭虔歸隱。其中也包括作者的心緒。㉓孔某　即孔子。被視為聖人。㉔盜跖　即跖。《莊子‧盜跖》係寓言性質，說他率「從卒九千人，橫行天下」。「盜跖」是對他誣蔑的稱呼。跖在封建時代被視為壞人的典型。㉕慘澹　亦作「慘淡」。暗淡；悲慘悽涼。㉖生前　活著的時候；生時。㉗銜盃　亦作「銜杯」。口含酒杯。指飲酒。㉘又曰　即〈戲簡贈廣文虔兼呈蘇司業源明〉詩。㉙垂名　謂流傳名聲。㉚蘇司業　蘇源明。源明初名預，字弱夫。唐京兆武功（今陝西武功西北）人。官至國子司業。安祿山陷長安時，託病不受偽職。肅宗復兩京後，擢考功郎中、知制誥，官終秘書少監。工文辭，與杜甫、鄭虔友善。賞識元結、梁肅。詩文集俱佚。僅存數篇詩文。㉛即世　去世。㉜誄　悼念死者的文章。此用作動詞。㉝崔群　（七七二～八三二）字敦詩。唐貝州武城（今河北清河東北）人。貞元八年（七九二）進士，又舉賢良方正科。累官至中書舍人。憲宗元和十二年（八一七），拜中書侍郎、同平章事。為政寬平。後出為湖南觀察使。穆宗時，徵為御史大夫，出為武寧軍節度使。文宗時，官至吏部尚書。㉞陸贄　（七五四～八〇五）字敬輿。唐蘇州嘉興（今屬浙江）人。大曆進士。官監察御史。德宗即位，召為翰林學士。詔令多出其手。頗受德宗信任，外廷雖有宰相主持軍國大事，而贄常居中參裁，時號「內相」。但因言事激切，又為時相所不容，久不得為相。至貞元八年，始為中書侍郎、同平章事。後罷相，被貶忠州別駕。在州十年，深居簡出，避謗不著書。順宗即位，下詔召回，召書未至已卒。現存《翰苑集》（又名《陸宣公奏議》）為後人所編。㉟論交　結交；交朋友。此文作〈與崔群書〉。㊱考之百行而無瑕　一作「考之言行而無瑕尤」。㊲閫奧　亦作「閫隩」。比喻學問或事理的精微深奧所在。㊳畛域　界限；範圍。㊴明白　猶光明磊落。㊵淳粹　淳厚精粹。㊶輝光　指某方面的修養造詣。㊷唯吾君一人　一作「唯吾崔君一人」。㊸麤　同「粗」。㊹出入　指不同之處。㊺晦明　指明顯或深奧難懂。㊻無謂　不要以為；漫說。㊼劉駕　字司南。唐江東人。登大中六年進士第。官國子博士。㊽曹鄴　（約八一六～八七五）字業之，一作鄴之。唐桂州（治今廣西桂林）人。大中四年進士。歷官至祠部郎中、洋州刺史。詩人。詩多抒發不得志之慨，也有反映社會矛盾之作。原集已佚，有輯本《曹祠部集》二卷。㊾古風　詩體名。即「古體詩」、「古詩」。㊿諧　合。此有「順遂」之意。

【語　譯】杜甫與鄭虔相交，曾作詩贈給鄭虔。詩云：「袞袞諸公登上臺省，廣文先生官獨清冷。高第紛紛飽食粱肉，廣文先生飯食不足。先生有道出自羲皇，先生有才際遇屈宋。德尊一代常不得志，名垂萬古又有何用！杜陵野老人更譏嘲，短褐身窄兩鬢如絲。每日糴太倉五升米，時時赴鄭老同襟懷。有錢就來相邀，沽酒不要懷疑，忘形大呼爾汝，痛飲真是我師。清夜沉沉又動春酌，燈前細雨簷前飄落。但覺高歌當有鬼神，焉知餓死即填溝壑！相如逸才親洗酒器，子雲識字自投高閣。先生早賦歸去來辭，石田茅屋早生蒼苔。儒術於我究有何用？孔子盜跖俱化塵埃。不需聞此心中慘淡，生時相遇姑且舉杯。」另有一詩云：「廣文先生到官舍，繫馬廳堂臺階下。酒醉便即騎馬歸，頻頻遭受官長罵。聞名當時三十年，坐客椅下寒無氈。幸而賴得蘇司業，時時前來送酒錢。」後來鄭虔亡故，杜甫賦〈八哀〉詩，其中一章是追悼鄭虔的。

崔群字敦詩，貞元八年，陸贄榜下及第，與韓愈結為朋友。崔群任職宣州幕府時，韓愈在給崔群的信中論及友情時云：「考察言行舉止而沒有瑕疵，探究精微深奧的學問而沒有界限，光明磊落淳厚精粹，修養造詣日日長進，只有您一人。我雖愚昧淺陋一無所知，然也知道聖人之書，無所不讀，其中的精粗巨細、深奧精微的道理，雖不能全都領會，但也不能說我沒有涉及其源流。以此而推之，而廣之，實在是您出類拔萃，不要說我從哪裡得到啊！」

劉駕與曹鄴結為朋友，兩人都專攻古風詩。曹鄴在進士及第後，並未立即離京，而是等到劉駕也成名後一起離去，果然都順遂了平日志向。

毛傑❶與盧藏用❷書：「月日❸，雲夢子毛傑謹致書於盧公足下：傑聞君所貴者，道也；所好者，才也。故才高則披襟❹而論翰墨❺，道狎❻則言事而致❼談笑。必何雞鳴狗盜❽，始資僥倖❾之能；簞食瓢飲❿，不顧清虛⓫之用！自公立名休代⓬，博物⓭多能。帝曰爾諧⓮，擢為近侍⓯。所以從容禁省⓰，出入瑣闈⓱；忠弼⓲在躬⓳，優柔⓴薦㉑及。傑時在草莽㉒，運厄窮愁，思折俎㉓而無因，嗟掃門㉔而不逮。豈知群邪搆逆[25]，聯聲嗷嗷[26]；紫奪我朱[27]，遠詣惡土[28]。賴公神色自若，心行[29]不逾[30]；餌[31]芝朮[32]以養閒[33]，坐[34]煙篁[35]而收思。傑深鴻遠旅[36]，閔仲未歸[37]；留戀德音[38]，徘徊失路[39]。互鄉童子[40]，當願接於宣尼[41]；蘇門先生，竟未言於阮籍[42]。公于傑者如彼[43]，僕於公者若此[44]。百年朝夕，何事惜於交遊；四海兄弟，何必輕於行路[45]！賈生[46]不云乎：『達人大觀，物無不可；小智自私，賤彼貴我[47]。』況公拂衣[48]高尚，習靜[49]閑局[50]，世事都捐[51]，尤精道意[52]，豈有自私而已，無大觀者哉！儻能憐雲壑[53]，獎無知，愍[54]張良[55]小子，說鴻濛[56]之偈[57]，遺[58]黃石之書[59]，虛往實歸，霑霧露之微潤；裒[60]多益寡，落[61]邱山之一毫，則知足下之眷[62]深焉，小人之慶[63]畢[64]矣。」

盧答毛公：「毛子[65]足下：勤身[66]訪道，不毒氛瘴[67]，裹糧[68]鬼門[69]，放蕩[70]雲海，有足多矣。一昨[71]不遺[72]，猥辱[73]書禮[74]，期[75]我遐意[76]，詢於道真[77]，使人慚愧也。僕知之矣：士之生代[78]，則有冥志[79]深蔽[80]，滅木穹室[81]，鍊[82]九還[83]以咽氣[84]，味三秀[85]以詠言[86]；固將養蒙[87]全理[88]，不以能鳴[89]天性，則其上也。義感當途[90]，說動時主[91]，懷全德[92]以自達[93]，裂[94]山河以取貴，又其次也。至於誠信不申，忠孝胥缺[95]，獨禦[96]魑魅[97]，永投豺虎[98]；無面目以可數[99]，椎心膺[100]以問天，斯最下也。僕在壯年，常慕其上，先貞101後黷102，卒罹103憂患，負104家為孽105，置身於此，何顏復講道德哉！雖然，少好立言106，亟107聞長者之說：老而彌108篤109，猶憐薄暮110之晷111。加我數年，庶112無大過。覽莊生113鵾鵬之喻114，則乾坤龍馬115之旨可好矣；培風運海116，則六九之源117無差矣；隳118之正氣，則洗心藏119密有由120矣。開卷獨得，恬然121會真122，不知寰宇123之廖廓124，不知生之與謝125，斯亦曖昧126所守127，何必為是！儻吾人起予128指掌129，而說今之隱几130，不亦樂乎！道在稊稗131，無相阻132，曷133為區區134，過勞按劍135也！頃136風眩137成疾，下淚，復厲138筆力此還答，無所銓次139，淹遲140日期，庶141不我責142。盧藏用頓首143。」

【注釋】❶毛傑　據《直齋書錄解題》卷一六載：「《毛欽一集》二卷，唐荊州長林毛欽一撰。」長林，荊門軍屬縣。欽一上諸公書，自稱毛欽一，字傑，或時又以傑為名。唐人以字行者多矣。自號雲夢子，開元中人。❷盧藏用　字子潛。唐幽州范陽（今北京西南）人。以辭學著稱。善占卜，長於書法。約神龍年間進士，不得調，隱居終南山。長安中，徵為左拾遺。中宗、睿宗時，歷吏部、黃門、工部侍郎，尚書右丞。先天二年（七一三），因阿附太平公主，流放嶺表。隱居時即意在出仕，人稱隨駕隱士。登朝後，專事權貴，奢靡淫縱，世人譏之。開元初卒。原有集，已佚。❸月日　某月某日。❹披襟　推誠相與。❺翰墨　筆墨。借指文章。❻狎　接近；親近。❼致　引起；招致。❽雞鳴狗盜　典出《史記・孟嘗君列傳》。戰國時，齊國孟嘗君在秦為人質，秦昭王欲殺他，孟嘗君去向昭王的寵姬求救。寵姬要狐白裘，此裘孟嘗君在入秦時已獻給昭王，孟嘗君問隨行門客有什麼辦法能得到此裘，有一人能學狗盜，入夜藏入宮中，竊取狐白裘送給寵姬，她在昭王面前代孟嘗君求情，昭王釋放了孟嘗君。孟嘗君立即帶著隨從駕車朝東進發，半夜到達函谷關。城門規定雞鳴始開。孟嘗君門客中有人能學雞鳴，他一鳴，四周的雞都跟著鳴叫，城門一開，孟嘗君得以逃脫。後用「雞鳴狗盜」稱有卑微技能之人。❾僥倖　亦作「僥幸」。意外獲得成功或免除災難。猶幸運。❿簟食瓢飲　「簟」字誤。當作「簞」。語出《論語．雍也》：「一簞食，一瓢飲，在陋巷，人不堪其憂，回也不改其樂。賢者回也！」後用為生活簡樸，安貧樂道的典故。⓫清虛　清靜無為；清淨虛無。⓬休代　猶言「盛世」。⓭博物　此指學識廣博。⓮爾諧　猶言「合適」、「妥當」。⓯近侍　指盧藏用任左拾遺之職。《新唐書．百官志一》：「拾遺補闕，為近侍之最。」⓰禁省　指皇宮。⓱瑣闈　鐫刻連瑣圖案的宮中旁門。常指代宮廷。⓲忠弼　忠誠輔佐。⓳躬　自身；親身。⓴優柔　寬和溫厚。㉑薦　推薦；介紹。㉒草莽　草野；民間。指平民百姓。㉓折俎　古代祭祀、宴會時，殺牲肢解後置於俎上。俎，盛犧牲的禮器。引申為參與國家大典。㉔掃門　漢魏勃少時欲求見齊相曹參，貧無以自通，於是常早起為齊相舍人掃門。齊相舍人怪而為之引見。後以「掃門」為求謁權貴的典故。㉕遘逆　造反；發動叛亂。㉖嗷嗷　眾聲嘈雜。㉗紫奪我朱　語出《論語．陽貨》：「惡紫之奪朱也。」朱，正色。紫，間色。喻指邪奪正位。㉘惡土　險惡之地。此指嶺南。當時為荒僻之地。㉙心行　品行。此指內心。㉚不逾　不變。逾，超過。㉛餌　服食。㉜芝朮　藥草名。㉝養閒　在閒靜中養生。㉞坐　居住。㉟煙篁　竹子；竹林。㊱梁鴻遠旅　梁鴻為東漢初扶風平陵（今陝西咸陽西北）人。與妻孟光隱居霸陵山中，以耕織為業。後避禍吳地。因有「遠旅」之說。此為毛傑自況。㊲閔仲未歸　用閔貢故事。閔貢字仲叔，東漢太原（今屬山西）人。世稱節士。建武年間應司徒侯霸辟，至京。然侯霸不及政事，閔貢辭出，客居沛（今江蘇沛縣），以壽終。因有「閔仲未歸」之語。亦為毛傑自況。㊳德音　好名聲。㊴失路　不得志。㊵互鄉童子　語出《論語．述而》：「互鄉難與言，童子見，門人惑。」互鄉，地名。未詳所在。㊶宣尼　漢平帝元始元年追謚孔子為褒成宣尼公，後因稱孔子為宣尼。㊷蘇門先生二句　蘇門先生，指孫登。蘇門，山名。在河南輝縣西北。《晉書．阮籍傳》：「籍嘗於蘇門山遇孫登，與商略終古及棲神導氣之術。登皆不應，籍因長嘯而退。至半嶺，聞有聲若鸞鳳之音，響乎岩谷，乃登之嘯也。」阮籍（二一〇～二六三）三國魏文學家、思想家。字嗣宗，陳留尉氏（今屬河南）人。曾任步兵校尉，世稱阮步兵。與嵇康齊名。「竹林七賢」之一。與當權的司馬氏集團有矛盾。作品對當時黑暗現實多所譏刺。後人輯有《阮嗣宗集》。㊸彼　指孔子、孫登。㊹此　指童子、阮籍。㊺行路　路人。㊻賈生　賈誼（前二〇〇～前一六八），西漢洛陽人。政論家、文學家。世稱賈生。文帝初，召為博士，不久超遷太中大夫。後謫為長沙王太傅。後為梁懷王太傅。梁懷王墜馬死，他鬱鬱自傷，不久去世。才華橫溢，然不得志。原有集，已散佚，明人輯有《賈長沙集》。另傳有《新書》十卷。㊼達人大觀四句　出自賈誼〈鵩鳥賦〉：「小智自私兮，賤彼貴我；達人大觀兮，物無不可。」達人，豁達豪放的人。大觀，識見遠大。物無不可，對萬物一視同仁，無所不宜。小智，眼光短淺之人。賤彼貴我，以外物為賤，以己為貴。㊽拂衣　振衣而去。謂歸隱。㊾習靜　亦作「習靖」。謂習養靜寂的心性。亦指過幽靜生活。50閑局　亦作「閒局」。清閒的境界。51捐　棄。52道意　指道家無為的主旨。53雲壑　雲氣遮覆的山谷。此借指不得志之人。頗有自況的意味。54慜　同「愍」。哀憐。55張良　見卷一〈散敘進士〉8。56鴻濛　亦作「鴻蒙」。本指混沌、迷漫，此有廣大深奧之意。57偈　偈語。本指佛經中的唱頌詞，此有「學問」、「學說」義。58遺　贈。59黃石之書　相傳張良在博浪沙刺秦始皇失敗後，逃亡到下邳，在圯上遇一老父。老父授張良《太公兵法》。此老父即黃石公。《太公兵法》一說為《黃石公三略》。60裒　即褒。嘉獎；稱讚。61落　失；失去。62眷　垂愛；關愛。63慶　福澤。64畢　齊；全。65毛子　對毛傑的尊稱。66勤身　勞苦其身。67不毒氛瘴　不以氛瘴為毒。氛瘴，瘴氣。68裹糧　即「裹餱糧」。謂攜帶熟食乾糧，以備出征或遠行。69鬼門　喻指險惡的境地。70放蕩　猶浪遊、浪跡。71一昨　前些日子。此猶言「有些日子」。72不遺　指未通信息。73猥辱　謙詞。猶言承蒙。74書禮　此指書信。75期　希望；企求。76遐意　猶言「高見」。此指指點。77道真　謂道德、學問的真諦。78生代　謂生在世上。79冥志　靜心。80深蔽　猶言深山幽蔽之處。81滅木穹窒　猶言與外界完全斷絕往來。滅，淹沒。穹窒，完全堵塞。82鍊　修練。83九還　九轉，道家的煉丹之術。以九轉為貴。84咽氣　吐納呼吸。85三秀　靈芝草的別名。靈芝一年開花三次，故又名三秀。86詠言　吟詠。87養蒙　謂以蒙昧自隱，修養正道。88全理　成全性理。89鳴　震動；驚動。此指動搖。90當途　喻指執政大臣。91時主　當時的君主。92全德　道德上完美無缺。93自達　自己勉力以顯達。94裂　分；劃分。95胥　都；皆。96禦　抵禦。97魑魅　古謂能害人的山澤之神怪。此指荒涼、邊遠地區。98豺虎　豺虎出沒之地。99數　數說。100椎心膺　形容極度悲痛。101貞　忠貞。102黷　毀謗。103罹　遭遇。104負　連累；拖累。105孽　為害；災害。106立言　著書立說。或指提出某種見解。107亟　一再；屢次。108彌　更。109篤　專一。110薄暮　傍晚。111晷　日影；日光。意為更珍惜暮年的時光。112庶　或許；差不多。113莊生　即莊子（約前三六九～前二八六），名周。戰國時哲學家。宋國蒙（今河南商丘東北）人。做過蒙地方的漆園吏。道家的代表人物之一。為文汪洋恣肆，想像豐富，多寓言。著作有《莊子》。114鵾鵬之喻　《莊子・逍遙遊》：「北冥有魚，其名為鯤。鯤之大，不知其幾千里也；化而為鳥，其名為鵬。鵬之背，不知其幾千里也；怒而飛，其翼若垂天之雲。」鵾，即「鯤」。115乾坤龍馬　指乾坤八卦。《書・顧命》：「天球，河圖，在東序。」孔傳：「伏犧王天下，龍馬出河。遂則其文，畫八卦，謂之河圖。」116培風運海　語出《莊子・逍遙遊》：「是鳥也，海運則將徙於南冥。……故九萬里則風斯在下矣。」培風，即「憑風」，猶言「乘風」。運海，原作「海運」。海運即海動，大海翻滾奔騰。117六九之源　亦指乾坤八卦。在《周易》六十四卦中，每卦都由陽爻和陰爻配合組成。陽爻用「九」表示，陰爻用「六」表示，認為陰陽兩爻的對立象徵事物的運動和變化。118儐　儐引；引導。119

藏　懷藏；心懷。120由　原由；因由。121恬然　安然。122會真　領悟真諦。123寰宇　猶天下。124廖廓　同「寥廓」。高遠空曠。125生之與謝　生長代謝。126曖昧　不明。127守　遵奉；遵循。128起予　《論語・八佾》：「子曰：『起予者，商也，始可與言《詩》已矣。』」後因用為啟發自己之意。亦指啟發他人。129指掌　比喻事理淺顯易明或對事情非常熟悉了解。130隱几　憑几。几，几案。131道在稊稗　《莊子・知北遊》：「東郭子問於莊子曰：『所謂道，惡乎在？』莊子曰：『在稊稗。』」稊稗，似穀的草。132無相阻　猶言沒有能夠阻隔的。133曷　何。134區區　指微小、少。135按劍　以手撫劍。預示擊劍之勢。引申為奔走。136頃　近來。137風眩　眩暈的一種。又稱風頭眩。138厲　振奮。此為振作。139銓次　編排次序。此指條理。140淹遲　緩慢；遲緩。此指耽擱。141庶　希望。142不我責　不責我。143頓首　書簡表奏用語。表示致敬。多用於信尾。

【語　譯】毛傑給盧藏用的信寫道：「某月某日，雲夢子毛傑謹致書盧公足下：我聽說您所貴重的，是道；您所喜愛的，是才。所以才高則推誠相見而論及翰墨文章，道近則議論國事而引致談笑風生。何必一定要雞鳴狗盜卑微之技，以助幸運之能；簞食瓢飲安貧樂道，不顧清虛之用！自您立名於盛世，學識淵博多才多能。天子頗為稱譽，擢拔為近侍之官。所以能從容於禁省，出入於宮廷；忠誠輔佐事事親歷，寬和溫厚處處顧及。我那時身處草莽，時運困厄窮愁不堪，思欲為國盡力卻沒有依靠，嗟嘆求謁拜見而無法實現。又豈知群小誣陷，群起而攻之，紫之奪朱，邪奪正位，而您遠赴險惡之地。所幸您神色自若，內心不變，服食芝朮而靜心養生，端坐煙篁而收拾思緒。我如梁鴻他鄉羈旅，閔仲客居未歸；留戀於好名聲，徘徊而不得志。互鄉童子，當願意接受孔子的教誨；蘇門先生，竟未能開口與阮籍交談。您對於我猶如孔子和孫登，我對於您就像童子和阮籍。百年歲月譬如朝夕，因何吝惜於交遊；四海之內皆是兄弟，何必相輕如路人。賈誼不就說過：『豁達豪放之人，識見遠大，於萬物一視同仁，無所不宜；眼光短淺之人，自私卑微，事事以外物為賤，以己為貴。』更何況您歸隱山林品行高尚，習養心性置身幽境，於世事棄置不問，尤精於道家意旨，豈能只有自私之念，而無遠見卓識！倘若您能憐惜困厄之士，獎掖無知之人，哀憐張良小子，解說深奧偈語，饋贈黃石之書，空手而往，滿載而歸，能夠霑染您霧露的些微潤澤；獎譽所多，增益所缺，哪怕損失您邱山的一絲一毫，就知道您對我的關愛之深，我的福澤的周全了。」

盧藏用在給毛傑的覆信中寫道：「毛公足下：苦其身而訪道，不以瘴氣為毒，攜糧於險惡之地，浪跡於雲海之間，實在是很滿足了。有些日子未通音信，承蒙惠書，希望我能給予指點，尋求道德、學問的真諦，使我深感慚愧。我已感悟到了：士人在世，有的靜心深山幽藪之處，與外界完全斷絕往來，修練九轉而吐納呼吸，品味靈芝而吟詠長嘯；固然是要修養正道成全性理，並不因為有所能而動搖天性，這是上等境界。德義感動在位大臣，學問驚動當時君主；懷有美德而得以顯達，據有疆土而取得富貴，這是次一等的境界。至於誠信不得申展，忠孝又都欠缺，獨處偏僻荒遠之區，長投豺虎出沒之地；沒有顏面可以數說，捶擊心胸以問蒼天，這是最下等的情況。我正值壯年，常欽羨那上等境界，但早先因忠貞為主而被毀謗，終於遭遇憂患，拖累家室給他們帶來禍害，置身這荒僻之地，還有何顏面再來講求道德呢！雖然如此，但我年輕時即好立言，又屢屢聽聞長者的學說；到老了更加專一，更珍惜暮年時光。如果增加我數年年壽，或許就能沒有大的過錯了。觀看莊子關於鯤鵬的比喻，則乾坤八卦之主旨就容易理解了；看了關於培風運海的描寫，則六九陰陽的源流也認識不差了；引導正氣，則洗滌心胸、心懷縝密就有來由了。開卷獨自有得，安然領悟真髓，而不知天下之遼闊，不知生死代謝，這也是不明於所信奉的操守，也不必以此為是！倘若我輩能從淺顯的事理中得到啟發，憑几而說古論今，不也很快樂嗎！所謂的『道』，在卑微之處，沒有什麼能夠阻隔，又何必為這區區小事，有勞您如此費神呢！近來因風眩成疾，不停流淚，現在重新振作精神給您寫信作答，很沒有條理，又耽擱了時日，希望不要責怪我。盧藏用頓首。」

方干師徐凝❶。干常刺凝曰：「把得新詩草裡論。」反語曰：「村裡老李頻❷師。」方干後頻及第。詩僧清越贈干詩云：「弟子已得桂，先生猶灌園。」

韓文公❸名播天下，李翺❹、張籍❺皆升朝籍❻，北面❼師之，故愈答崔立之❽

書曰：「近有李翺、張籍者，從予學文。」翺與陸傪❾員外書亦曰：「韓退之之文，非茲世之文也，古之文也；其人非茲世之人，古之人也。」後愈自潮州❿量移⓫宜春郡⓬，郡人黃頗⓭師愈為文，亦振大名。頗嘗覩盧肇⓮為碑版⓯，則唾⓰之而去。案實錄⓱：愈與人交，其有淪謝⓲，皆能卹其孤，復為畢婚嫁，如孟東野⓳、張籍之類是也。

李義山⓴師令狐文公㉑，呼小趙公㉒為「郎君」㉓，於文公處稱「門生」。

【注釋】❶方干師徐凝　此條疑有誤。據《登科記考》卷二二，大中八年進士李頻下注引：《摭言》：「李頻師方干，頻及第，詩僧清越贈干詩云：『弟子已得桂，先生猶灌園。』」及下文有「方干後頻及第」之語，似以「李頻師方干」為是。錄以備考。又，方干從未曾及第。《全唐詩》卷六四八〈方干小傳〉云：「方干，字雄飛。新定人。徐凝一見器之，授以詩律。始舉進士，謁錢塘太守姚合，合視其貌陋，甚卑之。坐定覽卷，乃駭目變容。……咸通中，一舉不得志，遂遯會稽。……歿後十餘年，宰臣張文蔚奏名儒不第者五人，……干其一也。後進私謚曰玄英先生。」由此可知。徐凝，睦州（今浙江建德東北）人。元和中官至侍郎。❷李頻　字德新。睦州壽昌人。大中八年（八五四）進士及第。官至南陵主簿，武功令。❸韓文公　韓愈。注見本篇「隴西李舟」段㊶。❹李翺　見卷二〈置等第〉❼。❺張籍　見卷三〈散序〉(53)。❻朝籍　在朝官員的名冊。❼北面　面向北。謂拜人為師、行弟子敬師之禮。❽崔立之　字斯立。貞元四年（七八八）進士及第。六年中博學宏詞科。官大理評事。❾陸傪　字公佐。吳郡人。官侍御史、祠部員外郎、歙州刺史。❿潮州　今屬廣東。韓愈於元和十四年（八一九）上書諫迎佛骨，貶為潮州刺史。⓫量移　多指官吏因罪遠謫，遇赦酌情調遷近處任職。⓬宜春郡　今屬江西。⓭黃頗　見卷二〈為等第後久方及第〉❸。⓮盧肇　見卷三〈慈恩寺題名遊賞賦詠雜紀〉「周墀任華州刺史」段㊽。⓯碑版　指碑碣上所刻的志傳文字。此指撰寫碑文。⓰唾　用作動詞。吐唾沫。極為輕視。⓱實錄　封建時代編年史的一種，專記某一皇帝統治時期的大事。至唐初由史臣撰已故皇帝一朝政事為實錄，成為定制。後世沿之。⓲淪謝　去世。⓳孟東野　孟郊

（七五一～八一四），字東野。唐湖州武康（今浙江德清）人。少隱居嵩山。貞元十二年，年近五十始登進士。歷官溧陽尉、河南水陸轉運判官、興元軍參謀等職。酷愛吟詩，詩風質樸自然，感情深摯。多苦寒之音。與韓愈交誼頗深。與賈島齊名，有「郊寒島瘦」之稱。有《孟東野詩集》。⑳李義山　李商隱（約八一三～約八五八），字義山，號玉谿生。唐懷州河內（今河南沁縣）人。早年喪父，門庭衰落。大和三年（八二九），被天平軍節度使令狐楚辟為從事，並從學駢文，遂以擅長今體奏章名世。開成二年（八三七）進士。曾任縣尉、秘書郎和東川節度使判官等職。因受牛李黨爭影響，被人排擠，潦倒終身。生值晚唐，關心政治，反對藩鎮割據、宦官擅權。但懷才不遇，故詩中多帶傷感情調。〈無題〉詩為其獨創之格，然多朦朧晦澀，諸家解釋不一。擅長律、絕，富於文采。有《李義山詩集》存。文集已散佚，後人輯有《樊南文集》。㉑令狐文公　令狐楚，見卷二〈爭解元〉❹。㉒小趙公　令狐綯（八〇二～八七九），字子直。令狐楚子。太和四年（八三〇）進士。累官戶部員外郎、湖州刺史。宣宗時，召為翰林學士，遷戶部侍郎。大中四年（八五〇），以兵部侍郎同平章事，輔政十年。懿宗時，充河中節度使，遷揚州大都督府長史、淮南節度副使。後為鳳翔節度使，封趙國公。因稱小趙公。㉓郎君　漢制，二千石以上官員得任其子為郎，後來門生故吏因稱長官或師門子弟為郎君。

【語譯】方干拜徐凝為師。方干曾有詩譏刺徐凝說：「把做就的新詩到草叢裡去談論。」這句詩的反語是：「村裡老人以李頻為師。」方干在李頻之後進士及第。詩僧清越有詩贈給方干云：「弟子已經折得桂枝，先生猶在澆灌園圃。」

文公韓愈名揚天下，李翺、張籍等皆已在朝為官，二人還拜韓愈為師。故而韓愈在給崔立之的信中說：「近來有李翺、張籍諸人，在跟著我學做文章。」李翺在給陸傪員外的信中也說：「韓退之的文章，不是今世的文章，而是古代的文章；他這個人也不像是現在的人，而像是古時候的人。」後來韓愈從潮州調遷到宜春郡，郡人黃頗拜韓愈為師學文章，也名聲大振。黃頗曾看盧肇撰寫碑文，不屑一顧，揚長而去。據實錄記載，韓愈與人交往，其友人中有人去世，他都能撫恤其子女，又為他們辦理婚嫁之事，像孟郊、張籍等人都是如此。

李商隱拜文公令狐楚為師，稱呼趙國公令狐綯為「郎君」，在令狐楚面前自稱「門生」。

義氣

【題解】士人相交，貴在相知。此所記數事，頗能見出唐代士人中急人之難、扶危濟困的慷慨任俠之氣。

郭代公❶年十六，入太學❷，與薛稷❸、趙彥昭❹為友。時有家信至，寄錢四十萬以為學糧。忽有一衰服❺者叩門云：「五代未葬，各在一方，今欲同時舉大事，乏於資財。聞公家信至，頗能相濟否？」公即命以車，一時載去，略無留者，亦不問姓氏。深為趙、薛所誚❻。元振❼怡然曰：「濟彼大事，亦何誚焉！」其年，為糧食斷絕，竟不成舉。

熊執易❽赴舉，行次潼關，秋霖❾月餘，滯於逆旅。俄聞鄰居有一士吁嗟數四，執易潛伺❿之，曰：「前堯山令樊澤⓫舉制科，至此，馬斃囊空，莫能自進！」執易造焉，遽輟⓬所乘馬，倒囊濟之。執易其年罷舉，澤明年登科。

代公⓭為通泉縣尉，掠賣⓮千餘人以供過客⓯。天后⓰異之，召見，大愜⓱聖旨。并口占⓲〈古劍〉一篇⓳以進。上奇之，命繕寫，當直學士⓴。

楊虞卿㉑及第後，舉三篇，為校書郎。來淮南就李鄘㉒親情㉓，遇前進士陳商㉔，啟護㉕窮窘，公未相識，問之，倒囊以濟。

李北海㉖年十七，攜三百縑㉗就納㉘國色㉙，偶遇人啟護，傾囊救之。

許棠㉚久困名場，咸通㉛末，馬戴㉜佐大同軍幕㉝，棠往謁之，一見如舊相識。留連數月，但詩酒而已，未嘗問所欲。一旦，大會賓友，命使者以棠家書授之；棠驚愕，莫知其來。啟緘㉞，即知戴潛遣一介䘏㉟其家矣。

贊㊱曰：孰㊲以顯廉？臨財不苟㊳。孰以定交？宏道則久。窮乃益堅㊴，達以胡有㊵！無得無喪，天長地久。君子行之，小人則否。

【注釋】❶郭代公　郭震。見卷一〈兩監〉⓬。❷太學　傳授儒家經典的最高學府。❸薛稷　（六四九～七一三）字嗣通。唐蒲州汾陰（今山西萬榮西南）人。以辭章書畫知名。官至禮部郎中、中書舍人。睿宗立，遷太常少卿，封晉國公。再遷黃門侍郎，參知機務，改中書侍郎。終官太子少保。後坐太平公主事，賜死。工隸書。後人因此將他與歐陽詢、虞世南、褚遂良並稱四大書家。❹趙彥昭　字奐然。唐甘州張掖（今屬甘肅）人。少以文辭知名。進士出身。景龍三年（七〇九），官中書侍郎、同平章事。睿宗即位，出為涼州都督。遷刑部尚書，封耿國公。後郭震劾其事女巫，會姚崇執政，惡其為人，貶江州別駕。❺衰服　喪服。此用作動詞，身穿喪服。❻誚　責備；譏刺。❼元振　即郭震。以字行。❽熊執易　建中四年（七八三）進士及第。後又登賢良方正、能言極諫科。通九經。授西川節度推官。❾秋霖　連綿不斷的秋雨。霖，久雨。❿潛伺　暗中等候。⓫樊澤　字安時。唐河中（治今山西永濟）人。相衛節度使舉為堯山令。建中元年（七八〇）舉賢良方正科，登上第。擢左補闕。累遷山南東道司馬，就拜節度使。貞元三年（七八七）為荊南節度使。復徙山南東道，加檢校尚書、右僕射。卒，贈司空，謚「成」。⓬輟　讓；讓出。⓭代公　即郭震（郭元振）。⓮掠賣　劫掠販賣。⓯客　賓客。賓指過往官員。⓰天后　即武則天（六二四～七〇五）。唐并州文水（今山西文水東）人。高宗皇后，武周皇帝。西元六九〇～七〇五年在位。原為太宗才人。太宗死，入感業寺為尼。永徽初，高宗復召入宮，為昭儀。六年（六五五）立為皇后。顯慶五年（六六〇），高宗病重，參決國政。上元元年（六七四）稱天后。高宗死，中宗立，為皇太后，臨朝稱制。旋廢中宗，立睿宗，自總朝政。天授元年（六九〇），改唐為周，稱聖神皇帝，改名曌。在位期間，嚴厲鎮壓政敵，任用酷吏，大開告密之門，唐宗室及舊臣慘遭冤殺者甚眾。然拔擢人才，重視農業，經濟有所發展。晚年病重，張柬之等發動政變，擁中宗復位。她臨終遺命去帝號，與高宗合葬乾陵。⑰愜　快心；滿足。⑱口占　謂作詩文不起草稿，隨口而成。⑲古劍一篇　《全唐詩》卷六六有郭震〈古劍篇〉，較長，不錄。⑳當直學士　似有脫漏。據《新唐書．郭震傳》：「（武后）既與語，奇之。索所為文章，上〈寶劍篇〉，后覽嘉歎，詔示學士李嶠等。」似為「示當直學士」。㉑楊虞卿　（？～八三五）字師皋。唐虢州弘農（今河南靈寶）人。元和五年進士，又登宏詞科。累遷監察御史。太和年間，累遷給事中。阿附權貴，與李宗閔唱和，時號黨魁。七年（八三三）李宗閔罷，出為常州刺史。次年，李宗閔復相，召為工部侍郎。遷京兆尹。九年，貶虔州司戶。㉒李鄶　當為李鄘。《登科記考》卷一八「楊虞卿」下注引《摭言》：「楊虞卿及第後舉宏詞，為校書郎，來淮南就李鄘婚姻。……」又，據《新唐書．李鄘傳》，李鄘於元和五年（八一〇），出任淮南節度使，在任七年，與楊虞卿事相符。又《新唐書．楊虞卿傳》：「……為校書郎，抵淮南委婚幣。」則李鄶當為李鄘無疑。㉓親情　親事；婚嫁之事。㉔陳商　字述聖。元和九年（八一四）登進士第。累官至諫議大夫、禮部侍郎，兩知貢舉，出為節鎮。㉕啟護　請求他人接濟。㉖李北海　李邕（六七八～七四七）字太和。唐揚州江都（今江蘇揚州）人。有文名。武則天時，拜左拾遺。玄宗時，為御史中丞，歷陳、括、淄、滑等州刺史，汲郡和北海太守，故稱李北海。天資豪放，不矜細行，終為李林甫所害。今存《李北海集》六卷。其書法氣體高異，擅以行楷寫碑，取法王羲之父子，並有創造，自成體系，對後世書法影響較大。有《李思訓碑》等。㉗縑　雙絲織的淺黃色細絹。㉘就納　指納妻。即娶妻。㉙國色　指容貌美麗的女子。㉚許棠　字文化。唐宣州涇（今安徽涇縣）人。咸通十二年（八七一）進士及第，時已年近五十。任涇縣尉。㉛咸通　（八六〇～八七三）唐懿宗年號。㉜馬戴　一作馬載，字虞臣。華州（陝西華縣）人。會昌四年（八四四）進士。與項斯、趙嘏同榜，俱有盛名。㉝大同軍幕　在大同軍中任幕僚。大同城，隋為防禦突厥所築。在今內蒙古烏拉特前旗東北。唐代稱永濟柵，亦作永清柵。㉞緘　書函；書信。㉟卹　救濟；接濟。㊱贊　文體名。用於讚頌人物等。多為韻語。㊲孰　疑問代詞。此有怎麼、怎樣的意思。㊳臨財不苟　語出《禮記．曲禮上》。謂面對錢財不隨便求取，廉潔自好。㊴窮乃益堅　即「窮當益堅」。語出《後漢書．馬援傳》。謂處境越困頓，意志應當更加堅定。㊵胡有　大有（所得或作為）。胡，遠；大。《逸周書．謚法》：「胡，大也。」

【語　譯】郭代公元振十六歲時，入太學讀書，與薛稷、趙彥昭是朋友。當時有家信寄來，告訴他寄來錢四十萬作為讀書的錢糧費用。忽然有一個身穿喪服的人前來叩門，並說：「我家中有五代先人未能下葬，暫時各置一方，現在打算為其辦理下葬大事，但缺少錢財。聞說您家信到，給您送來了錢款，是否能接濟我呢？」郭元振當即命人用車將四十萬錢全都裝去，一點也沒有留下，也沒有詢問此人的姓名。郭元振此舉深被趙彥昭、薛稷譏嘲。但郭元振怡然自若，說：「我接濟他辦大事，又有什麼可譏笑的呢！」這年，因為錢糧斷絕，最終未能參加考試。

熊執易進京應試，行至潼關，正遇秋雨連綿，月餘不止，滯留在旅舍。不久聽到鄰屋中有一士人長吁短歎，熊執易暗暗等他，並問他發生什麼事。那人回答道：「我是前堯山縣令樊澤，到京城應賢良方正科的考試，到此地，馬死囊空，無法前進。」熊執易聽後，即去拜訪此人，並將自己的馬送給他，又傾囊相助。熊執易結果此年未能應試，而樊澤第二年登科。

郭代公元振為通泉縣尉時，曾劫掠販賣千餘人，所得錢款供給過往的官員、賓客。武則天得知後十分驚異，召見問話，很得武則天賞識。郭元振又口占〈古劍〉一篇進獻給武則天，則天大為讚賞，命郭元振將此詩繕寫，並給當值的學士看。

楊虞卿進士及第後，連試三場，登宏詞科，被任為校書郎。他前往淮南李鄘處送婚娶之錢物，遇到前進士陳商，陳商窮困，請求接濟，楊虞卿當時不認識陳商，問明情況後，傾囊相助。

李北海年十七，攜帶三百匹縑去岳父家娶妻，偶然在路上遇到人請求接濟，李邕傾囊相救。

許棠久困場屋，咸通末，馬戴在大同軍中任幕僚，許棠前去拜謁。兩人一見即如舊時相識。許棠在那裡留連數月，只是詩酒唱和而已，馬戴從來沒有問過許棠有何要求。一日早上，馬戴大會賓友，席間，命使者把許棠的家信交給他。許棠接信十分驚奇，不知家信如何寄來。待他拆開書信，才知馬戴暗地裡派人去接濟他家了。

贊曰：怎樣來顯示清廉？面對錢財廉潔自好。怎樣去結交朋友？宏揚道義則能久遠。處境困頓志節更堅，曠達顯貴事業大有！無得無失，天長地久。君子能夠做到，小人則不能夠。

卷五

切磋

【題解】「切磋」一詞，出自《詩・衛風・淇奧》：「有匪君子，如切如磋，如琢如磨。」後來，將切磋比喻道德學問方面相互研討勉勵。此條中，有若干段落確實能見到相互探討的情景。但也應指出，有些段落並未涉及文章的切磋。此條篇幅較長，分為若干段。

大居守李相❶讀《春秋》，誤呼叔孫婼❷敕畧❸為婼敕畧，日讀一卷，有小吏侍側，常有不懌❹之色。公怪問曰：「爾常讀此書耶？」曰：「然。」「胡為聞我讀至此而數色沮❺耶？」吏再拜言曰：「緣某師授，誤呼文字；今聞相公呼婼敕畧為婼敕畧，方悟耳。」公曰：「不然。吾未之師❻也，自檢《釋文》❼而讀，必誤在我，非在爾也。」因以釋文示之。蓋書「畧」字以「田」加首，久而成「各❽」，「日」配「咎」為「晷」。小吏因委曲❾言之。公大慚愧，命小吏受北面之禮❿，號為「一字師」。

韓文公⑪著〈毛穎傳〉⑫，好博簺⑬之戲。張水部⑭以書勸之，凡三書。其一曰：「比⑮見執事⑯多尚⑰駮雜⑱無實之說，使人陳之於前以為歡，此有累⑲於今德⑳。又高論之際，或不容人之短，如任私尚勝㉑者，亦有所累也。先王㉒存六藝㉓，自有常㉔矣，有德者不為，猶不為損；況為博簺之戲，與人競財乎！君子固不為也。今執事為之，以廢棄時日，籍實不識其然。」文公答曰：「吾子譏吾與人言為無實駮雜之說，此吾所以為戲㉕耳，比之酒色，不有間㉖乎！吾子譏之，似同浴而譏裸體也。若高論㉗不能下氣㉘，或似有之，當更思而誨㉙之耳。博簺之譏，敢㉚不承教㉛！其他俟相見。」

【注釋】❶大居守李相　似指李石。據《新唐書》卷一三一，李石與其弟李福均拜中書門下平章事，又都曾分司東都，故暫定為李石，尚待考。居守，官名。留守的別稱。李石、李福均任過東都留守。❷叔孫婼　春秋時魯國大夫。❸敕畧　及下文「敕畧」都是注字讀音的反切，即取上字的聲母，取下字的韻母，但因古今語音的變化，無論四聲、聲母、韻母都有些變化。「敕畧」按當時的反切讀chuò，「敕畧」則讀chuǐ。因而，在原文下注出反切上字和反切下字以示區別。❹懌　喜悅；快樂。❺沮　沮喪。❻未之師　未師之。沒有向老師學過。❼釋文　當指唐陸德明（約五五〇～六三〇）的《經典釋文》。此書博采漢魏六朝音切，凡二百三十餘家，又兼采諸家訓詁，考證各本異同而撰成，是漢魏六朝以來群經音義的總匯。❽各　此似為「咎」，不然於義不通。❾委曲　委婉；婉轉。❿北面之禮　即小吏面朝南，李石面朝北行禮。⓫韓文公　韓愈。⓬毛穎傳　韓愈散文中的名篇。此文以擬人化的手法為毛筆立傳，構思奇特，筆力恣肆，看似遊戲筆墨，實則寓莊於諧，又不時迸發出憤世嫉俗之氣。此文備受後人推崇。⓭博簺　即「博塞」。指六博、格五等博戲。博戲用骰子曰博，不用曰塞。但此當指嬉笑怒罵的文字遊戲。⓮張水部　張籍。曾任水部員外郎，世稱張水部。見卷三〈散序〉(53)。⓯比　近來。⓰執事　對對方的敬稱。⑰尚　愛好。⑱駁雜　混雜不純。⑲累　牽連；妨礙。⑳令德　美德。㉑任私尚勝　任由私性誇耀能壓過他人。勝，欺陵。㉒先王　上古賢明君王。㉓六藝　指古代教育學生的六種科目，也謂六種技能。即禮、樂、射、御、書、數。㉔常法度。㉕戲　遊戲文字。然此中亦含有譏嘲之意。㉖間　差別；距離。㉗高論　當作「商論」。磋商討論。㉘下氣　平心靜氣。㉙誨　通「悔」。改悔。㉚敢　豈敢。㉛承教　謙詞。接受教誨。

【語譯】大居守李相國讀《春秋》，誤讀叔孫婼敕晷為婼敕晷，每天讀一卷，有一小吏在邊上侍候，常常有不高興的神色。李相國感到奇怪，因而問他道：「你也常讀此書嗎？」小吏答道：「是的。」李相國說：「為什麼聽我讀到此處而每每神色沮喪呢？」小吏拜了兩拜，說道：「這是因為我的老師在授課時，誤讀文字，現在聽相國讀婼敕晷為婼敕晷，方才明白。」李相國說：「未必。我沒有向老師學過，自己查看了《經典釋文》就讀了，錯誤肯定在我，而不在你。」於是拿《經典釋文》給他看。這是因為書寫「晷」字，以「田」字加在「各」字上面，久而成「日」、「咎」，「日」配「咎」就成了「晷」。小吏於是委婉地對李相國作了解釋，李相國頗為慚愧，命小吏面南站立，自己面朝北向他行禮，並稱他為「一字師」。

韓愈寫〈毛穎傳〉，喜好博簺的遊戲。張籍寫信進行勸說，共寫過三封信。其中一封信寫道：「近來見您多喜愛混雜不純虛浮不實之說，讓人陳放在面前以為十分高興，這樣做對您的美德有所妨礙。而且高談闊論之際，倘或不能容人之短，而如果任由自己的性情，誇耀能夠壓過別人，也會對您有所妨礙。上古賢明君王存留六藝，自有法度，有德行的人不去做，還不能算有什麼損失；何況去做博簺之類的遊戲，去與他人爭奪錢財呢！這實在是君子所不去做的。現在您做了，這是在荒廢時日，我實在不明白這樣做的原委。」韓愈在覆信中寫道：「您譏刺我對人說那虛浮不實混雜不純之說，這正是我故意的文字遊戲啊。與喜好酒色相比，不是還有距離嗎！您譏刺我的文章，則好像是在一起沐浴而譏笑別人裸體啊！如果磋商討論而不能平心靜氣，這樣的情況或許也是有的，我當再深思而改過。對於您信中的『博簺』的譏刺，豈敢不接受教誨！其他事情待相見時再敘談。」

羊紹素❶夏課❷有〈畫狗馬難為功賦〉，其實取「畫狗馬難於畫鬼神」之意也，投表兄吳子華❸。子華覽之，謂紹素曰：「吾子此賦未嘉。賦題無鬼神，而賦中言鬼神。子盍為『畫狗馬難於畫鬼神賦』，即善矣。」紹素未及改易，子華一夕成於腹笥❹。有進士韋彖❺，池州九華人，始以賦卷謁子華。子華聞之，甚喜。彖居數日，貢一篇於子華，其破題❻曰：「有丹青❼二人，一則矜能❽於狗馬，一則誇妙❾於鬼神。」子華大奇之，遂焚所著，而紹素竟不能以己下之❿。其年，子華為彖取府元⓫。

陳嶠⓬謁安陸鄭郎中諴⓭，三年方一見。諴從容⓮謂嶠曰：「識閔廷言⓯否？」嶠曰：「偶未知聞。」諴曰：「不妨與之還往，其人文似西漢。」

吳融⓰，廣明、中和⓱之際，久負屈聲⓲；雖未擢科第，同人⓳多贄謁⓴之如先達㉑。有王圖㉒，工詞賦，投卷凡旬月，融既見之，殊㉓不言圖之臧否㉔，但問圖曰：「更曾得盧休㉕信否？何堅臥㉖不起，惜哉！融所得，不如也！」休，圖之中表，長於八韻㉗，向與子華同硯席，晚年拋廢㉘，歸鏡中別墅。

【注釋】❶羊紹素　乾寧五年（八九八。其年八月改元光化）狀元。事跡未詳。❷夏課　唐代舉子，落第後寄居京師過夏，課讀為文，謂之「夏課」。其間所作詩文，亦稱「夏課」。❸吳子華　吳融字子華。注見⓰。❹腹笥　語出《後漢書・邊韶傳》：

「邊為姓，孝為字，腹便便，五經笥。」笥，書箱。後因稱腹中所記之書籍和所有的學問為「腹笥」。此指腹中。❺韋象　字象先。唐貴池人。乾寧四年進士。❻破題　唐宋時應舉詩賦和經義的起首處，須用幾句話說破題目要義，叫破題。後來明清時的八股文頭兩句，亦沿稱破題，並成為一種固定的程式。❼丹青　畫工的代稱。❽矜能　誇耀自己的才能。❾詩妙　詩讚自己的妙處。❿以己下之　謂降低自己的身分向人求教。⓫府元　科舉時代府試第一名。又，一本作「府解」。唐代府州貢舉士子會試於京師稱為府解。此以「府解」為妥。⓬陳嶠　字延封。光啟二年（八八六）進士。事跡未詳。僅知其在五代十國時在閩任殿中侍御史。⓭鄭郎中諴　鄭諴，一作鄭誠。字申虞。閩縣（今福建閩侯）人。會昌二年（八四二）進士及第。歷刑部郎中，郢、安、鄧三州刺史。⓮從容　悠閒舒緩，不疾不徐。⓯閔廷言　未見著錄。⓰吳融　（？～九〇三）字子華。唐越州山陰（今浙江紹興）人。求功名二紀，年將四十，於昭宗龍紀元年（八八九）及進士第。累官侍御史、翰林學士、中書舍人，卒於翰林承旨。⓱廣明中和　（八八〇）（八八一～八八四）唐僖宗年號。⓲屈聲　受屈而形成的聲譽。⓳同人　志同道合的朋友。⓴贄謁　猶言拿著文章求見。贄，贄物；贄文。㉑先達　有德行學問的前輩。㉒王圖　未見著錄。㉓殊　竟；竟然。㉔臧否　品評；褒貶。㉕盧休　事跡未詳。《全唐詩》卷七九五存殘詩一首。㉖堅臥　謂隱居，堅不出仕。㉗八韻　指詩。即詩有八韻。㉘拋廢　荒廢。

【語譯】羊紹素在京所作夏課有〈畫狗馬難為功賦〉，其實是取「畫狗馬難於畫鬼神」之意。將此賦投交表兄吳融，吳融看後，對羊紹素說：「你這篇賦不算太好。賦題中沒有鬼神之字，而賦中卻講的是鬼神。你何不將題目改為『畫狗馬難於畫鬼神賦』，那就好了。」羊紹素還沒有來得及修改，吳融只一個晚上便打好了腹稿。有進士韋象，池州九華人，起初以賦卷拜謁吳融。吳融聽說後，十分高興。韋象過了幾天，又獻了一篇賦給吳融，在此賦的破題中寫道：「有畫師二人，一個誇耀自己擅畫狗馬的技能，另一個則誇讚自己所畫鬼神的妙處。」吳融大為稱奇，於是將自己所寫的賦焚毀，而羊紹素卻不肯謙虛地向韋象求教。那年，吳融將韋象錄取參加京中的會試。

陳嶠拜謁安陸鄭郎中諴，前後三年，才得一見。鄭諴不疾不徐地對陳嶠說：「你認識閔廷言嗎？」陳嶠說：「恰巧未能聽說。」鄭諴說：「你不妨與他交往，此人文章似西漢人風格。」

吳融，在廣明、中和年間屢試不中，久負屈才的名聲。他雖然未登科第，但同道中人多拿著文章去拜謁他，將他視為有德行學問的前輩。有一人叫王圖，工詞賦，呈遞賦卷有些時日。後來吳融見了王圖，竟沒有對王圖的詩賦加以品評，只是問王圖說：「你近來又得到過盧休的信嗎？為何他堅不出仕？太可惜了！我所寫的詩賦文章，不如他！」盧休，是王圖的中表之親，長於詩賦，早年與吳融一起讀書，晚年後荒廢了，回到他的鏡中別墅去了。

李翺❶與陸傪❷書：「李觀❸之文章如此，官止於太子校書，年止於二十九，雖有名於時俗❹，其卒❺深知其至❻者，果誰哉！信乎天地鬼神之無情於善人，而不罰罪也甚矣！為善者將安所歸乎？翺書其人，贈於兄；贈於兄，蓋思君子之知我也。予與觀平生不得相往來，及其死也，則見文，嘗謂：使李觀若永年❼，則不遠於揚子雲❽矣！書己之文次❾，忽然若觀之文，亦見於君也；故書〈苦雨賦〉綴於前。當下筆時，復得詠其文，則觀也雖不永年，亦不甚遠於揚子雲矣。書〈苦雨〉之辭，既又思：我友韓愈，非茲世之文，古之文也；非茲世之人，古之人也。其詞旨❿，其意適⓫，則孟軻⓬既沒，亦不見有過於斯者。當下筆時，如他人疾書之。寫誦文⓭，不是過⓮也。其詞乃能如此，嘗書其一章曰〈獲麟解〉，其他亦可以類知也。窮愁不能無述，適有書寄弟正辭⓯，及其終，亦自覺不甚下尋常之所為者，亦以贈焉。亦唯讀觀、愈之詞，冀一詳焉。翺再拜。」

167 磋切

李元賓⑯與弟書曰：「年不甚幼，近學何書？擬應明經⑰，為復有文⑱。明經世傳⑲，不可墜⑳也。文貴天成㉑，強㉒不高也。二事並良，苟事立，汝擇處高㉓。」

景福㉔中，江西節度使鍾傳㉕遣僧從約㉖進《法華經》㉗一千部，上待之恩渥㉘有加，宣從約入內賜齋，面錫㉙紫衣一副。將行，太常博士戴司顏㉚以詩贈行。略曰：「遠來朝鳳闕，歸去戀元侯㉛。」時吳子華㉜任中諫㉝，司顏仰公之名，志在屬和，以為從約之資㉞。融覽之，拊掌大笑曰：「遮㉟阿師㊱更不要見，便把拽㊲出得！」其承奉㊳如此矣。

【注釋】❶李翺　見卷二〈置等第〉❼。❷陸傪　見卷四〈師友〉「方干師徐凝」段❾。❸李觀　見卷一〈廣文〉❽。❹時俗　猶世上、世間。❺率　語氣助詞。❻至　最好；善。❼永年　長壽。❽揚子雲　即揚雄。見卷四〈師友〉「杜工部交鄭廣文」段㉑。❾次　間；際。書己之文次，猶言寫自己的文章之際。❿詞旨　文辭優美。⓫意適　主旨恰當。⓬孟軻（約前三七二～前二八九）字子輿。戰國時思想家、政治家、教育家。鄒（今山東鄒縣東南）人。受業於子思的門人。歷遊齊、宋、滕、魏等國，一度任齊宣王客卿。孟軻被認為是孔子學說的繼承者，有「亞聖」之稱。著作有《孟子》。⓭誦文　便於吟誦的詩歌、順口溜之類。⓮不是過　不過是。不能超過他。⓯正辭　李翺弟。⑯元賓　李觀字。⑰明經　唐代科舉制度中科目之一。與進士科並列，主要考試經義。⑱為復有文　意為又要注重文章。⑲世傳　世代相傳。⑳墜　此指廢弛、荒廢。㉑天成　不假人工，自然而成。謂文章無雕鑿痕跡。㉒強　勉力。㉓擇處高　此猶現今所謂「起點高」。擇處，選擇處所。㉔景福　（八九二～八九三）唐昭宗年號。㉕鍾傳　見卷二〈爭解元〉60。㉖從約　未見著錄。㉗法華經　即《妙法蓮華經》。佛經名。後秦鳩摩羅什譯，八卷。㉘恩渥　帝王給予的恩澤。㉙錫　賜予。㉚戴司顏　一作戴思顏。大順元年（八九〇）進士及第。官太常博士。㉛元侯　重臣大吏。指鍾傳。㉜吳子華　吳融。㉝中諫　唐代補闕的別稱。吳融曾任左補闕，因稱。㉞

資 通「齎」。送。㉟遮 同「這」。㊱阿師 稱僧人。㊲把拽 猶言拉扯。㊳承奉 奉承討好。

【語譯】 李翺給陸傪的信中寫道：「李觀的文章如此精妙，但官職只有做到太子校書，年紀只活到二十九歲，雖然有名於世間，但真正能深刻理解他文章的妙處的，又有誰呢！實在是天地鬼神對於善人的無情，而不懲罰有罪人，也太過分了！為善的人又將歸向何處呢！我書寫此人，贈予吾兄；贈予吾兄，這是知道您是了解我的。我與李觀平生無由相往來，等到他死後，則看到了他的文章，我曾說，假如李觀能夠長壽，則他的才學、成就不會比揚雄相去甚遠的！在寫我此文之際，忽然間覺得李觀的文章，也像在您面前一樣；所以我寫〈苦雨賦〉置於信前。正當下筆之時，又再吟誦他的文章，以為李觀雖不長壽，但實在不亞於揚雄。在寫〈苦雨賦〉時，又在想，我友韓愈，他的文章不是當世之文，像是古代之文，他也不像當世之人，而如古代之人。他的文章文辭優美，主旨高遠，從孟子去世以來，沒有看到有誰的文章能超過他。當下筆之時，猶如他人在奮筆疾書。即使是寫頌文，也趕不上他。他的文辭竟能達到如此境界，曾書寫一章〈獲麟解〉，其他文章亦可由此類推了。窮愁困厄不能無所述，恰有書信寄弟正辭，待寫畢，自己覺得不比平時所寫文章差，也贈給您。也只是希望您在讀李觀、韓愈文章時，能仔細一讀。李翺再拜。」

李觀在給他弟弟的信中寫道：「你已不太年輕，近來在學些什麼書？應該準備應明經試，又要注重文章。明經科世代相傳，不可荒廢，文章貴在自然天成，怕的是努力而沒有提高。如果明經、文章二事俱佳，一旦事業有所成，你的起點就高。」

景福年間，江西節度使鍾傳差遣僧人從約進獻《法華經》一千部，昭宗對他恩寵有加，宣召從約入內廷賜素齋，又當面賞賜紫衣一副。從約將要離京，太常博士戴司顏贈詩為他送行。詩中寫道：「遠處來朝見天子，歸去後依戀元侯。」當時吳融正任左補闕，戴司顏仰慕他的名聲，意在希望吳融等能夠應和，來為從約送行。吳融觀看戴司顏的詩，拍手大笑說：「這個僧人我不要見，戴司顏卻把我拉扯出來！」戴司顏即是這樣奉承討好別人。

皇甫湜[1]答李生[2]二書。第一書：「辱書[3]，適曛黑[4]，使者[5]立復[6]，不果一二[7]。承來意之厚[8]，傳曰：『言及而不言，失人[9]。』麤[10]書其愚，為足下答，幸察。來書所謂今之工文，或先於奇怪者。顧其文工與否耳。夫意新則異於常，異於常則怪矣；詞高出眾，出眾則奇矣。虎豹之文[11]不得不炳[12]於犬羊，鸞鳳之音不得不鏘於烏鵲，金玉之光不得不炫[13]於瓦石：非有意先[14]之也，迺[15]自然也。必崔巍然後為岳，必滔天然後為海。明堂[16]之棟[17]，必撓[18]雲霓；驪龍之珠，必錮深泉[19]。足下以少年氣盛，固當以出拔[20]為意。學文之初，且未自盡其才，何遽稱力不能哉！圖王不成，其弊猶可以霸[21]；其僅自見[22]也，將不勝[23]弊矣。孔子譏其身不能者[24]，幸勉而思進之也。來書所謂浮豔聲病[25]之文耻不為者，雖誠可耻，但慮足下方今不爾[26]，且不能自信其言也。向者[27]，足下舉進士，舉進士者有司高張科格[28]，每歲聚者試之，其所取迺足下所不為者也。工欲善其事，必先利其器[29]，足下方伐柯[30]而舍其斧，可乎哉？耻之，不當求也；求而耻之，惑也。今吾子求之矣，是徒涉而耻濡足也，寧能自信其言哉？來書所謂急急於立法寧人[31]者，迺在位者之事，聖人得勢[32]所施為[33]也，非詩賦之任也。功既成，澤既流，詠歌記述光揚之作作焉。聖人不得勢，方以文詞行於後。今吾子始學未仕，而急其事，亦太早計矣。凡來書所謂數者，似言之未稱，思之或過；其餘則皆善矣。既承嘉惠㉞，敢自固昧！聊復所為，俟見方盡。湜再拜。」

【注釋】❶皇甫湜（約七七七～約八三五）字持正。唐睦州新安（今浙江淳安西北）人。元和元年（八〇六）進士。官至工部郎中。思想傾向於韓愈，從愈學古文。文章奇僻險奧。性格孤傲，裴度稱為不羈之才。詩多佚，《全唐詩》存詩三首。宋人輯有《皇甫持正文集》六卷。❷李生　未知何人。❸辱書　承蒙賜書。❹曛黑　日暮天黑。❺使者　使喚之人；僕傭。❻立復　立等覆信。❼不果一二　猶言沒能給你即時回信。❽承來意之厚　多承來信中的厚意。❾傳曰三句　傳，此指《論語》。「言及而不言，失人」，語出《論語・衛靈公》：「子曰：可與言而不與之言，失人；不可與言而與之言，失言。知者不失人，亦不失言。」❿麄　粗。⓫文　即紋。指虎豹的皮毛色彩斑斕。⓬炳　鮮亮。⓭炫　光亮。⓮先　超越；居前。⓯迺　乃。⓰明堂　古代帝王宣明政教的地方。朝會、祭祀、慶賞、選士、養老、教學等大典，都在此舉行。明堂建築特別高大。⓱棟　房屋的正樑。⓲撓　阻撓。⓳驪龍之珠二句　語出《莊子・列禦寇》：「夫千金之珠，必在九重之淵，而驪龍頷下。」驪龍，黑龍。錮，禁錮。⓴出拔　出類拔萃。《孟子・公孫丑上》：「出於其類，拔乎其萃。」㉑圖王不成二句　語出《論衡・氣壽》：「語曰：『圖王不成，其弊可以霸。』」弊，決斷。㉒自見　自然可見。㉓不勝　無法承受；承受不了。㉔孔子譏其身不能者　《論語・述而》中曰：「冉求曰：非不說子之道，力不足也。子曰：力不足者，中道而廢，今女畫。」可能即指此。㉕浮豔聲病　華而不實，講求韻律，探討聲律之病。㉖不爾　不如此；不然。㉗向者　一本作「何者」。以「何者」為是。㉘科格　指科舉考試的規章。㉙工欲善其事二句　出於《論語・衛靈公》。㉚柯　斧柄。㉛寧人　安定百姓生活。㉜得勢　取得權勢。㉝施為　措置；實行。㉞嘉惠　此處猶言「賜書」。

【語譯】皇甫湜有答李生兩封信。第一封信寫道：「承蒙賜書，正遇日暮天黑，來人立等覆信，卻未能寫上一二。多承來信厚意，《論語》說：『該說而不說，便失掉了朋友。』現在粗略地寫上我的愚見，作為對您的答覆，望您明察。來信中所說的現在工巧的文章，有的更先於奇巧怪異。然而還應看文章是否工整。文章立意新則不同於一般，不同於一般則顯得怪異；文詞高於眾人，出眾則顯得奇特了。虎豹的皮毛無法不比犬羊鮮亮，鸞鳳的聲音無法不比烏鵲鏗鏘，金玉的光澤無法不比瓦石光亮，這並不是它們故意要超過後者，而是天然的。必定是高聳雲天然後才能稱作岳，必定是波浪滔天才能稱為海。明堂的屋脊，必定會阻遏雲霓；驪龍的明珠，必定禁錮在深淵。您正值年少氣盛，自然應當以出類拔萃為志向。學做文章的初期，還不能盡力發揮自己的才力，又怎麼能匆忙稱能力不夠呢！圖謀王業不成，那決斷尚可成就霸業。現在只是自己知道，日後將不勝其煩了。孔子曾自嘲自身所不能的事，但他卻勉力而努力進取。來信中所謂的浮華不實講求聲病的文章您以之為恥而不願去作，雖然這種文章確實讓人感到羞恥，但想來您目前還不能不作，而且您自己也不能自信這些話。為什麼呢？您要考進士，考進士，有關官署高高張榜公布科舉考試的規則，每年會聚舉子考試，所錄取的文章正是您所不願作的。匠人要做好他的事，一定先要整治好工具。您正要去砍伐斧柄卻捨棄了斧子，這樣能行嗎？以其為恥，就不應去追求，既去追求而又以之為恥，就令人困惑了。您現今正求取功名，這就像赤足涉水過河而又以沾濕雙腳為恥了。難道您自己能相信這樣的話嗎？來信中所謂急於要建立法度安定百姓，這是在位者的事情，是聖人取得權勢去實行的事，而並非詩賦所能承擔的責任。功業既成，恩澤流播，歌詠記述、發揚光大的文章就會產生。聖人不得勢，然後才以文章辭賦流傳後世。現在您剛學為文尚未出仕，而急於其事，也考慮得太早了。在來信中所說的運數，似乎說得不夠周全，考慮得也有些過度；其餘的都是很好的。既承蒙賜書，豈敢自守愚陋，聊將想到的作答，愚見已都告訴了您。皇甫湜再拜。」

皇甫湜與李生第二書：「湜白：生之書辭❶甚多，志氣❷甚橫流❸，論說文章，不可謂無意❹。若僕愚且困❺，迺生詞競❻於此，固非宜❼。雖然，惡言❽無從❾，不可不卒❿，勿怪。夫謂之奇，則非正矣，然亦無傷於正也。謂之奇，即非常矣。非常者，謂不如常，迺出常也。無傷於正，而出於常，雖尚之亦可也。此統論⓫

奇之體耳，未以言文之失也。夫文者非他，言之華⑫者也，其用在通理⑬而已，固不務奇，然亦無傷於奇也。使文奇而理正，是尤難也。生意便其易⑭者乎！夫言，亦可以通理矣；而以文為貴者，非他，文則遠，無文即不遠也⑮。以非常之文，通至正之理，是所以不朽也。生何嫉之深耶？夫『繪事後素⑯』，既謂之文，豈苟簡⑰而已哉！聖人⑱之文，其難及也，作《春秋》⑲，游、夏之徒⑳不能措一詞，吾何敢擬議㉑之哉！秦、漢以來，至今文學之盛，莫如屈原㉒、宋玉㉓、李斯㉔、司馬遷㉕、相如㉖、揚雄㉗之徒。其文皆奇，其傳皆遠。生書文亦善矣，比之數子，似猶未勝，何必心之高乎？傳曰：『其言之不出，恥躬之不逮也㉘。』生自視何如哉？《書》㉙之文不奇；《易》之文可為奇矣，豈礙理傷聖乎？如『龍戰於野，其血元黃㉚』；『見豕負塗，載鬼一車㉛』；『突如其來如，焚如，死如，棄如㉜』，此何等語也！生輕宋玉而稱仲尼㉝、班、馬㉞、相如為文學。案司馬遷傳屈原曰：『雖與日月爭光，可矣㉟。』生當見之乎！若相如之徒，即祖習㊱不暇㊲者也。豈生稱誤耶？將㊳識分㊴有所至極㊵耶？將彼之所立㊶卓爾㊷，非強為所庶幾㊸，遂讎嫉㊹之耶？其何傷於日月乎！生笑『紫貝闕兮珠宮㊺』，此與《詩》㊻之『金玉其相㊼』何異？天下人有金玉為之質者乎？『被薜荔兮帶女蘿㊽』，此與『贈之以芍藥[49]』何異？文章不當如此說也。豈謂怒三四而喜四三，識[50]出之白而性[51]入之黑乎？生云：『虎豹之文非奇。』夫長本非長，短形[52]之則長矣；虎豹之形於犬羊，故不得不奇也。他皆倣此。生云：『自然者，非性。』不知天下何物非自然乎！生又云：『物與文學不相侔[53]。』此喻也。凡喻，必以非類，豈可以彈喻彈乎？是不根者也。生稱以『知難而退為謙』。夫無難而退，謙也；知難而退，宜也，非謙也。豈可見黃門[54]而稱貞[55]哉！生以一詩一賦為非文章，抑不知一之少，便非文章耶？直詩賦不是文章耶？如詩賦非文章，三百篇[56]可燒矣。如少非文章，湯之盤銘[57]是何物也？孔子曰：『先行其言[58]。』既為甲賦[59]矣，不得稱不作聲病文也。孔子云：『必也正名乎[60]。』生既不以一第為事，不當以進士冠姓名也。夫『煥乎[61]』『郁郁乎[62]』之文，謂制度，非止文詞也。前者捧卷軸而來，又以浮豔聲病為說，似商量文詞當與制度之文異日言也。近風偷薄[63]，進士尤甚，迺至有一謙三十年之說，爭為虛張[64]以相高[65]自謾[66]。詩未有劉長卿[67]一句，已呼阮籍[68]為老兵矣；筆語[69]未有駱賓王[70]一字，已罵宋玉為罪人矣。書字未識偏旁，高談稷[71]、契[72]；讀書未知句度[73]，下視服、鄭[74]。此時之大病所當嫉者。生美才，勿似之也。傳曰：『唯善人能受善言[75]。』孔子曰：『君子無所爭，必也射乎[76]？』

問於湜者多矣，以生之有心也，聊有復，不能盡，不宜⑰。湜再拜。」

【注釋】❶辭　解說；文辭。❷志氣　志向氣概。❸橫流　恣肆。❹無意　猶謂沒有道理、沒有見解。❺困　困惑不解。❻競　爭辯。❼宜　合適。❽惡言　無禮、中傷的語言。❾無從　不依從。❿卒　盡。⓫統論　總論。⓬華　華美；有文采。⓭通理　通曉事理。⓮便其易　方便容易。⓯文則遠二句　語出《左傳》襄公二十五年：「言之無文，行之不遠。」⓰繪事後素　語出《論語・八佾》。意為「先有白色底子，然後畫花」。比喻有良好的質地，才能進行錦上添花的加工。⓱苟簡　草率簡略。⓲聖人　指孔子。⓳春秋　儒家經典之一。編年體春秋史。相傳孔子依據魯國史官所編《春秋》加以整理修訂而成。此言孔子作，不確。⓴游夏之徒　游，言偃，字子游。夏，卜商，字子夏。均為孔子學生。㉑擬議　揣度議論。㉒屈原　（約前三四〇～約前二七八）我國最早的大詩人。名平，字原；又自云名正則，字靈均。戰國楚人。初輔佐懷王，做過左徒、三閭大夫。後遭讒去職。頃襄王時被流放。因楚國政治腐敗，郢都為秦兵攻破，他的政治理想無法實現，投汨羅江而死。〈離騷〉為其代表作，對後世影響很大。《漢書・藝文志》著錄《屈原賦》二十五篇，其書久佚，後代所見屈原作品，皆出自劉向輯集的《楚辭》。㉓宋玉　戰國楚辭賦家。後於屈原，或稱是屈原弟子，曾事頃襄王。《漢書・藝文志》著錄賦十六篇，頗多亡佚。流傳作品以〈九辯〉最為可信。〈風賦〉、〈高唐賦〉、〈登徒子好色賦〉諸篇，有人疑為非宋玉作品。㉔李斯　（？～前二〇八）秦代政治家。楚上蔡（今河南上蔡西南）人。從荀卿學。戰國末入秦，初為呂不韋舍人，後被秦王政（秦始皇）任為客卿。不久為廷尉，對秦始皇統一六國，起了較大作用。秦統一後，任丞相。二世時，為趙高所忌，被殺。工書，泰山、琅邪等刻石，傳說均為他所手書。著有〈諫逐客書〉和〈蒼頡篇〉（今佚，有輯本）。㉕司馬遷　（約前一四五或前一三五～？）西漢史學家、文學家和思想家。字子長，夏陽（今陝西韓城南）人。早年遊歷各地。初任郎中，元封三年（前一〇八）繼父職，任太史令。太初元年（前一〇四），參預制訂太初曆。後因替投降匈奴的李陵辯解，得罪下獄，受腐刑。出獄後任中書令，發憤繼續完成所著史籍，人稱其書為《太史公書》，後稱《史記》，是我國最早的通史，開創紀傳體史書的形式，對後世的史學和文學都有深遠影響。㉖相如　即司馬相如。見卷四〈師友〉「杜工部交鄭廣文」段⑳。㉗揚雄　見卷四〈師友〉㉑。㉘傳曰三句　語出《論語・里仁》。意為言語不輕易出口，就是怕自己的行動趕不上。㉙書　指《尚書》。下句中的「易」指《易經》。㉚龍戰於野二句　語出《易・坤》：「上六，龍戰於野，其血玄黃。」「龍戰」，本謂陰陽二氣交戰，後以喻群雄爭奪天下。㉛見豕負塗二句　語出《易・睽》：「上九，睽孤見豕負塗，載鬼一車，先張之弧，後說之弧。」後指混淆是非，無中生有。㉜突如其來如四句　語出《易·離》：「九四，突如其來如，焚如，死如，棄如。」意為九四，突如升起火紅的瞰霞，像烈焰在焚燒，但頃刻間又消散滅亡，被棄除淨盡。㉝仲尼　孔子。㉞班馬　班固和司馬遷。班固（三二～九二），東漢史學家、文學家。字孟堅，扶風安陵（今陝西咸陽東北）人。承父志，歷二十餘年，修成《漢書》，整齊了紀傳體史書的形式，開創了「包舉一代」的斷代史體例。有〈兩都賦〉，又著有《白虎通義》。後受竇憲牽連，死於獄中。㉟案司馬遷傳屈原曰三句　語出《史記·屈原賈生列傳》。案，查考。傳，為……立傳。㊱祖習　宗奉學習。㊲不暇　來不及。㊳將　或；抑。㊴識分　猶言見解、見識。㊵至極　終極；達到極點。㊶立　此指才能、成就。㊷卓爾　形容超群出眾。㊸庶幾　借指賢才。㊹讎嫉　仇恨；嫉恨。㊺紫貝闕兮珠宮　語出《楚辭·九歌·河伯》：「魚鱗屋兮龍堂，紫貝闕兮朱宮。」珠，一作「朱」。兩字均可通。㊻詩　《詩經》。㊼金玉其相　語出《詩經·大雅·棫樸》：「追琢其章，金玉其相。」這兩句詩都喻指文王聖德。金玉其相意為品質如金玉而無瑕疵。㊽被薜荔兮帶女蘿　語出《楚辭·九歌·山鬼》：「若有人兮山之阿，被薜荔兮帶女蘿。」意為山鬼站在高山的曲隅，身披薜荔腰帶女蘿。薜荔和女蘿，兩者皆野生植物，常攀緣於山野林木或屋壁之上。此句中「薜」字誤。㊾贈之以芍藥　語出《詩經·鄭風·溱洧》：「伊其相謔，贈之以芍藥。」贈芍藥以表心意。㊿識　性。也即思想意識。(51)性　為「怪」字之誤。(52)形　比較；對照。(53)侔　齊等；相當。(54)黃門　宦官。(55)貞　貞節。猶言作風正派。(56)三百篇　即《詩經》。《詩經》全書三百零五篇，習稱「詩三百」。(57)湯之盤銘　《禮記·大學》：「湯之盤銘曰：『苟日新，日日新，又日新。』」盤銘，古代刻在盥洗盤器上的勸戒文字。(58)先行其言　語出《論語·為政》：「子曰：『先行其言而後從之。』」意為「你要說的話，先實行了，再說出來」。(59)甲賦　唐時稱應試時所撰之賦為甲賦。(60)必也正名乎　語出《論語·子路》：「子曰：『必也正名乎！』」意為「一定要糾正名分」。(61)煥乎　語出《論語·泰伯》：「巍巍乎其有成功也，煥乎其有文章！」意為「堯的功績實在太崇高了，他的禮儀制度也真夠美好了」。(62)郁郁乎　語出《論語·八佾》：「子曰：『周監於二代，郁郁乎文哉！吾從周。』」意為「周朝的禮儀制度是以夏商兩代為根據而制訂的，多麼豐富多彩呀！我主張周朝的」。因而下文有「謂制度，非止文詞也」之語。(63)偷薄　澆薄；不敦厚。(64)虛張　誇大。(65)相高　相互吹捧；相互標榜。(66)自謾　自己輕慢自己。(67)劉長卿　見卷一〈兩監〉⑯。(68)阮籍　見卷四〈師友〉「毛傑與盧藏用書」段㊷。阮籍世稱「阮步兵」，因有「老兵」之說。(69)筆語　指文字著述。(70)駱賓王　（約六四〇～？）唐文學家。婺州義烏（今屬浙江）人。曾任臨海丞。後隨徐敬業起兵反對武則天，兵敗後下落不明，或說被殺，或說為僧。與王勃等以詩文齊名，為「初唐四傑」之一。曾為徐敬業作〈討武曌檄〉，則天見之，有「宰相安得失此人」之嘆。有《駱賓王文集》。(71)稷　后稷。古代周族的始祖。神話傳說有邰氏之女姜嫄踏巨人腳印懷孕而生，因一度被棄，名棄。善於種植各種糧食作物，曾在堯舜時代做農官，教民耕種。周族認為他是開始種稷和麥的人。(72)契　亦作偰、卨。傳說中商的始祖，帝嚳之子，母為簡狄。曾助禹治水有功，被舜任為司徒，掌管教化。居於商（今河南商丘南），一說居於蕃（今山東滕縣）。神話傳說契為簡狄吞玄鳥卵所生。(73)句度　猶句讀。(74)服鄭　指服虔、鄭玄。服虔，東漢經學家。初名重，又名祇，字子慎。河南滎陽人。曾任九江太守。信古文經學，撰有《春秋左氏傳解誼》。東晉元帝時，服氏《左傳》曾立博士。南北朝時，北方盛行服注《左傳》。到唐代孔穎達撰《五經正義》，《左傳》專用杜預注，服注遂亡。清馬國翰《玉函山房輯佚書》輯存四卷。鄭玄（一二七～二〇〇），東漢經學家。字康成。北海高密（今屬山東）人。曾入太學學今文《易》和《公羊》學，又從張恭祖學《古文尚書》、《周禮》、《左傳》等，最後從馬融學古文經。鄭玄遊學歸里，聚徒講學，弟子眾至數百千人。因黨錮事被禁，潛心著述，以古文經說為主，兼採今文經說，遍注群經，成為漢代經學的集大成者，稱鄭學。在整理古代歷史文獻上頗有貢獻。今通行本《十三經注疏》中《毛詩》、「三禮」注，即採用鄭注。另有許多著作，均佚，清人有多種輯本。(75)傳曰二句　此信及第一信中「傳曰」均出自《論語》。然「唯善人能受善言」今本《論語》中未見。(76)孔子曰三句　語出《論語．八佾》：「子曰：『君子無所爭。必也射乎！』」意為「君子沒有什麼可爭的事情。如果有所爭，一定是比射箭的技術」。(77)不宣　謂不一一細說。

【語譯】皇甫湜在給李生的第二封信中寫道：「湜述：你的來信中言辭頗多，志向氣概恣肆，評論文章，不能說沒有道理。像我這樣愚鈍且困惑，而你在我處爭辯，實在是不合適。雖然如此，但有些無禮、不依從你的見解的話，卻不能不說完，請你勿怪。那所謂的奇，就不是正，然而也無傷於正。所謂奇，也即是不平常。不平常的，也就是說與平常的不一樣，而超出平常。無傷於正，而又超出平常，即使加以推崇也是可以的。這是籠統地論述奇崛的文體，而沒有涉及文章之失。文章不是其他東西，而是語言的精華，它的作用在於通曉事理而已，固然不必追求奇崛，但也無傷於奇。假如文章奇崛而說理正確，這尤其難以做到。你以為是方便容易的嗎！而語言，亦可以通曉事理；而以文采為貴的原因，不是其他，說話有文采就能到達遠方，沒有文采則不能到達遠方。以非同尋常的文章，通曉最正確的道理，這就是文章不朽的道理。你為何如此之深地仇視呢？孔夫子所說的『繪事後素』，既然講的是文采，又豈能草率簡略而已呢！孔聖人的文章，難以企及，他作《春秋》，子游、子夏之徒不能置一詞，我又怎麼敢揣度議論呢！自秦、漢以來，直至現今，文學的興盛，沒有比得上屈原、宋玉、李斯、司馬遷、司馬相如、揚雄之輩的。他們的文章都奇崛，流傳也都久遠。你所寫的文章也是很好的，但比起上述數人，似乎還不能超過他們，那又何必心氣那麼高呢？《論語》中說：「言語不輕易出口，就是怕自己的行動趕不上。」對此，你自以為如何呢？《尚書》的文字不奇崛，《易經》的文字可以稱得上奇崛，又哪裡妨礙事理有損聖德呢？如「龍戰於野，其血玄黃」；「見豕負塗，載鬼一車」；「突如其來如，焚如，死如，棄如」，這是何等出色的言語！你輕視宋玉而稱道孔子、班固、司馬遷、司馬相如的文章為文學。查考司馬遷為屈原立傳云：「即使與日月爭光，也可以。」這，你是應當看見的吧！像司馬相如之輩，宗奉學習屈原、宋玉之文猶恐不及。難道是你所說有誤？抑或是你的識見已經達到極點？還是因為他們的才能超群出眾，並不是硬充作賢才，於是你仇恨他們呢？這些又何傷於日月之光呢！你譏笑「紫貝闕兮珠宮」之句，這樣的詩句與《詩經》中「金玉其相」之句有什麼兩樣？天下人中有品質如金玉而無瑕疵的人嗎？「被薜荔兮帶女蘿」之句，與《詩經》中「贈之以芍藥」又有什麼不同？對文章不應當如此評說。豈可謂惱怒三四而喜歡四三，識見出自於白而怪它人之於黑嗎？你說「虎豹皮毛的花紋不奇」。所謂長本來並不長，短和其相比較則顯出其長了；虎豹與犬羊相比較，因而也不能不稱奇了。其他事物也都與此類似。你說：「自然形成的東西，不是它的本性。」不知天下有哪一種東西不是出自自然呢？你又說：「物事與文學不相等。」這是比喻。大凡比喻，必定選用不同類的事物，怎麼能用彈來比喻彈呢？這是沒有根底的說法。你稱說以「知難而退是謙讓」。我以為無難而退，才是謙讓；知難而退，是合宜，而不是謙讓。豈可一見太監而就說他行為端方呢！你以為一詩一賦不算文章，不知是指少了一就不算文章了呢，還是詩賦不是文章呢？如果詩賦不是文章，那《詩經》便可燒掉了。如果文字少而不算文章，那湯之盤銘又成了什麼？孔子說：「你要說的，先去實行。」你既然已經應試撰賦，就不能自稱不作聲病之文。孔子說：「一定要糾正名分。」你既然不把及第當作一回事，就不應該把「進士」的身分置於姓名之前。那孔子所說的「煥乎」「郁郁乎」的文辭，講的是堯、周時的制度，而不是只指文辭。以前你曾拿著你做的詩賦前來見我，現在又把詩賦說成浮豔聲病之文，好像商討文詞應該與制度之文不能同日而語。近來世風澆薄，在進士中尤為過分，以致有一謙三十年之說，爭相誇大相互吹捧或相互輕慢。做詩未能有劉長卿的一點水平，就已經稱呼阮籍為老兵了；下筆用字未及駱賓王一字，卻已罵宋玉是罪人了。學字還未識偏旁，就在品頭評足議論稷、契；讀書還不知句讀，卻已經看不起服虔、鄭玄。這是現時的大毛病，理應痛恨。你有美才，不要像那些人一樣。傳曰：『只有善人能接受善言。』孔子說：『君子沒有什麼可爭的事情。如果有所爭，一定是比射箭的技術。』來向我詢問的人很多，因你很有心，聊且作些答覆，不能盡意，不一一細說。湜再拜。」

以其人不稱才試而後驚

【題解】以門第、相貌取人者，屢見不鮮。有些其貌不揚的飽學之士或少年才俊，時亦一鳴驚人。本條所記，均屬此類。

韓文公❶、皇甫補闕❷見李長吉❸時，年七歲。二公不之信，因面試〈高軒過〉一篇❹。

蔣凝❺，咸通中詞賦絕倫，隨計❻塗次漢南❼，謁相國徐公❽。公見其人么麼❾，不信有其才，因試〈峴山懷古〉一篇。凝於客位賦成，公大奇之。

令狐文公❿鎮三峰，時及秋賦⓫，特置五場試。第一場，雜文⓬；第二場，試歌篇⓭；第三場，表檄⓮。先是盧弘正⓯一人就試，來者皆慄縮⓰而退。馬植以將家子來求薦，文公與從事皆鄙之，專令人伺⓱其詞句。既而試〈登山採珠賦〉。

曰：「文豹且異於驪龍⑱，採斯疎矣；白石又殊於老蚌，剖莫得之。」眾皆大驚，遂奪弘正解元矣。

黎逢⑲氣貌山野⑳，及第年，初場後至，便於簾前設席。主司異之，誚㉑其生疎㉒，必謂文詞稱是；專令人伺之，句句來報。初聞云：「何人徘徊？」曰：「亦是常言。」既而將及數聯，莫不驚歎，遂擢為狀元。

王勃㉓著〈滕王閣序〉，時年十四㉔，都督閻公㉕不之信。勃雖在座，而閻公意屬子壻孟學士㉖者為之，已宿搆㉗矣。及以紙筆巡讓賓客，勃不辭讓。公大怒，拂衣而起，專令人伺其下筆。第一報云：「南昌㉘故郡，洪都新府㉙。」公曰：「亦是老先生常談！」又報云：「星分翼軫㉚，地接衡廬㉛。」公聞之，沉吟不言。又云：「落霞與孤鶩齊飛，秋水共長天一色。」公矍然㉜而起曰：「此真天才，當垂不朽矣！」遂亟請宴所，極歡而罷。

論曰：《書》云：「人無常師，主善為師㉝。」於戲㉞！近世浮薄㉟，率皆貴彼生知㊱，恥乎下學㊲；質疑㊳問禮㊴者，先懷愧色；探微賾奧㊵者，翻汩沉流㊶。風教㊷頹圮㊸，莫甚於此！由是李華㊹自曰：「師於茂挺㊺。」李翱㊻亦曰：「請益㊼退之㊽。」於時，名遂功成，才高位顯，務乎矯俗㊾，以遏崩波㊿，盛則盛矣，方之繆公以小吏一言，北面而師之者，可謂曠古一人而已[51]！有若考覈詞藝[52]之臧否[53]，振舉[54]後生之行藏[55]，非唯立賢，所謂報國。噫！今之論者，信[56]僥倖[57]之賊歟！

【注釋】❶韓文公　韓愈。❷皇甫補闕　似當指皇甫湜。湜與韓愈同時。但其傳中未見任補闕之職。今存疑。❸李長吉　李賀（七九〇～八一六），字長吉，福昌（今河南宜陽）人。唐皇室遠支，家世沒落，生活困頓。曾官奉禮郎。因避家諱，被迫不得應進士試，韓愈曾為之作〈諱辯〉。早歲即工詩，見知於韓愈、皇甫湜。死時年僅二十七歲。詩風新奇瑰麗，具有積極的浪漫主義精神。但有的詩較晦澀，語言過於雕鑿。❹因面試高軒過一篇　據《全唐詩》卷三九〇載，李賀「七歲能辭章。韓愈、皇甫湜始聞未信。過其家。使賀賦詩。援筆輒就。自目曰高軒過。二人大驚，自是有名。」此詩今李賀詩中未見。❺蔣凝　字仲山。登咸通進士第。❻隨計　本謂應徵召之人偕計吏同行，後以「隨計」指舉子赴試。❼漢南　即今湖北宜城。❽相國徐公　徐商。字義聲，又字秋卿。唐新鄭（今屬河南）人。文宗大和五年（八三一）登進士第。累官至刑部尚書、諸道鹽鐵轉運使。咸通四年（八六三），進同中書門下平章事。出為荊南節度使。蔣凝見徐商，當在任荊南節鎮時。❾么麼　同「幺麼」。卑微；微不足道。❿令狐文公　令狐楚。見卷二〈爭解元〉❹。⓫秋賦　猶秋貢。唐代州府向朝廷薦舉會試人員的選拔考試。因於秋天舉行，故稱。⓬雜文　唐代科舉考試科目之一。《唐語林．補遺四》：「又舊例，試雜文者，一詩一賦，或兼試頌論，而題目多為隱僻。」⓭歌篇　詩歌作品。⓮表檄　兩種文體。指奏章、檄文。⓯盧弘正　及下文馬植均見卷二〈爭解元〉⓬⓭。此條所記，與卷二重出。⓰慓縮　畏縮。⓱伺　窺視；窺探。⓲驪龍　見本卷〈切磋〉「皇甫湜答李生二書」段⓳。⓳黎逢　登大曆十二年（七七七）進士第。事跡未詳。⓴山野　猶粗鄙。㉑誚　譏嘲。㉒生疎　亦作「生疏」。粗魯；粗疏。㉓王勃　（六五〇～六七六）字子安。唐絳州龍門（今山西河津）人。麟得初應舉及第，曾任虢州參軍。後往海南探父，因溺水，受驚而死。少時即顯露才華。與楊炯、盧照鄰、駱賓王以文詞齊名，稱「初唐四傑」。〈滕王閣序〉最為有名。㉔時年十四　此說不確。王勃作此文時已二十餘歲。㉕閻公　未詳何人。或云為閻伯嶼，未知何據。㉖孟學士　未詳何人。文中以為是閻公之婿，不可靠。有人說指東晉時孟嘉，亦無確證。㉗宿搆　預先擬就。㉘南昌　一作豫章。豫章是漢時郡名，因稱「故郡」。㉙洪都新府　唐改豫章為洪州，設大都督府，因稱「新府」。㉚翼軫　二星宿名。翼軫是楚的分野。豫章古為楚地，因而說「星分翼軫」。㉛衡廬　指湖南的衡山和江西的廬山。南昌介於衡山、廬山之間，因說「地接衡廬」，以示南昌地理位置之重要。㉜矍然　急遽。㉝書云三句　原文為「德無常師，主善為師」。語出《尚書・咸有一德》。主善，以善行為主。㉞於戲　嗚呼。㉟浮薄　輕薄。㊱生知　謂不待學而知之。語本《論語・季氏》。㊲下學　入學；開始學習。也是「向不如自己者求教」之意。㊳質疑　心有疑難，提出以求解答。㊴問禮　學禮。㊵探微賾奧　探求細微深奧的事理。㊶沉流　沉入水流。㊷風教　風俗教化。㊸頹圮　敗壞。㊹李華　見卷一〈兩監〉❹。㊺茂挺　即蕭穎士。見卷一〈兩監〉❻。㊻李翺　見卷二〈置等第〉❼。㊼請益　請教受益。㊽退之　即韓愈。㊾矯俗　匡正時俗。㊿崩波　比喻日趨敗壞的風氣。(51)方之繆公以小吏一言三句　似指李石，待考。方，比。(52)詞藝　文詞的才藝。(53)臧否　得失。(54)振舉　振作；整頓。(55)行藏　行跡；行為舉止。(56)信　確實。(57)僥倖　亦作「僥幸」。猶幸運。

【語譯】 韓愈、皇甫湜最早見到李賀時，李賀才七歲。二人不相信李賀的才名，於是面試〈高軒過〉一篇。

蔣凝，咸通年間以詞賦知名，無人可及，進京應試途經漢南，拜謁相國徐商。徐商見此人其貌不揚，不相信他有多少才學，於是當場考試〈峴山懷古〉一篇。蔣凝在客席即時將賦作成，徐商大為稱奇。

令狐楚鎮守華州時，正值秋貢，特地設置了五場考試。第一場，考雜文；第二場，考詩歌；第三場，考表檄。起先，只有盧弘正一人前去應試，前來參加考試的人都畏縮退出。馬植以將門子弟的身分前來請求推薦，令狐楚與左右官員都頗看不起他，專門派人窺視他文章的詞句。不一會，考〈登山採珠賦〉。馬植寫道：「金錢之豹大異於驪龍，要採珠實在太少；山中白石不同於老蚌，剖開也無法得到。」眾人讀後大驚，於是馬植從盧弘正手中奪走了解元。

黎逢相貌體狀粗鄙，他進士及第那年，首場考試遲到，於是就在簾前設置考席。主考官見了頗感驚異，又譏嘲他相貌粗魯，但也以為他文詞肯定上乘，於是專門派人窺視他作文，要句句來報。起初聽說是寫：「何人徘徊？」主考官說：「也只是平常之言。」隨即將報來的數聯一讀，在場者無不驚歎，於是將黎逢擢拔為狀元。

王勃寫〈滕王閣序〉時，只有十四歲，都督閻公不相信王勃的文才。王勃雖然在座，但閻公心中卻有意要讓女婿孟學士來寫此文，而且其婿已經預先擬就了文稿。待到將紙筆在座中傳遞，眾人紛紛推讓，到了王勃面前，他不推辭。閻公見了，大怒，拂衣離席而去，又專門派人窺視王勃下筆。第一次來報王勃寫「南昌故郡，洪都新府」，閻公說：「也不過是老生常談而已。」又有人來報，王勃寫「星分翼軫，地接衡廬」，閻公聽了，沉吟不語。又來報王勃寫「落霞與孤鶩齊飛，秋水共長天一色」，閻公聽後，急忙起身說：「此人真是天才，此文將流傳不朽啊！」於是一再請王勃赴宴，盡歡而罷。

論曰：《尚書》云：「人沒有固定的老師，誰有善行就拜他為師。」嗚呼！近世風氣浮誇輕薄，大都以不待學而知之為貴，而恥於向人求教；向人質疑問難、學習禮儀，先已懷有羞愧之色；探求細微深奧的事理之人，反而被流俗淹沒。風俗教化的敗壞，沒有比現在更嚴重！因而李華自稱「拜蕭茂挺為師」；李翱也說「向韓退之求教」。此時，他們功成名就，才高位顯，用力匡正時俗，以阻遏風氣的日趨敗壞。確實是夠聲勢浩大的了，但比起穆公因小吏一言，就面朝北稱其為師之事，可以說穆公是自古以來第一人！有如考核文詞才藝的得失，整頓後生青年的行為，不只是為了樹立賢才，更是為了報效國家。啊！現在的所謂議論，實在是僥倖之賊啊！

卷六

公薦 門生薦坐主師友相薦附

【題解】外舉不避仇，內舉不避親，在史書上屢有記載。此條所列，則有薦舉友朋、門生薦坐主、師友相薦等各種情況，從中可見唐代風尚之一斑。篇幅較長，分為數段。

崔郾❶侍郎既拜命❷，於東都試舉人，三署❸公卿皆祖❹於長樂傳舍❺；冠蓋❻之盛，罕有加也。時吳武陵❼任太學博士，策蹇❽而至。郾聞其來，微訝之，乃離席與言。武陵曰：「侍郎以峻德偉望，為明天子選才俊，武陵敢不薄施塵露❾！向者，偶見太學生十數輩，揚眉抵掌，讀一卷文書，就而觀之，乃進士❿杜牧〈阿房宮賦〉⓫。若其人，真王佐才⓬也，侍郎⓭官重，必恐未暇披覽⓮。」於是搢笏⓯朗宣一遍。郾大奇之。武陵曰：「請侍郎與狀頭⓰。」郾曰：「已有人。」曰：「不得已，即第五人。」郾未遑對。武陵曰：「不爾⓱，即請⓲此賦。」郾應聲曰：「敬依所教。」既即席，白諸公曰：「適吳太學以第五人見惠。」或曰：「為誰？」曰：「杜牧。」眾中有以牧不拘細行⑲間⑳之者。郾曰：「已許吳君矣。牧雖屠沽㉑，不能易也。」

韓文公、皇甫湜，貞元中名價㉒籍甚㉓，亦一代之龍門㉔也。奇章公㉕始來自江黃㉖間，置書囊於國東門，攜所業，先詣二公卜進退㉗。偶屬㉘二公，從容皆謁之，各袖一軸面贄㉙。其首篇說樂。韓始見題而掩卷問之曰：「且以拍板㉚為什麼？」僧孺曰：「樂句㉛。」二公因大稱賞之。問所止，僧孺曰：「某始出山隨計㉜，進退唯公命，故未敢入國門。」答曰：「吾子之文，不止一第，當垂名㉝耳。」因命於客戶坊㉞僦㉟一室而居。俟㊱其他適，二公訪之，因大署其門曰：「韓愈、皇甫湜同訪幾官先輩，不遇。」翌日，自遺闕㊲而下，觀者如堵，咸投刺㊳先謁之。由是僧孺之名，大振天下。

盧延讓㊴，光化三年登第。先是延讓師薛許下㊵為詩，詞意入僻㊶，時人多笑之。吳翰林融㊷為侍御史，出官峽中㊸，延讓時薄遊㊹荊渚㊺，貧無卷軸，未遑贄謁㊻。會融表弟滕籍㊼者，偶得延讓百篇，融覽，大奇之，曰：「此無他，貴不尋常耳。」於是稱之於府主㊽成汭㊾。時故相張公職㊿大租於是邦，常以延讓為笑端，及融言之，咸為改觀。由是大獲舉糧(51)，延讓深所感激；然猶因循(52)，竟未相面。後值融赴急徵入內庭，孜孜(53)於公卿間稱譽不已。光化戊午歲(54)，來自襄南，融一見如舊相識，延讓嗚咽流涕，於是攘臂(55)成(56)之矣。

【注釋】❶崔鄲 見卷三〈慈恩寺題名遊賞賦詠雜紀〉「小歸尚書榜」段㉝。❷拜命 指知貢舉。時在大和元年（八二七）。❸三署 本指漢代五官署、左署、右署的合稱。漢代郡國舉孝廉以補三署郎。此可能借指貢舉各官署。因唐代未見有「三署」之設。❹祖 此指宴飲送行。❺傳舍 古代供行人休息住宿的處所。猶旅館。❻冠蓋 本指官員冠服車乘，借指仕宦、貴官。❼吳武陵 原名侃。唐信州（治今江西上饒）人。元和二年（八〇七）登進士第。入為太學博士。出為韶州刺史，貶潘州司戶參軍。《全唐詩》存詩二首。❽策蹇 即策蹇驢。騎驢。❾塵露 微塵滴露。喻事物微小不足稱。❿進士 係指應進士試之舉人。杜牧此年及第。時尚未考試。⓫杜牧阿房宮賦 見卷三〈慈恩寺題名遊賞賦詠雜紀〉「小歸尚書榜」段㉞。〈阿房宮賦〉為杜牧名篇。⓬王佐才 輔佐帝王創業治國的人才。⓭侍郎 指崔鄲。時為禮部侍郎。⓮披覽 翻閱。⓯搢笏 亦作「搢忽」。插笏。古代君臣朝見時均執笏，用以記事備忘，不用時插於腰帶上。此用作動詞。指書寫在搢笏上的〈阿房宮賦〉。⓰狀頭 即狀元。⓱不爾 不如此；不然。⓲請 敬辭。希望對方做某事。猶「請以此賦錄取」之意。⓳細行 小節；小事。⓴間 當詆毀。㉑屠沽 亦作「屠酤」。本指宰牲和賣酒，借指職業微賤之人。㉒名價 猶聲價。㉓籍甚 盛大；盛多。㉔龍門 當時，將考取進士稱為登龍門。此喻指如能得到韓愈、皇甫湜的賞識猶如登龍門。㉕奇章公 本指牛僧孺先祖牛弘，此指牛僧孺（七八〇～八四八）。僧孺字思黯，唐安定鶉觚（今甘肅靈台）人，居於長安。貞元二十一年（八〇五）進士。元和三年（八〇八）以賢良方正對策為第一，但觸怒宰相李吉甫，不敘用。累遷至戶部侍郎，長慶三年（八二三），同平章事，遷中書侍郎。出為鄂州刺史、武昌節度使。還任兵部尚書、同平章事。為「牛李黨爭」牛黨之首。後多年在外任官，累貶循州長史。宣宗立，還為太子少師，不久病死。㉖江黃 泛指江州、黃州一帶（今江西西部、湖北東部一帶）。㉗卜進退 預測前途。㉘屬 適逢；逢。㉙面贄 猶言面呈。贄，執物以求見；贈送。㉚拍板 打擊樂器的一種。也稱檀板、綽板。用堅木數片，以繩串聯，用以擊節。唐宋時拍板為六片或九片，以兩手合擊發音。㉛樂句 樂曲的節拍。㉜隨計 指舉子赴試。㉝垂名 名聲傳播。㉞客戶坊 似當指外來戶居住的街坊。㉟僦 租賃。㊱俟 等；等到。㊲遺闕 似指拾遺、補闕以下品級的官員。㊳刺名刺；名帖。㊴盧延讓　見卷三〈散序〉⑰。㊵薛許下　即薛能。見卷三〈慈恩寺題名遊賞賦詠雜紀〉「曲江亭子」段⑦。㊶癖　通「僻」。冷僻；生僻。㊷吳翰林融　見卷五〈切磋〉「羊紹素夏課」段⑯。㊸出官峽中　指吳融依荊南節度使成汭。峽中，峽州一帶。㊹薄遊　為薄祿而宦遊於外。亦指漫遊。㊺荊渚　當指今湖北一帶。㊻贄謁　呈送文章求見。㊼滕籍　未見著錄，不詳。㊽府主　舊時幕職稱其長官的敬詞。㊾成汭　（？～九〇三）唐青州（今屬山東）人（一說淮西人）。少任俠，酒醉殺人逃為僧。唐僖宗時為蔡州將秦宗權假子，更姓名郭禹。後降荊南節度使陳儒為牙將。淮南將張瓌逐陳儒，欲殺汭，汭乃襲歸州，自稱刺史。文德元年（八八八）取荊南，被任為荊南留後。時荊南兵荒之後，居民僅十七家，遂勵精為治，招撫流亡，通商務農，發展近萬戶。與善養民的華州刺史韓建並稱「北韓南郭」。被任為節度使，遂復姓名。天復三年（九〇三）戰死。㊿張公職　未見著錄。(51)舉糧　未詳其義。抑指進京應試所需之錢糧。(52)因循　猶豫；拖延。(53)孜孜　一再；不停歇。(54)光化戊午歲　即光化元年（八九八）。光化，唐昭宗年號。(55)攘臂　捋起衣袖，伸出胳膊。常形容激奮貌。(56)成　成就。

【語譯】崔郾侍郎既受命知貢舉，在東都洛陽考試舉子，各官署公卿大夫都到長樂傳舍宴飲送行，出席官員之多，規模之大，很少有超過這一次的。那時吳武陵任太學博士，騎驢而來。崔郾聽說他前來，稍微有些驚訝，即離席與他說話。吳武陵說：「侍郎以高尚的品德、崇高的聲望，為聖明天子選拔才俊，我豈敢不稍有微塵滴露之獻！早些時，偶爾看見太學生十餘人，眉飛色舞、撫掌擊節在讀一卷文書，我近前觀看，見是應進士試的杜牧所作的〈阿房宮賦〉。像杜牧其人，真的是輔佐帝王的棟樑之才。侍郎官高位重，恐怕未必有空閱覽。」於是將抄寫在搢笏上的〈阿房宮賦〉朗聲宣讀一遍。崔郾大為讚賞。吳武陵說：「請侍郎將杜牧取為狀元。」崔郾說：「已經有人選了。」吳武陵說：「萬不得已，請以第五名錄取。」崔郾還未來得及回答，吳武陵又說：「不然，即以此賦錄取。」崔郾應聲回答說：「敬依所教。」入席後，崔郾對諸公說：「剛才吳太學以第五名惠賜。」有人問：「此人是誰？」崔郾回答說：「杜牧。」眾人中有以杜牧不拘小節而加以詆毀。崔郾說：「已答應吳君了。杜牧雖然微賤，但不能改易了。」

韓愈、皇甫湜，貞元年間名望聲價極高，也稱得上是一代士人心中的龍門。奇章公牛僧孺剛從江黃間來，將書籍、行李安置在京城東門外，攜帶自己所作的詩文，先往韓愈、皇甫湜處預測前途。偶遇二公，從容大方地謁見他們，各取一軸文章面呈。首篇文章是關於音樂的。韓愈一見題目即掩卷問牛僧孺云：「將以拍板做什麼？」牛僧孺說：「以定樂曲的節拍。」二公因而對僧孺大為稱賞。二公問他暫住何處，僧孺答道：「我剛出山應試，我的進退只聽從您們的安排，因而未敢入國門。」二公答道：「你的文章，不止是能求得一進士第，還當聲名流播。」於是讓他在城內客戶坊租一室居住。等到牛僧孺到別處去時，二公前去拜訪，並在他住處的門上寫了很大的留言：「韓愈、皇甫湜同來拜訪幾官先輩，不遇。」次日，自拾遺、補闕以下的官員，前來觀看的堵塞道路，全都投遞名帖以求比他人先謁見。由此，牛僧孺的名聲大振於天下。

盧延讓，光化三年登進士第。早先，盧延讓作詩師法薛能，詞意生僻，當時人多譏笑他。翰林學士吳融時任侍御使，在荊南節度使成汭幕中，盧延讓當時漫遊荊湖，因貧困沒有謄寫文章的卷軸，未及呈送文章求見。正巧吳融有一表弟滕籍，偶然得到延讓詩文百篇，吳融看後，大為稱讚，說：「這些詩文沒有別的，貴在不同尋常。」於是在節度使成汭處稱讚盧延讓的詩文。當時原宰相張公職（大租）在其地，常常把盧延讓作為笑柄，待吳融向他說起盧延讓的詩文，張公職對盧延讓的看法也大為改觀。於是盧延讓的境遇大為改善，他對吳融深深感激；然而因他猶豫拖延，兩人竟未能相見。後來，當吳融被朝廷急徵入京，他還一再地在公卿間稱譽盧延讓。光化戊午年，盧延讓自襄南進京，吳融與他一見如舊時相識，盧延讓不禁嗚咽流涕。其時可謂吳融振臂成就了盧延讓。

將仕郎守太子校書郎王泠然❶謹再拜上書相國燕公❷閣下：孔子曰：「居是邦也，事其大夫之賢者❸。」則僕所以有意上書於公，為日久矣。所恨公初為相，而僕始總角❹；公再為相，僕方志學❺；及僕預鄉舉❻，公左官❼於巴邱❽；及僕參常調❾，而公統軍於沙朔❿。今公復為相，隨駕在秦⓫，僕適効官⓬，分司⓭在洛，竟未識賈誼⑭之面，把相如⑮之手，則堯⑯、舜⑰、禹⑱、湯⑲之正道，稷⑳、辥㉑、夔㉒、龍㉓之要務，焉得與相公論之乎？昔者，公之有文章時，豈不欲文章者見之乎？公未富貴時，豈不欲富貴者用之乎？今公貴稱當朝，文稱命代㉔，見天下未富貴、有文章之士，不知公何以用之？公一登甲科㉕，三至宰相，是因文章之得用，於今亦三十年。後進之士，公勿謂無其人。何者？長安令裴耀卿㉖於開元五年掌天下舉，擢僕高第㉗，以才相知；今尚書右丞王丘㉘於開元九年掌天下選，拔僕清資㉙，以智見許。然二君者，若無明鑒，寧處要津？是僕亦有文章，思公見也；亦未富貴，思公用也。此非自媒自衒㉚，恐不道不知。有唐以來，無數才子，至於崔融㉛、李嶠㉜、宋之問㉝、沈佺期㉞、富嘉謨㉟、徐彥伯㊱、杜審言㊲、陳子昂㊳者，與公連飛並驅㊴，更唱迭和㊵；此數公者，真可謂五百年後挺生㊶矣。天喪斯文㊷，凋零向盡，唯相公日新厥德㊸，長守富貴，甚善，甚善。是知天贊明主而福相公。當此之時，亦宜應天之休㊹，報主之寵，彌縫㊺其闕，匡救其災；若尸祿備員㊻，則焉用彼相矣！僕聞位稱燮理㊼者，則道合陰陽；四時不愆㊽，則百姓無怨。豈有冬初不雪，春盡不雨，麥苗繼日而青死，桑葉未秋而黃落，蠢蠢㊾迷愚㊿，嗷嗷(51)愁怨，而相公溫眠甲第，飽食廟堂！僕則天地之一生人(52)，亦同人而怨相公也。京房《易傳》[53]曰「欲德不用」，茲謂張言[54]人君欲賢者而不用，徒張此意；「厥災荒」，云大旱也；「陰陽不雨」，復曰「師出過時」，茲謂曠其旱[55]不生。夫天道遠，人道邇。僕多言者也，安知天道！請以人事言之。主上開張翰林，引納才子，公以傲物而富貴驕人，為相以來，竟不能進一賢，拔一善。漢高祖云：「當今之賢士，豈獨異於古人乎？」有而不知，是彰[56]相公之暗；知而不用，是彰相公之短。故自十月不雨，至於五月，雲纔積而便散，雨垂落而復收，此「欲德不用」之罰也。仍聞六胡為孽[57]，日寇邊陲；邦家[58]連兵[59]，來往塞下；巴西[60]諸將，必不出師，「過時」之咎也。四郊之多壘，卿大夫之辱也[61]。不知廟堂肉食者[62]何以謀之？相公在外十餘年，而復相國，險阻艱難，備嘗之矣；民之情偽[63]，盡知之矣。今人「室如懸罄，野無青草，何恃而不恐[64]！」天則不雨，公將若之何？昨五月有恩，百官受賜，相公官既大，物亦多，有金銀器及錦衣等，聞公受之，面有喜色。今歲大旱，黎民阻饑，公何不固辭金銀，請賑倉廩？懷寶衣錦，於相公安乎？百姓餓欲死，公何不舉賢自代，讓位請歸？公三為相而天下之人皆以公為亢[65]極矣。夫物極則反，人盛必衰；日中則昃[66]，月成則虧。老子曰：功成、名遂、身退，天之道也[67]。今公富貴功成，文章名遂，唯身未退耳。

相公昔在南中[68]，自為《岳陽集》[69]，有送別詩云：「誰念三千里，江潭一老翁[70]。」則知虞卿[71]非窮愁，不能著書以自寬；賈誼[72]非流竄，不能作賦以自安。公當此時，思欲生入京華，老歸田里，脫身瘴癘，其可得乎？今則不然，忘往日之棲遲[73]，貪暮年之富貴；僕恐前途更失，後悔難追！主上以相公為賢，使輔佐社稷；若棄德不讓，是廢[74]明君之舉，豈曰能賢！僕見相公事方急[75]，不可默諸桃李[76]；公聞人之言或中，猶可收以桑榆[77]。《詩》曰：「投我以木瓜，報之以瓊琚[78]。」此言雖小，可以喻大。相公〈五君詠〉曰：「淒涼丞相府，餘慶在玄成[79]。」蘇公[80]一聞此詩，移相公於荊府[81]，積漸至相，由蘇得也；今蘇屈居益部[82]，公坐廟堂，投木報瓊，義將安在？亦可舉蘇以自代，然後為方朔[83]之行。抑又聞：「屋漏在上，知之在下[84]。」報國之重，莫若進賢。去年赦書云：「草澤[85]卑位之間，恐遺賢俊，宜令兵部即作牒目[86]，徵召奏聞。」而吏部起請[87]云：「試日等第全下[88]者，舉主[89]量加貶削[90]條目[91]一行[92]。」僕知天下父不舉子，兄不舉弟。向者，百司諸州長官皆無才能之輩，並是全軀保妻子之徒。一入朝廷，則恐出；暫居州郡，即思改。豈有輕為進舉，以取貶削？今聞天下向有四百人應舉，相公豈與四百人盡及第乎？既有第差，由此百司諸州長官，懼貶削而不舉者多矣。僕竊謂今之得舉者，不以親，則以勢；不以賄，則以交；未必能鳴鼓四科[93]，而裹糧[94]三道[95]。其不得舉者，無媒無黨，有行有才，處卑位[96]之間，仄陋[97]之下，吞聲飲氣，何足算哉！何乃天子今有司舉之，而相公今有司拒之！則所謂「欲德不用」，「徒張此意」，事與京房《易傳》同。故天下以大旱相試[98]也。去年所舉縣令，吏部一例與官。舉若得人，天下何不雨？賢俊之舉，楚[99]既失之；縣令之舉，齊亦未得。夫有賢明宰相，尚不能燮理陰陽，而令庸下[100]宰君[101]，豈即能緝熙[102]風化[103]？相公必欲選良宰，莫若舉前倉部員外郎吳太玄[104]為洛陽令；必欲舉御史中丞，莫若舉襄州刺史靳□[105]。清輦轂[106]之路，非太玄不可；生臺閣[107]之風，非靳不可。僕非吳、靳親友，但以知其賢明；相公有而不知，知而不用，亦其過深矣。抑又聞之，昔閔子騫為政曰：「仍舊貫，如之何？何必改作[108]？」凡校書、正字[109]，一政[110]不得入畿[111]。相公曾為此職[112]，見貞觀[113]已來故事[114]。今吏部侍郎楊滔[115]，眼不識字，心不好賢，蕪穢我清司[116]，改張我舊貫[117]，去年冬奏請：「自今已後，官無內外，一例[118]不得入畿。」即知正字、校書不如一鄉縣尉[119]，明經[120]、進士不如三衛[121]出身。相公復此改張，甄別[122]安在？古人有坐釣登相[123]，立籌封侯[124]；今僕無尚父之謀、薛公之策，徒以仕於書苑[125]，生[126]於學門，小道[127]逢時，大言祈相。僕也幸甚，幸甚！去冬有詩贈公愛子協律128，其詩有句云：「官微思倚玉，交淺怯投珠。」《呂氏春秋》129云：「嘗一臠130之味，可知一鼎131之味。」請公且看此十字，則知僕曾吟五言，則亦更有舊文，願呈作者。如公之用人，蓋已多矣；僕之思用，其來久矣。拾遺、補闕132，寧133有種乎！僕雖不佞134，亦相公一株桃李也。此書上論不雨，陰陽乖度135；中願相公進賢為務；下論僕身求用之路。事繁而言不典136，理切而語多忤137。其善也，必為執事所哂138；其惡也，必為執事所怒。儻哂既罷，怒方解，則僕當持舊文章而再拜來也。

【注釋】❶王泠然　山東人。開元五年（七一七）進士。授將仕郎，守太子校書郎。❷相國燕公　張說（六六七～七三一），字道濟，又字說之。唐河南洛陽人。武則天時，對策賢良方正，署乙等，授太子校書郎。後流欽州。中宗立，召為兵部侍郎，加弘文館學士。景雲二年（七一一），進中書侍郎、同平章事，兼修國史。玄宗即位，任中書令，封燕國公。開元七年（七一九），檢校并州大都督府長史，兼天平軍大使。九年，任兵部尚書。次年，為朔方軍節度使。十三年，為右丞相兼中書令，集賢院學士，知院事。反對宇文融括戶，詔令致仕。十八年，復任尚書左丞相。文冠一時，亦能詩，時朝廷許多重要文誥多出其手，與許國公蘇頲並稱「燕許大手筆」。有《張燕公集》。❸孔子曰三句　語出《論語．衛靈公》。意為「住在這個國家，要侍奉大夫中的賢人」。❹總角　指兒童。古時兒童束髮為兩結，向上分開，形狀如角，因稱總角。❺志學　指十五歲左右。語出《論語．為政》：「吾十又五而志於學。」❻預鄉舉　參加鄉里選拔人才。❼左官　降官；貶職。❽巴邱　亦作「巴丘」。唐時為岳州（今湖南岳陽）。❾參常調　按常規獲得選拔。參，選拔；委派。❿統軍於沙朔　指張說任朔方軍節度使。⓫秦　今陝西境。此當指長安。與下文「分司在洛」對應。⓬効官　即「效官」。授官。⓭分司　唐制，中央官員在東都洛陽任職者，稱分司。⓮賈誼　見卷四〈師友〉「毛傑與盧藏用書」段46。⓯相如　司馬相如。見卷四〈師友〉「杜工部交鄭廣文」段20。⓰

堯　見卷一〈進士歸禮部〉㉔。⑰舜　傳說中父系氏族社會後期部落聯盟領袖。姚姓，有虞氏，名重華，史稱虞舜。相傳因四岳推舉，堯命他攝政。他巡行四方，除去鯀、共工、驩兜和三苗等四人。堯去世後繼位，又諮詢四岳，挑選賢人，治理民事，並選拔治水有功的禹為繼承人。一說舜為禹所放逐，死在南方的蒼梧。⑱禹　姒姓，亦稱大禹、夏禹、戎禹。一說名文命。鯀之子。原為夏后氏部落領袖，奉舜命治理洪水，疏通江河，興修溝渠，發展農業。在治水十三年中，三過家門不入。因治水有功，被舜選為繼承人。相傳禹曾鑄造九鼎。其子啟建立了中國歷史上第一個國家「夏」。⑲湯　又稱武湯、成湯，商朝的建立者。原為商族領袖，與有莘氏通婚，任用伊尹執政，積聚力量，經多年征戰，一舉滅夏，建立商朝。堯舜禹湯在歷史上被稱為聖明之主。⑳稷　見卷五〈切磋〉「皇甫湜與李生第二書」段(71)。㉑薛　即「契」。見卷五〈切磋〉「皇甫湜與李生第二書」段(72)。㉒夔　相傳舜時的樂官。㉓龍　相傳為舜的諫官。㉔命代　命世；著名於當世。㉕甲科　唐代明經有甲、乙、丙、丁四科；進士有甲、乙兩科。㉖裴耀卿　見卷四〈師友〉「李華以文學」段⑭。一本作「今長安」。㉗擢僕高第　據《文苑英華》注引《登科記》，王泠然十九名。因有此語。㉘王丘　（？～七四三）字仲山。唐相州安陽（今屬河南）人。十一歲應童子舉，弱冠又登制科。開元初，遷考功員外郎，取士務取實材，不受請託，年登第者僅百人。復為吏部侍郎，選官公正。開元十一年（七二三），為懷州刺史，在職清廉，人吏皆畏之。入為尚書左丞、知制誥。二十一年宰相蕭嵩又引知政事，固辭，自薦韓休。為官清儉，致仕後藥費不能自給，玄宗特給全祿。據《登科記考》卷七開元九年知貢舉為員靜嘉。似當以王泠然說為是。㉙清資　唐代多由士族擔任的清貴官職。㉚自媒自衒　自我介紹，自我誇耀。衒，亦作「炫」。㉛崔融　（六五三～七〇六）字安成。唐齊州全節（今山東濟南東北）人。文辭超群，應八科舉及第，官崇文館學士。中宗為太子時，充侍讀。為武后賞識，累遷鳳閣舍人兼修國史。後任司禮少卿，知制誥。降節事張易之兄弟。中宗即位，貶袁州刺史。尋入為國子司業，監修國史。預修《武則天實錄》。原有集，已佚。今《全唐文》存文五十二篇，《全唐詩》存詩一卷。㉜李嶠　（約六四五～約七一四）字巨山，唐趙州贊皇（今屬河北）人。進士出身，後舉制策甲科。累遷給事中。為狄仁傑辯誣，出為潤州司馬。久乃召為鳳閣舍人，文冊號令，多出其手。聖曆元年（六九八），以祕書少監同平章事。尋知納言，進內史。中宗時，出知外州，尋入為吏部尚書、中書令，累封趙國公。睿宗立，下除懷州刺史，以年老致仕。玄宗即位，貶廬州別駕卒。有文名。少與王勃、楊炯相接，中與崔融、蘇味道齊名，晚年文章為時人所取法。今存文集三卷，《雜詠》二卷，《評詩格》一卷。㉝宋之問　（約六五六～約七一二）又名少連，字延清。唐汾州（治今山西汾陽）人，一說虢州弘農（今河南靈寶）人。上元進士。中宗時，任考功員外郎。後事太平公主，復附安樂公主，為太平公主告發，貶汴州長史，改越州長史。後被賜死。詩多歌功頌德之作，文辭華麗，自然流暢，對律詩定型頗有影響。有《宋學士集》九卷，附錄一卷。又有《宋之問集》二卷。㉞沈佺期（約六五六～七一四）字雲卿，唐相州內黃（今河南內黃西）人。上元進士。武則天時，累遷通事舍人，曾坐贓配嶺表。中宗時，官至太子詹事。善屬文，長於五、七言律詩，與宋之問齊名，時稱「沈宋」。其詩注重音調諧和，對偶整齊，對律詩體制的定型頗有貢獻。原集已佚。今有輯本《沈佺期集》四卷。㉟富嘉謀　當為富嘉謨。唐雍州武功（今屬陝西）人。登進士第。與新安吳少微友善，兩人所作文為時所重，稱「富吳體」。中宗時為左臺監察御史卒。㊱徐彥伯　（？～七一四）名洪，以字顯。唐兗州瑕丘（今山東兗州）人。少能為文，對策高第。武后時，官至宗正卿。中宗時，為太常少卿兼修國史。歷衛州刺史、工部侍郎、太子賓客。有集，已佚，《全唐文》存文七篇，《全唐詩》存詩一卷。㊲杜審言　（約六四五～七〇八）字必簡。唐襄州襄陽（今屬湖北）人，後遷鞏縣（今屬河南）。杜甫祖父。咸亨進士。武則天時，任著作佐郎、膳部員外郎。流配峰州。尋召為國子監主簿，加修文館直學士。善五言詩，格律謹嚴。原集已佚，有輯本二卷。㊳陳子昂　見卷一〈進士歸禮部〉㊾。㊴連飛並驅　猶並駕齊驅。㊵更唱迭和　相互唱和。㊶挺生　挺拔生長。謂傑出。㊷天喪斯文　語本《論語·子罕》。斯文，指禮樂教化。此指上述諸人。㊸日新厥德　語出《易·大畜》。意為日日增新其德。㊹休　福祿。㊺彌縫　縫合；補救。㊻尸祿備員　居位而無所作為，在位充數。㊼燮理　指宰相的職務、政務。也指和順協調。㊽愆　違失。㊾蠢蠢　愚昧無知貌。借指百姓。㊿迷愚　迷惑。51嗷嗷　眾口愁怨聲。借指百姓。52生人　活人。53京房易傳　京房（前七七～前三七），西漢今文易學「京氏學」的開創者。以「通變」說「易」，好講災異。元帝時，立為博士。屢次上疏以災異推論時政得失。因劾奏石顯等專權，出為魏郡太守；不久，下獄死。今存《京氏易傳》三卷。清馬國翰輯有《周易京氏章句》一卷。54張言　猶揚言、誇口。55曠其旱　曠旱。即久旱。56彰　明；顯。57六胡為孽　六胡，指突厥。唐調露元年（六七九），高宗於靈州（治今寧夏靈武西南）南界置魯、麗、含、塞、依、契六州，以安置突厥降戶，時人稱六胡州。此借指突厥。為孽，作亂。58邦家　國家。59連兵　集結軍隊。60巴西　此指今四川西北部。61四效之多壘二句　語出《禮記·曲禮上》：「四郊多壘，此卿大夫之辱也。」四郊營壘很多，本指頻繁地受到敵軍侵犯。後多用以形容外敵侵迫，國家多難。「四效」當作「四郊」。62廟堂肉食者　指朝廷高官。63情偽　真假；虛實。64今人室如懸磬三句　語出《國語·魯語上》。形容空無所有、極貧。65亢　驕傲；無禮。66昃　偏西。67老子曰三句　原文為「功成身退，天之道」。見《道德經》第九章。68南中　泛指南方地區。69岳陽集　今未見。70誰念三千里二句　出自張說〈岳州宴別潭州王熊二首〉。71虞卿　亦作虞慶、吳慶。戰國時人。虞氏，名失傳。因進說趙孝成王，被任為上卿，稱為虞卿。主張以趙為主，合縱抗秦。後又反對割地給秦。《漢書·藝文志》儒家有《虞氏春秋》十五篇，今佚，有清馬國翰輯本。下文「著書以自寬」即當指此書。(72)賈誼　見卷四〈師友〉「毛傑與盧藏用書」段(46)。賈誼謫為長沙王太傅，因有「流竄」之語。賈誼擅賦，今存七篇，以〈弔屈原賦〉、〈鵩鳥賦〉較有名。因有「作賦以自安」之語。(73)棲遲　亦作「栖遲」。漂泊失意。(74)廢　敗壞。(75)事方急　猶言到了緊要關頭。(76)默諸桃李　猶言默不作聲。即不能不說話。語本《史記・李將軍列傳》：「桃李不言，下自成蹊。」但反用其意。(77)收以桑榆　語本《後漢書・馮異傳》：「失之東隅，收之桑榆。」此喻指「尚可有所彌補」。(78)詩曰三句　語出《詩・衛風・木瓜》。木瓜，植物名，果實形如黃金瓜，可供賞玩。瓊琚，美玉製成的佩飾。原指男女相愛互贈禮品。後用以指報答他人對待自己的深情厚誼。但下文的「投木報瓊」則反用其意，指責張說給人的少所得的多。(79)相公五君詠曰三句　句出〈五君詠五首〉之二「蘇許公瓌」。餘慶，指留給子孫後輩的德澤。玄成，用韋玄成故事。漢代韋賢於宣帝時代蔡義為丞相，元帝時，其少子玄成，復以明經歷位至宰相。見《漢書・韋賢傳》。後借指能繼承先輩相位的人。王泠然以此詩引出下文張說與蘇頲之事。(80)蘇公　指蘇頲（六七〇～七二七）。頲字廷碩。唐雍州武功（今陝西武功西北）人。蘇瓌子。武則天時，登進士第，又舉賢良方正科。累遷監察御史。受詔覆來俊臣等舊獄，雪冤甚眾。中宗時，擢中書舍人，加修文館學士，父子同掌樞密，時以為榮。李隆基（玄宗）平韋后，機事紛繁，文誥皆出其手，時人稱其「思如湧泉」。玄宗即位，為中書侍郎，仍知制誥。襲父封爵，號小許公。善屬文，與燕國公張說並稱燕許大手筆。開元四年（七一六），進同平章事，與宋璟同知國政。後罷為禮部尚書，俄檢校益州大都督長史。十三年，以禮部尚書分掌吏部選事。有《蘇廷碩集》二卷。(81)移相公於荊府　指張說貶岳州刺史事。(82)蘇屈居益部　指蘇頲出為檢校益州大都督長史事。(83)方朔　漢代東方朔的省稱。為人詼諧善辯，相傳為歲星化身，有偷仙桃、騎步景駒、獻風聲木等傳說。善辭賦，〈答客難〉較為有名。此勸張說要超脫。(84)屋漏在上二句　見《南史・江子一傳》。(85)草澤　草野；民間。(86)牒目　猶名冊。(87)起請　奏請；上奏。(88)等第全下　猶言全部落榜。(89)舉主　此指舉薦的官員。(90)貶削　指古代對官吏的職務、稱號等降級或削除。(91)條目　法令、規章等的項目。亦指法令、規章。(92)一行　猶一律執行。(93)四科　有各種說法。此採取唐高宗時舉薦人才的四條之說，即孝悌力行、經史儒術、藻思詞鋒、廉平強直。此方能與上文文意相符。(94)裹糧　本指攜帶熟食乾糧，以備出征或遠行。此指為推薦人才奔走。(95)三道　指國體、人事、直言。語出《漢書・晁錯傳》：「選賢良明於國家之大體，通於人事之終始及能直諫者，各有人數，將以匡朕之不逮，二三大夫之行，當此三道。」(96)卑位　低下的地位。(97)仄陋　指不為人所注重的社會下層或鄙陋之處。(98)試　考較；冒犯。(99)楚　與下文「齊」，為春秋戰國時兩大諸侯國，一南一北。文中對舉，猶喻指全國上下。(100)庸下　平庸低下。(101)宰君　對知縣的敬稱。(102)緝熙　指光明、光輝。

此用作動詞。有光大、使……淳厚之意。〔103〕風化　風氣；風俗。〔104〕吳太玄　曾任郎官。〔105〕靳□　失其名。〔106〕輦轂　皇帝的車輿。一般指代皇帝或京城。此借指朝廷、仕途。〔107〕臺閣　隋唐時，指尚書省諸司。〔108〕閔子騫為政曰四句　語出《論語‧先進》。閔子騫，孔子的學生閔損，字子騫。閔子騫似未任過官，文中言其「為政」，未知何據。〔109〕校書正字　係唐代官名。校書，即校書郎。隋唐秘書省及著作局皆置校書郎，掌校讎典籍，為文士起家之良選。唐代弘文館、崇文館等亦置校書郎，皆為美職，而以秘書省校書郎為最。正字，隋唐秘書省、著作局皆置正字，掌校讎典籍，刊正文字，為文士起家之良選。但為九品官，地位低下。〔110〕一政　指任何見解、政見。〔111〕畿　指京城。此指朝廷。〔112〕相公曾為此職　張說曾任太子校書郎，因有此語。〔113〕貞觀　（六二七～六四九）唐太宗年號。〔114〕故事　慣例。〔115〕楊滔　唐弘農華陰人。開元年間官至吏部侍郎、同州刺史。〔116〕清司　清白的官署。〔117〕舊貫　猶言原來的制度。〔118〕一例　一概；一律。〔119〕縣尉　官名。隋唐時為諸縣佐官，掌課調徵收，判司戶、司法等曹事務。通常為進士入仕者初任之官。〔120〕明經　唐代科舉科目之一。以經義、策問取士。〔121〕三衛　唐代府兵宿衛有內府、外府之分。外府為折衝府，內府為中郎將府。折衝府所統衛士一般取六品以下子及白丁為之。中郎將府所統衛士分親衛、勳衛、翊衛三種，通稱三衛，皆以五品以上官子孫為之，掌宮廷內部宿衛。〔122〕甄別　區別。亦指審核官吏的行狀資歷而分別去留。〔123〕坐釣登相　即指下文之「尚父」。也即姜太公。周代齊國的始祖。呂氏，名望，一說字子牙，西周初官太師，也稱師尚父。輔佐周武王滅商有功，封於齊。相傳他在渭水垂釣，周文王知其賢，任為相。因有「坐釣登相」之語。〔124〕立籌封侯　即指下文之薛公。出典未詳。又戰國趙國有一薛公，隱於賣漿家。魏公子無忌客於趙，與之遊，後薛公諫無忌歸魏，破秦師。《漢書》載，故楚令尹薛公，漢初淮南王黥布反，高祖召見薛公，言布形勢，帝善之，封千戶。兩人不知孰是。抑另有薛公。又信陵君魏無忌亦稱「薛公」。〔125〕今僕無尚父之謀二句　時王泠然為太子校書郎，故有此語。〔126〕生　活著；生活。〔127〕小道　禮樂政教以外的學說。亦指諸子之書。此「小道」，另一層意思是和下文「大言」相對應。〔128〕協律　指協律都尉、協律校尉、協律郎等官。張說二子張均、張垍，查新舊《唐書》均未見任職協律，不知指何人。〔129〕呂氏春秋　亦稱《呂覽》。戰國末秦相呂不韋集合門客共同編寫，為雜家代表著作。全書二十六卷，內分十二紀、八覽、六論，共一百六十篇。內容以儒、道思想為主，兼及名、法、墨、農及陰陽家言。〔130〕一臠　一塊。〔131〕鼎　古代炊器，又為盛熟牲之器。多用青銅鑄成。〔132〕拾遺補闕　均為官名。掌供奉諷諫，為士人清選。〔133〕寧　難道；豈。〔134〕不佞　不才。〔135〕乖度　失當；違度。〔136〕不典　粗俗；不雅典。〔137〕忤　觸犯。〔138〕哂　譏笑。

【語　譯】 將士郎守太子校書郎王泠然謹再拜上書相國燕公閣下：孔子云：「居住在這個國家，要侍奉大夫中的賢人。」這是我之所以有意給您寫信，已有很長的日子了。可恨的是您初任宰相時，我還是個孩子；您再次拜相，我剛有志於學業；等到我參加鄉里的選舉，您正左遷於岳州；到了我按規定獲選提拔，而您又統軍於朔方。現今您再次任宰相，隨侍天子於長安，而我正被授官，到東都洛陽任職，竟然未能識得賈誼之面，親握司馬相如之手。而對於堯、舜、禹、湯的正道，稷、契、夔、龍的要務，又怎麼能夠與您當面談論呢？早年，您在撰寫文章時，難道不希望文章高手看到嗎？您在尚未富貴時，難道不盼望富貴顯達者任用嗎？現在，您富貴稱於當朝，文章聞名當世，見到天下那些尚未富貴、擅長文章之士，不知您將如何使用他們？您曾一登甲科，三至宰相，就是因為擅寫文章而得以進用，至今已經三十年了。後來之士，您不要以為沒有這樣的人。這是為什麼呢？長安令裴耀卿在開元五年掌天下貢舉，擢拔我在高第，以才學相知；現任尚書右丞王丘在開元九年掌天下貢舉，將我擢拔在清資之列，以才智受到他的讚許。而此二君，如無高明的識見，怎能身居要職？這正是我也有文章，希望您能見到；我尚未富貴，希望得到您的任用。這並不是我自我介紹自我誇耀，而是怕不說無人知道。自唐立國以來，出現過無數才子，至於像崔融、李嶠、宋之問、沈佺期、富嘉謨、徐彥伯、杜審言、陳子昂等，與您並駕齊驅，相互唱和，這幾位，真可說五百年後即是傑出人物了。天喪斯文，凋零將盡，而只有相公您日日增新其德，長期保有富貴，甚好，甚好。由此可知上天贊助明主而賜福相公。當此之時，亦宜於回應上天的福祐，報答主上的恩寵，彌補闕失，匡救災害；如若在位充數，無所作為，那為何還要任用那宰相呢！我聽說在位稱職和順協調的，則合於陰陽之道；不違失四時，則百姓沒有怨望。哪有到了初冬不下雪，整個春季不下雨，麥苗連日大片枯死，桑葉未到秋天而葉黃掉落，百姓迷罔無措，萬民憂愁怨恨，而您卻溫眠於深宅大院，飽食於朝堂的道理！我是生活於天地之間的一個人，也同別人一樣怨恨您。京房《易傳》云：「欲德不用」，這是所謂揚言人君希有賢才而不加任用，虛張此意；「厥災荒」，是說大旱；「陰陽不雨」，又說「師出過時」，這是說天久旱萬物無法存活。那天道遠，而人道近。我是一個多嘴的人，哪裡知道天道！請允許我說說人事。主上開設翰林院，是為招引吸納天下人才，而您卻恃才傲物且以富貴傲視他人，自任宰相以來，竟然不能推舉一賢，提拔一善。漢高祖劉邦曾說：「當今的賢能之士，難道不同於古人嗎？」有賢才而不知，是顯示您的不明；知有賢才而不能任用，是顯露您的不足。所以自去年十月不下雨，直至今年五月，雲剛積聚而隨即散去，雨才落而很快停止，這就是對「欲德不用」的懲罰。又聽說六胡作亂，接連侵犯邊境，國家連年用兵，往來塞下；巴西諸位將領，必定不肯出兵，這是「過時」所招致的災禍。國家遭受外敵侵犯，這是卿大夫的恥辱。不知朝廷高官用什麼來對付它！您在地方任職十餘年，而又重任宰相，險阻艱難，您都嘗遍了；百姓的情形，您也全都明白了。現今百姓「室內空虛得如懸掛的磬，野外地裡連青草也沒有，憑什麼不害怕！」老天再不下雨，您將怎麼辦？前不久五月間主上有恩，百官接受賞賜，您官位既大，賜物亦多，有金銀器物及錦衣等，聽說您領受賞賜，面有喜色。今年大旱，百姓遭受饑荒，您為什麼不堅決辭謝金銀等物，請求開倉賑濟百姓？懷藏寶物身穿錦衣，您於心何安？百姓饑餓將死，您為什麼不薦舉賢能代替自己，讓位請歸呢？您三任宰相而天下之人都以為您已驕傲無禮到了極點了。事物發展到極點將走向反面，人到了鼎盛之時也將走向衰落；太陽到了中午就將偏西，月亮到了圓時也將月虧。老子說：「功成名就，不貪戀功名地位，這就是順應天道。」現今您富貴功成，文章名就，只是尚未做到身退。您早年在南方，自己著有《岳陽集》，其中有送別詩寫道：「誰能念及三千里外，江潭之間有一老翁。」由此可知，虞卿如果不是窮愁，就不能著書以自我寬慰；賈誼如果不是流竄，也不能作賦而自己安心。您面對當時的情況，想著要活著回到京城，年老辭歸田里，脫身那瘴癘之地，能夠做到嗎？現今卻不一樣，您忘記了往日的漂泊失意，貪圖暮年的榮華富貴，我擔心您前途更有閃失，後悔難追。主上將您視為賢才，任用您輔佐國家社稷，您如果拋棄德行而不辭讓，是敗壞聖明天子的舉措，又怎能說是賢才？我看到您正處在緊要關頭，不能像桃李一樣默不作聲；您如果在聽他人的議論時以為中肯，還能有所彌補。《詩經》說：「贈送給我木瓜，回贈給你瓊琚。」此詩雖然講的是小事，但可以比喻大事。您的〈五君詠〉詩云：「面對淒涼的丞相府第，德澤全靠後輩來延續。」蘇頲一聽到此詩，就將您安置在荊府，逐漸升遷重至相位，可說是靠著蘇頲而得；現在蘇頲屈居益州，您身居朝堂，投木報瓊，信義何在？您亦可以薦舉蘇頲來替代自己，然後可以效法東方朔的行止。或許您又聽說：「屋漏在上面，知漏在下面。」報效國家最重要的，不如舉薦賢才。去年朝廷的赦書說：「草野民間及下級官吏之間，恐怕有遺漏的賢才俊傑，應命兵部盡快造出名冊，以便徵召上奏朝廷。」而吏部卻上奏云：「考試時凡全部落榜的，對舉薦舉子的官員適當貶削的法令一律執行。」我於是知道天下父不舉子，兄不薦弟。多年以來，各官署及諸州縣長官都是無才能之輩，且都是保全身價性命、保護妻子兒女之徒。一入朝廷，就怕到地方任職；暫在州郡為官，即思改弦更張，以謀進京。哪裡還有輕易為朝廷舉薦賢才，而自取貶削的人呢？現在聽說天下一直有四百人應舉，您又怎麼能將四百人全部及第呢？既然考試有等第差別，因此各官署諸州縣長官，懼怕遭到貶削而不推舉人才的人就太多了。我私下以為現在那些得到推薦的人，不是依靠親故，就是依靠權勢；不是憑藉賄賂，就是依靠交情，未必能為國家薦舉人才大聲呼號、四處奔走。那些得不到推舉的，沒人介紹，沒有同黨，即使有德行有才華，但處於低下的地位，居於社會的底層，忍氣吞聲，究竟有多少怎麼能計算得清！又怎奈天子令有關官署舉薦人才，而您卻命令他們加以拒絕！亦即所謂「欲德不用」，「徒張此意」，所做之事與京房《易傳》相同。故而天下以大旱來考驗您。去年推薦的縣令，吏部一律授予官職。如果舉薦得人，為什麼天久不下雨？舉薦賢俊，楚已經失去；推舉縣令，齊也未得到。現在有了賢明的宰相，尚且不能調理陰陽，而對那些才行平庸低下的縣令，又豈能讓他們去淳厚風化？您如果一定要選用好的縣宰，則不如推薦前倉部員外郎吳太玄為洛陽令；一定要推薦御史中丞，則不如舉用襄州刺史靳□。要廓清仕途之路，非用太玄不可；要改變臺閣之風，非用靳□不可。我並非吳、靳親友，只是知道他們賢明；相公有賢才而不知，知道了又不加任用，您的過錯也就太大了。或許您又聽說，先前閔子騫當政時說：「還是按照老樣子，怎麼樣？為什麼一定要改變呢？」凡是校書、正字這類官員，任何政見不能上達朝廷。您也曾任此職，見到了貞觀以來的慣例。現今吏部侍郎楊滔，眼不識字，心不愛賢，玷污我朝潔淨的官署，改易朝廷原有的制度，去年冬天上奏云：「從今以後，官員不論內外，一律不得入京。」可知正字、校書之官，還不如一鄉間縣尉，明經、進士及第，尚不如三衛出身。您又對此改弦更張，區別何在？古人中有坐釣登相、立籌封侯之事，現在我卻沒有尚父那樣的謀略、薛公那樣的計策，只能在書苑任職，在學門存活，於小道正逢其時，用大言祈求宰相。我也稱得上十分幸運，十分幸運！去年冬天我曾有詩贈給您的愛子協律，詩中有句寫道：「官職低微想要倚玉，交情尚淺怯於投珠。」《呂氏春秋》說：「嘗一塊肉的滋味，可以知道整個鼎中肉的滋味。」請您姑且看我詩中的十個字，則可知我曾吟詠五言詩歌，亦更有舊時所作的文章，願意呈獻給有成就之人。像您那樣用人，已經是太多了。我希望能被任用，也已經很久了。像拾遺、補闕這樣的官職，難道是天生的嗎！我雖不才，但也可稱是您的一株桃李。這封信上論久旱不雨，陰陽失調；中願您進賢選能為首要任務；下論我自身企求進用之路。事情繁雜而粗俗，事理懇切而語言多而冒犯。信中的善處，肯定讓您哂笑；信中的錯處，必定使您惱怒。倘若您哂笑已罷，怒氣已消，則我當持舊時文章再來拜見。

韓偓❶，天復❷初入翰林。其年冬，車駕❸出幸❹鳳翔❺，偓有扈從❻之功。返正❼初，上面許偓為相。奏云：「陛下運❽契❾中興，當復用重德鎮風俗。臣座主❿右僕射趙崇⓫可以副陛下是選，乞迴臣之命⓬，授崇，天下幸甚。」上嘉歎。翌日，制⓭用崇暨兵部侍郎王贊⓮為相。時梁太祖⓯在京，素聞崇之輕佻⓰，贊復有嫌釁⓱，馳入請見，於上前具言二公長短⓲。上曰：「趙崇是偓薦。」時偓在側，梁王叱之。偓奏曰：「臣不敢與大臣爭。」上曰：「韓偓出。」尋謫官入閩。故偓有詩⓳曰：「手風⓴慵(21)展八行書(22)，眼暗休看九局圖(23)。窗裡日光飛野馬(24)，案(25)前筠管(26)長蒲盧(27)。謀身拙為安蛇足(28)，報國危曾捋虎鬚(29)。滿世可能無默識(30)，未知誰擬試齊竽(31)！」

崔顥[32]〈薦樊衡[33]書〉：「夫相州[34]者，九王之舊都；西山雄崇，足是秀異。竊見縣人樊衡，年三十，神爽清晤，才能絕倫。雖白面書生，有雄膽大略，深識可以軌[35]時俗，長策可以安塞裔[36]。藏用守道[37]，實有歲年。今國家封山勒崇[38]，希代[39]罕遇；含育[40]之類，莫不踴躍。況詔徵隱逸[41]，州貢茂異[42]，衡之際會，千載一時。君侯[43]復躬自執圭[44]，陪鑾[45]日觀此州名藩[46]，必有所舉。當是舉者，非衡而誰？伏願不棄賢才，賜以甄獎[47]。得奔[48]大禮[49]，升聞[50]天朝。衡因此時策名[51]樹績，報國榮家，今當代之士知出君侯之門矣。願不勝[52]區區[53]，敢聞左右[54]。俯伏階屏[55]，用增戰汗[56]！」

顥〈薦齊秀才書〉：「某官至，辱垂下問，今公舉[57]一人，可[58]管記[59]之任者。愚以為軍中之書記[60]，節度使之喉舌。指事立言而上達，思中[61]天心[62]；發號出令以下行，期悅人意。諒非容易，而可專據[63]。竊見前進士高陽齊孝若[64]考叔，年二十四，舉[65]必專授[66]，文皆雅正，詞賦甚精，章表殊健；疏眉目，美風姿，外若坦蕩[67]，中甚畏慎[68]。執事[69]儻引在幕下，列於賓佐，使其馳一檄飛書[70]，必能應馬上之急求，言腹中之所欲。夫掇芳刈楚[71]，不棄幽遠。況孝若相門子弟[72]，射策[73]甲科，家居君侯之宇下[74]，且數年矣。不勞重幣，而獲至寶，甚善，甚善。

雄都大府，多士75如林，最所知者，斯人也。請為閣下76記其若此。唯用與舍，高明裁之。謹再拜。」

【注釋】❶韓偓（八四四～約九一四以後）字致堯，一作致光，小字冬郎，自號玉山樵人，京兆萬年（今陝西西安東南）人。龍紀進士，官翰林學士、中書舍人。黃巢軍入長安，隨昭宗奔鳳翔，進兵部侍郎、翰林承旨。後以不附朱全忠被貶斥，南依閩王王審知而卒。原有集，已佚。後人輯有《韓內翰別集》。❷天復（九〇一～九〇三）唐昭宗年號。❸車駕 指代天子（昭宗）。❹幸 帝王親臨稱幸。❺鳳翔 今屬陝西。❻扈從 隨從皇帝出巡。❼返正 指帝王復位。❽運 世運；國運。❾契 合。❿座主 唐代進士稱主試官為座主。龍紀元年（八八九）韓偓進士及第，趙崇知貢舉，因有是語。⓫趙崇 字為山，官御史大夫，龍紀元年以禮部侍郎知貢舉。⓬迴臣之命 猶言收回對我的任命。⓭制 制書。即帝王的命令。⓮王贊 事跡未詳。⓯梁太祖 即朱溫。見卷三〈慈恩寺題名遊賞賦詠雜紀〉「裴思謙狀元及第後」段㊲。⓰輕佻 亦作「輕窕」。謂行動不沉著、不穩重。⓱嫌疊 亦作「嫌釁」。猶嫌隙。⓲長短 偏義複詞，指「短處」，不是。⓳有詩 此詩題為「安貧」。⓴手風 手指風痺。㉑慵 懶散。㉒八行書 指書信。八，一本作「一」。㉓九局圖 所指未詳。㉔野馬 塵埃。㉕桉 同「案」。㉖鈞管 竹管。此指筆管、毛筆。㉗長蒲盧 暗指已長時間不動筆了。蒲盧，即蘆葦。㉘安蛇足 指推薦趙崇為相事。㉙捋虎鬚 指得罪朱溫事。㉚默識 暗中記住。㉛齊竽 猶濫竽。指不學無術的人。齊，一本作「秦」。㉜崔顥（？～七五四）唐汴州（今河南開封）人。開元進士，官司勳員外郎。早期詩多寫閨情，流於浮豔。後歷邊塞，詩風變為雄渾奔放。其〈黃鶴樓〉詩，相傳為李白所傾服。明人輯有《崔顥集》。㉝樊衡 開元十五年（七二七）進士。事跡未詳。㉞相州 治鄴縣（今河北臨漳縣西南）。㉟軌 規範。㊱塞裔 塞外民族。㊲藏用守道 本指潛藏功用、堅守某種道德規範。此指胸懷大才恪守正道。㊳勒崇 在金石上勒名，表示尊崇。此指勒石、立碑。㊴希代 希世。㊵含育 包容化育。當時或有什麼舉措，已無由得知。㊶隱逸 隱居之士。㊷茂異 才德出眾之人。㊸君侯 秦漢時稱列侯而為丞相者。漢以後，用為對達官貴人的敬稱。此所指何人未詳。㊹執圭 亦作「執珪」。以手持圭。此猶言親自出面。㊺陪鑾 陪侍警衛皇帝。此指陪同皇帝。㊻名藩 指地方重鎮。㊼甄獎 嘉獎。㊽奔 趨向。㊾大禮 隆重的典禮。㊿升聞 上聞。51策名 「策名委質」之省。指仕宦而獻身於朝廷。52不勝 不盡。53區區 謂奔走盡力。54左右 不直稱對方，而稱其執事者，表示尊敬。55階屏 臺階和當門的小牆。借指大門之外庭階之下。(56)戰汗　恐懼出汗。(57)公舉　公議舉薦。(58)可　適合。(59)管記　古代對書記、記室參軍等文翰職官的通稱。(60)書記　掌管書信、公文之僚佐。(61)中　符合。(62)天心　指皇帝的心意。(63)專據　獨占。(64)齊孝若　字考叔。唐高陽（治今河北高陽縣東舊城）人。貞元八年（七九二）進士。官大理正。(65)舉　舉動。(66)專授　似指有專門訓練。(67)坦蕩　坦率任性；放達。(68)畏慎　戒惕謹慎。(69)執事　對對方的敬稱。(70)一檄飛書　猶言軍中各種文書。飛書，指緊急文書。(71)掇芳刈楚　選取芳草割取荊楚。楚，牡荊。落葉灌木，或小喬木，枝幹堅勁，可做杖。此借指選拔人才。(72)相門子弟　德宗時宰相齊映之後。(73)射策　本為漢代考試取士方法之一。此指應進士試。(74)宇下　比喻在他人庇覆之下或治下。此指後者。(75)多士　指眾多賢士。(76)閤下　即「閤下」。

【語譯】韓偓，天復初年入翰林院。其年冬天，天子前往鳳翔，韓偓有陪侍天子之功。天子回京復位時，當面許諾韓偓為宰相。韓偓上奏云：「陛下的國運正契合中興，應當任用德高望重之人以鎮風俗。臣的恩師右僕射趙崇能夠符合陛下的選擇，請求收回對我的任命，授予趙崇，天下有幸。」天子甚為讚賞。第二天，制書任用趙崇及兵部侍郎王贊為宰相。當時，朱溫正在京城，他一向聽說趙崇不夠穩重，而王贊與朱溫又有嫌隙，朱溫立即入宮請見天子，在天子面前詳盡訴說趙、王二人的不是。昭宗說：「趙崇是韓偓所薦。」當時韓偓正在旁邊，朱溫叱罵了他。韓偓上奏云：「臣不敢與大臣爭辯。」昭宗說：「韓偓出殿。」韓偓不久即被貶謫到福建。故而韓偓有〈安貧〉詩寫道：「手氣懶展八行之書，眼暗休看九局之圖。窗裡日光飄動塵埃，案前筆管長出蒲盧。謀身笨拙畫蛇添足，報國艱危曾捋虎鬚。滿世何能無人記住，不知誰欲試吹秦竽。」

崔顥在〈薦樊衡書〉中寫道：「相州，是九王的故都，西山雄偉高聳，足稱峻秀奇異。我發現本縣人樊衡，年紀三十，神清氣爽，才能絕倫。雖看似一介白面書生，卻胸懷雄才大略。深遠的識見可以規範當時風俗，卓越的良策能夠安定塞外邊民。胸有大才恪守正道，已有多年。現今國家封山勒石，希世罕遇；受朝廷包容化育之人，無不踴躍。更何況詔書徵召隱逸之士，州郡舉薦才德出眾之人，樊衡的際會，可謂千年一遇。君侯您又親自出面，時時陪同天子巡視本州的重鎮，必定會向朝廷有所舉薦。合適這一舉薦的，除了樊衡還能是誰？懇切希望您不棄賢才，賜以嘉獎，使他能參與大典，上聞朝廷。樊衡也正好因此獻身朝廷，建樹功績，報效國家，榮耀家族，令當代的士人知道樊衡出自君侯之門。願我的不盡拳拳之意，上達君侯。俯伏在庭階之下，不禁恐懼汗流。」

崔顥在〈薦齊秀才書〉中寫道：「某官來到本地，承蒙下問，令公議舉薦一人，適合擔任文翰職務。愚以為軍中的書記，實為節度使之喉舌。處事立言而上達，思欲符合聖心；發號施令以下行，期望取悅人意。擔任此職，想來並不容易而且難以獨占。今見前進士高陽齊孝若考叔，今年二十四歲，舉動必定符合規矩，文章也都雅正，詞賦頗為精當，章表特別清健；眉目疏朗，風姿綽約，外表看似坦率任性，內心卻甚為戒惕謹慎。您如果能將他吸引到幕下，位列於幕僚賓佐之間，讓他馳騁於軍中各種文書之中，必定能自如應付馬上之急求，暢言心中之所欲。選取芳草，剷取荊楚，不遺棄幽深僻遠之處的人才。況且齊孝若又係相門子弟，應進士試列於甲科，其家居住在君侯的治下，也已經數年了。不用花費大量錢財，而可獲得最好的寶物，再好不過了。在這雄都大府，賢人高士不可勝數，我所最了解的，就是齊孝若這個人了。特為閣下介紹此人。只是任用或捨棄，請君侯您裁定。謹再拜。」

李翱❶薦所知於徐州張僕射❷書：「翱載拜❸。齊桓公❹不疑於其臣，管夷吾❺信❻而伯❼天下，攘戎狄，匡周室，亡國存，荊楚服，諸侯無不至焉❽。豎刁❾、易牙❿信而國亂，身死不葬，五公子爭立，兄弟相及者數世。桓公之信於其臣，一道也。所信者得其人，則格於天地⓫，功及後世；不得其人，則不能免其身。知人不易也。豈唯霸者焉，雖聖人亦不免焉！帝堯⓬之時，賢不肖⓭皆立於朝，堯能知舜⓮，於是乎放⓯驩兜⓰，流⓱共工⓲，殛⓳鯀⓴，竄㉑三苗㉒，舉禹㉓、稷㉔、皋陶㉕二十有二人，加諸上位。故堯崩三載，四海之內，遏密八音，後世之人皆謂之帝堯焉㉖。向使堯不能知舜，而遂尊驩兜、共工之徒於朝，禹、稷、皋陶之下二十有二人不能用，則堯將不能得無為㉗爾；豈復得曰『大哉，堯之為君也！唯天為大，唯堯則之。蕩蕩乎，民無能名焉㉘』者哉！《春秋》曰：『夏滅項㉙。』孰滅之？蓋齊滅之。曷為不言齊滅之？為桓公諱㉚也。《春秋》為賢者諱，此滅人之國，何賢爾？君子之惡惡也疾㉛始，善善也樂㉜終。桓公嘗有繼絕存亡之功㉝，故君子為之諱也。繼絕存亡，賢者之事也。管夷吾用，所以能繼絕存亡國焉耳；豎刁、易牙用，則不能也。向使桓公始不用管夷吾，未有豎刁、易牙，爭權不葬，而亂齊國，則幽、厲㉞之諸侯也。始用賢而終身諱其惡，君子之樂用賢也如此；始不用賢，以及其終，而幸㉟後世之掩其過也，則微㊱矣。然則居上位、流德澤於百姓者，何所勞乎？於擇賢，得其人，措諸上，使天下皆化之焉而已矣。茲天子之大臣，有土千里者，孰有如閤下之好賢不倦者焉！蓋得其人亦多矣。其所求而得而不取者，則有人焉。隴西李觀㊲，奇士也，伏聞閤下知其賢，將用之未及，而觀病死。昌黎韓愈得古人之遺風，明於理亂㊳根本之所由，伏聞閤下復知其賢，將用之未及，而愈為宣武軍節度使之所用。觀、愈，皆豪傑之士也，如此人，不時出。觀自古天下亦有數百年無如其人者焉。聞閤下皆得而知之，皆不得而用之，翺實為閤下惜焉；豈惟翺一人而已，後之讀前載者，亦必多為閤下惜之矣。茲有平昌孟郊[39]，貞士也，伏聞閤下舊知之。郊為五言詩，自前漢李都尉、蘇屬國[40]及建安諸子[41]、南朝二謝[42]，郊能兼其體而有之。李觀薦郊於梁肅[43]補闕書曰：『郊之五言，其有高處，在古無上；其有平處，下顧[44]二謝。』韓愈送郊詩[45]曰：『作其[46]三百首，杳默[47]〈咸池〉[48]音。』彼二子皆知言者，豈欺天下之人哉！郊窮餓，不得安養其親，周天下無所遇，作詩曰：『食薺腸亦苦，強歌聲無歡。出門即有礙，誰為天地寬[49]！』其窮也甚矣！又有張籍[50]、李景儉[51]者，皆奇才也。未聞閤下知之。凡賢士奇人，皆有所負[52]，不苟合於世，是以雖見之，難得而知也；見而不能知，如勿見而已矣；知其賢而不能用，如勿知其賢而已矣；用而不能盡其才，如勿用而已矣；能盡其才而容讒人[53]之所間[54]者，如勿盡其才而已矣。故見賢而能知，而能用，而能盡其材，而不容讒人之所間者，天下一人而已矣。茲有二人焉皆來：其一，賢士也；其一，常常之人也。待之禮貌[55]不加隆焉，則賢者往而常常之人日來矣。況其待常常之人加厚，則善人何求而來哉！孔子曰：『吾未見好德如好色者也[56]。』賢者不好色而好德者。雖好色而不如好德者，次也；

色與德均好者，復其次也；雖好德而不如好色者，下也；不好德而好色者，窮矣[57]！人有告曰：『某所有女，國色也。』天下之人必竭其財求之而無所愛[58]矣。有人告曰：『某所有人，國士[59]也。』天下之人則不能一往而見焉。是豈非不好德而好色者乎？賢者則宜有別於天下之人矣。孔子述《易》，定《禮》、《樂》，刪《詩》、《書》，作《春秋》[60]，聖人也；奮[61]乎萬世之上，其所化之者非其道，則夷狄人[62]也，而孔子之廟存焉，雖賢者亦不能日往而拜之，以其益於人者寡矣。故無益於人，雖孔聖之廟猶不能朝夕而事焉。有待[63]於人，而不能得善士、良士，則不如無待也。嗚呼！人之降年[64]，不可與期[65]。郊[66]將為他人所得，而大有立於世，與短命而死，皆不可知也。二者卒然[67]有一。於郊之體，其為惜之不可既[68]矣，閣下終不得而用之矣，雖恨之亦無可奈何矣。翱，窮賤人也，直詞無讓，非所宜至於此者也，為道之存焉耳；不直則不足以伸道也，非好多言者也。翱再拜。」

贊曰：舉孤棄讎，聖人所美；下展[69]蔽善[70]，匹夫所鄙。懿[71]彼數公[72]，時行時止[73]。守道[74]克勤[75]，薦賢不倚[76]。泠然所尚，鴻儒不為矣。

【注釋】❶李翱　見卷二〈置等第〉❼。❷張僕射　所指未詳。❸載拜　再拜。載，通「再」。❹齊桓公　（？～前六四三）春秋時齊國君。姜姓，名小白。齊襄公弟。西元前六八五～前六四三年在位。襄公被殺後，從莒回國取得政權，任用管仲進行改革，國力富強。以「尊王攘夷」相號召，幫助燕國打敗北戎；營救邢、衛兩國，制止了戎狄對中原的進攻；聯合中原諸侯進攻蔡、楚，和楚國會盟於召陵（今河南郾城東北）；還安定東周王室的內亂，多次大會諸侯，訂立盟約，成為春秋時第一個霸主。❺管夷吾　即管仲（？～前六四五）。又稱管敬仲。名夷吾，字仲，潁上（潁水之濱）人。由鮑叔牙推薦，被齊桓公任為卿，尊稱「仲父」。他在齊國進行一系列改革，使齊國的國力大振。幫助齊桓公以「尊王攘夷」相號召，齊桓公成為春秋時期第一個霸主。《漢書・藝文志》道家著錄有《管子》八十六篇。❻信　受信任。❼伯　通「霸」。❽攘戎狄五句　見❹。❾豎刁　齊桓公近臣。刁一作刀、貂。官為寺人。管仲死後，與易牙等專權。桓公死，諸子爭立，他與易牙等殺害群吏，立公子無虧，太子昭奔宋，齊國因此發生內亂。❿易牙　一作狄牙。齊桓公寵幸的近臣。雍人，名巫，亦稱雍巫。長於調味，善逢迎，相傳曾烹其子為羹以獻齊桓公。⓫格於天地　感動天地。⓬帝堯　即堯。見卷一〈進士歸禮部〉㉔。⓭不肖　指小人。即不正派、不成才之人。⓮舜　見本卷「將仕郎守太子校書郎王泠然」段⓱。⓯放　流放。⓰驩兜　相傳為堯舜時的部落首領，四凶之一。被流放於崇山。⓱流　流放。⓲共工　相傳為堯舜時的部落首領，四凶之一。被流放於幽州。⓳殛　放逐。一作「誅」。⓴鯀　亦作「鮌」。傳說中堯舜時代的部落首領。被放逐於羽山。大禹的父親。四凶之一。㉑竄　流放。㉒三苗　古國名。相傳堯舜時部落。其君數為亂，被放逐於三危山。㉓禹　見「將仕郎守太子校書郎王泠然」段⓲。㉔稷　見卷五〈切磋〉「皇甫湜與李生第二書」段(71)。㉕皋陶　一作「咎繇」。傳說中東夷族的首領。偃姓。相傳曾被舜任為掌管刑法的官。後被禹選為繼承人，因早死，未繼位。春秋時英、六等國是其後代。㉖故堯崩三載四句　事見《書・舜典》。遏密八音，指帝王等死後停止舉樂。遏，絕。密，靜。八音，此指音樂。㉗不能得無為　不能有所作為。㉘大哉六句　語出《論語・泰伯》。原文「大哉堯之為君也」下有「巍巍乎」三字。㉙夏滅項　當為「夏，滅項」。見《春秋》僖公十七年。因而下文關於齊桓公時的內容均誤。然作者意不在此，而在於說明用人的重要。項國實為魯國所滅，而非齊國。《左傳》僖公十七年：「〔夏〕師滅項。」係指魯國軍隊。在此特作說明。㉚諱　隱諱；隱瞞。㉛疾　厭惡。㉜樂　喜歡。㉝繼絕存亡之功　見❸。㉞幽厲　指周代兩個殘暴、昏庸的國君周幽王、周厲王。周厲王（？～前八二八），姬姓，名胡。任用榮夷公執政，實行「專利」。又命令衛巫監視「國人」，殺死議論他的人，引起反抗。西元前八四一年「國人」暴動，他逃奔到彘（今山西霍縣），十四年後死於彘。周幽王（？～前七七一），姬姓，名宮湦（湦，一作涅）。宣王之子。西元前七八一～前七七一年在位。任用虢石父執政，剝削嚴重，加上地震與乾旱，人民流離失所。又進攻六濟之戎，大敗。因寵愛褒姒，廢掉申后和太子宜臼。申侯聯合曾、犬戎等攻周，他被殺於驪山下，西周滅亡。[35]幸　希望；期望。[36]微　細；小；少。[37]隴西李觀　見卷一〈廣文〉[8]。[38]理亂　治亂。[39]孟郊　見卷四〈師友〉「方干師徐凝」段[19]。[40]李都尉蘇屬國　指西漢李陵、蘇武。李陵（?～前七四），西漢隴西成紀（今甘肅秦安）人，字少卿。李廣孫。善騎射。武帝時，為騎都尉，率兵出擊匈奴貴族，戰敗投降。後病死匈奴。蘇武（?～前六〇），字子卿，西漢杜陵（今陝西西安東南）人。天漢元年（前一〇〇），出使匈奴被扣。匈奴貴族多方威脅誘降，又把他遷到北海（今貝加爾湖）邊牧羊。堅持十九年不降。始元六年（前八一），因匈奴與漢和好，始得回國。官典屬國。李陵、蘇武作品今不見。僅《漢書·蘇武傳》中有李陵歌一首。而世傳李陵〈答蘇武書〉係後人偽作。[41]建安諸子　指漢末建安年間曹操、曹丕、曹植父子以及孔融、陳琳、王粲、徐幹、阮瑀、應瑒、劉楨（建安七子）諸人。[42]南朝二謝　指南朝宋謝靈運和南朝齊謝朓。[43]梁肅（七五三～七九三）字敬之，一字寬中。唐安定（今甘肅涇川北）人。建中初，中文辭清麗科。官至監察御史，轉右補闕，翰林學士、太子侍讀。善散文，得獨孤及傳授，為韓愈所師法。文筆古樸。原集已佚，《全唐文》存文六卷。[44]顧　視。[45]韓愈送郊詩　《全唐詩》卷三四〇作〈孟生詩〉。[46]作其　《全唐詩》為「作詩」，是。[47]杳默　《全唐詩》作「窅默」。渺遠而幽微。[48]咸池　古樂曲名。相傳為堯樂。一說為黃帝之樂，堯增修沿用。此兩句詩意為孟郊詩雖佳而無人賞識。[49]食薺腸亦苦四句　《全唐詩》卷三七七題〈贈別崔純亮〉。薺，薺菜。誰為，《全唐詩》作「誰謂」，是。[50]張籍　見卷三〈散序〉[53]。[51]李景儉　字寬中。漢中王瑀之孫。景儉貞元十五年（七九九）進士。歷官忠州、澧州刺史，諫議大夫。因忤時相，貶漳州刺史，授少府少監，卒。[52]負　依恃、憑藉。[53]讒人　進讒言之人。[54]間　離間。[55]禮貌　以莊肅和順之儀容表示敬意、尊敬。[56]孔子曰二句　語出《論語·子罕》。又見〈衛靈公〉。[57]窮矣　到了極點了。[58]愛　惜。[59]國士　一國中才能最優秀的人物。[60]孔子述易四句　相傳孔子刪定五經，作《春秋》，但並不可靠。[61]奮　發揚；振奮。[62]夷狄人　指華夏族以外的各族。此含有貶義。[63]有待　有所期待、等待。[64]降年　謂上天賜予人的壽命、年齡。[65]與期　預期。[66]郊　祭祀天地之禮。[67]卒然　最後；終將。[68]既　確定。[69]展　擴大；發展。[70]蔽善　埋沒賢才。[71]懿　讚美；稱頌。[72]數公　指此條中除王泠然外諸人。[73]時行時止　語本《易·艮》：「時止則止，時行則行。」意為當行則行，當止則止。[74]守道　堅守某種道德規範。[75]克勤　能勤勞。[76]不倚　不偏。

【語　譯】李翱向知徐州張僕射舉薦相知頗深的友人的信中說：「李翱再拜。齊桓公不懷疑他的臣下，管夷吾受重用而齊國稱霸天下，驅逐戎狄，匡扶周室，亡國得存，荊楚歸服，諸侯無不前來參加盟約。豎刁、易牙受重用而齊國發生內亂，齊桓公身死未及下葬，五位公子爭相要立為國君，兄弟殘殺延及數世。齊桓公信任他的臣下，是一樣的。所信任的是合適的人，則感動天地，功業延及後世；所信任的是奸佞小人，則連本身都不能免遭禍害。可見知人不易啊。這樣的情況豈只是霸主呢，即使是聖人也不能免！帝堯時代，賢才、小人都在朝廷任職，而堯能知舜，於是放逐驩兜，流放共工，誅殺鯀，流放三苗，舜又薦舉禹、稷、皋陶等二十二人，任以高位。故而堯死三年，四海之內，停止舉樂，後世之人都將堯稱為帝堯。早先假如堯不能了解任用舜，在朝廷將驩兜、共工之徒置於高位，禹、稷、皋陶等二十二人不能得到任用，那麼帝堯則不能有所作為了，又豈能被稱為「偉大啊，堯作為國君！唯有天最為廣大，只有堯能夠學習天。他的恩惠廣大啊，老百姓不能用語言表達」呢！《春秋》云：「夏，滅項。」誰滅了項國？由齊國滅項。為什麼不說齊滅項國？這是為齊桓公隱諱。《春秋》為賢者隱諱，這是消滅他人的國家，有什麼「賢」可言呢？君子疾恨惡行是從厭惡開始，稱道善行以喜歡終結。齊桓公曾有繼絕存亡的功勞，所以君子為他隱諱。繼絕存亡，是賢者之事。管夷吾受信用，所以才能繼絕室存亡國啊！如果豎刁、易牙被任用，就不可能繼絕存亡。假如齊桓公起先不任用管夷吾，末年有豎刁、易牙用事，諸公子爭權而不葬父親，而造成齊國的混亂，則齊桓公就是像周幽王、周厲王那樣的諸侯了。開始時能任用賢才而終身隱諱其惡，君子對於樂用賢才的態度也僅如此；一開始便不用賢才，等到他死後，而希望後世之人為他掩飾罪過，那是不可能的了。然而對身居高位、流播德澤於百姓之人，他們的辛勞在何處？在於選擇賢才，尋得其人，安置在高位，使天下都受到教化而已。現今天子之大臣，領有千里之地的，有哪一位如閣下這樣喜愛賢才而不倦呢！因而得人也多啊。但所尋求得到的賢才而不加任用，這樣的人也是有的。如隴西李觀乃有奇才之士，聽說閣下知其賢能，將任用他而未能來得及，李觀已病死。昌黎韓愈深得古人之遺風，明於治亂根本產生的原由，聽說閣下也知其賢能，將任用他而未能來得及，韓愈已為宣武軍節度使任用。李觀、韓愈，都是豪傑之士，這樣的人才，很少出現。縱觀歷史，自古以來天下亦有數百年沒有出過這樣的人物了。聽說閣下對他們都很了解，但卻未能得到他們而加以任用，我實在為閣下惋惜，而且豈止是我一人感到惋惜，以後有人讀到前代記載此事的，也肯定有很多人為閣下惋惜的。

今有平昌孟郊，乃貞潔之士，聽說閣下原先就了解他。孟郊所作的五言詩，從前漢的騎都尉李陵、典屬國蘇武及後漢建安諸子、南朝二謝，孟郊能兼有他們各人的詩體風格。李觀在向梁肅補闕舉薦孟郊的信中說：『孟郊的五言詩，有其高妙處，前代人沒有趕得上的；也有其平實處，堪稱下視二謝。』韓愈送孟郊的詩寫道：『孟郊作詩三百首，猶如杳默〈咸池〉音。』那二人都是了解孟郊很深的，豈會欺騙天下之人呢！孟郊窮愁困厄，不能盡心奉養雙親，遍天下沒有像他這樣遭遇的，他作詩云：『食用薺菜腸中亦苦，勉強歌詠毫無歡聲。出得門來便有阻礙，誰人能說天高地寬。』他的窮愁確實太深了。又有張籍、李景儉，也都是奇才。卻未曾聽說閣下知道他們。大凡賢士奇人，都頗為恃才自負，不附和世俗，因此即使見到他們，也很難能了解他們。見到了而不能了解，就像沒有見到一樣；知道其賢能而不能任用，就像不知其賢能一樣；任用而不能發揮他所有的才能，就像沒有任用一樣；能發揮他的才能而又容許進讒言之人對他離間譭毀，就像沒有發揮他的才能一樣。所以見到賢才而能了解，而能任用，而能發揮他的才能，而不容許進讒言之人對他離間譭毀，天下只有一人而已。今有二人前來：其中一人，是賢能之士；另一人，則是平常人。對待他們的禮節不夠隆重，那麼賢者離開而平庸之人不斷前來。況且對待平庸之人禮數有加，那麼賢才又有何求而來呢！孔子說：『我沒有見到好德像好色一樣的人。』賢者都不好色而好德。雖然好色但不如好德的，次一等；色與德都愛好的，又次一等；雖然好德但不如好色的，那是下等；不好德而好色的，那就差到了極點。倘若有人宣稱：『某地有一女子，是絕代佳人。』天下之人必定竭盡其財以求得此女子而不會有任何憐惜。如果有人宣稱：『某地有一人，是國家最優秀的人物。』那麼天下之人一個也不會前去看望他。這豈不是不好德而好色嗎？賢者則應當有別於天下之人。孔子講述《易》，審定《禮》、《樂》，刪訂《詩》、《書》，作《春秋》，是聖人，特立於萬世之上，他的學說教化的人不遵循其道，則是如野蠻的夷狄之人；而今孔子之廟尚存，即使是賢者亦不能每天前去拜謁，因而有益於人的地方也就少了。所以無益於人，即使是孔聖人之廟也還不能朝夕侍奉呢！對賢才有所期待，而不能得到善士、良士，那還不如無所期待。嗚呼！人的壽命，不可預料。祭祀天地將為他人所得，而大有作為立於當世之人，與短命而死之人，都不能預先知道，兩者終有其一。而於祭祀的儀式，對於是否可惜也無法確定，閣下最終不能得到而任用他們，即使悔恨也無可奈何了。我本是窮困微賤之人，言詞直率無所避讓，實在是不應該這樣做的，只是為了留存先聖之道啊！不直率進言則不足以存先聖之道，我也並非好多言之人。李翺再拜。」

贊曰：舉薦孤貧拋棄冤仇，為聖人所讚美；擴展勢力埋沒人才，為匹夫所鄙視。讚頌那些君子，當行則行當止則止。堅守正道克勤克儉，薦舉賢能不偏不倚。王泠然所崇尚的，飽學之士所不為也。

卷七

起自寒苦 不第即貴附

【題解】有的士人，出身孤寒，然在科舉考試中卻金榜題名。本條所記，大多是此類人物。

武德五年❶，李義琛❷與弟義琰❸、從弟上德❹，三人同舉進士。義琛等隴西人，世居鄴城❺。國初，草創未定，家素貧乏，與上德同居，事從姑❻，定省❼如親焉。隨計❽至潼關，遇大雪，逆旅不容。有咸陽商人見而憐之，延與同寢處❾。居數日，雪霽而去。琛等議鬻驢，以一醉酬之；商人竊知，不辭而去。義琛後宰咸陽，召商人，與之抗禮❿。琛⓫位至刑部侍郎雍州長史；義琰，相高宗皇帝；上德，司門郎中。

王播⓬少孤貧，嘗客揚州惠昭寺木蘭院，隨僧齋飡⓭。諸僧厭怠，播至，已飯矣。後二紀⓮，播自重位出鎮是邦⓯，因訪舊遊，向之題已皆碧紗幕⓰其上。播繼以二絕句曰：「二十年前此院遊，木蘭花發院新修。而今再到經行處，樹老無花僧白頭。」「上堂⑰已了⑱各西東，慚愧闍黎飯後鐘⑲。二十年來塵撲面⑳，如今始得碧紗籠。」

鄭朗㉑相公初舉，遇一僧，善氣色，謂公曰：「郎君貴極人臣，然無進士及第之分。若及第，即一生厄塞㉒。」既而狀元及第，賀客盈門，唯此僧不至。及重試，退黜，唁㉓者甚眾，而此僧獨賀，曰：「富貴在裡。」既而竟如其所卜。

李絳㉔，趙郡贊皇人。曾祖貞簡；祖岡，官終襄帥㉕。絳為名相。絳子璋，宣州觀察㉖。楊相公㉗造白檀香亭子初成，會親賓落㉘之。先是璋潛遣人度其廣狹，織一地毯，其日，獻之。及收敗，璋從坐㉙。璋子德璘名過其實，入梁㉚終夕拜㉛。

徐商㉜相公常於中條山萬固寺泉入院讀書。家廟碑云：「隨僧洗鉢。」

韋令公昭度㉝少貧窶㉞，常依左街僧錄㉟淨光大師，隨僧齋粥㊱。淨光有人倫㊲之鑒，常器重之。

【注釋】❶武德五年　西元六二二年。武德，唐高祖年號。❷李義琛　《摭言》指為義琰兄，然新、舊《唐書》均作義琛為義琰從祖弟，《摭言》所記誤。義琛歷官雍州長史、梁州都督、岐州刺史，高宗時曾任宰相，時稱良吏。❸義琰　（?～六八八）唐魏州昌樂人。上元三年（六七六），以中書侍郎同中書門下三品。反對以武后攝國政。博學多識，高宗每顧問，言皆鯁切。宅無正寢，以為既處貴仕，又廣其宇，若無令德，必受其殃。永淳二年（六八三）致仕。❹上德　事跡未詳。然據《唐書》義琰父名玄德，上德為義琰族弟似有誤。❺鄴城　今河北臨漳西南。❻從姑　父親的叔伯姐妹。亦即堂姑母。❼定省　子女早晚向親長問安。❽隨計　本謂應徵召之人偕計吏同行，後以「隨計」指舉子赴試。此指後者。❾寑處　同「寢處」。坐臥，息止。❿抗禮　以平等禮節相待；行對等之禮。⓫琛　「琛」上脫一「義」字。⓬王播　（七五九～八三〇）字明敭，唐揚州（今屬江蘇）人，祖籍太原。貞元進士，又登賢良極諫科，累遷工部郎中，知御史臺雜事，剌舉不阿，有能名。領鹽鐵副使，擢御史中丞。元和中，任京兆尹、刑部侍郎，善斷刑獄。出為劍南西川節度使。長慶元年（八二一），召還拜相，並領鹽鐵轉運使。然唯結權幸自保，無眾望，出為淮南節度使，仍掌鹽鐵。聚斂無度，歲進「羨餘」百萬緡。大和元年（八二七）入朝，進奉甚巨，因再拜相。⓭齋飡　僧眾吃的飯菜。飡，同「餐」。⓮二紀　二十四年。十二年為一紀。此乃舉成數。⓯重位出鎮是邦　當指任淮南節度使事。⓰幕　罩；籠罩。⓱上堂　上課。此指僧人做功課、誦經。⓲了　畢。⓳慙愧句　據《唐詩紀事》，僧人討厭王播在寺跟著他們吃飯，因此在吃完飯後再敲鐘。寺廟到吃飯時敲鐘或敲板，以通知僧眾。慙，同「慚」。闍黎，亦作「闍梨」。梵語「阿闍梨」的省稱。意謂高僧。亦泛指僧。⓴塵撲面　是指王播早年在寺院壁上所題沾滿灰塵。㉑鄭朗　（？～八五七）字有融，唐鄭州滎澤（今河南鄭州西北）人。長慶進士。累遷右拾遺。開成中，為起居郎。文宗索觀起居注，拒之，文宗稱其善守職。後遷諫議大夫、侍講學士。宣宗時，歷義武、宣武二軍節度使。入為工、禮二部尚書，加同平章事，進中書侍郎、集賢院大學士，以疾罷為太子少師。㉒厄塞　阻塞；時運不濟。㉓唁　對遭遇非常變故者進行慰問。㉔李絳　（七六四～八三〇）字深之。唐趙州贊皇（今屬河北）人。貞元進士，又登博學宏詞科。元和二年（八〇七）為翰林學士，知制誥。六年，遷戶部侍郎。擢為中書侍郎、同平章事。九年，以足病罷相，授禮部尚書。後出為華州刺史、河中觀察使。穆宗立，改御史大夫。太和二年（八二八），出為山南西道節度使，四年，因兵變被殺。㉕官終襄帥　據《嘉話錄》：「李丞相絳，先人為襄州督部。」當指此。督部，似指都督。㉖宣州觀察　据新、舊《唐書》，李璋為宣州觀察使。㉗楊相公　據下文，知是楊收。楊收，字藏之。唐同州馮翊（今陝西大荔）人。客居吳郡（今蘇州）。七歲而孤。其母親授經義，善屬文，吳人呼為神童。會昌元年（八四一）進士。屢為幕僚，遷監察御史，後為侍御史。懿宗時擢中書舍人、翰林學士承旨，以中書侍郎同中書門下平章事。罷為宣歙觀察使。既貴後，務為誇侈，門吏童客倚勢為奸。後被劾，貶端州司馬，流驩州，俄賜死。㉘落　落成。㉙從坐　連坐。此指受牽連。㉚梁　指五代後梁。㉛夕拜　唐、五代時給事中之俗稱。㉜徐商　見卷五〈以其人不稱才試而後驚〉❽。㉝韋令公昭度　見卷三〈慈恩寺題名遊賞賦詠雜紀〉「乾符丁酉歲」段㉛。㉞貧寠　亦作「貧窶」。貧窮；貧乏。㉟僧錄　僧官名。㊱齋粥　僧眾吃的粥。㊲人倫　指相面術，根據人的相貌占斷禍福。

【語譯】武德五年，李義琛與弟義琰、堂弟上德，三人同年考中進士。李義琛等是隴西人，世代居住在鄴城。唐朝初年，國家草創，尚未安定，義琛家境向來貧乏，與李上德同住，侍奉堂姑母，起居問候就像自己的母親。那年進京應試到達潼關，遇到大雪，因貧窮，旅店不收留。有一位咸陽商人見了很是同情，就邀他們與自己同住。居住數天，雪止天晴，準備離去。義琛兄弟三人商議將身邊的驢子賣掉，與咸陽商人痛飲一番以為酬謝；那商人已暗自知道，不同他們告別就離店而去。義琛後來任咸陽縣令，召見那位商人，以平等禮節相待。義琛官至刑部侍郎、雍州長史；義琰，唐高宗時任宰相；上德，官至司門郎中。

王播少時孤苦貧寒，曾寄居在揚州惠昭寺木蘭院，隨同僧人一起吃飯。眾僧人討厭王播，對他頗為怠慢，故意在吃完飯後再敲鐘，等王播前來，僧人們已經吃過飯了。二十餘年後，王播以高位出鎮揚州，於是遍訪舊遊之地，到了惠昭寺，見早年題寫於寺壁的文字已全都用碧紗罩上。王播頗有感慨，重又作了二首絕句，其一云：「二十年前此院曾遊，木蘭花發寺院新修。而今再到經行之處，樹老無花僧已白頭。」其二云：「上堂已了各自西東，慚愧闍黎飯後鳴鐘。二十年來塵埃撲面，如今始得碧紗新籠。」

鄭朗相國當初應試，遇見一位僧人，善觀人氣色，對鄭朗說：「郎君日後貴極人臣，然而卻沒有進士及第之分。如果你進士及第，就會一生困厄。」不久鄭朗狀元及第，賀客盈門，只有這位僧人不到。後來重新考試，鄭朗被退黜，前來安慰的人很多，而只有這位僧人向鄭朗祝賀，說：「富貴就在其中。」後來，竟然如僧人所說，鄭朗官至宰相。

李絳，趙郡贊皇人。曾祖父李貞簡；祖父李岡，官至襄州都督。李絳是著名的宰相。李絳之子李璋，官宣州觀察使。宰相楊收建造白檀香亭子剛成，大會親友賓客慶賀落成。事先，李璋暗地派人到亭子丈量闊狹，專門織了一條地毯，到聚會那天，獻給楊收。等到楊收被貶，李璋因此事受到牽連。李璋之子李德璘，名過其實，後入梁，官終於給事中。

徐商相國曾在中條山萬固寺泉入院讀書。家廟的碑上寫著：「隨僧洗缽。」

韋昭度令公少年時家貧，曾依附左街僧錄淨光大師，隨僧人食粥。淨光大師能鑒別人的相貌，對韋昭度分外器重。

好放孤寒

【題解】此條所記，本當指提攜孤寒士人，但第三則卻頗有不符之處。

元和十一年❶，歲在丙申，李涼公❷下三十三人皆取寒素。時有詩曰：「元和天子丙申年，三十三人同得仙。袍似爛銀❸文似錦，相將❹白日上青天❺。」

李太尉德裕❻頗為寒畯❼開路❽，及謫官南去，或有詩曰：「八百孤寒齊下淚，一時南望李崖州❾。」

昭宗❿皇帝頗為寒畯開路。崔合州⓫榜放，但是子弟⓬，無問文章厚薄⓭，鄰之金瓦⓮，其間屈人不少。孤寒中唯程晏⓯、黃滔⓰擅場⓱之外，其餘以呈試⓲考之，濫得亦不少⓳矣。然如王貞白⓴、張蠙㉑詩、趙觀文㉒古風㉓之作，皆臻㉔前輩之閫閾㉕者也。

【注釋】❶元和十一年　西元八一六年。元和，唐昭宗年號。❷李涼公　李逢吉。見卷三〈慈恩寺題名遊賞賦詠雜紀〉「李湯題名」段⓰。❸爛銀　燦爛如銀。形容顏色雪白。❹相將　相偕；相共。❺上青天　指「白日升天」，有突致富貴顯達之意。❻李太尉德裕（七八七～八五〇）字文饒。唐趙郡（治今河北趙縣）人。李吉甫子，以蔭入仕。主張大臣應用公卿子弟。歷任浙西觀察使、西川節度使等職。文宗、武宗時兩度為相。佐武宗討平澤潞節度使劉稹，因功拜太尉，進封衛國公。他反對李宗閔、牛僧孺集團，是牛李黨爭中李黨首領。後遭牛派打擊，貶崖州司戶，卒於貶所。❼寒畯　出身寒微而才能傑出的人。❽開路　開闢門路、途徑。❾李崖州　李德裕貶崖州司戶，因稱。❿昭宗　西元八八八～九〇四年在位。⓫崔合州　崔凝。崔凝於乾寧二年（八九五）以禮部尚書知貢舉。貶合州刺史，因稱崔合州。⓬子弟　子侄輩。⓭厚薄　指優劣。⓮鄭之金瓦　猶言其他舉人不論文才卓異還是低劣。金瓦，金玉和瓦礫。⓯程晏　字晏然。據《新唐書．藝文志四》，有《程晏集》七卷。⓰黃滔　字文江，與程晏同為乾寧二年進士。官四門博士，遷監察御史裡行，充威武軍節度推官。⓱擅場　謂強者超過弱者。後也指技藝超群。⓲呈試　科舉時代為防詐冒，應試者先投奏狀，由試官檢驗核准，稱呈試。⓳濫得亦不少　據《吳越備史》：「乾寧二年，崔凝主禮闈，二十五人登進士第，渝濫尤眾。昭宗命覆試，凡落十人。」複試淘汰十分之四，可見其年考試舞弊之嚴重。此事，《舊唐書．哀帝紀》及《舊五代史．蘇循傳》均有記載。崔凝也因此貶為合州刺史。⓴王貞白　字有道，信州永豐（今江西廣豐）人。乾寧二年進士。授校書郎。昭宗末年隱居，不復出仕。㉑張蠙　字象文，清河（今屬河北）人。乾寧二年進士。被任為校書郎，遷犀浦令。王建在蜀，授蠙膳部員外郎、金堂令。有詩二卷。㉒趙觀文　乾寧二年進士。初為第八名，後重新考試，為狀元。㉓古風　亦即「古詩」、「古體詩」。㉔臻　達到。㉕閫閾　很高的藝術境界。

【語譯】元和十一年，歲在丙申，李逢吉主持禮部貢舉，錄取的三十三名均取自門第寒微之人。當時有人作詩道：「元和天子丙申之年，三十三人同時得仙。袍服似銀文采似錦，相偕白日齊上青天。」

太尉李德裕頗能為出身寒微而有才能的人開闢進身之路，當他貶謫到南方去的時候，有人寫詩道：「八百孤寒之士齊下淚，一時向南遙望李崖州。」

昭宗皇帝頗能為出身寒微的才俊之士開闢仕進之途。崔凝主持禮部考試那年，只要是自己的子侄輩，不論文章優劣，多多錄取；也不管應試舉子才思卓異或文字低劣，紛紛淘汰，中間委屈不少人才。出身孤苦貧寒的只有程晏、黃滔確實文才超群而及第之外，其餘以呈試方式考試的，濫竽充數得中的也不少。然而像王貞白、張蠙所作的詩、趙觀文所作的古風，也皆達到了前輩的境界。

升沉後進

【題解】所謂「升沉」，是指仕途的進退得失。此條所記，前三則事涉科場，而第四則卻是記韓愈、皇甫湜提攜奇章公牛僧孺事，且同一記載在卷六〈公薦〉中已見，然文字稍有出入。

太和❶中，蘇景胤❷、張元夫❸為翰林主人❹，楊汝士❺與弟虞卿❻及漢公❼，尤為文林表式❽。故後進❾相謂曰：「欲入舉場，先問蘇張；蘇張猶可，三楊殺我。」

大中❿、咸通⓫中，盛傳崔慎由⓬相公嘗寓尺題⓭於知聞⓮。或曰：「王凝⓯、裴瓚⓰、舍弟安潛⓱，朝中無呼字知聞，廳裡絕脫靴賓客⓲。」凝，終宣城；瓚，禮部尚書⓳；潛，侍中。

太平⓴王崇、竇賢㉑二家，率以科目㉒為資㉓，足以升沉後進，故科目舉人相謂曰：「未見王竇，徒勞漫走。」

奇章公始舉進士㉔，致琴書㉕於灞滻㉖間，先以所業謁韓文公㉗、皇甫員外㉘。時首造㉙退之㉚，退之他適，第留卷而已。無何，退之訪湜，遇奇章亦及門㉛。二賢見刺㉜，欣然同契㉝，延接詢及所止。對曰：「某方以薄技㉞卜㉟妍醜㊱於崇匠㊲，進退惟命。一囊㊳猶寘於國門之外。」二公披卷，卷首有〈說樂〉一章，未閱其詞，遽曰：「斯高文，且以拍板為什麼？」對曰：「謂之樂句。」二公相顧大喜曰：「斯高文必㊴矣！」公因謀所居。二公沉默良久，曰：「可於客戶坊稅一廟院。」公如所教，造門致謝。二公復誨之曰：「某日可遊青龍寺，薄暮㊵而歸。」二公其日聯鑣㊶至彼，因大署其門曰：「韓愈、皇甫湜同謁幾官先輩。」不過翌日，輦轂㊷名士咸往觀焉。奇章之名由是赫然㊸矣。

論曰：馬不必騏驥㊹，要之善走；浴不必江海，要之去垢。苟華而不實，以比周㊺鼓譽㊻者，不為君子腹誹㊼，鮮矣！

【注釋】❶太和　即大和（八二七～八三五），唐文宗年號。❷蘇景胤　事跡未詳。❸張元夫　唐南陽（今屬河南）人。登進士第。官兵部郎中、知制誥，遷中書舍人，出為汝州刺史。❹翰林主人　似當指翰林學士、知制誥之類。❺楊汝士　見卷三〈慈恩寺題名遊賞賦詠雜紀〉「寶曆年中」段⑫。❻虞卿　見卷四〈氣義〉㉑。❼漢公　字用乂。唐虢州弘農（今河南靈寶北）人。大和八年（八三四）進士，又書判拔萃。累官至戶部郎中，史館修撰。兄弟三人當時極負文名。❽表式　表率；楷模。❾後進　後輩。亦指學識或資歷較淺的人。❿大中　（八四七～八五九）唐宣宗年號。⓫咸通　（八六〇～八七三）唐懿宗年號。⓬崔慎由　字敬止。唐清河武城（今河北清河東北）人。大和元年（八二七）進士，又登賢良方正制科。聰敏強記。累官知制誥，充翰林學士、戶部侍郎。出為湖南觀察使，改鎮浙西。入為工部尚書。大中十年（八五六），以本官同平章事。十二年，出為劍南東川節度使。咸通初，為華州刺史。後改河中節度使。入為吏部尚書，拜太子太保，分司東都。⓭

尺題　指信函。⑭知聞　朋友。⑮王凝（八二一～八七八）字致平。少孤。年十五，兩經擢第，登大和九年（八三五）進士第。累官至中書舍人，出為同州刺史，召為禮部侍郎，主貢舉，拔取寒俊，不受權豪請託，出為商州刺史、潭州刺史，入為兵部侍郎，領鹽鐵轉運使，不附權幸，出為河南尹，檢校禮部尚書、宣州刺史，卒於任。⑯裴瓚　字公器。嘗以禮部侍郎知貢舉。官至刑部尚書。⑰安潛　崔慎由弟。字進之。大中三年（八四九）進士。咸通中，歷江西觀察使、忠武節度使。領西川節度使。僖宗時，為太子少師、東都留守，拜平盧節度使，檢校太師兼侍中，遷太子太傅，卒。⑱脫靴賓客　典出《舊唐書・崔戎傳》，據說崔戎任地方官，離任時百姓遮道，至有「解靴斷鐙」者。後來用為典故，表示百姓對去任地方官的挽留。此指三人都為官清廉。⑲禮部尚書　《新唐書・宰相世系表》作刑部尚書。⑳太平　今安徽當塗。㉑王崇竇賢　事跡未詳。㉒科目　唐代以來分科選拔官吏的名目。唐代取士科目繁多。㉓資　賴以生活的來源；資本。㉔奇章公始舉進士　此節內容，見卷六〈公薦〉。奇章公，即牛僧孺，見該篇「崔郾侍郎」段㉕。㉕琴書　琴和書籍。多為古時文人雅士清高生涯常伴之物。㉖灞滻　兩條水名，在西安東。灞水，亦作「霸水」。滻水，自藍田流至西安市東入灞水。此指長安城外。㉗韓文公　韓愈。㉘皇甫員外　皇甫湜。㉙造　造訪；拜訪。㉚退之　韓愈字退之。㉛及門　本指受業弟子，此指以弟子禮求見。㉜刺　名刺；名帖。㉝同契　契合；同心。㉞薄技　指自己所作詩文。㉟卜　預測。㊱妍醜　美和醜。此意為評判高下。㊲崇匠　巨匠。指愈、湜。㊳一囊　指行李。㊴必　盡；都；完。此指「完美」。㊵薄暮　傍晚。㊶聯鑣　猶聯轡。㊷輦轂　皇帝的車輿。指代京城。㊸赫然　形容名聲昭著。㊹騏驥　駿馬。㊺比周　結黨營私。㊻鼓譽　吹噓。㊼腹誹　口中不言，心中譏笑。

【語譯】大和年間，蘇景胤、張元夫為翰林主要官員，楊汝士與其弟楊虞卿及楊漢公，尤為文林楷模。故而當時後輩士子相互說道：「要想入舉場，先去問蘇張；蘇張尚還可，三楊折殺我。」

大中、咸通年間，盛傳丞相崔慎由曾寫信給朋友。有人說：「王凝、裴瓚、崔安潛，朝中無人稱做朋友，家裡也沒有脫靴賓客。」王凝，官至宣州刺史；裴瓚，官至禮部尚書；崔安潛，官至侍中。

太平王崇、竇賢二家，以熟知科舉考試科目為資本，足以幫助後輩士人在科舉中獲益。所以參加各科目考試的舉人相互說：「沒有去見過王崇、竇賢，只是白白漫無目的地行走。」

奇章公牛僧孺初次到京城考進士，帶著琴和書籍來到長安城外，先帶著所作詩文去拜謁韓愈和皇甫湜。當時他首先去拜訪韓愈，正巧韓愈外出，牛僧孺只得將卷子留下。不幾天，韓愈去造訪皇甫湜，正遇到牛僧孺以弟子禮求見。二人見到名帖，欣然同意一起見他。請牛僧孺入室後詢問他的學業。牛僧孺回答說：「我正要用不像樣的詩文請二位先輩評判高下，一切唯命是從。我的行李還放在京城之外。」韓愈、皇甫湜披閱文卷，見卷首有〈說樂〉一章，還沒有看其中文字，就說：「此高妙之文，將用拍板做什麼？」牛僧孺回答說：「叫做樂句。」二人相視很高興地說：「此高妙之文必定寫得很好啊！」牛僧孺於是向二人討教住在何處。二人沉默良久，對他說：「你可在客戶坊租一廟院住下。」牛僧孺就按二人所說的做了，並登門致謝。二人又教他說：「某日你到青龍寺去遊玩，到傍晚回來。」到了那天，韓愈和皇甫湜一同到牛僧孺住的廟院，趁他不在，就在門上大大地寫道：「韓愈、皇甫湜同來拜謁幾官先輩。」沒有等到第二天，京城中的名士全都前去觀看。牛僧孺的名聲因此大振。

論曰：馬不一定要名馬，關鍵是要善於走；沐浴不一定到江海，重要的是能去污垢。假如華而不實，結成小團體相互吹捧，不被君子在心中譏笑，那是很少的。

知己

【題解】此條所記，並非指彼此相知而情誼深切的朋友，而是指知人、識人，內容頗耐咀嚼。因篇幅較長，分作數段。

張燕公❶知房太尉❷，獨孤常州❸知梁補闕❹，二君子之美出於李翺❺。〈上楊中丞書〉❻云：「竊以朝廷之士，文行❼光明，可以為後進所依歸❽者，不過十人。翺亦常伏❾其門下，舉其五人則無；無誘勸❿之心，雖有卓犖⓫奇怪⓬之賢，固不可得而知也。其餘或雖知，欲為薦言於人，復懼人不我信；因人之所不信，復生疑而不信；自信猶且不固，矧[13]曰能人之固？是以再往見之，或不如其初；三往復，不如其載[14]。若張燕公之於房太尉，獨孤常州之於梁補闕者，萬不見一人焉！」

李翱〈感知己賦〉序：「貞元九年[15]，翱始就[16]州序[17]之貢與人事[18]。其九月，執文章一通，謁右補闕梁君。當此時，梁君譽塞天下，屬詞[19]求進士，奉文章走梁君門下者，蓋無虛日。梁君知人之過[20]也，亦既相見，遂於翱有相知之道[21]焉，謂翱得古人之遺風，期[22]翱之名不朽於無窮；許翱以拂拭[23]吹噓[24]。翱初謂其面相進[25]也，亦未幸甚。十一月，梁君遘疾[26]而歿，翱漸游於朋友公卿間，往往皆曰：『吾既籍[27]子姓名於補闕梁君也。』翱迺知其非面進也。當時意謂先進[28]者遇人特達[29]，皆合有此心，亦未謂知己之難得也。梁君歿，於茲五年，翱學聖人經籍教訓文句之為文，將數萬言，愈昔年見梁君之文，弗啻[30]數倍，雖不敢同德[31]於古人，然亦幸無怍[32]於中心[33]。每歲試於禮部，連以文章罷黜，名聲晦昧[34]於時，俗人皆謂之固宜，然後知先進者遇人特達，亦不皆有此心，迺知己之難得也。夫見善而不能知，雖善何為！知而不能譽，則如弗知；譽而不能深，則如勿譽；深而不能久，則如弗深；久而不能終，則如勿久。翱雖不肖，幸辱梁君所知。君為之言於人，豈非譽歟！謂其㉟得古人之遺風，豈非深歟！而逮及終身，豈非久歟！不幸梁君短命遽歿，是以翱未能有成也。其誰將繼梁君之志而成之歟！已焉哉，天之遽喪梁君也！是使予之命久迍邅㊱阨窮㊲也！遂賦知己以自傷。」其言怨而不亂㊳，蓋〈小雅〉㊴騷人㊵之餘風也。

李元賓㊶曰：「觀有倍年之友朱巨源㊷。」

【注釋】❶張燕公　即張說。見卷六〈公薦〉「將仕郎守太子校書郎」段❷。❷房太尉　房琯（六九七～七六三），字次律。唐河南（治今河南洛陽）人。少好學，以蔭補弘文生。以《封禪書》受知於張說。開元中，任監察御史。放外任，有治績。後從玄宗奔蜀，擢文部尚書、同平章事。尋奉命至靈武（今屬寧夏），送傳國璽及冊命，肅宗器之，與參決機務。至德元年（七五六），自請督師，反攻長安，大敗而歸。後多稱疾不朝，好高談虛論，招權納賄。出為邠州刺史，革除地方弊政，有政績。遷晉、漢州刺史。寶應初，任刑部尚書，入京途中病卒，贈太尉，因稱房太尉。❸獨孤常州　獨孤及。曾任常州刺史，因稱。見卷一〈散序進士〉⑭。❹梁補闕　梁肅。曾任右補闕，因稱。見卷六〈公薦〉「李翱薦所知」段㊸。❺李翱　見卷二〈置等第〉❼。❻上楊中丞書　當為李翱所上。楊中丞，未詳。《李文公集》作〈謝楊郎中書〉。❼文行　文章德行。〈謝楊郎中書〉作「立行」。❽依歸　尊奉；遵循。❾伏　居；棲身。❿誘勸　誘導勉勵。⓫卓犖　超絕出眾。⓬奇怪　此指不同尋常。⓭矧　而況；何況。⓮載　任。此猶言名不符實。⓯貞元九年　西元七九三年。貞元，唐德宗年號。⓰就　此指「參加」。⓱州序　州學；州校。⓲人事　指仕途。⓳屬詞　謂連綴字句為文章。指寫作。⓴知人之過　此指知道文章的缺陷、不足。㉑相知之道　相互了解的途徑。㉒期　期許；預祝。㉓拂拭　提拔；賞識。㉔吹噓　比喻獎掖、汲引。㉕面相進　即面進。當面奉承。㉖遘疾　患病。㉗籍　通「藉」。借助。㉘先進　前輩。㉙特達　特殊知遇。㉚弗啻　不僅；何止。㉛同德　為同一目標而努力。㉜無怍　沒有羞愧。怍，羞慚。㉝中心　內心。㉞晦昧　不明；昏暗。此指名聲不佳。㉟其　李翱自指。㊱迍邅　困頓；處境不利。㊲阨窮　困厄窮迫。㊳亂　昏亂；迷亂。此有「過分」之意。㊴小雅　《詩經》的組成部分。七十四篇。多反映當時統治危機、並對此表示憂慮的政治詩。㊵騷人　指屈原。後亦指文人墨客。屈原的詩作多憂患國事。此指李翱文章也有憂患時政的意識。㊶李元賓　李觀字。李觀，見卷一〈廣文〉❽。㊷朱巨源　事跡未詳。

【語　譯】　燕國公張說知遇太尉房琯，獨孤及知遇右補闕梁肅，張說、獨孤及知人的美名出自李翱。李翱〈上楊中丞書〉云：「愚以為朝廷中人，文章德行光明磊落，可以為後輩所尊奉的，不會超過十人。我也曾居於他們的門下，要舉出五位這樣的人是做不到的。對後輩沒有引導勉勵之心，即使有超絕出眾、非比尋常的賢能，實在是無法見到和了解。其餘的人雖然了解，打算將他們推薦給別人，又怕別人不相信我；因別人的不相信，更產生懷疑而不自信；自信尚且不牢固，又怎麼能要別人有牢固信心呢？因此第二次去見這些人，感到不如初次相見時的感覺；去了幾次後，感到他們名不副實。而像張說對於房琯，獨孤及對於梁肅，是萬人中不見其一的。」

李翱在〈感知己賦〉的序言中寫道：「貞元九年，我始參加州學的考試並由此踏上仕進之途。其年九月，我攜帶了一些文章，去謁見右補闕梁肅。在當時，梁肅譽滿天下，學作詩文以求取進士功名，奉上文章以求指點，奔走於梁肅門下的，天天人滿為患。梁肅善於發現他人文章的不足之處，及我與他相見後，對於我而言，就有了相互了解的途徑。梁肅以為我的文章得古人之遺風，期許我的文名將歷久而不朽；並允諾對我提拔獎掖。我起初以為梁肅只是當面奉承我，並未感到特別幸運。到了十一月，梁肅不幸染疾而歿，我逐漸在朋友公卿間交遊，他們往往對我說：『我已借助您的姓名見到了梁補闕了。』由此我才知道梁肅並非當面奉承我。當時只是以為前輩對人特別寬容，大抵都有這樣的心境，並未感到知己的難得。梁肅去世，至今已五年，我學聖人經籍教育訓練文句而為文章，大致有數萬字，超過早年謁見梁肅時帶去的詩文，何止數倍，雖然不敢說與古人同德，然而也自覺心中無愧。連年參加禮部考試，卻連連因文章不佳而被黜退，在當時名聲不佳，粗俗之人都以為結果本該如此，由此方才知道前輩對人特別寬容，也並不都有此心，於是懂得了知己的難得。見到好的而不能了解，那好的又有什麼用！了解而不能稱譽，則就像不了解一樣；稱譽而不能深入，則如同不稱譽；深入而不能持久，則就如沒有深入；持久而不能做到最後，那就像不能持久。我雖不肖，卻有幸得到梁肅所知。梁肅將我介紹給別人，豈不是對我的讚譽嗎！說我的文章得古人之遺風，豈不是很深的讚譽嗎！這樣的情況一直到他臨終，豈不是很久嗎！不幸梁肅短命早亡，所以我未能有所成就。又有誰將繼承梁肅之志而成就我呢！算了吧！老天這樣早就失去了梁肅！這便使我的命運長久窮愁困厄！於是作〈感知己賦〉以自傷。」他的話語哀怨而不過分，頗得〈小雅〉、騷人之餘風。

李觀說：「我有年齡多一倍於我的朋友朱巨源。」

李華❶撰〈三賢論〉劉眘虛❷、蕭穎士❸、元德秀❹。：「或曰，吾讀古人之書，而求古人之賢，未獲。遐叔❺謂曰：無世無賢人，其或世教❻不至，淪於風波❼，雖賢不能自辨，況察者未之究爾。鄭衛❽方奏，正聲❾間發。極和❿無味，至文⓫無采。聽者不達⓬，反以為怪譎⓭之音；太師⓮、樂工⓯亦朱顏⓰而止。曼都⓱之姿，雜為顦顇⓲，〔被〕⓳緼絮⓴，蒙蕭艾㉑，美醜夷倫㉒，自以為陋。此二者，既病不自明，復求者亦昏；將劊㉓其善惡，在遷政化俗，則賢不肖異貫㉔，而後賢者自明，而察者不惑也。予兄事元魯山而友劉、蕭二功曹：此三賢者，可謂之達㉕矣。或曰：願聞三子之略。遐叔曰：元之志行㉖當以道㉗紀㉘天下，劉之志行當以㉙〔六經㉚諧人心，蕭之志行當以〕中古㉛易㉜今世。元齊㉝愚智，劉感一物不得其政㉞，蕭呼吸折節㉟而獲㊱〔重祿，不易一刻之安〕。元之道，劉之深，蕭之志，及於夫子㊲之門，則達者其流也。然各有病㊳：元病酒，劉病賞物，蕭病貶惡太亟㊴，獎能太重。元奉親孝[40]，〔居喪[41]哀，撫孤仁，狥[42]朋友之急，涖職明於賞罰〕，而樂天知命，以為王者作樂崇德，殷薦上帝，以配祖考[43]，天人[44]之極致[45]也，而辭章[46]不稱[47]，是無樂也。於是作〈破陣樂〉[48]，詞協[49]商、周之頌[50]；推是而論，則見元之道矣。劉名儒、史官之家，兄弟以學著，乃述《詩》、《書》、《禮》、《易》、《春秋》，為古五說[51]，條貫源流，備古今之變；推是而論，則見劉之深矣。蕭以詩書為煩，尤罪子長[52]不編年[53]，乃為列傳[54]，後代因之，非典訓[55]也；將正其失，自《春秋》三家[56]之後，非訓齊[57]生人[58]不錄，以序[59]纘修[60]，以迄於今，志〔未〕就[61]而歿；推是而論，則見蕭之志矣。元據師保[62]之席，瞻其〔形容，不俟其言而見其仁〕[63]，劉備[64]卿佐[65]之服，居賓友[66]之地；言理亂根源，人倫[67]隱明[68]，參乎元精[69]，而後見其妙。蕭若百鍊之鋼，不可屈抑，當廢興[70]去就[71]之際，一死一生之間，而後見其大節；視聽過速，欲人人如我，志與時多背[72]，常見詬[73]於人；中取其節之舉[74]，足可以為人師矣：學廣而不偏[75]，精其貫穿[76]，甚於精者；文方復雅尚之至[77]，嘗以律度[78]百代為任，古之能者往往不至[79]焉。超邁蹈厲，可無知者言也[80]。

茂挺[81]父為莒丞[82]，得罪清河張惟一[83]，時佐廉使[84]按成[85]之。茂挺初登科，自洛還莒，道邀車[86]發辭[87]哀乞[88]，惟一涕下，即日舍之，且曰：『蕭贊府[89]生一賢，方[90]資天下風教[91]，吾由是得罪，無憾也！』夫如是，得不謂之孝乎？或曰：三子者各有所與[92]。遐叔曰：若太尉房公[93]，可謂名卿矣；每見魯山[94]，即終日歎息，謂余曰：『見紫芝[95]眉宇[96]，使人名利之心盡矣！』若司業蘇公[97]，可謂賢人矣，每謂當時名士曰：『僕不幸，生於衰俗[98]，所不恥[99]者，識元紫芝。』廣平[100]程休[101]士美，端重寡言；河間[102]邢宇[103]深明，操持[104]不苟；宇弟宙次宗[105]，和[106]而不流[107]；南陽[108]張茂之[109]季豐，守道而能斷；趙郡[110]李萼[111]伯高，含大雅[112]之素[113]；萼族子[114]丹[115]叔南，誠莊而文；丹族子惟岳[116]謀道，沉遠廉靜；梁國[117]喬澤[118]德源，昂昂有古風[119]；宏農[120]楊拯[121]士扶，敏而安道；清河[122]房垂[123]翼明，志而好古；河東[124]柳識[125]方明，遐曠而才：是皆慕元者也。劉在京□下[126]，常寢疾，房公時臨扶風[127]，聞之，通夕不寐，顧謂賓從[128]曰：『即若不起，無復有神道[129]！』尚書劉公〔每有勝理，必詣與談，終日忘返，退而嘆曰：『聞劉公」清言[130]，見皇王之理矣。』殷直清[131]有識，尚恨言理少，未對劉面[132]，常想見其人。河東裴騰[133]士舉，朗邁[134]真直；弟霸[135]士會，峻清不雜；隴西[136]李廙[137]敬叔，堅明[138]沖粹[139]；范陽[140]盧虛舟[141]幼真，質方而清；潁川[142]陳譔言[143]士然，讀而不厭；渤海[144]吳興宗[145]秀長，專靜[146]不渝；潁川陳謙[147]不器，行古人之道；渤海高適[148]達夫，落落[149]有奇節：是皆重劉者也。工部侍郎韋述[150]修國史，推蕭同事；禮部侍郎楊俊[151]掌貢舉，問蕭求人，海內以為德選[152]；汝南邵軫緯卿[153]，有詞學標幹[154]；天水趙驊雲卿[155]，才美行純；陳郡殷寅直清，達於名理；河南源衍秀融[156]，粹而俊激[157]；會稽[158]孔至惟微[159]，述而好古；河南陸據[160]德鄰，恢恢[161]善於事理；河東柳芳仲敷[162]，該博[163]故事[164]；長樂賈至幼鄰[165]，名重當時；京兆[166]韋收仲成[167]，遠慮而深；南陽張友略[168]維之，履道體仁；友略族弟邈[169]季遐，溫其如玉；中山[170]劉穎[171]士端，疎明簡暢；潁川韓拯[172]佐元，行略而文；樂安[173]孫益[174]盈孺，溫良忠厚；京兆韋建[175]士經，中明外純；潁川陳晉[176]正卿，深於《詩》《書》；天水[177]尹徵[178]之誠，貫百家之言：是皆後於蕭者也。茂挺與趙驊、邵軫洎[179]華[180]最善，天下謂之『蕭李之交』。殷寅，源衍睦於二交間。不幸元罷魯山，終於陸渾[181]；劉避地[182]逝於安康[183]；蕭歸葬先人，歿於汝南[184]。今復求斯人，有之無之？是必有之，而察之未克也。三賢不登尊位，不享下壽[185]，居委順賢，人之達也；不蒙其教，生人[186]之病[187]。余知三賢也深，故言之不怍[188]。」

一云：李華復有權皋、張友略[189]。
出皋墓銘[190]。

【注釋】❶李華　見卷一〈兩監〉❹。❷劉眘虛　字全乙。唐新吳（今江西奉新）人，一作江東人。開元進士。累官洛陽尉、夏縣令、校書郎。與孟浩然、王昌齡友善。工五言。《全唐詩》存詩十五首，《全唐文》存文一篇。然《李遐叔文集・三賢論》劉眘虛作「劉迅」，是。❸蕭穎士　見卷一〈兩監〉❻。❹元德秀　見卷四〈師友〉「隴西李舟」段⓴。❺遐叔　李華字。❻世教　指當世的正統思想、正統禮教。❼風波　猶潮流。此指時俗。❽鄭衛　古稱鄭衛之樂多輕靡之音。❾正聲　純正的樂聲。❿極和　（食品）調和到極點。和，調和。⓫至文　彩色交錯到極點。文，彩色交錯。⓬達　通曉；明白。⓭怪譎　怪異荒誕。⓮太師　古代樂官之長。⓯樂工　歌舞演奏藝人。⓰朱顏　羞赧之色。⓱曼都　柔媚。⓲顑頷　亦作「顑悴」。形容枯槁瘦弱。⓳「被」字脫，據《李遐叔文集》補。被，披。⓴緼絮　亂麻舊絮。泛指粗陋的衣服。㉑蕭艾　艾蒿；臭草。㉒夷倫　平列；等同。㉓割　劃分；分割。㉔遷政化俗二句　「遷政化俗」《遐叔文集》作「遷政化，端風俗」。貫，本指穿錢的繩索，引申為加以區別。㉕達　曠達；通達。㉖志行　志向操行。㉗道　孔孟之道。元德秀以孝聞名當時。㉘紀　紀綱；治理；管理。紀，《李遐叔文集》作「統」。㉙此句有脫文。有元、劉而無蕭，於理不通。據《李遐叔文集・三賢論》「劉之志行當以」下補「六經諧人心，蕭之志行當以」十一字。㉚六經　指《詩》、《書》、《禮》、《易》、《樂》、《春秋》。《樂》已佚。㉛中古　古人對「中古」的說法不一。此取伏羲為上古，周文王為中古，孔子為下古之說。㉜易　變易；改變。㉝齊　使……齊。亦即劃一。㉞政　通「正」。正直；公正。《李遐叔文集》作「正」。㉟呼吸折節　比喻輕而易舉。㊱此句有脫文。據《李遐叔文集・三賢論》「獲」字下補「重祿，不易一刻之安」八字，刪「易」字。㊲夫子　指孔夫子。㊳病　癖好。㊴亟　急；急躁。㊵此句有脫文。據《李遐叔文集・三賢論》於「孝」字下補「居喪哀，撫孤仁，狥朋友之急，蒞職明於賞罰」數句。㊶居喪　守孝。㊷狥　通「殉」。此為「急」意。㊸以為三句　語出《易・豫》：「先王以作樂崇德，殷薦之上帝，以配祖考。」意為：先代君王因此製作音樂，用來讚美功德，通過隆盛的典禮奉獻給天帝，並讓祖先的神靈配合共享。殷，隆盛。薦，獻。祖考，祖先。㊹天人　天和人。㊺極致　最高境界。㊻辭章　詩文的總稱。㊼稱　相當；相符。㊽破陣樂　據《舊唐書・音樂志二》記載，〈破陣樂〉為唐太宗所造。太宗為秦王時，征伐四方，民間有〈秦王破陣樂〉之曲，及即位，使呂才協音律，李百藥、虞世南、魏徵等製歌詞。㊾協　符合；相同。㊿商周之頌　《詩經》中有〈商頌〉、〈周頌〉，為讚頌祖先、祭祀等詩篇。此指典雅、莊重。(51)古五說　劉眘虛為五經所作「古五說」未見著錄。然《新唐書・劉迅傳》有「迅續《詩》、《書》、《春秋》、《禮》、《樂》五說」之語。《李遐叔文集》無「古」字。(52)子長　司馬遷，字子長。(53)編年　史書的一種編寫體例，即按年月日順序編寫史書，以年月日為經，以事實為緯，容易看出同時期各事件間的聯繫。但記事前後割裂，首尾不能聯貫，歷史人物的生平和典章制度等也無從詳其源委，是其缺點。(54)乃為列傳　《史記》中記人以列傳為主，占該書的大部分。《史記》

體裁分本紀、世家、列傳、書、表。《李遐叔文集》作「陳事而為列傳」。(55)典訓　準則。(56)春秋三家　指相傳為春秋時左丘明所作的《春秋左氏傳》（即《左傳》）、舊題戰國時公羊高所作的《春秋公羊傳》（即《公羊傳》）、舊題穀梁赤所撰的《春秋穀梁傳》（即《穀梁傳》）。專門解釋《春秋》。(57)訓齊　教化齊一；訓練整治。(58)生人　人民；民眾。《墨子・兼愛中》：「是以老而無子者有所得終其壽；連獨無兄弟者有所雜於生人之間。」(59)以序　此指按時代先後。《李遐叔文集》作「次序」。(60)纘修　撰修。纘，通「纂」。(61)志就　《李遐叔文集・三賢論》作「志未就」，是。不然於理不通，據補「未」字。(62)師保　古時任輔弼帝王和教導王室子弟的官。有師有保，統稱「師保」。然元德秀未任師保之官，此當指授徒。(63)瞻其二句　原作「瞻其人□」，據《李遐叔文集》補「形容，不俟其言而見其仁」十字。(64)備　《李遐叔文集》作「被」，是。(65)卿佐　本指大臣，此指在朝為官。(66)賓友　賓客朋友。(67)人倫　此指封建社會中倫理道德及尊卑長幼關係。(68)隱明　精妙顯明。(69)元精　天地的精氣。(70)廢興　盛衰；興亡。(71)去就　擔任官職或不擔任官職。(72)背　背離；不合。(73)見訕　遭人非議。訕，辱罵。(74)中取其節之舉　《李遐叔文集》作「取其中節之舉」，是。(75)偏　同「偏」。(76)貫穿　融會貫通。(77)文方復雅尚之至　《李遐叔文集》「文」上有「又」字；雅尚作「雅商」。當以「雅尚」為是。雅尚，風雅高尚。(78)律度　規矩；規範。(79)不至　達不到；做不到。(80)超邁蹈厲二句　《李遐叔文集》作「超絕孤厲，不可謂不知者也言」，是。(81)茂挺　蕭穎士字。(82)莒丞　為莒縣（今屬山東）縣丞。縣丞，隋唐五代時置，位次於縣令。(83)張惟一　曾任華州刺史。(84)佐廉使　當指「佐使」，亦即「佐史」。即有司之佐吏。始設於漢代。佐史主文書。隋唐在中央臺省者稱令史，在地方稱佐史。(85)按成　治成罪名。按，查辦；舉劾。(86)邀車　《李遐叔文集》作「邀使車」，是。邀，攔阻。(87)發辭　說出的言辭。發，說出；表達。(88)哀乞　猶哀切。悲痛；傷心。(89)贊府　唐代縣丞的俗名。(90)方　《李遐叔文集》作「才」，如是，則當屬上句。(91)風教　風俗教化。(92)所與　《李遐叔文集》下有「遊乎」二字。(93)太尉房公　指房琯。注見本篇「張拱公知房太尉」段(2)。(94)魯山　指元德秀。德秀曾任魯山令，因稱。(95)紫芝　元德秀字。(96)眉宇　指容貌。(97)司業蘇公　蘇源明。見卷四〈師友〉「杜工部交鄭廣文」段(30)。(98)衰俗　衰敗的世俗。(99)不恥　不以為恥。(100)廣平　治今河北雞澤東南。(101)程休　字士美。肅宗時，官左司封員外郎。(102)河間　治今河北獻縣東南。(103)邢宇　字深明。肅宗時，官戶部員外郎。(104)操持　操守。(105)宇弟宙次宗　邢宙，字次宗。(106)和　和順。(107)流　放縱；無節制。(108)南陽　今河南鄧縣。(109)張茂之　字季豐。開元二十二年（七三四）進士。(110)趙郡　今河北趙縣。(111)李萼　字伯高。曾任郎官。(112)大雅　德高而有大才。(113)素　根本；本質。(114)族子萼，當為崿。李華〈三賢論〉及《新唐書・元德秀傳》均作「李崿」。(115)丹　字叔南。官至亳州刺史。(116)惟岳　字謀道，一作謨道。官至監察御史。(117)梁國　治今河南商丘。(118)喬

澤　字德源。《新唐書・元德秀傳》作喬潭，是。本書卷四〈師友〉亦作喬潭。(119)昂昂有古風　〈三賢論〉一本作「昂之孫，有古風」。(120)宏農　宏當作「弘」。弘農，今河南靈寶。(121)楊拯　字士扶。據李華〈楊騎曹集序〉：「弘農楊君諱拯，字齊物」，似當以「齊物」為是。(122)清河　今屬河北。(123)房垂　字翼明。事跡未詳。(124)河東　治今山西永濟蒲州鎮。(125)柳識　字方明。當時名士，工文章，與蕭穎士、劉迅、元德秀相上下。據《新唐書・元德秀傳》，程休、邢宇、邢宙、張茂之、李崿、李丹、李惟岳、喬潭、楊拯、房垂、柳識諸人，均自稱元德秀門弟子。(126)劉在京□下　文淵閣本《四庫全書》及《李遐叔文集・三賢論》作「劉在京下」。(127)扶風　治今陝西鳳翔。唐代曾改為岐州，天寶年間復改為扶風郡。(128)賓從　賓客和隨從。(129)神道　神祇；神靈。此事見《新唐書》卷一三二《劉迅傳》。可以斷定，王定保將劉迅誤作劉眘虛。(130)尚書劉公清言　據文淵閣本《四庫全書》及《李遐叔文集・三賢論》作：「尚書劉公，每有勝理，必詣與談，終日忘返，退而嘆曰：『聞劉公清言，見皇王之理矣。』」錄以備考。《摭言》所云，於語意有缺。尚書劉公，據《新唐書・劉迅傳》，係指劉晏。劉晏（七一五～七八〇），字士安，唐曹州南華（今山東東明東北）人。七歲舉神童，天寶中舉賢良方正。所任皆有惠政。寶應二年（七六三），擢為吏部尚書、同平章事，領度支鹽鐵轉運租庸使。不久罷相。前後理財二十年，軍國賴之。在官不貪。後為人構陷而死。(131)殷直清　據《新唐書・劉迅傳》，係指殷寅。直清或為其表字。陳郡人。早孤。應宏詞舉，為永寧尉。與蕭穎士善。(132)尚恨言理少二句　《李遐叔文集・三賢論》作「尚恨言理少對，未與劉面」。(133)裴騰　字士舉，官戶部郎中。(134)朗邁　爽朗超脫。(135)霸　字士會。裴騰弟。官吏部員外郎。(136)隴西　今屬甘肅。(137)李廙　字敬叔。曾任郎官。(138)堅明　堅守。(139)沖粹　亦作「冲粹」。中和純正。(140)范陽　治今河北涿縣。(141)盧虛舟　字幼真。官秘書少監。(142)潁川　治今河南禹縣。(143)陳讜言　字士然。曾任郎官。(144)渤海　在今河北。(145)吳興宗　字秀長。〈三賢論〉作字季長，是。事跡未詳。(146)專靜　純樸惇厚。(147)陳謙　字不器。事跡未詳。(148)高適　（約七〇一～七六五）字達夫，一字仲武。唐渤海蓨縣（今河北景縣）人。少浪遊，為宋州刺史張九皋薦舉，中有道科，授封丘尉。後任淮南、西川節度使，左散騎常侍，封渤海侯。為官寬簡廉潔。擅詩歌，與岑參齊名，並稱「高岑」。有《高常侍集》。(149)落落　襟懷磊落。(150)韋述　唐京兆萬年（今陝西西安）人。景龍進士。家富藏書，幼時皆遍讀。開元初，預編四部書目二百卷，《唐六典》三十卷，著《開元譜》二十卷。歷直學士、集賢學士等。典掌圖書四十年，任史官二十年，預修國史，並著有《唐職儀》、《高宗實錄》等。卒於渝州。今存《兩京新記》二卷，《全唐文》存文九篇，《全唐詩》存詩四首。(151)楊俊　當作楊浚。楊浚曾四主貢舉。(152)德選　以德行為標準選用人才。(153)汝南邵軫緯卿　見卷一〈兩監〉❼。(154)標幹　特出的才幹。(155)天水趙驊雲卿　見卷一〈兩監〉❺。(156)源衍秀融　源衍，字秀融。〈三賢論〉作「季融」。事跡未詳。(157)粹而俊澂〈三賢論〉作「粹微而同」。俊澂，俊秀清澄。(158)會稽　今浙江紹興。(159)孔至惟微　孔至，字惟微。官著作郎。撰《百家類例》。與韋述、蕭穎士、柳沖齊名。(160)陸據　字德鄰。少孤，文章俊逸，言論縱橫。年三十遊京師，舉進士。官至司勳員外郎。與崔顥、王昌齡、高適、孟浩然等名重當時。(161)恢恢　寬宏大度。(162)柳芳仲敷　柳芳字仲敷。唐蒲州河東人。開元末年進士。官直史館，與韋述同修國史。後任史館修撰，著《唐曆》四十篇。改右司郎中、集賢殿學士卒。(163)該博　博通。(164)故事　舊時的典章制度。(165)賈至幼鄰　賈至，字幼鄰，一作幼幾。唐洛陽人。開元二十三年（七三五）狀元及第。天寶十年（七五一）明經擢第，累官起居舍人，制知誥。大曆初，遷京兆尹，以散騎常侍卒。《全唐詩》存詩一卷。(166)京兆　今西安市。(167)韋收仲成　韋收，字仲成。官殿中侍御史。(168)張友略　字維之。事跡未詳。(169)邈　字季遐。事跡未詳。(170)中山　今河北正定東北。(171)劉穎　字士端。官著作郎。(172)韓拯　字佐元。韓拯，一作韓極。玄宗時，擢書判拔萃科。(173)樂安　治今山東陽信西南。(174)孫益　字盈孺。天寶時，擢書判拔萃科。(175)韋建　字士經。唐京兆人。官河南令。與蕭穎士、劉長卿遊。《全唐詩》存詩二首。(176)陳晉　字正卿。開元年間，撰《續尚書》。(177)天水　今屬甘肅。(178)尹微　字之誠。尹微，當為尹徵。據〈三賢論〉改。天寶十三年（七五四）進士。(179)洎　通「暨」。與，和。(180)華　李華自指。(181)元罷魯山二句　元德秀曾任魯山令，天寶十三年卒於陸渾尉任上，因有是語。(182)避地　避世隱居。(183)安康　在今陝西南部。(184)汝南　治今河南上蔡西南。(185)下壽　古人將壽命的長短分為上中下三等。下壽有兩說：一說六十歲為下壽，一說八十歲為下壽。(186)生人　活著的人。即世人。(187)病　此有「遺憾」之意。(188)怍　羞慚。(189)李華復有權皋張友略　指李華另有將元德秀、權皋、張友略比作三賢。(190)出皋墓銘　李華《李遐叔文集》卷三〈著作郎贈秘書少監權君墓表〉中云：「然所憶者曰河南元君德秀、南陽張君友略……元之志如其道德，張之行如其經術，君之才如其聲望……」因有此說。權皋，進士及第。官起居舍人、著作郎。

【語　譯】李華撰寫〈三賢論〉劉眘虛、蕭穎士、元德秀云：「有人說，我讀古人之書，而要求取古人的賢明，卻沒有獲得。我卻以為，沒有一個時代沒有賢人，或許是因為禮儀教化不至，或是沉淪於時俗，即使賢能也不能自己辨別，更何況旁觀者未能深究呢。鄭衛之音正在演奏，純正樂聲間或聽聞。食品調和到極點就沒有滋味，彩色交錯到極點就沒有文采。聽樂者不能通曉音樂之美，反而以為是怪異荒誕之音；連樂官、樂師也都臉露羞赧之色而停止演奏。婀娜柔媚的舞姿，摻雜枯槁憔悴的人物，身披粗陋的衣服，美醜同列，自己也會感到醜陋。這兩種情況，既恥於沒有自知之明，同時企求者也昏昧不明；要劃分善惡，在於改變教化，端正風俗，那麼賢不肖自有區別，然後賢者自然顯豁，而觀者不再迷惑。我把元德秀當兄長對待，而將劉眘虛、蕭穎士二位功曹作為朋友。這三位賢者，稱得上通達了。有人說，希望了解三位的大略。我以為，元德秀的志向操行，當以大道紀綱天下，劉迅的志向操行，當以〔六經統一人心，蕭穎士的志向操行，當以〕孔子學說改變今世來看待。元德秀使愚智劃一，劉眘虛感慨任何事物不能得到公正對待，蕭穎士輕而易舉可獲〔厚祿，但卻不改變求一刻之安的心情〕。元德秀的道統，劉眘虛的深沉，蕭穎士的志趣，都可入孔夫子之門牆，他們都是通達高潔的人物。然而他們也各有不足：元德秀嗜酒，劉眘虛嗜好賞玩古物，蕭穎士則有貶斥醜惡太急、獎勵才能太重的毛病。元德秀侍奉雙親孝順，〔居喪哀痛，撫養孤兒仁厚，急朋友之急，任職明於賞罰〕，而又樂天知命；以為帝王製作音樂，用來讚美功德，以隆盛的典禮奉獻給天帝，讓祖先的神靈共享，這是天上人間的最高境界，然而如果詩文不能與之相稱，就如沒有音樂。於是作〈破陣樂〉，文辭符合典雅、莊重的音律；由此推而論之，則可看出元德秀的『道』了。劉眘虛出身於名儒、史官之家，兄弟都以學問著稱，他論述《詩》、《書》、《禮》、《易》、《春秋》，作五古說，條理貫穿其源流，詳備古今的變化，由此推而論之，則可看出劉眘虛學問之深了。蕭穎士以為詩書過於煩瑣，尤其怪罪司馬遷寫史書不編年，卻撰寫列傳，後代沿襲，但這不能作為撰寫史書的準則，準備糾正其失當之處，從《春秋》三家著述之後，不是教化百姓的人不予收錄，按時代先後撰修，直到現今，志向尚未完成已經去世。由此推而論之，則可看出蕭穎士的志向了。元德秀據師保之席，觀瞻他的〔形貌面容，不等他開口，就能看到他的仁慈〕。劉眘虛身披朝服，居於賓友的地位，論說治亂的根源，人倫的精妙顯明，參詳天地的精氣，然後就能看到他的奧妙。蕭穎士如百煉之鋼，不能使他曲屈，當面對興廢去就之際、生死存亡之時，然後就能看到他的大節；他讀書問學極快，又希望人人如他一樣，志趣與時俗大多不合，經常遭人非議；然採取他那些合乎禮儀法度的舉措，就足可以為人師表了。學識廣博而不偏狹，精深而能融會貫通，更甚於精深之人；而且文章又風雅高尚到了極點，曾以規範百代為己任，古代的才能之士往往也做不到這樣。他的卓越高超，不同凡俗，是不能對不了解的人說的。蕭穎士的父親曾任莒縣縣丞，得罪清河張惟一，佐史將他治成罪名。當時蕭穎士剛科舉及第，從洛陽返回莒縣，在途中阻攔使者的車輛，陳說的話語哀切，張惟一為之泣下，即日就釋放了他父親，並且說：『蕭贊府生一賢才，以助天下風俗教化。我即使由此事而獲罪，也沒有遺憾了！』像這樣，能不說是孝嗎？有人說：這三人各有交遊的人嗎？我說：像太尉房琯，可以說是有名的大臣了，每每見到元德秀，就整天讚嘆，對我說：『看見元紫芝眉宇，使人名利之心全無了！』像司業蘇源明，可以稱得上是賢人了，每每評論當時的名士說：『我不幸，生於風俗衰敗的時代，之所以不以為恥，是因為認識元紫芝。』廣平程休士美，端莊持重沉靜少言；河間邢宇深明，操守不簡苟；邢宇之弟邢宙次宗，和順而不放縱；南陽張茂之季豐，恪守道統而善斷；趙郡李萼伯高，具德高才大的品質；李萼族子李丹叔南，誠實端莊而有文采；李丹族子李惟岳謀道，襟懷深遠廉靜；梁國喬澤德源，氣宇軒昂有古人風；弘農楊拯士扶，明敏而安道；清河房垂翼明，有志向且好古；河東柳識方明，胸懷寬闊而有才氣：這些都是仰慕元德秀的人。劉眘虛在京師，曾患病，房琯其時正到扶風，聽說劉眘虛病了，整夜不睡，並對賓客隨從說：『劉眘虛如果病不能好，那就是沒有天道神靈！』尚書劉晏，〔每有佳理，必去劉眘虛處與他交談整日而忘返，回來後讚嘆曰：『聽到劉公〕高雅之言，猶如見到古代聖王之理了。』殷直卿有識見，尚且懊悔學識太少，未能與劉眘虛見面，時常想到他。河東裴騰士舉，爽朗超脫而又正直；其弟裴霸士會，峻潔清介交友不雜；隴西李廙敬叔，堅貞明敏中和純正；范陽盧虛舟幼真，質樸方正而清介；潁川陳讜言士然，勤讀而不厭；渤海吳興宗季長，純樸惇厚忠貞不渝；潁川陳謙不器，行古人之道；渤海高適達夫，磊落有奇節：這些都是尊重劉眘虛的人。工部侍郎韋述修國史，推薦蕭穎士同事；禮部侍郎楊浚掌貢舉，徵詢蕭穎士求取人才，天下以為這是最佳的選擇；汝南邵軫緯卿，文章學識有特出的才幹；天水趙驊雲卿，文才俊美行為純正；陳郡殷寅直清，通達於事物名理；河南源衍秀融，純粹而俊秀清澄；會稽孔至惟微，著述頗豐而好古；河南陸據德鄰，寬宏大度善於事理；河東柳芳仲敷，博通典章制度；長樂賈至幼鄰，名重當時；京兆韋收仲成，遠慮而深謀；南陽張友略維之，躬行正道；張友略族弟張邈季遐，溫和如玉；中山劉穎士端，疏朗明敏簡易暢達；潁川韓拯佐元，所行簡略而有文采；樂安孫益盈孺，溫良忠厚；京兆韋建士經，內心明敏外貌純樸；潁川陳晉正卿，精深於《詩》《書》；天水尹徵之誠，精通百家之言；

這些人都是蕭穎士的後學。蕭穎士與趙驊、邵軫及我最為友善，天下稱之為『蕭李之交』。殷寅、源衍和睦交往，介於蕭李二交之間。不幸元德秀罷官魯山，終於陸渾尉任上；劉眘虛避世隱居逝於安康；蕭穎士歸葬先人，卒於汝南。現在再來尋求這樣的人，是有呢還是沒有？這樣的人是一定有的，然而未能明察罷了。三賢不登高位，未享天年，居於委屈之地而遵循先賢之道，皆為人中的曠達者。不能受到他們的教誨，是世人的遺憾。我了解三賢很深，因而作此文而不羞愧。」

一說：李華又將元德秀、權皋、張友略稱為「三賢」。這一說法出自權皋墓誌銘。

顏真卿❶與陸據、柳芳善。

杜紫微❷覽趙渭南❸卷〈早秋〉詩❹云：「殘星幾點鴈橫塞，長笛一聲人倚樓。」吟味不已，因目嘏為趙倚樓。復有贈嘏詩❺曰：「命代❻風騷將，誰登李杜壇？灞陵❼鯨海❽動，翰苑❾鶴天❿寒。今日訪君還有意，三條冰雪借予看⓫。」紫微更寄張祜⓬略曰：「睫在眼前長不見，道非身外更何求？誰人得似張公子，千首詩輕萬戶侯！」

貞元⓭中，李元賓⓮、韓愈⓯、李絳⓰、崔群⓱同年進士。先是四君子定交久矣，共遊梁補闕⓲之門；居三歲，肅未之面，而四賢造肅多矣，靡不偕行。肅異之，一日延接，觀等俱以文學為肅所稱，復獎以交遊之道。然肅素有人倫⓳之鑒。觀、愈等既去，復止絳、群，曰：「公等文行相契⓴，他日皆振大名；然二君子位極人臣，勉旃㉑！勉旃！」後二賢果如所卜。

李華㉒著〈含元殿賦〉，蕭穎士㉓見之，曰：「〈景福〉㉔之上，〈靈光〉㉕之下。」

白樂天㉖初舉，名未振，以歌詩㉗謁顧況㉘。況謔之曰：「長安百物貴，居大不易。」及讀至〈賦得原上草送友人〉㉙詩曰：「野火燒不盡，春風吹又生。」況歎之曰：「有句如此，居天下有甚難！老夫前言戲之耳。」

李太白㉚始自西蜀至京，名未甚振，因以所業㉛贄謁賀知章㉜。知章覽〈蜀道難〉一篇，揚眉謂之曰：「公非人世之人，可不是太白星精耶？」

蔣凝㉝，江東人，工於八韻㉞，然其形不稱名㉟。隨計㊱途次襄陽，謁徐相商公㊲，疑其假手，因試〈峴山懷古〉一篇。凝於客次㊳賦成，尤得意。時溫飛卿㊴居幕下，大加稱譽。

論曰：夫求知者，匪言不通；既通者，匪節㊵不合㊶。得之於內，失之於外，萬萬不能移也。所以越石父免於羈束，未旋踵而責以非禮㊷，善窺㊸其合而已矣。其有屬辭㊹敘事，言雖訐□㊺，知之者不其咎㊻歟？苟異於是，其如險詖㊼何！

【注釋】❶顏真卿（七〇八～七八四）字清臣。唐京兆萬年（今陝西西安）人。開元進士。任監察御史、殿中侍御史。

不附楊國忠，出為平原太守。安史之亂，河北郡縣望風瓦解，他固城堅守，與從兄常山太守顏杲卿聯軍抗叛，河北十七郡響應，合兵二十萬，給叛軍沉重打擊。入朝後，歷工部、吏部尚書，御史大夫。克盡職守，忠良耿直，屢為權臣所忌。出為地方官，代宗時遷尚書左丞，封魯郡公，人稱顏魯公。德宗時，李希烈叛亂，奉使宣慰李希烈。希烈扣留顏真卿，並威逼利誘，但顏真卿始終不屈，後被縊殺。顏真卿為歷史上著名書法家。後人輯有《顏魯公文集》。❷杜紫微　即杜牧。見卷三〈慈恩寺題名遊賞賦詠雜紀〉「曲江亭子」段㉓。❸趙渭南　即趙嘏。見卷三〈慈恩寺題名遊賞賦詠雜紀〉「小歸尚書榜」段㉞。❹早秋詩　一題作〈長安秋望〉。❺贈嘏詩　《全唐詩》題作〈雪晴訪趙嘏街西所居三韻〉。❻命代　命世。即名世。代，避唐人諱。❼灞陵　本作霸陵。故址在今西安市東。《全唐詩》「灞陵」作「少陵」，是。少陵指杜甫。與上句「誰登李杜壇」正合。❽鯨海　大海。❾翰苑　文苑；文翰薈萃之處。❿鶴天　高天；高遠的境界。「翰苑鶴天」借指李白。⓫借予看　《全唐詩》作「獨來看」。⓬紫微更寄張祜　詩題為〈登九峰樓寄張祜〉。張祜，字承吉。唐清河（今屬河北），一說南陽（今屬河南）人。元和、長慶中，深為令狐楚所知。後至長安，向朝廷獻詩三百首，為元稹所抑，由是寂寞而歸客淮南，為杜牧禮遇。晚年與白居易交往。大中年間卒於丹陽。有《張處士詩集》。⓭貞元　（七八五～八〇四）唐德宗年號。⓮李元賓　即李觀。見卷一〈廣文〉❽。⓯韓愈　見卷四〈師友〉「隴西李丹」段㊶。⓰李絳　見本卷〈起自寒苦〉㉔。⓱崔群　見卷四〈師友〉「杜工部交鄭廣文」段㉝。⓲梁補闕　即梁肅。見卷六〈公薦〉「李翱薦所知」段㊸。⓳人倫　指相面術。⓴相契　投合。㉑勉旃　努力。旃，語助詞。之焉的合音。㉒李華　見卷一〈兩監〉❹。㉓蕭穎士　見卷一〈兩監〉❻。㉔景福　宮殿名。此指三國魏何晏所作的〈景福殿賦〉。景福殿，三國魏明帝建，故址在河南許昌。㉕靈光　漢代魯靈光殿的簡稱。漢景帝子魯恭王所建。故址在今山東曲阜東。此指漢王延壽所作的〈魯靈光殿賦〉。㉖白樂天　白居易。見卷二〈爭解元〉㊲。㉗歌詩　詩歌。㉘顧況　（約七二五～八一四）字逋翁。唐蘇州人，一說海鹽（今屬浙江）人。至德二年（七五七）進士，任著作郎，以作〈海鷗詠〉詩諷刺當朝權貴，被貶饒州司戶參軍，後隱居茅山，自號華陽山人，又稱悲翁。其詩反映現實，多切時弊。有輯本《華陽集》三卷。㉙賦得原上草送友人　題為〈賦得古原草送別〉。㉚李太白　李白（七〇一～七六二），字太白，號青蓮居士。唐綿州彰明（今四川江油）青蓮鄉人，一說祖籍隴西成紀（今甘肅秦安西北），出生於碎葉（屬安西都護府，今吉爾吉斯斯坦托克馬克附近）。少聰穎，吟詩作賦，好劍任俠，豪放不羈。二十五歲，辭親遠遊，三十歲，再入長安，圖以制舉成名，未果。天寶元年（七四二），供奉翰林，三載，遭讒離京。安史亂時，永王李璘辟為幕僚。永王兵敗，坐流夜郎（今貴州正安西北），途中遇赦得還。晚年漂泊，客死當塗（今屬安徽）。一生創作大量詩篇，詩風豪邁雄渾，富有積極的浪漫主義精神，與杜甫並稱「李杜」，是唐代詩壇的雙峰。㉛所業　指所作詩篇。㉜賀知章（六五九～七四四）字季真。唐越州永興（今浙江蕭山）人。少以文詞知名，後以清淡風流為人所傾慕。證聖（六九五）進士。累官至工部侍郎、秘書監。天寶初請為道士，歸隱鏡湖。晚年縱誕，自號「四明狂客」。好飲酒，與李白友善。今存詩僅約二十首。㉝蔣凝　見卷五〈以其人不稱才試而後驚〉❺。㉞八韻　指詩歌。㉟形不稱名　容貌和名聲不符。㊱隨計　舉子赴試。㊲徐相商公　即指徐商。見卷五〈以其人不稱才試而後驚〉❽。㊳客次　接待賓客的處所；客邸。㊴溫飛卿　溫庭筠（約八一二～八六六，或八二四～八八二），原名岐，字飛卿。貌寢，號溫鍾馗。早負才名，文辭敏捷。每入試，押官韻，八叉手而成八韻，時稱溫八叉、溫八吟。然因行為不檢，累舉進士不第。精音律，善鼓琴奏笛。大中末，授方城尉，終國子助教。官微而好譏諷權貴，一生坎坷。詩與李商隱齊名，而成就不及。時稱「溫李」。擅寫詞，大部收入《花間集》，為花間派詞人代表。原集已佚，近年上海古籍出版社出版《溫飛卿詩集箋注》。㊵節　志節；志向。㊶合　和諧；融洽。㊷越石父免於羈束二句　越石父係春秋時齊國賢人。齊相晏嬰解左驂贖之於縲絏之中，歸而久未延見，越石父以為辱己，要求絕交，晏嬰謝過，延為上客。事見《晏子春秋．雜上》。旋踵，掉轉腳跟。形容時間短。此非實指。㊸窺　看透；覺察。此指審察。㊹屬辭　撰寫詩文。㊺訐□　從上下文意看，雖有缺文，但似指「冒犯」之意。㊻咎　責怪。㊼險詖　亦作「險陂」。陰險邪僻。

【語譯】顏真卿與陸據、柳芳友善。

杜牧在讀了趙嘏〈早秋〉詩中的兩句：「殘星幾點雁橫塞，長笛一聲人倚樓。」吟詠回味不已，於是將趙嘏稱為趙倚樓。杜牧又有贈趙嘏的詩，云：「聞名當世的詩壇高手，誰能登上李白杜甫的高壇？杜少陵鯨海波動，李太白鶴天高寒。今日前來拜訪出自本意，懸掛的冰雪獨自觀看。」杜牧又有詩寄贈張祜，大略云：「睫毛在眼前無法看見，有道在身更有何求？誰人能比得上張公子，作詩千首笑傲萬戶侯！」

貞元年間，李觀、韓愈、李絳、崔群同年進士及第。此前四人結交已久，同行走於梁肅之門。過了三年，梁肅從未見他們，而李觀等四人前去拜訪卻有許多次，且沒有一次不結伴同行。梁肅頗覺非比尋常，有一天，接待了四人，李觀等人都因文章受到梁肅的稱讚，梁肅又稱道他們的交往之道。而梁肅向來有鑒別人的相貌的本領。李觀、韓愈離去後，梁肅又留下了李絳、崔群，對二人說：「你們文章、行止都很投合，日後都有大名聲。然而二位日後將位極人臣，努力啊，努力！」後來果然如梁肅所言，李絳、崔群都官至宰相。

李華寫〈含元殿賦〉，蕭穎士看後說：「在〈景福殿賦〉之上，在〈魯靈光殿賦〉之下。」

白居易初到京師應試，名聲還不大，帶著所作詩歌去拜見顧況。顧況見白居易的名字，戲謔地對他說：「長安的物品都貴，要在這裡居住大不容易。」等顧況讀到〈賦得原上草送友人〉詩中「野火燒不盡，春風吹又生」的詩句時，讚嘆道：「有這樣出色的詩句，居於天下還有什麼困難！老夫先前講的是開玩笑啊！」

李白剛從西蜀到京師，名聲還不很大，於是他帶著所作的詩歌去拜見賀知章。賀知章看到了〈蜀道難〉一篇，揚起眉毛對李白說：「你不是人世間的凡人，該不是天上的太白星精吧！」

蔣凝，江東人，擅長作詩，但他相貌不佳，與他的名聲不符。他上京應試路經襄陽，拜見宰相徐商，徐商懷疑他的詩是假手他人所作，因而面試〈峴山懷古〉一篇。蔣凝在客邸作成，尤為得意。當時溫庭筠在徐商幕府，對蔣凝詩大加稱譽。

論曰：欲求相知之人，不通過語言無法溝通；即使溝通了，沒有相同的志向也不會融洽。得之於內，失之於外，這個道理是無論如何也不會改變的。所以晏嬰將越石父從羈束中解救出來，很快越石父就責備晏嬰對他不禮貌，這是善於審察是否融洽而已。那些撰文敘事，語言對人有所觸犯，相知者難道能不責怪他嗎？如果不是這樣，那又怎樣對付陰險邪僻呢！

卷八

通榜

【題解】所謂「通榜」（亦作「通牓」），是唐代科舉中的特有情況。唐代科舉考試不糊名，由主司者定去取。考試前，有預列知名之士，得中者往往出於其中，而這些「預列之士」，又大多得到平日交厚者之助。這樣，對普通舉人就有欠公平，且弊端也顯而易見。宋代蘇軾〈議學校貢舉狀〉就說：「唐之通牓，故是弊法。」本條所記，即反映了「通榜」的一些情況。

貞元十八年❶，權德輿❷主文，陸傪❸員外通榜帖❹，韓文公❺薦十人於傪，其上四人❻曰侯喜❼、侯雲長❽、劉述古❾、韋紓❿，其次六人⓫：張苰⓬、尉遲汾⓭、李紳⓮、張俊餘⓯，而權公凡三榜共放六人⓰，而苰、紳、俊餘不出五年內⓱，皆捷矣。

陸忠州⓲榜時，梁補闕肅⓳、王郎中傑⓴佐之，肅薦八人俱捷，餘皆共成之。故忠州之得人皆烜赫㉑。事見韓文公〈與陸傪員外書〉。

三榜，裴公第一榜㉒，拾遺盧參㉓預之㉔；第二、第三榜㉕，諫議柳遜㉖、起居舍人于兢㉗佐之；錢紫微珝㉘亦頗通㉙矣。

鄭顥㉚都尉第一榜㉛，託崔雍㉜員外為榜。雍甚然諾㉝，顥從之。雍第㉞推延，至榜除日，顥待榜不至，隕穫㉟日㊱至。會雍遣小僮壽兒者傳云：「來早陳賀㊲。」顥問有何文字，壽兒曰：「無。」然日勢既暮，壽兒且寄院中止宿，顥亦懷疑，因命搜壽兒懷袖，一無所得，顥不得已遂躬自操觚㊳。夜艾㊴，壽兒以一蠟彈丸進顥，即榜也。顥得之大喜，狼忙㊵札㊶之，一無更易。

【注釋】❶貞元十八年　西元八〇二年。貞元，唐德宗年號。❷權德輿（七五九～八一八）字載之。唐秦州略陽（今甘肅秦安東北）人。以文章知名。初辟使府，德宗聞其才，召為太常博士，後官至禮、戶、兵、吏部侍郎，累上書直言，多被採納。三主禮部貢舉，所選士多為公卿、宰相。元和五年（八一〇），拜禮部尚書、同平章事。為政寬和，知人善任。後罷相，留守東都，封扶風郡公。後出為山南西道節度使。一生好學，手不釋卷。有《權公文集》五十卷。❸陸傪　見卷四〈師友〉「方干師徐凝」段❾。❹通榜帖　預列名帖。❺韓文公　即韓愈。見卷四〈師友〉「隴西李丹」段㊶。❻上四人　前面四人。❼侯喜　貞元十九年（八〇三）進士，終國子主簿。❽侯雲長　貞元十八年（八〇二）進士。❾劉述古　貞元二十一年進士。❿韋紓　貞元十八年進士。⓫六人　文中僅見四人，另二人未詳。⓬張竑　元和二年（八〇七）崔邠榜進士。⓭尉遲汾　貞元十八年進士。⓮李紳　（？～八四六）字公垂。唐潤州無錫（今屬江蘇）人。元和元年崔邠榜進士。長於詩歌，多為人傳頌。與李德裕、元稹友善，並稱三俊。穆宗時，累官中書舍人、戶部侍郎。敬宗會昌二年（八四二），以兵部侍郎同平章事，封趙郡公，累中書、門下侍郎。四年，以足疾求罷，出為淮南節度使。《全唐文》存文十四篇，《全唐詩》存《追昔游詩》三卷、《雜詩》一卷。⓯張俊餘　據《韓文考異》、《韓子年譜》，「俊」皆作「後」，當為張後餘。元和二年崔邠榜進士。次年病卒。⓰

而權公凡三榜共放六人　權德輿於貞元十八年、十九年、二十一年三主貢舉。所謂「三榜放六人」，文中僅侯喜、侯雲長、劉述古、韋紓、尉遲汾五人，另一人不詳。⑰不出五年內　自貞元十八年（八〇二）至元和二年（八〇七）恰為五年。且貞元二十年停貢舉。⑱陸忠州　即陸贄。見卷四〈師友〉「杜工部交鄭廣文」段㉞。⑲梁補闕肅　梁肅。見卷六〈公薦〉「李翺薦所知」段㊸。⑳王郎中傑　王傑，誤。當為王礎。別本作「礎」。又韓愈《昌黎集·與陸傪員外書》：「陸相公司貢士，考文章甚詳，原其所以，亦由梁補闕肅、王郎中礎佐之。」可證當為王礎。王礎大曆七年（七七二）進士，十五年卒。王礎文辭知名當時。㉑故忠州之得人皆烜赫　《唐會要》：「貞元七年，兵部侍郎陸贄權知貢舉。……一歲選士才十四五，數年之內居臺省清近者十餘人。」因有此語。㉒裴公第一榜　裴公，即裴贄。見卷三〈慈恩寺題名遊賞賦詠雜紀〉「大順中」段⑭。第一榜，時在大順元年（八九〇）。㉓盧參　事跡未詳。㉔預之　指參預通榜。㉕第二第三榜　分別在大順二年、乾寧五年（八九八）。㉖柳遜　唐襄州人。官諫議大夫。㉗于競　字德源。唐長安京兆（今西安市）人。官起居舍人。㉘錢紫微珝　錢珝，唐吳興（今浙江湖州）人。乾符六年（八七九）進士。昭宗時，官中書舍人。《全唐文》編其文為六卷，《全唐詩》存詩一卷。紫微，中書舍人的別稱。㉙通　指通榜。㉚鄭顥　見卷三〈慈恩寺題名遊賞賦詠雜紀〉「鄭光業新及第年」段㉑。㉛第一榜　時在大中十年（八五六）。㉜崔雍　未見著錄。㉝然諾　言而有信。㉞第　但；只是。㉟隕穫　亦作「隕獲」。困迫失志之貌。㊱旦　一本作「且」，是。㊲陳賀　道賀；祝賀。㊳操觚　執簡。指寫作。此指寫榜。㊴夜艾　即夜盡、天將亮。艾，盡。㊵狼忙　急忙；匆忙。㊶札　書寫。

【語　譯】貞元十八年，權德輿主持貢舉，陸傪員外郎預列名帖，韓愈向陸傪推薦了十人，列在前面的四人是侯喜、侯雲長、劉述古、韋紓，其次六人是：張苰、尉遲汾、李紳、張後餘。權德輿三主貢舉，錄取了其中六人，而張苰、李紳、張後餘不出五年，也都登第。

陸贄主持禮部試時，補闕梁肅、郎中王礎協助他。梁肅推薦的八人全都得中，其餘的人也由陸贄、梁肅、王礎共同錄取。陸贄所選之士，數年之內大多身居要職，烜赫一時。此事見於韓愈的〈與陸傪員外書〉。

陸贄共放三榜。第一榜時，拾遺盧參參預通榜；第二、第三榜時，諫議大夫柳遜、起居舍人于競協助他，中書舍人錢珝也頗多參預其事。

鄭顥都尉第一次主持貢舉時，託崔雍員外郎通榜。崔雍平時言而有信，鄭顥也頗信任。但崔雍此後只是推脫拖延，到了張榜之日，鄭顥卻沒有等到崔雍送來的榜文，不由得心煩意亂。正在此時崔雍差遣小僮壽兒前來通報說：「明天早上前來道賀。」鄭顥問壽兒可有什麼文字帶來，壽兒說：「沒有。」而此時天已漸晚，壽兒將寄宿在貢院中，鄭顥心中疑慮，於是命人搜尋壽兒的衣服，但一無所得，鄭顥不得已只能親自寫榜。天將亮時，壽兒向鄭顥呈上一蠟彈丸，其中就是通榜名單。鄭顥得到大喜，急忙書寫，沒有一點更改。

主司撓悶

【題　解】主考官在去取名單時，有時也頗難定奪——或許其中另有隱情——本條所記，即是此種情形。

貞元十一年❶，呂渭❷第一榜，撓悶❸不能定去留，因以詩寄前主司❹曰：「獨坐貢闈❺裡，愁多芳草❻生；仙翁❼昨日事，應見此時情。」

【注　釋】❶貞元十一年　西元七九五年。貞元，唐德宗年號。❷呂渭　字君載。唐河中（治今山西永濟蒲州鎮）人。登進士第。為浙西觀察支使。貞元中，累遷禮部侍郎，三主貢舉。出為潭州刺史，卒。❸撓悶　煩悶。❹前主司　所指何人未詳。❺貢闈　科舉考試的地方。❻芳草　喻指優異的舉人。❼仙翁　指前主司。

【語　譯】貞元十一年，呂渭第一次主持禮部考試，不能決定進士人選而心中煩悶，因而給前任主考官寄詩抒發感慨：「獨自坐在貢闈之中，芳草滋生心中愁悶。仙翁當日曾任此事，應見此時個中心情。」

陰注陽受

【題解】本條所記，作者言之鑿鑿，以今日科學技術之發達，似不可信。然而其中緣由，亦見仁見智，因人而異。

楊嗣復❶第二榜❷，盧求❸者李翺❹之壻。先是翺典❺合淝郡，有一道人詣翺，自言能使鬼神。翺謂其妖，叱去。既而謂翺曰：「使君胡不惜骨肉？」翺愈怒，命縶❻於非所❼。其夕內子心痛將絕，頗為兒女所尤❽，亟命召至謝焉。道人唯唯而已。翺待之以酒，其人能劇飲，數斗不能亂。翺心敬憚，以孺人之危為乞；因請為翺奏章，其妻尋愈。翺叩頭致謝。復謂翺曰：「所寫章不謹，某向甚懼譴罰。」翺對以自札固無錯誤。其人微笑，即探懷中得向所焚章，果注一字，翺益神之。後翺任楚州，或曰桂州。其人復至。其年楊嗣復知舉，求落第。嗣復，翺之親表❾，由是頗以求為慊❿。因訪於道人，道人言曰，此細事，亦可為奏章一通，几硯紙筆，復置醇酎⓫數斗於側，其人以巨杯引滿而飲，寢少頃而覺；覺而復飲。暨⓬罍恥⓭，即整衣冠北望而拜；遽⓮對桉⓯手疏二緘⓰，遲明⓱授翺曰：「今秋有主司⓲且開小卷，明年見榜開大卷。」翺如所教。尋遞中報⓳至，嗣復依前主文，即開小卷，辭云「非頭⓴黃尾三求六李㉑」。（「李」疑應作「字」㉒。）翺奇之，遂寄嗣復。嗣復已有所貯，頗疑漏泄。及放榜開大卷，乃一榜煥然㉓，不差一字。其年裴俅為狀元，黃價㉔居榜末，次則盧求耳，餘皆契合。後翺鎮襄陽，其人復至，翺虔敬可知也。謂翺曰：「鄙人載㉕來，蓋仰公之政也。」因命出諸子，熟視，皆曰：「不繼。」翺無所得，遂遣諸女出拜之，乃曰：「尚書他日外孫三人，皆位至宰輔。」後求子擕㉖，鄭亞㉗子畋㉘，杜審權㉙子讓能㉚，為將相。

【注釋】❶楊嗣復　見卷三〈慈恩寺題名遊賞賦詠雜紀〉「寶曆年中」段❷。❷第二榜　時在寶曆二年（八二六）。❸盧求　唐范陽（今北京西南）人。寶曆二年進士。官郡守。❹李翺　見卷二〈置等第〉❼。❺典　主持。❻縶　捆綁。此指囚禁。❼非所　不是人正常生活的地方。此指監獄。❽尤　責怪。❾嗣復二句　據《唐詩紀事》，楊嗣復係李翺妹婿。❿慊　不足；遺憾。⓫醇酎　味厚的美酒。⓬曁　至；到。⓭罍恥　語本《詩．小雅．蓼莪》：「缾之罄矣，維罍之恥。」罍、缾皆盛水器，罍大而缾小。罍尚盈而缾已竭，喻不能分多予少，為在位者之恥。後多用以指因未能盡職而心懷愧疚。⓮遽　趕快；疾速。⓯桉　同「案」。几案。⓰緘　書函。⓱遲明　黎明；天將亮。⓲主司　唐科舉主考官。⓳中報　古代朝廷的官報。⓴非頭　誤。「非」當作「裴」。下文有「裴俅為狀元」之句可證。而《唐詩紀事》也正著「裴」。㉑六李　據《登科記考》，寶曆二年進士李姓者六人：李方玄，李從毅，李道裕，李景初，李助，李俅。因稱。㉒李疑應作字　此夾注誤。譯文中不再出現。㉓煥然　光彩、光明貌。㉔黃價　一作「黃駕」。事蹟未詳。㉕載　通「再」。㉖擕　字子升。大中九年（八五五）進士。乾符初，累遷戶部侍郎、翰林學士承旨。五年（八七八）拜平章事。為了鎮壓黃巢軍，與同列鄭畋爭持不下，由是皆罷相。次年復相。後中風。黃巢渡淮克洛陽，破潼關，被劾罷相，仰藥自殺。㉗鄭亞　字子佐。唐滎陽（今屬河南）人。有文才。

元和十五年（八二〇）進士。官刑部郎中，遷給事中。出為桂管觀察使，坐事貶循州刺史，卒於官。㉘畋　字臺文。會昌二年（八四二）登進士第，年方十八。早期仕途不順，受黨爭牽連，長期任地方官。僖宗立，累遷兵部侍郎，進同中書門下平章事。乾符五年，與盧攜同罷相。尋拜吏部尚書，次年任鳳翔隴西節度使。後因鎮壓黃巢軍有功，拜司空、門下侍郎、平章事，軍務一以咨決。後病卒，年六十三。㉙杜審權　字殷衡。唐京兆杜陵（今陝西西安東南）人。登進士第。為右拾遺。宣宗時，累遷兵部侍郎、翰林學士承旨。懿宗立，進同中書門下平章事，再遷門下侍郎。出為鎮海軍節度使，入為尚書左僕射、襄陽郡公，領忠武節度使，卒。㉚讓能　字群懿。咸通十四年進士。累官兵部員外郎。僖宗奔蜀，讓能赴行在，累遷中書舍人。還京師，進兵部尚書。李克用起兵，僖宗出奔鳳翔，讓能徒步隨行。擢兵部侍郎、同中書門下平章事。事平還京，進中書侍郎，封襄陽郡公。昭宗立，進尚書左僕射、晉國公。後為李茂貞所逼而死，年五十三。

【語譯】楊嗣復第二次主持禮部考試，有盧求這個人，係李翱的女婿。先前，李翱在任合淝太守時，有一道士來到李翱處，自稱能驅使鬼神。李翱以為此人妖異，對他呵叱並趕走。不久此人又來且對李翱說：「使君為什麼不愛惜自己的骨肉呢？」李翱更加惱怒，命人將道士囚禁在監獄。當晚李翱的妻子心痛非常危急，李翱頗被兒女責怪，於是連忙派人將道士召來，向他致歉。道士只是答應而已。李翱用酒招待他，這個道士能豪飲，數斗酒也喝不醉。李翱心中既敬畏又害怕，以夫人病危向他求情，那道士就要求為李翱寫奏章，李翱同意了，他的妻子也隨即病愈了。李翱向道士叩頭致謝。那道士又對李翱說：「我所寫的奏章不慎，很怕讓您受到謫罰。」李翱回答說自己寫的奏章實在不會有錯誤。那道士微笑著，當即從懷中取出剛剛焚燒的奏章稿，上面果然注釋了一字，李翱更相信加此人有神力。後來，李翱任楚州刺史，有人說是桂州刺史。那個道士又來了。那年楊嗣復主持貢舉，盧求落第。楊嗣復，是李翱的表親，因此，李翱頗以盧求落第為憾事。於是，李翱為此事去拜訪那道士，道士說，這是細小之事，也可為李翱寫奏章一通。李翱準備了几案硯臺紙張筆墨，又在邊上放了數斗美酒，那道士用巨杯斟滿而飲，飲後睡覺，不一會醒來，醒後又飲。到了他自己也覺得不好意思了，當即整理衣冠向北而拜，然後疾速伏案手寫二函，到天將亮時交給李翱說：「今年秋天有了主考官時打開一卷小函，明年見榜時打開一卷大函。」李翱照他說的做。不久，遞送來朝廷中報，楊嗣復如前主持貢舉。李翺打開小卷，上面寫著「裴頭黃尾三求六李」。李翺感到很奇怪，就將此函寄給楊嗣復。楊嗣復對名單預先已收藏好，收到了李翺寄來的信函，還頗懷疑名單已經洩漏。等到放榜李翺打開大卷，居然皆大歡喜，與道士所寫一字不差。那年裴俅中狀元，黃價居於榜末，黃價之前即是盧求，餘下的名單與榜上也都吻合。後來李翺鎮守襄陽，那位道士又來，李翺對他的虔敬可想而知了。那道士對李翺說：「鄙人再來，是仰慕您為政清明。」於是李翺叫出了幾個兒子，道士對他們仔細審視，說：「不能繼承父志。」李翺無所得，就叫幾個女兒出來拜見道士，道士說：「尚書公日後三位外孫，都位至宰輔。」後來，盧求之子盧攜，鄭亞之子鄭畋，杜審權之子杜讓能，均係李翺外孫，都位至宰相。

夢

【題解】所謂「日有所思，夜有所夢」，是講夢產生於經常思索的情景。中國古代，歷來頗重視夢。本條所記，都是講夢，是否會有些附會的成分呢?

鍾輻❶，虔州南康人也。始建山齋❷為習業❸之所，因手植一松於庭際。俄夢朱衣吏白云：「松圍三尺，子當及第。」輻惡之。爾來三十餘年，輻方策名❹；使人驗之，松圍果三尺矣。

沈光❺始貢於有司，嘗夢一海舩❻；自夢後，咸敗於垂成，暨登第年亦如是。皆謂失之之夢，而特地❼不測❽。無何，謝恩之際升階，忽爾迴颷❾吹一海圖，拂❿

光之面，正當一巨舶⓫，即夢中所覩物。

孫龍光偓⓬，崔澹⓭下狀元及第。前一年，嘗夢積木數百，偓踐履⓮往復。既而請一李處士圓之，處士曰：「賀喜郎君，來年必是狀元，何者？已居眾材之上也。」

予⓯匡廬⓰，其夕遙祝九天使者⓱。俄夢朱衣道人，長丈餘，特以青灰⓲落衣襟霏霏然⓳，常自謂魚透⓴龍門，凡三經復透矣。私心常慮舉事中輟㉑。既三舉矣，欲罷不能；於是四舉有司㉒，遂僥忝㉓矣。

【注釋】❶鍾輻　唐虔州南康（今屬江西）人。登進士第。咸通末，以廣文生為蘇州院巡。❷山齋　山中居所。❸習業　攻習學業；專研學問。❹策名　科舉及第。❺沈光　唐吳興（今浙江湖州）人。咸通七年（八六六）進士。工文章古詩。官侍御史。❻舩　同「船」。❼特地　特別；格外。❽不測　料想不到的事情。❾迴飇　亦作「迴飆」。旋轉的狂風。❿拂掠　過。⓫舶　航海的大船。⓬孫龍光偓　字龍光。乾符五年（八七八）進士。歷顯官，以戶部侍郎同中書門下平章事，遷門下侍郎，封安樂縣侯。後貶衡州司馬，卒。孫偓性通簡，不矯飾。⓭崔澹　字知之。唐博陵（治今河北安平）人。大中十三年（八五九）進士。兄弟八人並顯貴，時謂崔氏八龍。終吏部侍郎。⓮踐履　行走。⓯予　當為王定保自指。⓰匡廬　即江西廬山。⓱九天使者　「九天採訪使者」的略稱。為道教所信奉的巡察人間的神仙。⓲青灰　灰塵；塵土。⓳霏霏然　紛亂貌。⓴透　跳躍。㉑中輟　中止；中斷。㉒有司　指禮部試。㉓僥忝　僥倖列名其間。忝，謙詞。

【語譯】鍾輻，虔州南康人。起先，在山中建居所作為攻習學業的地方，並親手在庭院中種了一棵松樹。不久後，夢見一身穿朱紅衣裳的官吏對他說：「等到松圍三尺的時候，你就能進士及第了。」鍾輻十分厭惡這個夢。爾後果真過了三十餘年，鍾輻方才及第。他派人去山上驗看，那松樹的樹圍果然已經三尺了。

沈光第一次參加禮部考試時，曾經夢見一艘海船。自從夢見那船後，屢次考試都功敗垂成，到考中進士的那年情形也猶如此。人們都說這是失之於夢，因而發生了料想不到的事。不久，到宮內謝恩之際登上了臺階，忽然間吹來一陣旋轉的狂風，吹動了一幅海景圖，吹到沈光面前，正好面對畫中的一艘巨船，就是沈光夢中所看到的船。

孫偓，字龍光，崔瀣主持貢舉那年狀元及第。考試前一年，曾夢見堆積木材數百根，孫偓在上面往來行走。不久，孫偓請了一位李處士來解夢，李處士對孫偓說：「賀喜郎君，明年考試您必定中狀元。為什麼呢？您已居於眾人才之上了。」

我那年到廬山，當晚遙祝九天使者。不久，夢見一身穿朱紅衣裳的道士，身長丈餘，特地用灰塵紛紛揚揚灑落在我的衣襟上。我常對自己說，鯉魚跳龍門，跳三次就能跳過了。夢後，心中常擔心應舉的事會不順。已經考了三次，欲罷不能，於是第四次參加禮部考試，僥倖列名其中。

聽響卜

【題解】所謂「響卜」，據說是聽到別人講話可卜吉凶。本條所記便是此類事。其中頗含偶然色彩。

畢諴❶相公❷及第年，與一二同人聽響卜。夜艾❸人稀，久無所聞；俄遇人投骨於地，群犬爭趨；又一人曰：「後來者必銜得。」

韋甄❹及第年，事勢固萬全矣；然未知名第高下，志在鼎甲❺，未免撓懷❻。俄聽於光德里南街，忽覩一人，叩一板門甚急。良久軋然❼門開，呼曰：「十三官，尊體萬福❽。」既而甄果是第十三人矣。

【注釋】❶畢諴（八〇二～八六四）字存之。唐鄆州須昌（今山東東平西北）人。少孤貧，刻苦自勵，博通經史。大和六年（八三二）進士。累遷侍御史，出為慈州刺史。宣宗立，召入，累遷至刑部侍郎。歷邠寧、澤潞、河東、宣武節度使，入為戶部尚書、領度支。咸通元年（八六〇）拜相，以使相出鎮河中卒。❷相公　唐代對宰相的稱呼。❸艾　盡。然此有「深」意。❹韋甄　官司勳員外郎。❺鼎甲　科舉制度中狀元、榜眼、探花之總稱。以鼎有三足，一甲共三名，故稱。❻撓懷　猶縈懷。❼軋然　物體磨擦發出的聲音。❽萬福　多福。祝禱之詞。

【語譯】畢諴相公及第那年，與一二同年一起聽響卜。夜深人稀，很長時間沒有聽到聲音。又過了一會，碰到一個人丟了一塊骨頭在地上，群犬爭相去搶；又聽一人說：「後來的肯定能銜到骨頭。」

韋甄進士及第那年，考完試，及第已肯定是萬無一失了；但不知名次高下，而韋甄又志在能中一甲前三名，因而對此未免縈懷於心。晚上在光德里南街聽響卜，忽然看見一人，叩一戶人家的板門，頗為急促。過了很久，在軋軋的響聲中門開了，只聽一人在招呼道：「十三官，尊體萬福。」不久放榜，韋甄果然是第十三名。

自放狀頭

【題解】狀頭者，狀元也。本條所記尹樞、陸扆為狀元，確實是以其學問、膽識而當仁不讓的。

杜黃門❶第一榜，尹樞❷為狀頭。先是杜公主文，志在公選，知與❸無預評品者。第三場庭參❹之際，公謂諸生曰：「主上誤聽薄劣❺，俾❻為社稷求棟梁，諸學士❼皆一時英儁，奈無人相救！」時入策五百餘人，相顧而已。樞年七十餘，獨趨進曰：「未諭侍郎尊旨？」公曰：「未有榜帖。」對曰：「樞不才。」公欣然延之，從容因命卷簾，授以紙筆。樞援毫斯須❽而就。每札一人，則抗聲❾斥❿其姓名；自始至末，列庭聞之，咨嗟⓫嘆其公道者一口⓬。然後長跪⓭授之，唯空其元而已。公覽讀致謝訖，乃以狀元為請，樞曰：「狀元非老夫不可。」公大奇之，因命親筆自札之。

鄭損⓮舍人，光啟中隨駕在興元⓯，丞相陸公扆⓰為狀元。先是扆與損同止逆旅，扆於時出丞相文忠公⓱之門，切於了卻身事⓲。時已六月，懇叩公，希奏置舉場。公曰：「奈時深夏⓳，復使何人為主司？」扆曰：「鄭舍人其人也。」公然之。因請扆致謝於損，扆乃躬詣損拜請，其榜貼皆扆自定。

【注釋】❶杜黃門　即杜黃裳（七三八～八〇八）。字遵素。唐京兆萬年（今陝西西安）人。寶應二年（七六三）進士，又登宏辭科。代宗時，郭子儀辟為朔方從事。子儀入朝，主留後事務，安定朔方。憲宗為皇太子時，擢門下侍郎、同平章事。有謀略，通達權變，勸憲宗矯德宗姑息藩鎮之失，整肅法度，裁抑藩鎮，皆為採納，啟中興之功。元和二年（八〇七），出任河中、晉絳節度使，封邠國公。黃門，唐代門下省。杜黃裳曾任門下侍郎，因稱。❷尹樞　貞元七年（七九一）狀元及第。❸知與　猶言知己故交。❹庭參　古時下級官員趨步至官廳，按禮謁見長官。文職北面跪拜，長官立受；武職北面跪叩，自宣銜名，長官坐受。❺誤聽薄劣　猶言「對我這才能低下之人的信任」。薄劣，低劣；拙劣。有時用為謙詞。❻俾　使；從。❼學士　一本作「學生」。❽斯須　須臾；片刻。❾抗聲　高聲；大聲。❿斥　指；直接指明。⓫咨嗟　讚嘆。⓬一口　眾口一詞。⓭長跪　直身而跪。古時席地而坐，坐時兩膝據地，以臀部著足跟。跪則伸直腰股，以示莊敬。⓮鄭損　曾任蓨尉。據《新唐書·宰相世系表》（卷七五上）鄭損未為中書舍人。而《登科記考》光啟二年知貢舉係中書舍人鄭延昌。未知孰是。⓯隨駕在興元　指光啟年間（八八五～八八七）宦官田令孜與河中節度使王重榮爭鹽利，結惡交兵，河東節度使李克用等兵逼京畿，唐僖宗第二次出逃事。興元，治今陝西漢中市。⓰陸公扆　見卷三〈散序〉❻。⓱丞相文忠公　據《北夢瑣言》載，係指韋昭度。昭度，見卷三〈慈恩寺題名遊賞賦詠雜紀〉「乾符丁酉歲」段㉛。⓲切於了卻身事　意為急於解決出身之事。所謂「出身」，指科舉考試中選者的身分、資格。有「進士出身」、「同進士出身」等。⓳深夏　因禮部試在秋天，時間緊迫。

【語譯】杜黃裳第一次主持貢舉，尹樞為狀元。起先，杜黃裳主持考試，志在公平選拔人才，對自己的知交都不讓他們參預品評人物。第三場考試舉人拜見主考官時，杜黃裳對考生說：「蒙主上對我這個才能低劣之人的信任，我想為朝廷選拔棟樑，而你們都是一時俊才，但卻無人助我！」當時參加策試的有五百餘人，只是面面相覷而已。尹樞年已七十餘，只有他向前進言說：「不知侍郎尊意如何？」杜黃裳說：「還沒有榜帖。」尹樞回答說：「我才能低下，願起草榜帖。」杜黃裳欣然將他請到廳堂，又從容命人捲起簾子，為他準備紙筆。尹樞援筆片刻寫畢。每寫一人，即大聲直呼其姓名，自始至終，眾口一詞讚嘆尹樞公道。結束後，尹樞長跪將名帖交給杜黃裳，只是空缺狀元而已。杜黃裳讀畢榜帖，向尹樞致謝，並請他決定狀元人選，尹樞說：「狀元非老夫不可！」杜黃裳大為讚賞，於是命他親筆寫上自己的姓名。

中書舍人鄭損，光啟年間隨駕在興元，丞相陸扆那年考試是狀元。在那之前，陸扆與鄭損同住旅舍，陸扆當時出入丞相文忠公韋昭度之門，急切地想了卻出身之事。當時已經六月，陸扆懇切地請求韋昭度，希望他上奏朝廷設置考場。韋昭度說：「怎奈時已深夏，且又能讓何人擔任主考官呢？」陸扆說：「鄭舍人是合適人選。」韋昭度認可了。於是，韋昭度要陸扆向鄭損致謝，陸扆親自登門拜請鄭損主持貢舉，而榜帖都由陸扆自己決定。

尋味。

遭遇

【題 解】此處的所謂「遭遇」，實謂牛錫庶、謝登的際遇。由於偶然的因素，而改變了二人的處境，頗耐人尋味。

貞元二年❶，牛錫庶❷、謝登❸，蕭少保❹下及第。先是昕寶應二年❺一榜之後，爾來二紀❻矣。國之耆老❼，殆❽非俊造❾馳騖❿之所。二子久屈場籍⓫，其年計偕⓬來；主文頗以耕鑿為急⓭，無何⓮並馳⓯人事⓰，因迴避朝客⓱，誤入昕第，昕岸幘⓲倚杖，謂二子來謁，命左右延接二子。初未知誰也，潛訪於閽吏⓳，吏曰：「蕭尚書也。」因各以常行⓴一軸面贄㉑，大蒙稱賞。昕以久無後進㉒及門，見之甚善，因留連㉓竟日㉔。俄有一僕附耳，昕盼㉕二子囅然㉖。既而上列㉗繼至，二子隱於屏後。或曰：「二十四年載㉘主文柄，國朝盛事，所未曾有。」二子聞之，亦不意是昕。猶慮數刻淹留，失之善地㉙。朝士既去，二子辭；昕面告之，復許以高第，竟如所諾。

【注 釋】❶貞元二年 西元七八六年。貞元，唐德宗年號。❷牛錫庶 貞元二年狀元及第。然《登科記考》作貞元三年。事跡未詳。❸謝登 與牛錫庶同年進士。事跡未詳。❹蕭少保 蕭昕。字中明。梁鄱陽王七世孫。居河南。開元十九年（七三一）中博學宏辭科。累遷左補闕。從明皇幸蜀。奉冊於靈武。代宗立，進中書舍人、禮部侍郎。德宗朝，以太子太師致仕。❺寶應二年　西元七六三年。寶應，唐代宗年號。❻二紀　二十四年。紀，十二年為一紀。自寶應二年至貞元二年，正好二十四年。❼耆老　年老而有地位的士紳。❽殆　大概；幾乎。❾俊造　指才智傑出的人。語出《禮記．王制》。❿馳騖　疾馳。也指在某個領域縱橫自如，並有所建樹。⓫場籍　科場名冊。⓬計偕　舉人赴京會試。⓭主文頗以耕鑿為急　疑有脫文，與上下文意脫節。耕鑿，泛指耕種、務農。⓮無何　不多時；不久。⓯馳　奔走。⓰人事　奔走請託，交際應酬。也指送禮。⓱朝客　朝中官員。⓲岸幘　推起頭巾，露出前額。形容態度灑脫，或衣著簡率不拘。⓳閽吏　守門小吏。⓴常行　素常的行卷。即平日所作的詩文。㉑贄　贈送。㉒後進　後輩。亦指學識或資歷較淺的人。㉓留連　挽留。㉔竟日　一整天。㉕盼　看視。㉖囅然　笑貌。㉗上列　此指朝中高官。㉘載　再。㉙善地　好地方。此句亦不甚易解。或許與注⓭句缺文有關。

【語譯】貞元二年，牛錫庶、謝登都在蕭昕榜下進士及第。在這之前，離蕭昕在寶應二年第一次主持貢舉之後，已經相隔二紀了。國中耆老，對於科舉，大概已非年輕時馳騁之地了。牛、謝二人長久困厄科場，那年又進京應試。主持考試的官員，又以拉關係為急務，二人不久也一起奔走請託，因迴避朝中官員，誤入蕭昕府第。蕭昕推起頭巾，倚著拐杖，在庭院中休息，見到牛錫庶、謝登二人，以為他們是前來拜見的，即命僕從將二人請入。起先，牛錫庶、謝登不知此人是誰，暗暗問門吏，門吏說：「這是蕭尚書。」於是，二人各取出一軸帶在身邊的日常所作的詩文，當面贈送給蕭昕，大受蕭昕的稱賞。蕭昕因長久沒有後學之人登門拜訪，見了牛、謝二人甚為高興，因而留他們在家中整整一天。不一會，有一僕人附耳與蕭昕密語，蕭昕笑著注視二人。而後，朝中官員陸續到來，牛、謝二人就藏身在屏風後面。只聽有人說：「二十四年後再次主持貢舉，是本朝盛事，以前從未有過。」二人聽了，也並沒有意會這是指蕭昕。他們二人還在擔心耽擱數刻，可能會失去該去的地方。朝中官員離開後，二人向蕭昕告辭；蕭昕把實情當面告訴了他們，又許諾他們將得中高第，結果真如蕭昕許諾的一樣。

友放

【題解】為全朋友之交而不顧功名前程，可見友情之深，亦顯出為人之豁達。然本條所記，從另一側面也反映了科舉取士有頗大的隨意性。

王相起❶，長慶❷中再主文柄，志欲以白敏中❸為狀元，病其人與賀拔惎❹為交友。惎有文而落拓❺。因密令親知❻申意❼，俾敏中與惎絕。前人❽復約敏中，為具以待之❾。敏中欣然曰：「皆如所教。」既而惎果造門❿，左右紿⓫以敏中他適，惎遲留⓬不言而去。俄頃，敏中躍⓭出，連呼左右召惎，於是悉以實告。乃曰：「一第何門不致，奈輕負至交！」相與歡醉，負陽⓮而寢。前人覩之，大怒而去。懇告於起，且云不可必矣。起曰：「我比⓯只得白敏中，今當更取賀拔惎矣。」

【注釋】❶王相起　王起，見卷三〈慈恩寺題名遊賞賦詠雜紀〉「進士題名」段⓬。❷長慶　(八二一～八二四)唐穆宗年號。❸白敏中　(?～約八六三)字用晦。唐華州下邽(今陝西渭南東北)人。長慶二年(八二二)進士。累官至戶部員外郎。李德裕薦為知制誥，授翰林學士，遷中書舍人、學士承旨。宣宗立，以兵部侍郎進同平章事。李德裕罷相，乘機排之，為時論所非。出為邠寧節度使，遷西川、荊南節度使。懿宗即位，拜門下侍郎、同平章事，再次輔政。咸通二年(八六一)出為鳳翔節度使。卒於鎮。❹賀拔惎　長慶二年進士。事跡未詳。❺落拓　放浪不羈。❻親知　親戚朋友。❼申意　示意。❽

前人　此指王起所託之人，即上文的「親知」。❾為具以待之　把情況詳細告訴他，就等他來考試。❿造門　登門拜訪。⓫紿　欺誑。⓬遲留　停留；逗留。⓭躍　迅疾貌。⓮負陽　指白天。負，抱持。陽，太陽。⓯比　本來；原本。

【語譯】丞相王起，長慶年間第二次主持貢舉，心中打算將白敏中取為狀元，但又不滿他與賀拔惎是知交好友。賀拔惎有文才卻放浪不羈。因而暗中叫親信把這個意思告訴白敏中，讓白敏中與賀拔惎斷絕往來。那人又約了白敏中，將詳情告訴他且只等他參加考試。白敏中欣然說：「一切都照您指示的做。」不久，賀拔惎果然登門拜訪白敏中，僕從欺騙賀拔惎說白敏中外出了，賀拔惎逗留了一會，什麼也沒說就走了。不一會，白敏中急忙走出來，連忙叫僕人把賀拔惎請回來，於是把實情全都告訴了他。白敏中又說：「一進士第哪裡不能得到，怎麼能輕易對不起至交呢！」一起暢飲大醉，當即睡去。那人見了，非常惱怒地離開了。回去後，將所見原原本本告訴了王起，並且說白敏中是實在不能錄取。王起說：「我原先只打算取白敏中，現在我應該連賀拔惎一起錄取了。」

誤放

【題解】本不欲取為進士而在慌亂中錯取；本以為是出身於名門望族者卻出身低微，這看似事出偶然，但實際上也在某種程度上說明了唐代科舉取士的弊端。

包誼❶者，江東❷人也，有文辭。初與計偕，到京師後時❸，趁試❹不及。宗人❺祭酒佶❻憐之，館❼於私第。誼多遊佛寺，無何，唐突❽中書舍人劉太真❾。觀其色目❿，即舉人也。命一介⓫致問，誼勃然曰：「進士包誼，素不相識，何勞要問⓬？」太真甚銜⓭之，以至專訪其人於佶。佶聞誼所為，大怒而忌之，因詰責遣徙他舍，誼亦無怍色⓮。明年太真主文，志在致其永棄，故過雜文⓯，俟終場明遣⓰之。既而自悔之曰：「此子既忤我，從而報之，是為淺丈夫也必矣。但能永廢其人，何必在此！」於是放入策⓱。太真將放榜，先巡宅⓲呈宰相。榜中有姓朱人及第，宰相以朱泚⓳近大逆⓴，未欲以此姓及第，亟遣易之。太真錯愕㉑趨㉒出，不記他人，唯記誼爾。及誼謝恩，方悟己所惡也，因明言。乃知得喪㉓非人力也，蓋假手㉔而已。

鄭侍郎薰㉕主文，誤謂顏標㉖乃魯公㉗之後。時徐方㉘未寧，志在激勸㉙忠烈，即以標為狀元。謝恩日，從容㉚問及廟院㉛。標，寒畯㉜也，未嘗有廟院。薰始大悟，塞默㉝而已。尋為無名子所嘲曰：「主司頭腦太冬烘㉞，錯認顏標作魯公。」

【注釋】❶包誼　貞元四年（七八八）進士，事跡未詳。❷江東　泛指今蘇南一帶。❸後時　延誤日期。❹趁試　猶赴試。參加考試。❺宗人　同族之人。❻祭酒佶　祭酒包佶。祭酒係官名。包佶，字幼正。唐潤州延陵（今江蘇丹陽西南）人。天寶六年（七四七）進士。累遷秘書監、汴東兩稅使、諸道鹽鐵等使。入為刑部侍郎、太常少卿、諫議大夫、御史中丞。為官有政聲。晚年患疾辭官，封丹陽郡公。《全唐詩》存詩一卷。❼館　寓居；留宿。❽唐突　冒犯。❾劉太真　見卷三〈慈恩寺題名遊賞賦詠雜紀〉「進士題名」段❺。❿色目　人品；身分。⓫一介　一個人。指地位卑微之人。此指僕從。⓬要問　攔路查問。要，阻攔。⓭銜　懷恨。⓮怍色　羞慚的神色。⓯雜文　唐代科舉考試科目之一。⓰遣　發送；打發。⓱策　古代考試取士，以問題令應試者對答謂策。⓲巡宅　逐一到宰相府邸。⓳朱泚　（七四二～七八四）唐幽州昌平（今北京昌平西南）人。初為幽州盧龍節度使李懷仙部將。後朱希彩取代李懷仙，又得希彩信任。大曆七年（七七二），希彩為部下所殺，眾推其為節度留後。次年，代宗不得已，許為節度使。九年，入朝示恭順，遂統領汴、宋、淄、青兵。後因擊平涇州叛將劉文喜，加太尉、中書令。建中四年（七八三），涇原兵變，德宗逃往奉天（今陝西乾縣），節度使姚令言擁其為大秦皇帝，建元應天。次年，改國號為漢，稱漢元天皇。後李晟等軍攻破長安，他逃往寧州彭原（今甘肅鎮原東），為部下所殺。⑳大逆　封建時代稱危害君父、宗廟、宮闕等罪行為「大逆」。㉑錯腭　同「錯愕」。倉促間感到驚愕。㉒趨　快步走。㉓得喪　得失。㉔假手　借他人之手來達到目的。㉕鄭侍郎薰　見卷三〈慈恩寺題名遊賞賦詠雜紀〉「乾符丁酉歲」段㊳。鄭薰主文時在大中八年（八五四）。㉖顏標　大中八年狀元及第。事跡未詳。㉗魯公　即顏真卿。見卷七〈知己〉「顏真卿與陸據」段❶。㉘徐方　今江蘇泗洪南。此指淮河流域。㉙激勸　激勵。㉚從容　悠閒；不慌不忙。㉛廟院　指名門望族世有官祭的宗祠。㉜寒畯　出身寒微而才能傑出的人。㉝塞默　沉默；不作聲。㉞冬烘　迂腐；淺陋。

【語譯】包誼，江東人，有文才善詞章。當初參加進京考試，因延誤日期，晚到京師，來不及參加考試。族人祭酒包佶甚為同情他，讓他住到自己家中。包誼常遊佛寺，不久，冒犯了中書舍人劉太真。劉太真察看他的容貌、身分，知是進京應試的舉子，於是命一僕人前去詢問。包誼勃然發怒說：「進士包誼，與你素不相識，何勞你來相問？」對此，劉太真心中懷恨，以致專門到包佶處了解包誼的情況。包佶聽說了包誼的所作所為，非常惱怒而且忌恨他，於是斥責了包誼並讓他搬出去住，但包誼亦無羞慚之色。第二年劉太真主持貢舉，有心將包誼永久廢棄，因而待考過雜文，等考試結束後公開遣送他。隨即劉太真自己又後悔並說：「此人已經觸犯了我，但我跟著去報復他，那必定是一個淺薄的人。只要能永久廢棄他，又何必一定要在科場上呢！」於是就讓包誼參加策試。考試結束，劉太真將發榜，先逐一到宰相家中呈上進士名單。榜中有姓朱的人及第，宰相因朱泚跡近大逆不道，不想讓朱姓之人及第，要劉太真趕緊換人。劉太真感到驚愕倉促告辭，一時記不起別人，只記得包誼姓名。待發榜後包誼前來謝恩，方才想起這是自己厭惡的人，於是將情況都告訴了他。由此劉太真得知得失與否非由人力可為，只是上天借人之手來做成而已。

禮部侍郎鄭薰主持貢舉，誤以為顏標是顏魯公的後人。當時徐方尚未安寧，鄭薰志在激勵忠烈之後，就將顏標取為狀元。進士謝恩那天，鄭薰從容地問及顏標家族的廟院。顏標是一出身寒微而有才能之人，並沒有廟院。至此鄭薰方才明白，但也只是沉默而已。不久，鄭薰被無名小子嘲諷說：「主考頭腦實在冬烘，錯把顏標當作魯公。」

憂中有喜

【題解】人生無常。禍福相依，憂中有喜，正印證了這一點。本條所記，個中況味，令人感慨。

公乘億❶，魏人也，以辭賦著名。咸通十三年❷，垂❸三十舉矣。嘗大病，鄉人誤傳已死，其妻自河北來迎喪。會億送客至坡下，遇其妻。始，夫妻闊別積十餘歲，億時在馬上見一婦人，麄縗❹跨驢，依稀與妻類，因睨❺之不已；妻亦如是。乃令人詰之，果億也。億與之相持而泣，路人皆異之。後旬日，登第矣。

【注釋】❶公乘億　見卷二〈置等第〉❺。❷咸通十三年　西元八七二年。咸通，唐懿宗年號。❸垂　將近。❹麄縗　即麤縗。古代喪服的一種。粗布之斬衰。❺睨　視；顧視；回視。

【語譯】公乘億，魏地人，以詩辭文章著名當時。咸通十三年，他應試已近三十次了。那年，公乘億曾大病，同鄉人誤傳他已客死長安，他的妻子自河北前來迎喪。正巧公乘億送客人到坡下，遇到了他的妻子。當初，夫妻闊別已十餘年了，公乘億當時在馬上看見一婦人，騎著驢，身穿重孝，依稀覺得很像自己的妻子，因而不斷注視；而他的妻子也一直在看他。那婦人叫人前來詢問，果然是公乘億。公乘億與妻子相抱而哭，路上的行人見了，都感到很奇怪。此後過了十餘日，公乘億進士及第了。

為鄉人輕視而得者

【題解】有的人鋒芒畢露，有的人深藏含蓄，以待時機。本條所記，正應了「人不可貌相」的古語。

許棠❶，宣州涇縣❷人，早修❸舉業❹。鄉人汪遵❺者，幼為小吏，洎棠應二十餘舉，遵猶在胥徒❻；然善為歌詩，而深晦密❼。一日辭役就貢，會棠送客至灞滻❽間，忽遇遵於途中，棠訊之曰：「汪都（都者吏之呼也。）何事至京？」遵對曰：「此來就貢。」棠怒曰：「小吏無禮！」而與棠同硯席，棠甚侮之，後遵成名五年，棠始及第。

【注釋】❶許棠　見卷四〈氣義〉㉚。❷宣州涇縣　今屬安徽。❸修　修習。❹舉業　為應科舉考試而準備的學業。❺汪遵　宣州涇縣人。咸通七年（八六六）進士。汪遵好學善詩。《全唐詩》存詩一卷。❻胥徒　此指官府衙役。❼晦密　秘藏不露。❽灞滻　灞水和滻水的合稱。在長安東。

【語譯】許棠，宣州涇縣人，早年就開始修習科舉考試的學業。同鄉人汪遵，自幼就為縣衙當差的小吏，到許棠參加了二十餘次科舉考試，汪遵尚在做官府衙役。然而汪遵擅長作詩，且深藏不露。後來辭去差役到京師參加科舉考試，正巧許棠送客人到灞滻之間，在途中巧遇汪遵，許棠詢問說：「汪都都，是對小吏的稱呼。因何事來到京師？」汪遵回答說：「我這次來是參加禮部考試。」許棠頗為惱怒，說：「小吏無禮！」而後汪遵與許棠同在一起考試，許棠對他甚為輕慢，但後來汪遵成名五年後，許棠才進士及第。

以賢妻激勸而得者

【題解】古人云：男兒當自強。本條所記，即是寫湛賁在妻子的激勵下，發憤攻讀，自強不息，一舉成名的事。

彭伉❶、湛賁❷，俱袁州宜春❸人，伉妻即湛姨也。伉舉進士擢第，湛猶為縣吏。妻族為置賀宴，皆官人名士，伉居客之右❹，一座盡傾❺。湛至，命飯於後閤❻，湛無難色。其妻忿然責之曰：「男子不能自勵，窘辱如此，復何為容！」湛感其言，孜孜學業，未數載，一舉登第。伉常侮之，時伉方跨長耳❼縱遊於郊郭❽，忽有僮馳報湛郎及第，伉失聲而墜。故袁人謔曰：「湛郎及第，彭伉落驢。」

【注釋】❶彭伉　貞元七年（七九一）進士。官大理評事。❷湛賁　原籍毗陵，後為宜春人。貞元十二年進士。曾以江陰縣主簿權知無錫縣事。後為毗陵守。❸袁州宜春　今江西宜春。❹右　當時以右為尊。亦即坐首席。❺傾　敬佩；欽慕。❻閤　夾室。❼長耳　指驢。❽郊郭　城郊；郊外。

【語譯】彭伉、湛賁，都是袁州宜春人，彭伉的妻子即湛賁的姨母。彭伉考進士及第，湛賁還在縣衙當小吏。彭伉妻子的家裡為他設置賀喜宴席，來的都是官員名士，彭伉坐在客席的首位，一座之人全都十分欽慕。湛賁也來賀喜，卻被安排在後面小屋用飯，湛賁面無難堪的神色。湛賁的妻子氣忿地責備他說：「男兒不能自強，遭受如此的窘迫羞辱，又有何臉面！」湛賁被妻子的話激勵，自此後孜孜不倦專研學業，沒有幾年，一舉登第。彭伉平時常欺侮湛賁，那天彭伉正騎著驢子在城郊縱情遊玩，忽然有一僮僕騎馬來報湛郎進士及第，彭伉聽說，不禁失聲掉下驢背。故而袁州人戲謔地說：「湛郎及第，彭伉落驢。」

已落重收

【題解】本條所記諸人，均係落榜後得人相助而又被取為進士者。或許他們確有才學，但畢竟他們都是幸運的。

顧非熊❶，況❷之子，滑稽好辯，陵轢❸氣焰❹子弟，為眾所怒。非熊既為所排，在舉場三十年，屈聲聒❺人耳。長慶❻中，陳商❼放榜，上❽怪無非熊名，詔有司❾追榜❿放及第。時天下寒進⓫，皆知勸⓬矣。詩人劉得仁⓭賀詩曰：「愚為童稚時，已解念君詩，及得高科晚，須逢聖主知。」

元和九年⓮韋貫之⓯榜，殷堯藩⓰雜文落矣；楊漢公⓱尚書，乃貫之前榜門生，盛言堯藩之屈，貫之為之重收。或曰：李景讓⓲以太夫人有疾，報堂請暫省侍⓳，路逢楊虞卿⓴，懇稱班圖源㉑之屈，因而得之也。

貞元㉒中，李繆公㉓先榜落矣；先是出試，楊員外於陵㉔省宿㉕歸第，遇程於省司，詢之所試，程探勑㉖中，得賦稾㉗示之，其破題㉘曰：「德動天鑒，祥開日華。」於陵覽之，謂程曰：「公今年須作狀元。」翌日雜文無名，於陵深不平；乃於故策子㉙末繕寫㉚，而斥㉛其名氏，攜之以詣主文㉜，從容紿㉝之曰：「侍郎今者所試賦，奈何用舊題？」主文辭以非也。於陵曰：「不止題目，向有人賦次，韻腳亦同。」主文大驚。於陵乃出程賦示之，主文賞嘆不已。於陵曰：「當今場中若有此賦，侍郎何以待之？」主文曰：「無則已，有則非狀元不可也。」於陵曰：「苟如此，侍郎已遺賢矣。乃李程所作。」亟命取程所納，面對不差一字。主文因而致謝，於陵於是請擢為狀元，前榜不復收矣，或曰出榜重收。

【注釋】❶顧非熊　唐蘇州海鹽（今屬浙江）人。會昌五年（八四五）進士。授盱眙縣主簿。然不喜跪拜迎送，更厭惡鞭撻犯人，辭官歸隱，不知所終。《全唐詩》存詩一卷。❷況　見卷七〈知己〉「顏真卿與陸據」段㉘。❸陵轢　欺壓；欺蔑。❹氣焰　喻指大的威勢、聲勢。❺聒　喧鬧；聲響。此指灌滿。❻長慶　（八二一～八二四）唐穆宗年號。然《摭言》誤。據《舊唐書・武宗紀》及《登科記考》，此事均在會昌五年。譯文據改。❼陳商　見卷四〈氣義〉㉔。❽上　指唐穆宗。❾有司　主管官員。據《舊唐書・武宗紀》，會昌五年，諫議大夫、權知禮部貢舉陳商放榜，及第三十七人，時人議論其有徇私之嫌，武宗令翰林學士白敏中重試，黜落七人，重新放榜。❿追榜　收回原榜重新發榜。⓫寒進　出身寒微的求取功名者。⓬知勸　猶言受到激勵。⓭劉得仁　長慶間以五言詩知名。外戚。然不願以蔭入仕，出入科場二十年，也未成功。《全唐詩》存詩二卷。⓮元和九年　公元八一四年。元和，唐憲宗年號。⓯韋貫之　（七六〇～八二一）名純。因避憲宗諱，以字行。唐京兆（今陝西西安）人。建中四年（七八三）進士。貞元初，登賢良科。官至禮、吏二部員外郎。元和三年，貶為巴州刺史。後徵為禮部侍郎，選士抑浮華。元和九年（八一四），為尚書右丞、同平章事。為相嚴身律下，門無雜賓。十一年，受幸臣誣構，罷為吏部侍郎，再貶湖南觀察使。穆宗即位，擢河南尹。旋以工部尚書召，未行而卒。身居儉約，死後家無餘財。⑯殷堯藩　唐蘇州嘉興（今屬浙江）人。元和九年進士。曾為永樂縣令，官終侍御史。《全唐詩》存詩一卷。⑰楊漢公　見卷七〈升沉後進〉⑦。⑱李景讓　見卷三〈慈恩寺題名遊賞賦詠雜紀〉「曲江亭子」段⑲。⑲報堂請暫省侍　意為向上司告假，暫時回家省視侍奉。⑳楊虞卿　見卷四〈氣義〉㉑。㉑班圖源　未見著錄。李景讓主貢舉在開成五年，查《登科記考》，是年進士無班圖源其人。㉒貞元　（七八五～八〇四）唐德宗年號。此段所記，事在貞元十二年（七九六）。㉓李繆公　即李程。程字表臣。唐宗室。貞元十二年狀元及第，登博學宏辭科。富文才，善斷獄，自藍田尉遷監察御史，入為翰林學士。善辯多智，性疏懶。累遷禮、吏部侍郎。敬宗立，以本官同平章事。加中書侍郎，封彭原郡公，出為河東節度使。文宗立，歷河中、宣武、山南東道節度使。武宗時，授東都留守。卒年七十七。㉔楊員外於陵　（七五三～八三〇）字達夫。唐弘農（今河南靈寶）人。大曆六年（七七一）進士，登博學宏辭科。貞元間，累遷吏部郎中，拜中書舍人。出為華州刺史、浙東觀察使。入為京兆尹，遷戶部侍郎。元和初，出為嶺南節度使，入授吏部侍郎。穆宗立，遷戶部尚書、東都留守，以左僕射致仕。㉕省宿　在官署值宿。此似指禮部。㉖鞠　靴、襪的筒兒。亦指靴或襪。㉗稾　稿。㉘破題　唐宋時應舉詩賦和經義的起首處，須用幾句話說破題目要義，叫破題。㉙策子　亦作「冊子」。連數頁而成的書冊。與卷軸有別。㉚繕寫　謄寫。㉛斥　不用；排斥。此猶言糊上了姓名。㉜主文　據《唐語林》，是年禮部侍郎呂渭主持貢舉。㉝紿　欺誑。此有「故意」之意。

【語譯】顧非熊，顧況之子，生性滑稽，喜好辯論，又輕慢那些氣焰張狂的貴家子弟，為眾人所惱怒。顧非熊遭到排斥，在科場三十年未能得中，受壓委曲之聲灌滿人們的耳朵。會昌五年，陳商主持考試，發榜之日，唐武宗奇怪怎麼沒有顧非熊的名字，下詔追回原榜取顧非熊及第。當時天下出身寒微而求取功名者，都受到很大鼓勵。詩人劉得仁給顧非熊寫賀詩道：「我還是孩子的時候，就已知道讀你的詩。很晚才得登上高第，還是由於聖上得知。」

元和九年韋貫之主持貢舉那一榜，殷堯藩在考過雜文即已落選。楊漢公尚書，是韋貫之前一榜時的門生，他在老師面前極力訴說殷堯藩所受到的不公，韋貫之為此特地將殷堯藩錄取為進士。有人說，李景讓主持禮部考試，因太夫人有病，特告假暫時回家省視侍奉，路遇楊虞卿，楊虞卿懇切地稱說班圖源的委曲，李景讓於是將其錄取。

貞元年間，李程起初已經落榜了。當他走出試場，正逢員外郎楊於陵在省署值宿回家，與李程在門口相遇。楊於陵詢問考試的情況，李程從靴中取出賦的草稿給楊於陵看。此賦的破題寫道：「德動天鑒，祥開日華。」楊於陵看了此文，對李程說：「你今年應該作狀元。」次日公布雜文中選者卻沒有李程的名字，楊於陵深感不平，就在原來寫草稿的策子的末端重新謄寫，而且遮去了姓名，將文章帶著去見主考官，在閒聊中故意說：「侍郎這次所考試的賦，為何用舊題？」主考官回答說並非如此。楊於陵說：「不止題目是舊題，早先有人寫此賦，連韻腳也相同。」主考官聽了大驚。楊於陵就取出李程的賦給主考官看，主考官讀後大為讚賞。楊於陵說：「現今考場中如果有這篇賦，侍郎將如何對待？」主考官說：「沒有就罷了，如果有則非取為狀元不可。」楊於陵說：「如果這樣，侍郎已遺漏賢才了。此賦乃李程所作。」主考官趕緊叫人取來李程所交的考卷，當面核對，一字不差。主考官當面向楊於陵致謝，楊於陵於是請求將李程擢拔為狀元，先前所張之榜不再收回，也有人說出榜後重新將榜收回。

放老

【題解】一榜中有五位年事已高的進士，實屬罕見。但這是在特定的歷史環境中出現的情況，自當別論。

天復元年❶，杜德祥❷榜，放曹松❸、王希羽❹、劉象❺、柯崇❻、鄭希顏❼等及第。時上❽新平內難❾，聞放新進士，喜甚。詔選中有孤平❿屈人，宜令以名聞，特敕授官。故德祥以松等塞詔⓫。各受正⓬。制略曰：「念爾登科之際，當予反正⓭之年，宜降異恩，各膺⓮寵命⓯。」松，舒州人也，學賈司倉⓰為詩，此外無他能；時號松啟事為送羊腳狀⑰。希羽，歙州人也，辭藝⑱優博⑲。松、希羽甲子皆七十餘⑳。象，京兆人；崇、希顏，閩中人，皆以詩卷及第，亦皆年逾耳順㉑矣。時謂「五老榜㉒」。

【注　釋】❶天復元年　西元九〇一年。天復，唐昭宗年號。❷杜德祥　字應之。杜牧次子。官至禮部侍郎，主持貢舉，有名聲。❸曹松　見卷三〈散序〉㊽。❹王希羽　唐歙州（今屬安徽）人。及第後為秘書省正字。後為宣州田頵幕僚。❺劉象　唐京兆（今西安）人。官太子校書。《全唐詩》存詩十首。❻柯崇　閩人。官太子校書，後歸閩卒。《全唐詩》存詩二首。❼鄭希顏　閩人，官太子校書。❽上　指唐昭宗。❾新平內難　指光化三年（九〇〇）十一月，左右軍中尉劉季述、王仲先廢昭宗，天復元年（九〇一）正月，在朱溫軍隊幫助下復位事。❿孤平　孤貧。⓫塞詔　應付詔書。塞，搪塞；應付。⓬受正　即「授正」。受，通「授」。授正指任命官職。⓭反正　指帝王復位。⓮膺　接受。⓯寵命　特加恩賜的任命。⓰賈司倉　即賈島。賈島曾任普州司倉，因稱。賈島（七七九～八四三），字閬仙，一作浪仙，自稱碣石山人。唐范陽（今北京西南）人。曾為僧，法名無本，後受韓愈賞識，還俗。累舉進士不第。文宗時，貶長江主簿，故稱賈長江。武宗時，遷普州司倉參軍。一生窮愁，苦吟作詩，長於五律，重詞句錘鍊。與孟郊齊名，後人以「郊寒島瘦」喻其詩之風格。有《長江集》。⓱送羊腳狀　可能指其文字風格不夠大器。⓲辭藝　文辭才藝。⓳優博　博洽。⓴松希羽甲子皆七十餘　據《登科記考》載，光化四年（即天復元年），杜德祥上奏云：「揀到新及第進士陳光問年六十九，曹松年五十四，王希羽年七十三，劉象年七十，柯崇年六十四，鄭希顏年五十九。」可知曹松年未七十。甲子，此指年紀。㉑耳順　指六十歲。語本《論語・為政》：「六十而耳順。」㉒五老榜　據⑳，當指陳光問、王希羽、劉象、柯崇、鄭希顏，而不當有曹松。錄以備考。

【語　譯】天復元年，杜德祥主持貢舉那一榜，取曹松、王希羽、劉象、柯崇、鄭希顏等人進士及第。其時唐昭宗剛平定內亂，聽聞新進士放榜，甚為歡喜。下詔書要求選拔舉人中孤寒貧困及有不平之人，應當將其姓名上聞朝廷，特別任命，授予官職。故而杜德祥以曹松等人上報應付詔書。曹松等人也因此被授予官職。朝廷的制書大略說：「念你們新登科之際，也正當朕復位之年，應特降格外的恩典，各自接受恩賜的任命。」

曹松，舒州人，學賈島作詩，此外無其他本領，當時曹松所作的啟事號稱「送羊腳狀」。王希羽，歙州人，文辭才藝博洽。曹松、王希羽年紀都已七十餘歲。劉象，京兆人；柯崇、鄭希顏，皆是閩人，都憑詩卷及第，也都年逾六十了。當時號稱「五老榜」。

及第與長行拜官相次

【題解】雙喜臨門，三喜臨門，實在是值得慶賀的。本條所記，即是如此。

楊敬之❶拜國子司業❷，次子戴❸，進士及第，長子❹三史❺登科，時號「楊三喜❻」。

崔昭矩❼，大順中裴公❽下狀元及第；翌日，兄昭緯❾登庸❿。王倜⓫，丞相魯公損⓬之子。倜及第，翌日損登庸。王倜過堂⓭別見。

歸黯⓮親迎⓯拜席⓰日，狀元及第，榜下版巡⓱，脫白⓲期月⓳，無疾而卒。

【注釋】❶楊敬之　字茂孝。唐虢州弘農（今河南靈寶）人。元和二年（八〇七）進士。官屯田、戶部郎中，貶為連州刺史。文宗時，為國子祭酒。❷國子司業　國子監次官。❸次子戴　楊戴，一作楊載，字贊業。開成二年（八三七）進士。官江西觀察使。❹長子　據《新唐書·楊敬之傳》，楊敬之長子名戎。事跡未詳。❺三史　唐代開元以後，以《史記》、《漢書》、《後漢書》為「三史」。❻楊三喜　《新唐書·楊敬之傳》作「楊家三喜」，是。❼崔昭矩　字表諶。唐清河（今屬河北）人。大順二年（八九一）進士。官給事中。❽裴公　指裴贄。裴贄，見卷三〈慈恩寺題名遊賞賦詠雜紀〉「大順中」段⓮。❾昭

緯　崔昭緯，字蘊曜。中河三年（八八三）狀元及第。昭宗朝歷中書舍人、翰林學士、戶部侍郎，同平章事。性奸詐，內結宦官，外連藩鎮，以淩人主。後罷相，累貶梧州司馬，被殺。❿登庸　選拔任用。此指任宰相。⓫王倜　字垂光。唐雍州咸陽（今屬陝西）人。登進士第年不詳。官鄠縣尉，直弘文館。⓬丞相魯公損　似當為王摶。查《新唐書》卷七二中〈宰相世系表〉，王摶係王倜之父。又查卷一一六〈王摶本傳〉，摶官至門下侍郎、同中書門下平章事，昭宗時封魯國公，與「丞相魯公」正合。而王損既未登第，亦未任官，且與王倜同輩，由此可斷定，王損當為王摶。譯文徑作「王摶」。⓭過堂　唐代進士及第後，須由主司帶領至都堂謁見宰相，叫過堂。⓮歸黯　歸仁澤子。大順三年（八九二）狀元及第。⓯親迎　古代婚禮「六禮」之一。夫婿親至女家迎新娘入室，行交拜合巹之禮。⓰拜席　似指舉行婚禮。⓱版巡　亦作「板巡」。似指張榜巡行。⓲脫白　謂脫去白衣，進入仕途。此指任官。⓳期月　亦作「朞月」。一整月。

【語　譯】楊敬之拜國子司業時，次子楊戴進士及第，長子楊戎也以考試「三史」登科，當時號稱「楊家三喜臨門」。

崔昭矩，大順年間裴贄主持貢舉時狀元及第，次日，其兄崔昭緯被任為宰相。王倜，丞相魯國公王摶之子。王倜進士及第，次日王摶出任宰相。王倜與同榜進士隨主考官拜見宰相後，又單獨拜見父親。

歸黯親至女家迎娶妻子回家舉行婚禮之日，狀元及第，張榜巡行。後任官才一整月，無疾而終。

別頭及第

【題　解】唐代科舉考試，如舉子與主考官有親故關係，為避嫌而移試考功員外郎，稱為「別頭」。本條所記，即為有關「別頭」考試的情況：既有登科者，亦有落第之人，結果迥異。

別（ㄅㄧㄝˊ）頭（ㄊㄡˊ）及（ㄐㄧˊ）第（ㄉㄧˋ），始（ㄕˇ）於（ㄩˊ）上（ㄕㄤˋ）元（ㄩㄢˊ）二（ㄦˋ）年（ㄋㄧㄢˊ）❶錢（ㄑㄧㄢˊ）今（ㄌㄧㄥˊ）緒（ㄒㄩˋ）、鄭（ㄓㄥˋ）人（ㄖㄣˊ）政（ㄓㄥˋ）、王（ㄨㄤˊ）悌（ㄊㄧˋ）、崔（ㄘㄨㄟ）志（ㄓˋ）恂（ㄒㄩㄣˊ）❷等（ㄉㄥˇ）四（ㄙˋ）人（ㄖㄣˊ），亦（ㄧˋ）謂（ㄨㄟˋ）

之承優❸及第。楊嚴❹等，會昌四年❺王起❻奏五人：楊知至❼刑部尚書汝士❽之子。、源重❾故相牛僧孺❿之甥。、鄭樸⓫河東節度使崔元式⓬女壻。、楊嚴監察御史發⓭之弟。、竇緘⓮故相易直⓯之子。，恩旨⓰令送所試雜文，付翰林重考覆⓱。續奏進止，楊嚴一人宜與及第，源重四人落下。時楊知至因以長句呈同年⓲曰：「由來梁鷰⓳與冥鴻⓴，不合㉑翩翾㉒向碧空；寒谷謾勞鄒氏律㉓，長天獨遇宋都風㉔；此時泣玉㉕情雖異，他日銜環㉖事亦同；三月㉗春光正搖蕩，無因得醉杏園㉘中。」

【注釋】❶上元二年　西元七六一年。上元，唐肅宗年號。❷錢令緒鄭人政王悌崔志恂　事跡均未詳。王悌，《登科記考》作王愷，是。❸承優　承蒙優渥。❹楊嚴　見卷三〈慈恩寺題名遊賞賦詠雜紀〉「宣慈寺門子」段❺。❺會昌四年　西元八四四年。會昌，唐武宗年號。❻王起　見卷三〈慈恩寺題名遊賞賦詠雜紀〉「進士題名」段⓬。❼楊知至　見卷三〈慈恩寺題名遊賞賦詠雜紀〉「曲江亭子」段❾。❽汝士　楊汝士，見卷三〈慈恩寺題名遊賞賦詠雜紀〉「寶曆年中」段⓬。❾源重　官度支、司勳員外郎，絳州刺史。❿牛僧孺　見卷六〈公薦〉「崔郾侍郎既拜命」段㉕。⓫鄭樸　未見著錄。⓬崔元式　唐博州（治今山東聊城）人。初為帥府僚佐，累遷至湖南觀察使。歷河中、河東、義成節度使。宣宗時拜門下侍郎同中書門下平章事，兼戶部尚書。以疾罷，卒。⓭監察御史發　字至之。唐同州馮翊（今陝西大荔）人。大和四年（八三〇）進士。累官至禮部郎中。宣宗朝官至福建觀察使、嶺南節度使，被貶婺州刺史而卒。⓮竇緘　未見著錄。據《新唐書．竇易直傳》作竇紃，字受章。仕至渭南尉、集賢校理。⓯易直　字宗玄。唐京兆始平（治今陝西興平東南）人。貞元二年（七八六）進士。累官至吏部郎中、京兆尹。穆宗長慶四年，同中書門下平章事，轉門下侍郎，封晉陽郡公。文宗時，檢校尚書右僕射、同平章事，出為山南東道節度使，後為鳳翔節度使，以疾還京，卒。⓰恩旨　猶恩典。⓱考覆　考查審察。⓲長句呈同年　《全唐詩》卷五六三此詩題作《覆落後呈同年》。此「同年」當指同時應試之人。⑲梁鷰　《全唐詩》作梁雁。比喻小才。⑳冥鴻　比喻高才之士或有遠大理想的人。㉑不合　不該。㉒翩翾　《全唐詩》作翩翩。輕飛貌。㉓寒谷謾勞鄒氏律　相傳北方有地，美而寒，不生五穀，戰國齊人鄒衍精於音律，吹律能使地暖而禾黍滋生。後因以「鄒氏律」喻帶來溫暖與生機的事物。然此句反用其意。謾，徒然。典出《列子．湯問》。㉔宋都風　又作「宋都鷁」。典出《春秋．僖公十六年》：「六鷁（或作鶂——注者）退飛過宋都。」指因風大而鳥退縮不進。常用以比喻因遭受挫折而處於逆境。此喻赴考落第。㉕泣玉　典出《韓非子．和氏》：楚人和氏在楚山中得玉璞，獻給楚厲王，厲王派人相玉，以為是石頭，因其欺誑而刖左足。厲王卒，武王即位，和氏又將璞玉獻給武王，武王派人相玉，仍被認為是石頭，又以欺誑罪砍去右足。武王卒，文王即位，和氏抱著璞玉而哭於楚山之山，三日三夜，淚盡而繼之以血。後以「泣玉」指因懷才不遇而悲泣。㉖銜環　典出南朝梁吳均《續齊諧記》：相傳東漢楊寶九歲時，至華陰山北，見一黃雀為鴟梟所搏，墜於樹下，楊寶將之帶回家，放在巾箱中，餵以黃花，百餘日羽毛長成，飛去。當夜楊寶夢見有一黃衣童子自稱西王母使者，以白環四枚送給楊寶說：讓你的子孫潔白，位登三公，就如此環。後將「銜環」用為報恩之典。㉗三月　《全唐詩》作「二月」。㉘杏園　故址在今陝西西安大雁塔南。唐代新科進士賜宴之地。

【語譯】別頭進士及第，起始於上元二年錢令緒、鄭人政、王悌、崔志恂等四人，別頭及第亦稱作承優及第。

楊嚴等人，會昌四年主持貢舉的王起上奏五人：楊知至、刑部尚書楊汝士之子。源重、故相牛僧孺之甥。鄭朴、河東節度使崔元式女婿。楊嚴、監察御史楊發之弟。竇緘，故相竇易直之子。因朝廷恩旨，令將他們所考試的雜文，交付翰林院重新考查審核，然後上奏取去。其中楊嚴一人應予進士及第，源重等四人落第。當時楊知至作長句呈送給同年云：「從來那梁鷰與冥鴻，不該翩翾飛向碧空；寒谷徒勞鄒律吹暖，長天獨遇宋都大風。此時泣玉情由雖異，他日銜環感恩亦同。三月春光正自明媚，我卻無緣得醉杏園。」

及第後隱居

【題解】封建時代，讀書人「十年寒窗」，就是為搏取功名，光宗耀祖。但有的人進士及第後卻因種種原因而歸隱山林。本條所記諸人，均為及第後隱居，然心態各異，由此亦可見當時社會狀況之一斑。

費冠卿❶元和二年及第，以祿不及親❷，永❸懷罔極❹之念，遂隱於九華❺。長慶❻中，殿中侍御史李行脩❼舉冠卿孝節❽，徵拜右拾遺，不起❾。制曰：「前進士費冠卿，嘗與計偕❿，以文中第，歸不及於榮養⓫，恨⓬每積於永懷，遂乃屏蹟⓭邱園⓮，絕蹤仕進，守其至性⓯十有五年。峻節無雙，清飈⓰自遠！夫旌孝行，舉逸人⓱，所以厚風俗而敦⓲名教⓳也。宜承高獎，以儆薄夫⓴。擢參㉑近侍㉒之榮，載佇㉓移忠㉔之効㉕，可右拾遺。」

施肩吾㉖，元和十年及第，以洪州㉗之西山，乃十二真君羽化之地，靈蹟具存，慕其真風，高蹈㉘於此。嘗賦〈閑居遣興〉詩一百韻，大行於世。

皇甫穎㉙早以清操㉚著稱，乾符㉛中及第，時四郊多壘㉜，穎以垂堂㉝之誡㉞，絕意㉟祿位，隱於鹿門㊱別墅，尋以疾終。

【注釋】❶費冠卿　字子軍。唐池州（今屬安徽）人。元和二年（八〇七）進士。隱居不仕。《全唐詩》存詩十一首。❷祿不及親　據《唐詩紀事》載，費冠卿登第後，母卒，既葬而歸，嘆曰：「干祿養親耳。得祿而親喪，何以祿為！」遂隱池州九華山。❸永　長。❹罔極　無窮盡。❺九華　九華山為地藏菩薩道場。係我國四大佛教名山之一。❻長慶　（八二一～八二四）唐穆宗年號。❼李行脩　登元和四年（八〇九）進士第。官刑部員外郎、殿中侍御史。❽孝節　孝行節操。❾不起　不奉徵召。❿計偕　舉人進京應試。⓫榮養　兒女贍養父母。⓬恨　遺憾。⓭屏蹟　隱蹟；隱居。⓮邱園　鄉村家園。⓯至性　卓絕的品性。⓰清飈　亦作「清飆」、「清颷」。猶清風。⓱逸人　猶「逸民」。指遁世隱居之人。⓲敦　厚。⓳名教　名聲與教化。亦指正名定分的封建禮教。⓴薄夫　刻薄的人；平庸淺薄的人。㉑參　提拔；委派。㉒近侍　指接近帝王的侍從之人。據《新唐書・百官志二》：「拾遺補闕，為近侍之最。」㉓載佇　企盼；期待。㉔移忠　即移孝為忠。謂把孝順父母之心轉為效忠君主。㉕効　同「效」。盡心盡力地服務。㉖施肩吾　字希聖。唐睦州（治今浙江建德）人。據《唐才子傳》，係元和十五年進士。《全唐詩》存其詩一卷。下文〈閑居遺興〉詩，《全唐詩》僅存兩聯。㉗洪州　今江西南昌。㉘高蹈　隱居。㉙皇甫穎　事跡未詳。㉚清操　高尚的節操。㉛乾符　（八七四～八七九）唐僖宗年號。㉜四郊多壘　本指頻繁地受到敵軍侵犯，後多用以形容國家多難。㉝垂堂　靠近堂屋簷下。因簷瓦墜落可能傷人，故以喻危險的境地。㉞誡　戒鑒。㉟絕意　斷絕某種意念。㊱鹿門　鹿門山之省稱。後多指隱居者所居之處。

【語譯】費冠卿於元和二年進士及第，因俸祿不及奉養雙親，長懷無盡的遺憾，於是隱居於九華山。長慶年間，殿中侍御史李行脩舉薦費冠卿的孝行節操，朝廷徵召授職右拾遺。但冠卿不奉召。朝廷的制書云：「前進士費冠卿，曾參加禮部考試，以文詞及第，歸省不及贍養父母，遺憾長留心中，於是隱居於家鄉，絕意仕進，堅守卓絕的品性十五年，高峻的節操當時無雙，清介的風範美名遠播！表彰孝行，舉用逸民，是用來敦厚風俗、名教的。費冠卿應給予較高獎掖，以儆戒淺薄之人。特擢授近侍官的榮耀，企盼效忠朝廷的功效，可授予右拾遺之職。」

施肩吾，元和十年進士及第。因洪州的西山，是道家十二真君羽化登仙之地，他們的靈蹟還都留存，施肩吾仰慕他們的仙風道骨，在此隱居。曾賦〈閑居遺興〉詩一百韻，在世間廣為流傳。

皇甫穎早年以高尚的節操聞名，乾符年間進士及第。當時國家多難，皇甫穎有鑒於時勢艱危，絕意仕進，隱居於鹿門別墅，不久因病去世。

入道

【題解】本條所記，係官員或進士為道士之事，這與唐朝崇道有關，但從中多少也能看出當時人避世全身的想法。

戴叔倫❶，貞元❷中罷容管都督，上表請度❸為道士。

蕭俛❹自左僕射表請度為道士。

蔣曙❺，中和❻初，自起居郎以弟兄因亂相離，遂屏跡邱園。因應天❼今節表請入道，從之。

顧況❽全家隱居茅山，竟莫知所止。其子非熊❾及第歸慶❿，既莫知況寧否，亦隱於舊山。或聞有所遇長生之秘術也。

論曰：士之謀身，得之者以才，失之者惟命，達失⓫二揆⓬，宏道⓭要樞⓮，可謂勤於修己者與！苟昧於斯，繫⓯彼能否，臨深履薄，歧路紛如⓰，得之則恃己所長，失之則尤人不盡；干祿之子，能不慎諸！及知命⓱也者，足以引之而排觖望⓲，不足倚之而圖富貴；倚之則事怠，怠則智性⓳昏；引之則感通⓴，通則尤怨㉑弭㉒。故孔孟之言命，蓋阨窮㉓而已矣！有若立身㉔慎行㉕，與聖哲㉖同轍㉗者，則得喪語默㉘，復何蔕芥㉙乎！復何穹隆㉚乎！然士有死而不忘者，恩與知而已矣。包子之誤放㉛，李翺之奏章㉜，足以資笑談，不足以彰事實。有功成身退，冥心㉝希夷㉞者，吾不得而齒㉟矣。

【注釋】❶戴叔倫（七三二～七八九）字幼公，一作項公。唐潤州金壇（今屬江蘇）人。代宗時，為湖南轉運使。後任撫州刺史。作均水法，解決民間爭水灌溉糾紛。遷容管經略使，治聲頗著，德宗嘗賦〈中和節〉詩以賜之。❷貞元　（七八五～八〇四）唐德宗年號。❸度　使人出家。❹蕭俛　（？～八四二）字思謙。南朝梁蕭氏後裔。貞元七年（七九一）進士。元和初，登賢良方正科。官至翰林學士、知制誥。貞元十三年，襲封徐國公。穆宗即位，為中書侍郎、同平章事。文宗即位，許守尚書左僕射致仕。性耿介，持法守正，不尚名利，晚年避居濟源（今屬河南）別墅，以吟詠窮年。❺蔣曙　字耀之。唐常州義興（今江蘇宜興）人。咸通十五年（八七四）進士。官鄂州團練判官、起居郎。❻中和　（八八一～八八四）唐僖宗年號。❼應天　未詳。唐代尚無應天地名。❽顧況　見卷七〈知己〉「顏真卿與陸據」段㉘。❾非熊　見本卷〈已落重收〉❶。❿歸慶　猶歸覲。⓫達失　指顯赫或困厄。⓬揆　道理；準則。此引申為二者之間的關係。⓭宏道　猶言光大道統。⓮要樞　猶樞要。重要的職位。此引申為關鍵。⓯繫　牽掛；記得。引申為注重、看重。⓰紛如　紛亂貌。⓱知命　指懂得事物生滅變化都由天命決定的道理。⓲觖望　不滿；怨望。⓳智性　猶理智本性、真性。⓴感通　謂此有所感而通於彼。㉑尤怨　怨望；怨恨。㉒弭　止息。㉓阨窮　困厄窮迫。㉔立身　處世；為人。㉕慎行　行為謹慎檢點。㉖聖哲　具有超人道德才智的人。㉗同轍　同道。謂思想行為一致。㉘語默　語本《易．繫辭上》。謂說話或沉默。喻指出仕或隱居。㉙躉芥　喻指不介意。躉，指重大。據清梁廷枏《夷氛聞記》卷一：「每千六百八斤為一躉。」芥，小草，喻細小。㉚穹隆　高興；得意。㉛包子之誤放　見本卷〈誤放〉❶。㉜李翺之奏章　事見本卷〈陰注陽受〉。㉝冥心　泯滅俗念，使心境寧靜。㉞希夷　謂清靜無為，任其自然。㉟齒　並列；在一起。

【語　譯】戴叔倫，貞元年間從容管都督任上去職，向朝廷上表請求出家為道士。

蕭俛自左僕射上表請求出家為道士。

蔣曙，中和初，由起居郎任上因時局紛亂兄弟分離，於是隱居家鄉，通過應天令上表請求為道士，得到允許。

顧況全家隱居在茅山，後來沒有人知道他們的去向。其子顧非熊進士及第回家省親，也不知顧況平安與否，也就隱居在茅山。有人聽說顧況一家人得高人指點頗有長生秘術。

論曰：士人謀取進身，得到了是靠他的才能，得不到的是他的命運不好，顯赫或困厄的關係，光大道統的關鍵，可以說根本是在於自己的修養！如果不明於此，而只關注他人的才能如何，就會如臨深淵如履薄冰，面對紛亂的前途，得以進身的就仗恃自己的才學，不能進身的則不斷怨天尤人，求取功名的士人，對此能不謹慎！對於了解命由天定的人而言，足以引起重視而排除怨望，不能倚靠它而謀取富貴；倚靠它則處事懈怠，懈怠則智性昏迷；注重天命則能感通，感通則怨恨止息。所以孔子、孟子談論天命，也就是指困厄窮迫而已！有人如能立身處世謹慎檢點，與聖哲思想行為一致，那麼對於進退得失、出仕隱居，又有什麼掛懷！又有什麼得意！然而士人有到死都不能忘懷的，即所受的恩典與知己而已。像包誼誤中進士，李翺的奏章，足以成為人們的談笑之資，而不足以彰明事實。而那些功成身退，消除俗念、清靜無為之人，我不能成為他們的同列而頗感遺憾。

卷九

防慎不至

【題解】所謂「防慎」，是指謹慎防備。而百密一疏，難免有疏漏之處。本條所記，皆由於意外的原因，而與中舉失之交臂，正應了「人算不如天算」的老話。

張峴❶妻，顏蕘❷舍人猶女❸。峴有樊表兄者，來自江之南，告峴請叩蕘求宰字❹。峴許之，而蕘久不應，樊謂誑己，中心銜之頗切。一日，謂峴曰：「弟卷軸不鄙❺，惡札❻可以佐弟。」峴欣然以十餘軸授之，皆要切卷子❼，延引❽逼試❾，每軸頭為札三兩紙而授之，峴鬱悒❿而已。

房珝⓫，河南人，太尉⓬之孫，咸通四年垂成而敗。先是名第定矣，無何寫錄之際，仰泥落擊翻硯瓦⓭，汙試紙，珝以中表⓮重地，祇薦珝一人，主司不獲已⓯須應之；珝既臨曙，更請叩副試⓰，主司不諾，遂罷。

李廷璧⑰乾符中試夜，於鋪⑱內偶獲襖子⑲半臂⑳一對，廷璧起取衣之。同鋪賞之曰：「此得非神授！」逡巡㉑有一人擒捉，大呼云：「捉得偷衣賊也！」

【注釋】❶張峴　未見著錄。❷顏蕘　見卷三〈散序〉⑪。❸猶女　即侄女。❹宰字　似當指墓誌。宰，墳墓。❺不鄙　指卷軸很好。❻惡札　亦作「惡箚」。拙劣的書法或文筆。❼卷子　考試寫答案的薄本子或單頁紙。❽延引　拖延。❾逼試　迫近考試。❿鬱悒　憂悶。⓫房珝　未見著錄。⓬太尉　未詳何人。如指房琯，則年代相隔太久。⓭硯瓦　即瓦硯。舊常取古宮殿之瓦為硯，故名。後為硯的通稱。⓮中表　此所指未詳。⓯不獲已　不得已。⓰副試　似指重新謄寫試卷。⓱李廷璧　僖宗時登進士第。《全唐詩》存詩一首。⓲鋪　驛站。⓳襖子　即襖。短於袍而長於襦的有襯裡上衣。⓴半臂　短袖或無袖上衣。㉑逡巡　頃刻。

【語譯】張峴的妻子，是中書舍人顏蕘的侄女。張峴有一姓樊的表兄，從江南來，要張峴代他向顏蕘請求為先人寫墓誌銘。張峴答應了，但顏蕘卻很久沒有應允，樊以為張峴在欺騙自己，心中甚為怨恨。一日，樊對張峴說：「表弟的卷軸不錯，我卷子做得雖不好但能給你一些幫助。」張峴欣然將十餘軸交給他，這些都是考試時緊要的卷子。樊某人故意拖延到臨近考試，才在每個軸頭上隨便糊上兩三張紙後交還張峴，到考試時張峴發覺不夠用，也只能憂悶而已。

房珝，河南人，太尉房琯的孫子，咸通四年應試功敗垂成。事先，房珝的名次等第已經決定。不久，考試時房珝在抄錄試卷，頂棚上的泥落下打翻了硯臺，污損了試卷，房珝因考試重地，只推薦了房珝一人，主考官不得已答應將他取為進士，此時房珝見天將亮，向主考官提出重新考試，主考官不同意，於是只得作罷。

李廷璧於乾符年間參加考試的那天夜晚，在驛站偶然得到襖子半臂一對，李廷璧起身取來穿上。同住的人稱說道：「你得到的是老天送給你的！」隨即有一人抓住了李廷璧，大叫道：「捉住了偷衣裳的賊！」

誤掇惡名

【題解】所謂「背黑鍋」，是指蒙受冤屈。本條所記諸人，均是在不知情的情況下背上了壞名聲，讀來頗令人同情。

華京❶，建州❷人也，極有賦名。向遊大梁❸，嘗預公宴，因與監軍使面熟。及至京師，時已登科，與同年連鑣❹而行，逢其人於通衢❺，馬上相揖，因之謗議❻喧然❼。後頗至沉棄❽，終太學博士。

劉纂❾者，高州❿劉舍人蛻⓫之子也，嗣為文亦不惡。乾寧中寒棲京師，偶與一醫工為鄰，纂待之甚至，往往假貸於其人，其人即上樞⓬吳開府⓭門徒。嗣薛王⓮為大京兆，醫工因為知柔診脈，從容⓯之際，言纂之窮且屈，知柔甚領覽⓰。會試官以解送⓱等第⓲稟於知柔，知柔謂纂是開府門人來囑，斯必開府之意也，非解元⓳不可。由是以纂居首送，纂亦不知其由。自是纂落數舉，方悟。萬計莫能雪之。

裴筠⓴婚蕭楚公㉑女，言定未幾，便擢進士。羅隱㉒以一絕刺之，略曰：「細看月輪還有意，信知青桂近嫦娥㉓。」

揚篆㉔員外，乾符中佐永寧劉丞相㉕淮南幕，因遊江失足墜水，待遣人歸宅取衣，久之而不至。公聞之，命以衣授篆。少頃衣至，甚華靡，問之，乃護戎㉖所賜。時中貴㉗李全華㉘監揚州㉙。公聞之無言。後除起居舍人，為同列譖㉚，改授駕部員外郎，由是一生坎軻。

【注釋】❶華京　《資治通鑑》作葉京。❷建州　治今福建建甌。❸大梁　今河南開封。❹連鑣　亦作「連驪」。謂騎馬同行。鑣，馬勒。❺通衢　四通八達的道路。此指大路。❻謗議　非議。❼喧然　喧譁。❽沉棄　沉淪棄置。❾劉纂　卷二〈置等第〉、〈為等第後久方及第〉均作「劉綦」。❿高州　當為商州之誤。⓫劉舍人蛻　見卷二〈海述解送〉❺。⓬上樞　指居樞要之位。⓭吳開府　未詳何人。據《舊唐書．外戚傳》載，吳漵為章敬皇后之弟，拜開府儀同三司、太子詹事。此「吳開府」不知是否為其後人。⓮嗣薛王　即李知柔。知柔襲薛王爵，為宗正卿，昭宗時擢京兆尹。累加檢校司徒、同中書門下平章事，出為清海軍節度使，卒於鎮。⓯從容　此有治病時閒聊之意。⓰領覽　領會；明白。⓱解送　選送。⓲等第　唐代科舉，由京兆府考試後選送前十名升入禮部再試，稱為「等第」。⓳解元　鄉試第一名。⓴裴筠　登進士第，官至司勛郎中。㉑蕭楚公　蕭遘。唐蘭陵（今江蘇常州西北）人。咸通五年（八六四）進士。累官至兵部侍郎判度支。中和元年（八八一）以本官同平章事，加中書侍郎。在相位五年，累進尚書右僕射，進封楚國公。後貶官，賜死。㉒羅隱　見卷二〈置等第〉❿。㉓細看月輪還有意二句　原詩未見。《全唐詩》引《曾公類苑》作「細看月輪真有意，已知青桂近常娥」。月輪，圓月。青桂，桂樹。桂樹常綠，故稱。中進士稱折桂。嫦娥指蕭遘之女。㉔揚篆　《新唐書》作楊篆。字義圖。唐虢州弘農（今河南靈寶）人。官司勳郎中。㉕永寧劉丞相　即劉鄴。見卷三〈慈恩寺題名遊賞賦詠雜紀〉「新進士尤重櫻桃宴」段❷。劉鄴曾任淮南節度使，因有「佐淮南幕」之語。㉖護戎　指監察軍務的官員。㉗中貴　宦官。㉘李全華　未見著錄。㉙監揚州　唐朝後期，朝廷多用宦官為監軍。此指為揚州監軍。㉚譖　讒毀；誣陷。

【語譯】華京，建州人。辭賦極為有名。早年漫遊大梁，曾參加官府舉辦的宴會，因此與監軍使面熟。到監軍使回到京城，華京已中進士。一日，華京與同年進士騎馬同行，在大街與監軍使相遇，就在馬上相互一揖，因此對華京的非議四起。此後他頗被棄置而沉淪，官終於太學博士。

劉纂，係商州中書舍人劉蛻之子，所作文章也相當不錯。乾寧年間寄居京師，相當孤寒。偶爾與一醫師比鄰而居，劉纂待那人極為周全，還時常借錢給他，而那醫師是上樞吳開府的門徒。當時嗣薛王李知柔為京兆尹，那醫師去為李知柔診脈，治病閒聊之際，言及劉纂的困厄和委曲，李知柔頗能領會。正逢試官因解送參加禮部試的名單向李知柔稟告，李知柔以為劉纂是吳開府的門人前來囑託，這肯定是吳開府的意思，非定為解元不可。因此將劉纂列為第一名選送至禮部，但劉纂卻不知其中原由。此後劉纂應試數次落榜，方才明白此事，但用了各種辦法也沒有能洗刷所受的非議。

裴筠將娶楚國公蕭遘之女為妻，此事議定不久，裴筠就中了進士。羅隱作了一首絕句譏刺此事，詩的大意說：「細看圓月真還有意，果然青桂親近嫦娥。」

揚篆員外，乾符年間在永寧劉鄴丞相淮南節度使任上任幕僚，因遊覽長江失足落水，救起後，即派人回家取衣裳，等了很久仍未送來。劉鄴知道後，命人拿衣服給揚篆送去。不一會，揚篆的衣服也送到，且相當華麗，經詢問，得知是監軍所賜。當時宦官李全華任揚州監軍。劉鄴聽說後默默無語。後來揚篆被任命為起居舍人，遭到同僚的讒毀，改任駕部員外郎，並因此事而一生坎坷。

【題解】本條所記諸人，因不同原因受知於主考官，故而科場得意，但進士及第後的遭遇卻各不相同，令人感慨。

好知己惡及第

邵安石❶，連州人也。高湘❷侍郎南遷歸闕，途次連江，安石以所業投獻遇知❸，遂挈至輦下。湘主文，安石擢第，詩人章碣❹，賦〈東都望幸〉刺詩曰：

「懶修珠翠上高臺，眉月連娟恨不開；縱使東巡也無益，君王自領美人來❺。」

鄭隱❻者，其先閩人，徙居循陽❼，因而耕焉。少為律賦，辭格固尋常。咸康❽末，小魏公沆❾自闕下黜州佐❿，于時循人稀可與言者；隱贄謁之，沆一見甚慰意，自是日與之遊。隱年少懶於事，因傲⓫循官寮，由是犯眾怒，故責其逋租⓬，繫之非所⓭。沆聞大怒，以錢代隱輸官，復延之上席。未幾，沆以普恩⓮還京，命隱偕行。隱稟性趦趄⓯，沆之門吏家僕靡不惡之，往往呼為乞索兒⓰，沆待之如一。行次江陵，隱狎遊⓱多不館宿，左右爭告，沆召隱微辯⓲，隱以實對，沆又資以財帛，左右尤不測⓳也。行至商顏⓴，詔沆知貢舉。時在京骨肉，聞沆攜隱，皆以書止之；沆不能捨，遂令就策試㉑，然與諸親約止於此耳。暨榜除之夕，沆巡廊自呼隱者三四，矍然㉒頓氣㉓而言曰：「鄭隱，崔沆不與了，卻更有何人肯與之！」一舉及第。然隱遠人，素無關外㉔名，足不蹟㉕先達㉖之門，既及第而益孤。上過關譏㉗，策蹇㉘出京，槃桓㉙淮浙間。中和㉚末，鄭續㉛鎮南海㉜，辟為從事㉝，諸同舍皆以無素知，聞隱自謂有科第，志無復答。既赴辟，同舍皆不睦，續不得已，致㉞隱於外邑。居歲餘，又不為宰君㉟所禮。會續欲貢士㊱，以幕內無名人，迎隱尸㊲之；其宰君謂隱恨且久，仇之必矣。遂於餞送筵置鴆㊳，隱大醉，吐血而卒。

崔元翰㊴，為楊崖州炎㊵所知，欲奏補闕，懇曰：「願進士。」由此獨步㊶場中。然不曉呈試㊷，先求題目為地㊸，崔敖㊹知之，旭日㊺都堂㊻始開，盛氣㊼白侍郎㊽曰：「〈白雲起封中賦〉，敖請退。」主司於簾中卒愕㊾換之，是歲二崔俱捷。

【注釋】❶邵安石　唐連州（治今廣東連縣）人。乾符四年（八七七）進士。事跡未詳。❷高湘　字濬之。史失其何地人。登進士第。官至知制誥、中書舍人，貶高州司馬。乾符初復為中書舍人，三年，遷禮部侍郎，選士得人。出為潞州大都督府長史，昭義節度，澤潞觀察使，卒。❸遇知　受到賞識。❹章碣　唐錢塘（今浙江杭州）人。登進士第。以詩聞名當時。後不知所終。❺懶修珠翠上高臺四句　以男女相思寫君臣遇合，乃唐人慣用手法。連娟，彎曲而纖細。❻鄭隱　字伯超。唐福清（今屬福建）人。乾符二年（八七五）進士。❼循陽　循州循江之北。循州，治今廣東惠州市東。❽咸康　當為「咸通」。唐代無咸康年號。❾小魏公沆　崔沆。見卷三〈慈恩寺題名遊賞賦詠雜紀〉「胡証尚書質狀魁偉」段㉕。❿州佐　一本作「循州佐」。⓫傲　傲視；看不起。⓬逋租　欠租；拖欠賦稅。⓭非所　指監獄。⓮普恩　普施的恩澤。指皇恩。⓯趦趄　亦作「趦趄」、「趦睢」。猶恣睢。狂妄；凶暴；放縱肆擾。⓰乞索兒　乞食者。⓱狎遊　指狎邪遊。⓲微辯　亦作「微辨」。隱約而委婉地諷喻。⓳不測　料想不到。此指不理解。⓴商顏　一作商原。在今陝西大荔北。㉑策試　古代以策問試士，因稱對臣下或舉子的考試為策試。㉒瞿然　急遽貌。㉓頓氣　謂積足氣力。㉔關外　指京城以外地區。㉕蹟　同「迹」。至；蹈。㉖先達　有德行學問的前輩。㉗關讌　亦作「關宴」。唐宋進士關試後所舉行的宴會。㉘策蹇　騎驢。此指整理行裝。㉙槃桓　即盤桓。逗留；徘徊。㉚中和　（八八一～八八四）唐僖宗年號。㉛鄭續　見卷四〈節操〉「盧大郎補闕」段❿。㉜鎮南海　鄭續曾任嶺南東道節度使，故有是語。㉝從事　唐藩鎮幕僚泛稱從事，非官職。㉞致　安置。㉟宰君　對知縣的敬稱。㊱貢

士　地方向朝廷薦舉人才。㊲尸　在其位而無所作為。此指充數。㊳鴆　傳說中的一種毒鳥。以羽浸酒，飲之立死。此指鴆毒。㊴崔元翰　（七二九～七九五）名鵬，以字行。唐博陵（治今河北安平）人。建中二年（七八一）狀元。舉賢良方正、博學宏詞科，皆中甲第。累官至知制誥。詔令典雅，有典誥風。性剛簡傲，不能取容於時。後因誣告京兆尹李充不遂，憤恚而卒。勤學不倦，文章為時所稱。有文集三十卷，已佚。《全唐文》存文十三篇。㊵楊崖州炎　楊炎（七二七～七八一），字公南，人稱小楊山人。唐鳳翔天興（今陝西鳳翔）人。官司勳員外郎，遷中書舍人，與常袞同知制誥，文筆雄麗，時稱「常楊」。元載為相，擢為吏部侍郎、史館修撰。載被殺，坐貶道州司馬。德宗立，起為門下侍郎、同平章事。後漸弄權，誣殺劉晏，德宗漸疏之，罷為尚書左僕射，再貶崖州司馬同正，被賜死於道。有集十卷，已佚。《全唐文》存文十八篇，《全唐詩》存詩二首。㊶獨步　獨一無二；無與倫比。㊷呈試　科舉時代為防詐冒，應試者先投奏狀，由試官檢驗核准，稱呈試。㊸為地　猶今言「為某人留餘地」。㊹崔敖　建中二年進士。官太常博士。㊺旭日　此指天亮。㊻都堂　唐尚書省署居中，東有吏、戶、禮三部，西有兵、刑、工三部，尚書省的左右僕射總轄各部，稱為都省，其總辦公處稱都堂。㊼盛氣　充滿怒氣。㊽侍郎　據《登科記考》，其年主貢舉為禮部侍郎于邵。㊾卒愕　倉促驚愕。卒，同「猝」。

【語譯】邵安石，連州人。高湘侍郎貶謫南方奉詔回京，路經連江，邵安石將平時所作詩文投獻給高湘並得到賞識，於是高湘將邵安石帶到京師。高湘主持貢舉，邵安石登進士第，詩人章碣，作〈東都望幸〉詩譏刺邵安石云：「懶得整理珠翠登上高臺，彎曲的細眉緊鎖不開。即使隨同東巡也無益處，君王自管領著美人歸來。」

鄭隱，他的祖先是閩地人，後來移居循州，因而就在當地務農為生。鄭隱年少時所作的律賦，辭藻格律實在平常。咸通末年，小魏公崔沆從京城貶為循州屬官，當時循州之人崔沆極少能與他們談得投機。鄭隱拿著所作詩文去拜見崔沆，崔沆一見之後覺得甚合己意，從此日常與鄭隱交往。鄭隱年輕而又處事懈怠，且輕視循州地方的官員僚佐，因此觸犯眾怒，他們故意指責鄭隱拖欠賦稅，將他關入監獄。崔沆得知後大怒，用錢代替鄭隱向官府交稅，又將鄭隱待若上賓。不久，崔沆因皇帝的恩澤返回京師，讓鄭隱和自己同行。鄭隱稟性放縱恣肆，崔沆的門吏僕從對他無不厭惡，常常把鄭隱叫作要飯的，但崔沆待他始終如一。途經江陵時，鄭隱狎邪遊樂經常不回館驛住宿，崔沆家中的人爭相報告，崔沆將鄭隱叫來委婉地詢問，鄭隱就以實回答，崔沆並不責怪鄭隱，還資助他錢物，家中之人更感到不可理解。到達商顏，詔書令崔沆主持貢舉考試。當時崔沆在京師的親人，聽說崔沆帶著鄭隱回京，都寫信勸阻，但崔沆卻不願捨棄，於是就叫鄭隱參加策試，並與家中親屬約定，鄭隱之事到此為止。到了將要發榜的那天晚上，崔沆在廊下巡視，自言自語屢次呼叫鄭隱的姓名，忽然間使勁說道：「鄭隱，崔沆我不為你了卻此事，那還有誰肯給你功名！」鄭隱因此一舉進士及第。然而鄭隱是遠方之人，又從來沒有關外士人的名聲，且從未到過前輩先賢之門拜訪，進士及第後更加孤單。待到參加關宴後，就整理行裝離京，逗留在淮浙一帶。中和年間，鄭續鎮守南海，辟召鄭隱為幕僚，諸同僚都因從不知鄭隱之名，又聽鄭隱自己說是進士出身，只是默默聽著而無人答理。待到任所，與同僚又都不和睦，鄭續不得已，將鄭隱安置在外縣。鄭隱在那裡住了一年多，又不能受到縣令以禮相待。正逢鄭續要向朝廷舉薦人才，因幕府內沒有知名之士，便將鄭隱接回充數。那位縣令以為鄭隱對自己一定懷恨很久，是一定會報復的，於是在為鄭隱設宴餞行時在酒中放了鴆毒，鄭隱喝得大醉，吐血而死。

崔元翰，為楊炎所賞識。楊炎準備上奏推薦崔元翰任補闕之職，崔元翰懇求說：「希望得中進士。」因此崔元翰在科場中無與倫比。然而崔元翰卻不知呈試的規矩，先向主考官要來考試題目為考試留有餘地，此事被崔敖知道，考試那天天剛亮，都堂剛開門，崔敖怒氣沖沖地對禮部侍郎說：「試題是〈白雲起封中賦〉，題目我已知道，我請求退出考試。」主考官在簾中十分驚愕，匆匆忙忙更換了試題。此年，崔元翰、崔敖都中了進士。

好及第惡登科

【題解】中進士，謀進身，本是士人的追求。本條所記，在王定保看來，是取之有道的。但既中進士則不當登學究科。

許孟容❶進士及第，學究❷登科，時號錦褑子❸上著莎衣❹。蔡京❺與孟容同。

論曰：古人舉事❻之所難者，大則赴湯火，次則臨深履薄；李少卿❼又曰操空拳，冒白刃❽，聞者靡不膽寒髮豎，永為子孫之戒。噫，危矣！彼之得因我也，失亦因我也；殊不知三百年來，科第之設，草澤❾望之起家，簪紱❿望之繼世；孤寒失之，其族餒⓫矣；世祿失之，其族絕⓬矣；愧彼為裘⓭之義，靦⓮乎析薪⓯之喻，方之湯、火、深、薄，空拳、冒刃，危在彼矣。是知瓜李之嫌⓰，薏苡之謗⓱，斯不可忘⓲。若邵、鄭二子，單進⓳求名之志先其類⓴，雖順坂㉑之勢可惜；而揠苗之戒㉒難忘。名既靡揚㉓，得之不求㉔。崔公㉕脅制㉖，仁者所不為也。許、蔡二公所取者，道也；非為名也。莎錦之譬，謔浪㉗而已。

【注釋】❶許孟容　（七四三～八一八）字公範。唐京兆長安（今陝西西安）人。大曆十一年（七七六）進士。德宗時，累官至給事中。憲宗元和初遷刑部侍郎。後歷京兆尹、兵部侍郎，知禮部貢舉、河南尹、吏部侍郎、東都留守等，皆有名。❷學究　科舉中的名目。唐代取士，明經一科有「學究一經」的科目。❸褑子　長衣。褑，一作「襖」。❹莎衣　蓑衣。莎，通「蓑」。唐人以為「學究登科」不及進士，因有此語。❺蔡京　初為僧。令狐楚鎮滑台，勸其學，登開成元年進士第，尋又學究登科。官御史，謫澧州刺史，遷撫州。《全唐詩》存詩三首。❻舉事　行事。❼李少卿　事跡未詳。《新唐書·藝文志》卷五九著錄有〈十異九迷論〉，且此人為道士。❽白刃　鋒利的刀。❾草澤　在野之士；平民。❿簪紱　冠簪和纓帶。古代官員服飾。喻顯貴、仕宦。⓫餒　饑餓；貧乏。此有失去希望之意。⓬絕　斷絕。此指不能繼承前人的名望地位。⓭為裘　語出《禮記·學記》：「良冶之子必學為裘；良弓之子必學為箕。」後將「為裘為箕」比喻子弟能繼承父兄的事業。⓮靦　慚愧。⓯析薪

《左傳》昭公七年：「古人有言曰：其父析薪，其子弗克負荷。（豐）施將懼不能任其先人之祿。」後將「析薪」喻指繼承父業。⑯瓜李之嫌　典出《藝文類聚》卷四一引三國魏曹植〈君子行〉：「君子防未然，不處嫌疑間；瓜田不納履，李下不正冠。」後將瓜李之嫌比喻處於被懷疑的境地。⑰薏苡之謗　典出《後漢書．馬援傳》：「初，援在交阯，常餌薏苡實，用能輕身省慾，以勝瘴氣。南方薏苡實大，援欲以為種，軍還，載之一車。時人以為南土珍怪，權貴皆望之。援時方有寵，故莫以聞。及卒後，有上書譖之者，以為前所載還，皆明珠文犀。」後因稱蒙冤被謗為「薏苡之謗」或「薏苡明珠」。⑱斯不可忘　用上二典指本卷〈防慎不至〉諸人。⑲單進　孤身一人求仕進。⑳類　此指士人。㉑順坂　猶言乘勢。坂，斜坡；山坡。㉒揠苗之戒　指揠苗助長。此喻指高湘、崔沆意欲提攜邵安石、鄭隱，結果卻適得其反。㉓靡揚　猶言不能傳揚。㉔求　選求；選取。此指任用。㉕崔公　從文意看，當指崔敖。㉖脅制　亦作「脇制」。猶挾制。以威力強迫、控制。㉗謔浪　戲謔放蕩。

【語譯】許孟容進士及第後不久，又學究登科，當時人稱他是錦緞襖子外面穿蓑衣。蔡京的情況與許孟容相同。

論云：古人行事，以為最難的，大的是赴湯蹈火、捨身取義，其次是在險惡的環境中如臨深淵如履薄冰。李少卿又說只憑赤手空拳，面對鋒利的兵刃，聽到的人無不膽戰心驚頭髮上豎，並以此長作子孫的訓戒。啊！實在是危險啊！他們有所得是因為我，有所失也是因為我的緣故；但不知三百年來，朝廷開設科舉，貧寒之士企望以此起家，簪纓世家希望以此延續富貴；孤苦貧寒之人不能中舉，其家人就失去了希望；世祿之家的後人不能登第，就不能繼承前人的地位名望。慚愧於為裘為箕的道理，羞慚於析薪負荷的比喻，將它們比之於赴湯蹈火、臨深履薄，操空拳、冒白刃，危險就在那裡了。由此懂得瓜田李下之嫌，薏苡明珠之謗，是不能忘記的。像邵安石、鄭隱二人，隻身求取功名的志向早於同時的士人，雖然憑藉他人的權勢中舉甚為可惜，但揠苗助長，適得其反的教訓也難以忘懷。名聲得不到傳揚，中舉後也不被任用。而像崔敖要挾主考官之舉，是仁厚之人所不屑為的。許孟容、蔡京二人得中進士，又登學究科，是取之有道，而不是為了名聲。至於蓑衣穿在錦襖之外的比喻，只是戲謔玩笑而已。

敕賜及第

【題解】在封建時代，能被帝王賜進士及第的，是極大的榮耀。本條所記諸人因不同原因而被賜進士及第，應該說是十分幸運的。

韋保乂❶，咸通中以兄在相位❷，應舉不得，特敕賜及第，擢入內庭❸。永寧劉相鄴❹，字漢藩，咸通中自長春宮❺判官，召入內庭，特敕賜及第。中外賀緘極眾，唯鄆州李尚書種❻一章最著，乃福建韋尚書岫❼之辭也。於是韋佐鄆幕，略曰：「用敕代牓，由官入名；仰溫樹❽之烟，何人折桂❾？泝❿甘泉之水，獨我登龍。禁門而便是龍門，聖主而永為座主⓫。」又曰：「三十浮名，每年皆有；九重⓬知己，曠代⓭所無。」相國深所慊鬱⓮，蓋指斥太中的也。

杜昇⓯父宣猷⓰終宛陵，昇有詞藻，廣明⓱歲，蘇導⓲給事刺劍州⓳，昇為軍倅⓴；駕幸西蜀㉑，例得召見，特敕賜緋㉒。導入內㉓。韋中令㉔自翰長㉕拜主文，昇時已拜小諫㉖，抗表㉗乞就試，從之。登第數日，有敕復前官並服色。議者榮之。

秦韜玉㉘，出入大閹㉙田令孜㉚之門。車駕幸蜀，韜玉已拜丞郎㉛，判鹾㉜；及小歸公㉝主文，韜玉准敕放及第，仍編入其年榜中。韜玉置書謝新人呼同年，略曰：「三條燭㉞下，雖阻文闈㉟，數仞牆邊㊱，幸同恩地㊲。」

王彥昌㊳，太原人，家世簪冕㊴，推㊵於鼎甲㊶。廣明歲，駕幸西蜀，恩賜及第，後為嗣薛王知柔㊷判官。昭宗幸石門，時宰臣與學士不及隨駕，知柔以京尹判鹾，權中書，事屬近輔㊸，表章繼至，切於批答。知柔以彥昌名聞，遂命權知學士，居半載，出拜京尹。又左常侍、大理卿，為本寺人吏㊹所累，南遷㊺。

【注釋】❶韋保乂　唐京兆（今陝西西安）人。咸通十二年（八七一）進士。官尚書郎，知制誥，歷禮、戶、兵三部侍郎，學士承旨，受其兄牽連免官。❷兄在相位　韋保乂之兄韋保衡，咸通十一年至十三年任宰相。後賜死。❸內庭　即內廷。此似當指任知制誥之類的內制官員。❹劉相鄴　見卷三〈慈恩寺題名遊賞賦詠雜紀〉「新進士尤重櫻桃宴」段❷。❺長春宮　唐代行宮。故址在今陝西大荔境內。始建於北周，廢於五代。❻李尚書種　未見著錄。❼韋尚書岫　字伯起。唐京兆（今陝西西安）人。官泗州刺史、福建觀察使。❽溫樹　即溫室樹。語出《漢書．孔光傳》。以溫樹指宮廷中的花木，也指帝京。此指後者。❾折桂　及下文「登龍」，都指科舉及第。❿泝　逆水而上。⓫座主　唐宋時進士稱主試官為座主。劉鄴由皇帝特賜進士及第，因稱。⓬九重　此指代天子。⓭曠代　空前；絕代。⓮慊鬱　不滿。⓯杜昇　一作杜南昇。中和元年（八八一）進士。⓰宣猷　官終宛陵（今安徽宣州）刺史。⓱廣明　（八八〇～八八一）唐僖宗年號。⓲蘇導　未見著錄。⓳刺劍州　任劍州刺史。⓴軍倅　副將。㉑駕幸西蜀　廣明二年（七月改為中和元年），黃巢軍攻長安，僖宗出奔四川。㉒賜緋　賞賜紅色官服。㉓導入內　一本作「導尋入內庭」。㉔韋中令　指韋昭度。見卷三〈慈恩寺題名遊賞賦詠雜紀〉「乾符丁酉歲」段㉛。中令，中書令的省稱。然查新、舊《唐書》，韋昭度未任過中書令。㉕翰長　對翰林前輩的敬稱。韋昭度此前曾任中書舍人、知制誥，因稱。㉖小諫　唐代拾遺的俗稱。㉗抗表　向皇帝上奏章。㉘秦韜玉　字中明。京兆（今陝西西安）人。工詩。中和二年（八八二）進士。官至工部侍郎。㉙大閹　大宦官。㉚田令孜　僖宗朝大宦官，任神策軍中尉，恃寵橫暴，左右朝政，僖宗尊他為「阿父」。在晚唐戰亂頻仍之時，兩次挾僖宗出奔。後死於割據西川的王建之手。㉛丞郎　唐尚書省左右丞和六部侍郎的總稱。秦韜玉任工部侍郎，故稱。㉜判鹺　掌管鹽鐵事務。判，高官兼低職。鹺，鹽的別稱。㉝小歸公　歸仁澤。見卷三〈慈恩寺題名遊賞賦詠雜紀〉「小歸尚書榜」段❶。㉞三條燭　唐代考進士科，試日可延長至夜間，許燒燭三條。㉟文闈　科舉考試。闈，試院。㊱數仞牆邊　指宮牆。仞，古代長度單位，七尺為一仞，一說八尺為一仞。㊲恩地　唐以來對師門的稱呼。因秦韜玉編入進士榜中，出自同一師門，故有此語。㊳王彥昌　中和元年（廣明二年七月改）進士。㊴簪冕　冠簪和禮帽。喻指在朝為官。㊵推　推舉；推選。㊶鼎甲　科舉制度中狀元、榜眼、探花總稱三甲。亦指豪門大族。此指後者。㊷嗣薛王知柔　李知柔。見本卷〈誤掇惡名〉⓮。㊸近輔　猶近畿。謂京城附近地區。㊹本寺人吏　大理卿為大理寺長官。人吏，官吏。㊺南遷　貶謫；被流放到南方。

【語譯】韋保乂，咸通年間因兄長任宰相，不能參加科舉考試，天子特下詔書賜其進士及第，並提拔到內廷任職。

永寧劉鄴丞相，字漢藩，咸通年間從長春宮判官任上，召入內廷任職，並特賜進士及第。當時朝廷內外寄來的賀函極多，其中以郢州李種尚書的一章最為出色，此信是出自福建韋岫尚書的手筆。其時韋岫在郢州任幕僚，此信大略云：「用敕書代替榜文，由官員列名進士；仰望溫樹之煙霞，何人能夠折桂？搏擊甘泉的水流，獨我登上龍門。宮禁重門而便是龍門，當今聖主而永為座主。」又云：「三十歲時的浮名，每年都有；九重天內的知己，曠代所無。」劉鄴相國對此深為不滿，這恐怕是所寫內容指陳太實。

杜昇之父杜宣猷官終宛陵刺史，杜昇詩文富於詞藻，廣明年間，給事中蘇導為劍州刺史，杜昇為副將；僖宗駕臨西蜀，按慣例得到召見，特地賞賜蘇導、杜昇紅色官服。蘇導不久被召入內廷任職。中書令韋昭度由翰林前輩被任命主持禮部考試，杜昇當時已任拾遺之職，上表請求參加考試，得到應允。進士及第數日後，有詔書恢復杜昇的官職和原先的服色。當時人以此為榮。

秦韜玉，出入於宦官田令孜的門下。僖宗臨幸西蜀時，秦韜玉已任工部侍郎，兼官鹽鐵事務；到歸仁澤主持貢舉，秦韜玉獲准特賜進士及第，並編入當年進士榜中。秦韜玉備下書信向新進士致謝時稱他們為同年。信中大致說：「三條燭下，雖阻於文闈；數仞牆邊，幸同獲恩地。」

王彥昌，太原人，家中世代為官，被視為豪姓大族。廣明年間，僖宗駕幸西蜀，特恩賜王彥昌進士及第，後任嗣薛王李知柔判官。乾寧二年，昭宗到石門，當時宰相大臣及翰林學士未能隨昭宗出行，李知柔以京兆尹的身分兼管鹽鐵事務，又代理中書省事務，屬於京城地區之事，表章接踵而至，急於批覆處理。李知柔將王彥昌上報朝廷，於是王彥昌被任為翰林學士，過了半年，又被任為京兆尹。後來，王彥昌又任左常侍、大理寺卿，受大理寺官吏的牽連，遭貶謫。

表薦及第

【題解】唐朝末年，國勢頹危，科舉也頗不正常。本條所記的殷文圭、何澤二人之登第，都與後來篡唐的朱溫有關。

乾寧❶中，駕幸三峰❷。殷文圭❸者，攜梁王❹表薦及第，仍列於榜內。時楊令公行密❺鎮維揚❻，奄有❼宣浙，楊❽汴榛梗❾久矣。文圭家池州之青陽，辭親，間道❿至行在⓫。無何，隨榜⓬為吏部侍郎裴樞⓭宣諭判官，至大梁⓮，以身事叩梁王⓯，王乃上表薦之。文圭復擬飾非⓰，偏投啟事於公卿間，略曰：「於菟⓱獵食，非求尺璧⓲之珍；鵷鷺⓳避風，不望洪鐘⓴之樂。」既擢第，由宋汴馳過，俄為多言者所發；梁王大怒，亟遣追捕，已不及矣。然是屢言措大㉑率皆負心，常以文圭為證，白馬之誅㉒，靡不由此也。

何澤㉓，韶陽曲江㉔人也。父鼎，容管經略，有文稱。澤乾寧中，隨計㉕至三峰行在，永樂崔公㉖，即澤之同年丈人㉗也；聞澤來舉，乃以一絕振㉘之曰：「四十九年前及第，同年唯有老夫存；今日殷勤訪我子，穩將鬐鬣㉙上龍門。」時主文與奪㉚未分㉛，又會相庭㉜有所阻，時崔相公徽㉝恃權，即永樂猶子㉞也。因之敗於垂成。後漂泊關外，梁太祖㉟受禪㊱，澤假廣南幕職㊲入貢，敕賜及第。

【注釋】❶乾寧　（八九四～八九七）唐昭宗年號。❷三峰　指代華州。華山在華州，而華山有蓮花、毛女、松檜三峰，因以三峰指代華州。❸殷文圭　字表儒。唐池州青陽（今屬安徽）人。乾寧五年（八九八）進士。後事楊行密，終左千牛衛將軍。❹梁王　即朱溫。唐末擁兵割據，封梁王。詳見卷三〈慈恩寺題名遊賞賦詠雜紀〉「裴思謙狀元及第後」段㊲。❺楊令公行密　（八五二～九〇五）字化源，初名行愍。唐廬州合肥（今屬安徽）人。五代時吳國建立者。早年為州兵，後起兵據廬州，中和三年（八八三）授廬州刺史。景福元年（八九二）為淮南節度使。天復二年（九〇二）封吳王。其子楊隆演稱大吳國王後，追尊為太祖武皇帝。❻維揚　揚州、揚州府的別稱。❼奄有　全部占有。❽楊　當為「揚」字之誤。❾榛梗　阻礙；阻隔。❿間道　小路。⓫行在　天子所在的地方。此指華州。⓬隨榜　依據公告。⓭裴樞　字紀聖。唐絳州聞喜（今山西聞喜東北）人。咸通十二年（八七一）進士。隨僖宗入蜀，官起居郎。昭宗初，授給事中，改京兆尹。隨昭宗到華州，為汴州宣諭使，後歷兵、吏、戶部侍郎，同平章事。隨昭宗遷洛陽。哀帝時，因得罪朱溫，被殺於白馬驛，投屍於河，時年六十五歲。⓮大梁　即汴州（今河南開封）。⓯以身事叩梁王　猶言鞍前馬後小心侍奉梁王朱溫。⓰飾非　掩飾靦顏事奉梁王的行徑。⓱於菟　老虎的別稱。語出《左傳》宣公四年。此為作者自比。⓲尺璧　直徑一尺的璧玉。言其珍貴。⓳鵷鷺海鳥名。鶢鶋避風，語出左思〈吳都賦〉。鶢鶋亦係自比。⑳洪鐘　亦作「洪鍾」。大鐘。㉑措大　舊指貧寒失意的讀書人。詳見唐李匡乂《資暇集》卷下。㉒白馬之誅　唐末天祐二年（九〇五），宰相柳璨秉承朱溫之意，與李振一起，以「浮薄難制」的罪名譖殺裴樞等大臣三十餘人於滑州白馬驛。李振還對朱溫說：「此輩自謂清流，宜投於黃河，永為濁流。」後用為士大夫被殘害之典。㉓何澤　廣州人。五代梁貞明二年（九一六）進士。少好學，長於歌詩。後唐時，任洛陽令、吏部郎中、史館修撰。為人外似正直而內實邪佞。年七十尚求仕進。後晉時，召為太常少卿，以疾卒於家。㉔韶陽曲江　《新五代史・何澤傳》、《資治通鑑》均作廣州人。㉕隨計　舉人到京師參加禮部試。㉖永樂崔公　據《唐詩紀事》即崔安潛。見卷七〈升沉後進〉⑰。㉗澤之同年丈人　指崔安潛與何澤之父何鼎為同年進士。丈人，長輩；前輩。㉘振　奮起；振作。此為鼓勵之意。㉙鬐鬣　魚、龍的脊鰭。此將何澤比作將要跳龍門的魚。亦即認為他一定能考中進士。㉚與奪　猶言取捨。㉛未分　一本作「未公」，是。㉜相庭　指宰相辦公處。此處當指宰相之間。㉝崔相公徹　未見著錄。㉞猶子　侄子。㉟梁太祖　即朱溫。㊱受禪　指天祐四年（九〇七）唐哀帝被迫「禪位」於朱溫。㊲廣南幕職　據《資治通鑑》注引薛史云：「何澤，廣州人。梁貞明中，清海節度使劉陟薦其才，以進士擢第。」不知孰是。

【語譯】乾寧年間，唐昭宗臨幸華州。殷文圭其人，攜帶梁王朱溫的薦表進士及第，名單還列入進士榜內。當時，楊令公行密鎮守揚州，占有宣州、浙江的大片土地，揚州、汴州之間阻隔已經很久了。殷文圭家在池州青陽，他辭別雙親，從小路趕到華州。不久，據朝廷榜文任吏部侍郎、汴州宣諭使裴樞的判官，至大梁，處處小心謹慎侍奉梁王朱溫，朱溫於是上表推薦殷文圭。後來，殷文圭又想掩飾自己靦顏侍奉朱溫的行徑，在公卿中到處投寄書啟，大略云：「老虎獵取食物，不是為求尺璧之珍；鶢鶋躲避海風，並不指望洪鐘之樂。」進士及第後，自宋州、汴州疾馳而過，返回池州。不多久，殷文圭投寄書啟之事被好事者向朱溫告發，朱溫大怒，急忙派人追捕殷文圭，但已來不及了。然而朱溫屢次說那些失意的讀書人大抵都是負心之人，又常將殷文圭作為例證，後來在白馬驛誅殺大臣，也即因此事而起。

何澤，韶陽曲江人。父親何鼎，官至容管經略使，文章有聲譽。何澤在乾寧年間，到華州行在參加禮部考試。永樂崔安潛，是何澤之父的同年進士老前輩，聽說何澤前來參加考試，就作了一首絕句鼓勵他。詩云：「四十九年前及第的進士，同年中唯有我至今獨存。今日殷勤地前去看望你，穩穩當當從此登上龍門。」當時主持貢舉的主考官取捨不公，又在宰相處遇到阻力，當時宰相崔徹擅權，崔徹即崔安潛侄子。因而功敗垂成。後來何澤漂泊關外，梁太祖朱溫受禪，何澤以廣南清海節度使幕僚的身分被舉薦，特賜進士及第。

惡得及第

【題解】考進士，本該憑真才實學。但本條所記，或因是高官親屬，或奔走於權貴之門，紛紛得中進士，讀來令人氣短。

于棁❶舊名韜玉，長興相國❷兄子，貴主❸視之如己子，莫不委之家政，往往與於關節❹，由是眾議喧然。廣明❺初，崔厚❻侍郎榜，貴主力取鼎甲；榜除之夕，為設庭燎❼，仍為宴具，以候同年展敬❽。選內人❾美少者十餘輩，執燭跨乘列於長興西門。既而將入辨色❿，有朱衣吏馳報曰：「胡子郎君未及第。」胡子，棁小字。諸炬應聲擲之於地。巢寇難後⓫，於川中及第，依棲⓬田令孜⓭矣。或曰，棁及第非令孜力，後依其門耳。

高鍇⓮侍郎第一榜，裴思謙⓯以仇中尉⓰關節取狀頭⓱，鍇庭譴之，思謙迴顧厲聲曰：「明年打脊⓲取狀頭。」明年，鍇戒門下不得受書題⓳，思謙自懷士良一緘⓴入貢院；既而易以紫衣㉑，趨至階下白鍇曰：「軍容㉒有狀㉓，薦裴思謙秀才。」鍇不得已，遂接之。書中與思謙求巍峩㉔，鍇曰：「狀元已有人，此外可副㉕軍容意旨㉖。」思謙曰：「卑吏面奉軍容處分㉗，裴秀才非狀元，請侍郎不放。」鍇俛首㉘良久曰：「然則略㉙要見裴學士。」思謙曰：「卑吏便是。」思謙詞貌㉚堂堂㉛，鍇見之改容，不得已遂禮之矣。

黃郁㉜，三衢㉝人，早遊田令孜門，擢進士第，歷正郎㉞、金紫㉟。李端㊱，曲江㊲人，亦受知㊳於令孜，擢進士第，又為令孜賓佐㊴，俱為孔魯公㊵所嫌㊶。文德㊷中，與郁俱陷刑網㊸。

【注釋】❶于棁　原名韜玉，字拱臣。唐京兆（今陝西西安）人。廣明二年（八八一）進士。❷長興相國　即于琮。琮字禮用。于棁叔父。登大中十二年（八五八）進士。尚廣德公主。累官至兵部侍郎判戶部，咸通八年（八六七），同中書門下平章事。後進中書侍郎兼戶部尚書。出為山南東道節度使，貶韶州刺史。召拜太子少傅，又為山南東道節度使，入拜尚書右僕射。黃巢軍陷長安，因病臥家。黃巢欲用為宰相，不從，被殺。❸貴主　公主。此指廣德公主。❹關節　指暗中行賄，勾通官吏。❺廣明　（八八〇～八八一。八八一年七月改元中和）唐僖宗年號。❻崔厚　字致之。唐博陵安平（今屬河北）人。官司勳郎中、禮部侍郎。❼庭燎　古代庭中照明的火炬。❽展敬　省候致敬。❾內人　指本家族的人。❿辨色　猶黎明。謂天色將明。⓫巢寇難後　指黃巢軍於廣明元年（八八〇）十二月（八八一年初）攻破長安事。⓬依棲　在他人處居住或安身。此指依附。⓭田令孜　字仲則，本姓陳。唐蜀人，一說許州（今河南許昌）人。咸通中入為宦官。僖宗時，擢為神策軍中尉，呼為阿父，政事一以委之，因得假威弄權。兩度挾持僖宗出奔四川，後為據有四川的王建所殺。⓮高鍇　字弱金。史失其何地人。元和九年（八一四）連登進士、博學宏辭科。累遷中書舍人。三主貢舉，官至禮部侍郎，遷吏部侍郎，出為鄂岳觀察使，卒。⓯裴思謙　見卷三〈慈恩寺題名遊賞賦詠雜紀〉「裴思謙狀元及第後」段❶。⓰仇中尉　仇士良（？～八四三）。字匡美。唐循州興寧（今廣東興寧東北）人。順宗時，為宦入侍東宮。歷憲、敬、文、武宗四朝。先後任平盧、鳳翔等節度監軍，數任內外五坊使，貪暴陰狠。文宗時，擢左神策軍中尉，兼左街功德使。太和九年（八三五），朝臣李訓等發動「甘露之變」，謀誅宦官，事敗，仇士良與宦官魚弘志大殺朝臣，公卿半空。加特進、右驍衛大將軍，權勢益張，文宗自謂受制於家奴。開成五年（八四〇）文宗死，矯詔立穎王李瀍（武宗），封楚國公。擅權二十餘年，殺二王、一妃、四宰相。⑰狀頭　即狀元。⑱打脊　鞭笞背部。古時肉刑的一種。亦用作詈詞。猶言該死的。⑲書題　書信。⑳緘　書函。㉑紫衣　古代公服。㉒軍容　唐代以宦官監掌軍事，稱觀軍容使，簡稱軍容。代宗時魚朝恩，僖宗時田令孜曾為之。左右神策軍中尉本為神策軍監軍使之加銜，故亦稱軍容。仇士良曾任左神策軍中尉，因稱。㉓狀　此指書信。㉔巍峩　亦作「巍峨」。比喻居高第、名列前茅。㉕副　符合。㉖意旨　意之所在。多指尊者的意向。㉗處分　吩咐。㉘俛首　低頭。俛，通「俯」。㉙略　大致；且。㉚詞貌　言詞神態。㉛堂堂　形容容貌壯偉。㉜黃郁　廣明二年（八八一）進士。㉝三衢　衢州。因境內有三衢山得名。㉞正郎　唐稱尚書省諸司郎中為正郎，又稱正曹郎。㉟金紫　金印紫綬。指代高官顯爵。㊱李端　廣明二年（八八一）進士。㊲曲江　即浙江。因江流曲折得名。㊳受知　受人知遇。㊴賓佐　幕賓佐吏。㊵孔魯公　孔緯（？～八九五）。緯字化文。唐曲阜（今屬山東）人。大中十三年（八五九）進士。累官至戶部侍郎。隨僖宗入蜀，改刑部尚書判戶部事。田令孜兵敗，僖宗再入蜀，改兵部侍郎、同中書門下平章事，改中書侍郎。昭宗即位，進階開府儀同三司，進位司徒，封魯國公。後因太原軍敗，貶均州刺史，乾寧二年九月卒於家。㊶嫌　厭惡；不滿。㊷文德　（八八八）唐僖宗年號。㊸刑網　猶法網。

【語　譯】于梲原名韜玉，長興相國于琮之兄的兒子，廣德公主把他視作自己的兒子，家中的事務無不委任於他，而于梲往往暗中結交官吏，因此眾人議論紛紛。廣明初年，崔厚侍郎主持貢舉那一榜，廣德公主竭力主張于梲要錄取在三鼎甲之內。在張榜公布名單的那天晚上，廣德公主為于梲在庭院中設置照明的火炬，並擺下宴席，以等待同年進士前來省候致敬。又挑選府中相貌俊美的青年十餘人，手執蠟燭跨乘駿馬排列在長興西門的兩側。不久，天色將明，有一身穿朱紅色衣服的官員騎馬來報說：「胡子郎君未能及第。」胡子，是于梲的小名。話語剛畢，執燭之人應聲將燭擲於地下。在經歷黃巢軍攻陷京城之難後，于梲在四川進士及第，依附於大宦官田令孜。但也有人說，于梲進士及第並不是仗恃田令孜之力，而是中舉後依附於田令孜的門下。

高鍇侍郎第一次主持禮部考試，裴思謙欲憑神策軍中尉仇士良的關係取得狀元，高鍇當庭斥責了他，裴思謙邊走邊回頭厲聲說：「明年你看我來取狀元。」第二年，高鍇告誡門下官員不得私自接受請託的書信，而裴思謙卻自己懷揣一封仇士良的信入貢院；入貢院不一會即換上紫色公服，快步走到臺階下稟告高鍇說：「軍容有信，舉薦裴思謙秀才。」高鍇不得已，只能接下書信。仇士良在信中為裴思謙求高第，高鍇對裴思謙說：「狀元已有人了，除此之外可符合軍容的意思。」裴思謙說：「卑職面受軍容吩咐，裴秀才如果不能取為狀元，則請侍郎不予錄取。」高鍇低頭不語了很久說：「既這樣，我要見見裴學士。」裴思謙說：「卑職便是。」裴思謙言詞神態容貌壯偉，高鍇見了為之改容，不得已對裴思謙以禮相待了。

黃郁，衢州人，早年奔走於田令孜門下，登進士第，歷任正郎、賜金紫。李端，浙江人，亦受知於田令孜，登進士第，又任田令孜的幕賓佐吏，二人均為魯國公孔緯所厭惡。文德年間，李端與黃郁均落入法網。

芳林十哲 今記得者八人

【題解】潔身自好、狷介耿直，歷來是中國士人的品質。然而也有那麼一些讀書人為求仕進而奔走於權貴之門，有損讀書人的形象。本條所記，所謂「芳林十哲」，實則是些奔競鑽營之徒。

沈雲翔❶，亞之❷弟也。

林繕❸改名絢，閩人。光化❹中守❺太常博士。

鄭玘❻、劉業❼、唐珣❽、吳商叟❾。已上四人，未知其詳。

秦韜玉❿，京兆人，父為左軍軍將。韜玉有詞藻，亦工長短歌，有〈貴公子行〉曰：「階前莎毯⓫綠不卷⓬，銀龜⓭噴香⓮挽不斷，亂花織錦柳撚綫，粧點池臺畫屏展⑮。主人功業傳國初，六親聯絡馳朝車⑯，鬪雞走狗家世事，抱來皆佩黃金魚⑰。卻笑書生把書卷，學得顏回⑱忍饑面。」然慕柏者⑲為人，至於躁進，駕幸西蜀，為田令孜擢用；未朞歲，官至丞郎⑳，判鹽鐵，特賜及第。

郭薰㉑者，不知何許人，與丞相于都尉㉒，向為硯席之交㉓。及琮居重地，復綰財賦㉔，薰不能避譏嫌，而樂為半夜客。咸通十三年㉕，趙隲㉖主文，斷意㉗為薰致高等，隲甚撓阻，而拒之無名。會列聖㉘忌辰，宰執以下於慈恩寺行香㉙，忽有彩帖子千餘，各方寸許，隨風散漫㉚，有若蜂蝶，其上題曰：「新及第進士郭薰。」公卿覽之，相顧囅然㉛。因之主司得以黜去。

咸通㉜中自雲翔輩凡十人，今所記者有八，皆交通㉝中貴㉞，號芳林十哲。芳林，門名，由此入內故也。然皆有文字㉟，蓋《禮》所謂君子達其大者遠者，小人知其近者小者㊱；得之與失，乃不能糾別㊲淑慝㊳，有之矣。語其蚔豕㊴之心者，豈其然乎！

【注釋】❶沈雲翔　事跡未詳。僅知為沈亞之之弟。❷亞之　沈亞之。字下賢，唐吳興（今浙江湖州）人。元和十年進士。官至殿中侍御史，後遭貶。以擅長詩文得名，但狂躁貪冒。❸林繕　即林絢，字子發。事跡未詳。❹光化　（八九八～九〇〇）唐昭宗年號。❺守　猶攝。暫時署理職務。多指官階低而署理較高的官職。❻鄭玘　據《新唐書》卷七五，一名綺。事跡未詳。❼劉業　事跡未詳。❽唐珣　事跡未詳。❾吳商叟　未見著錄。❿秦韜玉　見本卷〈敕賜及第〉㉘。⓫莎毯　莎草稠密如毯。⑫不卷　莎草莖直立，葉細長，深綠色，質硬有光澤，故稱。⑬銀龜　古代官員用的龜鈕銀印，常用青色絲質帶子把銀龜穿起來佩在身上。⑭噴香　散發香氣。⑮亂花織錦柳撚綫二句　指庭院中花紅柳綠，妝點池臺樓榭。亂花，繁花。撚，搓捻。⑯主人功業傳國初二句　指貴公子家功業綿長。國初，開國之初。六親，歷來說法不一。此指親屬。朝車，古代君臣行朝夕禮及宴飲時出入用車。⑰鬬雞走狗家世事二句　指貴公子家生活奢華，家族中人世代居於高位。斗雞走狗，係唐代宮廷及士大夫熱衷的賭博遊戲。走狗，狗與狗相競走。家世，本指家屬世系，此有平常、家常之意。黃金魚，即金魚符，金質。唐代親王及三品以上官員佩帶，開元初，從五品亦佩帶，用以表示品級身分。⑱顏回　（前五二一～前四九〇）字子淵。春秋末魯國人，孔子學生。貧居陋巷，簞食瓢飲，而不改其樂。他的德行學業極受孔子稱讚。早卒，孔子極悲慟。後被尊為「復聖」。⑲柏耆　（？～八二九）唐魏州（治今河北大名東北）人。學縱橫家。憲宗時，王承宗叛，自薦於宰相裴度，授左拾遺，奉使鎮州說承宗歸朝，由是知名。穆宗時，宣諭成德軍有功，轉兵部郎中。文宗立，遷諫議大夫。後因擅殺滄州李同捷，貶循州司戶，長流愛州，賜死。⑳丞郎　見本卷〈敕賜及第〉㉛。㉑郭薰　事跡未詳。㉒于都尉　即于琮。見本卷〈惡得及第〉❷。㉓硯席之交　指有同窗之誼。硯席，硯臺與坐席。㉔綰財賦　指于琮判鹽鐵。綰，控制；掌握。㉕咸通十三年　《舊唐書・懿宗本紀》及本傳，均作咸通六年。《摭言》誤。㉖趙隲　當作趙騭。騭字玄錫。唐京兆奉天（今陝西乾縣）人。大中六年（八五二）進士。官至中書舍人，咸通六年知貢舉，累遷華州刺史，潼關防禦鎮國軍等使卒。㉗斷意　決意；打定主意。此指于琮。㉘列聖　歷代帝王。㉙行香　此指一種儀式。《舊唐書・職官志二》：「凡國忌日，兩京大寺各二，以散齋僧尼。文武五品已上，清官七品已上皆集，行香而退。」㉚散漫　彌漫四散。㉛囅然　笑貌。㉜咸通　（八六〇～八七三）唐懿宗年號。㉝交通　勾結；串通。㉞中貴　宦官。㉟文字　詩文。㊱蓋禮所謂君子達其大者遠者二句　出處未詳。㊲糾別　區別。㊳淑慝　猶善惡。㊴虵冢　蛇冢。長蛇封冢。比喻貪殘害人者。虵，同「蛇」。

【語　譯】沈雲翔，沈亞之之弟。

林縉改名林絢，閩人。光化年間代理太常博士。

鄭玘、劉業、唐珣、吳商叟。以上四人不知他們詳情。

秦韜玉，京兆人，父親曾任左軍將軍。秦韜玉頗有文才，亦擅長作詩，有〈貴公子行〉詩云：「階前莎草如毯綠茵不捲，腰間銀龜噴香接連不斷，繁花猶如織錦柳枝捻線，裝點池臺恰似畫屏舒展。主人之功業傳自於國初，六親間聯絡往來馳朝車，鬥雞走狗本為尋常之事，抱來童孺皆佩黃金之魚。卻笑世間書生把持書卷，只學得顏回那忍饑面容。」然而秦韜玉仰慕柏耆的為人，以至於浮躁求取進身。僖宗入蜀，秦韜玉得到田令孜提拔任用，不到一年，就官至工部侍郎，掌管鹽鐵事務，僖宗又特賜他進士及第。

郭薰，不知他是何等樣人，與丞相于琮都尉，早年有硯席之交。到了于琮身居朝廷要職，又掌管財賦，郭薰不能迴避譏刺嫌疑，卻樂於作半夜造訪之客。咸通十三年，趙騭主持貢舉，于琮決意要為郭薰求得高第，趙騭很想加以阻撓，但卻拒之無名。恰遇列位皇帝的忌辰，宰相以下官員會集於慈恩寺行香，忽然間有彩色帖子千餘張，每張大約一寸見方，隨風飄灑，有如蜂蝶飛舞，那帖上題云：「新及第進士郭薰。」公卿朝臣見後，相視而笑。主考官因此得以將郭薰不予錄取。

咸通年間沈雲翔等共十人，現今所記的有八人，都結交宦官，號稱芳林十哲。芳林，是宮門的名稱，由此門即可進入內廷的緣故。然而此十人皆有文才，這或許是《禮》所謂的君子通達於大者遠者，小人了解那近者小者；得與失之間，竟不能區別善惡，是確有其事的。說他們有長蛇封豕之心，難道是這樣的嗎！

四凶 今所記者三

【題解】不知自重、不顧名節的讀書人時有所聞，古今中外概莫能外。本條所記之人，被時人目為「四凶」，足見其聲名狼藉，當為讀書人戒。

陳磻叟❶者，父名岵❷，富有辭學，尤溺❸於內典❹。長慶❺中，嘗注《維摩經》❻進上，有中旨❼令與好官；執政謂岵因內道場❽僧進經，頗抑挫之，止授少列[9]而已。璠叟形質短小，長喙疎齒，尤富文學，自負王佐之才[10]，大言騁辯[11]，雖接對[12]相公[13]，旁若無人；復自料非名教[14]之器，弱冠[15]度[16]為道士，隸名於昊天觀。咸通[17]中降聖[18]之辰，二教[19]論義，而黃衣[20]屢奔[21]，上小不懌，宣下令後輩新入內道場，有能折衝[22]浮圖[23]者，許以自薦。璠叟攝衣[24]奉詔，時釋門為主論，自誤引《涅槃經疏》[25]。璠叟應聲叱之曰：「皇帝山呼[26]大慶，阿師[27]口稱獻壽，而經引涅槃[28]，犯大不敬！」初其僧謂璠叟不通佛書，既而錯愕[29]，殆[30]至顛墜[31]。自是連挫數輩，聖顏大悅，左右呼萬歲。其日，簾前賜紫衣一襲。璠叟由是恣其輕侮，高流宿德[32]多患[33]之。潛聞上聽[34]云：璠叟衣冠[35]子弟，不願在冠帔[36]，頗思理一邑以自効[37]耳。於是中旨授至德縣令。璠叟莅事[38]未終考秩[39]，拋官詣闕上封事[40]，通義劉公[41]引為羽翼，非時[42]召對[43]，數刻璠叟所陳，凡數十節，備究時病。復曰：「臣請破邊城[44]家，可以贍軍一二年。」上問：「邊城何人？」對曰：「宰相路巖[45]親吏。」既而大為巖恚怒[46]，翌日，敕以璠叟誣罔[47]上聽，訐斥[48]大臣，除名為民，流愛州[49]。璠叟雖至顛蹶[50]，輒不敢以其道自屈[51]。素有重墜之疾[52]，歷聘藩后[53]，率以肩輿[54]造墀廡[55]，所至無不仰止[56]。及巖貶，璠叟得量移[57]為鄧州司馬。時屬廣明庚子[58]之後，劉巨容[59]起徐，將得襄陽，不能[60]璠叟，待以巡屬[61]

一州佐[62]耳。磻叟沿[63]漢[64]南下，中途與巨容幕吏書云：「已出無禮之鄉，漸及逍遙之境。」巨容得之大怒，遣步健[65]十餘輩，移牒[66]潭鄂[67]，追捕磻叟。時天下喪亂[68]，無人為隄防；既而為卒伍所陵，全家泝[69]漢至賈塹[70]，後門[71]，三十餘口，無噍類[72]矣。

劉子振[73]，蒲[74]人也，頗富學業，而不知大體；尤好陵轢[75]同道，詆訐[76]公卿。不恥干索[77]州縣，稍不如意，立致寒暑[78]；以至就試明庭[79]，稠人廣眾，罕有與之談者。居守劉公[80]主文歲，患舉子納卷繁多，榜云納卷不得過三軸。子振納四十軸，因之大掇[81]凶譽[82]。子振非不自知，蓋不能抑壓[83]耳。乾符[84]中官為博士，三年，釋奠[85]禮畢，令學官講書，宰臣已下，皆與聽焉。時子振講《禮記》，陸鸞[86]，《周易》。

李沼[87]者，封川相[88]猶子[89]也，其妻乃董常侍禹[90]之女也。大順[91]中，邠州節度使尚父王行瑜[92]外族[93]董氏，以舅事於禹[94]，沼樂遊行瑜之門，行瑜呼沼李郎。會與計偕[95]，僕馬生生[96]之具，皆行瑜所致，沼負是大恣。未幾，按甲來覲[97]，諷天子誅大臣[98]，縉紳[99]間重足一蹟[100]，沼出入行瑜之門，頗有得色。及行瑜敗，詔捕沼，沼亡命秦隴[101]。

論曰：才者璞⑩²也，識者工也；良璞授于賤工，器之陋也；偉才任於鄙識，行之缺也；由是立身揚名，進德修業，苟昧乎識，未有一其藏⑩³者也。矧⑩⁴乃時之不來，命或多蹇⑩⁵；善惡蔽於反己⑩⁶，得失⑩⁷倖於尤人⑩⁸；豈不驟達終危，雖榮是辱！非夫克明⑩⁹躁靜⑪⁰之本，洞究存亡之域⑪¹，臨財無苟得，臨難無苟免⑪²，而能索身於坦夷⑪³者，未之有也。揚子雲⑪⁴曰，治亦鳳也⑪⁵。美才高識，其唯君子歟！

【注釋】❶陳磻叟　未見著錄。❷岵　陳岵，元和元年（八〇六）進士。❸溺　沉湎。❹內典　佛教徒稱佛經為內典。❺長慶（八二一～八二四）唐穆宗年號。❻維摩經　亦稱《維摩詰經》。佛經名。後秦鳩摩羅什譯。三卷。異譯本有三國吳支謙譯《維摩詰經》二卷，唐玄奘譯《說無垢稱經》六卷。❼中旨　唐宋以後不經中書門下而由內廷直接發出的敕諭。❽內道場　皇宮中舉行佛事的道場。因在宮內，故稱。❾少列　當指低級官員。陳岵官右拾遺，為從八品，由此可知少列為低級官員。❿王佐之才　輔佐帝王創業治國的才能。⓫大言騁辯　誇誇其談，縱橫辯論。⓬接對　接待應對。⓭相公　指宰相。⓮名教　指以正名定分為主的封建禮教。⓯弱冠　古時以男子二十歲為成人，初加冠，因體猶未壯，故稱弱冠。⓰度　使人出家。⓱咸通（八六〇～八七三）唐懿宗年號。⓲降聖　謂帝王誕生。⓳二教　指佛、道二教。⓴黃衣　道士穿的衣服。此指道士。㉑奔　敗逃。㉒折衝　使敵人的戰車後撤。即制敵取勝。㉓浮圖　此指和尚。唐代崇道，因有此語。㉔攝衣　提著衣襟。㉕涅槃經疏　指大乘佛教的《涅槃經》。東晉時有幾種本子。研究《涅槃經》的著作有道生的《頓悟成佛論》（已佚）、道朗的《涅槃義疏》。當時論辯，可能即這類書。㉖山呼　封建時代對皇帝的祝頌儀式，叩頭高呼萬歲三次。此指祝壽。㉗阿師　稱僧人。㉘經引涅槃　涅槃係佛教名詞，意譯「滅」、「滅度」、「寂滅」、「圓寂」等，是佛教全部修習所要達到的最高理想，一般指熄滅「生死」輪迴而後獲得的一種精神境界。此與祝壽抵觸，所以被指斥為大不敬。㉙錯愕　倉促間感到驚愕。㉚殆　幾乎。㉛顛墜　跌落。㉜高流宿德　指才識出眾、年老有德之人。㉝恚　厭惡。㉞潛聞上聽　暗中使皇帝得知。㉟衣冠　代稱縉紳、士大夫。㊱冠帔　泛指道士的服裝。此指道士。㊲自効　亦作「自效」。為他人或集團貢獻力量或生命。㊳莅事　治事。㊴考秩　考定祿秩或品秩。此有考核治績之意。㊵封事　密封的奏章。㊶通義劉公　暫定為劉瞻。下文事涉路巖，而劉瞻與路巖咸通十一年均任宰相，以此為據。劉瞻，字幾之。唐彭城（今江蘇徐州）人。大中元年（八四七）進士。歷佐使府，咸通初年入朝，累官至戶部侍郎，出為太原尹、河東節度使。入為京兆尹，復為戶部侍郎。十年，以本官同平章事，加中書侍郎兼刑部尚書。次年，罷相，再貶康州刺史。(42)非時　不時；時常。(43)召對　君主召見臣下令其回答有關政事、經義等問題。(44)邊瑊　事跡未詳。(45)路巖　字魯瞻。唐陽平冠氏（今河北館陶）人。大中年間進士。數年之間，累遷中書舍人、戶部侍郎。咸通三年拜相，年僅三十六。在相位八年。罷為成都尹、劍南西川節度使。未幾，改荊南節度。(46)恚怒　憤怒。(47)誣罔　亦作「誣誷」。欺騙。(48)訐斥　攻訐指責。(49)愛州　今越南清化省清化市西北。(50)顛蹶　困頓挫折。(51)自屈　委屈自己。此似有使自己屈服之意。(52)重墜之疾　指手、腳、身體感到疲乏、沉重之感。(53)藩后　藩王。(54)肩輿　轎子。(55)墀廡　臺階廊廡。(56)仰止　仰慕；嚮往。(57)量移　指官吏因罪遠謫，遇赦酌情調遷近處任職。(58)廣明庚子　西元八八〇年。其年黃巢軍從湖廣北上。廣明，唐僖宗年號。(59)劉巨容（？～八八九）徐州（今屬江蘇）人。因擊黃巢有功，授襄州行軍司馬，遷山南東道節度使，後封彭城縣侯。長期鎮守襄陽。後為秦宗權等軍攻破，奔成都。龍紀元年（八八九）被殺，夷族。(60)不能　不以……為能。(61)巡屬　指統屬的地方。(62)州佐　州郡的屬官。(63)沿　沿。(64)漢　漢水。(65)步健　步卒。(66)移牒　以正式公文通知平行機關或人。(67)潭鄂　指湖南、湖北地區。潭，潭州（今長沙）。鄂，鄂州（今武昌）。(68)喪亂　此指政局動亂。(69)泝　亦作「溯」。逆水而上。(70)賈塹　鎮名。在今湖北鍾祥南漢水北岸。(71)後門　指被滅門。(72)噍類　指活著的人。(73)劉子振　事跡未詳。(74)蒲　今河南長垣。(75)陵轢　欺壓；欺蔑。(76)詆訐　詆毀攻擊。(77)干索　索取。此指索取錢財。(78)寒暑　猶言翻臉。(79)明庭　聖明的朝廷。(80)居守劉公　據上下文內容，當指劉允章。允章字蘊中。唐洛州廣平（今河北永年東）人。登進士第。累官至翰林學士承旨、禮部侍郎。咸通九年（八六八）知貢舉，出為鄂州觀察使，後遷東都留守。以上〈直諫書〉聞名於世。廣明元年（八八〇），黃巢進軍洛陽，因率百官迎謁，坐廢於家，不久病卒。居守，唐代指東都留守。(81)掇　招致。(82)凶譽　極壞的聲譽。(83)抑壓　壓制。此指劉允章不能制止。(84)乾符　（八七四～八七九）唐僖宗年號。(85)釋奠　古代在學校設置酒食以奠祭先聖先師的一種典禮。(86)陸鸞　字離祥。咸通年間進士。(87)李沼　事跡未詳。(88)封川相　據上下文，封川相暫定為李蔚。當時任宰相的尚有李磎，然李磎為王行瑜所殺，李沼不當在行瑜處。李蔚，字茂休。唐隴西人。開成五年（八四〇）進士。咸通六年（八六五）知貢舉。乾符三年至五年任宰相。出為東都留守。六年，為太原尹、北都留守，到鎮三日卒。(89)猶子　侄子。(90)董常侍禹　登進士第。曾官左諫議大夫。(91)大順　（八九〇～八九一）唐昭宗年號。(92)王行瑜　（？～九一二）邠州（治今陝西彬縣）人。出身軍伍。因平黃巢功，授天平軍節度使，後任邠州節度使，景福二年（八九三）加尚父。殺宰相韋昭度、李磎。後與太原軍戰，兵敗。乾化二年（九一二）被部下所殺。(93)外族　母家或妻家的親屬。(94)舅事於禹　把董禹作為舅父侍奉。(95)計偕　舉子赴京參加考試。(96)生生　生活。(97)按甲來覲　指王行瑜率軍覲見昭宗。按甲，屯兵。(98)諷天子誅大臣　指殺宰相韋昭度、李磎事。(99)縉紳　指士大夫。(100)重足一蹟　疊足而立，不敢邁步。形容非常恐懼。重足，疊足不前。(101)秦隴　秦嶺和隴山的並稱。亦指今陝西、甘肅之地。(102)璞　未加雕鑿的玉。(103)藏　同「臧」。善。(104)矧　況且；何況。(105)蹇　困厄；不順利。(106)反己　反回頭來要求自己。此有反省自己之意。(107)得失　偏義複詞，指「得」。(108)尤人　責怪他人。(109)克明　明察是非。(110)躁靜　此指清靜無為。(111)域　範圍。此指境界。(112)臨財無苟得二句　語出《禮記．曲禮上》：「臨財毋苟得，臨難毋苟免。」(113)坦夷　本指平坦，此指平安。(114)揚子雲　即揚雄。見卷四〈師友〉「杜工部交鄭廣文」段(21)。(115)治亦鳳也　用揚雄《法言．問明》中語：「或問君子。在治，曰，若鳳；在亂，曰，若鳳。……」治，指心緒安寧平靜。《左傳》宣公十五年：「疾病則亂，吾從其治也。」鳳，比喻古代有聖德的人。

【語譯】陳磻叟，父親叫陳岵，富有才學，尤其沉湎於佛典。長慶年間，曾注釋《維摩經》進呈皇帝，內廷直接發出敕書下令授予好的官職；執政大臣以為陳岵通過內道場的僧人進呈經書，因而頗加抑止，只授予低級官職。陳磻叟身材矮小，嘴巴很長而牙齒稀疏，但尤為擅長文學，又自以為有治國安邦之才，夸夸其談縱橫辯論，即使是應對宰相所問，也旁若無人。又自料並非正名定分之才，在弱冠之年就出家為道士，名籍隸屬昊天觀。咸通年間，在慶祝懿宗的生辰時，佛道二教論辯義理，而道士們屢屢失利，懿宗有點不悅，宣詔命新近入內道場的後輩道士，有能夠取勝和尚的，允許自己推薦。陳磻叟提著衣襟前來應詔，當時由和尚擔任主辯，在論辯時誤引《涅槃經》的經文和義疏。陳磻叟聽到後應聲斥責和尚說：「今日是皇帝山呼大慶，阿師口稱獻壽，但卻引用《涅槃經》，犯大不敬之罪！」起先那個和尚以為陳磻叟不通佛書，至此，倉促間感到驚愕，幾乎從講壇上跌落下來。陳磻叟也由此接連挫敗幾個和尚，懿宗大為高興，左右群臣也高呼萬歲。那天，懿宗在簾前賞賜陳磻叟紫衣一件。陳磻叟自此放縱對他人輕侮傲慢的態度，那些才識出眾、年高有德之人大多厭惡他。陳磻叟暗中託人對皇上說，陳磻叟是士大夫子弟，不願再當道士，頗想能治理一縣以報效朝廷。於是由內廷直接下詔任命陳磻叟為至德縣令。陳磻叟到縣治事還未到任期結束，即棄官到京城上奏章言事，通義劉瞻將其引為羽翼，懿宗不時召對，不多久陳磻叟所陳奏之事，共有數十件，都詳盡探究當時的各種弊病。陳磻叟又說：「臣請求破毀邊瑊家，其家財可供軍費一二年。」懿宗問：「邊瑊是何人？」陳磻叟回答說：「是宰相路巖的親信官吏。」路巖得知後大為憤怒，次日，下詔書，以陳磻叟誣罔聖上視聽，攻訐指斥大臣的罪名，流放愛州。陳磻叟雖然因此而至於困厄挫折，但他並不因此而使自己屈服。陳磻叟向來有身體不便之疾，多次受各藩王聘請，都由人抬轎到廊廡造訪，所到之處無不受人仰慕。等到路巖被貶，陳磻叟才得以調遷為鄧州司馬。當時正屬廣明庚子黃巢軍北上之後，劉巨容起兵徐州，將得襄陽，不以陳磻叟為能，只把他當作屬地的州郡屬官對待。陳磻叟沿漢水南下，途中他給劉巨容的幕僚去信說：「我已出無禮之鄉，漸及逍遙之境。」劉巨容得知後大怒，派遣步卒十餘人，發送公文到潭州、鄂州，追捕陳磻叟。當時天下政局動亂，無人為其提防；不久，受軍卒欺陵，全家逆漢水而上到賈塹，後被滅門，全家三十餘口，無一生還。

劉子振，蒲人，頗富才學，但卻不識大體，尤其好欺陵同道，詆毀攻擊公卿大臣。他又不以向州縣索取錢財為恥，稍不如意，立時翻臉，以致到朝廷參加考試，在大庭廣眾之中，極少有人與其交談。東都留守劉允章主持貢舉那年，擔心舉子交納的卷子繁多，出告示說每人交納的卷子不得超過三卷。但劉子振卻交納了四十卷，因此招致了很壞的名聲。劉子振並非不知告示，只是劉允章不能制止。乾符年間劉子振任博士官。乾符三年，在奠祭先聖先師禮畢，天子令學官講書，自宰相以下全都參加聽講。當時劉子振講《禮記》，陸鸞講《周易》。

李沼，是封川相國李蔚的侄子，他的妻子是常侍董禹的女兒。大順年間，邠州節度使、尚父王行瑜的外親董氏，把董禹當舅父侍奉，而李沼樂於奔走王行瑜門下，王行瑜稱呼李沼為李郎。正遇李沼要上京師參加考試，童僕馬匹等生活用具，皆由王行瑜為他準備，李沼仗此大為驕縱。不久，王行瑜率軍來朝見天子，要天子誅殺大臣，士大夫間極為恐慌，而李沼出入王行瑜之門，頗有得意之色。到王行瑜敗亡，朝廷下詔搜捕李沼，李沼亡命於秦隴之間。

論云：才學就像璞玉，識才的人就像工匠；如果一塊好的璞玉交給一個很差的工匠，那雕鑿的玉器一定是粗陋的；英偉的俊才為識見鄙陋的人所任用，他的行為必定有所缺失；因此立身揚名，進德修業，如果不明於識見，那就一無善處。況且時運不來，命運或許就會困厄不順；善惡因不能反省自己而不能辨別，在指責他人時僥倖而有所得，這豈不是驟然間發達而最終危亡，看似是榮耀而實際是恥辱！如果沒有明察是非清靜無為的根本，洞察探究世事盛衰興亡的境界，面對錢財不隨便求取，遇到危難不苟且偷生的胸懷，而能求得自身平安的，這樣的人還從來沒有過。揚子雲說，心情平和也是有聖德的人。俊美的才學，高遠的識見，大概只有君子才有吧！

卷一〇

載應不捷聲價益振

【題解】科舉考試，意在選拔人才，然有些頗有真才實學之士卻因種種原因未能得中，他們不僅得到了人們的同情，更受到人們的尊敬。本條所記，即此類事。

太和二年❶，裴休❷等二十三人登制科❸。時劉蕡❹對策❺萬餘字，深究治亂之本，又多引《春秋》大義❻，雖公孫宏、董仲舒❼不能肩也。自休已下，靡不斂衽❽。然亦指斥貴幸❾，不顧忌諱，有司知而不取。時登科人李郃❿詣闕進疏，請以己之所得，易蕡之所失，疏奏留中⓫。蕡期月之間，屈聲播於天下。

乾符⓬中，蔣凝⓭應宏辭，為賦止及四韻⓮，遂曳白⓯而去。試官不之信，逼請所試，凝以實告。既而比之諸公，凝有得色，試官嘆息久之。頃刻之間，播於人口。或稱之曰：「白頭花鈿滿面，不若徐妃半妝⓰。」

貞元⑰中，樂天⑱應宏辭，試〈漢高祖斬白蛇賦〉，考落。蓋賦有「知我者謂我斬白帝⑲，不知我者謂我斬白蛇」也。然登科之人，賦並無聞，白公之賦，傳於天下也。

論曰：無義而生，不若有義而死；邪曲而得，不若正直而失。雖抱屈於一時，竟垂裕⑳於千載者，蕢得之矣。比夫天地無全功，聖人無全能者，白㉑得之矣。麟肝鳳髓㉒，不登於俎㉓者，其唯蔣君乎！

【注釋】❶太和二年　西元八二八年。太和，唐文宗年號。❷裴休　字公美。唐孟州濟源（今屬河南）人。自幼苦學，潔身自好。長慶進士，又登賢良方正甲科。大中初，累遷至戶、兵部侍郎，充諸道鹽鐵轉運使，兼御史大夫。六年（八五二），以本官同平章事。革江淮漕運積弊。十年，罷為宣武軍節度使，再歷昭義、河東、鳳翔、荊南節度使。咸通初，入遷吏、戶部尚書，太子少師。卒年七十四。《全唐文》存文九篇，《全唐詩》存詩二首。❸制科　封建朝廷臨時設置的考試科目。宋王應麟《玉海》謂唐代有五十九科，實際尚不止此。唐代較重要的制科為賢良方正直言極諫科、才識兼茂明於體用科等。對錄取者優予官職。❹劉蕡　字去華。唐幽州昌平（今屬北京）人。寶曆二年（八二六）進士。又登博學宏詞科。善屬文，尤精《左傳》，好談王霸略。太和二年，對賢良方正策，極言宦官擅政之弊，士林感動。考官畏禍，不敢錄取。令狐楚在興元，牛僧孺在襄陽，皆辟入幕府，待如師友。後遭宦官誣陷，貶柳州司戶參軍而卒。❺對策　亦作「對冊」。古時就政事、經義等設問，由應試者對答，稱對策。❻春秋大義　《春秋》為魯國史書。相傳為孔子所修。經學家認為書中每用一字，必寓褒貶，稱「微言大義」。❼公孫宏董仲舒　兩人見卷一〈試雜文〉❸、❹。❽斂衽　亦作「斂袵」。整飭衣襟，表示恭敬。❾貴幸　亦作「貴倖」。位尊而受君王寵信。此指宦官。❿李郃　字中玄，一字子元。太和元年（八二七）狀元。⓫留中　將臣子上的奏章留置宮禁之中，不交辦。⓬乾符　（八七四～八七九）唐僖宗年號。⓭蔣凝　見卷五〈以其人不稱才試而後驚〉❺。⓮四韻　亦稱「四韻詩」。由四韻八句構成的詩，即近體詩中的五言、七言律詩。此似另有所指，應該指辭賦。⓯曳白　卷紙空白，謂考試交白卷。⑯臼頭花鈿滿面二句　喻應試者滿紙詞賦，比不上蔣凝數句。臼頭，即「臼頭深目」。語出漢劉向《列女傳．齊鍾離春》：「其為人，極醜無雙，臼頭深目，長指大節，卬鼻結喉，肥項少髮，折腰出胸，皮膚若漆。」形容相貌極醜。花鈿，用金翠珠寶製成的花形首飾。徐妃半妝，徐妃名昭佩，南朝梁元帝妃。妃以帝眇一目，每知帝將止，必為半面妝以俟，帝見則大怒而出。事見《南史．后妃傳下．梁元帝徐妃》。⑰貞元　（七八五～八〇四）唐德宗年號。⑱樂天　即白居易。見卷二〈爭解元〉㊲。⑲白帝　白帝子的省稱。傳說漢高祖劉邦為赤帝子，秦統治者為白帝子。赤帝子斬殺白帝子，表明漢當滅秦。事詳見《史記．高祖本紀》。⑳垂裕　謂為後人留下業績或名聲。㉑白　指白居易。㉒麟肝鳳髓　麟之肝，鳳之髓，極言美味佳肴。㉓俎　古代祭祀、燕饗時陳置牲體或其他食物的禮器。這兩句喻蔣凝雖極有才華，但卻無由嶄露頭角。

【語譯】太和二年，裴休等二十三人登賢良方正科。當時劉蕡的對策有一萬餘字，深刻探究國家治亂的根本，又在很多地方引用《春秋》大義，即使是公孫宏、董仲舒也不能和他比肩。從裴休以下錄取諸人，無不敬佩。然而劉蕡在對策中也指斥擅權的宦官，又無所顧忌，主考官明知劉蕡的才學而不敢錄取。當時登科的李郃到朝廷進呈奏疏，請求用自己錄取的資格，來調換劉蕡能被錄取，但奏疏卻被留置宮中而無消息。一月之間，劉蕡遭到不公對待的名聲傳遍天下。

乾符年間，蔣凝應試博學宏辭科，作賦時只作了四韻，就留下空白的卷子離去。試官對此不相信，逼著蔣凝將考試內容告訴他，蔣凝對考官說了實情。然而，蔣凝所作比起應試諸人的辭賦毫不遜色，蔣凝頗有自得之色，試官嘆息良久。頃刻之間，蔣凝所作遍傳人口。有人對此稱之說：「臼頭深目之人即使滿臉金翠珠寶，也比不上徐妃半面化妝。」

貞元年間，白居易應試博學宏辭科，試題為〈漢高祖斬白蛇賦〉，考試落榜。因為白居易在賦中有「知我者謂我斬白帝，不知我者謂我斬白蛇」之句的緣故。然而登科之人，他們所作的賦並不出名，而白居易所作之賦，卻傳遍天下。

論曰：一個人如果沒有節義而活著，不如有節義而死；聲望名利通過邪曲的手段得到，還不如正直而失。雖然心懷委屈於一時，但卻流名於千年，劉蕡可說是得到了。比起那天地無全功、聖人無全能而言，則白居易可說是有所得。縱然是麟肝鳳髓，卻不能放在禮器中，這說的大概就是蔣凝吧！

海敘不遇

【題解】此條所記，內容駁雜，然亦頗有興味，頗能見出當時讀書人的眾生相。篇幅太長，分作數段。

宋濟❶老於辭場❷，舉止可笑，嘗試賦，誤落❸官韻❹，撫膺❺曰：「宋五❻坦率❼矣！」由此大著。後禮部上甲乙❽名，明皇❾先問曰：「宋五坦率否？」或曰：「有客譏宋濟曰：『白袍❿何紛紛⓫？』答曰：『為朱袍紫袍紛紛耳！』」張倬⓬者，柬之⓭孫也。嘗舉進士落第，捧登科記⓮頂戴之曰：「此即《千佛名經》⓯也。」

平曾⓰謁華州李相固言⓱不遇，因吟一絕而去曰：「老夫三日門前立，珠箔銀屏晝不開，詩卷卻拋書袋裡，譬如閒看華山來。」

劉魯風⓲，江西投謁所知⓳，頗為典謁⓴所沮，因賦一絕曰：「萬卷書生劉魯風，煙波千里謁文翁，無錢乞與韓知客，名紙毛生㉑不為通。」

羅隱㉒，光化㉓中猶佐兩浙幕㉔。同院沈嵩㉕，得新榜封示隱，隱批一絕於紙尾曰：「黃土原邊狡兔肥，矢如流電馬如飛，灞陵老將無功業，猶憶當時夜獵歸㉖。」

莊布㉗謁皮日休㉘不遇，因以長書疏之，大行於世。

溫憲㉙，先輩庭筠㉚之子，光啟㉛中及第，尋為山南從事㉜。辭人㉝李巨川㉞草薦表，盛述憲先人之屈。略曰：「蛾眉先妬，明妃為去國之人；猿臂自傷，李廣乃不侯之將㉟。」

盧汪㊱門族㊲，甲於天下，因官，家于荊南㊳之塔橋，舉進士二十餘上不第，滿朝稱屈。嘗賦一絕，頗為前達所推，曰：「惆悵㊴興亡繫綺羅㊵，世人猶自選青娥㊶，越王㊷解破㊸夫差㊹國，一箇西施㊺已太多。」晚年失意，因賦〈酒胡子〉㊻長歌一篇甚著。敘曰：「二三子㊼逆旅㊽相遇，貰㊾酒於旁舍，且無絲竹㊿以用娛賓友，蘭陵掾(51)淮南生(52)探囊中得酒胡子，置於座上，拱而立令曰：巡觴(53)之胡人，心俛仰(54)旋轉，所向者舉杯。胡貌類人，亦有意趣，然而傾側不定，緩急由人，不在酒胡也。作酒胡歌以誚(55)之曰：同心相遇思同歡，擎出酒胡當玉盤，盤中卼臲(56)不自定，四座親賓注意看。可(57)以不在心，否以不在面，狗俗(58)隨時自圓轉，酒胡五藏屬他人，十分亦是無情勸。爾不耕，亦不饑；爾不蠶，亦有衣。有眼不曾分黼黻59，有口不能明是非。鼻何尖？眼何碧？儀形本非天地力。雕鐫匠意若多端，翠帽朱衫巧裝飾。長安斗酒十千酤60，劉伶61平生為酒徒，劉伶虛向酒中死，不得酒池中拍浮62。酒胡一滴不入腸，空令酒胡名酒胡。」

【注釋】❶宋濟　事跡未詳。❷辭場　猶文壇。❸誤落　頗費解。暫釋為誤用。猶不合。❹官韻　科舉時代官定韻書中所定的韻，考試時作為詩賦押韻的標準。❺撫膺　撫摩或捶拍胸口。表示惋惜、哀嘆、悲憤等。❻宋五　宋濟自指。❼坦率　指粗疏、粗心。❽甲乙　猶言等第名次。❾明皇　即唐玄宗（七一二～七五六在位）。睿宗第三子。初封楚王，改臨淄郡王。善騎射，知音律，通曆象，善書法。景雲初，與太平公主合誅韋后及韋、武同黨，擁睿宗復位，以太子參預朝政。先天元年（七一二）即帝位，尊睿宗為太上皇。次年誅太平公主及其親黨，始掌全權，改元開元。在位初期，勵精圖治。以姚崇、宋璟、張九齡等為相，此時政治比較清明，社會安定，經濟發展，文化繁榮，國勢強盛，史稱「開元之治」。自天寶後，漸驕傲，圖逸樂，寵楊貴妃，以李林甫、楊國忠等為相，政治日趨腐敗，邊將擁兵自重，終於釀成「安史之亂」。天寶十五載（七五六）六月，逃入蜀中。七月，太子李亨（肅宗）在靈武即位，尊為太上皇。至德二年（七五七）末，返歸長安，幽居興慶宮，抑鬱而死。❿白袍　唐未仕者穿白袍。相對於下文「朱袍紫袍（官服）」而言。⓫紛紛　紛亂；忙亂。⓬張倬　事跡未詳。《封氏聞見記》作張緯。⓭柬之　（六二五～七〇六）字孟將。唐襄州襄陽（今屬湖北）人。登進士第。歷監察御史、鳳閣舍人，出為合州、蜀州刺史。狄仁傑、姚崇薦其有宰相材，長安四年（七〇四）以夏官侍郎同鳳閣鸞臺平章事。神龍元年（七〇五），武則天病重，與桓彥範、敬暉等定計誅張易之兄弟，助中宗復位，以功擢天官尚書、同鳳閣鸞臺三品，封漢陽郡公。進中書令，監修國史。後為武三思所忌，罷相，貶新州司馬，流瀧州（今廣東羅定南），憂憤而卒。原有集，已佚。《全唐文》存文五篇，《全唐詩》存詩五首。⓮登科記　科舉時代及第士人的名錄。⓯千佛名經　本為佛經名。後借指登科名榜。以登科喻成佛。⓰平曾　見卷二〈府元落〉⓫。⓱李相固言　見卷二〈等第末為狀元〉❶。⓲劉魯風　事跡未詳。《全唐詩》存詩一首。⓳所知　指九江刺史張又新。亦即詩中所云之「文翁」。⓴典謁　掌管賓客請見事務的小官。㉑名紙毛生　典出《後漢書・禰衡傳》。禰衡初至潁川，懷刺求謁，而久無所投，至於刺字漫滅。名紙，猶名片。「名紙毛生」原謂名片受磨起毛致字跡漫滅。後以喻長時間求謁而不得見。㉒羅隱　見卷二〈置等第〉❿。㉓光化　（八九八～九〇〇）唐昭宗年號。㉔兩浙幕　指在鎮海軍節度使錢鏐幕。㉕沈嵩　疑為乾寧二年（八九五）進士及第之沈崧。本節內容與沈崧相符。㉖灞陵老將無功業二句　用漢代李廣典故。《史記．李將軍列傳》載：李廣於漢武帝元光六年（前一二九）率兵擊匈奴，被生擒，後逃歸，本當斬，贖為廢人。曾到藍田南山中射獵，夜間帶著一隨從到友人處飲酒，酒後途經灞陵亭，灞陵尉酒醉，大聲喝止李廣。李廣的隨從說，這是前任李將軍。亭尉說：現任將軍也不能犯夜行路，何況是前任將軍呢！李廣只能住宿驛亭中。此處用來抒發心中不平之氣。羅隱雖有文才，但因貌醜而十舉不中。灞陵，地名。本作霸陵，漢文帝葬於此，故稱。㉗莊布　事跡未詳。㉘皮日休　（約八三四～約八八三）字逸少，又字襲美。唐襄陽（今屬湖北）人。早年居鹿門山，自號鹿門子、間氣布衣、醉吟先生等。咸通八年（八六七）進士。官至毗陵副使。後參加黃巢軍，為翰林學士。兵敗後，不知所終，或說被害。與陸龜蒙齊名，稱「皮陸」。有《皮子文藪》。㉙溫憲　龍紀元年（八八九）進士（據《登科記考》）。㉚庭筠　見卷七〈知己〉「顏真卿與陸據」段㊴。㉛光啟　（八八五～八八七）唐僖宗年號。㉜山南從事　據《唐詩紀事》，溫憲為山南節度府從事在其及第前。㉝辭人　辭賦作者。㉞李巨川　唐僖宗乾符年間進士。屢為節鎮幕府。長於文詞，為昭宗所重，特授諫議大夫。㉟蛾眉先妬四句　借用漢代王昭君和李廣典故，來述溫憲先人之屈。蛾眉，借指女子容貌的美麗。語出屈原〈離騷〉。明妃，漢元帝宮女，姓王名嬙，字昭君。貌甚美。後嫁匈奴呼韓邪單于，卒葬於匈奴。晉人避司馬昭諱，改稱明君，後人又稱為明妃。猿臂，據說李廣身材高大，手臂特長而且靈活，像猿臂一樣。自傷，自我感傷。不侯之將，李廣乃漢武帝時名將，戰功卓著，號稱「飛將軍」，但卻因各種原由未能封侯。後隨衛青擊匈奴，失道當斬，自以恥對刀筆吏而自殺。㊱盧汪　事跡未詳。㊲門族　猶門第。㊳荊南　治今湖北江陵。㊴惆悵　嘆息；感慨。㊵綺羅　借指貴婦、美女。㊶青娥　指美麗的少女。㊷越王　即句踐（？～前四六五）。又稱菼執。春秋末年越國君。前四九七～前四六五年在位。曾被吳大敗，屈服求和。他臥薪嚐膽，刻苦圖強，任用范蠡、文種等人整頓國政，十年生聚，十年教訓，終於轉弱為強，滅亡吳國。繼而在徐州大會諸侯，成為霸主。㊸解破　此猶言擊破、滅亡。㊹夫差　（？～前四七三）春秋末年吳國君。前四九五～前四七三年在位。初在夫椒（今江蘇吳縣西南太湖中）打敗越軍，乘勝攻破越都，迫使越屈服。繼開鑿邗溝，以圖向北擴展。前四八二年，在黃池（今河南封丘西南）和諸侯會盟，與晉爭霸，越乘虛攻入吳都。後來越再興兵攻滅吳國，夫差自殺。㊺西施　一作先施。春秋末年越國苧羅（今浙江諸暨南）人。由越王句踐獻給夫差，成為夫差最寵愛的妃子。傳說吳亡後，與范蠡偕入五湖。關於西施，歷來有許多傳說。㊻酒胡子　似指胡人狀貌的酒器。㊼二三子　猶言諸君、幾個人。㊽逆旅　旅店。㊾貰　買酒。㊿絲竹　此指音樂。(51)蘭陵掾　蘭陵佐吏。蘭陵，今山東蒼山蘭陵鎮。掾，佐吏。(52)淮南生　淮南地方的年輕人。(53)巡觴　猶巡酒。(54)俛仰　同「俯仰」。此指搖擺。(55)

誚　嘲笑；譏刺。❺❻詭譎　亦作「詭譎」。動搖不定貌。❺❼可　與下句「否」對舉。指酒胡子指向誰誰喝酒並非出自本性。❺❽狗俗　屈從時尚。❺❾黼黻　指繡有華美花紋的禮服，多指帝王高官所穿之服。此指不能區分席中人身分高下。❻⓪酤　買。斗酒十千酤，形容酒價之貴。❻❶劉伶　西晉沛國（今安徽宿州）人。字伯倫。「竹林七賢」之一。曾為建威參軍。晉武帝泰始初，對朝廷策問，強調無為而治，以無能罷免。嗜酒，作〈酒德頌〉，對「禮法」表示蔑視，宣揚了老莊思想和縱酒放誕生活。❻❷拍浮　浮游；游泳。典出《世說新語・任誕》：「畢茂世云：『一手持蟹螯，一手持酒杯，拍浮酒池中，便足了一生。』」後因以「拍浮」為詩酒娛情之典。

【語譯】宋濟老在文壇，行為舉止頗為可笑，曾在應舉時考試辭賦，但卻不合官韻，事後捶胸頓足說：「宋五我太粗心了！」由此聲名大振。後來禮部向朝廷上報新科進士的等第名次，唐明皇先問道：「宋五粗心否？」有人說：「有客人譏諷宋濟說：『為何白袍之人忙亂紛紛？』宋濟回答道：『這是因為穿朱袍紫袍之人忙亂紛紛的緣故啊。』」

張倬，張柬之之孫。曾參加進士考試落第，捧著登科記頂在頭上說：「這就是《千佛名經》啊！」平曾去拜謁華州李固言丞相而未遇，於是吟誦一首絕句而去，詩云：「老夫三日來站立門前，珠箔銀屏卻白晝不開。且將詩卷丟入書袋裡，譬如閒暇時來看華山。」

劉魯風，到江西投奔拜見相知之交，但卻受到門下小官的阻撓，於是賦絕句一首云：「萬卷書生劉魯風，煙波千里謁文翁。無錢給予韓知客，名紙毛生不為通。」

羅隱，光化年間尚在兩浙任幕僚。同院沈崧，得到新榜進士名單封好後寄給羅隱看，羅隱在紙後空白處批寫了一首絕句云：「黃土原邊狡兔肥，箭如流電馬如飛。灞陵老將無功業，猶憶當時夜獵歸。」

溫憲，是前輩溫庭筠之子，光啟年間進士及第，不久任山南節度府從事。詞人李巨川起草推薦溫憲的表章，詳述其先人所遭受的委曲。表中大略云：「絕色佳人先遭人妒，明妃為遠離故國之人；猿臂善射顧憐自傷，李廣乃未能封侯之將。」

盧汪家的門第，甲於天下。因任官職，將家安頓在荊南的塔橋。盧汪參加進士考試二十餘次不中，滿朝上下為其稱屈。盧汪曾賦一絕句，頗為前輩賢達所推崇，詩云：「慨嘆國家興亡係於美女，世人猶在選取絕代佳麗。越王句踐攻滅夫差吳國，一個西施已嫌太多。」盧汪晚年失意，因而作〈酒胡子〉長歌一篇，甚為著名。在詩的序中說：「有幾個友人在旅店相遇，在附近置酒相聚，且沒有音樂用來供賓客友人娛樂，任蘭陵佐吏的淮南生從囊中取出一個胡人狀的酒器，置於酒席之上，淮南生向諸人拱手而立下酒令說，這個巡酒的胡人，隨著他心中的俯仰旋轉，他朝向誰誰就舉杯飲酒。這個酒胡子的模樣像人，看上去也很有意趣，然而卻搖擺不定，旋轉快慢全在於飲酒之人，而不在於酒胡子自身。因而作長歌譏刺云：同心相遇思欲同歡，取出酒胡當作玉盤，盤中搖擺不能自定，四座賓友注意觀看。說可不出自內心，說否不露在臉面，隨俗順時自顧圓轉，酒胡五臟本屬他人，十分亦是無情相勸。你不耕種，卻也不饑；你不蠶桑，卻也有衣。有眼不能區分高下，有口不能明辨是非。鼻子為何這樣尖？雙眼因何這樣碧？儀形本非天地之力，雕刻匠心意若多端，翠帽朱衫巧加裝飾。長安斗酒費錢十千，劉伶平生原為酒徒。劉伶虛向酒中而死，不能在酒池中拍浮。酒胡一滴未曾入腸，空讓酒胡名叫酒胡。」

羅隱，梁開平❶中累徵夕郎❷不起，羅袞❸以小天❹倅❺大秋❻姚公❼使兩浙，袞以詩贈隱曰：「平日時風❽好涕流，讒書❾雖盛一名休❿，寰區⓫嘆屈瞻〈天問〉⓬，夷貊⓭聞詩過海求。向夕便思青瑣拜⓮，近年尋伴赤松⓯遊，何當世祖⓰從人望⓱？早以公臺⓲命卓侯⓳。」隱答曰：「崑崙水色九般⓴流，飲即神仙憩即休，敢㉑恨守株㉒曾失意，始知緣木㉓更難求；鴒原㉔謾欲均餘力，鶴髮那堪問舊遊！遙望北辰[25]當上國[26]，羨君歸棹[27]五諸侯[28]。」

孫定[29]，字志元，涪州大戎[30]之族子，長於儲[31]。定數舉矣，而儲方欲就貢。或訪於定，定誚曰：「十三郎[32]儀表堂堂，好箇軍將，何須以科第為資！」儲頗銜[33]之。後儲貴達，未嘗言定之長。晚年喪志[34]，放意杯酒。景福二年[35]，下第遊京，西出開遠門，醉中走筆寄儲詩曰：「行行血淚灑塵襟[36]，事逐東流[37]渭水深；愁跨蹇驢風尚緊，靜投孤店日初沉。一枝猶掛東堂夢[38]，千里空馳北巷心[39]；明日悲歌又前去，滿城煙樹噪春禽。」定詩歌千餘首，多委於兵火，竟無成而卒。

歐陽澥[40]者，四門[41]之孫也，薄有辭賦，出入場中僅[42]二十年。善和韋中令[43]在閤下[44]，澥即行卷[45]及門[46]，凡十餘載，未嘗一面，而澥慶弔[47]不虧[48]。韋公雖不言，而心念其人。中和[49]初，公隨駕至西川命相[50]，時澥寓居漢南[51]，公訪知行止，以私書[52]令襄帥劉巨容[53]俾澥計偕，巨容得書大喜，待以厚禮，首薦之外，資以千餘緡[54]，復大讌[55]於府幕。既而撰日[56]遵路[57]，無何，一夕心痛而卒。巨容因籍[58]澥答書，既呈於公，公覽之憮然[59]，因曰：「十年不見，酌然[60]不錯！」

劉得仁[61]，貴主[62]之子。自開成至大中三朝[63]，昆弟皆歷貴仕，而得仁苦於詩，出入舉場三十年，竟無所成。嘗自述曰：「外家[64]雖是帝，當路[65]且無親。」既終，詩人爭為詩以弔之，唯供奉僧[66]棲白[67]擅名。詩曰：「忍苦為詩身到此，冰魂雪魄已難招，直教桂子[68]落墳上，生得一枝冤始銷。」

李洞[69]，唐諸王孫[70]也，嘗遊兩川，慕賈閬仙[71]為詩，鑄銅像其儀，事之如神。洞為終南山詩二十韻[72]，句有：「殘陽高照蜀，敗葉遠浮涇。」復曰：「斸[73]竹煙嵐[74]凍，偷秋[75]雨雹腥。」「遠平丹鳳闕[76]，冷射五侯廳[77]。」大約全篇得唱[78]。又贈司空侍郎[79]云：「馬饑飡落葉，鶴病曬殘陽[80]。」又曰：「卷箔清溪月，敲松紫閣書[81]。」又送僧云：「越講迎騎象，蕃齋懺射鵰[82]。」復贈高僕射[83]曰：「征南[84]破虜漢功臣，提劍歸來萬里身，閒倚[85]陵雲金柱看，形容消瘦[86]老於真。」復曰：「藥杵聲中擣殘夢，茶鐺影裡煮孤燈[87]。」復送人歸日東云：「島嶼分諸國，星河共一天[88]。」時人但誚其僻澀，而不能貴其奇峭，唯吳子華[89]深知。子華才力浩大，八面受敵，以八韻著稱。遊刃[90]頗攻[91]〈騷〉〈雅〉[92]，嘗以百篇示洞，洞曰：「大兄[93]所示百篇中，有一聯絕唱，〈西昌新亭〉[94]曰：『暖漾[95]魚遺子，晴遊鹿引麛[96]。』」子華不怨所鄙，而喜所許。洞三榜裴公[97]，第二榜策夜[98]，簾獻曰：「公道此時如不得，昭陵[99]慟哭一生休。」尋卒蜀中。裴公無子，人謂屈洞之致也。

【注釋】❶開平　（九〇七～九一〇）後梁太祖朱溫年號。❷夕郎　唐時給事中之俗稱。❸羅袞　字子制。唐臨邛（治今四川邛萊）人。大順中，歷左拾遺、起居郎。仕梁任禮部員外郎。《全唐詩》存詩三首。❹小天　唐時吏部侍郎之別稱。五代官制沿用唐時，無甚改變。❺倅　副職。此指任副職。❻大秋　唐代刑部尚書的別稱。❼姚公　應為姚洎。據《舊五代史・太祖本紀》，姚洎開平二年任兵部侍郎，乾化三年為中書侍郎、平章事。又據《登科記考》，姚洎乾化元年以兵部尚書知貢舉，由此大體可推知「姚公」係姚洎。❽時風　當時或當代的社會風氣。❾譏書　誹謗他人的書札。❿休　稱讚；讚美。⓫寰區　天下；人世間。⓬天問　《楚辭》篇名。屈原作。在詩文中亦作為「問天」的雙關語。⓭夷貊　古代對東方和北方民族之稱。此指外族。羅隱有詩名，故有「夷貊聞詩過海求」之語。⓮青瑣拜　漢應劭《漢官儀》卷上：「黃門郎，每日暮，向青瑣門拜，謂之夕郎。」上文有羅隱「累徵夕郎不起」之語，此用「青瑣拜」指羅隱。⓯赤松　即赤松子。亦作「赤誦子」、「赤松子輿」。相傳為上古時神仙。各家所載，互有異同。⓰世祖　本用指開國之君。此指梁太祖朱溫。⓱人望　眾人所屬望。⓲公臺　古代以三臺象徵三公，因借指三公之位或泛指高官。⓳卓侯　典出《後漢書・卓茂傳》：「（卓茂）以儒術舉為侍郎，給事黃門，遷密令。勞心諄諄，視人如子……平帝時，天下大蝗，河南二十餘縣皆被其災，獨不入密縣界……時光武初即位，先訪求茂，茂詣河陽謁見。乃下詔曰：『……今以茂為太傅，封褒德侯。』」此以卓茂比羅隱。⓴九般　極言其彎曲。㉑敢　豈敢；怎敢。㉒守株　「守株待兔」的省稱。典出《韓非子・五蠹》。守株待兔喻死守狹隘經驗，不知變通。羅隱曾十舉不第，用「守株待兔」及下文「緣木求魚」典故，頗有自嘲及不平之意。㉓緣木　爬樹。緣木求魚。典出《孟子・梁惠王上》。喻行動和目的相反，勞而無所得。㉔鴒原　《詩・小雅・常棣》：「脊令在原，兄弟急難。」脊令，也寫作「鶺鴒」。後因以「鴒原」謂兄弟友愛。《全唐詩》此詩題作〈示宗人〉，可見羅隱將羅袞視作兄弟。㉕北辰　指帝王或受尊敬的人。亦指京師。㉖上國　外藩對帝室或朝廷的稱呼。時羅隱在兩浙錢鏐幕，故有是語。㉗歸棹　歸舟。羅袞出使兩浙，在南方，因稱。㉘五諸侯　古星名。屬井宿。而井宿為古時二十八宿中南方朱雀七宿之首。㉙孫定　唐武邑（今屬河北）人。㉚涪州大戎　指孫景商。景商官至天平軍節度使、檢校禮部尚書。大戎，唐代兵部尚書的別稱。㉛儲　孫儲。景商之子。字文府。官至京兆尹、天雄軍節度使，終兵部尚書。㉜十三郎　指孫儲。儲在族中行第十三。㉝銜　懷恨。㉞喪志　喪失心志。㉟景福二年　西元八九三年。景福，唐昭宗年號。㊱塵襟　世俗的胸襟。㊲東流　東去的流水。喻事物消逝，不可復返。㊳東堂夢　謂夢想考試及第。東堂，是晉宮的正殿。晉武帝時郤詵於東堂殿試得第，後因以為試院的別稱。㊴北巷心　出典不詳。抑或借用「北門」之典。「北門」是《詩・邶風》篇名。該詩序云「刺士之不得志也」，後因用以喻士之不遇。㊵歐陽澥　歐陽詹之孫。《全唐詩》存詩一首。㊶四門　即歐陽詹。詹字行周。唐泉州晉江（今屬福建）人。貞元八年（七九二）與韓愈、李觀、李絳等同科進士。唐代閩人進士及第自詹始。官四門助教，卒年四十餘。四門，四門學之省稱。創始於北魏。唐代四門學隸國子監，置博士、助教各三人，直講四人。歐陽詹曾任四門助教，因稱歐陽四門。㊷僅　幾乎；接近。㊸善和韋中令　即韋昭度。見卷三〈慈恩寺題名遊賞賦詠雜紀〉「乾符丁酉歲」段㉛。㊹閣下　猶言在朝廷任職。閣，指官署。㊺行卷　唐代習尚，應舉者在考試前把所作詩文寫成卷軸，投送朝中顯貴以延譽，稱為行卷。㊻及門　語出《論語・先進》。本指門下。後以「及門」指受業弟子。此當指自稱學生。㊼慶弔　亦作「慶吊」。慶賀與弔慰。此猶言應盡的禮數。㊽虧　欠缺；不足。㊾中和　（八八一～八八四）唐僖宗年號。㊿公隨駕至西川命相　指韋昭度隨僖宗入蜀。命相，任命為宰相。(51)漢南　具體所指不詳。似當指漢水之南。(52)私書　隱秘不公開的信。猶言密信。(53)劉巨容　見卷九〈四凶〉(59)。(54)緡　古代通常以一千文為一緡。(55)讌　通「宴」。(56)撰日　擇日。(57)遵路　猶出發。(58)籍　同「藉」。借助。(59)憮然　悵然失意貌。(60)酌然　鮮明突出貌。(61)劉得仁　見卷八〈已落重收〉⑬。(62)貴主　公主。劉得仁之母為何人已不可考。(63)開成至大中三朝　開成（八三六～八四〇），唐文宗年號。會昌（八四一～八四六），唐武宗年號。大中（八四七～八五九），唐宣宗年號。因稱三朝。(64)外家　母親和妻子的娘家。(65)當路　指掌權之人。(66)供奉僧　在內廷供職的僧人。(67)棲白　江南僧。宣宗時住長安薦福寺，為內供奉，賜紫袍。與詩人李頻、李洞、許棠、曹松、齊己等均有來往。約於僖宗時去世。《全唐詩》存詩十六首。(68)桂子　桂花。古人將進士及第稱「折桂」，因有此語。(69)李洞　字才江。唐雍州（今陝西西安）人。《全唐詩》編其詩為三卷。(70)諸王孫　猶言皇族後裔。(71)賈閬仙　即賈島。見卷八〈放老〉⑯。(72)洞為終南山詩二十韻　《全唐詩》題作〈終南山二十韻〉。(73)斸　斫；砍削。(74)煙嵐　山林間蒸騰的霧氣。(75)秋　《全唐詩》作「湫」，是。(76)丹鳳闕　帝闕；京城。(77)五侯廳　泛指權貴豪門。(78)大約全篇得唱　指全篇主旨能夠明白。(79)司空侍郎　即司空圖。見卷三〈慈恩寺題名遊賞賦詠雜紀〉「李湯題名」段⑪。(80)馬饑飡落葉二句　《全唐詩》題作〈鄭補闕山居〉。(81)卷箔清溪月二句　《全唐詩》題作〈送從叔書記山陰隱居〉。卷箔，捲起簾子。紫閣，隱士所居之處。(82)越講二句　《全唐詩》題作〈維摩暢林居〉。越，百越。泛指嶺南少數民族地區。講，指僧人宣講佛法。(83)高僕射　下文所引詩，《全唐詩》題作〈上靈州令狐相公〉，題下注曰：一作〈贈高僕射自安西赴闕〉，一作〈贈功臣〉。所指何人不明，今存疑。(84)征南　《全唐詩》作征蠻。原注：「一作南。」(85)閒倚　一作笑倚。(86)消瘦　一作憔悴。(87)藥杵聲中擣殘夢二句　《全唐詩》題作〈贈曹郎中崇賢所居〉。(88)島嶼分諸國二句　《全唐詩》題作〈送雲卿上人遊安南〉。(89)吳子華　即吳融。見卷五〈切磋〉「羊紹素夏課」段③。(90)遊刃　謂觀察事物透徹，技藝精熟，運用自如。典出《莊子・養生主》。91攻　專心研習。92騷雅　〈離騷〉和《詩經》中〈小雅〉、〈大雅〉的並稱。93大兄　古代對朋輩的敬稱。94西昌新亭　《全唐詩》中未見有此書。95暖漾　溫暖的水中。漾，水動蕩貌。96麛　幼鹿。97三榜裴公　連續三次參加裴公主持的貢舉。裴公，即裴贄。見卷三〈慈恩寺題名遊賞賦詠雜紀〉「大順中」段14。98策夜　策試之夕。99昭陵　唐太宗陵墓。在今陝西醴泉。

【語譯】羅隱，梁開平年間屢次被辟召為給事中而不奉詔，羅袞以吏部侍郎之職作為刑部尚書姚洎的副手出使兩浙，羅袞作詩贈給羅隱云：「平日時風喜好涕流，讒書雖盛名聲卻優。寰區嘆屈瞻看〈天問〉，夷貊聞詩過海來求。向晚時便思青瑣拜，近年來尋求赤松遊。何當世祖遵從人望，早以公臺任命卓侯。」羅隱以詩相答云：「崑崙水色九般分流，飲即神仙憩息即休。怎敢恨守株曾失意，方始知緣木更難求。鴒原漫欲平均餘力，鶴髮哪堪訪問舊遊。遙望北辰正當上國，羨君將歸棹五諸侯。」

孫定，涪州兵部尚書孫景商族子，年長於景商之子孫儲。孫定已數次參加禮部考試，而孫儲正打算應舉。有人拜訪孫定，孫定戲謔說：「十三郎儀表堂堂，好一個將軍，何需用科第作為進身之資！」孫儲因此對孫定頗為懷恨。後來孫儲顯貴發達，從來不曾言及孫定的長處。孫定晚年喪失心志，沉湎於酒。景福二年，孫定落第漫遊京師，向西出了開遠門，醉中走筆作詩寄贈孫儲云：「行行血淚灑落塵襟，事逐東流渭水悠深。愁跨蹇驢西風尚勁，靜投孤店紅日西沉。一枝猶掛東堂舊夢，千里空馳北巷之心。明日悲歌又將前去，滿城煙樹噪鳴春禽。」孫定有詩歌千餘首，大多毀於兵火，竟然一無所成而卒。

歐陽澥，四門助教歐陽詹之孫。小有辭賦之才，出入科場將近二十年。中書令韋昭度在朝廷任職，歐陽澥就呈上所作詩文自稱門生，前後共十餘年，而未嘗見到韋昭度一面，但歐陽澥卻禮數周到。韋昭度雖然口中不言，而心中卻掛念此人。中和年間，韋昭度隨僖宗入蜀被任為宰相，當時歐陽澥寓居漢南，韋昭度打聽到了他的行蹤，用密信要襄陽帥劉巨容讓歐陽澥參加禮部考試，劉巨容得信後大喜，對歐陽澥以厚禮相待，除以第一名推薦之外，還資助錢財千餘緡，又在府中大設宴席餞行，隨即擇日出發，不久的一天晚上，歐陽澥因心痛而死。劉巨容通過歐陽澥給韋昭度覆信，書信呈送給韋昭度，韋昭度看後若有所失，因此說：「十年不見，果然不錯。」

劉得仁，係公主之子。自開成至大中三朝，兄弟都歷任顯貴之職，然而劉得仁苦於作詩，出入科場三十年，竟然無所成就。得仁曾自述云：「娘家人雖是皇帝，當權者卻無親戚。」劉得仁去世後，當時詩人爭相作詩祭弔他，其中只有內供奉僧人棲白的詩最為著名，他的詩云：「忍苦作詩身竟至此，冰魂雪魄已自難招。直教桂子灑落墳上，生得一枝冤屈始銷。」

李洞，唐皇族後裔，曾遊歷兩川，仰慕賈島之詩，按其儀容鑄成銅像，像神靈一樣侍奉。李洞作〈終南山二十韻〉詩，詩句有云：「殘陽高照蜀地，敗葉遠浮涇流。」又云：「亂竹煙嵐凝凍，偷湫雨雹帶腥。」「遠望平丹鳳闕，冷氣射五侯廳。」讀了這些詩句，全篇主旨大體能夠了解。李洞又有贈司空圖詩云：「馬饑湌落葉，鶴病曬殘陽。」又云：「捲簾青溪月，敲松紫閣書。」又有送僧人詩云：「百越講經迎騎象，蕃地戒齋懺射雕。」又有贈高僕射詩云：「征南破虜漢功臣，提劍歸來萬里身。閒倚陵雲金柱看，形容消瘦老於真。」又云：「藥杵聲中擣殘夢，茶鐺影裡煮孤燈。」又有送人歸日本東去詩云：「島嶼分諸國，星河共一天。」當時人只譏笑李洞詩生僻艱澀，而不能推崇他詩歌的奇崛峭拔，只有吳子華深知李洞詩的妙處。子華因其才力浩大，多方受人攻擊，然吳子華以詩著稱。他作詩揮灑自如，專心研習〈騷〉〈雅〉，曾以所作詩百篇讓李洞看，李洞說：「大兄所示百篇當中，有一聯堪稱絕唱，〈西昌新亭〉中云：『暖流中魚產子，晴遊時鹿引麛。』」吳子華並不抱怨李洞對他的詩不以為意，而對李洞的讚許甚為高興。李洞三次參加裴贄主持的考試，在第二榜策試之夕，他在簾前獻詩云：「公道此時如不得，昭陵慟哭一生休。」李洞不久就在蜀中去世。裴贄沒有子嗣，有人說是因為委屈李洞所致。

趙牧❶，不知何許人。大中❷、咸通❸中，斆❹李長吉❺為短歌❻，可謂蹙金結繡❼，而無痕蹟。〈對酒〉詩曰：「雲翁❽耕扶桑❾，種黍養日烏❿，手挼⓫六十甲子[12]、循環落落如弄珠，長繩繫日[13]未是愚，有翁臨鏡捋白鬚，饑魂弔骨[14]吟古書，馮唐[15]八十無高車[16]，人生如瘧[17]在須臾[18]，何乃自苦八尺[19]軀！裂衣[20]換酒且為娛，勸君日飲一瓢、夜飲一壺！杞天崩[21]、雷騰騰，紂非舜是[22]何足憑！桐君桂父豈欺我[23]，醉裡騎龍[24]多上升，菖蒲[25]花開魚尾定，金丹[26]始可延君命。」其餘尤上[27]輕巧[28]，辭多不載。

崔櫓[29]慕杜紫微[30]為詩，而櫓才情麗而近蕩，有《無機集》[31]三百篇，尤能詠[32]。如〈梅花〉詩曰：「強半[33]瘦因前夜雪，數枝愁向晚來天。」復曰：「初開已入雕梁畫，未落先愁玉笛吹[34]。」〈山鵲〉[35]詩曰：「雲生柱礎[36]降龍地，露洗林巒[37]放鶴天。」如此數篇，可謂麗矣。若〈蓮花〉詩曰：「無人解把無塵袖，盛取殘香盡日憐[38]。」此頗形迹[39]。復能為應用四六之文[40]，辭亦深侔[41]章句[42]。

劉光遠[43]，不知何許人，慕李長吉為長短歌，尤能埋沒[44]意緒[45]，竟不知其所終。

姚巖傑[46]，梁國公元崇[47]之裔孫。童丱[48]聰悟絕倫，弱冠[49]博通墳典[50]；慕班固[51]、司馬遷[52]為文，時稱大儒。嘗以詩酒放遊[53]江左[54]，尤肆陵忽[55]前達[56]，旁若無人。乾符[57]中，顏標[58]典[59]鄱陽[60]，鞠[61]場宇初構[62]，巖傑紀其事，文成，粲然[63]

千餘言；標欲刊去一兩字，巖傑大怒。既而標以睚眦(64)，已勒石，遂命覆碑於地，以車牛拽之磨去。巖傑以一篇(65)紀之曰：「為報顏公識我麼？我心唯只與天和，眼前俗物關情少，醉後青山入意多；田子莫嫌彈鋏恨(66)，甯生休唱飯牛歌(67)；聖朝若為蒼生(68)計，也合公車(69)到薜蘿(70)！」盧子發(71)牧歙州(72)，巖傑在婺源(73)，先以著述寄肇；肇知其人性使酒(74)，以手書褒美，贈之以束帛(75)，辭以兵火之後，郡中凋弊，無以迎逢大賢。巖傑復以長箋激之，始以文友相遇，千載一時。肇不得已，輟(76)所乘馬，迎至郡齋(77)，館穀(78)如公卿禮。既而日肆傲睨(79)，輕視子發，子發嘗以篇詠詫(80)於巖傑曰：「明月照巴山。」巖傑笑曰：「明照天下，奈何獨照巴山耶！」子發慚不得意。無何，會於江亭，時蒯希逸(81)在席，子發改令曰：「目前取一聯，象(82)令，主曰：『遠望漁舟，不闊尺八。』」巖傑遽飲酒一器，凭欄嘔噦(83)；須臾，即席還肇令曰：「凭欄一吐，已覺空喉。」有集二十卷，目曰《象溪子》(84)。中和(85)末，豫章(86)大亂，巖傑苦河魚之疾(87)，寓於逆旅，竟不知其所終。

【注釋】 ❶趙牧　事跡未詳。《全唐詩》存詩一首，即〈對酒〉。❷大中　（八四七～八五九）唐宣宗年號。❸咸通　（八六〇～八七三）唐懿宗年號。❹斆　亦作「斅」。效法；模仿。❺李長吉　即李賀。見卷五〈以其人不稱才試而後驁〉❸。❻短歌　此當指詩歌。❼蹙金結繡　用金銀絲線刺繡成縐紋狀的織物。❽雲翁　所指未詳。❾扶桑　仙島名。見《十洲記》。❿日烏　太陽。古代傳說太陽中有三足烏，故稱。⓫挼　同「捼」。揉搓；摩挲。⓬六十甲子　據《全唐詩》，當作「六十花甲子」。⓭

長繩繫日　謂留住時光。語本晉傅玄〈九曲歌〉：「歲莫景邁群光絕，安得長繩繫白日。」⑭饑魂弔骨　喻指人形容枯槁。⑮馮唐　西漢安陵（今陝西咸陽東北）人。文帝時，為中郎署長，年已很老。景帝時，任楚相。後來馮唐常被用作年高而官職卑微的代稱。⑯高車　高大的車。顯貴者所乘。⑰如瘧　《全唐詩》作「如雲」。⑱須臾　片刻。⑲八尺　《全唐詩》作七尺。⑳裂衣　猶言扯下衣服。㉑杞天崩　借用「杞人憂天」典故。此猶言不用擔心天崩。㉒紂非舜是　《全唐詩》作「桀非堯是」。紂，一作「受」，亦稱帝辛。商代最後的君主。周武王伐商，在牧野之戰中兵敗自焚。舜，見卷六〈公薦〉「將仕郎守太子校書郎」段⑰。㉓桐君桂父豈欺我　欺，《全唐詩》作「勝」。桐君、桂父均為傳說中的仙人。㉔騎龍　《全唐詩》作「白龍」。㉕菖蒲　多年生水生草本，有香氣。初夏開花，淡黃色。㉖金丹　古代方士煉金石為丹藥，認為服之可以長生不老。㉗上　崇尚。㉘輕巧　指文風纖巧。㉙崔櫓　一作崔魯。廣明中進士（一作大中時舉進士）。仕為棣州司馬。《全唐詩》存詩十六首。㉚杜紫微　杜牧。唐代中書舍人俗稱紫微，杜牧曾任中書舍人，因稱。詳見卷三〈慈恩寺題名遊賞賦詠雜紀〉「小歸尚書榜」段㉞。㉛無機集　今已佚。㉜尤能詠　特別能被吟誦。亦即讀來琅琅上口。㉝強半　多半。㉞初開已入雕梁畫二句　《全唐詩》題作〈岸梅〉。㉟山鵲　《全唐詩》題作〈山寺〉。兩句詩係殘句。㊱柱礎　承柱的礎石。㊲林巒　森林與峰巒。泛指山林。㊳無人解把無塵袖二句　無人，《全唐詩》殘句作「何人」。憐，愛。㊴形迹　亦作「形跡」、「形蹟」。禮法；規矩。此言合作詩的法度。㊵應用四六之文　指駢體文。㊶侔　齊等；相當。㊷章句　文章；詩詞。㊸劉光遠　事跡不詳。㊹埋沒　掩蓋。㊺意緒　心意；情緒。此指模仿的痕跡。㊻姚巖傑　姚崇裔孫。《全唐詩》存詩一首。㊼元崇　姚崇（六五〇～七二一），本名元崇，字元之。唐陝州峽石（今河南陝縣東南）人。武則天時，累遷夏官郎中。聖曆元年（六九八），以夏官侍郎同平章事。神龍元年（七〇五），參與殺張易之兄弟之謀，迎中宗復位，出為亳、許等州刺史。睿宗立，再遷兵部尚書、同中書門下三品，尋遷中書令。因得罪太平公主，貶申州刺史。開元二年（七一三），三為宰相，兼兵部尚書。因避開元諱，改名為崇。時玄宗初即位，姚崇盡心輔佐。四年，薦宋璟自代，成開元之治，並稱「姚宋」。原有集，已佚。㊽童丱　指童子、童年。丱，丱角，兒童髮式。㊾弱冠　古時男子二十歲行冠禮，以示成年。㊿墳典　三墳五典的並稱。後為古代典籍的通稱。(51)班固　見卷五〈切磋〉「皇甫湜與李生第二書」段㉞。(52)司馬遷　見卷五〈切磋〉「皇甫湜與李生第二書」段㉕。(53)放遊　縱遊；漫遊。(54)江左　即江東。今蕪湖、南京以下長江南岸地區。(55)陵忽　欺凌輕慢。(56)前達　有地位聲望的先輩。(57)乾符　（八七四～八七九）唐僖宗年號。(58)顏標　見卷八〈誤放〉㉖。(59)典　掌管；主持。(60)鄱陽　鄱陽郡（今屬江西）。(61)鞠　盡；完全。(62)搆　建成。(63)粲然　明白、明亮貌。此指洋洋灑灑。(64)睚眦　亦作「睚眥」。瞋目怒視。借指微小的怨恨。(65)

一篇《全唐詩》題作〈報顏標〉。66 田子莫嫌彈鋏恨　用戰國時馮諼典故。馮諼，齊國人，貧乏無以為生，寄於孟嘗君田文門下為食客。自言於孟嘗君無好無能，遭人輕賤。後以食無魚，出無車，無以為家，三次倚柱彈劍而歌，孟嘗君皆允其所求。曾為孟嘗君收債於薛，得息錢十萬，乃召薛民欠債者合券，矯命盡焚其券，債民大喜。為孟嘗君沽名釣譽，後孟嘗君也因此而避禍，全仗馮諼之力。田子，即孟嘗君田文。彈鋏，指馮諼三次倚柱彈劍而歌。鋏，劍。67 甯生休唱飯牛歌　用甯戚飯牛典故。相傳春秋時衛人甯戚餵牛於齊國東門外，待桓公出，扣牛角而唱〈飯牛歌〉。桓公以為甯戚非常人，車載而歸。後用為寒士自求用世的典故。甯生，甯戚。68 蒼生　黎民；百姓。69 公車　官車。70 薜蘿　此借指隱者或高士的住所。此係姚巖傑自指。71 盧子發　盧肇字。盧肇，見卷二〈恚恨〉31。72 歙州　今安徽歙縣。73 婺源　今屬江西。74 性使酒　因酒使性。75 束帛　捆為一束的五匹帛。古代用為聘問、饋贈的禮物。76 輟　讓；讓出。77 郡齋　郡守起居之處。78 館穀　食宿款待。79 傲睨　傲慢斜視。80 詫　誇耀。81 蒯希逸　字大隱。會昌三年（八四三）進士。《全唐詩》存詩一首。82 象　類似。83 嘔噦　嘔吐。84 象溪子　已佚。85 中和　（八八一～八八四）唐僖宗年號。86 豫章　今江西南昌。87 河魚之疾　指腹瀉。典出《左傳》宣公十二年：「河魚腹疾，奈何？」魚爛先自腹內始，故有腹疾者，以河魚為喻。

【語譯】趙牧，不知為何許人。大中、咸通年間，模仿李長吉作詩歌，可以稱得上是蹙金結繡，而不留痕跡。他的〈對酒〉詩寫道：「雲翁耕於扶桑，種黍供養日烏，手弄六十花甲子、循環落落如弄珠。長繩繫日並非是愚笨，有老翁對鏡捋白鬚。饑魂弔骨吟誦古書，馮唐八十尚無高車。人生如雲只在須臾，何故自苦八尺之軀！脫衣換酒且為歡娛，勸君日飲一瓢、夜飲一壺！不用擔心天地崩、雷騰騰，紂非舜是何足憑信！桐君桂父怎會欺我，醉裡騎龍多自上升。待到菖蒲花開魚尾定，金丹方能延長您的壽命。」趙牧其餘的詩尤為崇尚纖巧，所作詩歌大多未能記載下來。

崔櫓仰慕杜牧之詩，而崔櫓的才情華麗而放蕩，有《無機集》，詩三百多篇，尤宜吟誦。如〈梅花〉詩云：「人瘦多半因前夜雪，愁思數枝向晚來天。」又云：「梅初開已入雕梁畫棟，花未落先愁玉笛吹奏。」〈山鵲〉詩云：「雲生柱礎降龍地，露洗林巒放鶴天。」像這樣的詩篇，可說是十分華麗的了。如〈蓮花〉詩云：「無人懂得用無塵的衣袖，盛取荷花殘香整日愛憐。」

劉光遠，不知何許人，仰慕李長吉學其風格寫詩歌，尤能掩蓋模仿的痕跡。後來竟然不知其所終。

姚巖傑，梁國公姚崇的裔孫。童年時即聰明穎悟罕有其比，到弱冠之年已博通歷代典籍，仰慕班固、司馬遷的文章，在當時被稱為大儒。姚巖傑曾因詩酒漫遊江左，尤為肆意欺慢前輩賢達，旁若無人。乾符年間，顏標為鄱陽郡守，場院屋宇全部建成，姚巖傑作文記此事，文章寫成，洋洋千餘言，顏標欲刪去一兩個字，姚巖傑大怒。不久，顏標因對姚巖傑有所不滿，雖然文章已經刻成石碑，顏標仍下令將石碑置於地下，用牛車拉著將碑上文字磨掉。姚巖傑寫了一首詩記此事，詩云：「為報答顏公識我麼？我心中只與老天和。眼前俗物很少關心，醉後青山入意頗多。田文莫嫌彈鋏之恨，甯戚休唱飯牛之歌。聖朝若真為蒼生計，也該公車來到薜蘿！」盧肇任歙州刺史時，姚巖傑在婺源，他先將平時的著述寄給盧肇。盧肇知道姚巖傑好因酒使性，因而寫了親筆信對他誇讚了一番，又贈送束帛給他，並以兵火之後，郡中凋弊，無法迎逢大賢為託辭，婉辭姚巖傑到歙州。姚巖傑又用長信來激盧肇，信的開頭即為文友相遇，千載一時云云。盧肇不得已，用自己所乘騎的馬，將姚巖傑迎至郡齋，用對待公卿的禮節款待他。不久，姚巖傑日益放肆傲慢，輕視盧肇。盧肇曾將所作詩篇向姚巖傑誇耀，其中有句云：「明月照巴山。」姚巖傑看後笑著說：「明月普照天下，怎麼獨照巴山呢！」盧肇羞慚而心中不快。不久，在江亭聚會，當時蒯希逸在坐，盧肇更改酒令說：「眼前我取一對聯，類似酒令，云：『遠望漁舟，不闊八尺。』」姚巖傑急忙飲了一杯酒，靠在欄杆上嘔吐；片刻，就在酒席上還盧肇一個酒令說：「憑欄一吐，已覺空喉。」姚巖傑有集二十卷，名為《象溪子》。中和末年，豫章大亂，姚巖傑苦於腹瀉之病，寓居旅舍，後來竟不知所終。

周賀❶，少從浮圖❷，法名清塞，遇姚合❸而反初❹。詩格清雅，與賈長江❺、無可❻上人齊名。島哭柏巖禪師❼詩籍甚❽，及賀賦一篇，與島不相上下。島曰❾：「苔覆石牀新，師曾占幾春。寫留行道影，焚卻坐忘身❿。塔院關松雪，房廊露隙塵⑪。自嫌雙淚下，不是解空人。」賀曰⑫：「林逕西風急，松枝講法⑬餘。凍鬚⑭亡夜剃，遺偈病時書。地燥焚身後，堂空著影初。此時頻下淚，曾省到吾廬⑮。」

繆島雲⑯，少從浮圖，才力浩大，有李杜之風。其詩尤重奇險⑰，至如：「四五片霞生絕壁，兩三行雁過疏松。」復曰：「拋芥子降顛狒狒，折楊枝灑醉猩猩。」〈廬山瀑布〉曰：「白鳥遠行豎，玉虹孤飲潭。」皆敻⑱出前輩。開成⑲中常遊豫章。武宗朝准敕反初，名甚喧然⑳。

胡玢㉑，不知何許人，嘗隱廬山，苦心於五七言。〈桑落洲〉㉒一篇曰：「莫問桑田事，但看桑落洲。數家新住處，昔日大江流。古岸崩欲盡，平沙長未休。想應百年後，人世更悠悠。」又〈月〉㉓詩云：「輪中別有物，後改云桂根寧詩在。光外更無空。」玢與李騭㉔舊交；騭廉問㉕江西，弓旌㉖不至。

段維㉗，或云忠烈之後，年及強仕㉘，殊不知書㉙；一旦自悟其非，聞中條山書生淵藪㉚，因往請益。眾以年長猶未發蒙㉛，不與授經㉜。或曰，以律詩百餘篇，俾㉝其諷誦㉞。翌日維悉能強記，諸生異之。復受八韻㉟一軸，維誦之如初，因授之《孝經》㊱。自是未半載，維博覽經籍，下筆成文，於是請下山求書糧㊲。至蒲陝間㊳，遇一前資㊴郡牧即世㊵，請維誌其墓。維立成數百言，有燕許風骨㊶，厚獲濡潤㊷。而乃性嗜煎餅㊸，嘗為文會㊹，每箇煎餅纔熟，而維一韻賦成。咸通、乾符中，聲名籍甚，竟無所成而卒。

劇燕㊺，蒲坂人也，工為雅正㊻詩。王重榮㊼鎮河中㊽，燕投贈王曰：「祇向國門安四海㊾，不離鄉井拜三公㊿。」重榮甚禮重。為人多縱，陵轢(51)諸從事(52)，竟為正平之禍(53)。

李濤(54)，長沙人也，篇詠甚著，如「水聲長在耳，山色不離門」，又「掃地樹留影，拂牀琴有聲」，又「落日長安道，秋槐滿地花」，皆膾炙人口。溫飛卿(55)任太學博士，主秋試(56)，濤與衛丹、張郃(57)等詩賦，皆榜於都堂(58)。

任濤(59)，豫章筠川人也，詩名早著。有「露團沙鶴起，人臥釣船流」，他皆倣此。數舉敗於垂成。李常侍騭廉察江西，特與放(60)鄉里之役(61)，盲俗(62)互有論列(63)。騭判曰：「江西境內，凡為詩得及濤者，即與放色役(64)，不止一任濤耳。」

【注釋】❶周賀　字南清。曾為僧。《全唐詩》存詩一卷。❷浮圖　此指和尚。❸姚合　（約七七九～約八四六）唐陝州峽石（今河南三門峽東南）人。元和十一年（八一六）進士。曾任武功主簿，世稱姚武功。歷荊、杭二州刺史，刑部郎中，終秘書少監，又稱姚少監。詩與賈島齊名，並稱「姚賈」。有《姚少監詩集》十卷。❹反初　還俗。據說姚合甚愛周賀詩，時姚合在杭州刺史任上，使周賀復其姓字。❺賈長江　即賈島，曾為長江主簿，因稱賈長江。詳見卷八〈放老〉⑯。❻無可　唐代高僧。工詩。《全唐詩》存詩二卷。❼柏巖禪師　未詳。❽籍甚　甚多；甚大。❾島曰　《全唐詩》此詩題作〈哭柏巖和尚〉。[10]忘身　《全唐詩》作「禪身」。[11]房廊露隙塵　《全唐詩》作「經房鎖隙塵」。[12]賀曰　《全唐詩》此詩題作〈哭閑霄上人〉。[13]講法　《全唐詩》作「講鈔」。[14]凍鬚　《全唐詩》作「凍髭」。[15]此時頻下淚二句　《全唐詩》作「弔來頻落淚，曾憶到吾廬」。[16]繆島雲　事跡未詳。《全唐詩》存斷句三聯。[17]奇險　奇崛險怪。[18]夐　高；遠。[19]開成　（八三六～八四〇）唐文宗年號。[20]喧然　猶喧赫、顯赫。[21]胡玢　一作胡汾。事跡未詳。《全唐詩》存詩三首。[22]桑落洲　《全唐詩》題作〈廬山桑落洲〉。[23]月　《全唐詩》為殘句，題作〈詠月〉。[24]李隲　見卷二一〈爭解元〉[96]。[25]廉問　察訪查問。時李隲任江南西道觀察使。[26]弓旌　弓和旌。古代徵聘之禮，用弓招士，用旌招大夫。後以「弓旌」指招聘賢者的信物。[27]段維　事跡不詳。[28]強仕　亦作「彊仕」。四十歲的代稱。語本《禮記・曲禮上》：「四十曰強，而仕。」[29]不知書　不識字。[30]淵藪　淵，魚聚之處。藪，獸聚之處。用指人和事物聚集的地方。[31]發蒙　開始學習識字讀書。[32]授經　指傳授儒家典籍，如《論語》、《孟子》之類。[33]俾　使；讓。[34]諷誦　熟讀背誦。[35]八韻　指詩歌。當指長詩。因前文有「律詩」之說。[36]孝經　儒家經典之一。十八章。作者各說不一，以孔門後學所作一說較為可信。該書論述封建孝道，宣傳宗法思想，漢代列為七經之一。今《十三經》注疏本係唐玄宗注，宋邢昺疏。[37]書糧　指求學的費用。[38]蒲陝間　蒲州、陝州一帶（今山西西南部、河南北部）。[39]前資　古時稱已去職的官員。[40]即世　去世。[41]燕許風骨　唐玄宗時名臣燕國公張說、許國公蘇頲，皆以文章顯世，時號「燕許大手筆」。此即指段維之文有二人文風。[42]濡潤　潤筆；酬金。[43]煎餅　在鏊子上攤勻烙熟的餅。多用調成糊狀的高粱、小麥麵或小米麵作原料。[44]文會　文士飲酒賦詩或切磋學問的聚會。[45]劇燕　蒲坂（今山西永濟西南蒲州鎮）人。唐咸通「十哲」之一。《全唐詩》存下文一聯，題作〈贈王重榮〉。[46]雅正　典雅純正。[47]王重榮　（？～八八七）唐太原祁縣（今屬山西）人。以父蔭補為軍校，勇冠軍中，又多權詭。廣明元年（八八〇），為河中馬步軍都虞候。黃巢克長安，重榮降，為節度副使。既而叛黃巢，擊敗朱溫等軍，受唐封為河中節度使。中和二年（八八二），收降朱溫。三年，以功封琅邪郡王。後迎僖宗復位。終因用法過嚴，為部將所殺。[48]河中　唐方鎮名。治蒲州。[49]祗向國門安四海　王重榮於中和三年聯合李克用攻克長安，因有此語。國門，此指京城長安。[50]不離鄉井拜三公　王重榮在收復長安後，以首功授檢校太尉同平章事、琅邪郡王，時重榮仍在河中，因有此語。三公，古代中央三種最高官銜的合稱。歷代不同。唐宋沿東漢之制，以太尉、司徒、司空為三公。[51]陵轢　欺壓；欺凌。[52]從事　唐藩鎮幕僚泛稱從事，非官職。[53]正平之禍　似用東漢末禰衡典故。禰衡，字正平。般（治今山東樂陵西南）人。少有才辯，而氣尚剛傲，矯時慢物。建安初遊許昌，與孔融、楊修善。孔融數稱述於曹操，禰衡不肯往。操召為鼓吏，大會賓客，欲羞辱禰衡。禰衡至操前，赤身裸體，擊鼓而去。後又至曹操府門前大罵，操怒其狂傲，將他送與劉表，不久，被江夏太守黃祖所殺，時年二十六。此指劇燕因狂傲為王重榮所殺。(54)李濤　事跡未詳。文中三聯，亦見《全唐詩》。(55)溫飛卿　即溫庭筠。見卷七〈知己〉「顏真卿與陸據」段(39)。(56)秋試　科舉時代，地方（唐宋為州府，明清為省）為選拔舉人所進行的考試。因於秋季舉行，故稱。(57)衛丹張郃　兩人事跡未詳。(58)都堂　唐代尚書省辦公之處。(59)任濤　唐豫章筠川（今江西高安）人。「咸通十哲」之一。(60)放　免去。(61)鄉里之役　鄉里的雜役。(62)盲俗　無知平庸之人。(63)論列　此指議論、非議。(64)色役　古時徭役之一。盛行於唐代。即由官府指派人戶去各級品官和官衙擔任僕役的一種差役。

【語譯】周賀，少時出家為僧，法名清塞，遇到姚合後還俗。周賀詩格調清新典雅，與賈島、無可上人齊名。賈島哭柏巖禪師詩甚為有名，而周賀所作的一篇，與賈島的詩不相上下。賈島的詩云：「青苔覆蓋石床新，禪師曾經占幾春。寫真空留行道影，焚化卻已坐忘身。塔院緊閉關松雪，房廊空寂露隙塵。自嫌無由雙淚下，始覺不是解空人。」周賀的詩云：「林中小徑西風急，松下枝頭講法餘。凍凝髭鬚無夜剃，遺留偈語病時書。地燥只因焚身後，堂空原係著影初。此時不由頻下淚，曾省禪師到吾廬。」

繆島雲，少時出家為僧，他才力雄健，有李（白）杜（甫）之風。他的詩尤重奇崛險怪，以至於有詩云：「四五片霞生於絕壁，兩三行雁飛過疏林。」又云：「抛芥子降落顛狒狒，折楊枝灑醒醉猩猩。」〈廬山瀑布〉詩云：「白鳥遠行志堅，玉虹孤飲潭水。」這些詩句都高出前輩。繆島雲開成年間曾遊豫章。武宗朝朝廷下詔准其還俗，名聲甚為顯赫。

胡玢，不知何許人。曾隱居廬山，苦心寫作詩歌。他的〈桑落洲〉一詩云：「不要問那桑田事，請君但看桑落洲。岸邊數家新住處，正是昔日大江流。古岸崩塌將欲盡，平沙成長正未休。今人想應百年後，人世萬事更悠悠。」又有〈月〉詩云：「月輪中別有物，後改作桂根寧詩在。清光外更無空。」胡玢與李隲係老朋友，李隲察訪江西，但卻未能會見胡玢。

段維，有人說是忠烈之後，年已四十，但卻根本不識字。終於自己意識到以往的錯誤，得知中條山是讀書人聚集之所，於是前去求教。眾人因他年歲太大而尚未受啟蒙教育，不給他講授經書。有人說，用律詩百餘篇，讓他背誦。次日段維全部都能強記，眾人對此大為驚異。又給他長詩一軸，段維像先前一樣很快背出，於是教授段維《孝經》。自此不到半年，段維博覽經籍，下筆成文，於是請求下山尋取求學的費用。他到了蒲州、陝州一帶，遇到一前任州郡長官去世，請段維為其撰寫墓誌銘。段維下筆立成數百言，有燕許風骨，獲得豐厚的潤筆。然而段維有嗜食煎餅的習性，曾逢文士聚會，每當一個煎餅才熟，而段維一首詩已經作成。咸通、乾符年間，段維名聲甚大，但後來竟然無所成就而卒。

劇燕，蒲坂人，擅長典雅純正之詩。王重榮鎮守河中，劇燕以詩投贈王重榮，詩云：「只向國門安四海，不離鄉井拜三公。」王重榮對他頗為禮敬尊重。然而劇燕為人過於驕縱，欺凌諸幕僚，終遭殺身之禍。

李濤，長沙人，所作詩篇甚為有名，如「水聲長在耳，山色不離門」，又如「掃地樹留影，拂床琴有聲。」又如「落日長安道，秋槐滿地花」諸聯，都膾炙人口。溫飛卿任太學博士時，主持秋試，李濤與衛丹、張郃等人所作詩賦，都張貼在都堂。

任濤，豫章筠川人。很早就有詩名。有「露團沙鶴起，人臥釣船流」之句，其他詩句也大都類此。數次應試，都功敗垂成。常侍李隲任江南西道觀察使時，特地免去任濤鄉里的雜役，無知平庸之人頗有非議。李隲判決此事說：「江西境內，凡作詩能及得上任濤之人，即免除色役，而不止一個任濤。」

羅虬❶辭藻富贍❷，與宗人隱❸、鄴❹齊名。咸通、乾符中，時號「三羅」。廣明庚子亂後❺，去從鄜州❻李孝恭❼。籍❽中有紅兒者，善肉聲❾，常為貳車❿屬意。會貳車聘⓫鄰道⓬，虬請紅兒歌而贈之繒綵⓭。孝恭以副車所貯⓮，不令受所貺⓯。虬怒拂衣而起，詰旦⓰，手刃⓱。絕句百篇，號〈比紅詩〉⓲，大行於時。

周繇⓳者，湖南人也，咸通初以辭賦擅名。繇嘗為〈角觝⓴賦〉，略曰：「前衡後敵，無非有力之人；左攫[21]右拏[22]，盡是用拳之手。」或非緘善角觝。

周繁[23]，池州青陽[24]人也。兄緐[25]，以詩篇中第。緐工八韻，有飛卿之風。

何涓[26]，湘南人也，業[27]辭。嘗為〈瀟湘賦〉，天下傳寫。少遊[28]國學[29]，同時潘緯[30]者，以〈古鏡〉詩著名，或曰：「潘緯十年吟〈古鏡〉，何涓一夜賦〈瀟湘〉。」

章碣[31]，不知何許人，或曰孝標[32]之子。咸通末，以篇什著名。乾符中，高侍郎湘自長沙攜邵安石至京及第[33]，碣賦〈東都望幸〉以刺之。詩在〈好知己惡及第〉門。復為〈焚書坑〉詩曰：「竹帛[34]煙銷帝業虛，昔年曾是祖龍[35]居。坑灰未冷關東亂，劉項[36]從來不讀書。」

來鵠[37]，豫章人也，師韓、柳為文。大中末、咸通中，聲價益籍甚。廣明庚子之亂，鵠避地遊荊襄，南返，中和[38]，客死於維揚[39]。

閔廷言[40]，豫章人也，文格高絕。咸通中，初與來鵠齊名。王棨[41]嘗謂同志[42]曰：「閔生之文，酷似西漢。」有〈漁腹誌〉一篇，棨尤所推伏。

張喬[43]，池州九華[44]人也，詩句清雅，夐[45]無與倫[46]。咸通末，京兆府解[47]，李建州[48]時為京兆參軍主試，同時有許棠[49]與喬，及俞坦之[50]、劇燕[51]、任濤[52]、吳罕[53]、張蠙[54]、周繇、鄭谷[55]、李棲遠[56]、溫憲[57]、李昌符[58]，謂之十哲[59]。其年府試〈月中桂〉詩，喬擅場[60]。詩曰：「與月長洪濛[61]，扶疏[62]萬古同。根非生下土，葉不墜秋風。每以圓時足，還隨缺處空。影高群木外，香滿一輪中。未種青霄[63]日，應虛白兔宮[64]。何當因羽化[65]？細得問神功[66]。」其年頻以許棠在場席[67]多年，以為首薦；喬與俞坦之復受許下[68]薛能[69]尚書深知，因以詩唁[70]二子曰：「何事盡參差[71]，惜哉吾子詩，日今銷此道，天亦負明時，有路當重振，無門即不知，何曾見堯日[72]，相與啜[73]澆漓[74]。」

謝廷浩[75]，閩人也。大順[76]中，頗以辭賦著名，與徐夤[77]不相上下，時號「錦繡堆」。

【注釋】❶羅虬　唐台州（今屬浙江）人。累舉不第。為鄜州從事。《全唐詩》存詩一卷。❷富贍　豐富充足。❸隱　羅隱，見卷二〈置等第〉❿。❹鄴　羅鄴，見卷二〈爭解元〉「同華解最推利市」段㉗。❺廣明庚子亂後　唐僖宗廣明元年（八八〇），歲次庚子，黃巢軍攻陷長安，建大齊國，年號金統。僖宗逃往蜀中避難。❻鄜州　治今陝西富縣。❼李孝恭　唐僖宗時，以延州刺史遷保塞軍節度使。❽籍　名籍；名冊。古時當歌妓稱為入籍。此指歌妓。❾肉聲　沒有樂器伴奏的清唱。此當指歌舞。❿貳車　即下文的「副車」。此均喻指副職。⓫騁　似為「聘」字之誤。⓬道　唐地理區劃名。貞觀元年分天下為十道，開元二十一年分為十五道，各道有固定治所，置採訪使，檢察非法，考課地方官員。⓭繒綵　亦作「繒采」。彩色繒帛。⓮貯　藏。此有「中意」的意味。⓯貺　所贈之物。⓰詰旦　清晨。⓱手刃　親手用刀殺死。⓲比紅詩　《全唐詩》題作〈比紅兒詩〉。⓳周繖　事跡未詳。⓴角觝　亦作「角抵」。又稱「相撲」、「爭交」。類似現代的摔跤。㉑攫　抓。㉒挐亦作「拏」。捉；拿。㉓周繁　見卷二〈置等第〉⑭。㉔池州青陽　今屬安徽。㉕繇　周繇，字為憲。池州人。咸通十三年（八七二）進士。任建德令，辟襄陽徐商幕府，終檢校御史中丞。《全唐詩》存詩一卷。㉖何涓　事跡未詳。㉗業　從事。此有「研習」之意。㉘遊　求學。㉙國學　此指國子監。㉚潘緯　湘南人。登咸通進士第。《全唐詩》存詩二首。〈古鏡〉詩僅有一聯。㉛章碣　見卷九〈好知己惡及第〉④。㉜孝標　章孝標，字道正。唐錢塘（今浙江杭州）人。元和十四年（八一九）登進士第。授職校書郎。大和年間，任山南東道節度使幕府從事，見習大理評事，官終秘書省正字。《全唐詩》存詩一卷。㉝高湘邵安石　見卷九〈好知己惡及第〉②①。㉞竹帛　指書。先秦時，書多繕寫在竹簡、絹帛之上。㉟祖龍　秦始皇。㊱劉項　劉邦、項羽。㊲來鵠　一作來鵬。《全唐詩》存詩一卷。㊳中和　（八八一～八八四）唐僖宗年號。㊴維揚　揚州的別稱。㊵閔廷言　見卷五〈切磋〉「羊紹素夏課」段⑮。㊶王棨　字輔之，一作輔文。咸通三年（八六二）進士。官大理司直、太常博士、水部郎中。㊷同志　志趣相投者。㊸張喬　《全唐詩》存詩二卷。㊹池州九華　安徽九華山。據《唐才子傳》，張喬為池州人，隱居於九華山。㊺敻　高。㊻無與倫　罕有其比。㊼京兆府解　京兆府解試。解試，唐代州府地方舉行的初試，中榜者得推薦參加禮部考試。㊽李建州　據下文，知為李頻。李頻，見卷四〈師友〉「方干師徐凝」段②。㊾許棠　見卷四〈氣義〉㉚。㊿俞坦之　即喻坦之。睦州（治今浙江建德東北）人。《全唐詩》存詩一卷。(51)劇燕　見本篇「周賀」段㊺。(52)任濤　見本篇「周賀」段(59)。(53)吳罕　《永樂大典》引《宜春志》謂其登進士第，當為宜春（今屬江西）人。餘未詳。(54)張蠙　見卷七〈好放孤寒〉㉑。(55)鄭谷　（約八四九～約九一一）字守愚。唐袁州宜春（今屬江西）人。光啟三年（八八七）進士。歷京兆鄠縣尉、右拾遺，終都官郎中，世稱鄭都官。又作〈鷓鴣〉詩，為當時傳誦，又稱鄭鷓鴣。受司空圖等賞識，詩名頗高。詩多詠物，亦有感懷傷時之作。所撰《宜陽集》、《國風正訣》已佚。今存《雲臺編》三卷。(56)李棲遠　事跡未詳。(57)溫憲　見本篇「宋濟老於辭場」段㉙。(58)李昌符　字巖夢。咸通四年（八六三）進士。官終膳部員外郎。《全唐詩》存詩一卷。(59)十哲　實為十二人。此舉其成數。又，此「十哲」與結交宦官的「芳林十哲」不同。(60)擅場　技藝超群。(61)洪濛　太空；宇宙。(62)扶疏　枝葉繁茂紛披。(63)青霄　青天；高空。(64)白兔宮　相傳月中有玉兔、宮殿。(65)羽化　飛升成仙。(66)神功　神靈的功力。(67)場席　猶言在科場。(68)許下　指許昌。(69)薛能　見卷三〈慈恩寺題名遊賞賦詠雜紀〉「曲江亭子」段⑦。時薛能以忠武節度使駐節許州（即許昌）。(70)唁　慰問。(71)參差　不齊。此指不平。(72)堯日　比喻太平盛世。(73)啜　哭泣抽噎貌。(74)澆漓　指社會風氣浮薄不厚。(75)謝廷浩　事跡未詳。(76)大順　（八九〇～八九一）唐昭宗年號。(77)徐夤　一作徐寅。唐莆田（今屬福建）人。乾寧元年（八九四）進士。仕途蹭蹬，至鬢髮皆白，始得一秘書省正字之職，後不知所終。《全唐詩》有徐賫詩四卷，《全唐文》存其賦二十八篇，《唐文拾遺》補賦二十一篇。

【語譯】羅虬富有詩才，與同族人羅隱、羅鄴齊名。咸通、乾符年間，時稱「三羅」。廣明庚子之亂後，前去鄜州李孝恭處任幕僚。當時歌妓中有一個叫紅兒的，善歌舞，為李孝恭的副使看中。正逢副使出訪鄰道，羅虬請紅兒歌舞而贈送給她各色綢緞。李孝恭因為紅兒是副使所中意的，不讓她接受贈物。羅虬大怒，拂袖而去。次日清晨，羅虬親手將紅兒殺死。又作絕句百篇，叫〈比紅詩〉，在當時廣為流傳。

周緘，湖南人。咸通初年以辭賦聞名。周緘曾作〈角觝賦〉，賦中有云：「前衝後敵，無一不是有力之人；左攫右拏，個個都是用拳高手。」但也有人以為周緘不懂角觝。

周繁，池州青陽人，其兄周繇，以所作詩篇考中進士。周繇工八韻詩，有溫庭筠之詩風。

何涓，湘南人，研習辭賦，曾作〈瀟湘賦〉，天下廣為傳鈔。年少時求學國子監，同時人潘緯，以〈古鏡〉詩聞名，有人云：「潘緯十年吟〈古鏡〉，何涓一夜賦〈瀟湘〉。」

章碣，不知何許人，有人說是章孝標之子。咸通末年，章碣以詩篇著稱。乾符年間，高湘侍郎從長沙帶邵安石至京師，邵安石因此進士及第，章碣作〈東都望幸〉詩以譏刺此事。詩在〈好知己惡及第〉門。章碣又作〈焚書坑〉詩，寫道：「竹帛煙銷帝業虛，昔年曾是祖龍居。坑灰未冷關東亂，劉項從來不讀書。」

來鵠，豫章人，寫文章師法韓愈、柳宗元。大中末年、咸通年間，聲望極高。廣明庚子之亂，來鵠避亂於荊州襄陽一帶。後南歸，中和年間，客死於揚州。

閔廷言，豫章人，文章格調高雅超絕。咸通年間，起初與來鵠齊名。王棨曾對志趣相投者說：「閔生的文章，酷似西漢風格。」閔廷言有〈漁腹誌〉一篇，王棨尤為推崇佩服。

張喬，池州九華人，詩句清麗典雅，高出時人，罕有其比。咸通末年，京兆府解試，李頻當時任京兆府參軍主持考試，同時有許棠和張喬，以及俞坦之、劇燕、任濤、吳罕、張蠙、周繇、鄭谷、李棲遠、溫憲、李昌符，稱為「十哲」。當年府試，考題為〈月中桂〉詩，張喬詩最為出色。他的詩寫道：「與月生長洪濛中，枝葉繁茂萬古同。根非生自下界土，枝葉亦不墜秋風。桂樹每因圓時足，不時還隨缺處空。樹影高出群木外，桂花香滿一輪中。倘若未種青霄日，自當應虛白兔宮。此桂因何能羽化？應去細細問神功。」那年，李頻因許棠在科場多年，把他作為第一名推薦。而張裔和俞坦之深受許州薛能尚書賞識，薛能得知情由後用詩慰問二人，詩云：「何事盡多不平，惜哉吾子之詩。如今銷蝕此道，天亦有負明時。有路自當重振，無門也就不知。何曾得見堯日，相與啜泣澆漓。」

謝廷浩，閩人。大順年間，因所作辭賦在當時頗為有名，與徐夤不相上下，當時號稱「錦繡堆」。

李巨川❶，字下己，姑臧❷人也，士族之鼎甲❸，工為燕許體文❹。廣明庚子亂後，失身❺於人，佐興元❻楊守亮❼幕。守亮，大閹❽復恭❾養子。守亮敗，為華帥韓建❿所擒。建重其才，奏令掌書奏凡十餘年，名振海內。乾寧中，駕幸三峰⓫，巨川自使下侍御史，拜工部郎中、稍遷考功郎中、諫議大夫。時建奏勒⓬諸王，放散殿後都⓭，雪⓮岐下宋文通⓯，皆巨川之謀也。上⓰返正⓱，轉假⓲禮部尚書，充黃州節度判官。上至華清宮，遣使賜建御容一軸，時巨川草謝表以示吳子華⓳，其中有「彤雲似蓋以長隨，紫氣臨關而不度⓴」，子華吟味不已，因草篇與巨川對壘。略曰：「霧開萬里，克諧㉑披睹㉒之心；掌拔一峰，兼助捧持之力。」天祐初，大駕幸岐，梁太祖㉓自東平擁師迎駕至三峰，單騎出降。既而素忌巨川多謀，遣人害之。

陳象[24]，袁州新喻[25]人也，少為縣吏，一日憤激為文，有西漢風骨，著《貫子》[26]十篇。南平王鍾傳[27]鎮豫章，以羔雁[28]聘之，累遷行軍司馬、御史大夫。傳薨，象復佐其子文政。為淮師攻陷，象被擒送維揚，戮之。象頗師黃老[29]，訖至於此，莫知所自[30]也。

湯實，潤州丹陽[31]人也，工為應用[32]，數舉敗於垂成。李巢[33]在湖南，鄭續[34]鎮廣南，俱以書奏受惠。晚佐江西鍾傳，書檄閒委[35]，未嘗有倦色。傳女適江夏杜洪[36]之子，時及昏暝[37]，有人走乞障車文[38]，篔[39]命小吏四人，各執紙筆，倚馬待製，既而四本俱成。天祐[40]中，逃難至臨川[41]，憂恚[42]而卒。

陳岳[43]，吉州廬陵[44]人也，少以辭賦貢[45]于春官氏[46]，凡十上竟抱至冤。晚年從豫章鍾傳，復為同舍所譖；退居南郭[47]，以墳典[48]自娛。因之博覽群籍，嘗著書商較前史得失，尤長於班、史[49]之業，評三傳[50]是非，著《春秋折衷論》三十卷；約[51]《大唐實錄》，撰《聖紀》一百二十卷。以所為述作，號《陳子正言》十五卷。其辭、賦、歌、詩，別有編帙[52]。光化[53]中，執政議以蒲帛[54]徵；傳聞之，復辟為從事。後以讒黜，尋遘病[55]而卒。

李凝古[56]，執事[57]中損[58]之子，沖幼聰敏絕倫，工為燕許體文。中和[59]中，從彭門60時溥61，溥令製露布62進黃巢首級。凝古辭學精敏，義理該通63，凡數千言，冠絕一時，天下仰風64。無何，溥奏諸將各領一麾65，凝古獲濡潤66而不之謝，溥因茲減薄。

【注釋】❶李巨川 見本篇「宋濟老於辭場」段34。巨川字下己，文中「已」誤。❷姑臧 治今甘肅武威。❸鼎甲 指豪姓大族。❹燕許體文 指文章有燕國公張說、許國公蘇頲文風。❺失身 失去操守。❻興元 興元府（治陝西今漢中東）。❼楊守亮 唐曹州（治今山東曹縣西北）人。本姓訾。初為王仙芝部下，後為楊復恭養子，名守亮。後因收復京師功，拜山南西道節度使、同中書門下平章事。因參預楊復恭謀反，被李茂貞擒殺。❽大閹 宦官頭子。❾復恭 （?～八九四）楊復恭，字子恪，本姓林。唐閩（今福建）人。自幼入內侍省為宦官。因軍功，入為樞密使。僖宗時，與權宦田令孜不睦，退居藍田。僖宗再奔山南，起為樞密使，代田令孜為左神策軍中尉。內外經略一出其手。僖宗死，迎立昭宗，專典禁軍，專擅朝政。大順二年（八九一），致仕歸第。後謀反，被李茂貞擒殺。❿韓建 （八五五～九一二）字佐時。唐末五代許州長社（今河南許昌）人。少習農事，為蔡州秦宗權軍校，後從楊復光鎮壓黃巢軍。僖宗還長安，為潼關防禦使、華州刺史，撫輯兵民，勸課農桑，頗有善政。初不識字，使人於所用器皿床榻題名，久乃漸通文字，學習書史。累加檢校太尉、平章事。乾寧三年（八九六），挾持昭宗。次年，殺諸王，欲行廢立，未果。後歸後梁，拜司徒、同平章事，時時進諫。尋罷相鎮許州，軍亂被殺。⓫三峰 華州的代稱。⓬勒 約束，抑制。「勒諸王」數句，事在乾宁三、四年。詳見《新五代史》卷四〇《李茂貞傳》及《韓建傳》。⓭殿後都 指唐昭宗禁軍。韓建殺諸王、解散殿後都後，昭宗身邊幾乎已無禁兵。都，唐末五代軍隊編制單位。每都千人，各置都指揮使以領之。⓮雪 洗雪。⓯岐下宋文通 即李茂貞（八五六～九二四）。茂貞字正臣，本名宋文通。唐五代深州博野（今河北蠡縣）人。乾符中，因軍功擢神策軍指揮使。光啟時，因護衛僖宗有功，擢武定軍節度使，賜姓名李茂貞。後殺李昌符，代領鳳翔節度使。楊復恭與養子楊守亮據興元反，茂貞破之，昭宗許其兼領兩鎮，進封秦王，成為關中強藩。又與王行瑜、韓建兵入長安，殺宰相韋昭度、李磎，謀廢昭宗。乾寧三年（八九六），攻入長安，昭宗避難華州，焚燒宮闕，大肆劫掠而去。天復元年（九〇一），封岐王，入朝總政，與韓全誨劫昭宗至鳳翔，被朱溫所圍。三年，殺韓全誨等，送出昭宗。天祐四年，後梁建立，自開岐王府，用唐號置官屬，盛時有地二十州。後梁末僅有七州，乃向後唐稱臣。岐下，李茂貞封岐王，且據有其地，時傳李茂貞要侵犯京師，昭宗命宰相孫偓領兵抵敵，韓建屢請乃止，因有此語。⑯上　指唐昭宗。⑰返正　指皇帝復位。⑱假　代理；非正式。⑲吳子華　即吳融。見卷五〈切磋〉「羊紹素夏課」段③。⑳彤雲似蓋以長隨二句　彤雲，紅雲；彩雲。紫氣，紫色雲氣。古時以為祥瑞之氣。彤雲、紫氣均指昭宗。㉑克諧　能和諧；能協同。㉒披睹猶言顯示真誠。㉓梁太祖　朱溫。㉔陳象　事跡未詳。㉕袁州新喻　今江西新餘。㉖貫子　未見著錄。㉗鍾傳　見卷二〈爭解元〉(60)。㉘羔雁　小羊和雁。古代用為卿、大夫的贄禮。亦用作徵召、婚聘、晉謁的禮物。㉙黃老　古時，以傳說中的黃帝同老子相配，並同尊為道家的創始人。黃老之學崇尚「清靜無為」，西漢初年，又以黃老之學推行「無為而治」，此即指此意。㉚所自　由來；來源。㉛潤州丹陽　今江蘇丹陽。㉜應用　指駢體文。㉝李巢　官至湖南觀察使。㉞鄭續　見卷四〈節操〉「盧大郎補闕」段⑩。㉟闐委　謂物或人大量集中。㊱杜洪　唐鄂州（今武漢武昌）人。為里中俳兒。黃巢事起，應募為土團軍。中和末，為鄂州將，後據岳州。光啟二年（八八六），據鄂州，自為節度留後，僖宗即拜本軍節度使。後為楊行密所殺。㊲昏暝　傍晚。㊳障車文　唐時應用文體之一。舉行婚禮障車（唐人婚嫁，候新婦至，眾人擁門塞巷，車至不得行，稱為障車）時的祝頌文字。㊴篔　湯篔。本段首句作湯實，誤，當為湯篔。明張萱《疑耀》卷三記此事，作「湯篔」可證。㊵天祐　（九〇四～九〇七）唐哀帝年號。㊶臨川　今屬江西。㊷憂恚　憂愁憤恨。㊸陳岳　著述頗豐，今《春秋折衷論》存。㊹吉州廬陵　今江西吉安。㊺貢　舉薦。㊻春官氏　指禮部。㊼南郭　此泛指城外。㊽墳典　泛指歷代典籍。㊾班史　指著《漢書》的班固、著《史記》的司馬遷。㊿三傳　即《春秋》三傳。指《春秋左氏傳》、《春秋公羊傳》、《春秋穀梁傳》，為闡發《春秋》的著作，後列為儒家經典。(51)約　省減；簡約。(52)編帙　書籍卷冊。(53)光化　（八九八～九〇〇）唐昭宗年號。(54)蒲帛　蒲車與束帛。古代作為徵召賢者之禮。(55)遘病　患病。遘，遭；遭遇。(56)李凝古　事跡未詳。(57)執事　有職守之人；官員。(58)中損　事跡未詳。(59)中和　（八八一～八八四）唐僖宗年號。(60)彭門　彭城的別稱。(61)時溥　（？～八九三）唐徐州彭城（今江蘇徐州）人。初為武寧軍節度使支祥牙將。中和元年，殺支祥，授武寧軍節度使。四年，大敗黃巢軍，又遣別部尾追義軍至萊蕪，獲黃巢首級。後與朱溫相爭於徐、泗等州凡六年，天災人禍，民無耕稼。後兵敗，舉族自焚死。(62)露布　軍旅文書。(63)該通　博通。(64)仰風　猶言風靡敬仰。(65)一麾　一面旌麾。舊時作為出為外任的代稱。此或指各領一州。(66)濡潤　潤筆。

【語譯】李巨川，字下己，姑臧人。出身於豪姓大族，擅作燕許體文。廣明庚子亂後，未能保持操守，任職於興元楊守亮幕府。楊守亮，大宦官楊復恭的養子。楊守亮敗亡，李巨川被華州刺史韓建擒獲。韓建重其才，上奏朝廷讓其掌管書札奏章達十餘年，名振海內。乾寧年間，昭宗駕幸華州，李巨川自使下侍御史，拜工部郎中，逐漸遷升為考功郎中、諫議大夫。其時韓建上奏約束諸王，解散殿後都禁兵，為岐下宋文通說情，這些都是李巨川之謀。昭宗復位，李巨川任代理禮部尚書，充任黃州節度判官。昭宗至華清宮，派使臣賜給韓建昭宗御容一軸，當時李巨川代韓建起草謝表且給吳子華看，其中有「彤雲似蓋而長隨，紫氣臨關而不度」之句，吳子華吟誦回味不已，因此也寫了一篇與李巨川對壘。有句云：「霧開萬里，終有顯示真誠之心；掌拔一峰，兼助捧持朝廷之力。」天祐初年，昭宗車駕至岐州，梁太祖朱溫自東平率師迎昭宗至華州，李巨川單騎出降。不久，因朱溫向來忌諱李巨川多謀，派人將其殺害。

陳象，袁州新喻人，年輕時為縣中小吏，後來發憤學習，所作文章有西漢風骨，著有《貫子》十篇。南平王鍾傳鎮守豫章，以羔雁之禮徵聘，逐漸遷升至行軍司馬、御史大夫。鍾傳卒，陳象又輔佐他的兒子鍾文政。後豫章被江淮軍攻陷，陳象被擒送往揚州，被殺。陳象頗為師法黃老清靜無為的主張，最終竟落得如此下場，沒有人能知道其中原由。

湯篔，潤州丹陽人，擅為駢體文，數次應試，功敗垂成。李巢在湖南，鄭續鎮守廣南，都在書啟奏章上得到過湯篔的幫助。湯篔晚年輔助江西鍾傳，書札堆積，他日夜處理未曾有倦色。鍾傳之女嫁給江夏杜洪之子，當時已近傍晚，有人趕來求取障車文，湯篔叫小吏四人，各拿紙筆，站在馬邊等他趕寫，不一會四本都寫就。天祐年間逃難到臨川，憂愁憤恨而死。

陳岳，吉州廬陵人，年輕時即以辭賦出色被舉薦至禮部，前後共十次參加進士考試未中而抱憾。晚年時跟隨豫章鍾傳，又遭同舍的讒毀；於是陳岳退居城外，以研習經籍自娛，因而他得以博覽群書，曾著書商討前代史籍的得失，尤其長於撰述史書的學問，評述《春秋》三傳的是非，著《春秋折衷論》三十卷；刪削《大唐實錄》，撰寫《聖紀》一百二十卷。又將平時的著述編為一書，名曰《陳子正言》十五卷。他的辭賦歌詩另編成集。光化年間，執政大臣商議以蒲帛之禮徵聘陳岳；鍾傳聽說後，又將陳岳徵召為幕僚。後來陳岳因遭讒毀被黜退，不久患病而卒。

李凝古，官員李中損之子，幼年時即聰敏絕倫，長成後善為燕許體文。中和年間，隨從彭門時溥，時溥命他撰寫露布，向朝廷進奉黃巢首級。李凝古辭學精敏，義理博通，此文共數千言，冠絕一時，天下風靡敬仰。不久，時溥上奏朝廷使部將各領一州，李凝古因此獲得豐厚潤筆而不向時溥致謝，時溥因此對李凝古冷淡了。

韋莊奏請追贈不及第人近代者

【題解】本條所記諸人，如孟郊、李賀、陸龜蒙、賈島、羅鄴、羅隱等，確為晚唐文壇之佼佼者。未能及第，是他們的不幸，抑亦竟是他們的大幸。見仁見智，由人評說。本條篇幅較長，分為兩段。

孟郊❶，字東野，工古風，詩名播天下，與李觀❷、韓退之❸為友。貞元十二年及第，佐徐州張建封❹幕卒，使下廷評❺，韓文公作誌，東野謚❻曰貞耀先生。賈島詩曰：「身歿聲名在，多應萬古傳。寡妻無子息，破宅帶林泉。冢近登山道，詩隨過海船。故人相弔處，斜日下寒天。」莊云，不及第，誤也。

李賀❼，字長吉，唐諸王孫也，父瑨肅❽，邊上❾從事❿。賀年七歲，以長短之製，名動京華。時韓文公⓫與皇甫湜⓬覽賀所業，奇之，而未知其人。因相謂曰：「若是古人，吾曹不知者；若是今人，豈有不知之理！」會有以瑨肅行止⓭言者，二公因連騎造門，請見其子。既而總角荷衣⓮而出，二公不之信，賀就試一篇，承命欣然，操觚染翰⑮，旁若無人。仍目曰〈高軒過〉，曰：「華裾⑯織翠青如蔥，金環壓轡搖冬瓏⑰。馬蹄隱耳聲隆隆，入門下馬氣如虹。云是東京才子、文章鉅公，二十八宿羅心胸。殿前作賦聲磨空，筆補造化天無功，元精炯炯貫當中。龐眉⑱書客感秋蓬，誰知死草生華風⑲。我今垂翅負⑳冥鴻㉑，他日不羞蛇與㉒龍。」二公大驚，以所乘馬命連鑣㉓而還所居，親為束髮㉔。年未弱冠，丁內艱㉕，他日舉進士，或謗賀不避家諱㉖，文公特著〈辨諱〉一篇，不幸未登壯室㉗而卒。

皇甫松㉘，著《醉鄉日月》三卷，自敘之矣，或曰，松，丞相奇章公㉙表甥，然公不薦。因襄陽大水，遂為〈大水辨〉，極言誹謗。有「夜入真珠室，朝遊瑇瑁宮」之句。公有愛姬名真珠。

李群玉㉚，不知何許人，詩篇妍麗，才力遒健。咸通中㉛，丞相脩行楊公㉜為奧主㉝，進詩三百篇，授麟臺㉞讎校㉟。

陸龜蒙㊱，字魯望，三吳㊲人也，幼而聰悟，文學之外，尤善談笑，常體江謝㊳賦事，名振江左㊴。居於姑蘇，藏書萬餘卷；詩篇清麗，與皮日休為唱和之友；有集十卷，號曰《松陵集》㊵。中和㊶初，遘疾而終。顏蕘㊷給事為文誌其墓，吳子華㊸奠文千餘言，略曰：「大風吹海，海波淪漣㊹，涵㊺為子文，無隅無邊。

長松倚雪，枯枝半折，挺為子文，直上巔絕。風下霜晴，寒鐘自聲，發為子文，鏗鏘杳清㊻。武陵㊼深閴㊽，川長晝白，間為子文，渺茫岑寂。豕突禽狂，其來莫當。雲沉鳥沒，其去倏忽。膩若凝脂，軟於無骨。霏漠漠，澹涓涓，春融冶，秋鮮妍，觸即碎，潭下月；拭不滅，玉上煙。」

趙光遠㊾，丞相隱㊿弟子，幼而聰悟。咸通、乾符中，以為氣焰51，溫、李52因53之。恃才，不拘小節，常將領子弟，恣遊俠斜54，著《北里志》55，頗述其事。

【注釋】❶孟郊　見卷四〈師友〉「方干師徐凝」段⓳。❷李觀　見卷一〈廣文〉❽。❸韓退之　即韓愈。見卷四〈師友〉「隴西李舟」段㊶。❹張建封（七三五～八〇〇）字本立。唐鄧州南陽（今屬河南）人。客居兗州。能文善辯。大曆初，投轉運使劉晏。馬燧為河東節度使，以其為判官，對軍事多所建言。建中時，為岳州刺史，轉壽州，屢敗叛將李希烈。貞元四年（七八八），以功遷徐、泗、濠節度使，支度營田觀察使。十三年，入朝。後還鎮，軍州稱理。禮賢下士，天下名士如韓愈等，多樂歸門下。卒官於彭城。❺廷評　亦作「廷平」，唐時大理評事的俗稱。為大理寺屬官。掌出使推按。此指由廷評議定謚號，作出評價。❻謚　古代帝王、貴族、大臣、士大夫或其他有地位的人死後，根據其生前事蹟評定的帶有褒貶意義的稱號。❼李賀　見卷五〈以其人不稱才試而後驚〉❸。❽瑨肅　一作晉肅。事跡未詳。❾邊上　指邊庭。❿從事　幕僚。⓫韓文公　韓愈。⓬皇甫湜　見卷五〈切磋〉「皇甫湜答李生二書」段❶。此事不足信。據今人錢仲聯考證，李賀七歲時，韓愈在汴州，皇甫湜尚未登進士第。二人當時名聲未顯。⓭行止　行蹤。此處有「住處」之意。⓮總角荷衣　古代男女未成年前束髮為兩結，形狀如角，故稱總角。荷衣，傳說中用荷葉編成之衣，後指隱士所服。然此處似當指用荷花圖案作裝飾之衣。⓯操觚染翰　執簡。謂寫作。⓰華裾　美服。⓱冬瓏　《全唐詩》作「玲瓏」。⓲龐眉　眉毛黑白雜色，形容老貌。⓳華風　天日清明時的和風。⓴負　《全唐詩》作「附」，是。猶言依附。㉑冥鴻　比喻高才之士或有遠大理想的人。㉒與　《全唐詩》作「作」，是。作者自比蛇而將對方比作龍。㉓連鑣　亦作「連驃」。謂騎馬同行。鑣，馬勒。㉔束髮　古代男孩成童就學，將頭髮束成一髻，表示已入學。㉕丁內艱　丁母憂。古時，遭逢父母喪事，子女要守喪，三年內不做官，不婚娶，不赴宴，不應考。㉖不避家諱　諱，指避忌之詞。古代重視「避諱」，對帝王及家中尊長之名，不得直接寫出或說出，同音字也要避諱，稱為「避嫌名」。唐代進士考試一向有避家諱的慣例。李賀父名晉肅，晉、進同音，因而有人毀謗其「不避家諱」。㉗壯室　男子三十稱壯年，又值當娶妻室之歲，故稱「壯室」。李賀死時才二十七歲。㉘皇甫松　字子奇，自稱檀欒子。皇甫湜之子。《全唐詩》存詩十三首。㉙奇章公　即牛僧孺。見卷六〈公薦〉「崔郾侍郎既拜命」段㉕。㉚李群玉　字文山。唐澧州（治今湖南澧縣東南）人。工書法，好吹笙。舉進士不第。大中八年（八五四），布衣遊長安，獻詩於朝，授弘文館校書郎。不久，辭官返鄉。有《李群玉詩集》三卷。㉛咸通中　《唐才子傳》、《全唐詩》均作「大中八年」。㉜丞相脩行楊公　未詳何人。然《唐才子傳》所記為裴休。查新、舊《唐書．裴休傳》，裴休任職湖南與入京為相時間與《唐才子傳》相符，錄以備考。㉝奧主　猶言靠山。㉞麟臺　唐代官署名。唐武后改祕書省為「麟臺」。㉟讎校　一人獨校為校，二人對校為讎。謂考訂書籍，糾正訛誤。李群玉曾任弘文館校書郎，因稱。㊱陸龜蒙　（？～約八八一）字魯望。唐姑蘇（今江蘇蘇州）人。曾任蘇、湖二郡從事，後隱居甫里，自號江湖散人、甫里先生，又號天隨子。與皮日休齊名，人稱「皮陸」。有《甫里集》。㊲三吳　歷代對「三吳」所指不同。唐代時，指吳郡、吳興、丹陽三郡。㊳江謝　指南朝齊詩人江淹、謝朓。㊴江左　即江東。亦即指三吳之地。㊵松陵集　未見著錄。然陸龜蒙作品在南宋時已被編為《甫里先生文集》二十卷行世。㊶中和　（八八一～八八四）唐僖宗年號。㊷顏蕘　見卷三〈散序〉⑪。㊸吳子華　即吳融。㊹淪漣　波濤起伏。㊺涵　浸潤；滋潤。㊻杳清　悠遠清新。㊼武陵　晉陶淵明〈桃花源記〉中的武陵源。後將武陵借指避世隱居之地。㊽深闃　幽深寂靜。㊾趙光遠　除文中所述，餘未詳。㊿隱　趙隱，字大隱。唐京兆奉天（今陝西乾縣）人。大中三年（八四九）進士。歷州刺史、河南尹、鹽鐵轉運使。咸通末，進同中書門下平章事，遷中書侍郎，封天水縣伯。(51)以為氣焰　聲勢顯赫。(52)溫李　指溫庭筠、李商隱。然李商隱卒於大中十二年（八五八），咸通時已不在世。(53)因　順。(54)俠斜　亦作「狎邪」。小街曲巷。因娼妓多居於小街曲巷中，後遂以指娼妓居處。(55)北里志　《北夢瑣言》及宋元諸書目均言《北里志》作者為孫棨。《摭言》誤。

【語　譯】孟郊，字東野，擅作古體詩，名聲傳播天下，與李觀、韓愈等為友。孟郊於貞元十二年進士及第，任職於徐州張建封幕府，卒，交由廷評議定謚號，韓愈為他作墓誌銘，孟郊謚號為貞耀先生。賈島有詩云：「身歿聲名在，多應萬古傳。寡妻無子息，破宅帶林泉。冢近登山道，詩隨過海船。故人相弔處，斜日下寒天。」韋莊云孟郊未進士及第，是錯的。

李賀，字長吉，唐宗室後裔，父親李瑨肅，在邊庭任幕僚。李賀七歲時，即以長短句式的詩歌，名動京華。當時韓愈與皇甫湜讀了李賀所作的詩，大為驚奇，然而卻不知其人。於是互相說：「如果是古人，我輩也許不知；如果是今人，豈有不見識此人之理！」正巧有人將李瑨肅的住處對他們說了，二人一起登門拜訪，要見瑨肅之子。不一會李賀總角荷衣而出，二人見了不相信，要李賀當場作詩一篇，李賀欣然答應，提筆寫詩，旁若無人。此詩題目為〈高軒過〉，詩云：「華服纖翠青如蔥，金環壓轡搖玲瓏。馬蹄隱耳聲隆隆，入門下馬氣如虹。來人是東京才子、文章鉅公，二十八宿羅列心中。殿前作賦聲磨空，筆補造化天無功，元精炯炯貫當中。龐眉書客有感於秋蓬，誰知枯草又生於和風。我今垂翅依附冥鴻，他日不羞蛇化作龍。」二人大驚，將自己所騎的馬讓李賀騎著，與他們同行回到住處，親自為李賀束髮。年未二十，丁母憂。後來參加進士考試，有人毀謗李賀不避家諱，韓愈特地為李賀寫〈辨諱〉一篇，但李賀不幸未到三十歲便去世了。

皇甫松，著有《醉鄉日月》三卷，敘說了自己一生的行事。有人說，皇甫松是丞相牛僧孺的表外甥，但牛僧孺卻一直不予舉薦。因襄陽大水，皇甫松就寫了〈大水辨〉，對牛僧孺極力誹謗。文中有「夜入真珠室，朝遊瑇瑁宮」之句。牛僧孺有愛姬名叫真珠。

李群玉，不知是何許人，所作詩篇妍麗，才力遒勁雄健。咸通年間，投靠丞相僑行楊公為靠山，向朝廷進獻詩歌三百篇，授職麟臺讎校。

陸龜蒙，字魯望，三吳人。幼年即聰明過人。除文章辭賦之外，特別善於談笑。曾仿江淹、謝朓的風格作詩，名振江左。居住在姑蘇，有藏書萬餘卷；所作詩篇清麗，與皮日休為唱和之友。有集十卷，叫作《松陵集》。中和初年，因病而卒。給事中顏蕘為他作墓誌銘，吳融所作的祭奠文章有千餘言，大略云：「大風吹海，海波淪漣，滋潤為您的文章，無邊無涯。長松倚雪，枯枝半折，挺拔為您的文章，直上顛絕。風下霜晴，寒鐘自鳴，發而為您的文章，鏗鏘悠遠。武陵深闃，川長晝白，間或為您的文章，渺茫岑寂。您的文章如冢突禽狂，來時無人可擋。又如雲沉鳥沒，去時倏忽無蹤。您的文章膩若凝脂，軟於無骨。恰似霏漠漠，澹涓涓，春融冶，秋鮮妍，一觸即碎，如潭中之月；屢拭不滅，如玉上之煙。」

趙光遠，丞相趙隱弟弟的兒子，年幼時即十分聰明。咸通、乾符年間，聲勢顯赫，溫庭筠、李商隱等人也都應順他。趙光遠仗恃才氣，不拘小節，時常帶領一班達官子弟縱情遊樂於娼家妓院，著有《北里志》，書中頗多描寫青樓之事。

李甘❶，字龢鼎，長慶四年及第，登科記已注矣。莊云不及第，誤矣。

溫庭皓❷，庭筠之弟，辭藻亞於兄，不第而卒。

劉得仁❸、陸逵❹、傅錫❺、平曾❻、賈島❼、劉稚珪❽、顧邵孫❾吳人、沈珮❿吳人。

顧蒙，宛陵⓫人，博覽經史，慕燕許⓬刀尺⓭，亦一時之傑；餘力深究內典⓮，繇是屢為浮圖⓯碑，倣歐陽率更⓰筆法，酷似前人。庚子亂後⓱，萍梗⓲江浙間。無何，有美姬為潤帥周寶⓳奄有⓴；蒙不能他去，而受其豢養㉑，由此名價減薄。甲辰㉒淮浙荒亂，避地至廣州，人不能知，困於旅食，以至書《千字文》㉓授於聾俗㉔，以換斗筲㉕之資。未幾，遘疾而終。蒙頗窮《易》象㉖，著《大順圖》㉗三卷。

羅鄴㉘，餘杭人也，家富於財，父則㉙，為鹽鐵小吏，有子二人，俱以文學干進，鄴尤長七言詩。時宗人隱㉚，亦以律韻著稱，然隱才雄而麄疏㉛，鄴才清而緜緻。咸通中，崔安潛㉜侍郎廉問㉝江西，志在弓旌㉞，竟為幕吏所沮。既而俯就督郵㉟，因茲舉事闌珊㊱，無成而卒。

方干㊲，桐廬人也，幼有清才，為徐凝㊳所器，誨之格律。干或有句云：「把得新詩草裡論㊴。」反語云村裡老，譏凝而已。王大夫㊵名與定保家諱㊶一字同。廉問浙東，干造之連跪三拜，因號方三拜。王公將薦之於朝，請吳子華㊷為表草。無何公遘疾而卒，事不諧矣。

前件人㊸俱無顯遇，皆有奇才，麗句清辭，徧在時人之口；銜冤抱恨，竟為冥路之塵。但恐憤氣未銷，上衝穹昊㊹，伏乞㊺宣賜㊻中書門下㊼，追贈進士及第，各贈補闕、拾遺，見存㊽明代㊾。唯羅隱一人，亦乞特賜科名，錄升三級，便以特敕顯示優恩㊿。俾使已升冤人，皆霑聖澤；後來學者，更厲(51)文風。

論曰：工拙由人，得喪者命；非賢之咎，伊時之病。善不為名，而名隨之；名不為祿，而祿從之。苟異於是，不汩(52)而小人之儒也尤人，君子之儒也反己。

《詩》曰：「風雨如晦，雞鳴不已(53)。」

【注釋】❶李甘　字和鼎。長慶四年（八二四）進士，又登制科。大和中，官至侍御史。開成中，官至洪州刺史、江西觀察使。❷溫庭皓　咸通年間為徐州從事，被龐勛所殺。❸劉得仁　見卷八〈已落重收〉⓭。❹陸逵　事跡未詳。❺傅錫　事跡未詳。❻平曾　見卷二〈府元落〉⓫。❼賈島　見卷八〈放老〉⓰。❽劉稚珪　事跡未詳。❾顧邵孫　事跡未詳。❿沈珮　事跡未詳。⓫宛陵　治今安徽宣州。⓬燕許　指燕國公張說、許國公蘇頲。兩人皆為文章能手，聲名相當，時稱燕許大手筆。⓭刀尺　法式規矩。⓮內典　佛教徒稱佛經為內典。⓯浮圖　亦作「浮屠」。指佛教，也指佛塔。此當指寺廟。⓰歐陽率更　指唐代大書法家歐陽詢。歐陽詢仕唐官至太子率更令、弘文館學士，因稱。歐陽詢工書法，初學王羲之，受北方書法影響，漸變其體。楷書險勁瘦硬，後世稱為歐體。與虞世南、褚遂良、薛稷並稱為唐初四大書家。傳世書跡有〈九成宮醴泉銘〉等。⓱庚子亂後　指僖宗廣明（歲次庚子）年，黃巢犯長安，僖宗出奔四川事。⓲萍梗　浮萍斷梗。喻漂泊流徙，行止無定。⓳周寶　僖宗時任杭州刺史、潤州（今江蘇鎮江）刺史，因稱潤帥。⓴奄有　全部占有。㉑豢養　指餵養、馴養。此喻指收買、利用。㉒甲辰　僖宗中和四年（八八四），歲次甲辰。㉓千字文　南朝梁武帝指令給事郎周興嗣用一千個不同的字編寫的文章，四字一句，對偶押韻，便於記頌，後用為兒童發蒙讀本。㉔聾俗　愚昧無知者。㉕斗筲　斗與筲。斗容十升；筲，竹器，容一斗二升，皆量小的容器。喻些微、微小。㉖易象　指《易經》的象數之學。㉗大順圖　今未見著錄。㉘羅鄴　見卷二〈爭解元〉㉗。㉙則　羅則。事跡未詳。㉚隱　羅隱。見卷二〈置等第〉❿。㉛麄疏　同「粗疏」。㉜崔安潛　見卷七〈升沉後進〉⓱。㉝廉問　按察。崔安潛咸通年間任江西觀察使、忠武軍節度使。㉞弓旌　古時徵聘之禮，以弓招士，以旌招大夫。此指徵聘。㉟督郵　本係漢代所置官員，為郡的重要屬吏，代表太守督察縣鄉，宣達教令，兼司獄訟捕亡。唐後廢。此指巡察官員。㊱闌珊　窘困；艱難。㊲方干　見卷四〈師友〉「方干師徐凝」段❶。㊳徐凝　見卷四〈師友〉「方干師徐凝」段❶。㊴把得新詩草裡論　按「草論」反切為「村」，「論草」反切為「老」，故「草裡論」反語為「村裡老」。㊵王大夫　《北夢瑣言》卷六記此事，作「王龜大夫」。王龜，字大年，王起之子。性簡淡瀟灑，不從科試。後隨父王起在河東府，武宗朝任左補闕，宣宗朝任宣歙觀察副使，懿宗朝官至御史大夫、浙東團練觀察使。㊶家諱　舊謂父祖的名諱，也叫「私諱」。正因有一字與其「家諱」一字相同，所以不書王大夫名。㊷吳子華　吳融。㊸前件人至更厲文風一段　當為韋莊奏章之文。前件，前已述及的人或事物。㊹穹昊　猶穹蒼。㊺伏乞　向尊者懇求。伏，敬詞。㊻宣賜　謂帝王賞賜。㊼中書門下　指中書省、門下省，連同尚書省，稱「三省」，共掌軍國大政。㊽見存　現存。㊾明代　政治清明的時代。㊿優恩　厚恩。(51)厲　振；奮起。(52)不汨　不被湮沒。此猶言不順。(53)風雨如晦二句　見《詩經．鄭風．風雨》。〈毛詩序〉說此詩寫「亂世則思君子不改其度焉」，雖屬臆測，但這兩句詩卻表現了氣節之士雖處「風雨如晦」之境，仍以「雞鳴不已」自勵。

【語譯】李甘，字和鼎，長慶四年進士及第，登科記已注明了。韋莊云李甘未進士及第，誤。

溫庭皓，溫庭筠之弟。文采辭藻稍遜於其兄，未能及第而卒。

劉得仁、陸逵、傅錫、平曾、賈島、劉稚珪、顧邵孫吳人、沈珮吳人。

顧蒙，宛陵人，博覽經史，仰慕燕許文章的規矩法式，所作之文，堪稱一時之傑。以餘力深入研究佛典，由此屢為寺廟撰寫碑文，摹倣歐陽詢筆法，而酷似前人。廣明庚子亂後，顧蒙漂泊江浙之間。不久，他那美貌的侍妾被潤帥周寶占有，顧蒙不願到別處去，即被周寶收留，從此名聲大減。中和甲辰，淮浙一帶兵荒馬亂，顧蒙避亂到廣州，當地人不了解他，顧蒙為衣食所困擾，以至於書寫〈千字文〉給愚俗之人，以換取很少的錢糧。不久，遭病而死。顧蒙頗為精通《易經》的象數之學，著有《大順圖》三卷。

羅鄴，餘杭人，家中富於資財，父親羅則，為管理鹽鐵事務的小官，有兩個兒子，都以文章辭賦求取功名，羅鄴尤其擅長七言詩。同時的族人羅隱，亦以律詩著稱，然而羅隱才力雄健而粗疏，羅鄴才氣清麗而綿密細緻。咸通年間，崔安潛侍郎按察江西，有意徵聘羅鄴，最終為其幕僚所阻而不成。不久，羅鄴屈從巡察官員，因此，他處事窘困，無所成就而卒。

方干，桐廬人，年幼時就有卓越的才能，為徐凝所器重，教他作詩的格律。方干有詩句云：「把得新詩草裡論。」「草裡論」的反語是「村裡老」，是戲謔徐凝的。王大夫他的名中有一個字與我家諱相同。按察浙東，方干前去拜訪向他作了三次跪拜，因而被人稱為「方三拜」。王大夫準備把方干推薦給朝廷，請吳融起草奏章，不久因王大夫病死，此事未能辦成。

前述諸人均無顯貴的際遇，但都有卓越的才能，所作詩文麗句清詞，遍傳當時人之口。無由進身銜冤抱恨，竟為冥路之埃塵。只怕他們怨憤之氣未消，上衝蒼穹，敬請朝廷宣賜中書門下，追贈前述諸人進士及第，各贈補闕、拾遺之職，以顯現政治清明的時代。其中羅隱一人，亦懇請特賜科舉功名，敘錄擢升三級，便能以特敕顯示厚恩。倘能使以上受屈諸人，皆沾聖天子恩澤，對後來學者，更能振起文風。

論曰：詩文的工拙由人，但得失者卻由命；這並非賢者的過錯，實在是時代的弊病。善者不求名聲，而名聲伴隨著他；有名不求祿位，而祿位隨之而來。如果不同於此，面對不順，小人之儒則怨天尤人，君子之士則反省自己。故而《詩》云：「風雨如晦，雞鳴不已。」

卷一

反初及第

【題　解】本條所記，為出家還俗中進士之事。

劉軻❶，慕孟軻❷為文，故以名焉。少為僧，止於豫章高安❸縣南果園；復求黃老之術❹，隱於廬山；既而進士登第。文章與韓、柳齊名。

【注　釋】❶劉軻　字希仁。沛（今屬江蘇）人。少為僧，元和十三年（八一八）進士。官終洺州刺史。《全唐詩》存詩一首。❷孟軻　即孟子。見卷五〈切磋〉「李翺與陸傪書」段⓬。❸豫章高安　今江西高安。❹黃老之術　指道家清靜無為的治世之術。黃老，黃帝和老子的並稱。

【語　譯】劉軻，仰慕孟軻的文章，故而以「軻」為名。年輕時出家為僧，止宿在豫章高安縣南面的果園中。後探求黃老清靜無為之術，隱居於廬山。不久，登進士第。他的文章在當時與韓愈、柳宗元齊名。

反初不第

【題解】本條所記與前條正相反，出家還俗，未得中進士。可悲的是，竟借助朱溫之手對主考官進行報復。

張策❶，同文❷子也，自小從學浮圖❸，法號藏機，粲名❹內道場❺為大德❻。廣明庚子之亂❼，趙少師崇❽主文，策謂時事更變，求就貢籍❾，崇庭譴之，策不得已，復舉博學宏辭，崇職受天官❿，復黜之，仍顯揚其過。策後為梁太祖⓫從事⓬。天祐⓭中，在翰林，太祖頗奇之，為謀府⓮。策極力媒櫱⓯，崇竟罹冤酷⓰。

【注釋】❶張策　字少逸。唐末五代河西敦煌（今屬甘肅）人。少好學聰悟，通章句。初為僧，居長安慈恩寺。後累歷韓建、朱溫幕職。後梁開平二年（九〇八），拜中書侍郎、同平章事。以風疾致仕，卒於洛陽。所著詩詞、箋表等，已佚。❷同文　新舊《五代史．張策傳》，張策父均作張同。張同官至唐容管經略使。❸浮圖　此指佛教。❹粲名　猶言名聲美好。❺內道場　在皇宮中舉行佛事的道場。因在宮內，故稱。❻大德　佛家對年長德高的僧人或佛、菩薩的敬稱。❼廣明庚子之亂　指廣明元年（八八〇）黃巢犯長安，僖宗出奔四川之事。❽趙少師崇　趙崇，見卷六〈公薦〉「韓偓」段⓫。❾貢籍　貢士名冊；貢士行列。此指參加進士考試。❿天官　唐武后光宅元年（六八四）至神龍元年（七〇五）改吏部為天官，後世亦稱吏部為天官，亦借指吏部尚書。此指後者。⓫梁太祖　朱溫。⓬從事　幕僚。⓭天祐　（九〇四～九〇七）唐哀帝年號。⓮謀府　指謀慮所從出之處。此當指主要謀士。⓯媒櫱　亦作「媒蘖」。酒母。比喻借端誣罔構陷，釀成其罪。⓰冤酷　無罪而加刑戮。

【語譯】張策，張同文之子，自小修習佛教，法號藏機，名聲頗好，在內道場被稱為大德。廣明庚子之亂後，少師趙崇主持貢舉，張策以為時勢更迭變化，希求參加進士考試，趙崇當庭斥責了他。張策不得已，又去參加博學宏辭科的考試，趙崇時任吏部尚書，又黜退了張策，且顯揚了他的過失。張策後來成了梁太祖朱溫的幕僚。天祐年間，張策在翰林院，朱溫對他頗為器重，很多謀劃都出自張策。張策又對趙崇極力誣陷，致使趙崇竟然無故遭受刑戮。

無官受黜

【題解】孟浩然、賈島、溫庭筠皆唐代著名詩人，然他們命途多舛，而造成這樣的結果的原因卻各不相同。

襄陽詩人孟浩然❶，開元中頗為王右丞❷所知。句有「微雲淡河漢，疎雨滴梧桐」者，右丞吟詠之，常擊節不已。維待詔❸金鑾殿，一旦，召之商較風雅❹，忽遇上❺幸維所，浩然錯愕❻伏床下，維不敢隱，因之奏聞。上欣然曰：「朕素聞其人。」因得詔見。上曰：「卿將❼得詩來耶？」浩然奏曰：「臣偶不齎❽所業❾。」上即命吟。浩然奉詔，拜舞❿念詩曰：「北闕⓫休上書，南山⓬歸臥廬；不才明主棄，多病故人疎。」上聞之憮然⓭曰：「朕未曾棄人，自是卿不求進，奈何反有此作！」因命放歸南山。終身不仕。

賈島⓮，字閬仙。元和⓯中，元白⓰尚輕淺⓱，島獨變格入僻，以矯浮艷；雖行坐寢食，吟味不輟。嘗跨驢張蓋⑱，橫截天衢⑲，時秋風正厲，黃葉可掃。島忽吟曰：「落葉滿長安，」志重其衝口直致⑳，求之一聯，杳不可得，不知身之所從也。因之唐突大京兆㉑劉棲楚㉒，被繫一夕而釋之。又嘗遇武宗皇帝㉓於定水精舍㉔，島尤肆侮，上訝之。他日有中旨令與一官謫去，乃受長江縣尉㉕，稍遷普州司倉㉖而卒。

開成㉗中，溫庭筠㉘才名籍甚㉙；然罕拘細行，以文為貨，識者鄙之。無何，執政間復有惡㉚奏庭筠攪擾場屋㉛，黜隨州縣尉㉜。時中書舍人裴坦㉝當制㉞，忸怩含毫㉟久之。時有老吏在側，因訊之升黜，對曰：「舍人合為責辭，何者？入策㊱進士，與望㊲州長㊳馬一齊㊴資㊵。」坦釋然㊶，故有澤畔長沙之比㊷。庭筠之任，文士詩人爭為辭送，唯紀唐夫㊸得其尤。詩曰：「何事明時泣玉㊹頻㊺，長安不見杏園㊻春；鳳皇詔㊼下雖霑命㊽，鸚鵡才㊾高卻累身！且飲綠醽㊿銷積恨，莫辭黃綬51拂行塵；方城若比長沙遠52，猶隔千山與萬津。」

【注釋】❶孟浩然（六八九～七四〇）唐襄州襄陽（今湖北襄陽）人。早年隱居鹿門山，年四十乃遊長安。嘗於太學賦詩，一座嗟服。一生基本上過著隱居生活。詩在當時有盛名，代表作是山水田園詩。與王維齊名，並稱「王孟」。開元末年，患背疽卒。《全唐詩》錄其詩二百六十餘首。❷王右丞　王維（七〇一～七六一），字摩詰。原籍祁（今山西祁縣），其父遷居蒲州（治今山西永濟西），遂為河東人。開元十九年（七三一）狀元及第。累官至給事中。安祿山叛軍陷長安時曾受偽職，亂平後，降為太子中允。後官至尚書右丞，故亦稱王右丞。晚年居藍田輞川，過著亦官亦隱的優游生活。其詩以山水田園詩為代表，藝術性極高。蘇東坡稱王維「詩中有畫，畫中有詩」。有《王右丞集》。❸待詔　猶言候命。唐初，凡文辭經學之士及醫卜等有專長者均值於翰林院，以備待詔。玄宗時待詔成為官名，稱翰林待詔，負責四方表疏批答、應和文章等事。❹風雅　本《詩經》中的〈風〉、〈雅〉，借指詩文之事。❺上　指唐玄宗。❻錯腭　猶錯愕。倉促間感到驚愕。錯，通「促」。❼將　取；拿。❽齎　攜帶。❾所業　指所作的詩。❿拜舞　跪拜與舞蹈。古代朝拜的禮節。⓫北闕　古代宮殿北面的門樓。是臣子等候朝見或上書奏事之處。後用為宮禁或朝廷的別稱。⓬南山　指終南山。在長安南。唐時士人多隱居於此。⓭憮然　悵然失意貌。⓮賈島　見卷八〈放老〉⓰。⓯元和　（八〇六～八二〇）唐憲宗年號。⓰元白　指元稹和白居易。兩人甚為友好，常以詩相唱和，文學主張和詩歌風格相近，同為當時新樂府運動的倡導者。元稹，見卷三〈慈恩寺題名遊賞賦詠雜紀〉「寶曆年中」段⓫。白居易，見卷二〈爭解元〉㊲㊱。⓱輕淺　輕佻淺薄。⓲張蓋　張開傘蓋；打傘。⓳天衢　京城的大路。⓴志重其衝口直致　意為專心思索脫口直接得到此句。㉑大京兆　京兆尹。㉒劉棲楚　（？～八二七）初為鎮州小吏。憲宗時，擢右拾遺。敬宗時，累官刑部侍郎。為京兆尹，出為桂管觀察使，為官誅罰嚴峻，不避權豪。㉓武宗皇帝　《唐才子傳》作宣宗。㉔定水精舍　《唐才子傳》作無可精舍。無可，唐代高僧。精舍，僧房。㉕長江縣尉　當為長江主簿。長江，今四川蓬溪。㉖普州司倉　普州司倉參軍。普州，今四川安岳。㉗開成　（八三六～八四〇）唐文宗年號。㉘溫庭筠　見卷七〈知己〉「顏真卿與陸據」段㊴。㉙籍甚　盛大；盛多。㉚惡　討厭；憎恨；誹謗；中傷。㉛攪擾場屋　溫庭筠數舉不第，因有此語。場屋，科場。㉜隨州縣尉　《唐才子傳》作方城縣尉。㉝裴坦　見卷四〈與恩地舊交〉❷。㉞制　起草制書。㉟含毫　將筆含在嘴裡。㊱入策　猶言參加考試。㊲與望　猶嚮往、盼望。㊳州長　州郡長官。㊴一齊　相等；均衡。㊵資　資望；聲望。此句費解。㊶釋然　疑慮消除貌。㊷澤畔長沙之比　指將溫庭筠比作戰國時遭放逐的屈原和西漢時被貶為長沙王太傅的賈誼。屈原在頃襄王時被謫放江南，他披髮行吟澤畔，因以「澤畔」指屈原。賈誼後人稱賈長沙，因以「長沙」指賈誼。㊸紀唐夫　《全唐詩》云，開成中為中書舍人，存詩三首。《唐才子傳》則云其為應試舉人。㊹泣玉　用「和氏之璧」典故。詳見《韓非子．和氏》。泣玉喻指因懷才不遇而悲泣。㊺頻　屢次；接連。㊻杏園　園名。故址在今陝西西安大雁塔南。唐代新科進士賜宴之地。㊼鳳皇詔　指中書省所下帝王詔書。中書省別稱為鳳凰池。㊽霑命　亦作「沾命」。指擔任官職。㊾鸚鵡才　用禰衡典故。據《後漢書．禰衡傳》，禰衡作〈鸚鵡賦〉，文不加點，辭采絢麗，為人所忌，後死於黃祖之手。㊿綠醽　亦作「綠酃」。酒名。亦泛指美酒。(51)黃綬　古代官員繫官印的黃色絲帶。因借指官吏或官位。(52)方城若比長沙遠　此詩題作

〈送溫庭筠尉方城〉。而上文云「黜隨州縣尉」，似當以方城為是。遠，《全唐詩》作「路」。

【語譯】襄陽詩人孟浩然，開元年間頗受王維賞識。有詩句「微雲淡河漢，疏雨滴梧桐」，王維吟詠詩句，曾擊節稱賞不已。王維待詔於金鑾殿，一日，私下召孟浩然進來，商討詩文之事，忽遇唐玄宗駕到王維處，孟浩然在倉促驚愕中躲到了床底下。王維不敢隱瞞，就把此事向玄宗奏聞。玄宗高興地說：「朕一向聽說此人。」因而召見了孟浩然。玄宗問他：「卿家帶詩來了嗎？」孟浩然說：「臣恰巧未帶所作詩。」玄宗當即命他吟詩。孟浩然奉命，跪拜行禮後吟詩云：「北闕休上書，南山歸臥廬；不才明主棄，多病故人疏。」玄宗聽後悵然不樂，說：「朕未曾棄人，原本就是你不求仕進，怎麼反有這樣的詩作！」於是叫人將孟浩然放歸南山，孟浩然因此終身未曾做官。

賈島，字閬仙。元和年間，元稹、白居易所作詩崇尚輕佻淺顯，賈島獨闢蹊徑改變風格入冷僻一途，以矯正浮豔詩風，即使是外出、居家、睡覺、吃飯之時，也都不停地吟詠體味。賈島曾騎著驢打著傘，行走在京城的大街上，當時正秋風淩厲，地上黃葉堆積可掃。賈島忽吟出「落葉滿長安」，這是他專心思索脫口而出直接得到的詩句，他想求下句成一聯，卻杳然不可得，苦苦思索之際自己也不知道所騎之驢走到了何處，因而冒犯了京兆尹劉棲楚，被關押了一夜才釋放。賈島又曾在定水精舍遇到武宗皇帝，因不認識唐武宗，便對他格外放肆輕慢，武宗大為驚訝。後來，有內庭直接發出的詔書命令授予賈島一個官職貶謫外地，賈島被授為長江縣尉，後來逐漸遷升為普州司倉參軍而卒。

開成年間，溫庭筠的才名很高，然而他不拘小節，將詩文作為貨物出售，有識之士都鄙視他。後來，執政者之中有人討厭他，於是上奏稱溫庭筠擾亂科場，將他貶黜為隨州縣尉。當時中書舍人裴坦應起草制書，但扭扭捏捏將毛筆含在嘴裡很長時間，不知如何下筆。此時正巧有一老年官員在邊上，裴坦就向他詢問制書如何寫，老年官員說：「舍人理應用譴責之辭，為什麼？參加進士考試，都盼望日後能與州郡長官有相同的資望。」於是裴坦消除疑慮，因而對溫庭筠有屈原、賈誼被放逐之比。溫庭筠赴任，文士詩人爭相作詩為他送行，只有紀唐夫的詩最為出色。詩云：「何事明時泣玉頻，長安不見杏園春；鳳凰詔下雖霑命，鸚鵡才高卻累身！且飲綠醽銷積恨，莫辭黃綬拂行塵；方城若比長沙遠，猶隔千山與萬津。」

薦舉不捷

【題解】張祜、王璘俱富才學，且得人舉薦，然因朝中有人阻撓而志不得伸，令人嘆息。

張祜❶，元和❷、長慶❸中，深為令狐文公❹所知。公鎮天平❺日，自草薦表，令以新舊格詩三百篇表進。獻辭略曰：凡製五言，苞含❻六義❼，近多放誕❽，靡有宗師❾。前件人❿久在江湖⓫，早工篇什⓬，研機⓭甚苦，搜象⓮頗深，輩流⓯所推，風格罕及。云云。謹令錄新舊格詩三百首，自光順門進獻，望請宣付⓰中書門下。祜至京師，方屬元江夏⓱偃仰⓲內庭，上因召問祜之辭藻上下，稹對曰：「張祜雕蟲小巧，壯夫⓳恥而不為者，或獎激之，恐變陛下風教⓴。」上頷之，由是寂寞㉑而歸。祜以詩自悼，略曰：「賀知章㉒口徒勞說，孟浩然㉓身更不疑。」

長沙日試萬言王璘㉔，辭學㉕富贍㉖，非積學㉗所致。崔詹事廉問㉘，特表薦之於朝。先是試之於使院㉙，璘請書吏十人，皆給硯，璘縝絺捫腹㉚，往來口授，十吏筆不停綴。首題〈黃河賦〉三千字，數刻而成；復為〈鳥散餘花落〉詩二十首，援毫而就。時忽風雨暴至，數幅為迴飇㉛所卷，泥滓㉜沾漬㉝，不勝㉞舒卷。璘曰：「勿取，但將紙來！」復縱筆一揮，斯須復十餘篇矣。時未亭午㉟，已搆七千餘言。詹事傳語試官曰：萬言不在試限，請屈來飲酒。〈黃河賦〉復有僻字百餘，請璘對眾朗宣，旁若無人。至京師時，路庶人㊱方當鈞軸㊲，遣一介㊳召之。璘意在沽激㊴，曰：「請俟見帝。」巖聞之大怒，亟命奏廢萬言科。璘杖策㊵而歸，放曠㊶於杯酒間，雖屠沽㊷無間然㊸矣。

【注釋】❶張祜　見卷七〈知己〉「顏真卿與陸據」段⑫。❷元和　（八〇六～八二〇）唐憲宗年號。❸長慶　（八二一～八二四）唐穆宗年號。❹令狐文公　即令狐楚。見卷二〈爭解元〉❹。❺公鎮天平　令狐楚在文宗時曾任天平軍節度使。❻苞含　同「包含」。❼六義　亦稱「六詩」。即通常所說的賦、比、興、風、雅、頌。❽放誕　放縱浮誇。❾宗師　為眾所崇仰，堪稱師表之人。亦指尊崇、效法、以之為師。❿前件人　上述之人。指張祜。⓫江湖　指隱居。⓬篇什　《詩經》的「雅」和「頌」以十篇為一什，因而詩章又稱篇什。⓭研機　亦作「研幾」。窮究精微之理。⓮搜象　搜求描摹。⓯輩流　流輩；同輩。⓰宣付　唐宋以來謂皇帝的詔令交付外廷官署辦理。⓱元江夏　即元稹。見卷三〈慈恩寺題名遊賞賦詠雜紀〉「寶曆年中」段⓫。⓲偃仰　本謂隨世俗應付。此有得志、得意之意。⓳壯夫　豪傑；豪壯之士。⓴風教　風俗教化。㉑寂寞　此猶言無所得、空手。㉒賀知章　見卷七〈知己〉「顏真卿與陸據」段㉜。賀知章性情放曠，幽默詼諧，為人傾慕，因有此語。㉓孟浩然　見本卷〈無官受黜〉❶。此兩句作者以賀、孟自比。㉔王璘　事跡未詳。《全唐詩》僅存殘句一聯。㉕辭學　文章學識。㉖富贍　形容才華豐富充足。㉗積學　博學；飽學。亦指積累學問。㉘崔詹事廉問　當指任過太子詹事，又任過湖南觀察使者。經查諸書，如崔謙、崔瑾、崔敬嗣等人均有可能。但具體所指何人，無法斷定。詹事，太子詹事。㉙使院　節度使出征、入朝，或死而未有後代，皆有留後攝其事，稱節度留後。節度留後治事之官署，稱使院。節度使便坐治事，亦或就使院。㉚縝絺捫腹　猶言細緻構思，怡然自得。縝，細緻。絺，有仔細修飾之意。捫腹，多指撫摸胸腹怡然自得。㉛迴飇旋轉的狂風。㉜泥滓　泥渣。㉝沾漬　沾染。㉞不勝　禁不起；不能。㉟亭午　正午。㊱路庶人　路巖。見卷九〈四凶〉㊺。㊲鈞軸　鈞以製陶，軸以轉車。比喻國家政務重任。㊳一介　一人。㊴沽激　謂矯情求譽。㊵杖策　本指拄杖。此亦指空手。㊶放曠　豪放曠達，不拘禮俗。㊷屠沽　亦作「屠酤」。以屠牲沽酒為業者。用指出身微賤者。㊸間然　彼此隔閡貌。

【語　譯】張祜，在元和、長慶年間，深得令狐楚文公賞識。令狐楚鎮守天平之時，親自起草舉薦表章，並要張祜將新舊格律的詩三百篇隨表進獻朝廷。進獻的表章大略云：大凡創製五言詩歌，包含六義，但近來作詩者大多放縱浮誇，沒有堪稱師表之人。上述人張祜，久在江湖，早年即工於詩作，苦心探究精微之理，深刻搜求描摹詩篇，為同輩人所推崇，其詩風格罕有能及之人。云云。現謹讓張祜鈔錄新舊格律詩三百篇，從光順門進獻，懇請宣付中書門下辦理。張祜至京師，正屬元稹得志於內庭，天子因而召見他詢問張祜詩水平的高下，元稹回答說：「張祜詩屬雕蟲小技，壯夫恥而不為，如果一旦給予嘉獎激勵，恐怕會改變陛下的風俗教化。」天子點頭稱是。張祜因此空手而歸，並作詩自悼，詩云：「賀知章之口徒自勞說，孟浩然之口更應不疑。」

長沙王璘考試一日竟答萬言，文章學識，才華橫溢，並非積累學問所能達到。崔詹事按察湖南，特上表章將王璘推薦給朝廷。起先，在使院讓王璘考試，王璘要求十名專門鈔寫的小吏，都給他們準備筆硯，王璘仔細構思，不慌不忙，往來口授，十名小吏筆不停頓。首題〈黃河賦〉三千字，數刻便成；又作〈鳥散餘花落〉詩二十首，援筆而就。此時忽然風雨驟至，有數幅試紙被狂風捲起，沾染了泥滓，無法舒展開來。王璘見了，說：「不必取了，只管拿紙來！」重又縱筆揮灑，片刻之間又作了十餘篇。時間未到正午，已寫了七千餘言。崔詹事叫人對試官說，萬言考試不在於時限，請王璘屈尊前來飲酒。所作的〈黃河賦〉中有一百多個生僻字，請王璘當眾大聲宣講，王璘宣講時旁若無人。王璘到京師時，路巖正擔當國家政務重任，他派一人去召見王璘，而王璘意在矯情求譽，說：「我等待皇帝召見。」路巖得知後大怒，連忙命人上奏廢除萬言科。王璘空手而歸，自此放情於杯酒之間，即使是屠牲沽酒之類出身微賤者，也毫無隔閡。

已得復失

【題解】已到手的進士，又意外地失去，個中滋味，多少能體味。這正應了一句俗語：煮熟的鴨子飛了！

楊知至❶，會昌五年王僕射重奏五人：源重、楊知至、楊嚴、鄭朴、竇緘，奉敕特放楊嚴，其餘四人皆落。知至感恩自弔詩曰：「由來梁燕與冥鴻，不合翩翩向碧空。寒谷謾隨鄒氏律，長天獨遇宋都風。當時泣玉情雖異，他日銜環事亦同。二月春光花澹蕩，無因得醉杏園中。」

張濆❷，會昌五年❸陳商❹下狀元及第，翰林覆落❺。濆等八人，趙渭南❻貽濆詩曰：「莫向春風訴酒杯，謫仙❼真個是仙才。猶堪與世為祥瑞，曾到蓬山頂上來。」

【注釋】❶楊知至……無因得醉杏園中一節　內容已見卷八〈別頭及第〉。文字有出入。文中「王僕射」指王起。詳見卷八〈慈恩寺題名遊賞賦詠雜紀〉「進士題名」段⑫。❷張濆　天台隱士。餘未詳。《冊府元龜》作張濆。❸會昌五年　西元八四五年。會昌，唐武宗年號。❹陳商　見卷四〈氣義〉㉔。❺覆落　科舉考試及第後經覆核而落第，稱「覆落」。❻趙渭南　即趙嘏。見卷三〈慈恩寺題名遊賞賦詠雜紀〉「曲江亭子」段㉓。❼謫仙　謫居世間的仙人。用以稱譽才學優異之人。

【語譯】楊知至，會昌五年王起僕射在主持貢舉放榜後，重又上奏錄取五人：源重、楊知至、楊嚴、鄭朴、竇緘，奉詔書特取楊嚴進士及第，其餘四人都落第。楊知至頗感王起之恩，作詩自我安慰，詩云：「由來梁燕與冥鴻，不合翩翾向碧空。寒谷謾隨鄒氏律，長天獨遇宋都風。當時泣玉情雖異，他日銜環事亦同。二月春光花澹蕩，無因得醉杏園中。」

張濆，會昌五年陳商主持貢舉時，張濆狀元及第，但在翰林院覆核時，張濆等八人落榜。趙渭南有詩贈張濆，詩云：「莫向春風訴酒杯，謫仙真個是仙才。猶堪與世為祥瑞，曾到蓬山頂上來。」

以德報怨

【題　解】所謂「以德報怨」，事主都要有博大的胸襟。本條所記的裴坦、裴贄，也都頗有氣度。

裴坦❶舉宏辭，崔樞❷考之落第。及坦為宰相，擢樞為禮部，笑謂樞曰：「聊以報德也。」

賈泳❸父傜❹，有義聲❺，泳落拓❻不拘細碎，常佐武臣倅❼晉州❽。昭宗幸蜀，三榜裴公，時為前主客員外，客遊❾至郡，泳接之傲睨❿。公嘗贄⓫造泳，泳戎裝一揖曰：「主公⓬，尚書邀放鶻子⓭，勿怪如此！」倥偬⓮而退，贄頗銜之。後公三主文柄，泳兩舉為公所黜；既而謂門人曰：「賈泳潦倒可哀，吾當報之以德。」遂放及第。

【注釋】❶裴垍（?~八一一）字弘中。唐絳州聞喜（今山西聞西東北）人。進士出身。貞元中，舉賢良方正第一。累官知制誥兼充翰林學士。元和三年（八〇八）九月，為中書侍郎、同平章事，加集賢院大學士，監修國史。在相位時，器局峻整，人不敢以私事干請。❷崔樞　唐許州鄢陵（今屬河南）人。官至禮部侍郎。❸賈泳　乾寧五年（八九八）進士。❹儵　賈儵，官主客員外郎。❺義聲　德義的名聲。❻落拓　放浪不羈。❼倅　州郡長官的副職。❽晉州　今山西臨汾。❾客遊　在外寄居或遊歷。❿傲睨　傲慢斜視。⓫簪笏　冠簪和手版。古代仕宦所用。此指身穿朝服。⓬主公　僕役對其主人的尊稱。此為賈泳的客套。⓭放鷂子　指射獵。鷂子，鷂的俗稱。猛禽，似鷹而較小。⓮倥傯　此指匆忙。

【語譯】裴垍應試博學宏辭科，崔樞考核後，裴垍落第。等到裴垍任宰相，提拔崔樞為禮部侍郎，並笑著對崔樞說：「聊且以此報德。」

賈泳父親賈儵，有德義之聲，但賈泳卻放浪形骸不拘小節，曾輔佐武將，任晉州副職。昭宗出奔四川時，曾三次主持貢舉的裴贄，此時以前任主客員外郎的身分，遊歷到晉州，賈泳接待他時頗為傲慢。裴贄曾身穿朝服前去拜訪賈泳，賈泳身著戎裝對裴贄作了一揖說：「主公，尚書邀我去放鷂子，請勿怪我如此裝束！」說罷匆忙告辭，裴贄心中相當怨恨賈泳。後來裴贄三次主持禮部考試，賈泳兩次應試均被裴贄黜退。後來，裴贄對門人說：「賈泳潦倒困厄頗為可憐，吾當以德報怨。」在賈泳第三次應試時放賈泳進士及第。

惡分疎

【題解】分疎，即辯白、訴說。本條所記諸事，都因失誤而辯白，結果也各不相同。

宋❶人許晝❷，閩人黃遘❸，遘嘗宰滑州衛南，與晝聲迹❹不疎❺。光化三年❻，二人俱近事❼，遘謗晝嘗咎月❽矣。晝性下急❾，時內翰❿吳融⓫侍郎，西銓⓬獨孤損⑬侍郎，皆盡知己，一旦晝造二君子自辨，因袒而視之。二公皆掩袂而入。晝、遘其年俱落⑭。

光化中，蘇拯⑮與鄉人陳滌⑯同處。拯與考功蘇郎中璞⑰初敘宗黨⑱，璞故奉常滌⑲之子也。拯既執贄⑳，尋以啟事溫卷㉑，因請陳滌緘封㉒，滌遂誤書己名，璞得之大怒。拯聞之，蒼黃㉓復致書謝過㉔。吳子華㉕聞之曰，此書應更攉㉖也。

文德㉗中，劉子長㉘出鎮浙西㉙，行次江西；時陸威㉚侍郎猶為郎吏㉛，亦寓於此。進士褚載㉜緘二軸投謁㉝，誤以子長之卷面贄於威；威覽之，連有數字犯威家諱㉞，威因拱㉟而矍然㊱。載錯愕㊲白以大誤，尋以長牋致謝㊳，略曰：「曹興之圖畫雖精，終慚誤筆㊴；殷浩之兢持太過，翻達空函㊵。」

【注釋】①宋 宋州，即睢陽（今河南商丘南）。②許晝 睢陽人。天復四年（九〇四）進士。《全唐詩》存詩二首。③黃遘 進士出身。曾任衛南（治今河南滑縣東）令。④聲迹 猶言音訊行蹤。⑤不疎 亦作「不疏」。指很接近、常往來。疎，疏遠；不親近。⑥光化三年 西元九〇〇年。光化，唐昭宗年號。⑦近事 淺鄙之事。⑧笞背 遭受抽打脊背的刑罰。⑨卞急 急躁。⑩內翰 唐宋時稱翰林為內翰。⑪吳融 見卷五〈切磋〉「羊紹素夏課」段⑯。⑫西銓 指吏部侍郎。唐時置二員，稱東、西銓。⑬獨孤損 字又損。唐洛陽（今屬河南）人。唐昭宗時官至宰相。⑭落 特指免去職務。⑮蘇拯 事跡未詳。《全唐詩》存詩一卷。⑯陳滌 未詳。⑰璞 蘇璞，曾任考功郎中。餘未詳。⑱宗黨 宗族，鄉黨。⑲滌 蘇滌，字玄獻。官至荊南節度使。⑳執贄 猶執摯。古代禮制，謁見人時攜禮物相贈。執，持。贄，所攜禮品。㉑溫卷 唐宋舉子於應試前，將名片投呈當時名人顯要後，再將其著作送上，以求推薦，稱為「溫卷」。㉒緘封 封口後寄出。㉓蒼黃 匆促；慌張。㉔

謝過　對過錯致歉。㉕吳子華　即吳融。㉖懽　同「歡」。陳潹與蘇璞之父同名，誤署潹名，猶璞父復生，故曰應更歡也。㉗文德（八八八）唐僖宗年號。㉘劉子長　劉崇龜，字子長。唐河南人。咸通六年（八六五）進士。官終清海軍節度使。㉙浙西　唐方鎮名。即鎮海軍節度使。㉚陸威　字岐。唐蘇州吳縣（今江蘇吳縣）人。官至兵部尚書。㉛郎吏　郎官。㉜褚載　字厚之。乾寧五年（八九八）進士。㉝投謁　投遞名帖求見。㉞家諱　舊謂父祖的名諱，也要避諱。㉟拱　兩手相合以示敬意。㊱瞿然　驚懼貌。㊲錯愕　倉促間感到驚愕。錯，通「促」。㊳致謝　致歉；道歉。㊴曹興之圖畫雖精二句　出典未詳。曹興，三國魏曹休之孫。㊵殷浩之兢持太過二句　《笠翁對韵》空函注：殷浩與人書，誤達空函，人曰咄咄怪事。即指此事。殷浩，（?～三五六）東晉陳郡長平（今河南西華東北）人。字淵源。善談論，負虛名。後因屢戰大敗，被廢為庶人。兢持，矜持；拘謹。

【語譯】宋州人許晝，福建人黃遘，黃遘曾任滑州衛南縣令，與許晝交往甚為密切。光化三年，兩人都做下了淺鄙之事，黃遘毀謗許晝曾遭受鞭打脊背的刑罰。許晝性情急躁，當時翰林吳融侍郎、吏部獨孤損侍郎，都是知己，一日，許晝拜訪二人為自己辯白，因而袒露脊背讓二人察看，吳融和獨孤損以袖掩面入內。許晝、黃遘當年都被免職。

光化年間，蘇拯與同鄉人陳潹同住一處。蘇拯與考功郎中蘇璞剛認為同族，蘇璞是已故奉常蘇潹之子。蘇拯在拜見蘇璞後不久，即用信函附上所作詩文請求推薦，並請陳潹封口送達，陳潹在卷子上誤寫了自己的名字，蘇璞收到後非常惱怒。蘇拯得知後，急忙重又寫信給蘇璞對自己的過錯表示道歉。吳融聽說此事後說，此信應更歡。

文德年間，劉崇龜出鎮浙西，途經江西，當時，兵部侍郎陸威還在任郎官，也居住在那裡。進士褚載封緘二軸卷子，投上名帖求見陸威，誤把劉崇龜的卷子面呈陸威。陸威看了卷子，見其中接連有數字犯自己的家諱，不禁雙手相合面露驚懼之色。褚載倉促間感到驚愕，並對陸威說自己犯了大錯，不久又寫長信向陸威致歉，信中大略說：「曹興的圖畫雖然精美，終慚於筆誤；殷浩的矜持太為過分，反寄達空函。」

怨怒 甕直附

【題解】韓愈有云：「物不得其平則鳴」，更何況是恃才傲物之人呢！本條所記，即可知韓愈之言不妄。因篇幅較長，分為數段。

李義山❶師令狐文公❷。大中❸中，趙公❹在內廷❺，重陽日義山謁不見，因以一篇紀於屏風而去。詩❻曰：「曾共山公❼把酒卮❽，霜天白菊正離披❾。十年泉下❿無消息，九日樽前有所思！莫學漢臣栽苜蓿⓫，還同楚客⓬詠江蘺⓭。郎君官貴施行馬⓮，東閣⓯無因更重窺。」

張曙⓰，崔昭緯⓱，中和⓲初西川同舉，相與詣日者⓳問命。時曙自恃才名籍然⓴，人皆呼為將來狀元，崔亦分㉑居其下。無何，日者殊不顧曙，目崔曰：「將來萬全高第。」曙有慍色㉒。日者曰：「郎君亦及第，然須待崔家郎君拜相，當於此時過堂㉓。」既而曙果以慘恤㉔不終場，昭緯其年首冠㉕。曙以篇什㉖刺之曰：「千里江山陪驥尾㉗，五更風水㉘失龍鱗㉙，昨夜浣花溪㉚上雨，綠楊芳草屬何人！」崔甚不平。會夜飲，崔以巨觥㉛飲張，張推辭再三，崔曰：「但喫，卻待我作宰相與你取狀頭㉜。」張拂衣而去，因之大不叶㉝。後七年，崔自內廷大拜㉞，張後於三榜裴公㉟下及第，果於崔公下過堂。

崔珏㊱佐大魏公㊲幕，與副車㊳袁充㊴常侍不叶，公俱薦之於朝。崔拜芸閣㊵讎校㊶，縱舟江滸㊷。會有客以絲桐㊸詣㊹公，公善之，而欲振㊺其名；命以乘馬㊻迎珏，共賞絕藝。珏應召而至，公從容㊼為客請一篇，珏方懷怫鬱㊽，因以發泄所蓄。詩曰：「七條絃上五音㊾寒，此藝知音自古難，唯有河南房次律㊿，始終留得董亭蘭(51)。」公大慙恚(52)。

【注釋】❶李義山　即李商隱。見卷四〈師友〉⓴。❷令狐文公　即令狐楚。見卷二〈爭解元〉❹。❸大中　（八四七～八五九）唐宣宗年號。❹趙公　指令狐綯。令狐綯封趙國公，因稱。詳見卷四〈師友〉「方干師徐凝」段㉒。❺內廷　亦作「內庭」。宮禁之內。❻詩　《全唐詩》題作〈九日〉。❼山公　晉代山濤。借指令狐楚。❽酒卮　酒杯。❾離披　盛貌；多貌。❿泉下　泉間林下。指未在朝任職。⓫漢臣栽苜蓿　苜蓿原產西域各國，漢武帝時，張騫使西域，始從大宛傳入。當時廣為種植。詩即用此典。⓬楚客　指屈原。⓭詠江蘺　〈離騷〉有「扈江離與辟芷兮，紉秋蘭以為佩」之句。江蘺，亦作「江離」。香草名。⓮行馬　官署前所設，用交叉木條製成，攔阻人馬通行的木柵。⓯東閣　宰相府向東開的小門。據《漢書‧公孫弘傳》，公孫弘為宰相，開東閣以延請賢人，參與謀議。後用以稱宰相招致款待賓客之所。⓰張曙　小字阿灰，排行五十。唐南陽（今屬河南）人。張曙文章秀麗，才名頗著。大順二年（八九一）登進士第。曾任拾遺，官至右補闕。⓱崔昭緯　見卷八〈及第與長行拜官相次〉❾。⓲中和　（八八一～八八四）唐僖宗年號。時僖宗在蜀，科場亦設在蜀中。⓳日者　古時以占候卜筮為業的人。⓴籍然　猶籍甚。盛大；盛多。㉑分　意料；料想。㉒慍色　怨怒的神色。㉓過堂　唐代進士及第後，須由主司帶領至都堂謁見宰相，叫過堂。㉔慘恤　喪事；居喪。㉕首冠　第一。崔昭緯為中和三年狀元。㉖篇什　詩。㉗驤

尾　語出《史記・伯夷叔齊列傳》：「顏淵雖篤學，附驥尾而行益顯。」後用以喻追隨先輩、名人之後。㉘五更風水　即上文所云之「慘恤」。㉙失龍鱗　猶言未能得到人主的選拔。龍鱗，指代人主。㉚浣花溪　一名濯錦江。又名百花潭。在成都西郊。因在四川應試，故有此語。㉛觥　此指飲酒器，即杯。㉜狀頭　即狀元。㉝不叶　不協；不睦。㉞大拜　拜相。㉟三榜裴公　裴贄。見卷三〈慈恩寺題名遊賞賦詠雜紀〉「大順中」段⓮。㊱崔珏　字夢之。宣宗大中年間登進士第。官至侍御史。㊲大魏公　崔鉉。見卷二〈海述解送〉❻。㊳副車　皇帝女婿，即駙馬。㊴袁充　事跡未詳。㊵芸閣　即芸臺。指祕書省。㊶讎校　此指校書郎。㊷江滸　江邊。㊸絲桐　指琴。古人削桐為琴，練絲為絃，故稱。㊹詣　造訪。㊺振　顯揚。㊻乘馬　四匹馬拉的車。表示尊貴。㊼從容　悠閒舒緩。㊽怫鬱　憂鬱。㊾五音　我國古代五聲音階中的五個音級，即宮、商、角、徵、羽。㊿房次律　房琯，字次律。見卷七〈知己〉「張燕公知房太尉」段❷。(51)董亭蘭　《舊唐書・房琯傳》：「聽董庭蘭彈琴，大招集琴客筵宴，朝官往之，因庭蘭以見琯。自是亦大招納貨賄。」崔珏因以此詩譏刺崔鉉。(52)慙恚　亦作慚恚。羞慚怨恨；羞慚憤怒。

【語　譯】李商隱師事令狐楚。大中年間，趙國公令狐綯任職內廷，九月九日重陽，李商隱前去拜謁，但令狐綯卻不見他，於是李商隱在屏風上寫了一首詩後離去。詩云：「曾與山公共把酒卮，霜天白菊正離披。十年泉下毫無消息，九日樽前當有所思！莫學漢臣栽種苜蓿，還同楚客吟詠江蘺。郎君官貴施放行馬，東閣無因再來重窺。」

張曙，崔昭緯，中和初年在四川同時參加進士考試，相約去占卜者處詢問命運。當時，張曙自恃才名很高，時人也都稱他為將來狀元，崔昭緯也料想自己居於張曙之下。不一會，占卜者一點也不顧及張曙，注視崔昭緯說：「你將來一定是萬全高第。」張曙聽了臉露惱怒的神色。占卜者對張曙說：「郎君日後亦會進士及第，但要等到崔家郎君拜相，自當在那時過堂，謁見宰相。」不久，張曙果然遇喪事而最終未能考完試，崔昭緯則是當年的狀元。張曙作了一首詩譏刺崔昭緯：「千里江山陪驥尾，五更風水失龍鱗。昨夜浣花溪上雨，綠楊芳草屬何人！」崔昭緯對此甚感不平。後恰逢夜間宴飲，崔昭緯用巨杯勸張曙飲酒，張曙再三推辭，崔昭緯說：「你只管吃，等我作宰相時為你取狀元。」張曙聽了拂袖而去，兩人因此而關係十分緊張。七年後，崔昭緯自內廷被任為宰相，張曙後來也在先後三次主持貢舉的裴贄榜下及第，果然在崔昭緯面前過堂。

崔珏任職於大魏公崔鉉的幕府，與駙馬袁充常侍不和，崔鉉將兩人都向朝廷作了推薦，崔珏被任為秘書省校書郎。一次，崔珏乘舟在江上縱遊，恰逢有客人攜琴造訪崔鉉，崔鉉待那人甚厚，並想顯揚他的名聲。崔鉉命人用四匹馬拉的車去迎接崔珏，請他來共賞絕藝。崔珏應召前來，崔鉉悠閒自得地請崔珏為客人作一首詩，崔珏心中正不痛快，因而藉機發洩積聚在心中的不滿。詩云：「七條絃上五音寒，此藝知音自古難，唯有河南房次律，始終留得董亭蘭。」崔鉉聽後頗為羞慚憤怒。

張楚❶與達奚侍郎❷書：「公橫海殊量，干霄偉材，鬱❸為能賢❹，特❺負公望，雄筆麗藻，獨步當時，峻節清心，高邁❻流俗。其❼為御史❽也，則察視臧否❾，糾遏姦邪。其任郎官也，則彌綸❿舊章⓫，發揮清議⓬。其拜舍人⓭也，則專掌綸綍⓮，翱翔掖垣⓯。其遷侍郎也，則綜覈⓰才名⓱，規模⓲禮物⓳。良由心照明鏡，手握純鈞⓴，龍門少登，鵬翼孤運㉑；猶且謙能下士，貴不易交。頃㉒辱㉓音書㉔，怳若會面，眷顧㉕之重㉖，宿昔㉗不渝㉘；執翫㉙徘徊㉚，緘藏㉛反覆，〈伐木〉㉜之詩重作，〈採葵〉之詠㉝再興，何慰如之！幸甚，幸甚！僕誠鄙陋，素乏異能，直守愚忠，每存然諾㉞。背憎噂沓㉟，少小不為；蘧蒢戚施㊱，平生所恥。故得從遊君子，厠迹周行㊲，歡會之間，常多企慕；聊因翰墨，輒寫蒭蕘㊳。公往在臨淄㊴，請僕為曹掾㊵，喜奉顏色㊶，得接徽猷㊷，美景良辰，必然邀賞，斗酒臠肉㊸，何曾暫忘！分若芝蘭[44]，堅逾膠漆。時范、穆二子[45]，俱在屬城，僕濫同人[46]，見稱四友。嘗因醉後，遂論晚暮官資[47]，眾識[48]許公榮陽[49]，敦然[50]不顧，公誠相期[51]於下郡[52]，咸及為榮，志氣之間，懸殊久矣。今范郎中永逝，穆司直尋殂[53]，唯僕尚存，得觀榮貴。此疇昔之情一也。尋應制舉[54]，同赴洛陽，時是春寒，正值雨雪，俱乘款段[55]，莫不艱辛；朝則齊鑣[56]，夜還連榻，行邁靡靡，中心搖搖[57]；及次新鄉[58]，同為口號[59]。公先曰：『太行松雪，映出青天。』僕答曰：『淇水煙波，半含春色。』向將[60]百對，盡在一時，發則須酬，遲便有罰，並無所屈，斯可為歡。此疇昔之情二也。初到都下，同止客坊，早已酸寒，復加屯躓[61]；屬[62]公家豎[63]逃逸，竊藏無遺，賴僕僑裝[64]未空，同爨[65]斯在，殆[66]過時月，以盡有無，巷雖如窮，坐客常滿；還復嘲謔，頗展歡娛，公詠僕以衣袖障塵，僕詠公以漿粥[67]和酒；復有憨媼，提攜破筐，頻來掃除，共為笑弄。此疇昔之情三也。公授鄭縣[68]，歸迎板輿[69]，僕已罷官，時為貧士；於焉貰酒[70]，猶出荒郊，僕得軒車[71]，便成野酌，留連數日，款曲[72]襟懷；旋愴分離，遠行追送，他鄉旅寓，摻袂[73]淒然；雖限山川，常懷夢想。此疇昔之情四也。公在畿甸[74]，僕尉長安，多陪府庭[75]，是稱聯吏[76]。數遊魏十四[77]華館，頻詣武七[78]芳筵，婉孌[79]心期[80]，綢繆[81]讌語[82]，應接無暇，取與非他，車公[83]若無，怛然[84]不樂；黃生[85]未見，鄙吝[86]偏形。此疇昔之情五也。公遷侍御[87]，僕忝[88]起居[89]，執法記言，連行供奉[90]，舉日相見，為歡益深：煥爛[91]玉除[92]之前，馥郁香爐之下，仰戴[93]空極[94]，盡覩[95]朝儀[96]；若在鈞天[97]，如臨元圃[98]。此疇昔之情六也。僕轉郎署，先在祠曹[99]，公自臺端，俯臨禮部[100]，昔稱同舍，今則同廳；退朝每得陪行，就食尋常接坐；攀由鴻鵠[101]，倚是蒹葭[102]，咫尺餘光，環迴末職，官連兩載，事等一家。此疇昔之情七也。復考進士文策[103]，同就侍郎廳房，信宿[104]重闕[105]，差池[106]接席[107]，掎摭[108]之務，仰止彌高；于時賢郎[109]幼年辭翰[110]，公以本司恐謗，不議祁奚[111]；僕聞善必驚，是敬王粲[112]；驟請座主[113]，超升甲科[114]，今果飛騰，已遷京縣。雖云報國，亦忝知人。此疇昔之情八也。凡人有一於此，猶有可論[115]，況僕周旋[116]若斯，足成深契[117]。所以具申前好，用呈寸心；非欲稱揚，故為繁冗。今公全德[118]之際，願交者多，昔公未達之前，欲相知者少；於多甚易，在少誠難；則公居甚易之時，下走[119]處誠難之日，本以義分[120]相許，明非勢利相趨，早為相國[121]所知，累遷官守。其在銓管[122]也，用僕為京兆掾[123]。其在臺衡[124]也，用僕為尚書郎[125]。隻字片言，曾蒙激賞；連遭被謗[126]，備與辨明；察於危難之情，知在明教之地。後緣疏惰，自取播遷[127]；顧三省[128]而多慙，廿一黜而何贖[129]！歷司馬長史，再佐任治中[130]；萬里山川，七周星歲[131]；從閩適越，染瘴纏痾；比先支離[132]，更加枯槁；盡作頒鬢[133]，難為壯心；常情[134]尚有咨嗟[135]，故舊能無嘆息！非辭坎壈[136]，但媿[137]揶揄[138]。偏觀昔人沉淪[139]，多因推薦，其有超然，卻貴自達[140]，十不二三。以管仲[141]之賢，須逢鮑叔[142]；以陳平[143]之智，須遇無知[144]；以諸葛[145]之才，見稱徐庶[146]；以禰衡[147]之俊，見藉[148]孔融[149]：如此之流，不可稱數。其於樗散[150]，必待吹噓，如公顧眄[151]生光，剪拂[152]增價，豈忘朽株之事[153]，而輕連茹[154]之辭乎！即有言而莫從，未有不言而自致[155]。世稱王陽在位，貢禹彈冠[156]，彼亦何哉？非敢望[157]也！復恐傍人疏間[158]，貝錦成章[159]，僕既無負於他人，人豈有嫌於僕？愚之竊料，當謂不然；彼欲加諸[160]，復難重[161]爾！嘗試大抵如之，或在蒼黃[162]，或於疑似[163]，都由聽授[164]，不至分明[165]，便起猜嫌，俄成亹隙[166]。廉藺[167]獨能生覺[168]，蕭朱[169]杳[170]不深知；備出時談[171]，可為殷鑒[172]。且今之從政，必也擇人，若非文儒，祗應吏道。僕於藻翰[173]，留意則下筆成章；僕於幹蠱[174]，專精則操刀必割[175]；歷官一十五任，入事三十餘年。夫琢玉為器者，尚掩微瑕；僝[176]木為輪者，猶藏小節；僕縱有短，身還有長。至如高班要津[177]，聽望[178]已久；小郡偏州，常才為之。嗟乎，不與其間，益用惆悵！要欲知其某郡太守[179]，以示子孫；未知生涯幾何，竟當遂否？天不可問，人欲奚為！然則同時郎官及餘親故，自僕貶黜之後，亡者三十餘人，皆負聲華[180]，豈無知己，不與年壽，相次歿於泉扃[181]。有若范宣城[182]等，就中深密[183]，最與追從[184]，亦思題篇，匪朝即夕[185]，索然[186]皆盡，非慟而誰！不奈吾儕[187]多從鬼錄[188]，獨求榮進，實愧無厭，向前借譽，於公是謬。自頃探釋氏[189]苦空[190]之說，覽莊生[191]齊物之言[192]，寵辱何殊，喜慍無別。希求速進者，未必以前有；永甘棄廢者，未必以後無；倚伏[193]難知，吉凶何定！朝榮暮落，始富終貧，范[194]卷簀而後榮，鄧[195]賜錢而餓死；當黥而貴[196]，折臂猶亨[197]，飜覆[198]何定！□□波瀾[199]，飄飄[200]風雨，任運[201]推轉[202]，何必越性[203]干祈[204]！但以鄰城[205]最當官路，使命[206]來往，賓客縱橫，馬[207]少憩鞍，人當倒屣[208]，俸祿供幣[209]，蓋不足云，筋力[210]漸衰，故難堪[211]也。儻少乖阻[212]，即起慍辭[213]，誠兼濟[214]之義存，若屢空[215]而理在；加以物務[216]牽率[217]，形役[218]徒勞[219]；幸有田園在於河內[220]，控帶[221]泉石[222]，交映林亭，密爾[223]太行[224]，尤豐藥物；素書[225]數千卷，足覽古今；子姪五六人，薄閑[226]詩賦；兼令佐酒，何處生愁？更引圍碁[227]，別成招隱[228]。風來北牖[229]，月出東岑[230]；往往觀魚[231]，時時夢蝶[232]；唯開一徑，懶問四鄰；潘岳[233]於是閑棲[234]，梁竦[235]由其罷嘆，行將謝病[236]，自此歸耕。倘不遂微誠[237]，明神[238]是殛[239]！遠陳本末之事，庶體行藏(240)之心。秋中漸涼，惟納休謐(241)！出處(242)方異，會合無期，願以加湌(243)，匪唯長憶。不具(244)。張楚白。」

【注釋】①張楚　開元七年（七一九）登文詞雅麗科。初為臨淄掾，調長安尉，轉起居舍人，遷禮部員外郎，後歷任外職。②達奚侍郎　達奚珣。開元五年，登文史兼優科。官至禮部侍郎，四主貢舉。安祿山陷長安，受偽職。從內容看，可知此信是張楚給達奚珣的覆信。③鬱　積聚。④能賢　才能，賢明。⑤特　《全唐文》作「時」。⑥高邁　遠遠超過。⑦其　指達奚珣。⑧御史　掌糾彈百官，肅正朝綱。⑨臧否　善惡；得失。⑩彌綸　綜括；貫通。⑪舊章　昔日的典章。⑫清議　對時政的議論。⑬舍人　當指中書舍人。掌參議表章，草擬詔敕。⑭綸綍　《禮記．緇衣》：「王言如絲，其出如綸；王言如綸，其出如綍。」後因稱皇帝的詔令為「綸綍」。⑮掖垣　唐代稱門下、中書兩省。因分別在禁中左右掖，故稱。⑯綜覈　亦作「綜核」。謂聚總而考核之。⑰才名　才華與名望。⑱規模　規劃。⑲禮物　典禮物色。此句猶言規劃禮儀典章。⑳純鈎　亦作「純鉤」、「純鈞」。古寶劍名。㉑龍門少登二句　指達奚珣年輕時即登進士第，且仕途順利。鵬翼，喻指仕途顯達。㉒頃　近來。㉓辱　謙詞。猶承蒙。㉔音書　書信。㉕眷顧　垂愛；關注。㉖重　厚。㉗宿昔　經久。㉘不渝　不變。㉙執翫　執玩；拿在手中欣賞。㉚徘徊　流連；留戀。㉛緘藏　封存。這句意為不斷取出，反覆閱讀。㉜伐木　見《詩．小雅》。據〈毛詩序〉云：「〈伐木〉，燕朋友故舊也。」本詩表達的是順人心、篤友情的主題，作者借此稱讚達奚珣重友情。㉝採葵之詠　出處不詳。㉞然諾　言而有信。此指諾言。㉟背憎噂喈　謂當面談笑，背後憎恨。背憎，謂背地裡憎恨。噂喈，亦作噂沓。議論紛紛。㊱蘧篨戚施　喻諂諛獻媚之人。㊲周行　至善之道。《詩．小雅．鹿鳴》：「人之好我，示我周行。」㊳芻蕘　亦作「芻蕘」。淺陋的見解。多用作自謙之詞。㊴臨淄　今屬山東。㊵曹掾　分曹治事的屬吏、胥吏。㊶顏色　面容。此指親自侍奉。㊷徽猷　美善之道。㊸㪷酒臠肉　一斗酒一塊肉。言數量少。㪷，同「斗」。㊹芝蘭　均為香草名。此作者與達奚珣自況。㊺范穆二子　即下文范郎中、穆司直。所指何人未詳。㊻僕濫同人　我濫竽充數得以同列。㊼官資　官吏的資歷職位。也指俸祿。㊽眾識　指朋友。㊾滎陽　猶言顯貴發達。㊿敦然　同「勃然」。怒貌。(51)期　期許。(52)下郡　下等的州郡。(53)殂　死亡。(54)制舉　以制科取士。唐代重要的制科為賢良方正直言極諫科、才識兼茂明於體用科等。錄取者優予官職。(55)款段　借指馬。(56)齊鑣　並駕。(57)行邁靡靡二句　語出《詩．王風．黍離》。猶言路途遙遠，愁苦無告。靡靡，遲遲。搖搖，愁悶難言。(58)

新鄉 今屬河南。[59]口號 表示隨口吟成，和「口占」相似。此有「對對子」之意。[60]向將 將近。[61]屯蹶 困頓失意。[62]屬恰。[63]家豎 即「家豎」。私家的僮僕。[64]僑裝 行裝。此指錢物。[65]爨 燒火煮飯。此指一起吃住。[66]殆 乃。[67]粥粥 粥粥。[68]鄭縣 治今陝西華縣。[69]板輿 當指一種車。[70]貰酒 買酒。[71]軒車 有屏障的車。古代大夫以上所乘。後亦泛指車。[72]款曲 殷勤酬應。[73]摻袂 執袖。猶握別。[74]畿甸 京城地區。[75]府庭 衙門；公堂。[76]聯吏 猶同僚。長安縣也屬京畿，因有是語。[77]魏十四 排行十四。名未詳。[78]武七 《全唐詩》武元衡有〈送七兄赴歙州〉，武元衡有兄名譚，不知與此人有否聯繫。[79]婉孌 纏綿；繾綣。[80]心期 心中相許；相交。[81]綢繆 情意殷切。[82]讌語 猶讌話。聚談。[83]車公 晉人車胤善於賞會，當時每有盛會而車胤不在，皆云「無車公不樂」。[84]悒然 鬱悶貌。[85]黃生 東漢黃憲，時人比之顏回，「時月之間，不見黃生，則鄙吝之萌，復存於心」。[86]鄙吝 亦作「鄙厽」、「鄙悋」。過分愛惜錢財。[87]侍御 侍御史。掌糾彈百官，推按獄訟。[88]忝 忝列。謙詞。[89]起居 起居舍人。掌起居注，記錄皇帝言行以備修史。因而下文有「執法記言」之語。[90]供奉 侍奉；侍候。[91]煥爛 光耀燦爛。[92]玉除 玉階。指宮庭臺階。[93]仰戴 敬仰感戴。[94]空極 未詳。似指青天。[95]覩 睹。[96]朝儀 朝廷禮儀。[97]鈞天 天的中央。傳說為天帝住的地方。[98]元圃 天上的園囿。元，天。[99]僕轉郎署二句 指張楚升任禮部員外郎。祠曹，祠部機構。隋唐時屬禮部。[100]公自臺端二句 指達奚珣升任禮部侍郎。因而下文有「今則同廳」之語。臺端，唐代侍御史又稱「臺端」。[101]鴻鵠 即鵠。俗稱天鵝。喻志向遠大之人。[102]蒹葭 蒹、葭均為價值低賤的水草，因喻微賤。亦常用作謙詞。此為作者自指。[103]文策 策問。應試文體的一種。[104]信宿 連宿兩夜。[105]重闕 重重宮門。[106]差池 意外。[107]接席 坐席相接。多形容親近。[108]掎摭 摘取；取得。此指處理政務得心應手。[109]賢郎 指達奚珣之子。[110]辭翰 文章；著述。[111]公以本司恐謗二句 時達奚珣任禮部侍郎，進士試由禮部主持，怕招致非議，而不予錄取。祁奚，春秋時晉國大夫。他告老時，辭中軍尉職事，晉悼公問誰可繼承，祁奚先推薦仇人解狐。復問，又舉薦其子祁午。時人因而有「外舉不避仇，內舉不避親」之譽。此反用「內舉不避親」之義。[112]僕聞善必驚二句 張楚將達奚珣之子比作漢末「建安七子」之一的王粲。王粲幼時即聰明過人。一天到當時極負才名的蔡邕府去，蔡邕聽說王粲來了，趕緊出門相迎，連鞋子也穿倒了。王粲進來，在坐的客人看他年歲幼小，還是個孩子，無不驚奇。蔡邕更稱王粲才智過人，自己及不上他。[113]座主 主考官。[114]甲科 唐代明經有甲、乙、丙、丁四科，進士有甲、乙兩科。[115]論 品評。[116]周旋 此指交往。[117]深契 深厚的友情。[118]全德 道德上完美無缺。[119]下走 自稱的謙詞。[120]義分 合乎道義的情分。[121]相國 未詳何人。[122]銓管 指掌管選拔人才的職位。[123]京兆掾 京兆府屬官。掾，官府中佐助官吏的通稱。[124]臺衡 喻宰輔大臣。[125]尚書郎 唐代六部均屬尚書省，張楚任禮部員外郎，因自稱尚書郎。126連讒被謗　接連遭到讒毀誹謗。因而下文有「歷司馬長史」之語。司馬、長史多為安置閑散、貶謫官員。127播遷　遷徙；流離。128三省　認真反省過錯。129贖　抵銷，彌補過失。130治中　治理政事的文書檔案。可能指主簿之類官職。131七周星歲　指經歷七年。星歲，歲月。132支離　憔悴；衰疲。133頒鬢　斑白的雙鬢。頒，通「斑」。134常情　一般的情理。此指泛泛之交。135咨嗟　嘆息。此指同情之意。136坎壈　困頓；不得志。137媿　慚愧。138揶揄　嘲笑；戲弄。139沉淪　埋沒；陷入困境。140自達　自己勉力以顯達。141管仲　見卷六〈公薦〉「李翺薦所知」段5。142鮑叔　即鮑叔牙。春秋時齊國大夫。以知人著稱。少年時和管仲友善，後因齊亂，隨公子小白出奔莒，管仲則隨公子糾出奔魯。襄公被殺，糾和小白爭奪君位，小白得勝即位，即齊桓公。桓公任命鮑叔牙為宰，他辭謝，保舉管仲。後來齊國經管仲改革，日漸富強。143陳平　（?～前一七八）漢初陽武（今河南原陽東南）人。少時家貧，好黃老之術。陳勝起義，他投魏王咎，為太僕。後從項羽入關，任都尉。旋歸劉邦，任護軍中尉，建議用反間計使項羽去謀士范增，並以爵位籠絡大將韓信，為劉邦所採納。漢朝建立，封曲逆侯。惠帝、呂后時任丞相，以呂氏專權，不治事。呂后死，他與周勃定計，誅殺呂產、呂祿等，迎立文帝，任丞相。144無知　即魏無知。陳平歸劉邦，係由魏無知引薦。後陳平因功封戶牖侯，辭謝，並說：「如果沒有魏無知，我怎麼會有今日。」劉邦又賞賜魏無知。145諸葛　諸葛亮（一八一～二三四），字孔明，三國琅邪陽都（今山東沂南）人。東漢末，隱居鄧縣隆中（今湖北襄陽西）。被稱為「臥龍」。建安十二年（二〇七），劉備三顧草廬，諸葛亮隆中對策，此後成為劉備主要謀士。劉備在其幫助下，占領荊益，建立蜀漢政權。劉備稱帝，任丞相。當政期間，勵精圖治，賞罰嚴明，推行屯田制度，改善和西南各族的關係，有利於當地經濟、文化的發展。後屢次出兵攻魏，建興十二年，病死於五丈原軍中，葬定軍山。146徐庶　字元直。三國潁川（治今河南禹州）人。初與諸葛亮等為友。後歸劉備，乃推舉諸葛亮。曹操取荊州，從劉備南行，以其母為曹軍所執，被迫歸曹操，官至右中郎將。魏明帝時死。147禰衡　字正平。東漢平原般（今山東臨邑東北）人。少有才辯，長於筆札。性剛傲物。曹操欲見之，衡稱病不肯往。操乃召為鼓史，大會賓客，欲當眾辱衡，反為衡所辱。曹操將其遣送荊州劉表。後為江夏太守黃祖所殺。148見藉　猶言借助於。149孔融　（一五三～二〇八）字文舉。東漢魯國（治今山東曲阜）人。曾任北海相，時稱孔北海。為人恃才負氣。後因觸怒曹操被殺。為「建安七子」之一。原有集，已散佚，明人輯有《孔北海集》。150樗散　樗木材劣，多被閒置。比喻不為世用，投閒置散。151顧眄　看重；賞識。152剪拂　修整擦拭。比喻推崇、讚譽。153朽株之事　出處未詳。然據《後漢書·循吏傳·孟嘗》：「槃木朽株，為萬乘用者，左右為之容耳。」抑或指此。朽株，腐朽的樹樁。亦喻指老朽無用之人。154連茹　語本《易·泰》：「拔茅茹以其彙，征吉。」

王弼注：「茅之為物，拔其根而相牽引者也。茹，相牽引之貌也。」後因以「連茹」表示擢用一人而連帶起用其他人。(155)自致　《全唐文》無「自」字。(156)王陽在位二句　《漢書・王吉傳》：「(王)吉與貢禹為友，世稱『王陽在位，貢禹彈冠』。言其取舍同也。」謂貢禹與王吉(字子陽，因稱王陽)友善，見其在位，亦願為官。後遂以「貢禹彈冠」比喻樂意輔佐志向相同的人。(157)望　比擬。(158)疏間　疏遠離間。(159)貝錦成章　喻誣陷他人、羅織罪名，積漸生變。(160)加諸　指種種不實之詞。(161)重　崇尚；推崇。(162)蒼黃　《墨子・所染》：「見染絲者而歎曰：染於蒼則蒼，染於黃則黃，所入者變，其色亦變。」以「蒼黃」比喻事物變化不定，反覆無常。(163)疑似　《呂氏春秋・疑似》：「疑似之迹，不可不察。」謂似是而非或是非不明。(164)聽授　猶言審察任用。(165)分明　本指清楚明白。此有至明至公之意。(166)釁隙　即舋隙。仇隙。(167)廉藺　指戰國時趙國的廉頗和藺相如。廉頗係趙國名將，趙惠文王時任上卿。藺相如在趙惠文王時，秦向趙強索「和氏璧」，他奉命帶璧入秦，當廷力爭，使原璧歸趙。後隨趙王到澠池(今河南澠池西)與秦王相會，憑智勇，使趙王免受屈辱，因功任為上卿。對廉頗能容忍謙讓，使頗悔悟，成為團結禦侮的知交。(168)生覺　使人覺悟；使人感悟。(169)蕭朱　指西漢時人蕭育和朱博。兩人始為好友，後有隙，終成仇人。詳見《後漢書・王丹傳》。(170)杳　遠。(171)時談　時人的言論。(172)殷鑒　亦作「殷監」。《詩・大雅・蕩》：「殷鑒不遠，在夏后之世。」謂殷人子孫應以夏的滅亡為鑒戒。後亦指可以作為借鑒的往事。(173)藻翰　華麗的文辭、文章。(174)幹蠱　泛指主事、辦事。(175)操刀必割　意為一定會有了斷；辦事妥貼。(176)孱　具備；齊集。(177)高班要津　指高貴顯要的職位。(178)聽望　猶聲望。(179)要欲句　《全唐文》無「其」字。(180)聲華　猶言聲譽榮耀。此指有聲望才華者。(181)泉扃　墓門。亦指陰曹地府。(182)范宣城　未詳何人。(183)深密　深沉縝密。(184)追從　追隨跟從。(185)匪朝即夕　匪朝伊夕。不止一日。此指時間短。(186)索然　流淚貌。(187)吾儕　吾輩。(188)鬼錄　亦作「鬼籙」。迷信者所謂陰間死人的名簿。(189)釋氏　指佛教。(190)苦空　佛教語。謂人世間一切皆苦，凡事皆空。(191)莊生　即莊子。見卷四〈師友〉「毛傑與盧藏用書」段(113)。(192)齊物之言　莊子有〈齊物論〉，認為宇宙間一切事物，如生死壽夭、是非得失、物我有無，都應當同等看待。(193)倚伏　借指禍福。語本《老子》「禍兮福之所倚，福兮禍之所伏」。(194)范　指戰國時魏人范雎。因事為須賈所誣，被魏相魏齊使人笞擊折脅，范雎佯裝已死，即用簀捲起被置於廁所之中。後化名張祿，入秦，秦昭王時任秦相，封於應(今河南寶豐西南)，稱應侯。簀，用竹片蘆葦編成的床墊子。(195)鄧　指西漢時人鄧通。漢文帝時，為黃頭郎，後得寵幸，官至上大夫。前後賜錢無數，文帝並賜給鄧通蜀郡嚴道銅山，許其鑄錢，鄧氏錢遍於天下。後人常用他的名字比喻富有。景帝即位後，免官。不久，家財盡被沒收，寄食人家，窮困而死。(196)當黥而貴　出典未詳。黥，黥刑。在面部刺字，以墨涅之。(197)折臂猶亨　出典未詳。亨，亨通。(198)飜覆　即翻覆。意為變過來，變過去。翻，同「翻」。199波瀾　查《全唐文》卷三〇六〈與達奚侍郎書〉，「波瀾」上缺二字。200飄飄　動蕩不安；不平靜。201任運　謂任憑命運安排。202推轉　擺布。203越性　背離本性。越，背離；違背。204干祈　求請。205鄴城　治今河北臨漳西南鄴鎮東。隋以前，不僅是北方軍事重鎮和政治中心，也是最繁榮富庶的大都市之一。從下文看，張楚當時似任職鄴城。206使命　使臣；使者。207馬　當指迎送客人的驛馬。208倒屣　亦作「倒屧」。急於出迎，把鞋倒穿。典出《三國志．魏志．王粲傳》。見112。209供幣　進奉的錢物。210筋力　猶體力、精力。211難堪　難以勝任。212乖阻　猶乖違。213憾辭　不滿、怨恨的言辭。214兼濟　謂使天下民眾、萬物咸受惠益。215屢空　經常貧困。謂貧窮無財。216物務　事務。217牽率　猶牽拘、牽纏。218形役　謂為形骸所拘束、役使。猶言被功名利祿所牽制、支配。219徒勞　空自勞苦；白費心力。220河內　指今河南黃河以北地區。221控帶　縈帶；縈繞。222泉石　指山水。223密爾　安靜貌。224太行　指太行山。225素書　書籍。226薄閑　稍為寄情於。227圍碁　即圍棋。228招隱　招人歸隱。晉左思、陸機皆有〈招隱〉詩，此也隱含有此意。229北牖　北窗。牖，窗戶。230岑　小而高的山。231觀魚　亦作「觀漁」。典出《左傳》隱公五年：「五年春，公將如棠觀魚者。」後泛指觀看捕魚或觀賞游魚以為戲樂。232夢蝶　《莊子．齊物論》：「昔者莊周夢為蝴蝶，栩栩然蝴蝶也；自喻適志與，不知周也；俄然覺，則蘧蘧然周也。」本為寓言，後以「夢蝶」表示人生原屬虛幻的思想。233潘岳　（二四七～三〇〇）字安仁。西晉滎陽中牟（今屬河南）人。曾任河陽令、著作郎、給事黃門侍郎等職。能詩賦，與陸機齊名。作品多抒寫傷春悲秋之情，文辭華靡。〈悼亡〉詩較為有名。原有集，已散佚。明人輯有《潘黃門集》。234閑棲　猶閒居。235梁竦　字敬叔。東漢安定烏氏（今甘肅平涼西北）人。習《孟氏易》，好讀書，著有〈七序〉數篇。曾貶謫九真（在今越南清化一帶）。感悼伍子胥、屈原，作〈悼騷賦〉。章帝時，其兩女為貴人，小貴人生和帝。後為竇后所忌，兩貴人被殺，他也死於獄中。此張楚頗有將潘岳、梁竦自況之意。236謝病　託病引退。237微誠　微小的誠意。常用作謙詞。238明神　猶神明。239殛　誅殺；懲罰。240行藏　行跡；底細。241休謐　休息安寧。242出處　出仕和隱退。243加飡　亦作「加餐」。慰勸之辭。謂多進飲食，保重身體。244不具　書信末尾常用語，猶言不詳備。

【語　譯】張楚在給達奚珣侍郎的信中寫道：「您有跨越大海的器量，上凌雲霄的偉才，積聚為賢能，深負當時眾望；雄健的文筆華麗的辭藻，獨步當時；高峻的節操純正的心胸，遠遠超出流俗。您任御史，則審察百官的善惡得失，糾察阻遏姦邪之人。您任郎官，則綜貫舊日的典章，發揮對時政的議論。您任中書舍人，則專掌天子的詔令，施展才華於掖垣。您升任禮部侍郎，則匯聚士人考核其才名，規劃禮儀典章。確是心照明鏡，手握寶劍，年輕時即登龍門，獨運鵬翼；謙虛而能禮賢下士，顯貴而不改變友情。近來承蒙您賜信，就如會面一般，關愛的厚意，經久不變；您的信久久不忍釋手，時時取出反覆誦讀，猶如〈伐木〉之詩重作，〈採葵〉之詠再興，這是何等的欣慰！幸甚，幸甚！我實在是鄙陋之人，向來缺少特別的才能，但我一直堅守愚忠，時時心存諾言。當面談笑背後議論之舉，自幼不為；對諂諛獻媚之人，為平生所恥。故而能隨君子交往，廁跡於至善之道，在歡欣的聚會之時，常常有企盼仰慕之感；聊借筆墨，抒寫淺陋的見識。您早年在臨淄，聘我為屬吏，我很高興能侍奉於您，得以接近美善之道；遇美景良辰，必然邀我同賞，斗酒臠肉，何曾有一刻忘懷！分開時如芝蘭，但友誼堅逾膠漆。那時范、穆二人，都在屬城，我濫竽充數得以同列，被人們將我們稱為『四友』。曾因酒醉之後，就議論日後的官職，朋友們期許您將顯貴發達，您卻怒而不顧，您真誠希望只要能為下郡刺史，即以為榮，志向氣度，懸殊太久。現今范郎中與世長逝，穆司直不久也亡故，只有我還在，得以見到您榮耀顯貴。這是往昔之情一。不久應制舉考試，我們同赴洛陽，當時正是春寒，又逢雨雪連綿，我們乘馬而行，路途頗為艱辛；白天並駕而行，夜晚連榻而臥，路途遙遠，心中愁悶難言。到達新鄉，一起口占屬對。您先說：『太行松雪，映出青天。』我回應說：『淇水煙波，半含春色。』將近一百對，全在一時之間作就，應對及時則有酬勞，遲緩則要罰酒，相互之間並不能使對方屈服，這實在是歡快之事。這是往昔之情二。初到京城，同住在客舍，我們早已酸寒，又加困頓失意；恰又遭您的僮僕逃逸，將您的錢物偷竊而去，一無所遺，幸虧我的行囊未空，一起吃住，以度過時日，來盡我的能力。雖然居於窮巷，但坐中來客常滿；我們還相互戲謔，頗感歡娛，您以詩嘲笑我以衣袖障塵，我以詩戲謔您用漿粥和酒；又有憨態的老婦，手提破筐，常常來掃除住處，我們也一起以其為談笑之資。這是往昔之情三。您授職鄭縣，用車輿迎歸，而我已罷官，此時已是貧士。於是即在那裡買酒，來到城外荒郊，等候到了您的軒車，便成了野外小酌，留連數日，傾訴襟懷；隨即悽愴分離，追送您遠行，自此他鄉羈旅，握別分外淒然；雖為山川阻隔不能相見，但時時在夢中相會。這是往昔之情四。您任職京畿，我任長安縣尉，時常在府衙陪同，得稱同僚。屢次遊賞魏十四華館，頻頻前往武七芳筵，相交繾綣纏綿，聚談情真意切，應接不暇，交往沒有其他，車公不在，則生鬱悶不樂之貌，黃生未見，則生吝惜錢財之狀。這是往昔之情五。您升任侍御史，我忝列起居舍人，您執法我記言，連袂而行供奉內廷，舉目相見，交情日益深厚；光耀燦爛的玉階之前，香氣馥郁的香爐之下，仰戴青天，盡睹朝廷禮儀；如在天的中央，如臨天上園囿。這是往昔之情六。我轉任郎官，先在祠曹；您自臺端，俯臨禮部，昔日同舍而居，今則同廳共事；退朝後每每得以陪同而行，宴飲時常常座位相接；攀附鴻鵠，倚憑蒹葭，您咫尺之外的餘光，環繞迴護著我，任官連續兩載，事情等同一家。這是往昔之情七。我又參加進士策問考試，同在侍郎廳房，在宮闕之下連住兩夜，與您意外座席相接，您處理政務得心應手，令人仰之彌高；當時令郎幼年即擅文章，您因任職禮部恐遭非議，不議祁奚『內舉不避親』之舉；然而我聞善必驚，內心敬仰王粲，立即請求主考官，將令郎超升甲科，如今果然飛黃騰達，已升任京畿縣令。雖說我此舉是為報效國家，但亦忝名知人。這是往昔之情八。大凡人只要有其中的一項，就有可品評之處，何況我與您交往多年，早就有深厚的友誼。所以詳述昔日的友好，以表達寸心；這並非為了得到稱讚，而故意寫如此冗長的信。現今您正當道德完美之時，願意與您結交的人多，早年您未顯達之前，欲與您交往的人少；現今您要與許多人交往甚為容易，早年您與少數人交往確實很難；現在您居於結交甚易之時，而我卻處於交往困難之日，我們本來就以合乎道義的情分相期許，足以表明不是以權利地位相互利用。我早年為相國所賞識，累次升遷官職。他在銓管任上，任用我為京兆掾。他任宰輔大臣，任用我為尚書郎。我所作的隻字片言，曾得到他的讚賞；我接連遭到讒毀誹謗，他詳盡地為我辨明；我在危難的情況下他了解我，在修明教化之地他賞識我。後因我的疏懶怠惰，自己招致了貶謫流離；內心屢屢反省而頗多慚愧，甘願受黜而何能彌補過失！歷任司馬、長史，再任協助政事的治中；奔波於萬里山川，歷經七年漂泊；從閩到越，染瘴癘之氣而疾病纏身，比原先憔悴，形容更顯枯槁；兩鬢已都斑白，已難再有雄心壯志；泛泛之交尚有同情之心，故友舊交能不為之嘆息！這並非以困頓為藉口，實在是有愧於怕受人嘲弄。遍觀往昔之人的不得志，大多是因無人推薦，其中有的超然脫俗，推卻富貴而自己勉力以顯達，這樣的人不足十之二三。以管仲的賢能，還要碰到鮑叔牙的推舉；以陳平的智謀，還要經過魏無知的引薦；以諸葛亮的雄才，在受到徐庶的稱讚後方為人知；以禰衡之俊偉，也要靠孔融的舉薦而知名：像這樣的人物，無法計數。像我這樣被投閑置散的人，必須有人引薦宣揚。如能得到您的看重而生光，受到您的讚譽而身價倍增，又怎能忘朽木被用之事，而輕視推薦擢用的『連茹』之辭呢！這就是您推薦而沒有不被任用者，沒有您不推薦而能得到起用者。世稱『王陽在位，貢禹彈冠』，他們是何等的交情！我不敢和他們相比！我又恐怕受他人離間，羅織罪名，積漸生變，我既然沒有對不起別人的地方，別人又怎能怨恨我呢？我這些私下裡的猜想，其實是不對的。倘若有人要給您加上種種不實之辭，您就很難辯白！曾經試作觀察，情況大抵如此，有的變化不定，有的是非不明，這都是由於審察任用，未能做到至公至明，以致引起相互猜疑，進而形成仇隙。廉頗、藺相如的知交能使人感悟，蕭育和朱博兩人遠不能算是深交；這都出自時人的言論，可以作為借鑒的往事。而且現今從政，必然要選擇合適之人，如果不是文儒出身，也應明於吏道。我對於文辭，用心則下筆成章；我對於辦事，專精則處理妥貼；我歷官二十五任，入事也已三十餘年。雖鑿璞玉使之成為玉器，尚要遮掩玉上微小的瑕疵；備下木料製作車輪，還須掩藏木材上的細小斑節。我即使有不足，但身上也有長處。至於高官顯職，有聲望才華者早已擔任；小郡偏州，平常才能的人即可擔任。嗟呼，不參與其間，又何用惆悵！想要任某郡太守，以示子孫，但不知我生涯幾何，最終能順遂心願否？蒼天高不可問，人欲又能何為！然而與我同時任郎官及其餘的親朋故舊，自從我遭貶黜之後，亡故的已有三十餘人，他們都是極負聲望才華者，其中豈無知己，只是老天不假年壽，相繼亡故於泉下。就如范宣城等人，內心的深沉縝密，最令人追隨跟從，亦想相與題寫詩篇，然而非朝即夕，索然皆已逝去，不為他們悲慟而又能為誰？怎奈我輩多已列入死者名薄，只求榮耀仕進，實在有愧於永不滿足，又借舊事以沽名釣譽，對於您來說確是荒謬。自早先探索佛教苦空之說，觀覽莊生齊物之言，始悟寵辱沒有不同，喜怒亦無區別。希望求得迅速進身之人，未必以前有，永遠甘願棄廢沉淪之人，未必以後無；禍福難知，吉凶何定！早上開花而晚上敗落，開始富貴而最終貧困的例子俯拾皆是。范雎被簀捲起置於廁所而後享榮華，鄧通雖有文帝賜錢而最終窮困餓死；當受黥刑而後來顯貴，雖然折臂而猶自官運亨通，世事翻覆，何有定論！□□波瀾，飄飄風雨，任由命運擺布，何必要背離本性去干求請託！只是鄴城正當官路，使臣來往，賓客縱橫，驛馬很少能解鞍休息，官員也時常倒屣迎接來客；所得俸祿及其他錢物，不敷使用，且體力漸漸衰弱，難以勝任此職。倘若對來客稍有乖違，即會招致不滿之辭，這確是兼濟天下之大義存，猶如貧窮無財而理義在。加之事務纏身，身心疲勞，幸而有田園在河內，山水環繞，林亭交映，遠處太行綿密，山中藥物尤豐；家有素書數千卷，足以觀覽古今；有子姪五六人，閒暇寄情於詩賦。更令他們陪我飲酒，又怎會生愁？更以圍棋助興，別成招隱之趣。清風來自北窗，明月出於東山；常常觀魚，時時夢蝶；園中唯開一小徑，懶與四鄰交往；似潘岳在此閒居，梁竦因此罷嘆；我行將稱病引退，自此歸耕。倘不能順遂這微小的心願，將受到神明的懲罰。我向您陳述了事情的本末原委，或許您能體諒我內心深處的想法。秋意漸深天氣漸涼，願您休息安寧！您和我仕隱正異，相會無期，願您多多保重，恕不詳述。張楚上。」

任華❶戇直❷上嚴大夫❸牋：「逸人❹姓任名華，是曾作芸省❺校書郎者，輒敢長揖❻，俾❼三尺之童，奉牋❽於御史大夫嚴公麾下❾：僕隱居巖壑❿，積有歲年，銷宦情⓫於浮雲，擲世事於流水。今者輟魚釣⓬，詣旌麾⓭，非求榮，非求利。昨遷拜中憲⓮，臺閣⓯生風，甚善，甚善！華竊有所怪，請試言之。何者？華自去冬拜謁，偏⓰承眷顧⓱，幸辱⓲以文章見許⓳，以補袞⓴相期㉑，衆君子聞之當仁㉒矣。華請陪李太僕㉓詣闕庭㉔，公乃謂太僕曰：『任子文辭，可為卓絕，負冤已久，何不奏與㉕太僕丞？』華也不才，皆非所望；然公之相待，何前緊而後慢㉖若是耶？豈華才減於前日，而公之恩遇薄於茲辰？退思伏念，良增嘆惋耳！況華嘗以三數賦筆奉呈於公。展手札[27]云：『足下文格由來高妙，今所寄者尤更新奇。』公言之次[28]，敢忘推薦，朝廷方以振舉[29]遺滯[30]為務，在中丞今日，得非公言之次乎？當公言之次，曾[31]不聞以片言見及公其意者，豈欲棄前日之信[32]乎？華本野人，嘗思漁釣[33]，尋常[34]杖策，歸乎舊山，非有機心[35]，致斯扣擊[36]！但以今之後進[37]，咸屬望[38]於公，公其留意焉！不然，後進何望矣！任華頓首。」

華[39]與京尹杜中丞[40]書：「中丞閣下：僕常以為受人恩不易。何以言之？昔辟陽侯[41]欲與朱建[42]相知，建不與相見；無何，建母喪家貧，假借服具[43]，而辟陽侯乃奉百金往稅[44]焉。及辟陽侯遭讒[45]而竟獲免者，建之力也。其後淮南王[46]以諸呂[47]之故誅辟陽侯，而建以曾往來，亦受其禍。是知相知之道，乃是禍福存立[48]之門[49]，固不易耳。僕非求名，非求媚，是將觀公俯仰[50]，窺公淺深。何也？公若帶驕貴之色，移夙昔之眷[51]，自謂威足陵物，不能禮接於人，則公之淺深，於是見矣。公若務於招延[52]，不隔卑賤，念半面[53]之曩日，迴[54]青眼[55]於片時，則公之厚德，未易量也。惟執事[56]少留意焉！且君子成人之美，僕忝士君子之末，豈不敢成公之美事乎！是將投公藥石之言[57]，療公膏肓[58]之疾，未知雅意[59]欲聞之乎？必欲聞之，則當先之以卑辭[60]，中[61]之以喜色，則膏肓之疾，不勞扁鵲[62]而自愈矣。公其喜聽之！何者？當今天下，有譏諫63之士，咸皆不減於先侍郎64矣。然失在於倨，闕在於怒，且《易》曰：『謙謙君子，卑以自牧65。』復《語》66曰：『君子之道，忠恕而已矣67。』公之頃者，似不務68此道，非恐乖於君子，亦應招怒於時人；禍患之機69，怨讎之府70，豈在利劍相擊，拔戟相撞；其亦在於辭色71相干72，拜揖73失節74。則潘安仁75以孫秀76獲罪，嵇叔夜77為鍾會78所圖，古來此類，蓋非一也。公所明知之，又安可不以為深誡乎？必能遇士則誡於倨，撫下則宏以恕，是可以長守富貴，而無憂危，公成人之美在此而已矣。念之哉！任華一野客耳，用華言亦唯命79，不用華言亦唯命，明日當拂衣而去矣，不知其他。」

【注釋】❶任華　李白、杜甫同時人。玄宗時官秘書省校書郎，出為桂州刺史參佐。《全唐詩》存詩三首，《全唐文》存文一卷。❷戇直　迂愚剛直。❸嚴大夫　從此文內容看，似指嚴武。天寶末，從玄宗入蜀，由殿中侍御史遷諫議大夫，後任成都尹兼御史大夫充劍南節度使。❹逸人　猶逸民。指遁世隱居之人。❺芸省　祕書省的別稱。❻輒敢長揖　客套話。猶言冒昧打擾。長揖，拱手高舉，自上而下行禮。❼俾　使。此有派、讓之意。❽牋　書信。❾麾下　對將帥的敬稱。❿巖壑　山巒溪谷。此指隱居之處。⓫宦情　做官的意願。⓬輟魚鈞　猶言捨棄隱居。輟，中途停止。⓭旌麾　帥旗。⓮中憲　唐代中丞的別稱。⓯臺閣　隋唐時，指尚書省諸司。⓰偏　獨；單單。⓱眷顧　垂愛；關注。⓲辱　謙詞。猶承蒙。⓳見許　受到讚許。⓴補袞　唐代左右補闕之俗稱。㉑相期　相期許。㉒當仁　猶言當之無愧。㉓李太僕　未詳何人。太僕，唐代有太僕寺，係中央掌廄牧輿輦之事務機關。長官為太僕卿，次官少卿二人，屬官有丞、主簿等。此所指未詳。㉔闕庭　亦作「闕廷」。

朝廷。㉕與　授予。㉖前緊而後慢　緊、慢對舉。有以前熱情現今冷淡之意。㉗展手札　在給我的手札中說。展，陳述；申述。㉘公言之次　猶言談之間。㉙振舉　振作推舉。㉚遺滯　棄置未用的人才。㉛曾　竟。㉜信　此指諾言。㉝漁釣　借指隱居。㉞尋常　平時；經常。㉟機心　機巧功利之心。㊱扣擊　相互問難。㊲後進　後輩。亦指學識或資歷較淺的人。㊳屬望　期望。㊴華　任華。㊵杜中丞　未詳何人。中丞，指御史中丞。佐御史大夫掌糾彈百官。中唐以後，御史大夫多空缺不置，中丞實主御史臺事務，權任甚重。㊶辟陽侯　即審食其（？～前一七七）。西漢沛縣（今屬江蘇）人。初任漢高祖舍人，與呂后同時為項羽所俘，漸為呂后所親信。後封辟陽侯。呂后時，任左丞相，公卿皆因而決事，權勢很大。文帝立，他被免去相位。後為淮南王劉長所殺。㊷朱建　楚人。原為英布相。英布反，朱建諫阻，不聽。漢誅英布，漢高祖賜朱建為平原君。文帝時，因與辟陽侯善，文帝欲治其罪，自殺。㊸服具　指辦喪事的用具。㊹稅　送給死者的衣被等。稅，一作「襚」。㊺辟陽侯遭讒　因審食其親信呂后，有人在惠帝前詆毀他，惠帝欲殺審食其，朱建通過惠帝幸臣說情，審食其得以倖免。此事及下文朱建因與辟陽侯事相涉，「亦受其禍」，詳見《史記》卷九七、《漢書》卷四三〈朱建傳〉。㊻淮南王　即淮南厲王劉長（前一九八～前一七四）。漢高祖子。高祖十一年（前一九六）封。文帝即位，他驕橫不法，藏匿亡命。文帝六年（前一七四）陰謀叛亂，事發被拘，謫徙嚴道邛郵，途中不食而死。㊼諸呂　呂后親信。㊽存立　生存。此指存亡。㊾門　關鍵。㊿俯仰　舉動；舉止。(51)眷　顧念；關注。(52)招延　招致；求取。此指招致人才。(53)半面　《後漢書．應奉傳》：「奉少聰明。」李賢注引三國吳謝承《後漢書》：「奉年二十時，嘗詣彭城相袁賀，賀時出行閉門，造車匠於內開扇出半面視奉，奉即委去。後數十年於路見車匠，識而呼之。」後因用以稱瞥見一面。(54)迴　掉轉；回轉。(55)青眼　用「青白眼」典故。《世說新語．簡傲》「嵇康與呂安善」劉孝標注引《晉百官名》：「嵇喜字公穆，歷揚州刺史，康兄也。阮籍遭喪，往弔之。籍能為青白眼，見凡俗之士，以白眼對之。及喜往，籍不哭，見其白眼，喜不懌而退。康聞之，乃齎酒挾琴而造之，遂相與善。」後因以「青白眼」表示對人的尊敬和輕視兩種截然不同的態度。句中則是要杜中丞尊重他人。(56)執事　對對方的敬稱。(57)藥石之言　藥石，藥劑和砭石。比喻規戒之言。(58)膏肓　古代醫學以心尖脂肪為膏，心臟與膈膜之間為肓。後以「膏肓」稱病之難治者。此比喻難以救藥的缺點。(59)雅意　本意。(60)卑辭　亦作「卑詞」。言辭謙恭。(61)中　內心。(62)扁鵲　即秦越人。戰國初勃海鄚（今河北任丘北）人。初從長桑君學醫，得「祕方書」（祕方）。後遍遊列國行醫。因其醫術高明，被比作黃帝時神醫扁鵲。(63)譏諫　勸諫。(64)先侍郎　指杜中丞之父。姓名未詳。(65)謙謙君子二句　見《易．謙卦》。意為謙而又謙的君子，用謙卑來約束自己。牧，治。(66)語　指《論語》。(67)君子之道二句　原文為「夫子之道，忠恕而已矣」。意為（孔）夫子的學說，只是忠和恕罷了。作者抑或故意將「夫子」改為「君子」，以為其用。68務 致力。69機 事物的關鍵。70府 聚集之處。71辭色 言辭神色。72相干 相關聯；相牽涉。73拜揖 打躬作揖。此有拜謁問候之意。74失節 違背禮節。75潘安仁 即潘岳。見本篇「張楚與達奚侍郎書」段233。76孫秀 起自瑯琊外史，以諂媚為趙王倫（司馬倫）所寵信，與司馬倫同謀廢賈后，逼惠帝禪位。司馬倫僭立，以孫秀為侍中、中書監。孫秀多殺忠良，潘岳因諂事權臣賈謐，被殺。孫秀權震朝廷。後齊王冏（司馬冏）等起兵討伐司馬倫，孫秀亦被殺。77嵇叔夜 嵇康（二二四～二六三），字叔夜。三國魏譙郡銍（今安徽宿縣西南）人。與魏宗室通婚，官中散大夫，世稱嵇中散。為「竹林七賢」之一，與阮籍齊名。因聲言「非湯武而薄周孔」，且不滿當時掌握政權的司馬氏集團，遭鍾會構陷，為司馬昭所殺。78鍾會 （二二五～二六四）字士季。三國潁川長社（今河南長葛東北）人。官至司徒，為司馬昭重要謀士。景元四年（二六三），與鄧艾分軍滅蜀。次年謀叛被殺。博學，長於名家之學，有《道論》二十篇，今佚。79唯命 即唯命是聽之意。

【語譯】任華性情戇直，在給嚴大夫的信中寫道：「隱逸之人姓任名華，曾任過祕書省校書郎。今冒昧打擾，讓一三尺之童，奉上書信於御史大夫嚴公麾下：我隱居於山野，已有不少年頭，將做官的念頭銷融於浮雲，把紛繁的世事拋擲於流水。現在我捨棄隱居，前往帳前，並非為求榮耀，也非為求名利。前不久您升任中丞，臺閣生風，甚好，甚好！但我私下裡又有所疑惑，請為您言之。我不解的是什麼呢？自去年冬我去拜謁您，獨承蒙您的關愛，我的文章有幸得到您的讚許，以補闕之職相期許，眾君子聽說後也以為我當之無愧。此後我請求陪同李太僕同赴朝廷，您對李太僕說：『任子的文辭，可稱卓絕，負屈也很久了，為何不奏明朝廷授予他為太僕丞？』我雖不才，補闕、太僕丞都不是我想得到的職位；但您對待我的態度，為何會這樣的前熱後冷呢？難道是我的才學不如以前，因而您的恩遇薄於當時？對此我反覆思念，實在是增添了我的慨嘆惋惜！況且我曾將所寫的數篇賦奉呈給您，您在給我的信札中說：『你文章的氣格向來高妙，今寄來之文尤更新奇。』您在言談之間，不忘推薦，朝廷現在正以舉用棄置未用的人才為重要事務，在今日對您而言，不正是言談之間的舉手之勞嗎？在您言談之間，竟然不曾聽到您的片言隻字來表達您的意思，難道您想背棄日前的諾言嗎？我本是山野之人，曾思隱居，平時拄著手杖，歸於舊居，並不是有機巧功利之心，前來問難！只是對於那些後輩而言，他們全都寄希望於您，還請您留意此事！不然的話，後輩還有什麼盼望呢！任華頓首。」

任華在給京兆尹杜中丞的信中寫道：「中丞閣下：我時常以為受他人之恩不容易。為什麼這樣說？早昔辟陽侯審食其欲與朱建相交往，但朱建不和他相見。不久，朱建母親去世而家中貧困，他在借貸辦喪事的用具，此時辟陽侯就贈送百金作為置辦衣被的奠儀。到後來辟陽侯遭到讒毀而最終免於禍患，全仗朱建之力。後來淮南王以諸呂的緣故誅殺辟陽侯，朱建因曾與他往來，亦受其禍。由此可知相交往之道，是禍福存亡的關鍵所在，實在是很不容易的。我不為求名，亦非求媚，只是將觀看您的作為，審察您的深淺。為什麼呢？您如帶有驕貴的神色，改變往昔對他人的顧念，自以為威勢足以凌物，不能以禮待人，則您為人的深淺，從中就能看明白了。您如果努力招致人才，不以他人地位卑賤相隔閡，念及昔日的一面之交，用片時以青眼待人，那您的厚德，不可計量。還望您稍加留意！況且君子有成人之美，我忝列士君子的末尾，怎敢不成就您的美事呢！因此我將向您進藥石之言，以治您的膏肓之病，不知您的本意是否願意聽？如果真的願意聽，那麼首先要言辭謙恭，內心充滿喜悅之情，那麼已入膏肓的疾病，不用勞動扁鵲而自己痊癒了。您應該是喜歡聽的！這是為什麼呢？當今天下，有勸諫之士，他們都不下於先侍郎。但他們的偏頗在於倨傲，缺失在於易怒。況且《周易》說：『謙而又謙的君子，用謙卑來約束自己。』《論語》也說：『君子之道，只是忠和恕罷了。』您早先所為，好像並不致力於此道，非但恐怕乖違於君子，亦會招致時人的怨怒。禍福憂患的關鍵，怨仇聚集之處，哪裡只在利劍相擊，拔戟相撞之地，恐怕也在言辭神色相關、拜謁問候失禮之間！那麼潘安仁因孫秀而獲罪，嵇叔夜被鍾會所構陷，自古以來此類事情，並不少見。這些都是您清楚地知道的，那又怎能不深以為誡呢？您果真遇到士人則要力誡倨傲，對待下屬要寬宏大度，這樣才能長守富貴而無憂危，您成人之美也就在此而已。牢記啊！我只是一個山野之人，採納我的意見在您，不採納我的意見也在您。明天我當拂衣而去了，而不知其他。」

華❶與庾中丞❷書：「中丞閣下：公久在西掖❸，聲華❹滿路。一到京華，嘗以孤介❺自處，終不能結金張❻之援，過衛霍❼之廬；苟或見招，輒以辭避；所以然者，以朱建❽自試。一昨❾不意執事❿猥⓫以文章見知，特於名公大臣，曲垂⓬翦拂⓭，由是以公為知己矣。亦嘗造詣門館，公相待甚厚，談笑怡如⓮；僕由是益知公懿德⓯宏遠，必能永保貞吉⓰，而與人有終始之分⓱；不然，何乃前日輒不自料而有祈丐⓲於公哉？若道不合，雖以王侯之貴，親御車相迎，或以千金為壽，僕終不顧；況肯策⓳款段⓴、崎嶇傍人門庭，開強言乎！矧㉑僕所求不多，公乃曰亦不易致，即當分減㉒；然必若易致，則已自致矣，安能煩於公？且凡有濟物㉓之心，必能輟㉔於己，方可以成濟之道；公乃曰分減，豈輟己之義哉？況且蒙見許，已過旬日，客舍㉕傾聽，寂寥無聲，公豈事繁遺忘耶？當不至遺忘。以為閑事耶？今明公位高望重，又居四方之地，若輕於信而薄於義，則四方無所取。唯公留意耳！任華頓首。」

華㉖告辭京尹賈大夫㉗書：「大夫閣下：昔侯嬴邀信陵君車騎過屠門㉘，而信陵為之執綏㉙，此豈辱公子耶？乃所以成公子名耳！王生命廷尉結襪㉚，廷尉俯僂㉛從命無難色，此豈辱廷尉乎？亦以成廷尉之名耳！僕所邀明公㉜枉車過陋巷者，豈徒欲成君子之名而已哉？竊見天下有識之士，品藻㉝當世人物，或以君子之才望，美則美也，猶有所闕焉；其所闕者在於恃才傲物耳。僕感君國士㉞之遇㉟，故以國士報君；其所以報者，欲澆㊱君恃才傲物之過，而補君之闕。宜其允迪㊲忠告，惠然來思㊳；而乃躊躇數日不我顧，意者，恥從賣醪博徒㊴遊㊵者乎？觀君似欲以富貴驕㊶僕，乃不知僕欲以貧賤驕君，君何見之晚耶！抑又聞昔有躄㊷者，恥為平原君㊸家美人所笑，乃詣平原君，請笑者頭，平原君雖許之，終所不忍，居無何，賓客別去過半，君怪之，有一客對曰：『以君不殺笑躄者，謂君為愛色而賤士。』平原君大驚悔過，即日斬美人頭，造門者謝焉。賓客由是復來。今君猶惜馬蹄不顧我，況有請美人頭者，豈復得哉！僕亦恐君之門客於是乎解體，僕即解體者也。請從此辭。任華頓首。」

【注釋】❶華　任華。❷庾中丞　似當指庾準。庾準曾任御史中丞。❸西掖　中書或中書省的別稱。庾準曾任中書舍人。❹聲華　猶言聲譽榮耀。❺孤介　耿直方正，不隨俗流。❻金張　指西漢時金日磾、張安世。二氏子孫相繼，七世榮顯，後因用為顯宦的代稱。❼衛霍　西漢名將衛青和霍去病皆以武功著稱，後世並稱「衛霍」。❽朱建　見本節「任華贖直上嚴大夫牋」段㊷。❾一昨　前些日子。❿執事　對對方的敬稱。⓫猥　謬；錯誤地。⓬曲垂　敬詞。猶言俯賜、俯降。⓭剪拂　修整擦拭。比喻推崇、讚譽。⓮怡如　和悅貌。⓯懿德　美德。⓰貞吉　謂人能守正道而不自亂，則吉。⓱終始之分　猶言有始終如一的情分。⓲祈丐　祈求；請求。⓳策　鞭打。⓴款段　借指馬。㉑矧　況且；而且。㉒分減　減少自己所有之物分送他人。㉓濟物　猶濟人。救助別人。㉔輟　捨棄。下文「輟己」，即捨己。㉕客舍　投宿之處。㉖華　任華。㉗賈大夫　似為賈至。賈至曾任京兆尹兼御史大夫。且基本上與任華同時。㉘昔侯嬴邀信陵君車騎過屠門　事見《史記．魏公子列傳》。侯嬴（?～前二五七），戰國時魏國人。年七十，任大梁（今河南開封）夷門的守門小吏。信陵君厚贈錢物，不受。信陵君於是大會賓客，親自駕車將其迎為上賓。信陵君，即魏無忌（?～前二四三）。戰國時魏貴族。魏安釐王之弟。魏安釐王二十年（前二五七），秦攻趙，趙向魏求救。安釐王派將軍晉鄙救趙，屯兵不敢前進。侯嬴獻計信陵君，設法竊得兵符，並推薦勇士朱亥擊殺晉鄙，奪取兵權，救趙勝秦。這就是有名的「竊符救趙」的故事。屠門，屠市之門。㉙綏　挽以登車的繩索。㉚王生命廷尉結襪　事見《史記．張釋之馮唐列傳》：「王生者，善為黃老言，處士也。嘗召居廷中，三公九卿盡會立，王生老人，曰『吾韈解』，顧謂張廷尉：『為我結韈！』釋之跪而結之。既已，人或謂王生曰：『獨奈何廷辱張廷尉，使跪結韈？』王生曰：『吾老且賤，自度終無益於張廷尉。張廷尉方今天下名臣，吾故聊辱廷尉，使跪結韈，欲以重之。』諸公聞之，賢王生而重張廷尉。」後因以「結韈」為士大夫屈身敬事長者之典。廷尉，指張釋之。西漢文帝時曾任廷尉。廷尉，為九卿之一，掌刑獄。㉛俯僂　低頭曲背。㉜明公　舊時對有名位者的尊稱。㉝品藻　品評；鑒定。㉞國士　一國中才能最優秀的人物。㉟遇　禮遇。㊱澆　此有糾正之意。㊲允迪　認真履踐或遵循。㊳惠然來思　用《詩．邶風．終風》「惠然肯來」句意，多用作對客人的來臨表示歡迎。㊴賣醪博徒　指社會地位低下者。醪，濁酒。博徒，賭徒。㊵遊　交往。㊶驕　怠慢；輕視。㊷躄　同「躃」。跛子。事見《史記．平原君列傳》。㊸平原君　即趙勝（?～前二五一）。戰國時趙貴族。惠文王之弟，封於東武城（今山東武城西北），號平原君。任趙相，有食客數千人。趙孝成王七年（前二五九），秦軍圍困趙都邯鄲（今屬河北），他組織力量堅守三年之久。後自魏求得救援，擊敗秦軍。

【語　譯】任華在給庾中丞的信中寫道：「中丞閣下：您久在中書，名滿天下。我一到京城，即以不隨俗流自處，始終不能結交金張這樣的高官以得到幫助，也從未到衛霍這樣的顯宦府上拜訪；一旦有人相邀，當即辭謝迴避。我所以這樣做，是以朱建為榜樣自己作一番嘗試。前些日子不料您對我的文章謬加讚許，特在名公大臣處，曲加推崇，因此我把您視作知己。我也曾登門拜訪，您相待甚厚，談笑怡如，我由此更知您美德宏遠，必定能永守正道，且與人有始終如一的情分。如果不是這樣，我怎麼會在日前不加估量地有求於您呢？如果道不合，即使以王侯之尊貴，親自駕車來迎接，或是以千金相贈，我也將不屑一顧；何況是騎著馬長途跋涉，倚人門戶而極力諍諫呢！況且我所求不多，您卻說這也不容易得到，您願分減。然而如果是容易得到的，那我就自己去求取了，又怎能煩勞於您呢？而且大凡有救助他人之心，對自己必定能有所捨棄，才能成就濟人之道；您卻說分減，這又豈是捨己之義呢？況且自得到您的讚許至今，已有十餘天了，在客舍傾聽佳音，卻寂寥無聲，難道是您因公事繁忙而遺忘了嗎？我以為您還不至於遺忘。您以為這是無關緊要之事嗎？現今您位高望重，又居於四方之地，如若您輕於諾言而薄於義理，則四方之人以為您無所可取，這還請您多加留意！任華頓首。」

任華在向京兆尹賈大夫告辭的信中寫道：「大夫閣下：昔年侯嬴要信陵君的車騎前往屠門，而信陵君親自為他駕車，這難道是羞辱公子嗎？這樣做是用來成就公子的名聲啊！王生在朝廷要廷尉張釋之給他結襪，張釋之彎腰曲背從命而面無難色，這難道是羞辱張廷尉嗎？這樣做也是用以成就廷尉的名聲啊！我之所以邀請您屈駕乘車到我的居處來訪，難道只是為了成就您的名聲而已？我私下見到天下有識之士，品評當世人物，有人以為您的才能聲望，美確實是很美，但還有所缺失；您的缺失就在於恃才傲物。我感激您給我國士的禮遇，所以我也以國士的氣度來報答您。我所能用來報答您的，是想糾正您恃才傲物的過錯，而彌補您的缺失。您應當認真實行我的忠告，歡迎我的到來。但您卻躊躇多日不見我，我猜想，您大概恥於與賣酒博徒之流交往吧？看來您好像要憑您的富貴來輕慢我，卻不知我也正想以貧賤輕視您，您為何遲遲不見我！或許您又聽說往昔有一跛子，恥於被平原君家中美人所笑，於是去見平原君，請求得到恥笑他的美人的人頭。平原君雖然答應了，但一直於心不忍，過了不久，門下賓客到別處去的超過了一半，平原君很覺奇怪，有一個門客告訴他說：『因為您不殺恥笑跛子的美人，門客以為您愛美色而輕賤士人。』平原君聽後大驚悔過，當天就斬了美人的頭，親自到跛子家登門道歉。賓客因此重又回來。現在您顧惜名聲而不願來看我，那麼有那請求美人頭一類的人物，您又怎能得到呢！我也因此擔心您的門客因此而離散，我即是使之離散之人。請求從此告辭。任華頓首。」

崔國輔❶上何都督履光❷書：「崔國輔謹上書於都督何公節下❸：昨有自府庭❹而退者，云君公❺垂責❻以為怠於奉上之禮，死罪，死罪！竊聞禮不妄說人❼，為近佞媚❽也；不好狎❾，自全仁義也。故教訓正俗，非禮不備❿；君臣上下，非禮勿定⓫；宦學事師，非禮勿親⓬。所以君子恭敬撙節退讓以明禮⓭，修身踐言⓮合道⓯以成禮。今人無禮，多涉於佞媚，不全於仁義；故以難進而易退⓰，孜孜善行者為失禮，悲夫！古之有禮者則貴，今之有禮者則賤；雖然，君子終身不棄禮為苟容⓱。《詩》云：『風雨如晦，雞鳴不已⓲。』言善人不拘俗也。國輔常見君公有謀贊⓳之能，明恤⓴之量，敢以大雅㉑之道，而事君公，殊不知君公凡徒見待。君公聞叔向㉒乎？聞張良㉓乎？夫叔向者不能言，退然㉔不勝衣，為晉國之望㉕；張良婦人也，而懦次之華㉖，宜君公不禮。蕭曹㉗為刀筆吏㉘，碌碌無奇節；百里奚在虞而虞亡，在秦而秦霸㉙；屈原㉚之忠貞逐於楚，張儀㉛之利口鞭於梁㉜；皆士之屯蒙㉝，莫能自異㉞。僕今日復何言哉！」

朱灣㉟別湖州崔使君㊱書：「灣聞蓬萊之山，藏杳冥㊲之中，行可到；貴人之門，無媒㊳而通㊴，不可到；驪龍之珠㊵，潛於灝滉㊶之中，或可識；貴人之顏，無因而前，不可識。某自假道路，問津主人，一身孤雲㊷，兩度圓月㊸；凡載㊹請執事㊺，三趨戟門㊻。門人謂某曰：『子私來耶？公來耶？』若言公，小子實非公；若言私，公庭無私，不得入。以茲交戰㊼彷徨于今，信知庭之與堂，不啻千里；況寄食漂母㊽，夜眠漁舟，門如龍而難登，食如玉而難得；得如玉之粟，登如龍之門，如龍之門轉深，如玉之粟轉貴；實無機心，翻成機事，漢陰丈人聞之，豈不大笑㊾！屬㊿谿上風便(51)，囊中金貧，望甘棠(52)而嘆，自引分(53)而退。」

論曰：夫子(54)曰無擇言，身無擇行。言之遜(55)，人不以為諂；言之危(56)，人不以為訐(57)。蓋言與行契，行由言立；故生人以來，未有如丘之聖者！儒有用言干進，幾(58)乎！若乃交道(59)匪終(60)，得言(61)紀之者，時則有其人矣。

【注釋】❶崔國輔 唐吳郡（治今江蘇蘇州）人。開元十四年（七二六）進士。開元二十三年中牧宰科，授許昌令。天寶年間，歷中書舍人、集賢殿直學士。後貶為竟陵郡司馬，死於貶所。工詩，與王之渙、王昌齡等唱和。《全唐詩》存詩一卷。❷履光 何履光，玄宗時，曾任嶺南節度使。❸節下 對將領的敬稱。古代授節予將帥以加重職權，故敬稱將領為節下。❹府庭 衙門；公堂。❺君公 稱諸侯。何履光任節鎮，因稱。❻垂責 上對下有所責問。❼禮不妄說人 意為依禮而言，不隨便討好人。說，通「悅」。此句與下文「不好狎」均出自《禮記．曲禮上》。❽佞媚 諂媚。❾不好狎 不與人親暱失敬。❿教訓正俗二句 出自《禮記．曲禮上》。文字略有出入。意為教訓人民端正風俗，沒有禮就不能完備。⓫君臣上下二句 原文為「君臣、上下、父子、兄弟，非禮不定」。意為君臣上下，沒有禮名分就不能確定。⓬宦學事師二句 出自《禮記．曲禮》。「勿」，原文作「不」。宦學，猶言遊學。這兩句意為外出從師學習，沒有禮師生之間就不能親密。⓭所以君子恭敬句 語出《禮記．曲禮上》。「所」，原作「是」。撙節，抑制；節制。⓮踐言 履行諾言。⓯合道 調合於自然或人事的道理。⓰難進而易退 語出《禮記．儒行》。謂慎於進取，勇於退讓。⓱苟容 屈從附和以取容於世。⓲風雨如晦二句 語出《詩．鄭風．風雨》。

據〈毛詩序〉說此詩寫「亂世則思君子不改其度焉」。這本屬臆測，但後來很多氣節之士雖處「風雨如晦」之境，仍以「雞鳴不已」自勵。⑲謀贊　謀劃大事，輔佐朝廷。⑳明恤　寬容體恤。㉑大雅　高尚雅正。㉒叔向　一作叔响。春秋時晉國大夫。羊舌氏，名肸。食邑在楊（今山西洪洞東南），又稱楊肸。晉悼公時，為太子彪之傅，晉平公即位，仍為傅。曾多次參預晉平公與諸侯會盟及戰役之策劃。晉平公六年（前五五二），因其弟羊舌虎和欒盈同黨，一度為范宣子所囚，旋被釋。主張維持舊制度，反對政治改革，曾寫信指責子產公布「刑書」。㉓張良　見卷一〈散序進士〉❽。㉔退然　柔弱。㉕望　瞻視；景仰。㉖懦次之華　殊不可解。查《全唐文》卷四〇二原文，作「懦夫下輩」，是。今從《全唐文》。下輩，地位卑下之人。㉗蕭曹　指西漢初大臣蕭何、曹參。蕭何（？～前一九三），沛縣（今屬江蘇）人。曾為沛縣吏。秦末佐劉邦起義。義軍入咸陽，他收取秦律令圖書，掌握了全國的山川險要、郡縣戶口和當時社會情況。楚漢戰爭中，薦韓信為大將，以丞相身分留守關中，對劉邦戰勝項羽、建立漢朝起了重要作用。後封酇侯。定律令制度，協助高祖消滅韓信、陳豨、英布等異姓諸侯王。所作《九章律》今佚。曹參（？～前一九〇），沛縣人。曾為沛縣獄吏。秦末從劉邦起義，屢立戰功。漢朝建立，封平陽侯，曾任齊相九年。協助高祖平定陳豨、英布等異姓諸侯王。在齊時採用蓋公的黃老之術。後繼蕭何為漢惠帝丞相，「舉事無所變更，一遵蕭何約束」，有「蕭規曹隨」之說。㉘刀筆吏　指掌文案的官吏。㉙百里奚在虞而虞亡二句　奚一作「傒」。百里氏，一說百氏，字里，名奚。原為虞國大夫，虞亡時被晉俘去，作為陪嫁之臣送入秦國。後出走到楚，為楚人所執，又被秦穆公以五張牡黑羊皮贖回，任為大夫，稱為五羖大夫。與蹇叔、由余等共同幫助秦穆公建立霸業。㉚屈原　見卷五〈切磋〉「皇甫湜與李生第二書」段㉒。㉛張儀　見卷一〈散序進士〉❺。㉜鞭於梁　查《史記．張儀列傳》，張儀受鞭刑在楚而不在魏。可能作者所記有誤。㉝屯蒙　《易經》〈屯卦〉和〈蒙卦〉的並稱。此為蹇滯、困頓之意。㉞自異　此有自己能夠改變之意。㉟朱灣　字巨川。唐西蜀（今四川）人。自號滄洲子。貞元、元和間李勉帥永平，辟為從事。㊱崔使君　當指崔侃。〈別湖州崔使君書〉，《唐詩紀事》卷四五題為〈別湖州崔使君侃書〉可證。使君，漢代對刺史的稱呼，漢以後仍沿用作為尊稱。㊲杳冥　渺茫、高遠之處。㊳媒　引薦之人。㊴通　通報；傳達。㊵驪龍之珠　寶珠。傳說出自驪龍的頷下，故名。㊶濆滉　水深廣貌。㊷一身孤雲　喻指自己如一片孤雲，孤立無援。㊸兩度圓月　指等候時間長。㊹載　通「再」。兩次。㊺執事　擔任工作；從事勞役。㊻戟門　立戟為門。引申指顯貴之家或顯赫的官署。㊼交戰　此有猶豫、矛盾之意。㊽寄食漂母　據《史記．淮陰侯列傳》載，秦末韓信年輕時，極為貧困，曾向在河邊洗衣服的婦人討飯充飢，被稱為寄食於漂母。此指自己衣食無著。㊾實無機心四句　據《莊子．天地》載，孔子弟子子貢路過漢水南岸，見一種菜老人抱甕灌園，子貢建議他使用桔槔這種機械以提高效率，老人忿然變色而笑道：「吾聞之吾師，有機械者必有機事，有機事者必有機心。機心存於胸中，則純白不備；純白不備，則神生不定；神生不定者，道之所不載也。吾非不知，羞而不為也。」機心，機巧之心。㊿屬　通「矚」。矚目。51風便　猶順風。此指清風宜人。52甘棠　傳說周武王時，召伯巡行南國曾在甘棠樹下休息，後人想念他就寫了〈甘棠〉詩。見《詩・召南・甘棠》。後人用甘棠作稱頌官吏之詞。53引分　引咎；自責。54夫子　指孔子。見卷一〈統序科第〉⑦。55遜　謙虛；恭順。56危　正直。57訐　揭發、攻擊他人的隱私、過錯或短處。58幾　若干；多少。59交道　交友之道。60匪終　指不能有始有終。61得言　猶當言。應該言說。

【語譯】崔國輔在寫給都督何履光的信中云：「崔國輔謹上書於都督何公節下：日前有人從府庭返回，說您以為我懈怠於侍奉上司之禮而加以責問，死罪，死罪！我私下聽說，做人要依禮而言，不隨便討好人。否則，是近於諂媚了；不與人親暱失敬，以仁義保全自己。所以說教訓人民端正風俗，沒有禮就不能完備；君臣上下，沒有禮名分就不能確定；外出從師學習，沒有禮師生之間就不能親密。所以君子態度恭敬、凡事有節制、對人謙讓，這樣來體現禮，加強自身修養、說到做到、合於道義以成就禮。現在的人不注重禮，大多關涉諂媚，不能保全仁義；所以把慎於進取、勇於退讓，孜孜行善者視為失禮，這是多麼可悲！古時有禮的人則顯貴，現今有禮的人則微賤；即使這樣，君子仍終身不捨棄禮而屈從取容於世。《詩》云：『風雨如晦，雞鳴不已。』就是講正直之人不拘泥於世俗。國輔常見您有謀劃大事、輔佐朝廷的才能，寬容體恤的器量，因而敢於以高尚雅正之道，侍奉閣下，卻實在沒有料到您將我當作凡夫俗子來對待。您聽說過叔向嗎？聽說過張良嗎？那叔向口不能言，柔弱得好像身上的衣服也承受不起，但他卻為晉國上下所敬仰；張良猶如婦人，而懦弱卑下，這樣的人您確實不該禮敬。蕭何、曹參只是刀筆吏，庸庸碌碌沒有奇特的節操；百里奚在虞國時虞國滅亡，在秦國時被任用而秦國稱霸；屈原以他的忠貞而被楚君放逐，張儀憑恃他的利口卻在梁受鞭笞；這些都是士人的蹇滯困頓，沒有誰能有所改變。我現在還有什麼可說呢！」

朱灣在辭別湖州刺史崔侃的信中寫道：「我聽說蓬萊仙山隱藏在飄渺虛無之處，堅持行走就能到達；達官貴人之門，如果沒有人引薦介紹，就不能到；驪龍寶珠沉埋在汪洋深淵之中，或許還能見識；達官貴人的容顏，如果沒有人引見前去，就無法見識。我自己尋路而來，想面見主人，我如同一片孤雲，來此已兩度月圓，先後兩次請託於執事官員，三次來到府門之前。門人對我說：『你是為私事而來呢，還是為公事而來？』如果說是公事，我卻實在不是為公事；如果說是私事，則公庭無私，不能入內拜見。因此現在矛盾徬徨，確實懂得了從庭院到廳堂，無異於千里之遙。何況我目前吃飯靠人施捨，夜晚住宿在漁舟。您的府門就像龍門一樣難以登上，您的飯食就像珠玉一樣難以得到；要吃珠玉一般珍貴的飯，登龍門一樣難登的門，就像龍門一樣的門更深，如珠玉一般的飯更貴。其實本無機巧之心，反而變作機巧之事，漢水南岸那位老人聽了，豈不哈哈大笑！矚目溪谷之上，清風宜人，自己囊中，金錢已盡，只能望甘棠樹而興嘆，引咎自責而告辭。」

論曰：孔夫子講話不選擇言辭，做事不選擇行為。他說話謙虛恭順，別人不以為他是諂媚；他講的話正直嚴厲，別人不以為他在攻擊他人。這是因為孔子的言與行相契合，他的行為由他的言語顯現。所以天下有人以來，沒有像孔子這樣聖賢的人！儒士有用言辭干求進身的，不知有多少！至於交友之道不能有始有終，應該言說紀錄的，則不時有這樣的人。

卷一二

自負

【題解】有唐一代，人才輩出。才華橫溢之人往往也頗自負，本條所記，即可見出種種神態。本條篇幅較長，分作數段。

杜甫[1]〈莫相疑行〉：「男兒生無所成頭皓白[2]，牙齒欲落真可惜。憶獻三賦蓬萊宮[3]，自怪一日聲輝赫[4]。集賢學士如堵牆[5]，觀我落筆中書堂[6]。往時文彩動人主，今日饑寒趨路旁。晚將末節契年少[7]，當面輸心[8]背面笑。寄謝[9]悠悠[10]世上兒：莫爭好惡莫相疑！」

甫[11]獻韋右丞[12]：「紈袴[13]不餓死，儒冠[14]多悞[15]身。丈人[16]試靜聽，賤子[17]請具陳[18]：甫昔[19]少年日，早充觀國賓[20]。讀書破萬卷，下筆如有神；賦料揚雄[21]敵，詩將[22]子建[23]親；李邕[24]求識面，王翰[25]願卜鄰。自謂頗挺生[26]，立登要路津，致君堯舜上，再使風化淳。此意竟蕭索㉗，行歌㉘非隱淪㉙。騎驢三十年，旅食京華春。朝叩富兒門，暮隨肥馬塵；殘盃與冷炙，到處潛悲辛㉚。主上頃見徵㉛，欻然㉜欲求伸，青冥㉝卻垂翅，蹭蹬㉞無縱鱗㉟。甚愧丈人㊱厚，甚知丈人真；每於百僚上，猥㊲誦佳句新㊳。竊效貢公㊴喜，難甘原憲㊵貧；焉能心怏怏㊶，只是走踆踆㊷。今欲東入洛㊸，即將西去秦㊹；尚憐終南山，迴望清渭濱㊺。常擬報一飧㊻，況懷辭大臣，白鷗波㊼浩蕩，萬里誰能馴。」

崔仁師㊽之孫崔湜㊾並滌㊿，及從兄(51)莅(52)，並有文翰(53)，列居清要(54)；每私宴之際，自比王謝之家(55)。謂人曰：「吾之門人(56)及出身(57)歷官，未嘗不為第一，丈夫當先據要路(58)以制(59)人，豈能默默受制於人！」故進取不已，而不以令終(60)。

開元中，薛據(61)自恃才名，於吏部參選(62)，請受萬年(63)錄事(64)。流外官(65)共見宰執(66)訴云：「赤錄事(67)是某等清要官(68)，今被進士欲奪，則等色人(69)無措手足矣！」遂罷。

鄭起居仁表(70)詩曰：「文章世上爭開路，閥閱(71)山東拄(72)破天。」

張曙(73)拾遺與杜荀鶴(74)同年。嘗醉中謔荀鶴曰：「杜十五(75)公大榮！」荀鶴曰：「何榮？」曙曰：「與張五十郎同年，爭不榮？」荀鶴應聲答曰：「是公榮，小子⑯爭得榮？」曙笑曰：「何也？」荀鶴曰：「天下祇知有杜荀鶴，阿沒⑰處知有張五十郎！」

【注釋】❶杜甫　見卷四〈師友〉「杜工部交鄭廣文」段❶。❷皓白　純白。❸憶獻三賦蓬萊宮　指天寶十載（七五一），杜甫迎合玄宗的興趣，作了〈三大禮賦〉（即〈朝獻太清宮賦〉、〈朝享太廟賦〉、〈有事於南郊賦〉）獻給玄宗，玄宗很讚許，召試文章，卻無結果。蓬萊宮，唐宮殿名。在陝西長安縣東。原名大明宮，高宗時改為蓬萊宮。❹輝赫　顯赫；煊赫。❺集賢學士如堵牆　指集賢殿學士以下的官員。集賢殿，玄宗時，改集仙殿為集賢殿。並改麗正書院為集賢殿書院，以宰相張說為學士、知院事，散騎常侍徐堅為學士、副知院事。另有判院、押院中使、侍讀學士、修撰、校理、待制、檢討等官職。掌刊輯古今經籍，辨明邦國大典，徵求遺書，推薦賢才等事。❻中書堂　中書省的政事堂。❼晚將末節契年少　《全唐詩》作「晚將末契託年少」。據詩意，以《全唐詩》句為是。末契，猶下交。指長者對晚輩的交誼。❽輸心　表示真心。❾寄謝　傳告；告知。❿悠悠　眾多貌。⓫甫　指杜甫。⓬韋右丞　韋濟。唐鄭州陽武（今河南原陽）人。早以辭翰聞。歷官鄄城令、醴泉令，遷庫部員外郎。後官至戶部侍郎，天寶七載（七四八），任河南尹，遷尚書左丞。文中稱「右丞」，誤。《全唐詩》存詩一首。杜甫此詩題作〈奉贈韋左丞丈二十二韻〉。⓭紈袴　貴族子弟。⓮儒冠　借指儒生。⓯悞　今作「誤」。⓰丈人　古時對老人、長輩的尊稱。⓱賤子　杜甫自稱。⓲具陳　備陳；詳述。⓳甫昔　指開元二十三年（七三五）杜甫二十四歲在洛陽參加進士考試事。⓴觀國賓　說自己有幸看到國朝文物之盛，當時還只是一個在野的賓客。《易・觀卦・象辭》：「觀國之光尚賓也。」㉑揚雄　見卷四〈師友〉「杜工部交鄭廣文」段㉑。㉒將　相當於「是」。㉓子建　即曹植（一九二～二三二）。字子建。三國魏沛國譙縣（今安徽亳州）人。曹操第三子。封陳王，謚思，世稱陳思王。早年以才學為曹操所重視，一度欲立為太子。及曹丕、曹叡相繼為帝，遭受猜忌，鬱鬱而死。詩以五言為主，詞采華茂。亦善賦，〈洛神賦〉較為著名。原有集，已散佚，宋人輯有《曹子建集》。㉔李邕　見卷四〈氣義〉㉖。㉕王翰　即王瀚。字子羽。唐并州晉陽（今山西太原西南）人。景雲二年（七一一）進士。官仙州別駕。任俠使酒，恃才不羈。〈涼州詞〉頗為有名。以行為狂放，貶道州司馬，隨卒。原有集，已佚。㉖挺生　《全唐詩》作「挺出」。意為突出、出眾。㉗此意竟蕭索　杜甫曾參加科舉考試不中，即指此。蕭索，本指蕭條冷落、淒涼。此指失望、失落。㉘行歌　邊行走邊歌唱。發抒自己的感情，表示自己的意向、意願等。㉙隱淪　隱居。㉚騎驢三十年六句　寫在長安時的貧困情況。㉛主上頃見徵　指天寶六載（七四七）唐玄宗詔令天下通一藝以上的士人到京就選，宰相李林甫怕士人對策揭發他的奸惡，建議由尚書省長官試問。杜甫也去應試。李林甫卻上表稱賀「野無遺賢」，參加考試的士人一概不予錄取事。頃，前此。徵，徵召。㉜歘然　亦作「欻然」。忽然；迅疾貌。㉝青冥　青天。㉞蹭蹬險阻難行；困頓。㉟縱鱗　指自由游於水中之魚。比喻仕途得意。㊱丈人　此指韋濟。㊲猥　承蒙。㊳佳句新　吟誦杜甫的詩，意在宣揚推薦。㊴貢公　指貢禹。見卷一一〈怨怒〉「張楚與達奚侍郎」段⑯。此句暗寓韋濟升官，希望能得到他的提攜之意。㊵原憲　孔子學生。家貧，後人用他指稱貧窮的讀書人。㊶怏怏　不服氣；悶悶不樂。㊷踆踆　進退兩難的樣子。㊸東入洛　《全唐詩》作「東入海」。東入海，指隱居。㊹西去秦　離開秦地（指京城長安）。㊺尚憐終南山二句　終南山，在長安城南。渭渭水，在長安城北。形容臨去時對長安的依戀。㊻報一飡　《全唐詩》作「報一飯」。《史記・范睢蔡澤列傳》：「一飯之恩必報。」㊼波　一作「沒」。㊽崔仁師　唐定州安喜（今河北定州）人。武德年間，預修南朝梁、北魏等史。貞觀間，歷任給事中、中書舍人。二十二年（六四八），任中書侍郎，參知機務。旋以故流配連州。永徽初，授簡州刺史。卒年六十餘。㊾崔湜　見卷一〈兩監〉⑬。㊿滌　崔滌，崔湜之弟。多辯智，善諧謔。玄宗素與款密，用為秘書監，出入禁中。後賜名澄。加金紫光祿大夫。《全唐詩》存詩一首。(51)從兄　堂兄。(52)蒞　崔蒞，一作崔莅，又作崔泣。中宗時官左臺侍御史，睿宗朝官吏部員外郎。(53)文翰　文章；文辭。(54)清要　地位顯貴、職司重要而政務不繁的官職。(55)王謝之家　六朝望族王氏、謝氏的並稱。(56)門人　此似當指家族之人。(57)出身　身分；資格。(58)要路　顯要的地位、官職。(59)制　控制。(60)令終　謂保持善名而死。(61)薛據　唐河中寶鼎（今山西永濟北）人。開元十九年（七三一）進士。天寶六年（七四七）中風雅古調科第一。任涉縣令，司議郎，終水部郎中。為人骨鯁，有氣魄。《全唐詩》存詩十二首，《全唐詩外編》補詩一首。(62)參選　參加選調。(63)萬年　唐萬年縣與長安縣同在京城內。(64)錄事　官名。在京府稱司錄參軍，在州郡稱錄事參軍。(65)流外官　即九品以下、不入流的職官。(66)宰執　執政大臣。(67)赤錄事　即赤縣錄事。赤縣，縣治設在京城內的縣。(68)清要官　流外官以赤縣錄事為清要官。(69)等色人　頗費解。似指這類人。(70)鄭起居仁表　鄭仁表，字休範。唐鄭州滎陽（今屬河南）人。咸通九年（八六八）進士。任華州、河中掌書記。入為起居郎。後貶死嶺外。《全唐詩》存詩二首，及文中詩句。(71)閥閱　仕宦人家門前題記功業的柱子。(72)拄　捅。(73)張曙　見卷一一〈怨怒〉「李義山師令狐文公」段⑯。(74)杜荀鶴　（八四六～九〇四）字彥之。唐池州石埭（今安徽石臺東北）人。早有詩名，屢試不第。曾隱九華山，自號九華山人。大順二年（八九一）進士。為宣州從事。入後梁，為翰林學士，遷主客員外郎。旋卒。初登第時自編《唐風集》三卷。後期作品未傳世。(75)杜十五　杜荀鶴行第十五。下文張曙稱張五十郎意同。76小子 杜荀鶴自稱。77阿沒 何；什麼。

【語　譯】杜甫的〈莫相疑行〉詩寫道：「男兒生在世上一無所成頭髮皓白，牙齒將落實在可惜。憶昔獻上〈三大禮賦〉於蓬萊宮，自己也奇怪一日之間聲名顯赫。集賢院學士如牆站立，觀我落筆中書堂。往時文采吸引人主，今日卻饑寒趨於路旁。晚年將交誼付於年少，但他們表示真心卻背地恥笑。告知眾多世上小兒，莫爭好惡不要相互猜疑。」

杜甫在獻給尚書左丞韋濟的詩中寫道：「紈袴子弟不餓死，貧窮儒生多誤身。韋濟丈人且靜聽，且聽賤子細述陳：杜甫昔在少年時，早已充當觀國賓。讀書已自破萬卷，走筆龍蛇如有神。辭賦料與揚雄敵，詩作正是子建親。李邕也曾求識面，王翰甘願為我鄰。自謂才學頗挺出，立時能登要路津。定能致君堯舜上，再使民間風俗淳。孰料此意竟蕭索，街市行歌非隱淪。騎驢漂泊三十年，多年旅食京華春。朝叩富家朱門，暮隨肥馬之塵；面對殘杯與冷炙，處處心中潛悲辛。前此主上下詔選士，欻然欲盼求得伸展，誰料如鵾鵬青天垂翅，似鯨鯢無法縱游。甚愧於丈人的厚意，也頗知丈人的情真；每每在百官面前，承蒙吟誦我的詩句。私下欲效貢禹之喜，難以忍受原憲之貧。怎能心中怏怏，只是臨別踆踆。今欲東入大海，即將西離秦地；心中還愛憐終南山，回首遙望渭水之濱。時常思念報答一飯之恩，何況今日即將辭別大臣。白鷗出沒於浩蕩的波濤，翱翔萬里誰能將其馴服。」

崔仁師的孫子崔湜、崔滌，及二人的堂兄崔蒞，俱有文才，列居清要之職。每每在私家宴席之際，將自己家族比作六朝望族王謝之家。並對人說：「我們家族之人的身分沒有不是第一的。大丈夫理當先占據顯要的職位以控制他人，豈能默默無聞受人控制！」故爾崔氏之人都進取不已，而不考慮以後的名節。

開元年間，薛據自恃才學名聲，在吏部參加選調，請求授予萬年縣錄事之職。那些流外官一起去見執政大臣申訴說：「赤縣錄事之職是我們這些人的清要官，現今將被進士奪取，那麼我輩之人便無所措手足了！」此事於是作罷。

起居郎鄭仁表有詩云：「我作的文章在世上爭相開路，紀功的石柱在山東捅破青天。」

張曙拾遺與杜荀鶴為同年進士。張曙曾在酒醉後戲謔杜荀鶴說：「杜十五公大大的榮耀！」杜荀鶴說：「有什麼榮耀？」張曙說：「與張五十郎同年，怎麼不是你的榮耀？」杜荀鶴應聲回答說：「是你的榮耀，我怎麼能榮耀？」張曙笑著說：「這是什麼道理？」杜荀鶴說：「天下只知有杜荀鶴，何處知有張五十郎！」

盧延讓❶業❷癖澀❸詩，吳翰林❹雖以賦卷擢第，然八面受敵，深知延讓之能。延讓始投贄❺，卷中有〈說詩〉一篇，斷句云：「因知文賦易，為下者之乎❻。」子華笑曰：「上門惡罵來！」

薛保遜❼好行❽巨編，自號金剛杵❾。太和❿中，貢士⓫不下千餘人，公卿之門，卷軸⓬填委⓭，率為閽媼脂燭之費⓮，因之平易者曰：「若薛保遜卷，即所得倍於常也。」

劉允章⓯侍郎主文年，榜南院⓰曰：「進士納卷，不得過三軸。」劉子振⓱聞之，故納四十軸。此條雜見卷九〈四凶〉門。

元次山⓲〈中興頌序〉⓳云：「天寶十四年⓴，安祿山㉑陷洛陽；明年犯長安，天子㉒幸蜀，太子㉓即位於靈武㉔；明年皇帝移軍鳳翔，其年復兩京㉕，上皇還京師。夫立聖德大業者，必有歌頌；若今歌頌聖德，刻諸金石，非老於文學，其誰宜為？」

盧肇㉖初舉，先達㉗或問所來，肇曰：「某袁民也。」或曰：「袁州㉘出舉人耶？」肇曰：「袁州出舉人，亦由沅江㉙出龜甲，九肋㉚者蓋稀矣。」

王適㉛侍御，元和㉜初，舉賢良方正、直言極諫科，太直見黜。故韓文公㉝誌適墓云：「上初即位，以四科慕天下士，君笑曰：『此非吾時耶！』即提所作書緣路㉞歌趨㉟直言試，既至，對語驚眾，不中第，益久困矣。」

薛能㊱尚書〈題集後〉㊲曰：「詩源何代失澄清？處處狂波汙後生！常感道孤吟有淚，卻緣風壞語無情。難甘惡少欺韓信㊳，枉被諸侯殺禰衡㊴；縱有緱山㊵也無益，四方聯絡盡蛙聲㊶。」

王貞白㊷寄鄭谷㊸郎中曰：「五百首新詩，緘封寄去時，祇憑夫子鑒，不要俗人知！火鼠重燒布㊹，冰蠶乍吐絲㊺，直須天上手，裁作領巾披。」

【注釋】❶盧延讓　見卷三〈散序〉⓱。❷業　從事。此指寫作。❸癖澀　怪癖生澀。❹吳翰林　即吳融。字子華。見卷五〈切磋〉「羊紹素夏課」段⓰。❺投贄　進呈詩文或禮物求見。❻之乎　猶言「之乎者也」。諷刺文人咬文嚼字。❼薛保遜　唐河中寶鼎（治今山西萬榮西南寶鼎）人。登進士第。累官至給事中。❽行　做；從事。❾金剛杵　原為古印度的一種兵器，佛教密宗也採用作為表示摧毀魔敵的法器。❿太和　亦作大和（八二七～八三五），唐文宗年號。⓫貢士　地方向朝廷薦舉的人才。此當指應舉之人。⓬卷軸　指裝裱成卷軸的詩文。⓭填委　堆積。⓮率為閽媼脂燭之費　意為都成了看門人、老婦人的胭脂臘燭的資費。⓯劉允章　見卷九〈四凶〉(80)。劉允章主持貢舉在咸通九年（八六八）。⓰南院　唐官署名，屬吏部，負責選拔人才。⓱劉子振　見卷九〈四凶〉(73)。⓲元次山　元結（七一九～七七二），字次山，自稱元子，又號漫叟、聱叟等。唐河南魯山人。天寶十三載（七五四）進士。肅宗時，授山南道節度使參謀，拜監察御史。代宗時，授著作郎，轉道州刺史。有《元次山文集》。⑲中興頌序　《全唐文》卷三八〇作〈大唐中興頌〉。序言文字與文中略有出入。⑳天寶十四年（七五五）《全唐文》「年」作「載」。是。㉑安祿山　（七〇三～七五七）本姓康，名軋犖山。唐營州柳城（今遼寧朝陽）胡人。少孤，母改嫁突厥人安延偃，因改姓名安祿山。驍勇善戰，通九蕃語。因功授營州都督、平盧軍使。天寶初，擢平盧、范陽節度使，河北採訪使。多次擊退奚、契丹進擾，為玄宗所倚重。及入朝，諂媚逢迎，請為楊貴妃義子，玄宗賜予鐵券、宅第，封東平郡王。又與宰相李林甫相勾結。十載（七五一），為河東節度使。十四載，以討楊國忠為名，率平盧、范陽、河東三鎮十五萬蕃漢兵於范陽起兵，旋南下，攻陷洛陽。次年正月，於洛陽稱雄武皇帝，國號燕，年號聖武。尋攻入潼關，玄宗逃往蜀中，叛軍遂據長安。旋為其子安慶緒所殺。㉒天子　指唐玄宗。亦即下文「上皇」。㉓太子　指唐肅宗李亨（七一一～七六二）。亦即下文「皇帝」。㉔靈武　今寧夏靈武西北。㉕兩京　唐代長安稱西京，洛陽稱東京，因稱兩京。㉖盧肇　見卷二〈恚恨〉㉛。㉗先達　有德行學問的前輩。㉘袁州　今江西宜春。㉙沅江　今湖南沅江。㉚九肋　指甲紋呈多根肋條分布狀。㉛王適　唐雍州咸陽（今屬陝西）人。約憲宗時官侍御史。㉜元和　（八〇六～八二〇）唐憲宗年號。㉝韓文公　即韓愈。㉞緣路　沿路。㉟歌趨　猶言吟詠而行。㊱薛能　見卷三〈慈恩寺題名遊賞賦詠雜紀〉「曲江亭子」段❼。㊲題集後　《全唐詩》卷五六〇作〈題後集〉。㊳韓信　（？～前一九六）漢初諸侯王。淮陰（今江蘇清江西南）人。初屬項羽，繼歸劉邦，被任為大將，多有戰功。漢朝建立，封楚王。後有人告他謀反，降為淮陰侯。又被告與陳豨勾結在長安謀反，為呂后所殺。他善於將兵，自稱「多多益善」。年輕時，在淮陰曾受惡少胯下之辱，因有此語。㊴禰衡　見卷一一〈怨怒〉「張楚與達奚侍郎」段(147)。㊵緱山　即緱氏山。在河南偃師，指修道成仙之處。㊶蛙聲　喻指平庸的世風。㊷王貞白　見卷七〈好放孤寒〉⑳。㊸鄭谷　見卷一〇〈海敘不遇〉「羅虬辭藻富贍」段(55)。㊹火鼠重燒布　《太平御覽》卷八二〇引晉張勃《吳錄》：「日南比景縣有火鼠，取毛為布，燒之而精，名火浣布。」㊺冰蠶乍吐絲　晉王嘉《拾遺記．員嶠山》：「有冰蠶長七寸，黑色，有角有鱗，以霜雪覆之，然後作繭，長一尺，其色五彩，織為文錦，入水不濡，以之投火，經宿不燎。」

【語譯】盧延讓專事寫作怪癖生澀的詩，吳融翰林雖然憑所作賦卷登進士第，但八面受敵，多方受到指責，且心中深知盧延讓的才能。盧延讓最初向吳融進呈詩文，卷中有〈說詩〉一篇，有兩句云：「因知文賦易，為下者之乎。」吳融笑著說：「他上門惡罵來了！」

薛保遜好作長篇巨制，自號金剛杵。太和年間，應試的舉人不下千餘人，公卿大臣之門，詩文卷軸堆積，但後來大都成為公卿府中看門人、老婦人胭脂蠟燭之資。那些心態平和的人說：「像薛保遜的卷軸，即使出售，所得之錢也倍於通常卷軸。」

劉允章侍郎主持貢舉那年，在南院張貼布告云：「應進士試之人，投呈詩卷，不得超過三軸。」劉子振聽到後，故意投呈四十軸。此條雜見於卷九〈四凶〉門。

元次山在〈中興頌〉的序中說：「天寶十四載，安祿山攻陷洛陽，次年進犯長安，天子出走蜀地，太子在靈武即皇帝位；第二年，皇帝移師鳳翔，當年收復兩京，太上皇返回京師長安。對那些建立聖德大業者，必定要加以歌頌；像現今歌頌聖德，並刻之於金石，如果不是擅長文學的，還有誰適宜擔當此任？」

盧肇初次應試，前輩中有人問他來自何處，盧肇說：「我是袁州平民。」有人說：「袁州出舉人嗎？」盧肇說：「袁州出舉人，也就像沅江出龜甲，有九肋的則是很少的啊。」

侍御史王適，元和年間，應賢良方正、直言極諫科考試，因太率直而黜退。故爾後來韓愈在為王適作墓誌銘時寫道：「天子初即位，以四科招徠天下士人，王君笑著說：『這不正是我大顯身手之時嗎！』當即攜帶所作文章，沿途吟詠而赴直言極諫考試。到了考場，因對策出語驚人，未能中第，此後長期更為困厄了。」

薛能尚書〈題集後〉詩云：「詩源何代失去澄清？處處狂波玷汙後生！常感道孤吟詠有淚，卻緣風壞語言無情。難甘惡少欺凌韓信，枉被諸侯誅殺禰衡。縱有緱山也自無益，四方聯絡盡聽蛙聲。」

王貞白在寄給鄭谷郎中的詩中寫道：「五百餘首新詩，緘封寄去之時，只憑夫子賞鑒，不要俗人得知！火鼠最重燒布，冰蠶乍然吐絲。直須天上高手，裁作領巾新披。」

袁參❶上中書姚令公元崇❷書：「曹州❸布衣袁參頓首謹上梁公❹閣下，參將自託於君，長為君用，欲之乎❺？且參之託君，何以利君也？若使君常懷相印，不失通侯❻，壽客滿堂，黃金橫帶❼，則參請以車軌所至，馬首所及，而掩君之短，稱君之長，使天下之人，不能議君矣。若使君當不測之時，遘❽不測之禍，身從吏訊，妻子滿獄，則參請以翳翳❾之身，渺渺❿之命，伏死一劍，以白君冤，使酷殺⓫之刑，不能陷君矣。若使君因緣謗書，不得見察⓬，卒至免逐，為天下笑，則參以一寸之節，三寸之舌，抗義⓭犯顏⓮，解⓯於闕庭，使逐臣⓰之名，不能汙君矣。君有盛忿之隙，睚眦之怨⓱，朝廷之士，議欲侵君，則參請以直辭⓲先挫其口，不爾，則更以眥血⓳次汙其衣，見陵之羞，不能醜君矣。若使君事至不可知，千秋萬歲後⓴，而君門闌㉑卒有饑寒之虞，則參請解參之裘，推參之哺㉒，勉勉㉓不怠，終身奉之，使子孫之憂，不能累君矣。此五者，參之所以利君而自託也。君其可乎？夫人不易知，知人不易；參於君非有食客之舊，門生之恩，今便欲自託於君，長為君用，得無㉔不知參意而疑參妄乎？然妄心㉕實亦有之，何也？參行年已半春秋㉖，客復數載，黃金盡，烏裘弊，脣齒落，不得成名；而親之在堂，終莫有慰，日暮途遠，不知所為；然獨念非君無足依者，故今敢以五利求市㉗於君，冀君一顧見誠，使得慰親恐懼㉘。參聞言為必聽者出，義為知己者行；丈夫雄心，能無感激？況今以親親㉙之故，而祈德於君，使君歡然㉚卒不見拒，爾後即參尚何面目遂得默然而已哉！本㉛向時之言，終不負德；夫幽㉜則有鬼，天則有神，鬼神之間，參所必有；如使參敢負於君者，則鬼神之靈共誅之；敬以自盟，惟君之惠信㉝也。且君以偉才，四入為相，艱難情偽㉞，君盡知之；至於進人亦多矣，然亦能有以參之五利而許君乎？參必愚儕鯫生㉟，而自守㊱取咎㊲爾！則君之相士㊳，何其備耶！至愚㊴殆㊵欲窺君之鑒矣。頓首，頓首。參今亦不敢盛稱譽，上紿㊶於君；然竊自言之，正參亦非天下庸人也。今君若見相㊷以義，則參之本圖㊸；若見相以才，則惟君所識。今幸君之力能必致參，顧㊹此時坐而相棄，語曰㊺：『厚利可愛，盛時難再，失利後時㊻，終不有悔！』君獨不聞蒯人之泣乎？昔蒯人為商而賣冰於市，客有苦熱者將買之，蒯人自以得時，欲邀㊼客以數倍之利；客於是怒而去，俄而其冰亦散。故蒯人進且不得冰，二者俱亡，自泣而去。今君坐青雲之中，平衡㊽天下，天下之士，皆欲附矣；此亦君賣冰之秋，而士買冰之際。有利則合，豈宜失時！苟使君強自遲迴㊾至冰散，則君尚欲開口，其事焉得哉！願少圖之，無為蒯人之事也。參頓首。」

【注釋】❶袁參　唐開元時布衣。餘未詳。❷姚令公元崇　即姚崇。見卷一〇〈海敘不遇〉「趙牧」段㊼。❸曹州　今屬山東。❹梁公　姚崇開元年間曾封為梁國公，因稱。❺長為君用二句　《全唐文》卷三九六作「長為君，欲用之乎」。❻通

侯　爵位名。本作「徹侯」。秦統一後所建立的二十級軍功爵中的最高級。漢初沿之，多授予有功的異姓大臣，後避武帝諱，改稱通侯或列侯。❼橫帶　謂繫於腰上。❽遘　遭遇。❾翳翳　本指晦暗不明貌，此猶言不為人知。❿渺渺　微弱貌。⓫酷殺　猶虐殺。殘酷殺害。⓬見察　被理解；得到辨白。⓭抗義　舉義。⓮犯顏　敢於冒犯君王或尊長的威嚴。⓯解　辯解；排解。⓰逐臣　被朝廷放逐的官吏。⓱盛忿之隙二句　均指很小的怨恨。隙，嫌隙。睚眦，亦作「睚眥」。瞋目怒視；瞪眼看人。指微小的怨恨。⓲直辭　正直的言辭。⓳眥血　眼眶瞪裂而出的血。猶血淚。⓴千秋萬歲後　諱指死。㉑門闌　亦作「門欄」。借指家門、門庭。㉒哺　口中所含的食物。此指食物。㉓勉勉　力行不倦貌。㉔得無　亦作「得毋」、「得亡」。猶言能不、豈不、莫非。㉕妄心　此指私心、非分之心。㉖參行年已半春秋　猶言已活了大半輩子。春秋，年紀。㉗市　售；出售。㉘恐懼　此為不安、擔憂之意。㉙親親　愛自己的親人。此指為父母雙親。㉚歡然　快樂、喜悅之貌。㉛本　根據；按照。㉜幽　迷信者所說的陰間。㉝惠信　給予信任；得到信任。㉞情偽　弊病。亦指真偽。㉟鯫生　淺薄愚陋之人；小人。古代罵人之詞。㊱自守　自堅其操守。㊲取咎　招致罪責。㊳相士　鑒別人才。㊴至愚　作者自稱。㊵殆　也許可以。㊶紿　欺誑。㊷見相　猶言識別、鑒別。㊸本圖　本心；本來的意圖。此指目的達到。㊹顧　卻；反而。㊺語曰　及下文所引，出處未詳。㊻後時　失時；不及時。㊼邀　要挾。㊽平衡　權衡國政使得其平。㊾遲迴　亦作「遲回」。遲疑；滯留。

【語譯】袁參在給中書令姚元崇的信中寫道：「曹州布衣袁參頓首謹上梁公閣下，我將把自己託付給您，長期為您所用，您希望這樣嗎？況且我把自己託付給您，對您有什麼好處呢？假使您長期佩掛相印，不失通侯的爵位，壽客滿堂，黃金橫帶，則我請求在您車軌所到之地，馬首所及之處，來掩飾您的短處，稱頌您的長處，使天下之人，不能議論您。倘若您面對不測之時、遭遇不測之禍，自己遭到官吏的審訊，妻子兒女關滿監獄，則我將以不為人知之身、微不足道之命，伏劍一死，以辨白您的冤屈，使殘酷虐殺的刑罰，不能加害於您。假如您因受到毀謗，不能得到諒解，最終至於被免官放逐，為天下人所笑，則我將以一寸之節、三寸之舌，抗義犯顏，在朝廷為您辯解，使逐臣的名聲，不能玷汙您。假如您有盛忿的嫌隙、睚眦之仇怨，朝廷人士，正商議要侵犯您，則我將以嚴正的言辭先挫敗其口，如果還不行，我接著將以眥血汙染其衣，被人欺陵的羞辱，不能加於您之身。假使您的前途無法預料，在您百年之後，您的家族最終有饑寒之患，那麼我將脫下我的衣衫，送去我的食物，力行不怠，終身供奉，使子孫的憂患，不能拖累您。這五件事，就是我之所以有利於您且將我自己託付給您的道理，您以為可以嗎？人不容易了解，了解人也不易。我對於您來說，並沒有作為食客的舊交，也沒有門生的恩誼，現在我就想把自己託付給您，怎能由於不了解我的心意而不對我產生虛妄的懷疑呢？然而不正之心確實也是有的，這是什麼呢？我至今已虛度半生，又客居京城數年，錢財已盡，衣衫破損，牙齒脫落，至今不能成名；而雙親在堂，始終未能得到慰藉，我深感日暮途遠，不知所為；但我以為除君之外沒有一人足以依靠，所以現在我敢冒昧以五利向您陳述，希望您能一見即以誠相待，使我能稍慰雙親的擔憂。我聽說，語言為必定聽從的人而發，節義為知己者而行；大丈夫雄心，怎能無感動激奮？何況現今因雙親的緣故，向您祈求德澤，倘若您能愉快地收留我而不加拒絕，那今後我有何面目終日保持沉默而無所建言呢！按上述所言，我一定不會有負您的恩德；那陰曹有鬼怪，天上有神仙，鬼神之間，我必定居於其間；假使我膽敢有負於您，則鬼神之靈將共同對我誅伐。今我恭敬地自己盟誓，希望得到您的信任。且您憑英偉之才，四次擔任宰相，對其中的艱難弊端，您都了解；至於您推薦進用的人也很多了，然而其中能有用我所說的五利向您作出承諾嗎？我乃淺薄愚陋之人，而自堅操守招致罪責！然而您鑒別人才，是何等求全責備！我這至愚之人也想一窺您的識鑒。頓首，頓首。我現今不敢對您大加稱譽，上欺於您；然我私下自我表白，我也絕非是天下之庸人。現今您若以義識別，則我的目的達到；若以才識別，則惟您所識是從。今日有幸憑您的大力一定能將我招致門下，於此時您卻棄而不用，俗話說：『厚利固然可愛，但時機不會再來，失利是因失去時機，最終怎不後悔！』您難道沒有聽說過蒯人之泣乎？早昔蒯人經商在集市賣冰，有客人苦於太熱打算買冰，蒯人自以為正逢時機，想要用原價的數倍之利要挾客人；客人於是生氣地離去，不一會冰也融化了。因此蒯人進一步說失去了冰，退一步說失去顧客，二者俱失，蒯人只能自己哭泣著離去。今日您高坐於青雲之中，執掌國政以求其平，天下之士人，都欲依附於您，這也正是您如暑天賣冰之時，而士人處買冰之際。有利則可，怎能失去時機！假使您一定要遲疑到冰散之時，那麼到那時您再要開口，此事哪裡還能辦得成！望您稍加考慮，而不要作蒯人之事。袁參頓首。」

輕佻 戲謔嘲詠附

【題解】輕佻，本指舉止不沉著、不穩重。然本條所記，則多為戲謔，間或也有嘲諷、作弄之意。

顧雲❶，大順❷中制同羊昭業❸等十人修史。雲在江淮，遇高逢休❹諫議。時劉子長❺僕射，清名雅譽❻，充塞縉紳❼；其弟崇望❽，復在中書。雲以逢休與子長舊交，將造門希致先容❾，逢休許之久矣。雲臨岐❿請書，逢休授之一函甚草創⓫，雲微有惑，因潛啟閱之，凡一幅並不言雲。但曰：「羊昭業等擬將一尺三寸汗腳⓬，踏他燒殘龍尾道⓭，懿宗皇帝雖薄德⓮，不任⓯被前人羅織⓰；執大政者亦大悠悠⓱。」雲吁嘆而已。

李白⓲〈戲贈杜甫〉⓳曰：「飯顆坡前逢杜甫，頭戴笠子日卓午。借問形容何瘦生？祇為從來學詩苦⓴。」

鄭光業㉑中表㉒間有同人㉓試者，於時舉子率皆以白紙糊案子㉔面，昌圖潛紀之曰：「新糊案子，其白如銀，入試出試，千春萬春。」光業弟兄共有一巨皮箱，凡同人投獻，辭有可嗤㉕者，即投其中，號曰「苦海」。昆季㉖或從容㉗用咨㉘諧戲[29]，即命二僕舁[30]「苦海」於前，人閱一編，靡不極歡而罷。光業常言及第之歲，策試夜，有一同人突入試鋪[31]，為吳語謂光業曰：「必先必先[32]，可以相容否？」光業為輟[33]半鋪之地。其人復曰：「必先必先，諮仗[34]取一杓水。」光業為取。其人再曰：「便干託[35]煎一椀茶，得否？」光業欣然與之烹煎。居二日，光業狀元及第，其人首貢一啟，頗敘一宵之素[36]。略曰：「既取水，更煎茶；當時之不識貴人，凡夫肉眼；今日之俄[37]為後進，窮相骨頭。」

羅隱[38]謝裴廷翰[39]詩卷[40]云：「澤國佳人，唯妝半面[41]；縈丘辨士，或獻空籠[42]。」

賈島[43]不善程試[44]，每自疊一幅，巡鋪告人曰：「原夫[45]之輩，乞一聯！乞一聯！」

薛保遜[46]，大中[47]朝尤肆輕佻，因之侵侮諸叔[48]，故自起居舍人貶洗馬[49]而卒。其子昭緯[50]，頗有父風。常任祠部員外，時李系[51]任小儀[52]，王蕘[53]任小賓[54]，正旦[55]立仗[56]班退[57]，昭緯朗吟曰：「左金烏[58]而右玉兔[59]，天子旌旂，」蕘遽請下句，昭緯應聲答曰：「上李系而下王蕘，小人行綴。」聞者靡不洪哂[60]。天復[61]中，自臺丞[62]累貶澄州[63]司馬，中書舍人顏蕘[64]當制[65]，略曰：「陵轢諸父，代嗣其凶[66]。」

咸通[67]末，執政病舉人僕馬太盛，奏請進士舉人許乘驢。鄭光業材質瓌偉，或嘲之曰：「今年敕下盡騎驢，短轡[68]長鞦[69]滿九衢[70]，清瘦兒郎猶自可，就中愁殺鄭昌圖。」

論曰：《語》[71]云：「當仁不讓於師[72]。」顏氏子[73]亦曰：「舜何人也，予何人也。苟得其道，自方[74]於舜，不為之太過；苟失其道，五尺童子，能不鄙其妄歟！」參[75]以五利[76]受售[77]，不繫[78]能否，儒行[79]缺矣。輕薄之徒，終喪厥[80]德，旅獒[81]之戒，人子其惟慎諸！

【注釋】❶顧雲　字垂象，一字士龍。唐貴池（今屬安徽）人。咸通十五年（八七四，其年十一月改元乾符）進士。大順中，與羊昭業等修宣、懿、僖三朝實錄。書成，加虞部員外郎。《全唐詩》存詩一卷。❷大順　（八九〇～八九一）唐昭宗年號。❸羊昭業　字振文。吳人。唐咸通九年進士。大順中預修國史。《全唐詩》今存詩一首。❹高逢休　事跡未詳。❺劉子長　即劉崇龜。見卷一一〈惡分疏〉[28]。❻清名雅譽　指美好的聲譽。❼縉紳　指代士大夫。❽崇望　劉崇望，字希徒。唐滑州胙（今河南延津縣東北）人。咸通十五年進士。僖宗時官諫議大夫。昭宗時進中書侍郎同中書門下平章事，貶昭州司馬，復為吏部尚書，以兵部尚書卒。❾先容　指事先為人介紹、推薦或關說。❿臨岐　亦作「臨歧」。本為面臨歧路，後亦用為贈別之辭。此指臨別。⓫草創　草率。⓬汗腳　髒腳。⓭龍尾道　唐代含元殿前的甬道。自上望下，宛如龍尾下垂，故名。此似指宮禁。⓮懿宗皇帝雖薄德　唐懿宗（八五九～八七三在位）在位時怠於政事，遊宴無度。篤信佛教，迎佛骨於鳳翔。當時宦官專權，所用宰相又皆非其人。時農民起義不斷，藩鎮屢生兵亂，邊境不寧，政事日非，民不聊生。死後不久即爆發王仙芝、黃巢起義。薄德，少德。⓯不任　猶不勝，表示程度極深。⓰羅織　謂無中生有地多方構陷。⓱悠悠　懶散不盡心貌。⓲

李白　見卷七〈知己〉「顏真卿與陸據」段㉚。⓳杜甫　見卷四〈師友〉「杜工部交鄭廣文」段❶。⓴飯顆坡前逢杜甫四句　《全唐詩》卷一八五為：「飯顆山頭逢杜甫，頂戴笠子日卓午。借問別來太瘦生，總為從前作詩苦。」飯顆山，相傳是唐代長安附近的一座山。此詩李白戲謔杜甫作詩太拘束。笠子，簦笠。卓午，正午。㉑鄭光業　見卷三〈慈恩寺題名遊賞賦詠雜紀〉「鄭光業新及第年」段❶。㉒中表　表親。㉓同人　志同道合的朋友。此指舉人。㉔案子　長桌子。㉕唵　同「啽」。譏笑。㉖昆季　兄弟。昆為兄，季為弟。㉗從容　悠閒無事。㉘咨　此。㉙諧戲　指調侃戲謔。㉚舁　抬；扛。㉛試鋪　科舉考試時應試舉子所居號房內的鋪席。㉜必先　唐時應試舉子相互間的一種稱謂。謂其登第必在同輩之先。有推敬之意。㉝輟讓；讓出。㉞諾伏　猶言能否勞駕。㉟干託　請託。此為麻煩、勞駕之意。㊱素　交情；情誼。㊲俄　一會兒。指時間短暫。㊳羅隱　見卷二〈置等第〉❿。㊴裴廷翰　未見著錄。然有裴延翰，不知孰是。㊵詩卷　《全唐詩》中未見。㊶澤國佳人二句　用南朝梁元帝妃子徐昭佩故事。徐昭佩因姿容不美，受元帝冷遇。徐妃亦因帝眇一目，每知帝將至，必僅飾半面以待之，帝見則大怒而出。見《南史・后妃傳下・梁元帝徐妃》。㊷滎丘辨士二句　出典未詳。㊸賈島　見卷八〈放老〉⓰。㊹程試　按規定的程式考試。亦指程試的文卷。此指後者。㊺原夫　猶言愚鈍之人。㊻薛保遜　見本卷〈自負〉「盧延讓業癖澀詩」段❼。㊼大中　（八四七～八五九）唐宣宗年號。㊽諸叔　同宗叔父輩之人。㊾洗馬　東宮屬官。㊿昭緯　薛昭緯，見卷三〈慈恩寺題名遊賞賦詠雜紀〉「曹汾尚書鎮許下」段⓫。(51)李系　宣宗時任禮部郎官，餘未詳。(52)小儀　唐代禮部郎官的俗稱。(53)王蕘　唐太原（今屬山西）人。官終右司員外郎。(54)小賓　唐鴻臚寺少卿的別稱。(55)正旦　正月初一。(56)立仗　設立儀仗。(57)班退　即退班。退朝。(58)金烏　指代太陽。(59)玉兔　指代月亮。(60)洪哂　哄笑；大笑。(61)天復　（九〇一～九〇三）唐昭宗年號。(62)臺丞　御史臺官員。(63)澄州　今廣西上林。(64)顏蕘　見卷三〈散序〉⓫。(65)制　起草制書。(66)陵轢諸父二句　上句指薛保遜，下句指薛昭緯。陵轢，欺壓，欺侮。諸父，指伯父和叔父。此指上文「諸叔」。(67)咸通　（八六〇～八七三）唐懿宗年號。(68)韁　韁繩。(69)鞦　指絡在牲口股後尾間的絆帶。(70)九衢　縱橫交錯的街道；繁華的街道。(71)語　指《論語》。(72)當仁不讓於師　語出《論語・衛靈公》。意為面對仁德，就是老師也不謙讓。(73)顏氏子　似當指北齊顏之推。有《顏氏家訓》傳世。(74)方　比。(75)參　指本卷〈自負〉中的袁參。(76)五利　詳袁參信。(77)受售　授售。此有兜售意。(78)繫　聯繫。此猶言考慮。(79)儒行　儒家的道德規範或行為準則。(80)厥　其。(81)旅獒　古代西戎旅國出產的大犬。亦借指西戎各國。周武王滅商後，西戎進獻旅獒大犬。召公奭怕武王玩物喪志，勸諫武王，因有「旅獒之戒」之語。

【語譯】顧雲，大順年間有詔書命與羊昭業等十人修撰史書。顧雲在江淮之間，遇高逢休諫議。當時劉崇龜僕射，清名雅譽，充塞於士大夫之間；其弟劉崇望，也任職於中書。顧雲因高逢休與劉崇龜是舊交，準備登門拜訪希望高逢休能為自己作推薦，高逢休答應了，拖了很長一段時間。顧雲在臨別時請高逢休寫一書信，高逢休交給顧雲一信，卻頗為草率，顧雲心中多少有些疑惑，於是私下裡將信拆閱，整封書信並未言及顧雲。信中只是說：「羊昭業等人正準備用一尺三寸的汗腳，去踏那燒殘的龍尾道。懿宗皇帝雖然薄德，但也深遭前人羅織過錯；而當時的執政大臣也太不盡心盡責。」顧雲看後只有嘆息而已。

李白〈戲贈杜甫〉詩寫道：「飯顆坡前遇見杜甫，頭戴斗笠日已正午。借問容貌因何太瘦？只為從來學詩辛苦。」

鄭光業的表親中有應進士試的。當時應試舉人大都用白紙糊案子的面子，鄭光業私下裡記此事云：「新糊案子，其白如銀，入試出試，千春萬春。」鄭光業兄弟共同擁有一只巨大的皮箱，凡是一起應試的舉人有來投獻詩文，而文辭可被譏笑的，就投入箱中，並把箱子稱作「苦海」。兄弟倆閒暇無事即用此戲謔，他們讓兩個僮僕將「苦海」抬到面前，各自閱讀一卷，無不大笑而止。鄭光業曾談及他進士及第那年，在策試那天晚上，有一舉人突然進入他的號房，用吳語對鄭光業說：「必先必先，可以容我住一夜否？」鄭光業為他讓出半張床鋪。那人又說：「必先必先，能否勞駕取一杓水？」鄭光業為他取來了水。那人又說：「勞駕順便為我煎一碗茶，可以否？」鄭光業欣然為他煎茶。過了兩天，鄭光業狀元及第，那人第一個送來賀信，敘述了那一夜的情誼。信中大略說：「已為我取水，又為我煎茶；當時之不識貴人，凡夫肉眼；今日俄為後進，窮相骨頭。」

羅隱在謝裴廷翰的詩卷中云：「澤國佳人，只化妝半面；榮丘辨士，或獻上空籠。」

賈島不善於做程試的文卷，每每自己折疊一幅，沿著鋪席求人云：「我乃愚鈍之人，乞求一聯，乞求一聯！」

薛保遜，在大中朝尤為放肆輕佻，因其輕慢欺侮同族叔父，所以由起居舍人貶為洗馬而卒。其子薛昭緯，頗有其父的作風。曾任祠部員外郎，當時李系任禮部郎官，王蕘任鴻臚寺少卿，元旦設立儀仗退朝，薛昭緯朗聲吟詠道：「左面金烏而右面玉兔，天子旌旗；上立李系而下站王蕘，小人行綴。」聽到者無不哄笑。天復年間，薛昭緯自御史臺官員一貶再貶為澄州司馬，中書舍人顏蕘承當起草制書，大略云：「其父欺陵諸父，其子代嗣其凶。」

咸通末年，執政大臣擔心到京城應試舉人的僕從、馬匹等太多，上奏朝廷請求凡到京城應進士試的舉人只許乘驢。鄭光業身材高大魁偉，有人嘲笑他說：「今年敕下盡騎驢，短轡長鞦滿九衢，清瘦兒郎猶自可，就中愁殺鄭昌圖。」

論曰：《論語》云：「面對仁德，就是老師也不謙讓。」顏氏子也云：「舜是何等樣人，我是何等樣人。如果能得舜之道，自比於舜，還不能算太過分；如果違背舜之道，連五尺童子，也不能不鄙視其虛妄！」袁參以所謂的五利向姚崇兜售，而不考慮自己有否才能，儒家的道德在他身上太欠缺了！輕薄之徒，終喪其德，旅獒之戒，為人子者一定要慎而又慎！

設奇沽譽

【題解】本條所記二事，無非是標新立異、譁眾取寵之舉耳。

咸通❶中，鄭愚❷自禮部侍郎鎮南海；時崔魏公❸在荊南，愚著錦襖子❹半臂袖卷謁之，公大奇之。會夜飲更衣，賓從❺間竊謂公曰：「此應是有，慙不稱耳！」既而復易之紅錦，尤加煥麗，眾莫測矣。

王璘❻舉日試萬言科，崔詹事❼觀察湖南❽，因遺之夾纈❾數匹。璘翌日以中單❿襜褕⓫衣之以詒，崔公接之大驚矣。

【注釋】❶咸通（八六〇～八七四）唐懿宗年號。❷鄭愚 唐番禺（今屬廣東）人。登進士第。累官至桂管觀察使，入為禮部侍郎。黃巢平後，出鎮南海，終尚書左僕射。《全唐詩》存詩二首。❸崔魏公 即崔鉉。見卷二〈海述解送〉❻。❹錦襖子 一指織錦做的襖，一指蛤蟆皮。此指前者。❺賓從 賓客、隨從。❻王璘 見卷一一〈薦舉不捷〉㉔。❼崔詹事 未詳何人。❽觀察湖南 當指任湖南觀察使。❾纈 染有彩紋的絲織品。❿中單 亦作「中襌」。古時朝服、祭服的裡衣。亦即汗衫。⓫襜褕 罩在外面較長的直襟單衣。

【語譯】咸通年間，鄭愚由禮部侍郎出鎮南海；當時魏國公崔鉉在荊南，鄭愚穿著錦襖子半臂袖卷起前去謁見，崔鉉見了非常驚奇。正遇夜間宴飲更衣，賓客中有人私下裡對崔鉉說：「這樣的東西應該是有的。只是和鄭愚的身分不相稱而已。」不一會鄭愚又換上紅錦之衣，尤為光鮮豔麗，眾人都不識為何物。

王璘應舉日試萬言科，崔詹事為湖南觀察使，因而贈送給王璘夾纈數匹。次日，王璘內穿汗衫，外穿用夾纈做的直襟單衣前去拜見，崔公見到王璘的衣著大吃一驚。

酒失

【題解】酒，在中國文化史上占有獨特的地位，特別在讀書人中更是如此。文人因酒而留下了無數佳話。但酒也能誤事。此條所記，多指酒後失態，甚至給自己帶來不良後果，頗耐人尋味。

崔櫓❶酒後失虔州❷陸郎中肱❸，以詩謝❹之曰：「醉時顛蹶❺醒時羞，麴蘖❻催人不自由。叵耐❼一雙窮相眼，不堪花卉❽在前頭。」

宋人衛元規⑨，酒後忤宋州⑩丁僕射⑪，謝書略曰：「自茲因酒星於天獄，焚醉日於秦坑⑫。」人多記之。

杜工部⑬在蜀，醉後登嚴武⑭之牀，厲聲問武曰：「公是嚴挺之⑮子否？」武色變。甫復曰：「僕乃杜審言⑯兒。」於是少解。

韓衮⑰，咸通七年趙隲⑱下狀元及第，性好嗜酒。謝恩之際，趙公與之首宴，公屢賞歐陽琳⑲文學，衮睨之曰：「明公何勞再三稱一複姓漢！」公愕然為之徹席。自是從容⑳不過三爵。及杏園㉑開宴時，河中㉒蔣相㉓以故相守㉔兵部尚書，其年子泳㉕及第，相國欣然來突㉖，眾皆獎之。衮厲聲曰：「賢郎在座，兩頭著㉗子女，相公來此得否？」相公錯愕而去。及泳歸，公庭責之曰：「席內有顛酒㉘同年，不報我，豈人子耶！」自是同年莫敢與之歡醉矣。

史蕘㉙上李中丞㉚書：「禍之將至，鬼神奪魄，豈有委身㉛府幕㉜，塵忝㉝下寮㉞，而擅犯威重㉟，前後非一！中丞審蕘豈非知禮之人？豈非感恩之人？自拜揖馬塵㊱，十有三載，不盃酒歌詠，久蒙提攜，未省竟有差失。中丞因賜賞鑒㊲，辟㊳書府㊴，及陪接㊵萬里，星霜㊶二年，正當策名㊷之時，豈願固有干觸？此蓋命之牽陷㊸，一至於此，實非常情之所料也。豈非十二年間，東馳西走，肝膽塗地，竟無所成，鬢髮頒44白，幸逢推薦，恩命垂至，自貽45顛危46，昏昏薄言47，罔知攸處48，豈非命矣！豈非命矣！且初坐之時，每舉一盞酒，未嘗不三思其過，似覺體中有酒，亦哀請矜量49；既對眾賓，復不敢苦訴。俄而迷亂乍合，若怪魅以憑50心神，事且不知，死亦寧悟！哀哉微命51，有此舛剝52！中丞縱寬以萬死，萇亦無所施其面目。不即引決53者，伏念累世單緒，一身早孤，中年未婚，晚乏兒息，封樹54何日？先靈靡安！痛此纏迫55，乞哀殘喘！今髠56剪首髮，自為毀責57，期在粉骨，永知此過。中丞旋旆58之日，願隨一卒，步走後塵，洗節布誠59，以期他効。伏願少垂舊惠，戀戀故人，無任60憂悸61感切62之至！謹投書閤下，荒辭63無敘，萬不申一，仍憑押衙口哀謝不宣。萇再拜。」

元相公64在浙東65時，賓府66有薛書記67，飲酒醉後，因爭令68擲注子69，擊傷相公猶子70，遂出幕。醒來乃作〈十離詩〉71上獻府主72：馴擾73朱門四五年，毛香足淨主人憐。無端咬著親情客，不得紅絲毯上眠。犬離主。越管宣毫74始稱情，紅牋紙75上撒花瓊76。都緣用久鋒頭盡，不得羲之77手裡擎。筆離毛。雲耳紅毛淺碧蹄，追風曾到日東西。為驚玉貌郎君墜，不得華軒78更一嘶。馬離廄。隴西79獨自一孤身，飛去飛來上錦裀80。都緣出語無方便81，不得籠中更喚人。鸚鵡離籠。出入朱門未忍拋，主人常愛語交交[82]。銜泥穢汙珊瑚簟[83]，不得梁間更壘巢。燕離巢。皎潔圓明內外通，清光似眼水精宮。都緣一點瑕相穢[84]，不得終宵在掌中。珠離掌。戲躍蓮池四五秋，常搖朱尾弄綸鉤[85]。無端[86]擺斷芙蓉朵，不得清波更一遊。魚離池。爪利如鋒眼似鈴[87]，平原捉兔稱高情。無端竄向青雲外，不得君王手上擎。鷹離主。蓊鬱[88]新栽四五行，常將貞節負秋霜。為緣春筍鑽牆破，不得垂陰覆玉堂[89]。竹離亭。鑄瀉黃金鏡始開，初生三五月徘徊。為遭無限塵蒙蔽，不得華堂上玉臺[90]。鏡離臺。馬上同攜今日盃，湖邊還折去年梅。年年祇是人空老，處處何曾花不開。歌詠每添詩酒興，醉酣還命管絃來。罇前百事皆依舊，點檢唯無薛秀才。　元公詩[91]。

論曰：蕭琛[92]以桃杖虎靴，邢紹[93]以絳緜糾髮，所務先設奇以動眾，後務能以制人，振天下之大名，為一時之口實[94]者也。鄭公[95]之服錦，王公[96]之衣纈[97]，得[98]無意於彼乎？苟名實[99]相遠，則服之不衷身之災[100]。沉酗[101]之失，聖人所戒，雖王佐之才[102]，得以贖過，其如名教[103]何！

【注釋】❶崔櫓　見卷一〇〈海敘不遇〉「趙牧」段[29]。❷虔州　今江西贛州。❸陸郎中肱　陸肱，大中九年（八五五）進士。官至南康郡守。❹謝　道歉。❺顛躓　顛倒失次。❻麴蘖　亦作「麴糵」、「麴孽」。酒麴。此指酒。❼叵耐　可恨；無奈。❽花卉　喻指陸肱。❾衛元規　未見著錄。❿宋州　今河南商丘。⓫丁僕射　似當指丁公著。據《舊唐書》卷一八八《丁公著傳》，穆宗時曾任河南尹，卒贈右僕射。⓬自茲囚酒星於天獄二句　用以指今後不再飲酒。秦坑，借用秦始皇焚書坑儒事。⑬杜工部　即杜甫。杜甫曾任檢校工部員外郎，因稱。詳見卷四〈師友〉「杜工部交鄭廣文」段❶。⑭嚴武　（七二六～七六五）字季鷹。唐華州華陰（今屬陝西）人。天寶末，從玄宗入蜀。後官成都尹、劍南節度使。大破吐蕃兵，使之不敢進犯。治蜀數年，徵斂百姓，窮極奢靡，賞賜無度。對杜甫頗多照顧。⑮嚴挺之　名浚。以字行。嚴武父。好佛。舉進士，又擢制舉。玄宗時，官至刑部侍郎。張九齡為相，用為尚書左丞，知吏部選，鄙薄李林甫。及九齡罷相，出為洺州刺史，移絳郡太守。後卒於洛陽，年七十餘。⑯杜審言　見卷六〈公薦〉「將仕郎守太子校書郎」段㊲。杜甫係審言孫。⑰韓袞　字獻之。咸通七年（八六六）狀元。事跡未詳。⑱趙隲　見卷九〈芳林十哲〉㉖。⑲歐陽琳　字瑞卿。唐閩人。登咸通七年進士第。又中宏詞科。授秘書省正字。累遷侍御史。⑳從容　周旋；舉動。㉑杏園　故址在今陝西西安大雁塔南。唐代新科進士賜宴之地。㉒河中　河中府（今山西蒲州）。㉓蔣相　指蔣伸。伸字大直。唐常州義興（今江蘇宜興）人。登進士第。宣宗朝官至兵部侍郎，同中書門下平章事。懿宗即位，兼刑部尚書監修國史。出為河中節度使，同中書門下平章事。後任華州刺史，遷太子太傅，卒。㉔守　暫時署理職務。多指官階低而署理較高官職。此時蔣伸當在河中節度使任上。㉕泳　蔣泳，見卷三〈慈恩寺題名遊賞賦詠雜紀〉「咸通中」段❸。㉖來突　突然而來。㉗著　接觸；貪戀。㉘顛酒　發酒瘋。㉙史葚　事跡未詳。㉚李中丞　未詳何人。此係史葚寫給李中丞因酒後失態的道歉信，希望能被留用。㉛委身　置身；寄身。㉜府幕　府署的幕僚。㉝塵忝　謙詞。猶言忝列。㉞下寮　即下僚。下屬；屬官。㉟威重　威權；威勢。㊱馬塵　奔馬揚起的塵土。此猶言馬前。㊲賞鑒　此有賞識之意。㊳辟　徵召；舉薦。㊴書府　指中書省或秘書省。然此當指幕僚。㊵陪接　陪逢近接。此猶言追隨陪同。㊶星霜　星晨霜露。謂艱難辛苦。㊷策名　「策名委質」之省。指因仕宦而獻身於朝廷之事。亦指推薦參加進士考試。㊸牽陷　牽累而陷入。㊹頒　通「斑」。㊺貽　遺留；致使。㊻顛危　顛覆。此指陷入困境。㊼薄言　淺薄的話。㊽罔知攸處　猶言不知所處。㊾矜量　憐憫商酌。㊿憑　依附；附著。(51)微命　卑微的性命。(52)舛剝　困厄。(53)引決　亦作「引訣」。自殺。(54)封樹　堆土為墳，植樹為飾。此指封植先人墳塋。(55)纏迫　謂日月運行，歲月迫人。也指餘日無多。(56)髡剪；剃。古人常以髡髮代刑或自責。(57)毀責　毀形自責，表示悔過。(58)旋旆　亦作「旋旆」。回師。(59)洗節布誠　猶言洗刷往日之恥，重立志向，以示其誠。(60)無任　敬詞。猶不勝。(61)憂悸　憂懼而心驚膽戰。(62)感切　感傷淒切。(63)荒辭　昏瞶之辭。(64)元相公　指元稹。相公，唐代時指稱宰相。元稹在穆宗時曾拜相。(65)在浙東　元稹在長慶三年（八二三）任浙東觀察使。據《全唐詩》，此事當在蜀地。(66)賓府　當指幕府。(67)薛書記　係指薛濤。書記，從事文字、公文之人。《全唐詩》卷八〇三薛濤有〈十離〉詩。(68)爭令　爭行酒令。(69)注子　古代酒壺。金屬或瓷製成。可放入注碗中。始於晚唐，盛行於宋元時。(70)

猶子　侄子。[71]十離詩　以十種物件表達被逐的後悔心情。[72]府主　當指元稹。[73]馴擾　馴服；馴伏。[74]越管宣毫　越竹所製的毛筆桿，宣地的筆毛。指代上等毛筆。[75]紅牋紙　薛濤好以松花小牋或深紅小牋寫詩，人稱「薛濤牋」。[76]花瓊　指花。[77]羲之　指晉代大書法家王羲之。羲之字逸少。累官至右軍將軍、會稽內史。世稱王右軍，又稱王會稽。其書法對後代影響極大，被奉為「書聖」。[78]華軒　指華美的殿堂。也指富貴者所乘的華美車子。[79]隴西　地名。因在隴山以西得名。[80]錦裀　錦茵；錦褥。[81]方便　訣竅。[82]交交　象聲詞。燕鳴之聲。[83]簟　供坐臥鋪墊用的席子。[84]穢　玷污。[85]輪鉤　《全唐詩》作「綸鉤」。以輪鉤為是。鉤竿上裝有小輪以收捲鉤絲的鉤具。[86]無端　無心；無意。[87]鈴　銅鈴。形容鷹眼大而目光銳利。[88]蓊鬱　濃密；濃鬱。[89]玉堂　豪貴的宅第。下文「華堂」意同。[90]玉臺　玉飾的鏡臺。[91]元公詩　此詩《全唐詩》元稹詩中未見。[92]蕭琛　字彥瑜。南朝齊、梁時南蘭陵（治今江蘇武進西北）人。少明悟，有才辯。齊時任太學博士。時王儉當國，琛年少，未為王儉所識。一次王儉大宴於樂遊苑，蕭琛著虎皮靴，策桃枝杖，直造王儉座席。王儉與語，大悅。由是蕭琛名聲大振。後累遷至尚書左丞。入梁官御史中丞，累遷平西長史，江夏太守。官至侍中。[93]邢紹　當作邢卲。字子才。以字行。北齊時人。十歲能屬文，日誦萬言。年未二十，名動衣冠。初仕魏，官中書侍郎、國子祭酒、中書監。入齊，授特進，卒。《北史．邢卲傳》及《北齊書．邢卲傳》均無「絳縣糾髮」的記載，王定保所記有誤。[94]口實　經常談論的內容。[95]鄭公　見本卷「設奇沽譽」[2]。[96]王公　見卷一一〈薦舉不捷〉[24]。[97]纈　染有彩文的絲織品。[98]得　豈；怎。[99]名實　名聲與實際。[100]服之不衷身之災　語出《左傳》僖公二十四年。意為衣服如果不合適，這是身體的災禍。[101]沉酗　謂嗜酒無度。[102]王佐之才　輔佐帝王創業治國的才能。[103]名教　名聲與教化。

【語　譯】崔櫓酒後失態於虔州陸肱郎中，酒醒後作詩向陸肱致歉，詩云：「醉時顛蹶醒時羞慚，酒力催人身不由己。無奈這一雙窮相眼，不堪花卉擺在前頭。」

宋州人衛元規，酒醉後觸犯了宋州丁公著僕射，後修書致歉，大略云：「從此把酒星囚禁於天獄，將醉目焚毀於秦坑。」

杜工部在蜀時，一次，酒醉後登上嚴武的床，厲聲問嚴武道：「你是嚴挺之的兒子嗎？」嚴武神色大變。杜甫又說：「我乃杜審言孫兒。」於是嚴武的神色稍為緩解。

韓袞，咸通七年趙隲主持貢舉那榜狀元及第，韓袞特別嗜酒。同年進士謝恩之際，趙隲設宴，並讓韓袞居於首座。席中，趙隲屢次稱讚歐陽琳的文章才學，韓衮頗為不滿，斜視著說：「明公何勞再三稱讚一個複姓漢！」趙隲深感愕然並為之撤席。自此之後，韓衮與人飲酒時不超過三杯。等到杏園開宴之時，河中蔣伸以前任宰相守兵部尚書，其子蔣泳也係當年進士及第，蔣伸相國欣然前來，眾人都以此為榮。席間，韓衮厲聲說：「賢郎在座，您卻還戀著子女，相公來此合適否？」蔣伸驚愕離席而去。等蔣泳回到府中，蔣伸當庭責問他說：「席內有發酒瘋的同年，你事先不告訴我，哪裡是為人子之道！」自此之後，同年中沒有人再敢與韓衮歡飲了。

史蕘在寫給李中丞的信中道：「禍患將至，鬼神奪魄，哪有寄身幕府，列職下屬，而敢於冒犯您的威權，前後作為不一致呢！中丞審察，我難道不是知書識禮之人？難道不是知恩圖報之人？自從拜在您的門下，已十有三年，杯酒歌詠之間，一直承蒙您的提攜，未料竟然會有差失。因得到中丞的賞識，徵召為幕僚，陪同追隨於萬里之外，星晨霜露，奔波二年，正當策名委質之時，又豈願真的對您有所觸犯？這是命運的牽累而陷入困境，以致到了這個地步，實在不是常情所能預料的。這豈不是十二年間，東奔西走，肝膽塗地，竟然一無所成，鬢髮斑白，有幸得到推薦，朝廷恩命將至，而自己使自己陷入困境，昏昏然的淺薄之言，不知所處，豈非命啊！豈非命啊！況且剛入座之時，每舉一盞酒，未嘗不三思其過，似覺得體內有酒，亦請求憐憫商酌；然一旦面對眾位賓客，又不敢苦求。不一會就迷亂突然會合，就像鬼怪魍魅依附心靈神智，所有的事都不知道，即使死了又怎能醒悟！可悲啊我卑微的性命，竟然有這樣的困厄！中丞縱然寬恕我的萬死之罪，我亦無法再展現自己的面目。我之所以不立即自殺，只是考慮到我家數代單傳，我早年就獨自一人孤苦伶仃，中年未曾婚娶，晚年缺少子息，封樹墳塋何日？先人在天之靈難安！痛感於歲月逼人，乞求苟延殘喘！今日髡剪頭髮，以示毀形自責，以期粉身碎骨，永遠記此過失。中丞回師之日，願追隨您當一走卒，奔走鞍前馬後，洗心革面以布其誠，並期望對您有所報效。願中丞稍降舊恩，戀戀故人，不勝憂懼感切之至！謹投書閣下，荒辭無敘，不能申述萬一，仍憑押衙口哀謝不宣。蕘再拜。」

相公元稹在浙東時，幕府中有書記薛濤，飲酒醉後，因爭酒令而投擲酒壺，擊傷元稹的侄子，因而被逐

425 失酒

出幕府。酒醒後頗感後悔，就作了〈十離〉詩呈獻給元稹。詩云：「馴服於朱門有四五年，毛香足淨深得主人愛憐。無意間咬著親情之客，不能再在紅絲毯上睡眠。犬離主。越管宣毫當初稱情，紅牋紙上潑撒花瓊。都因用久鋒頭已盡，不能在羲之手裡擎。筆離毛。雲耳紅毛淺淺碧蹄，追風曾到日頭東西。只為驚得玉貌郎君墜落，不能在華軒再一次長嘶。馬離廄。隴西原本獨自孤身，飛去飛來飛上錦裀。都因出語沒有分寸，不能在籠中再次叫人。鸚鵡離籠。出入朱門未忍拋棄，主人常愛語聲交交。銜泥穢污珊瑚寶簟，不能在梁間再築巢。燕離巢。皎潔圓潤明亮內外相通，清光似眼恰如水晶宮。只因一點瑕疵相玷污，不能整夜在主人手掌中。珠離掌。嬉戲跳躍於蓮池四五秋，時常搖動朱尾撥弄輪鉤。無意間擺斷芙蓉花朵，不能在清波中再次遨遊。魚離池。爪利如鋒眼似銅鈴，平原捉兔堪稱高情。無意間竄向青雲外，不能在君王手上擎。鷹離主。蓊鬱脩竹新栽四五行，時常將貞節欺負秋霜。只因那春筍鑽牆破土，不能夠垂陰覆蓋玉堂。竹離亭。鑄瀉黃金鏡面始開，初生三五月光徘徊。因遭無限塵埃蒙蔽，不能在華堂上玉臺。鏡離臺。馬上同攜今日酒杯，湖邊還折去年之梅。年年只是人空老，處處何曾花不開。歌詠每添詩酒雅興，醉酣還命管弦前來。罇前百事皆依舊，點檢唯無薛秀才。元公詩。

論曰：蕭琛以桃杖虎靴，邢紹以絳鯀糾髮，他們所做的辦法是先設置奇特的情景來吸引人，然後才能控制人，使自己在天下名聲大振，一時間成為人們經常談論的內容。鄭愚穿織錦之服，王璘著彩纈之衣，豈無意於蕭琛、邢紹之舉嗎？假如名聲與實際相去甚遠，那麼，衣服如果不合適，就是身體的災禍。嗜酒無度的過失，為聖人所戒，即使有輔佐帝王創業治國的才能，用以贖過，那對於名聲和教化又能如何！

卷一三

敏捷

【題解】唐代文化發達，人才輩出，且多才思橫溢之人。本條所記雖僅十餘人，但亦足以反映唐代文人之才情。

王勮❶，絳州❷人，開耀❸中，任中書舍人。先是五王❹同日出閤❺受冊❻，有司忘載冊文❼；百寮❽在列，方知闕禮。勮召小吏五人，各執筆，口授分寫，一時俱畢。

開元❾中，李翰林❿應詔草〈白蓮花開序〉及宮詞⓫十首。時方大醉，中貴人⓬以冷水沃⓭之稍⓮醒，白於御前索筆一揮，文不加點。

溫庭筠⓯燭下未嘗起草，但籠袖凭几，每賦一詠⓰一吟⓱而已，故場中號為「溫八吟」。

段維[18]晚富辭藻，敏贍[19]第一。常私試八韻[20]，好喫煎餅，凡一箇煎餅成，一韻粲然[21]。此條雜見卷一〇〈海敘不遇〉門。

昭宗天復元年[22]正旦[23]，東內[24]反正[25]，既御樓，內翰[26]維[27]吳子華[28]先至，上命於前跪草十餘詔，簡備[29]精當，曾[30]不頃刻。上大加賞激[31]。

短李[32]鎮揚州[33]，請章孝標[34]賦〈春雪〉詩[35]，命札[36]於臺盤[37]上。孝標唯然[38]，索筆一揮云：「六出[39]飛花處處飄，黏窗拂砌[40]上寒條[41]。朱門到晚難盈尺，盡是三軍喜氣消。」

白中令[42]鎮荊南[43]，杜蘊常侍廉問長沙[44]，時從事[45]盧發[46]致聘[47]焉。發酒酣傲睨[48]，公[49]少不懌。因改著詞令[50]曰：「十姓胡[51]中第六胡[52]，也曾金闕[53]掌洪爐[54]。少年從事誇門地，莫向罇前喜氣麤[55]。」盧答曰：「十姓胡中第六胡，文章官職勝崔盧[56]。暫來關外分憂寄[57]，不稱[58]賓筵[59]語氣麤。」公極歡而罷。

張祜[60]客淮南，幕中赴宴，時杜紫微[61]為支使[62]，南座[63]有屬意之處，索骰子[64]賭酒，牧微吟曰：「骰子逡巡[65]裹手拈[66]，無因得見玉纖纖[67]。」祜應聲曰：「但知報道金釵落，髣髴[68]還應露指尖。」

柳棠[69]謁梓州[70]楊尚書汝士[71]，因赴社宴[72]。楊公逼棠巨魚[73]，棠堅不飲。楊公口占一篇曰：「文章謾道[74]能吞鳳[75]，杯盞何曾解喫魚？今日梓州陪社宴，定應遭者[76]老尚書。」棠應聲曰：「未向燕臺[77]逢厚禮，幸陪社會[78]接餘歡。一魚喫了終無媿[79]，鯤化為鵬[80]也不難。」

柳公權[81]，武宗朝在內庭[82]，上常怒一宮嬪[83]久之，既而復召，謂公權曰：「朕怪此人，然若得學士一篇，當釋然矣。」目御前有蜀牋數十幅，因命授之。公權略不佇思[84]，而成一絕曰：「不忿[85]前時忤[86]主恩，已甘寂寞守長門[87]。今朝卻得君王顧，重入椒房[88]拭淚痕。」上大悅，賜錦綵二十疋。令宮人拜謝之。

山北沈侍郎[89]主文年[90]，特召溫飛卿[91]於簾前試之，為飛卿愛救人[92]故也。適屬翌日飛卿不樂[93]，其日晚請開門先出，仍獻啟[94]千餘字。或曰潛救八人矣。

裴慶餘[95]，咸通[96]末佐北門李公[97]淮南幕，嘗遊江，舟子刺船[98]，誤為竹篙濺水濕近座[99]之衣，公為之色變。慶餘遽請彩牋紀一絕[100]曰：「滿額鵝黃[101]金縷衣，翠翹[102]浮動玉釵垂。從教[103]水濺羅衣濕，知道巫山行雨[104]歸。」公覽之極歡，命謳者[105]傳之矣。

韋蟾[106]左丞，至長樂驛亭，見李湯[107]給事題名，索筆紀之曰：「渭水秦山豁[108]眼明，希仁[109]何事寡詩情。祇應學得虞姬壻[110]，書字纔能記姓名[111]。」

鄭仁表112起居113，經過滄浪峽，憩於長亭114，郵吏115堅進一板，仁表走筆116曰：「分陝117東西路正長，行人名利火然118湯119。路旁著個滄浪峽，真是將閑攪撩120忙。」

裴廷裕121，乾寧122中在內庭，文書敏捷，號為「下水船123」。梁太祖124受禪125，姚洎126為學士，嘗從容127。上128問及廷裕行止129，洎對曰：「頃歲左遷130，今聞旅寄衡水131。」上曰：「頗知其人構思甚捷。」對曰：「向在翰林，號為下水船。」太祖應聲謂洎曰：「卿便是上水船也。」洎微笑，深有慚132色。議者以洎為急灘頭上水船133也。

【注釋】❶王勮　唐絳州人。登進士第。長壽年間官鳳閣舍人（即中書舍人），遷弘文館學士兼天官（禮部）侍郎。後以謀反罪被誅。神龍初詔復其官。❷絳州　今山西新絳。❸開耀　（六八一）唐高宗年號。然據《新唐書．王勮傳》載，王勮任鳳閣舍人（即中書舍人）在武周長壽（六九二～六九三）年間。錄以備考。❹五王　指壽春王等五王。❺出閣　亦作「出閤」。皇子出就封國。❻受冊　接受冊命。❼冊文　文體名。簡稱「冊」。原為冊命、冊書等誥命文字的一種，只用於帝王贈臣下。後世應用漸繁，凡祭告、上尊號及諸祀典，均得用之。❽百寮　百僚；百官。❾開元　（七一三～七四一）唐玄宗年號。❿李翰林　即李白。見卷七〈知己〉「顏真卿與陸據」段30。⓫宮詞　古代的一種詩體。多寫宮廷生活瑣事，一般為七言絕句。唐代詩歌中多見之，後世沿作者頗多。⓬中貴人　指顯貴的侍從宦官。⓭沃　澆。⓮稍　漸。⓯溫庭筠　見卷七〈知己〉「顏真卿與陸據」段39。⓰一詠　指一首詩。詠，指詩歌等韻文作品。⓱一吟　指一氣吟成。⓲段維　見卷一〇〈海敘不遇〉「周賀」段27。⓳敏贍　機靈多智。⓴八韻　指詩。唐人通常稱一聯為「一韻」。㉑粲然　明白、明亮貌。此有出色之意。㉒天復元年　西元九〇一年。天復，唐昭宗年號。㉓正旦　正月初一。㉔東內　唐大明宮（後改蓬萊宮）的別稱。㉕反正　指帝王復位。昭宗屢為宦官、藩鎮挾持。㉖內翰　唐宋稱翰林為內翰。㉗維　同「唯」。㉘吳子華　即吳融。見卷五〈切磋〉「羊紹素夏課」段[16]。[29]簡備　通達完備。[30]曾　竟。[31]賞激　賞識。[32]短李　即李紳。見卷八〈通榜〉[14]。[33]鎮揚州　時李紳為淮南節度使駐揚州。[34]章孝標　見卷一〇〈海敘不遇〉「羅虬辭藻富贍」段[32]。[35]春雪詩　《全唐詩》卷五〇六題作〈淮南李相公紳席上賦春雪〉。[36]札　書寫。[37]臺盤　臺面；桌面。[38]唯然　輕聲答應。[39]六出　雪花。花分瓣叫出。雪花六角，因以為雪的別稱。[40]砌　臺階；門檻。[41]寒條　秋冬樹木的枝條。[42]白中令　即白敏中。見卷八〈友放〉[3]。[43]鎮荊南　時白敏中任荊南節度使。[44]杜蘊常侍廉問長沙　當指杜蘊任湖南觀察使。廉問，按察。[45]從事　僚屬；屬官。[46]盧發　事跡未詳。[47]致聘　徵聘。[48]傲睨　驕傲；傲慢斜視。[49]公　指白敏中。[50]詞令　應對得宜的言詞。[51]十姓胡　似指北魏孝文帝時令鮮卑人改姓，自己改姓元，其他鮮卑姓亦改為漢人的姓。如紇骨氏改為胡姓，為普氏改為周姓，拓拔氏改姓長孫，達奚氏改為奚姓等，皇族凡九姓，連同元姓，共十姓，不通婚姻。其他貴族改姓，數在一百以上。又承認范陽盧氏、清河崔氏、滎陽鄭氏、太原王氏為漢士族門第最高者。[52]第六胡　未詳所指。據《魏書．官氏志》，當為伊姓。然此似白敏中自指。[53]金闕　天子所居宮闕。[54]洪爐　亦作「洪鑪」、「洪罏」。本指大火爐，此當指執掌朝政。[55]麄　同「粗」。大。[56]崔盧　即指下文中「文章官職勝崔盧」中清河崔氏、范陽盧氏。[57]憂寄　憂國憂民的託付。[58]稱　相當；符合。[59]賓筵　宴請賓客的筵席。[60]張祜　見卷七〈知己〉「顏真卿與陸據」段[12]。[61]杜紫微　即杜牧。紫微，唐代中書舍人的別稱，杜牧曾任中書舍人，因稱。見卷三〈慈恩寺題名遊賞賦詠雜紀〉「小歸尚書榜」段[34]。[62]支使　據《新唐書》本傳，杜牧曾官淮南節度使掌書記，未任支使。王定保所記或誤。然《唐才子傳》記張祜事，稱杜牧任度支使，未知確否。[63]南座　所指未詳。然從詩意看，似指歌妓。[64]骰子　賭具。也用以占卜、行酒令或作遊戲。又稱投子、色子。[65]逡巡　不慌忙；從容。[66]拈　擺弄。[67]玉纖纖　指柔嫩纖細的手。[68]髣髴　同「彷彿」。[69]柳棠　唐東川人。開成二年（八三七）進士。楊汝士鎮東川，棠每於座上賦詩狂縱。從參越雋軍事，卒。[70]梓州　治今四川三臺。[71]汝士　楊汝士，時任劍南東川節度使。詳見卷三〈慈恩寺題名遊賞賦詠雜紀〉「寶曆年中」段[12]。[72]社宴　社日舉行的宴飲。所謂社日，是古代祭祀土神的日子，一般在立春、立秋後第五個戊日。[73]巨魚　魚形的巨杯。[74]謾道　休說；別說。[75]吞鳳　傳說漢揚雄著《太玄經》，夢吐鳳凰集於經上。事見《西京雜記》卷二。後因以「吐鳳」和「吞鳳」稱讚擅長著作。[76]者　《唐詩紀事》卷五八「柳棠」條作「這」，是。[77]燕臺　指幕府。[78]社會　舊時於春秋社日迎賽土神的集會。[79]媿　慚愧。[80]鯤化為鵬　典出《莊子．逍遙遊》：「北冥有魚，其名為鯤；鯤之大，不知其幾千里也！化而為鳥，其名為鵬；鵬之背，不知其幾千里也。怒而飛，其翼若垂天之雲。」[81]柳公權　（七七八～八六五）字誠懸。唐京兆華原（今陝西耀縣）人。元和三年（八〇八）進士。穆宗、敬宗、文宗三朝皆侍書禁中。文宗時，累遷中書舍人，有諍臣風，授諫議大夫。轉工部侍郎。累遷承旨學士。武宗時，為集賢院學士、判院事，累官工部尚書。懿宗初，以太子少師致仕。善書法。《全唐文》存文十二篇，《全唐詩》存詩四首。(82)內庭　宮禁以內。(83)宮嬪　帝王的侍妾。(84)佇思　沉思；凝思。(85)不忿　不怨；不惱恨。(86)忤　違逆；觸犯。(87)長門　用漢武帝陳皇后典故。陳皇后失寵後居長門宮，請司馬相如作〈長門賦〉，武帝讀後頗為傷感，陳皇后復得親幸。後以「長門」借指失寵女子居住的寂寥淒清的宮院。(88)椒房　泛指后妃居住的宮室。(89)山北沈侍郎　係指沈詢。沈詢字誠之，唐蘇州吳（今江蘇蘇州）人。會昌元年（八四一）進士及第。累遷中書舍人，出為浙東觀察使，入為戶部侍郎，判度支。咸通四年（八六三）為昭義節度使。為亂卒所殺。山北，即指昭義軍（治今山西長治）。(90)主文年　沈詢主持貢舉，時在大中九年（八五五）。(91)溫飛卿　即溫庭筠。(92)救人　據《唐詩紀事》卷五四載，溫庭筠常改名，為舉人代考，當即指此。(93)不樂　指不順。此次考試，專為溫庭筠設置鋪席，不與其他舉人相鄰。(94)啟　書函；公文。此當指應試文字。(95)裴慶餘　事跡未詳。然《唐詩紀事》、《全唐詩》、《郎官石柱題名考》均作裴虔餘，是。裴虔餘歷兵部郎中、太常少卿、華州刺史、宣歙觀察使等。(96)咸通（八六〇～八七三）唐懿宗年號。(97)北門李公　指李蔚。詳見卷九〈四凶〉(88)。李蔚咸通末任淮南節度使。(98)舩　同「船」。(99)近座　指歌妓。(100)一絕　《全唐詩》卷五九七題作〈柳枝詞詠篙水濺妓衣〉。詩為：「半額微黃金縷衣，玉搔頭裏鳳雙飛。從教水濺羅裙濕，還道朝來行雨歸。」與文中有所出入。(101)鵝黃　淡黃。此指金飾滿額。(102)翠翹　古代婦人首飾的一種。狀似翠鳥尾上的長羽，故名。(103)從教　聽任；任憑。(104)巫山行雨　化用戰國宋玉〈高唐賦〉典故。賦中辭云：「妾在巫山之陽，高丘之阻，旦為朝雲，暮為行雨，朝朝暮暮，陽臺之下。」後用為男女幽會的典實。(105)謳者　歌者。此似指歌妓。(106)韋蟾　字隱桂。唐下杜人。大中七年（八五三）進士。初為徐商掌書記，終尚書左丞。《全唐詩》存詩十首，《全唐文》存文一篇。(107)李湯　見卷三〈慈恩寺題名遊賞賦詠雜紀〉「李湯題名」段❶。(108)豁　《全唐詩》作「拂」。(109)希仁　李湯字。(110)虞姬婿　指項羽。(111)書字纔能記姓名　《史記．項羽本紀》載：項羽「少時，學書不成，去學劍，又不成。項梁怒之。籍（即項羽）曰：『書足以記名姓而已。劍一人敵，不足學，學萬人敵。』」此譏李湯缺少文才。(112)鄭仁表　見卷一二〈自負〉「杜甫莫相疑行」段(70)。(113)起居　起居郎。(114)長亭　古時於道路每隔十里設長亭，故亦稱「十里長亭」，供行旅停息。此當指驛站。(115)郵吏　古代郵傳驛站的小官。(116)走筆　揮毫疾書。(117)分陝　陝即今陝西陝縣。相傳周初周公旦、召公奭分陝而治，周公治陝以東，召公治陝以西。後謂封建王朝官員出任地方官為「分陝」。(118)然　「燃」的通假字。(119)湯　熱水。(120)攬撩　撩撥。(121)裴廷裕　見卷三〈慈恩寺題名遊賞賦詠雜紀〉「小歸尚書榜」段❷。(122)乾寧（八九四～八九七）唐昭宗年號。(123)下水舩　順流而下，船行快捷。因有此喻。(124)梁太祖　即朱溫。見卷三〈慈恩寺題名遊賞賦詠雜紀〉「裴思謙狀元及第後」段[37]。[125]受禪　指唐天祐四年（九〇七）朱溫廢哀帝自立，都汴，國號梁。史稱後梁。[126]姚洎　見卷一〇〈海敘不遇〉「羅隱」段[7]。[127]從容　悠閒舒緩，不慌不忙。[128]上　指朱溫。[129]行止　行蹤。[130]左遷　貶謫。[131]衡水　今屬河北。[132]慙　同「慚」。[133]急灘頭上水船　水流湍急的灘頭，上水船尤為難行，用以譏嘲姚洎。

【語譯】王勮，絳州人。高宗開耀年間任中書舍人。在那之前，壽春王等五王同日出就封國接受冊命，但有關官員卻忘記載錄冊文。當時百官在列，方知禮制有所闕失。王勮召來小吏五人，各執紙筆，由他口授，五人分別謄寫，不一會就全部寫畢。

開元年間，翰林學士李白應詔撰寫〈白蓮花開序〉及宮詞十首。當時李白正酩酊大醉，宦官用冷水澆李白的臉，他才漸漸醒來。李白在玄宗面前索取紙筆一揮而就，文不加點。

溫庭筠在燭下作詩文從不起草稿，只是籠起衣袖憑著几案思索，每賦一句，一吟而就，故而舉場中稱他為「溫八吟」。

段維晚年富於辭藻，機敏多智，堪稱第一。曾私下試作應試之詩，段維好吃煎餅，只要一個煎餅剛做好，他一聯詩句也已作成。此條雜見卷一〇〈海敘不遇〉門。

唐昭宗於天復元年元旦，在大明宮復位。昭宗登上城樓時，翰林院只有吳子華先來到，昭宗命他在自己面前跪著撰寫十餘道詔書，都寫得完備精當，竟於片刻之間寫就，昭宗大為賞識。

李紳鎮守揚州，請章孝標賦〈春雪〉詩，並讓他書寫在臺面上。章孝標輕聲答應，要來毛筆，一揮而就。詩云：「白雪飛花處處飄舞，黏在窗上拂掃臺階吹上枝條。朱門到晚雪難盈尺，都是三軍喜氣將雪融消。」

中書令白敏中鎮守荊南，杜蘊常侍按察長沙，當時屬官盧發被徵聘隨同前往。白敏中設宴款待，盧發酒酣耳熱之際頗為傲慢，白敏中頗感不快。於是改著詞令云：「十姓胡中的第六姓胡，也曾在朝廷掌洪爐。少年從事誇耀門第，不要在罇前喜氣粗。」盧發回答道：「十姓胡中的第六姓胡，文章官職勝過崔盧。暫來關外分擔憂寄，不該在席間語氣粗。」白敏中聽了極為高興，盡歡而罷。

張祜客居於淮南節度使幕府，一天，去幕府赴宴，當時中書舍人杜牧任度支使，對南面席中的歌妓頗有傾心之意，於是索取骰子賭酒，杜牧微微吟道：「骰子從容握在手中，無由得見纖纖玉手。」張祜應聲接著道：「只知報道金釵墜落，彷彿還應露出指尖。」

柳棠謁見梓州楊汝士尚書，於是一起去赴社日宴會。楊汝士逼著柳棠飲魚形的一巨杯酒，柳棠堅持不飲。楊汝士口占一詩云：「文章休說有吞鳳之才，杯盞何尚能了解吃魚？今日在梓州陪飲社宴，必定要遭遇這老尚書。」柳棠應聲答道：「未向燕臺奉獻厚禮，幸陪社會邀接餘歡。一魚吃了終覺無愧，鯤化為鵬也並不難。」

柳公權，武宗朝任職內庭，武宗曾對一名宮嬪惱怒了很久，後來又召她入宮，並對柳公權說：「朕責怪此人，然而倘若能得到學士一首詩歌，自當心中釋然了。」武宗見御案上有蜀牋數十張，於是命人授予柳公權。柳公權稍加思索，便成一首絕句，詩云：「不怨前時違逆主恩，已甘寂寞獨守長門。今朝卻得君王眷顧，重入椒房擦拭淚痕。」武宗大為高興，賞賜柳公權錦綵二十匹。又令宮嬪拜謝柳公權。

山北沈詢侍郎主持貢舉之年，特地召溫庭筠到主考官簾前單獨考試，這是因為溫庭筠喜代人考試的緣故。恰逢次日溫庭筠考試不順，當天晚上即請求開考場大門先行退出，但仍留下應試文字千餘字。有人說溫庭筠暗中幫助了八個人。

裴虔餘，咸通末年任職於北門李蔚淮南節度使幕府。李蔚曾率眾遊長江，船夫撐船，不小心用竹篙濺水打濕了李蔚近旁歌妓的衣裳，李蔚為之神色大變。裴虔餘見狀連忙請求要彩牋作一絕句，詩云：「滿額鵝黃金縷衣，翠翹浮動玉釵垂。聽任水濺羅衣濕，知道巫山行雨歸。」李蔚看後極為高興，命歌者傳唱這首詩。

尚書左丞韋蟾，到長樂驛亭，見有給事中李湯題名，就索取毛筆題記此事云：「渭水秦山照拂眼明，希仁何事少有詩情？只應學得虞姬夫婿，讀書識字只須能記姓名。」

起居郎鄭仁表，經過滄浪峽，在長亭休息，驛站小吏堅持送來一板，鄭仁表在板上揮毫疾書絕句一首云：「分陝東西路途正長，行人名利如火燃湯。路旁著一個滄浪峽，真是將閒暇撩撥忙。」

裴廷裕，乾寧年間任職內庭，文章書翰才思敏捷，號稱「下水船」。梁太祖朱溫代唐，姚洎為學士，頗為悠閒。梁太祖問及裴廷裕的行蹤，姚洎回答說：「前幾年遭貶謫，現在聽說寄居於衡水。」梁太祖說：「頗知其人構思敏捷。」姚洎回答說：「先前在翰林，號稱下水船。」梁太祖應聲對姚洎說：「卿家便是上水船了。」姚洎微笑，卻深有羞慚之色。好發議論者將姚洎稱作「急灘頭上水船」。

矛盾

【題解】本條所記，實為反映文中諸人才思橫溢，機敏過人處，卻又有逞才示能之嫌。然讀來也興味盎然。

令狐趙公❶鎮維揚，處士❷張祜❸嘗與狎讌❹。公因視祜改令曰：「上水船，風又急，帆下人，須好立。」祜應聲答曰：「上水舡，舡底破，好看客，莫倚拖❺。」沈亞之❻嘗客遊❼，為小輩所試曰：「某改令書俗各兩句❽：伐木丁丁，鳥鳴嚶嚶❾。東行西行，遇飯遇羹❿。」亞之答曰：「如切如磋，如琢如磨⓫。欺客打婦，不當嘍囉。」

元和⓬中長安有沙門⓭，不記名氏。善病人文章，尤能捉語意相合處。張水部⓮頗恚⓯之，冥搜⓰愈切，因得句曰：「長因送人處，憶得別家時。」徑往誇揚，乃曰：「此應不合前輩意也！」僧微笑曰：「此有人道了也。」籍曰：「向有何人？」僧乃吟曰：「見他桃李樹，思憶後園春。」籍因撫掌大笑。

張處士⓱〈憶柘枝〉⓲詩曰：「鴛鴦鈿帶⓳拋何處？孔雀羅衫屬阿誰？」白樂

天呼為「問頭⑳」。祜矛楯㉑之曰：「鄙薄『問頭』之誚，所不敢逃；然明公亦有『目連經㉒』，〈長恨辭〉㉓云：『上窮碧落下黃泉，兩處茫茫都不見。』此豈不是目連訪母㉔耶？」

章孝標㉕及第後，寄淮南李相㉖曰：或云寄白樂天㉗。「及第全勝十改官㉘，金湯㉙鍍了出長安。馬頭漸入揚州郭㉚，為報時人洗眼看。」紳亟以一絕箴㉛之曰：「假金方用真金鍍，若是真金不鍍金。十載長安得一第，何須空腹用高心㉜！」

方干㉝姿態㉞山野㉟，且更兔缺㊱，然性好陵侮人。有龍丘李主簿者，不知何許人，偶於知聞㊲處見干而與之傳盃㊳酌，龍丘目有翳㊴，改令以譏之曰：「干改令，諸人象令主：『措大㊵喫酒點鹽，軍將喫酒點醬，只見門外著籬，未見眼中安障！』」龍丘答曰：「措大喫酒點鹽，下人㊶喫酒點鮓㊷，千嗜鮓。只見手臂著襴㊸，未見口脣開袴㊹！」一座大笑。

【注釋】❶令狐趙公　即令狐陶。令狐陶曾任淮南節度副大使。後封趙國公。詳卷四〈師友〉「方干師徐凝」段㉒。❷處士　本指有才德而隱居不仕之人。後亦泛指未做過官的士人。❸張祜　見卷七〈知己〉「顏真卿與陸據」段⑫。❹狎讌　亦作「狎宴」。親呢、不拘禮節的宴飲。❺倚拖　猶言不要再拖延。意即盡快離船。❻沈亞之　見卷九〈芳林十哲〉❷。❼客遊　在外寄居或遊歷。❽書俗各兩句　指引用書上的句子和俗語各兩句。❾伐木丁二句　語出《詩·小雅·伐木》。❿東行西行二句　及下文「欺客打婦，不當嘍囉」，可能是當時流行的俗語。⓫如切如磋二句　語出《詩·衛風·淇奧》。⓬元和

（八〇七～八一五）唐憲宗年號。⑬沙門　僧人。⑭張水部　即張籍。曾任水部員外郎，因稱。詳見卷三〈散序〉(53)。⑮恚憤　怒；怨恨。⑯冥搜　盡力搜尋、搜集。⑰張處士　即張祜。⑱憶柘枝　《全唐詩》卷五一一題作〈感王將軍柘枝妓歿〉。⑲鈿帶　以金、銀、玉、貝等鑲嵌的腰帶。⑳問頭　猶試題。㉑矛楯　亦即「矛盾」。指相互抵觸、相互不容。㉒目連經　係張祜之語。㉓長恨辭　即〈長恨歌〉。下文兩句即出自詩中。㉔目連訪母　目連，亦作「目蓮」。摩訶目犍連的略語。釋迦牟尼十大弟子之一。傳說他神通廣大，能飛抵兜率天。母死，墮餓鬼道中，為救母脫離餓鬼道之苦，以神通之力親往救之。歷代均有〈目連救母〉戲劇。㉕章孝標　見卷一〇〈海敘不遇〉「羅虬辭藻富贍」段㉜。章孝標進士及第在元和十四年（八一九）。㉖淮南李相　李紳。見卷八〈通榜〉⑭。㉗白樂天　即白居易。㉘改官　舊時官員晉升調任的一種制度。㉙金湯　《全唐詩》及《唐詩紀事》均作「鞍」，似較勝。㉚郭　通「廓」。城廓。㉛箴　規諫；告誡。㉜高心　心高氣傲。㉝方干　見卷四〈師友〉「方干師徐凝」段❶。㉞姿態　容貌體態；神情舉止。㉟山野　粗鄙。㊱免缺　即兔唇。㊲知聞　朋友。㊳傳盃　亦作「傳杯」。宴飲中傳遞酒杯勸酒。㊴翳　目疾引起的障膜。㊵措大　舊指貧寒失意的讀書人。㊶下人　才能庸劣或行為卑下的人。此指方干。㊷鮓　用腌、糟等方法加工的魚類食品。㊸襴　襴衫。古代士人之服。㊹開帢　當為開豁、開裂之意。帢，小衫曰帢。

【語譯】趙國公令狐陶鎮守揚州，處士張祜曾與他一起不拘禮節的宴飲。令狐陶看著張祜更改酒令說：「上水船，風又急，帆下人，須好立。」張祜應聲回答說：「上水船，船底破，好看客，莫倚拖。」沈亞之嘗客居於外，被小輩考驗了一番。那小輩說：「我更改酒令，引用書上和俗語各兩句：伐木丁丁，鳥鳴嚶嚶。東行西行，遇飯遇羹。」沈亞之應答道：「如切如磋，如琢如磨。欺客打婦，不當嘍囉。」

元和年間長安有一僧人，不記姓氏。善於挑別人文章的毛病，尤其能找到詩文中語意相關聯之處。張籍對此頗為惱怒，於是更花力氣搜尋這樣的句子，並得到一聯云：「長因送人處，憶得別家時。」於是徑自前往僧人處誇耀，並說：「此聯不合前輩之意吧！」那僧人微笑道：「這個意思已經有人說過了。」張籍說：「先前是何人所說？」那僧人就吟誦道：「見他桃李樹，思憶後園春。」張籍聽了不禁拍手大笑。

處士張祜〈憶柘枝〉詩云：「鴛鴦鈿帶拋在何處？孔雀羅衣屬於誰人？」白居易讀了把這兩句詩稱作「問頭」。張籍以為白居易詩中也有抵觸之處，因而對白居易說：「您鄙視『問頭』的譏誚，我自然不敢迴避，然而您也有『目連經』。〈長恨歌〉中有云：『上窮碧落下黃泉，兩處茫茫都不見。』這豈不是目連訪母嗎？」

章孝標進士及第後，有詩寄淮南節度使李紳，詩云：「及第全勝過十次改官，金鞍鍍後騎馬出了長安。馬頭漸漸接近揚州城廓，只為通報時人洗眼來看。」李紳讀後急忙作了一首絕句規勸章孝標，詩云：「假金才要用真金來鍍，若是真金不須再鍍金。寒窗十載長安方得一第，空腹中又何須高傲之心！」

方干的容貌舉止頗為粗俗，而且又是兔唇，但他的稟性卻喜歡欺侮輕慢別人。有龍丘李主簿，不知是何許人，偶然間在朋友處見到方干並在一起飲酒。李主簿患眼病有翳障，方干在席上改更酒令嘲諷他說：「我更改酒令，諸位權當令主：『措大吃酒點鹽，將軍吃酒點醬，只見門外著籬，未見眼中安障。』」李主簿應聲答道：「措大吃酒點鹽，下人吃酒點鮓，方干嗜食鮓。只見手臂著襴，未見口唇開豁！」一座中人聽後哄堂大笑。

惜名

【題解】名聲，是人們特別是讀書人分外珍惜的。本條所記，都能見到對名聲的看重。然而有人生怕別人比自己強；有的見人有才華，顧左右而言他，則是不足取的。

李建州❶，嘗遊明州❷磁溪❸縣西湖題詩。後黎卿❹為明州牧❺，李時為都官員外，託與打詩板❻，附行綱軍❼將❽入京。蜀路有飛泉亭，亭中詩板百餘，然非作者所為；後薛能❾佐李福❿於蜀，道過此，題云：「賈掾⓫曾空去，題詩豈易哉！」悉打去諸板，唯留李端⓬〈巫山高〉⓭一篇而已。

韓文公⑭作李元賓⑮墓銘曰：「文高乎當世，行出乎古人。」或謂文公以觀文止高乎當世。蓋謂己高乎古人也。李繆公⑯，貞元⑰中試〈日五色賦〉及第，最中的⑱者賦頭八字曰：「德動天鑒，祥開日華。」後出鎮大梁⑲，聞浩虛舟⑳應宏辭復試此題，頗慮浩賦逾己，專馳一介㉑取本㉒。既至啟緘，尚有憂色；及覩浩破題㉓云：「麗日焜煌㉔，中含瑞光。」程喜曰：「李程在裡㉕。」

裴令公㉖居守東洛㉗，夜宴半酣，公索聯句㉘，元、白㉙有得色。時公為破題，次至楊侍郎汝士㉚，或曰非也。曰：「昔日蘭亭㉛無豔質㉜，此時金谷㉝有高人㉞。」白知不能加㉟，遽裂㊱之曰：「笙歌鼎沸，勿作此冷淡生活㊲！」元顧曰：「白樂天所謂能全其名者也。」

湖南日試萬言王璘㊳，與李群玉㊴校書相遇於嶽麓寺㊵。群玉揖之曰：「公何許人？」璘曰：「日試萬言王璘。」群玉待之甚淺㊶，曰：「請與公聯句可乎？」璘曰：「唯子之命。」群玉因破題而授之，不記其詞。璘覽之略不佇思，而繼之曰：「芍藥花開菩薩面，棕櫚㊷葉散野叉頭。」群玉知之，訊㊸之他事矣。

論曰：攄思明速㊹，稟生㊺知乎？用不以道，利口而已！矛盾相攻，其揆㊻一也。惜名掩善，仁者所忌，堯舜其猶病諸！

【注　釋】❶李建州　即李頻。見卷四〈師友〉「方干師徐凝」段❷。❷明州　今浙江寧波。❸磁溪　今浙江慈溪。❹黎卿　未詳。❺明州牧　明州刺史。❻詩板　亦作「詩版」。題上詩的木板。似當鐫刻。❼行綱軍　當指押運朝廷物資的軍隊。❽將　帶。❾薛能　見卷三〈慈恩寺題名遊賞賦詠雜紀〉「曲江亭子」段❼。❿李福　字能之。唐宗室。宰相李石弟。大和七年（八三三）進士。歷監察御史，尚書郎，商、鄭、汝、潁四州刺史。大中間，為夏綏銀節度使，遷戶部尚書。授劍南西川節度使。僖宗時，以太子太傅卒。⓫賈掾　似當指賈島。賈島曾貶為長江主簿。唐長江縣在今四川蓬西。掾，官府中佐助官吏的通稱。⓬李端　見卷九〈惡得及第〉㊱。⓭巫山高　《全唐詩》卷二八五有此詩。⓮韓文公　即韓愈。見卷四〈師友〉「隴西李舟」段㊶。⓯李元賓　李觀，字元賓。詳見卷一〈廣文〉❽。⓰李繆公　即李程。見卷八〈已落重收〉㉓。⓱貞元（七八五～八〇四）唐德宗年號。⓲中的　中肯；切當。⓳大梁　即汴州（今河南開封）。⓴浩虛舟　長慶二年（八二二）進士。又登宏詞科。《全唐文》存文一篇，《全唐詩》存詩一首。㉑一介　一人。指僕從。㉒本　指試卷副本。㉓破題　唐宋時應舉詩賦和經義的起首處，須用幾句話說破題目要義，叫破題。㉔焜煌　明亮；輝煌。㉕李程在裡　猶言李程的地位還在。裡，用在句末，相當於「哩」、「呢」。㉖裴令公　當指裴度。見卷三〈慈恩寺題名遊賞賦詠雜紀〉「胡証尚書質狀魁偉」段❺。㉗居守東洛　東都（洛陽）留守。㉘聯句　作詩方式之一。由兩人或多人各成一句或幾句，合而成篇。相傳始於漢武帝和諸臣合作的〈柏梁〉詩。㉙元白　指元稹和白居易。元稹，見卷三〈慈恩寺題名遊賞賦詠雜紀〉「寶曆年中」段⓫。白居易，見卷二〈爭解元〉㊲。㉚汝士　楊汝士，見卷三〈慈恩寺題名遊賞賦詠雜紀〉「寶曆年中」段⓬。㉛蘭亭　在浙江紹興西南之蘭渚山上。東晉永和九年（三五三）王羲之與謝安等同遊於此，王羲之作〈蘭亭集序〉，留下文壇一段佳話。㉜艷質　指美女。㉝金谷　用晉石崇金谷園典。石崇在金谷澗所作的園館，極其豪華。㉞高人　指在座之人。㉟加　加於其上。即超過。㊱裂　本指扯裂。此指扯開話題。㊲生活　活兒；工作。㊳王璘　見卷一一〈薦舉不捷〉㉔。㊴李群玉　字文山。唐澧州（今湖南澧縣東南）人。性曠逸，以吟詠自適。裴休觀察湖南，延致之。及為相，以詩論薦群玉，授弘文館校書郎。未幾，乞假歸卒。《全唐詩》存詩三卷，《全唐文》存文一篇。㊵嶽麓寺　在今湖南長沙嶽麓山。㊶淺　薄。此指禮數不周全、輕慢。㊷欆櫚　棕櫚。㊸訊　詢問。此指以他事扯開話題。㊹明速　敏捷迅速。㊺稟生　稟性。㊻揆　道理；準則。

【語　譯】建州刺史李頻，曾經遊覽明州磁溪縣的西湖並題詩；後來黎卿任明州刺史，李頻時任都官員外郎，託他將題詩製成詩板，附在行綱軍物資中帶入京城。蜀道中有飛泉亭，亭中有詩板一百餘塊，但都不是詩作者所製；後來薛能在蜀地輔佐李福，路過此地，題句云：「賈掾竟孤身離去，題詩又豈是易事！」將諸詩板悉數打去，只留李端〈巫山高〉一篇而已。

韓愈在為李觀作的墓誌銘中寫道：「文章才學高於當世，行為舉止出於古人。」有人認為韓愈以為李觀文章只高於當世，是認為自己的才學高於古人。

繆公李程，貞元年間考試〈日五色賦〉及第。此文最切當的是賦開頭的八個字：「德動天鑒，祥開日華。」後來出鎮大梁，聽說浩虛舟應試宏辭科也考〈日五色賦〉，頗為擔心浩虛舟的文章超過自己，於是專門派一人急速趕往考場求取文章的副本。到文章取回啟封時，李程尚有擔憂之色。待看了浩虛舟文章破題兩句云：「麗日焜煌，中含瑞光。」李程高興地說：「李程的地位還在呢。」

令公裴度任東都留守，一次夜宴至半酣，裴度提出聯句作詩，元稹、白居易聽了頗有自得之色。裴度先吟了破題兩句，接著輪到楊汝士侍郎楊汝士，有人說不是他。云：「昔日蘭亭雅集沒有美女，此時金谷宴飲自有高人。」白居易聽後知道自己不能超過楊汝士，連忙扯開話題說：「笙歌鼎沸，勿作此冷淡生活！」元稹回頭說：「白樂天所說的，能保全他的名聲。」

湖南參加日試萬言的王璘，與李群玉校書在嶽麓寺相遇。李群玉向王璘作揖並問：「您是何人？」王璘說：「日試萬言王璘。」李群玉對待王璘頗為輕慢，對他說：「我與您聯句作詩行嗎？」王璘說：「唯您之命是從。」李群玉於是作了破題的兩句詩交給王璘，不記得詩句內容。王璘看後不加思索，而接著寫道：「芍藥開花猶如菩薩之面，棕櫚葉散恰似夜叉之頭。」李群玉得知後，自知不及，就故意去說其他事了。

論曰：構思敏捷迅速，這是稟性如此。如果不以正道去用，也只是徒利口舌而已。矛盾相互攻擊，它的道理是一樣的。珍惜自己的名聲而掩蓋他人的長處，這是仁厚者之大忌，堯舜也會以之為病。

無名子謗議

【題解】謗議者，非議也。處事不公，於理無據，自然要招致非議。本條所記，對考試中的不公，或發議論，或加嘲諷，可從另一側面了解唐代的科舉制度。

貞元[1]中，劉忠州[2]任大夫科選[3]，多濫進[4]，有無名子自云山東野客，移書於劉：「吏部足下：公總角[5]之年，奇童入仕[6]，有方朔[7]之專對[8]，無枚皋[9]之敏才，佳句推長[10]，竿妙[11]入神，善謔，稱名字不正[12]，過此以往[13]，非僕所聞。徒以命偶[14]良時，身居顯職，方云好經術[15]，重文章，賣[16]此虛名，負其美稱。今年聖上虛天官[17]之署，委平衡[18]之權，所期公有獨見之明，清平為首；豈意公有專恣[19]之幸[20]，高下在心[21]。且數年以來，皆無大集[22]，一昨[23]所試，四方畢臻[24]，公但以搜索[25]為功，糾訐[26]為務，或有小過，必陷深文[27]；既毀其髮膚[28]，又貶其官敘[29]，使孝子虧全歸[30]之望，良臣絕沒齒[31]之怨。豈以省闈[32]從容[33]之司[34]，甚於府縣暴虐之政？所立嚴法，樹威脅人，云奉德音[35]，罔畏[36]上下！使聖主失含宏[37]之道，損寬仁之德，豈忠臣之節耶？主上居高拱穆清[38]之中，足下每以煩碎之事，奏請無度，塵黷[39]頗多，呈三接[40]以示人，期一言以悟主；朝臣氣懾，選士[41]膽驚；內以承寵承榮，外以作威作福，豈良臣之體耶！且兩京[42]常調[43]，五千餘人，書判[44]之流，亦有碩學[45]之輩，莫不風趨洛邑，霧委咸京[46]；其常衮[47]之徒，今天下受屈；且哀以小道[48]矯俗[49]，以大言誇時，宏辭[50]曾下登科[51]，平判[52]又不入等[53]；徒以竊居翰苑[54]，謬踐[55]掖垣[56]，雖十年掌於王言，豈一句在於人口！以散鋪[57]不對[58]為古，以率意[59]不經[60]為奇；作者[61]見之痛心，後來聞之撫掌。奈何輕蔽天下之才，以自稱為已高，以少取為公道！故郄至[62]自伐[63]稱兵[64]，處父[65]尚云終喪其族。以茲偏見，求典[66]禮闈[67]，深駭物情[68]，實乖時望。故《詩》曰：『濟濟多士，文王以寧[69]。』夫聖人用心，異代同體[70]，哀云親奉密旨，今少取入等，豈聖人容眾之意耶！為近臣而厚誣[71]，干[72]處士[73]之橫議[74]，甚不可也！況杜亞[75]薄[76]知經籍，素懵[77]文辭；李翰[78]雖以辭藻擢第，不以書判擅名；不慎舉人[79]，自貽伊咎[80]。又常哀謂所親曰，昨者考判，以經語[81]對經，以史對史，皆未點對[82]，考為下等。先翰[83]有常無名[84]判[85]云：『衛侯之政由甯氏，魯侯之令出季孫[86]。』又常無欲云：『在陵室[87]而須開，闕夷盤[88]而不可。』豈以經對史耶？又嚴迪[89]云：『下樊姬[90]之車，曳鄭崇[91]之履。』豈以史對經耶？數十年之間，布眾多之口，縱世人可罔[92]，而先賢安可誣也？今信四豎子[93]，取彼五幽人[94]，且吉中孚[95]判[96]以『大明御宇』為頭，以『敢告車軒』為尾，初類是頌[97]，翻乃成箴[98]。其問[99]又『金盤』對於『玉府』，非惟問頭[100]不識，抑亦義理全乖[101]；據此口嘲[102]，堪入覼縷[103]。張載華[104]以『江皋』對『瀍洛』，朱邵南[105]以『養老』對『乞言』，理目[106]未通，對[107]仍未識[108]，並考入等，可哀也哉！王申[109]則童子何知？裴通[110]以因人見錄！苟容私謁[111]，豈謂公平？夫有西施[112]之容，方可論於美醜；無太阿[113]之利，安可議其斷割[114]？使五千之人，囂然[115]騰口[116]；四海之內，孰肯甘心！況宏辭大國光華，吏曹[117]物色[118]公明，立標榜[119]令盡赴上都[120]東京[121]者，棄而不收，常哀大辱於國；豈以往來敗績，自喪秣陵之使[122]；今日復讎，欲雪會稽之恥[123]；雖擢須賈[124]之髮，哀不足以贖罪；負廉頗[125]之荊，公不足以謝過。況所置科目[126]，標[127]在格文[128]，盡無宏辭，固違明敕；欺天必有大咎，陵人必有不祥；足下以此持衡[129]，實負明公[130]；以此求相，實負蒼生！況公為主司，自合參議，信[131]哀等升降由己，取捨在心；使士子含冤不得申，結舌不得語，罔上若是，欺下如斯。豈以天德[132]蓋高，帝閽[133]難叫[134]；亦由宰臣[135]守道[136]，任公等弄權！嗚呼，使朱雲[137]在朝，汲黯[138]當位，則敗不旋踵[139]，安能保家？宰輔[140]侍郎[141]，非公等所望也！無名子長揖詩曰：三銓[142]選客不須嗔[143]，五箇[144]登科各有因。無識伯和[145]憐[146]吉獠[147]，弄權虞候[148]為王申。載華[149]甲第歸丞相，裴子[150]門徒入舍人[151]。莫怪邵南[152]書判好，他家自有景監[153]親。」

顏標[154]，咸通[155]中鄭薰[156]下狀元及第。先是徐寇作亂，薰志在激勸勳烈[157]，謂標魯公(158)之後，故擢之巍峨(159)。既而問及廟院(160)，標曰：「寒素，京國(161)無廟院。」薰始大悟，塞默(162)久之。時有無名子嘲曰：「主司頭腦太冬烘(163)，錯認顏標作魯公。」崔澹(164)試〈以至仁伐至不仁賦〉，時黃巢(165)方熾，因為無名子嘲曰：「主司何事厭吾皇，解把黃巢比武王(166)。」此條雜見卷八〈誤放〉門。

趙隲(167)試〈被袞以象天賦〉，更放韓袞(168)為狀元。或為中貴(169)語之曰：「侍郎(170)既試〈王者被袞以象天賦〉，更放韓袞狀元，得無(171)意乎？」隲由是求出華州。

劉允章(172)試〈天下為家賦〉，為拾遺杜裔休(173)駁奏，允章辭窮(174)，乃謂與裔休對(175)。時允章出江夏，裔休尋亦改官。

光啟(176)中，蔣嶠(177)以丹砂授善和韋中令(178)。張鵠(179)，吳人，有文而不貧。或刺之曰：「張鵠只消千馱(180)絹，蔣嶠唯用一丸丹。」

論曰：飛書(181)毀謗，自古有之，言之公，足以改過；不公，足以推命(182)；睚眦(183)讎之，無益於己。夫子(184)之謂桓魋(185)，孟子(186)之稱臧倉(187)，其是之謂與！

【注釋】❶貞元（七八五～八〇四）唐德宗年號。❷劉忠州 當指劉晏。據《新唐書・劉晏傳》，德宗時曾為忠州刺史，代宗時曾任吏部尚書。且代宗「嘗命考所部官吏善惡」，與文中所記合。下文又有常袞主貢舉事，其事其時亦與劉晏合。劉晏，見卷七〈知己〉「李華撰三賢論」段(130)。❸科選 考核選拔。據〈劉晏傳〉，貞元，似當為大曆末、建中初年。❹濫進 胡亂提拔進用。❺總角 古時兒童束髮為兩結，向上分開，形狀如角，故稱總角。此指童年。❻奇童入仕 據《新唐書・劉晏傳》，劉晏八歲時向玄宗獻頌，被授太子正字之職，號稱神童，名震一時。❼方朔　即東方朔（前一五四～前九三），字曼倩，西漢平原厭次（今山東惠民）人。漢武帝時，為太中大夫。性詼諧滑稽。後來關於他的傳說很多。善辭賦，〈答客難〉較為有名。《神異經》、《海內十洲記》等書也託名為他所作。原有集，已佚，明人輯有《東方先生集》。❽專對　單獨應對。❾枚皋　字少孺。西漢淮陰（今屬江蘇）人。枚乘之子，武帝時為郎。以下筆敏捷得名。有賦一百數十篇，今多不傳。❿推長　猶推許、推崇。⓫竿妙　似當為「竿杪」。杪，頂端。竿杪猶言筆端。⓬不正　猶言不合規矩，隨心所欲。古人的名、字往往意義相關。又，稱名、稱字在不同場合、不同身分、不同對象時也有一定規矩。⓭過此以往　除此以外。⓮命偶　與好運為偶。謂命運好。⓯經術　猶經學。指儒家之學。⓰賣　炫耀；賣弄。⓱天官　指吏部。此指吏部尚書。⓲平衡　謂權衡國政，使得其平。此指選拔官吏。⓳專恣　專橫放肆。⓴幸　寵幸。㉑高下在心　隨心所欲地處置事宜。㉒大集　大會聚；大集會。㉓一昨　前些日子。㉔臻　至；到達；聚集。㉕搜索　尋求；搜查。此指搜求官員過失。㉖糾訐　揭發暴露。此義同「搜索」。㉗深文　謂制定或援用法律條文苛細嚴峻。㉘髮膚　此指身體。㉙官敘　官吏的等級次第。㉚全歸　謂保身而得善名以終。㉛沒齒　終身。㉜省闥　宮中；禁中。又稱禁闥。古代中央政府諸省設於禁中，後因作中央政府的代稱。此指吏部。㉝從容　寬緩；舒緩。㉞司　官署。㉟德音　帝王的詔書。猶言恩詔。㊱罔畏　欺騙威嚇。㊲含宏　亦作「含弘」。包容博厚。㊳高拱穆清　猶高入雲天。高拱，高聳。穆清，指天。㊴塵黷　猶玷污。㊵三接　語本《易・晉》：「晝日三接。」謂一天之中三度接見。後多以「三接」為恩寵優獎之典。㊶選士　本指選拔人才。此指待選用之官員。㊷兩京　指西京長安，東京洛陽。㊸常調　按常規遷選官吏。此指按常規等待升遷的官吏。㊹書判　本指書法和文理。此指從事文字工作的低級官員。㊺碩學　博學；學問淵博。㊻咸京　原指秦代京城咸陽，後常用以借指長安。㊼常袞　（七二九～七八三）唐京兆（今西安市）人。天寶進士。代宗初，為翰林學士、知制誥，遷中書舍人。文章與楊炎齊名，時稱常楊。遷禮部侍郎。大曆十二年（七七七），遷門下侍郎、同平章事。德宗初，貶潮州刺史，尋起為福建觀察使。初閩人不知學，為設鄉校，親加講導，文風始盛，閩人德之。有文集十卷，已佚。㊽小道　不合禮樂政教的學說。㊾矯俗　故意違俗立異。㊿宏辭　亦作「宏詞」。唐代制科名目，係臨時設置。與下文「平判」登第者即可授官。(51)登科　應考人被錄取。(52)平判　為唐代制科之一。(53)入等　《新唐書・選舉志下》：「凡試判登科謂之『入等』。」(54)翰苑　翰林院的別稱。(55)謬踐　猶言妄入，錯謬地出入。(56)掖垣　本指皇宮旁垣。此指禁中。常袞任職翰林院，故有此語。(57)散鋪　指文章鋪敘不受韻律約束。(58)不對　指不對仗。(59)率意　隨意；輕率。(60)不經　不合常法。(61)作者　指寫文章之人。(62)郄至　春秋時晉國大夫。(63)自伐　自誇。(64)稱兵　動用武力；發動戰爭。(65)處

父　事跡未詳。然似不確。當指孟獻子。此兩句指郄至曾違反主帥將令，使晉軍在與楚軍作戰時反敗為勝。後郄氏家族被晉厲公所殺。事見《左傳》成公十六、十七年。處父指孟獻子，郄至係指郄錡。郄錡與郄至同時被殺。事見《左傳》成公十三年。郄，《左傳》作「郤」。[66]典　掌管；主持。[67]禮闈　古代科舉考試之會試，由禮部主持，故稱禮闈。[68]物情　人理人情；世情。[69]濟濟多士二句　見《詩．大雅．文王》。意為濟濟一堂人才眾多，文王安寧國家富強。多士，眾多賢士。文王，指周文王。[70]體　體制；體統。[71]厚誣　深加欺蒙；誣蔑。[72]干　干涉；干預。[73]處士　此指未做過官的士人。[74]橫議　恣意議論。[75]杜亞　字次公。自云京兆人。肅宗時，任校書郎，遷諫議大夫，出為江西觀察使。德宗立，召還，罷為陝虢觀察使。興元初，入遷刑部侍郎，拜淮西節度使。貞元中罷歸，以檢校吏部尚書留守東都。卒贈太子少傅。[76]薄　猶言略。[77]懵　不明；無知。[78]李翰　字子羽。唐趙州贊皇人。登進士第。上元中官衛縣尉。入為侍御史，累遷左補闕、翰林學士，大曆中卒。[79]舉人　推舉士人。[80]自貽伊咎　猶言自獲此罪。貽咎，獲罪。[81]經語　指儒家經典中的文字。[82]點對　猶言對應。[83]先翰　唐人稱新及第進士為「仙翰」，先翰，當指先前之進士。[84]常無名　及下文常無欲，據《新唐書．宰相世系表》為常袞的伯父、叔父。[85]判　指判詞。[86]衛侯之政由甯氏二句　衛侯、魯侯，指春秋時的衛、魯兩國的國君。甯氏，指衛國大夫甯喜。魯襄公十四年（前五五九），甯殖與孫林父逐衛獻公，立殤公。獻公初奔齊，後奔晉。二十六年，獻公與甯喜相約，如殺殤公迎歸復位，則「政由甯氏，祭則寡人」，甯喜遂殺殤公而納獻公。獻公復位後，患其專權，殺之。季孫，指季孫氏。魯襄公十一年（前五六二）作三軍，由季孫氏、叔孫氏、孟孫氏各有一軍，三分公室。魯昭公五年（前五三七）廢中軍，改三軍為二軍，四分公室，季孫氏獨得二分，叔孫、孟孫氏各得一分。從此，公室益微，季孫氏愈強，因有「魯侯之令出季孫」之語。[87]陵室　即「凌室」。藏冰的屋子。[88]夷盤　亦作「夷槃」。盛冰冰屍用的大盤。[89]嚴迪　開元十四年（七二六）狀元。天寶中擢書判拔萃科。《全唐文》存文一篇。[90]樊姬　春秋時楚莊王夫人。莊王即位，好狩獵，姬諫不止，且不食禽獸之肉。莊王改過，勤於政事。莊王曾聽朝罷宴，樊姬問其故，莊王云與賢者虞丘子語。樊姬掩口而笑。莊王問為何而笑，樊姬云，虞丘子相楚十餘年，未聞進賢退不肖，是蔽君而塞賢路，因而發笑。於是虞丘子舉薦孫叔敖，莊王任為令尹，三年而霸，樊姬之力也。[91]鄭崇　字子游。西漢高密（今屬山東）人。少為郡文學史，至丞相大車屬。哀帝時擢為尚書僕射。每曳革履進見，哀帝笑曰：「我識鄭尚書履聲。」以直諫見疏。後為人誣構，死於獄中。[92]罔　蒙蔽；欺騙。[93]豎子　亦作「竪子」。對人的鄙稱。猶今言「小子」。[94]五幽人　指下文吉中孚、張載華、朱邵南、王申、裴通。幽人，幽隱之人。此當指暗昧之人。[95]吉中孚　唐楚州（今江蘇淮安）人。初為道士，後還俗。因人舉薦，授校書郎。後中書判拔萃科，歷司封郎中知制誥、翰林學士、諫議大夫知制誥、戶部侍郎判度支兩稅、中書舍人等職。貞元初卒。《全唐詩》存詩一首。[96]判　此當指書判。[97]頌　文體的一種。以頌揚為主的詩文。[98]箴　文體的一種。以規勸告誡為主。[99]問　當指策問。[100]問頭　猶試題。然此似有「策問開頭」之意。[101]乖　背離；違背。[102]口嘲　為眾口所譏嘲。[103]覼縷　亦作「覶縷」。指彎彎曲曲。此指水平低下。[104]張載華　唐魏州昌樂（今河南南樂）人。登書判拔萃科。官御史中丞。[105]朱邵南　事跡未詳。[106]理目　似指寫文章的條理眉目。[107]對　指對偶。[108]未識　沒有明瞭。[109]王申　事跡未詳。[110]裴通　時有三裴通，一為檢校禮部尚書，一為壽州刺史，一為戶部員外郎，不知孰是。[111]私謁　因私事而干謁請託。[112]西施　見卷一〇〈海敘不遇〉「宋濟老於辭場」段[45]。[113]太阿　古寶劍名。相傳為春秋時歐冶子、干將所鑄。[114]斷割　砍截切割。[115]囂然　擾攘不寧貌。[116]騰口　同「滕口」。張口放言。[117]吏曹　泛指官吏。[118]物色　選拔。[119]標榜　此指張貼的告示。[120]上都　京都。指長安。[121]東京　指洛陽。[122]豈以往來敗績二句　出典未詳。敗績，軍隊潰敗。[123]今日復讎二句　當指春秋時越王句踐復仇之事。句踐即位三年（前四九四），與吳王夫差戰於夫椒，敗後求和，入吳為人質三年。返越後與文種、范蠡等大臣共謀強國，臥薪嘗膽，十年生聚，十年教訓，終於轉弱為強，後多次攻吳，終於在西元前四七三年滅吳國。會稽，越國都城。[124]須賈　戰國時魏國大臣。魏安釐王二年（前二七五），秦相魏冉攻魏，須賈見魏冉，勸說其罷兵。曾與范雎出使齊國，歸魏誣范雎暗通齊國，使雎被笞幾死。雎後為秦相，須賈使秦，受范雎戲弄。[125]廉頗　見卷一一〈怨怒〉「張楚與達奚侍郎書」段[167]。「負荊請罪」的成語即出自廉頗。[126]科目　隋唐以來分科選拔官吏的名目。據顧炎武《日知錄．科目》載，唐代科舉共有五十餘科。[127]標　題寫。[128]格文　猶公文。正式文件。[129]持衡　指公允地品評人才。[130]明公　舊時對有名位者的尊稱。然文中所指頗費解。似指光明公正之旨。[131]信　任憑；聽任。[132]天德　天的德性。此指天子之恩德。[133]帝閽　宮門；禁門。此指宮禁之內。[134]叫　叫應。此指得知。[135]宰臣　帝王的重臣；宰相。[136]守道　堅持某種道德規範。此指選才的標準。[137]朱雲　字游。西漢平陵（治今陝西咸陽西北）人。少任俠。年四十變節求學，通《易》、《論語》。元帝時，為博士。成帝時，請尚方劍以斬丞相張禹。成帝大怒，欲殺之，御史欲帶朱雲離去，朱雲攀折殿檻力爭。得左將軍辛慶忌力保得免死。後成帝不易殿檻，以旌其忠。[138]汲黯　（？～前一一二）字長孺。西漢濮陽（今河南濮陽西南）人。武帝時，任東海太守，繼為主爵都尉。好黃老之術，常直言切諫。反對武帝對匈奴貴族的戰爭。後出為淮陽太守，在任十年死。[139]旋踵　掉轉腳跟。踵，腳後跟。形容時間極短。[140]宰輔　指宰相。[141]侍郎　各部副長官。此借指尚書省各部長官。[142]三銓　唐代對文武官吏選授考課，由吏部和兵部尚書、侍郎分掌其事。尚書為尚書銓，掌五品至七品選；侍郎二人分為中銓、東銓，掌八品、九品選，合稱三銓。其後皆歸侍郎專之，尚書僅連同署名而已。[143]嗔　怪。[144]五箇　指吉中孚、張載華、朱邵南、王申、裴通。(145)伯和　指當時宰相元載之子元伯和。吉中孚與元伯和關係密切，其中書判拔萃科或與元伯和有關。(146)憐　憐惜。(147)吉獠　指吉中孚。獠，詈詞。(148)弄權虞候　所指何人未詳。虞候，即虞候。虞候，幕職名。隋文帝時置。唐五代或稱「軍候」。方鎮皆置。史稱其「職在刺奸，威屬整旅，齊軍令之進退，明師律之否臧」。中唐後諸州衙前虞候，掌糾捕盜賊。(149)載華　指張載華，為宰相張文瓘之後，因有「甲第歸丞相」之句。丞相抑或另有所指。(150)裴子　即裴通。(151)舍人　抑或即指常袞。常袞曾任中書舍人。(152)邵南　朱邵南。(153)景監　戰國時秦孝公寵幸的景姓太監。此兩句譏嘲朱邵南也是仗著宦官得中。(154)顏標　見卷八〈誤放〉(26)。(155)咸通　（八六〇～八七三）唐懿宗年號。(156)鄭薰　見卷三〈慈恩寺題名遊賞賦詠雜紀〉「乾符丁酉歲」段(38)。(157)勳烈　亦作「勛烈」。功業；功勳。(158)魯公　即顏真卿。見卷七〈知己〉「顏真卿與陸據」段(1)。(159)巍峨　本指高大雄偉。此指高第。(160)廟院　指名門望族世有官祭的宗祠。(161)京國　京城；國都。(162)塞默　沉默；不作聲。(163)冬烘　迂腐；淺陋。(164)崔瀣　見卷八〈夢〉(13)。(165)黃巢　唐曹州冤句（今山東菏澤）人。私鹽販出身。乾符二年（八七五）率眾響應王仙芝起義。次年，因反對王仙芝受唐招安，與其分兵，獨立作戰。王仙芝戰死後，被推為領袖，年號王霸。黃巢軍經多年轉戰，眾至百萬。王霸三年（八八〇）十一月，攻克東都洛陽，年底，攻克長安，黃巢即皇帝位，國號大齊，年號金統。後長安被唐軍圍困，金統四年，黃巢撤出長安，屢戰失利，次年退至泰山狼虎谷，為唐軍追及，不屈自殺。(166)主司何事厭吾皇二句　崔瀣主持禮部試在乾符四年，正是黃巢軍與唐軍作戰時，因有此比。解，解釋；理解。(167)趙隲　見卷九〈芳林十哲〉(26)。趙隲，一作趙騭，是。(168)韓袞　見卷一二〈酒失〉(17)。(169)中貴　指宦官。(170)侍郎　指趙隲。隲時任禮部侍郎。(171)得無　亦作「得毋」、「得亡」。猶言能不、豈不、莫非。(172)劉允章　見卷九〈四凶〉(80)。(173)杜裔休　唐京兆萬年（今陝西西安）人。咸通七年（八六六）進士。懿宗時，歷翰林學士、給事中，坐事貶端州司馬。(174)辭窮　理虧而無言可答。(175)對　對質。(176)光啟　（八八五～八八七）唐僖宗年號。(177)蔣嶓　事跡未詳。(178)韋中令　即韋昭度。見卷九〈敕賜及第〉(24)。(179)張鵠　事跡未詳。(180)駄　量詞。(181)飛書　匿名信。(182)推命　推算命運。此似指引起思考。(183)睚眦　亦作「睚眥」。瞋目怒視。借指微小的怨恨。(184)夫子　即孔夫子。(185)桓魋　一稱向魋。春秋末宋國人。官司馬，又稱桓司馬、司馬魋。孔子經過宋國，與弟子在樹下習禮，他欲殺孔子，孔子逃去。初為宋景公所寵，後為景公猜忌，逃至曹地以叛，出奔衛。「夫子之謂桓魋」，見《論語・述而》：「天生德於予，桓魋其如予何？」意為老天給了我這樣的品德，桓魋又能把我怎麼樣呢！(186)孟子　見卷五〈切磋〉「李翺與陸傪書」段(12)。(187)臧倉　魯平公所寵幸的小臣。「孟子之稱臧倉」，事見《孟子・梁惠王下》：魯平公要去拜訪孟子，被臧倉以孟子葬母不合禮制所阻。孟子知道此事後說：「吾之不遇魯侯，天也。臧氏之子焉能使予不遇哉？」這兩句含有勸戒之意，謂不必與毀謗者一般見識。

【語譯】貞元年間，劉晏負責官員的考核選拔，頗多不當提拔進用之人，有不知姓名者自稱山東野客，寄書信給劉晏，信中寫道：「吏部大人足下：您在總角之年，即以神童的名聲進入仕途，雖有東方朔那樣在天子之前單獨應對的榮耀，卻沒有枚皋那樣敏捷的才思；您文章的佳句備受推崇，妙筆入神，善於戲謔，稱人的名字不合規矩，除此之外，我再也沒有聽到您的所長。您只是運氣好遭遇好時機，身居顯貴之職，這才自稱喜好經術，重視文章，以此來兜售虛名，空負美好名聲。今年聖上特地空出吏部尚書之職，委任您選拔官吏的重權，期望您有獨見之明，以清正平和為首要任務；豈料您依仗天子寵幸專橫放肆，隨心所欲地處置事務。而且數年以來，朝廷均無大的會聚，前些日子的考試，天下官員全都聚集，但您卻只是以搜求官員的過失為功勞，以揭發官員的陰私為要務，有的官員小有過失，必定使其陷入苛刑峻法，既毀其身體，又貶降其官職，使孝子虧折全身立名之企望，良臣斷絕終身無聞的怨恨。豈能以吏部從容寬緩的權，更甚於府縣的暴虐之政？您所立的嚴厲之法，樹立威嚴威嚇眾人，說的是奉天子恩詔選拔官員，實際是欺騙威嚇待選之人！使聖明天子有失包容博厚之道，有損寬厚仁愛之德，這豈是忠臣之志節呢？主上居住在高入雲天的宮禁之中，而您卻時時以煩瑣細碎之事，不加節制地奏請，對聖上頗有煩瀆；又以此向人炫耀主上的恩寵，期望用語言來打動天子；朝廷大臣氣餒恐懼，待選之士膽戰心驚；在內承寵承榮，在外作威作福，這哪裡是良臣之體統呢！況且東西兩京按常規等待升遷的官員，有五千餘人，即使在從事文字工作的低級官員中，也有博學之士，無不聞風奔赴洛陽，如霧聚集長安。然而常袞之徒，令天下待選官員受屈，常袞又以不合朝廷禮制的舉措違俗立異，以虛妄不實之言誇耀於時，宏辭科考試未能登科，平判科考試又未能入等；只是竊據翰林院之職，錯繆地出入宮禁，雖然職掌代帝王立言已有十年，但又有哪一句流傳在人們口中！所寫文章以不拘韻律不求對仗為古樸，以輕率隨意不合常法為新奇；寫文章者見了為之痛心，後來之人得知拍手大笑。怎麼能輕視埋沒天下之人才，把自吹自擂當作才高，以極少錄取當作公道！故而郄至自誇動用武力，處父曾說他最終將導致郄氏家族的滅亡。以這樣的偏見，去要求他主持禮部考試，令世理人情大為驚駭，實在是有違當時之期望。所以《詩經》上說：『濟濟一堂人才眾多，文王安寧國家富強。』聖人用心，雖然時代不同但體制相同，常袞自稱親奉天子密旨，命他要盡可能少取人入等，這哪裡是聖人容納眾人的意思啊！身為天子近臣而對官員深加誣蔑，干預處士的恣意議論，實在是不應該的呀！況且杜亞僅略知經學，向來不知文辭；李翰雖然靠辭藻登進士第，但並不以書法文理聞名，不慎重推舉人才，可謂咎由自取。而且常袞對所親信的人說，前此考核書判，要以經書中的語言對經書，以史書中的語言對史書，應試者都未能點對，因此考核為下等。早先有常無名的判詞云：『衛侯之政由甯氏，魯侯之令出季孫。』又常無欲云：『在陵室而須開，闕夷盤而不可。』，難道是以經對史嗎？又嚴迪云：『下樊姬之車，曳鄭崇之履。』，難道是以史對經嗎？數十年之間，流布在人們之口，縱然世人可以蒙蔽，而先賢又怎可欺騙呢？現今您信任常袞、杜亞、李翰、嚴迪這四個小人，又錄取吉中孚、張載華、朱邵南、王申、裴通五個暗昧之人，而且吉中孚的書判以『大明御宇』開頭，以『敢告車軒』為尾，開始時寫得頗像頌，最終卻寫成了箴。其文中又用『金盤』對『玉府』，不只是策問開頭不對，而且完全背離了理義；因此為眾人所譏嘲，更當歸入低劣之類。張載華以『江皐』對『瀍洛』，朱邵南以『養老』對『乞言』，不僅條理眉目不通，而且不懂何為對偶，這些人都考入等，實在太可悲了！王申一個小兒又懂得什麼？裴通則依靠他人而被錄取！如果能容忍私人請託，又怎能談得上公平？要有西施的容貌，才可討論美醜；沒有太阿寶劍的鋒利，怎能議論其砍截切割？使五千待選之人擾攘不寧張口放言，四海之內，誰肯甘心！況且宏辭一科，事關國家榮耀，官員的物色選拔理應公平透明，朝廷張貼告示令待選官員全部前往京城長安和東都洛陽，但卻又捨取而不予收錄，常袞之舉對朝廷聲譽大有損害；豈能以往來敗績，自喪秣陵之使；今日復仇，欲雪會稽之恥；即使提起須賈的頭髮，常袞不足以向天下贖罪；背負廉頗之荊條，您不足以向朝廷推卻過失。況且所設置的科目，題寫在公文之上，根本沒有宏辭一科，實在是有違朝廷明詔；欺騙蒼天必定有大的罪過，陵侮人心必定有不祥之兆；您以此心來品評天下人才，實在有負光明公正之旨；以此舉來求取宰相之位，實在有負天下蒼生之心！更何況您身為主持選官之人，自當參預商議，但卻聽任常袞等人由己升降官員，隨心取捨人才；使應試士子含冤無法申訴，結舌無處訴說，如此蒙蔽朝廷，如此欺凌士人。

難道是因為天子恩德高遠，宮禁之內無由得知；但還有宰相堅持選才的標準，怎能聽任您們弄權！啊，倘若朱雲在朝，汲黯當位，那麼您們將頃刻敗亡，怎能保家？宰相侍郎之職，不是您們這班人所能企望的！無名子深深一揖，作詩云：三銓選官不必奇怪，五人登科各有原因。無識伯和憐愛吉獠，弄權虞候專為王申。張載華甲第歸功丞相，裴子門徒歸於舍人。莫怪朱邵南書判好，他家自有景監之親。」

顏標，咸通年間鄭薰主持貢舉時狀元及第。此前徐州盜賊作亂，鄭薰志在激勵士人建立功業，以為顏標是魯國公顏真卿的後人，故而將他提拔為高第。不久，鄭薰問及顏標廟院，顏標說：「家門寒素，在京城沒有廟院。」鄭薰方才明白是搞錯了，為此沉默了很久。當時有無名子譏嘲鄭薰云：「主司頭腦太冬烘，錯認顏標為魯公之後。」崔澹主持禮部考試，試題為〈以至仁伐至不仁賦〉，當時黃巢軍氣勢正盛，因而崔澹被無名子譏嘲云：「主考官因何事要貶低吾皇，卻將黃巢比作伐紂的武王。」此條雜見卷八〈誤放〉門。

趙隲主持禮部考試，試題為〈被袞以象天賦〉，又取韓袞為狀元。有人將此事對宦官說：「侍郎既考〈王者被袞以象天賦〉，又取韓袞為狀元，能不是有意的嗎？」趙隲因而請求外放華州任職。

劉允章主持貢舉，試題為〈天下為家賦〉，被拾遺杜裔休上奏批駁，劉允章理虧辭窮，於是說請求與杜裔休當庭對質。當時劉允章外放任職江夏，杜裔休不久也調任他職。

光啟年間，蔣嶓用丹砂藥丸進獻中書令韋昭度。張鵠，吳人，有文才而且富有。有人譏刺他們道：「張鵠只消千駄絹，蔣嶓唯用一丸丹。」

論曰：用匿名信對人進行誹謗，自古以來就是有的。如果所說的內容公道，那就足以使被謗者改過；所說的話不公道，也足以引起思考。因這些微小的事而仇恨寫信之人，對於自己並無益處。孔子議論桓魋，孟子評說臧倉，就都是說的這個意思啊！

卷一四

主司稱意

【題解】所謂「主司稱意」，是指符合朝廷上下的心意。其中，有的可能是所選得人，有的或許是頗合當權者的心思，故而本條所記諸人，在主持禮部試後都得到升遷，甚至官至宰相。

天寶十二載❶，禮部侍郎陽浚❷四榜❸，共放一百五十人，後除左丞❹。至德二年❺，駕臨岐山❻，右補闕兼禮部員外薛邕❼下二十一人。後至大歷二年❽，拜禮部侍郎，聯翩四榜❾，共放八十人❿。貞元二年⓫，禮部侍郎鮑防⓬帖經⓭後改京兆尹、刑部侍郎；元和十一年⓮，中書舍人權知貢舉李逢吉⓯下及第三十三人，試策⓰後拜相，令禮部尚書王播⓱署榜，其日午後放榜。

元和十五年閏正月十五日，太常少卿知貢舉李建⓲下二十九人，至二月二十九日，拜禮部侍郎。

天祐元年⓳，楊涉⓴行在㉑陝州㉒放榜，後大拜㉓。

二年㉔，張文蔚㉕東洛放榜後大拜。

【注釋】❶天寶十二載　西元七五三年。天寶，唐玄宗年號。❷陽浚　即楊俊。見卷七〈知己〉「李華撰三賢論」段151。❸四榜　指楊浚自天寶十二載至天寶十五載（天寶十五載七月，改至德元年）連續四次主持貢舉。❹左丞　指尚書左丞。尚書省副長官。❺至德二年　西元七五七年。至德，唐肅宗年號。❻駕臨岐山　指肅宗。時玄宗已被奉為太上皇。❼薛邕　字公和，一作仲味。唐太原（今屬山西）人。開元四年（七一六）進士。官監察御史，累遷吏部侍郎。貞元中由尚書左丞貶歙州刺史。薛邕是年在鳳翔知貢舉。❽大歷二年　西元七六七年。大歷，當為大曆，唐代宗年號。❾四榜　指薛邕自大曆二年至五年連續四年主持禮部考試。❿八十人　據《登科記考》，四榜共取九十一人。⓫貞元二年　西元七八六年。貞元，唐德宗年號。⓬鮑防　字子慎。唐襄陽（今屬湖北）人。天寶十二載（七五三）進士。累官至太原尹、河東節度使。又歷福建、江西觀察使。朱泚之亂，隨德宗至奉天，除禮部侍郎，封東海公。又遷御史大夫。後以工部尚書卒。⓭帖經　唐代科舉考試方法之一。明經科主要以帖經取士，進士科亦有帖經。方法為掩蓋經書前後兩邊，只露中間一行，又剪紙貼一行中的三個字，並隨時增減，要求默填上被貼的字。士人為應對帖經，總括經文編成歌訣，便於熟記，謂之帖括。⓮元和十一年　西元八一六年。元和，唐憲宗年號。⓯李逢吉　見卷三〈慈恩寺題名遊賞賦詠雜紀〉「李湯題名」段⓰。⓰試策　或稱策試。隋唐時取士考試方法。秀才、進士、明經等科均有策試，制舉更以對策為主。主試者提出經史、時政和教化等問題，發策以問，應試者按題陳述己見。⓱王播　見卷七〈起自寒苦〉⓬。⓲李建　字杓直。貞元十四年進士。任校書郎，出為澧州刺史，入為太常少卿。後授禮部侍郎，遷刑部。⓳天祐元年　西元九〇四年。天祐，昭宗年號。其年八月哀帝立。⓴楊涉　見卷四〈節操〉「盧大郎補闕」段㉖。㉑行在　天子所在之地。㉒陝州　今河南陝縣西南。㉓大拜　指拜相。㉔二年　指天祐二年。㉕張文蔚　（?～九〇八）字右華，一作在華。唐末五代河間（今屬河北）人。乾符二年（八七五）進士。以文行知名。昭宗時，為翰林學士承旨，拜中書侍郎、同平章事。天祐四年，與楊涉等率百官奉禪位詔至大梁。朱溫稱帝，仍以為相。後梁初時制度，多所裁定，病卒。

【語譯】自天寶十二載起，禮部侍郎楊浚連續四次主持貢舉，共錄取一百五十人，楊浚後來官至尚書左丞。至德二年，肅宗駕臨岐山，右補闕兼禮部員外郎薛邕在鳳翔主持禮部考試，錄取二十一人。此後到大曆二年，薛邕拜禮部侍郎，連續四年主持禮部考試，共錄取八十人。

貞元二年，禮部侍郎鮑防主持貢舉，用帖經的方法進行考試，後改任京兆尹、刑部侍郎。元和十一年，中書舍人暫時代理知貢舉李逢吉一榜進士及第三十三人，進行策試後，李逢吉出任宰相，朝廷下令禮部尚書王播簽署榜文，當日午後發榜。

元和十五年閏正月十五日，太常少卿知貢舉李建榜下二十九人進士及第。至二月二十九日，李建拜禮部侍郎。

天祐元年，楊涉在天子當時所在之地陝州放榜。楊涉後來出任宰相。

天祐二年，張文蔚在東都洛陽放榜後出任宰相。

主司失意

【題解】所謂「主司失意」，正與「主司稱意」相反，「主司稱意」者，主持禮部試後官運亨通，而「主司失意」者，則在主持禮部試後因種種原因遭到貶逐，本條所記即此類事。篇幅較長，分作數段。

大歷十四年❶改元建中❷，禮部侍郎令狐峘❸下二十二人及第。時執政間有怒薦託不得❹，勢擬傾覆❺。峘惶恐甚，因進其私書❻。上謂峘無良❼，放榜日竄逐；並不得與生徒❽相面。後十年，門人田敦❾為明州❿刺史，峘量移⓫本州別駕，敦始陳謝恩之禮。

長慶元年(12)二月十七日，侍郎錢徽(13)下三十三人，三月二十三日重試(14)落第十人，徽貶江州刺史。

會昌六年(15)，陳商(16)主文，以延英(17)對見(18)，辭不稱旨(19)，改受(20)王起(21)。

咸通四年(22)，蕭倣(23)雜文(24)榜中，數人有故(25)，放榜後發覺(26)，責受蘄州刺史(27)。主司其年二月十三日得罪，貶蘄州刺史；五年五月量移虢略(28)。中書舍人、知制誥宇文瓚(29)制：「敕：朕體(30)至公(31)以御極(32)，推(33)至理(34)以臨人(35)，舉必任才，黜皆由過，二者之命，吾何敢私？中散大夫、守左散騎常侍、權知禮部貢舉，上柱國、賜紫金魚袋蕭倣，早以藝文(36)，薦升華顯(37)，清貞(38)不磷(39)，介潔(40)無徒(41)，居多正直之容，動有休嘉(42)之稱；近者擢司(43)貢籍(44)，期盡精研(45)；既忝官常(46)，頗興(47)物論(48)。經詢大義(49)，去留(50)或致其紛拏(51)；榜掛先場(52)，進退(53)備聞(54)其差互(55)。且昧泉魚(56)之察，徒懷冰蘗(57)之憂；豈可尚列貂蟬(58)，復延騎省(59)！俾(60)分(61)郡牧(62)，用示朝章(63)。勿謂非恩，深宜自勵！可守(64)蘄州刺史，散官(65)勳賜如故。仍馳驛(66)赴任！」

蕭倣〈蘄州刺史謝上兼知貢舉敗闕表〉(67)：「臣某言：臣謬掌貢闈(68)，果茲敗失[69]，上負聖獎，下乖[70]人情，實省己以兢慙[71]，每自咎而惶灼[72]，猶賴陛下猥矜[73]拙直[74]，特貸[75]刑書[76]，不奪金章[77]，仍付符竹[78]；荷[79]恩宥[80]而感戀[81]，奉[82]嚴譴[83]以奔馳[84]，不駐羸驂[85]，繼持舟櫂[86]。臣二月十三日當日於宣政門[87]外謝訖[88]，便辭進發，今月一日到任上訖。臣誠惶誠懼，頓首頓首，臣性稟[89]樸愚[90]，材昧機變[91]，皆為叨據[92]，果竊[93]顯榮[94]，一心唯知効忠，萬慮未嘗念失；是以頃[95]升諫列[96]，已因論事去官[97]，後忝[98]瑣闈[99]，亦緣舉職[100]統旆[101]；身流[102]嶺外[103]，望絕中朝[104]，甘於此生，不到上國[105]。伏[106]遇陛下臨御大寶[107]，恭行孝思[108]，詢[109]以舊臣，徧[110]霑[111]厚渥[112]；臣遠從海嶠[113]，首還闕廷，才拜丹墀，俄捧紫詔[114]，任掄材[115]於九品[116]，位超[117]冠於六曹[118]；家與國而同歸，官與職而俱盛；常思惕厲[119]，麤[120]免悔尤[121]，已塵[122]銓衡[123]，復忝責務[124]；昨[125]雖有過，今合具陳[126]：臣伏以朝廷所大者，莫過文柄[127]；士林[128]所重者，無先辭科；推公[129]過即怨讟[130]並生，行應奉[131]即語言皆息；為日雖久，近歲轉難。如臣孤微[132]，豈合操剸[133]！徒以副[134]陛下振用[135]，明時至公，是以不聽囑論[136]，堅收沉滯[137]，請託既絕，求瑕者多。臣昨選擇，實其不屈人，雜文之中，偶失詳究，扇眾口以騰毀[138]，致[139]朝典[140]以指名[141]，緘深懇而〔未〕得敷陳[142]，奉詔命而須乘郵傳[143]；罷遠藩[144]赴闕，還鄉國[145]而只及一年；自近侍(146)謫官，歷江山(147)而又三千里。泣別骨肉，愁涉險艱。今則已達孤城，唯勤郡政，緝綏(148)郭邑，訓整(149)里閭(150)；必使獄絕冤人，巷無橫事(151)，峻法鈐轄(152)於狡吏，寬宏撫育於疲農，麤立微勞，用贖前過。伏乞陛下特開睿鑒(153)，俯察愚衷。臣前後黜責，多因奉公(154)，秉持(155)直誠，常逢於黨與(156)，分使如此(157)，時亦自嗟。寫肝膽而上告明君，希衰殘而得還帝里(158)；豈望復升榮級(159)，更被(160)寵光(161)！願受代(162)於蘄春(163)，遂閑散(164)於輦下(165)。臣官為牧守，不同鎮藩，謝上之後，他表無因(166)；達天聽(167)而知在何時(168)，備繁辭(169)而併陳今日。馳魂(170)執筆，流血拜章，形神(171)雖處於遐陬(172)，夢寐(173)尚馳於班列(174)。臣無任(175)感恩、惶恐涕泣、望闕屏營(176)之至！謹差軍事押衙(177)某奉表陳謝以聞。」

【注釋】❶大歷十四年　西元七七九年。大歷，當為大曆，唐代宗年號。❷建中　指次年，即西元七八〇年。建中為唐德宗年號。❸令狐峘　唐宜州華原（今陝西耀縣）人。天寶十五年（七五六，其年七月改元至德）進士。累遷起居舍人。大曆中遷司封郎中、知制誥。建中初進禮部侍郎，主貢舉，貶衢州別駕。順宗立，以秘書少監召，未至卒。❹時執政數句　據《新唐書・令狐峘傳》載，建中元年，令狐峘任禮部侍郎主持貢舉，宰相楊炎有所請託，令狐峘對楊所差之人說，你口說無憑，如有楊炎書信，我才相信。楊炎不疑，就寫了信給令狐峘，令狐峘卻將楊炎的信上呈德宗。德宗對令狐峘的所為非常憤怒，欲殺之，幸得楊炎力保，方免一死，貶為衢州別駕。《摭言》稱執政「怒薦託不得」，與《新唐書》所載不合。❺傾覆　傾軋陷害。❻私書　隱秘不公開的書信。❼無良　不善；不好。❽生徒　學生。新科進士稱主考官為座主，自稱門生。❾田敦　唐吳興（今浙江湖州）人。建中元年（七八〇）進士。任明州刺史時，待令狐峘甚厚，每月分俸祿之半給令狐峘。❿明州今浙江寧波。⑪量移　多指官吏因罪遠謫，遇赦酌情調遷近處任職。⑫長慶元年　西元八二一年。長慶，唐穆宗年號。⑬錢徽　字蔚章。唐吳興（今浙江湖州）人。德宗貞元元年（七八五）進士。憲宗時歷任左補闕、翰林學士、中書舍人、虢州刺史，穆宗時任禮部侍郎，文宗時任吏部尚書。⑭重試　重新考試。此事詳見《舊唐書．錢徽傳》。⑮會昌六年　西元八四六年。會昌，唐武宗年號。⑯陳商　見卷四〈氣義〉㉔。⑰延英　延英殿。代宗以後，漸成皇帝日常接見宰臣百官、聽政議事之處。⑱對見　受皇帝召見。因見時有所奏對，故稱。⑲稱旨　符合上意。⑳受　通「授」。㉑王起　見卷三〈慈恩寺題名遊賞賦詠雜紀〉「進士題名」段⑫。㉒咸通四年　西元八六三年。咸通，唐懿宗年號。㉓蕭倣　字思道。唐南蘭陵（今江蘇常州西北）人。大和元年（八二七）進士。咸通中，歷禮、戶部侍郎，拜義成軍節度使。入為兵部尚書，歷吏部、兵部，以本官同平章事，遷中書門下侍郎，進司空、宏文館大學士、蘭陵郡侯。罷為嶺南節度使，卒年八十。㉔雜文　唐宋時科舉考試科目之一。唐代考試，在明經試帖通過後，進士試雜文二篇。㉕有故　有舊交。然所指未詳。㉖發覺　告發；揭發。㉗責受蘄州刺史　此句疑為衍文，與下句意思重複。然查《四庫全書》文淵閣本，同。蘄州，今湖北蘄春。㉘虢略　指虢國的境界。在今河南嵩縣西北。略，境界。㉙宇文瓚　字禮用。唐代州（今山西代縣）人。官中書舍人。㉚體　依據；根據。㉛至公　最公正的態度。㉜御極　本指即位、登極。此指治理國家。㉝推　推廣；推行。㉞至理　猶真理。此指最公平的情理。㉟臨人　謂選拔人才。㊱藝文　辭章；文藝。㊲華顯　顯貴。㊳清貞　清白堅貞。㊴不磷　磨不薄。語本《論語．陽貨》：「不曰堅乎，磨而不磷。」比喻堅貞高潔的品質。㊵介潔　耿介高潔。㊶無徒　沒有朋友；沒有同伴。此當指沒有不正直的朋友。㊷休嘉　美好。㊸司　主管；職掌。㊹貢籍　貢士名冊；貢士行列。此引申為貢舉。㊺精研　精心研習。然此指精心選拔。㊻官常　官員的常職。㊼興　引起；產生。㊽物論　眾人的議論；輿論。㊾經詢大義　猶言探究經書之大義。詢，查考。㊿去留　取捨。(51)紛拏　亦作「紛挐」、「紛拿」。混亂貌。(52)榜掛先場　進士考試明經試帖通過後，方能參加雜文考試。此當指張掛通過明經考試之舉人的名單。(53)進退　錄取與黜退。(54)備聞　盡知。(55)差互　差錯。(56)泉魚　淵魚；深淵中的魚。比喻隱秘之事。唐人避唐高祖李淵諱，改淵為「泉」。此指別人的不足、短處。(57)冰孽　當作「冰蘗」，亦作「冰櫱」。喻苦寒而有操守。(58)貂蟬　古代為侍中、常侍等貴近之臣的冠飾，借指侍中、常侍之官。亦泛指顯貴的大臣。(59)騎省　官署名。唐代中書、尚書兩省皆有散騎常侍，故稱之為騎省。(60)俾　使。(61)分　分任；分派。此指擔任。(62)郡牧　郡守。此指州郡長官。(63)朝章　朝廷的典章。(64)守　猶攝。暫時署理職務。多指官階低而署理較高的官職。或許蕭倣貶官很甚。(65)散官　隋代始有，與職事官相對。官員有職務者為職事官，無職務者為散官。「散官以加文武官之德聲者，并不理事」。唐時，又分文散官與武散官。按規定，凡九品以上職事，皆帶散位。散位按門蔭給品，然後按勞考進敘，謂之敘階。66馳驛　駕乘驛馬疾行。此指立即、馬上。67謝上兼知貢舉敗闕表　謝表，臣下感激君主的奏章。此表兼有謝蘄州刺史之職及主持貢舉失職兩重意思。敗闕，猶過失。68貢闈　科舉考試的地方。此指貢舉。69敗失　猶言錯失。70乖　違背；背離。71競慙　深感慚愧。競，爭相。72惶灼　惶恐焦急。73猥矜　憐憫。猥，辱；承。謙詞。74拙直　愚直；率直。75貸　赦免；寬恕。76刑書　刑法條文。此指刑罰。77金章　指官印。此指官爵。78符竹　《漢書・文帝紀》：「(二年)九月，初與郡守為銅虎符、竹使符。」後因以「符竹」指郡守職權。79荷　承受；承蒙。80恩宥　降恩寬宥。81感戀　感念眷戀。82奉　接受；接到。83嚴譴　嚴厲譴責。84奔馳　奔波；奔走。85羸驂　瘦弱的馬。此句意為馬不停蹄。86舟櫂　同「舟棹」。指船槳。此句指改乘舟船。87宣政門　唐長安大明宮正殿叫宣政殿，殿門曰宣政門。88謝訖　謝恩畢。訖，完畢。89性稟　稟性；本性。90樸愚　質樸愚拙。謙詞。91機變　機智權變。92叨據　謂占據不應有的職位。自謙之詞。93竊　謂不當受而受之；非其有而取之。94顯榮　顯赫榮耀。95頃　剛；剛才。96諫列　諫官之列。97去官　免除或辭去官職。此指免官。98忝　忝列。謙詞。99瑣闈　借指宮廷。此指朝廷。100舉職　起用被廢黜的官員。101統旆　統帥軍隊。旆，指春秋時晉、楚的前軍。見《左傳》莊公二十八年、僖公二十八年。後泛指軍隊。蕭倣因曾任成義軍節度使，因有此語。102流　放逐。103嶺外　指五嶺以南地區。104中朝　中原。此指朝廷。105上國　指京師。此指長安。106伏　敬詞。古時臣對君奏言多用之。107臨御大寶　指即帝位。大寶，喻指帝位。懿宗咸通元年即位。108恭行孝思　行止肅敬思慮孝親。109詢　查考；詢問。110徧　通「遍」。111霑　受益；沾光。112渥　恩澤。113海嶠　海邊山嶺。114才拜丹墀二句　指受到重用。丹墀，指宮殿的赤色臺階或赤色地面。紫詔，亦稱「紫泥詔」。皇帝詔書。古人以泥封書信，泥上蓋印。皇帝詔書則用紫泥。115掄材　亦作「掄才」。選拔人才。116九品　指官員。117超　提拔；擢升。118六曹　隋唐五代尚書省所屬吏部、兵部、戶部、刑部、禮部、工部等六部，稱六曹。119愓厲　亦作「愓勵」。警愓謹慎。120麤　同「粗」。121悔尤　猶怨恨。122塵　污染。多用作自謙之詞。123銓衡　考核、選拔(人才)。124貢務　貢舉之任。125昨　此前。126具陳　詳述。127文柄　考選文士的權柄。128士林　指文人士大夫階層。129推公　推行公平。130怨讟　亦作「怨黷」。怨恨誹謗。131應奉　侍奉。此指應命遵奉。132孤微　孤獨低微；低微貧賤。133操割　操刀細割。比喻認真處理政事。134副　符合。135振用　猶言適用。振，適合。136囑論　囑託議論。137沉滯　指仕宦久不升遷。138騰毀　傳播詆毀。139致　施行。此指引用。140朝典　朝廷法律。141指名　指出罪名。142緘深懇而得敷陳　據文意及查《全唐文》，句中缺一字。據《登科記考》注引補一「未」字。緘，封閉。深懇，深切誠摯之心。敷陳，鋪敘；論列。此為詳述之意。143郵傳　本指傳舍、驛館。此借指車馬舟船。144遠藩當指成義軍節度使任上。145鄉國　故國；家鄉。上文有「身流嶺外」之語，因稱中原為鄉國。146近侍　帝王親近的侍從之人。147江山　山河。借指路途。148緝綏　整治綏靖。149訓整　訓教整飭。150里閭　里巷；鄉里。151橫事　意外的事故或災禍。152鈐轄　節制管轄。153睿鑒　亦作「睿監」。御覽；聖鑒。154奉公　奉行公事；不徇私。155秉持　執持。156黨與　同黨之人。此指對方的同黨之人。157分使如此　猶言命運使我如此。158帝里　帝都；京都。159榮級　榮譽爵位。160被　蒙受；領受。161寵光　恩寵光耀。162受代　舊時謂官吏任滿由新官代替為受代。163蘄春　蘄州州治。164閑散　亦作「閒散」。清閒少事；悠閒自在。165輦下　指京師。166臣官為牧守四句　可見唐代上謝表對各級官員有不同規定。鎮藩，猶藩鎮。指節度使。無因，沒有機緣。167天聽　帝王的聽聞。168知在何時　不知在何時。169繁辭　亦作「繁詞」。夸夸其談。亦指繁瑣的言辭。170馳魂　猶言心緒翻滾。171形神　形骸與精神。實指自身。172遐陬　邊遠一隅。173夢寐　謂睡夢。174班列　朝班的行列。175無任　敬詞。猶不勝。176屏營　惶恐；彷徨。177軍事押衙　即軍事衙推官。幕職名。唐時諸州置有掌奉奏章表者。

【語　譯】大曆十四年宣布次年改元建中，禮部侍郎令狐峘主持貢舉，當年二十二人進士及第。當時執政大臣中有人惱怒自己推薦請託的舉人未被錄取，欲利用權勢加害令狐峘。令狐峘甚感惶恐，於是將其私下裡寫的信進呈給天子。皇帝以為令狐峘的行為不善，在發榜之日即加以貶逐，並不准他和新科進士見面。十年之後，令狐峘的門生田敦任明州刺史，令狐峘也調任明州別駕，田敦才能行謝恩之禮。

長慶元年二月十七日，禮部侍郎錢徽榜下錄取三十三人，三月二十三日重新考試有十人落第，錢徽因此被貶為江州刺史。

會昌六年，禮部侍郎陳商主持禮部考試，因在延英殿受皇帝召見，奏對不合皇帝心意，因而改授王起主持貢舉。

咸通四年，蕭倣主持貢舉，在雜文考試者的榜文中有數人與蕭倣有舊交，發榜後被人揭發，被責受蘄州刺史。主考官蕭倣當年二月十三日獲罪，貶為蘄州刺史，次年五月遷調號州地界。當時由中書舍人、知制誥宇文瓚起草制書云：「敕：朕依據最公正的原則來治理國家，按照最公平的事理來選拔人才，舉拔必任用人才，黜退皆由於過失，兩者的命運，我哪裡敢有私心？中散大夫、守左散騎常侍、權知禮部貢舉，上柱國、賜紫金魚袋蕭倣，早年以文藝辭章，推薦擢升顯貴之職，品行堅貞高潔，為人耿介正直，平時多正直的容貌，行事有美好的稱譽，近來提拔主持貢舉，期望能為朝廷精心選拔人才，不料卻擾亂了職守，引起相當多的議論。考試經書大義，對舉人的取捨頗為混亂；張掛前場考試通過的名單，取去盡知其中的差錯。況且不能明察其中的隱秘，空懷冰清玉潔之憂；怎能再位列近侍，職居騎省！使其擔任郡守之職，以昭示朝廷典章。不要以為這不是朝廷恩典，而應深深激勵自己！可以擔任蘄州刺史，散官勳爵賞賜如先前一樣。並應即刻赴任！」

蕭倣〈蘄州刺史謝上兼知貢舉敗闕表〉云：「臣某言：臣謬掌貢舉，果然導致錯失，上有負聖主獎掖，下有違人情物理，確實反省自己而深感慚愧，每每引咎自責而惶恐焦急。然而幸賴陛下憐憫臣笨拙愚直，特此寬恕對臣的刑罰，不剝奪臣之官爵，仍然授臣郡守之職，承受降恩寬宥而感念眷戀，領受嚴辭譴責而奔走效命，馬不停蹄日夜兼程，後又改乘舟船趕赴任所。臣二月十三日當日於宣政門外謝恩畢，即告辭進發，於本月初一日到任上。臣誠惶誠恐，頓首頓首，臣稟性質樸愚拙，才能低下不明機智權變，然皆因叨據不應有之位，而居不當有之顯貴之職，一心一意唯知效忠朝廷，萬般思慮未嘗想到仍有失誤。因而剛升任諫官之列，卻又因議論政事被免職，後來忝列朝廷任職，也因曾在地方掌管軍隊被起用；臣被放逐嶺外，絕望能返回朝廷，甘於此生，不能再到京師。臣遇陛下臨御大寶，行止敬肅思慮所親，詢查舊臣，得以遍受恩澤；臣從偏遠海邊，首先返回朝廷，方才拜於丹墀，即刻又捧紫詔，擔任選拔官員之責，職位提拔到居六部之首。家與國同樣歸屬，官與職一般盛美。時時思慮警惕謹慎，剛能免除悔恨怨尤，已有辱選拔人材之任，又忝列職掌貢舉之職；前此雖有過錯，今日理應向朝廷陳述：臣伏以為朝廷所最應重視的，莫過於考選文士的權柄；士大夫所最看重的，沒有先於詞科的。推行公平太過則怨恨誹謗並生，奉行應命聽從則誹謗之語全息；這種情況雖已存在很久，近年來要改變卻更難。如臣這樣孤獨低微之人，又怎能認真處理政事！臣只能合適陛下使用，清明之世理應處事至公，所以不聽請託議論，堅持選用久未升遷的官員，請託之途既已杜絕，尋求瑕疵之人自然增多。臣前此選擇官員，實在是不委屈人材，只是在雜文考試之中，偶爾有失詳盡查考，有人煽動眾人之口對此傳播詆毀，引用朝廷法律來指責罪名，臣因此深藏懇切誠摯之心而未能詳述原由，奉朝廷詔命而乘車馬舟船趕赴任所；臣免去遠方藩鎮之職赴京城，回到中原只有一年；現今又自近侍之臣貶官，經歷路途三千里，泣別骨肉，在憂愁中跋涉艱險，現在已到達孤城，唯有勤於本郡政務，整治綏靖城邑，教訓整飭鄉里；一定要使牢獄中無冤屈之人，里巷間無意外之事，嚴刑峻法管制狡猾官吏，寬宏之政撫育疲憊之農，稍稍建立些微功勞，用以彌補往日的過失。懇求陛下特開御覽，下察臣愚拙衷腸。臣先後被貶黜責罰，大多是因為不徇私情，執持正直真誠之心，因而時常遇到結黨營私之人，可謂命運使我如此，也只能不時暗自嗟嘆。述寫肝膽之心而上告明君，希望衰殘之軀而能回京師；臣怎敢企望重升榮耀爵位，再次蒙受恩寵光耀！臣希望能有官員來蘄春接任，使臣能清閒自在於京師。臣官居牧守之職，然不同於藩鎮，進呈謝表之後，其他表章無由呈上；臣之表章上達天聽不知在何時，寫下繁瑣之詞陳述於今日。心緒翻滾而執筆，心中流血而拜上表章，臣身體雖處在邊遠之一隅，但睡夢中仍奔走於朝班的行列。臣不勝感激，惶恐涕泣，望帝闕惶恐之至！謹差軍事押衙某人奉表陳述謝恩以上聞。」

倣與浙東鄭商綽❶大夫雪❷門生薛扶❸狀❹：「某昨者出官❺之由，伏計❻盡得於邸吏❼。久不奉榮問❽，惶懼實深！某自守❾孤直❿，蒙大夫眷奬⓫最深，輒欲披陳⓬其事，略言首尾，冀當克副⓭虛襟⓮，鑒雪⓯幽抱⓰。伏以近年貢務，皆自閣下權知⓱。某叨⓲歷⓳清崇⓴，不掌綸誥㉑。去冬遽㉒因銓衡㉓，叨主文柄，珥貂㉔載筆㉕，忝幸實多。遂將匪石㉖之心，冀伸藻鏡㉗之用，壅遏㉘末俗㉙，蕩滌㉚訛風㉛。刈楚㉜於庭，得人之舉，而騰口㉝易唱㉞，長舌莫箝。吹毛豈惜其一言，指纇㉟何啻㊱於十手㊲！既速㊳官謗㊴，皆由拙直。竊以常年主司親屬盡得就試，某敕下後，榜示南院40外內親族，具有約勒41，並請不下文書。斂怨42之語，日已盈庭。復禮部舊吏43云，當年例得明經44一人；某面責其事，即嚴釐革45。然皆陰蓄46狡恨47，求肆48蠹言49，致雜文之差互，悉群吏之構成50；失於考議，敢不引過51？又常年52榜帖53，並他人主張，凡是舊知54，先當垂翅55。靈蛇56在握，棄而不收；璞鼠57韜懷58，疑而或取。致使主司脅制59於一時，遺恨遂流於他日。今春此輩，亦有數人，皆朝夕相門，月旦60自任61，共相犄角62，直索文書；某堅守不聽，唯運獨見63。見在64子弟無三舉65，門生舊知纔數人。推公擢引，且既在門館66，日夕即與子弟不生67，為輕小68之徒望風69傳說曰，筆削70重事，闈門71得專72。某但不欺知白73之誠，豈畏如簧之巧！頃年74赴廣州日，外生75薛廷望76薦一李仲77將78外生薛扶秀才，云負79文業80，窮寄嶺嶠81。到鎮日，相見之後，果有辭藻；久與宴處82，端厚83日新。成名後，人傳是蕃夷84外親85，嶺南巨富，發身86財賂87，委質88科名。扶即薛調近從兄弟89班行90，內外親族絕多。嶺表之時，寒苦可憫，曾與月給91，虛說92蕃商。懅93此謗言94，豈麤相近95？況孔振96是宣父97胄緒98，韓綰99即文公100令孫101。蘇鴻102故奉常103之後，雁序104雙高，而風埃105久處；柳告106是柳州107之子，鳳毛108殊109有，而名字陸沈110。其餘四面搜羅，皆有久居藝行111之士，繫於簡牘112，不敢具載。某裁斷(113)自己，實無愧懷(114)。敦(115)朝廷厚風，去士林(116)時態(117)，此志惶撓(118)，豈憚(119)悔尤(120)！今則公忠道消，姦邪計(121)勝(122)，眾情猶有惋歎(123)，深分(124)卻無憫嗟(125)。何直道(126)而遽(127)不相容，豈正德(128)而亦同浮議(129)！久猜疑悶(130)，莫喻尊崇(131)，幸無大故(132)之嫌，勿信小人之論。麤陳本末，希存(133)舊知(134)。臨紙(135)寫誠，含毫增歎！特垂(136)鑒宥(137)，無輕棄遺，幸甚！」

乾寧二年(138)，崔凝(139)榜放，貶合州(140)刺史。先是李澣(141)附於中貴(142)，既憤退黜，自計推(143)之，上亦深器澣文學，因之蘊怒(144)，密旨令內人(145)於門(146)搜索懷挾(147)，至於巾屨，靡有不至。

【注　釋】❶鄭商綽　未見著錄。似當為鄭裔綽。裔綽，唐鄭州（今屬河南）人。以門蔭進。任渭南尉，累遷諫議大夫。貶商州刺史。後由秘書監遷浙東觀察使。可知當為裔綽。❷雪　洗刷；表白；表明。此有解釋之意。❸薛扶　咸通四年進士。❹狀　文體名。多為向上級陳述意見或事實的文書。❺出官　離開京城到外地做官。❻計　估計；料想。❼邸吏　古代地方駐京辦事機構的官吏。❽榮問　榮獲問事或問候。對對方表示尊敬。❾守　保持；遵循。❿孤直　孤高耿直。⓫眷獎　眷愛嘉獎。⓬披陳　表白；陳述。⓭克副　能夠符合。⓮虛襟　虛懷；淡泊的胸懷。⓯鑒雪　審察洗刷。⓰幽抱　幽獨的情懷。⓱伏以近年貢務二句　查《新唐書・鄭裔綽傳》及《登科記考》，均未見其主持貢舉。抑或史書失載，亦未可知。貢務，貢舉事務。權知，謂代掌某官職。⓲叨　忝。謙詞。⓳歷　歷任。⓴清崇　清貴顯要。㉑綸誥　亦作「綸告」。皇帝的詔令文書。㉒遽　倉促；匆忙。㉓銓衡　考核、選拔（人才）。㉔珥貂　插戴貂尾。漢代侍中、中常侍於冠上插貂尾為飾。後借指皇帝之近臣。亦指貴官顯宦。㉕載筆　攜帶文具以記錄王事。㉖匪石　非石，不像石頭那樣可以轉動。形容堅定不移。語本《詩・邶風・柏舟》：「我心匪石，不可轉也。」㉗藻鏡　亦作「藻鑑」。品藻和鑑別（人才）。㉘壅遏　亦作「壅藹」。阻塞；阻止。㉙末俗　低下的習俗。此指請託鑽營之風氣。㉚蕩滌　清除；沖洗。㉛訛風　不正的風習。㉜刈楚　割取楚木。語本《詩・周南・漢廣》：「翹翹錯薪，言刈其楚。」楚，木名。又名牡荊。落葉灌木，或小喬木，枝幹堅勁，可做杖。此刈楚，指選取人才。㉝騰口　同「滕口」。張口放言。㉞唱　揚言；宣揚。㉟指頰　用手指指著臉頰。指當面羞辱、指責。㊱何啻　亦作「何翅」。猶何止、豈只。㊲十手　喻人數多。㊳速　招致。㊴官謗　因居官不稱職而受到的責難和非議。㊵南院　唐代官署名，屬吏部，負責選拔人才。詳唐李肇《唐國史補》卷下。㊶約勒　猶約束。㊷斂怨　語出《詩・大雅・蕩》：「女炰烋於中國，斂怨以為德。」後以「斂怨」指招惹怨恨。㊸舊吏　老吏。㊹明經　唐代科舉考試科目之一。與進士科並列，主要考試經義。㊺釐革　改革。㊻陰蓄　暗藏。㊼狡恨　亦作「狡狠」。狡詐狠毒。㊽肆　傳播；宣揚。㊾讒言　害人的言辭。㊿構成　謂憑空捏造出某種過失或缺點。此指誣陷。51引過　承擔過失。52常年　往年。53榜帖　科舉錄取的報帖或揭示的名單。54舊知　故交。55垂翅　垂翼。此有詢問意見之意。56靈蛇　靈蛇之珠。相傳春秋時隋侯出行，見大蛇被傷中斷，使人以藥傅之，蛇乃能走。歲餘，蛇銜明珠以報之，謂之「隋侯珠」，亦曰「靈蛇珠」。事見晉干寶《搜神記》卷二〇。後以靈蛇珠比喻胸中藏有錦繡文才之人，亦比喻美好的文才或文章。57璞鼠　即鼠璞。指乾鼠、死鼠。《後漢書・應劭傳》：「昔鄭人以乾鼠為璞。」比喻庸才。58韜懷　掩藏懷中。59脅制　猶挾制。以威力強迫、控制。60月旦　月旦評。謂品評人物。61自任　自信；自用。62犄角　相互支援。此有互為呼應之意。63獨見　一己的見解。64見在　現時；現在。此指在身邊的。65三舉　三期科考。具體制度未詳。66門館　官署。67日夕即與子弟不生　當有缺文。不生，《登科記考》引此文作「門生」。68輕小　低微；低下。69望風　憑白無據。70筆削　謂對作品進行刪改訂正。此有批改試卷之意。71閨門　即金閨門。指金馬門。借指朝廷。又，閨門亦指婦女所居之處。從文意看，似指後者。然具體所指不詳。72專　專斷；擅自行事。73知白　語出《老子》第二十八章：「知其白，守其黑，天下為式。」意為深知什麼是光明。此有光明磊落意。74頃年　近年；往年。75外生　外甥。76薛廷望　即薛庭望，字遂之。唐河東聞喜（今山西聞喜東北）人。曾官司勳員外郎、左司郎中、虢州刺史。77李仲　未見著錄。78將　帶領。79負　懷有。80文業　文事。81嶺嶠　指五嶺地區。82宴處　安居；閒居。此指相處。83端厚　端莊溫厚。84蕃夷　舊指邊境少數民族。85外親　舊指女系的親屬。86發身　成名；起家。87財賂　錢財貨物。88委質　亦作「委摯」、「委贄」。此有置身、投身、奔走意。89從兄弟　同祖伯叔之子中的同輩者。90班行　行輩；行列。91月給　月俸；月餉。92虛說　無稽之談。93慺　《全唐文》卷七四七作「摟」，是。94謗言　造謠中傷之言。95豈矗相近　猶言哪有一點相近。96孔振　字國文。唐曲阜（今屬山東）人。咸通四年進士。官刑部員外郎。97宣父　舊時對孔子的尊稱。98胄緒　後代。99韓綰　字持之。唐懷州修武南陽（今河南修武東北）人。韓愈之孫。咸通四年進士。事跡未詳。100文公　韓愈。101令孫　孫子。令，敬詞。多用於稱對方的家屬或親屬。102蘇蒍　咸通四年進士。事跡未詳。蒍，字書未收，音不詳。103奉常　官名。即唐代太常。所指何人未詳。104雁序　形容整齊有次序。亦比喻兄弟、兄弟輩。105風埃　指世俗。此指社會下層。猶言民間。106柳告　字用益。唐河東解縣（今山西運城西南）人。柳宗元之子。咸通四年進士。官倉部員外郎。107柳州　柳宗元。曾官柳州刺史，世稱柳柳州。108鳳毛　指人的華美風度和傑出才華。109殊　少。110陸沈　亦作「陸沉」。比喻埋沒，不為人知。111藝行　經藝行列。112簡牘　書簡；書信。113裁斷　經過考慮作出判斷或決定。此指評判、評價。114愧懷　內心慚愧。115敦　勸勉；勉勵。116士林　士大夫階層。117時態　世情；世俗。118惶撓　懼怕不能堅持。119憚　畏懼。120悔尤　怨恨。121計　計慮；計策。122勝　同「盛」。興盛；旺盛。123惋歎　亦作「惋嘆」。悲歎；歎息。124深分　深厚的契分、交情。指知交。125慨嗟　憂慮歎息。126直道　正道。127遽　同「詎」。豈；竟。128正德　純正的道德。129浮議　沒有根據的議論。130疑悶　疑惑不解；懷疑納悶。131尊崇　尊敬推崇。132大故　嚴重的過失或罪惡。133存　鑒察；審察。134舊知　故交。135臨紙　謂面對紙張書寫之時。136垂　施與；賜與。137鑒宥　審察寬宥。138乾寧二年　西元八九五年。乾寧，唐昭宗年號。139崔凝　見卷七〈好放孤寒〉11。140合州　治今四川合川。141李沆　未見著錄。142中貴　帝王的近侍宦官。143推　排除；除。144蘊怒　猶言深感惱怒。145內人　當指宦官。146門　當指考場之門。147懷挾　此指應試中的挾帶行為或挾帶的文字等。

【語　譯】蕭倣在給浙東鄭商綽大夫解釋門生薛扶情況的信中寫道：「我前此離京到地方任職的原由，料想您從邸吏處已詳細得知。很久未曾問候，實在深感惶恐！我自守孤高耿直之道，承蒙大夫眷愛嘉獎最深，現在只想向您陳述此事，大略告訴您此事的首尾，希望能符合您淡泊的襟懷，審察洗雪我幽獨的情懷。近年來的貢舉事務，均由閣下代為掌管。我歷任清要之職，不掌文書詔令。去年冬天倉促間因選拔人才，忝列主持貢舉，身為近臣，記錄王事，承受幸運實在很多。於是將堅定不移之心，希望一伸於品鑒人才之用，以阻塞低下的習俗，清除不正的風氣。為朝廷選取人才，獲得有才之士的舉措，卻被人作為口實議論宣揚，長舌之人沒有人能加以箝制。吹毛求疵哪裡還吝惜一言，橫加指責又何止於十手！因居官而招致責難，皆因我的愚拙耿直。又因往年主考官的親屬都能參加考試，我在朝廷詔書下達後，即張榜告示南院官吏的內外親屬，對他們都有所約束，並要求他們不下發文書。然而招惹怨恨的語言，早已充斥庭院。又有吏部老吏說，按慣例當年考試可錄取明經一人；我當面指斥此事，又嚴加改革。但是這些人都暗藏狡詐狠毒之心，放肆地傳播攻擊，以致雜文考試出現的差錯，全由這班官吏陷害而成。然而我有失於查核商議，又怎能不承擔過失！又，對於往年的榜帖，以及他人的主張，凡是對這些情況有所了解的故交舊知，都要詢問了解。不然的話，即使是靈蛇之珠握在手中，也可能放棄而不予收錄；而無用璞鼠藏在懷中，雖有懷疑而可能錄取，以至於主考官受挾制於一時，抱恨終身於他日。今年春季這類人物，也有數人，均朝夕奔走於宰相門第，品評人物以求自任，且又相互呼應，徑直索要文書；但我堅持不允，只是保留自己的想法。在身邊的子弟無人參加三期科考，我的門生故舊也只有數人而已。推行公道擢拔人才，況且身在官署，早晚之間與子弟、門生，被宵小之徒捕風捉影傳說道，試卷的改訂這樣重要之事，閨門之內得以專斷。我只要不負光明磊落之真誠，哪裡還懼怕如簧之舌的虛偽詐巧！昔年我赴廣州之日，我外甥薛廷望推薦一人名叫李仲帶領外甥薛扶前來，說薛扶胸懷文才，因窮困寄居嶺南。我到任之日，相見之後，見其果然頗有才華；與他相處日久，覺得他端莊溫厚日有長進。薛扶成名後，人們傳說他是蕃夷外親，嶺南巨富，以錢財貨物起家成名，又奔走於科場功名；薛扶是薛廷望所說的親近的從兄弟輩，內、外親屬極多。薛扶在嶺南之時，饑寒困苦頗為可憐，我曾每月給與他一些錢糧，說他是蕃商實屬無稽之談。據此造謠中傷之言與實際情況，哪有一點相近？況且孔振是孔子後裔，韓綰是韓愈之孫。蘇蘊是蘇奉常之後，兄弟才學俱高，而久處民間；柳告是柳柳州之子，才華傑出少有，而姓名埋沒。其餘錄取之人也都是我四方搜羅，皆是久習經籍之士，怕在書信中過於繁瑣，不敢一一詳載。我評判自己，內心實無慚愧之處。敦厚朝廷風氣，去除士林時態，這一心願擔心不能堅持，哪裡還怕他人怨恨！如今公正忠誠之道消蝕，奸詐邪惡之計得逞，眾人的心情猶有為我歎息，而舊知故交卻無人為我憂慮。為什麼行正道而竟然不能相容，難道純正的道德也如同沒有根據的議論！長久思索我的疑惑，卻怎麼也不明白到底尊崇什麼。所幸我無嚴重過失之嫌，閣下也不要輕信小人之議論。粗略地陳述事情的本末，希望您能鑒察老友之心。臨紙書寫我的真誠，握筆徒增我的歎息！盼您特賜審察寬宥，不要輕易將我遺棄，幸甚！」

乾寧二年，崔凝主持貢舉放榜後，被貶為合州刺史。起先李滂依附於宦官，他對被退黜甚為憤恨，自己謀劃除去崔凝，皇帝對李湸的文章學識也深為器重，因而對崔凝深感惱怒，祕密下旨命令宮中派人到考場門前搜索應試舉人應考時挾帶的文字，舉子將挾帶的東西藏在身上，以至頭巾、鞋襪中，無所不至。

卷一五

雜記

【題解】《摭言》中，大抵以相關事歸入一條。本條所謂「雜記」，可見其為各不相關之事。然本條內容自唐初至唐末，作者信筆寫來，不只讀來饒有趣味，更且保留了不少軼事，頗有參考價值。本條篇幅較長，分作數段。

高祖❶武德四年❷四月十一日，敕諸州學士❸及白丁❹，有明經❺及秀才❻、俊士❼明於理體❽，為鄉曲所稱者，委本縣考試，州長重覆，取上等人，每年十月隨物入貢。至五年十月，諸州共貢明經一百四十三人，秀才六人，俊士三十九人，進士三十人。十一月引見❾，敕付❿尚書省考試；十二月吏部奏付考功員外郎申世寧⓫考試，秀才一人，俊士十四人，所試並通，敕放選⓬與理⓭入官；其下第人各賜絹五疋，充歸糧，各勤修業。自是考功之試，永為常式。至開元二十四年，以員外郎李昂[14]與舉子矛盾失體，因以禮部侍郎專知。

貞觀[15]初放榜日，上[16]私幸[17]端門[18]，見進士於榜下綴行[19]而出，喜謂侍臣曰：「天下英雄，入吾彀中[20]矣！」

進士榜頭[21]，豎黏黃紙四張，以氈筆[22]淡墨袞轉[23]書曰「禮部貢院」四字。或曰：文皇[24]頃以飛帛[25]書之。或象陰注陽受之狀。

進士舊例於都省[26]考試，南院放榜，南院乃禮部主事[27]受領文書於此，凡板樣[28]及諸色條流[29]，多於此列之。張榜牆乃南院東牆也。別築起一堵，高丈餘，外有壖垣[30]。未辨色[31]，即自北院將榜就南院張挂之。元和六年[32]，為監生[33]郭東里[34]決破[35]棘籬[36]，籬在垣牆之下，南院正門外亦有之。坼裂[37]文榜，因之後來多以虛榜[38]自省門[39]而出，正榜[40]張亦稍晚。

開成二年[41]，高侍郎鍇[42]主文，恩賜詩題曰〈霓裳羽衣曲〉。三年復前詩題為賦題。〈太學石經詩〉[43]並辭，入貢院[44]日面試。大中[45]中，都尉鄭尚書[46]放榜，上[47]以紅牋筆札[48]一名紙[49]云「鄉貢進士[50]李御名[51]」，以賜鎬。

文貞公[52]神道碑[53]，太宗之文。時徵將薨[54]，太宗嘗夢見，及覺，左右奏徵卒。故曰：「俄於髣髴[55]，忽覩[56]形儀。」復曰：「高宗[57]昔日得賢相於夢中，朕今此宵失良臣於覺後。」

高祖呼裴寂[58]為裴三，明皇[59]呼宋濟[60]作宋五，德宗呼陸贄[61]為陸九。

高祖呼蕭瑀[62]為蕭郎，宣宗呼鄭鎬[63]為鄭郎。

裴晉公[64]下世[65]，文宗賜御製一篇，置於靈座之上。

白樂天[66]去世，大中皇帝[67]以詩弔之曰：「綴玉聯珠[68]六十年，誰教冥路作詩仙。浮雲不繫名居易，造化無為字樂天[69]。童子解吟〈長恨〉曲，胡兒能唱〈琵琶〉篇[70]。文章已滿行人耳，一度[71]思卿（原作鄉，據《全唐詩》改。）一愴然[72]。」

元和十三年[73]，進士陳標[74]獻諸先輩詩[75]曰：「春官[76]南院院牆東[77]，地色初分月色紅。文字一千重馬[78]擁，喜歡三十二人同[79]。眼前魚變[80]辭凡水[81]，心逐鶯飛出瑞風。莫怪雲泥[82]從此別，總曾惆悵去年中[83]。」

令狐趙公[84]，大中初在內庭[85]恩澤[86]無二，常[87]便殿[88]召對，夜艾[89]方罷，宣賜[90]金蓮花[91]送歸院[92]。院使[93]已下，謂是駕來，皆鞠躬階下。俄傳吟曰：「學士歸院！」莫不驚異。金蓮花，燭柄[94]耳，唯至尊[95]方有之。

韋澳[96]、孫宏[97]，大中時同在翰林。盛暑，上[98]在太液池[99]中宣二學士。既赴召，中貴人頗以絺綌[100]為訝。初殊未悟，及就坐，但覺寒氣逼人，熟視有龍皮[101]在側。尋宣賜銀餅餡[102]，食之甚美；既而醉以醇酎[103]。二公因茲苦[104]河魚[105]者數夕。

上竊知笑曰：「卿不禁事(106)，朕日進十數，未嘗(107)有損。」銀餅餡，皆乳酪(108)膏腴(109)所製也。

【注釋】❶高祖 即唐高祖李淵。唐朝建立者。❷武德四年 西元六二一年。武德，唐高祖年號。❸學士 猶學者。❹白丁 沒有功名的人；平民。❺明經 通曉經術。與後來的明經考試不同。❻秀才 優異之才。與秀才科考試不同。❼俊士 才智傑出的人。與俊士科考試不同。❽理體 猶事理。❾引見 舊指皇帝接見臣下或賓客時由有關人臣引導入見。❿付 交給；託付。⑪申世寧 唐魏郡人。官考功員外郎。⑫放選 猶言選用任命。⑬理 此有「安排」意。⑭李昂 見卷一〈進士歸禮部〉❷。⑮貞觀 （六二七～六四九）唐太宗年號。⑯上 指唐太宗李世民。⑰私幸 古時天子私自出行。⑱端門 宮殿的正南門。⑲綴行 連接成行。⑳彀中 牢籠之中；圈套之中。㉑榜頭 榜首。㉒氈筆 羊毫筆。㉓宛轉 猶言宛轉曲折。㉔文皇 即唐太宗。因諡文皇帝，故稱。㉕飛帛 同「飛白」。即飛白書。一種特殊的書法。相傳東漢靈帝時修飾鴻都門，匠人用刷白粉的帚寫字，蔡邕見後，歸作「飛白書」。這種書法，筆畫中絲露白，像枯筆所寫。㉖都省 官署名。隋唐五代尚書省總辦公廳，亦號都堂。㉗主事 官名。唐五代以流外官入流者充任，為中央部門掌管署覆文書案牘之下級官員。然亦常得擅權。㉘板樣 當指文書的原件樣張。㉙條流 體例；條例。㉚壖垣 宮外的矮牆。㉛辨色 猶黎明。㉜元和六年 西元八一一年。元和，唐憲宗年號。㉝監生 在國子監肄業者統稱監生。㉞郭東里 事跡未詳。㉟決破 猶拆壞。㊱棘籬 猶棘圍。指科舉時代的試院。唐、五代試士，以棘圍試院以防弊端，故稱。此指張榜之東牆的圍牆。㊲圻裂 當為坼裂。即拆裂。㊳虛榜 似指空白之榜。㊴省門 指尚書省大門。㊵正榜 科舉時代會試或鄉試公布正式錄取名單的榜示。㊶開成二年 西元八三七年。開成，唐文宗年號。㊷高侍郎鍇 見卷九〈惡得及第〉⑭。㊸太學石經詩 太學石經，即開成石經。開成二年，依宰相兼國子祭酒鄭覃所奏，刻石經，立於長安城內務本坊國子監太學。計有《周易》、《尚書》、《毛詩》、《周禮》、《儀禮》、《禮記》、《左傳》、《公羊傳》、《穀梁傳》、《孝經》、《論語》、《爾雅》等十二部經書。另附《五經文字》、《九經字樣》兩書，計六十五萬餘言。用以校正經書，防止傳鈔錯誤。今存陝西西安碑林。㊹貢院 科舉時代舉人考試之處。始置於唐開元二十四年（七三六）。㊺大中 （八四七～八五九）唐宣宗年號。㊻都尉鄭尚書 指鄭顥。下文作鄭鎬，誤。顥、鎬同音，王定保所記誤。且《摭言》卷八〈通榜〉、《登科記考》卷二二「大中十年知貢舉：黃門侍郎鄭顥」可證。鄭顥，見卷三〈慈恩寺題名遊賞賦詠雜紀〉「鄭光業新及第年」段[21]。[47]上　指唐宣宗。[48]筆札　書寫。[49]名紙　猶名片。[50]鄉貢進士　指未經考試而錄取的進士。鄉貢，唐代不經學館考試而由州縣推薦應試的士子。[51]御名　皇帝的名諱。唐宣宗名李忱。[52]文貞公　即魏徵（五八〇～六四三）。魏徵字玄成。唐巨鹿下曲陽（今河北晉縣）人。少孤貧好學。隋末，詭為道士。初從李密，後隨李密降唐。為太子李建成洗馬，勸建成防秦王李世民奪權。太宗即位，擢為諫議大夫。性剛直，知無不言，前後進諫達二百餘事，多被採納。貞觀三年（六二九），以祕書監參預朝政。七年，為侍中，主持修撰南朝梁、陳，北齊、北周、隋等史。後進封鄭國公，拜特進，知門下省事。後拜太子太傅，以疾卒於官，卒陪葬昭陵。其言論見於《貞觀政要》，有《魏鄭公文集》三卷、《詩集》一卷，並主編《群書治要》。[53]神道碑　舊時立於墓道前記載死者生平事跡的石碑。秦漢以來，死有功業、生有德政者皆可立碑。[54]薨　死的別稱。唐代三品以上官員死可以用「薨」。[55]髣髴　彷彿。[56]覩　同「睹」。[57]高宗　即殷高宗武丁。又稱殷武。武丁是廟號。曾居於民間，知百姓之疾苦。即位後，求賢覓才，發現傅說，任為相，王朝復興。死後尊為高宗。據《史記．殷本紀》載，武丁曾在夢中夢見聖人名「說」，後果然在版築工地尋得。[58]裴寂　（五七〇～六二九或五七三～六三二）字玄真。唐蒲州桑泉（今山西臨猗西南）人。隋末為晉陽宮副監，與李淵為友。大業十三年（六一七），勸李淵起兵。李淵入長安，勸李淵稱帝，以功拜尚書右僕射。武德六年（六二三），遷尚書左僕射。曾定律令。貞觀三年（六二九），坐罪免官，流於靜州。山羌反，破之。太宗念其佐命功，召還，卒。[59]明皇　即唐玄宗李隆基。[60]宋濟　見卷一〇〈海敘不遇〉「宋濟老於辭場」段[1]。[61]陸贄　見卷四〈師友〉「杜工部交鄭廣文」段[34]。[62]蕭瑀　（五七五～六四八）字時文。祖籍南蘭陵（今江蘇常州西北）。後梁明帝子。仕隋，歷內史侍郎、河池郡守。大業十三年，李淵兵入京師，以郡降，封宋國公，任民部尚書。武德元年，拜內史令，總掌政務。進尚書右僕射。太宗即位，遷尚書左僕射。心地褊狹，不能容人。貞觀十二年，誣陷房玄齡謀反，被太宗斥責。自請出家而食言不行，太宗奪其爵，貶商州刺史。不久徵還，復封爵而卒。[63]鄭鎬　即鄭顥。見[46]。[64]裴晉公　即裴度。見卷三〈慈恩寺題名遊賞賦詠雜紀〉「胡証尚書質狀魁偉」段[5]。[65]下世　去世。[66]白樂天　即白居易。見卷二〈爭解元〉[37]。[67]大中皇帝　唐宣宗。宣宗年號大中。[68]綴玉聯珠　將白居易的詩比作珠玉。[69]浮雲不繫名居易二句　將白居易的名（居易）、字（樂天）嵌入詩中。[70]童子解吟長恨曲二句　指白居易詩為人吟誦，流傳極廣。[71]一度　一番。[72]愴然　悲傷貌。[73]元和十三年　西元八一八年。元和，唐憲宗年號。[74]陳標　長慶二年（八二二）進士。官終侍御史。文中稱進士，不確。《全唐詩》存詩十二首。[75]獻諸先輩詩　《全唐詩》題作〈贈元和十三年登第進士〉。[76]春官　唐光宅年間曾改禮部為春官，後「春官」遂為禮部的別稱。[77]南院院牆東　見「南院放榜」夾注。[78]一千重馬　形容多。重馬，肥碩的馬。79喜歡三十二人同　當年共取進士三十二人，因有此句。80魚變　用鯉魚跳龍門典故。《辛氏三秦記》：「河津一名龍門，禹鑿山開門，闊一里餘。黃河自中流下，而岸不通車馬。每莫春之際，有黃鯉魚逆流而上，得過者便化為龍。」後以喻舉業成功或地位高升。81凡水　凡間之水。82雲泥　語出《後漢書・逸民傳・矯慎》：「（吳蒼）遺書以觀其志曰：『仲彥足下，勤處隱約，雖乘雲行泥，棲宿不同，每有西風，何嘗不歎！』」雲在天，泥在地，後因用「雲泥」比喻高低差別懸殊。83總曾惆悵去年中　發榜在考試的次年春，因有「去年」之語。84令狐趙公　即令狐綯。見卷四〈師友〉「方干師徐凝」段22。85內庭　宮內。86恩澤　此為恩寵之意。87常　通「嘗」。曾。88便殿　正殿以外的別殿。89夜艾　夜深。90宣賜　謂帝王賞賜。91金蓮花　金蓮花炬的省稱。亦作「金蓮華炬」。金飾蓮花形燈炬。92歸院　回翰林院。宣宗初年，令狐綯為翰林學士。詳見《新唐書・令狐綯傳》。93院使　即翰林使。唐翰林院置使二人，以宦官為之。掌傳達皇帝詔旨與學士奏議，為皇帝在翰林院的心腹。94燭柄　猶言燭臺。95至尊　指代皇帝。96韋澳　見卷二〈廢等第〉18。97孫宏　未見著錄。98上　指唐宣宗。99太液池　唐元和十二年（八一七）開。位於長安大明宮內北部。100絺綌　亦作「絺綌」。葛布的統稱。葛之細者曰絺，粗者曰綌。引申為葛服。指夏服。101龍皮　傳說夏日浸水則寒氣生的一種寶物。詳唐康駢《劇談錄》。102銀餅餡　似指有餡的糕餅。103醇酎　味厚的美酒。104苦　苦於；困於。105河魚　「河魚腹疾」之省。指腹瀉。魚爛先自腹內始，故有腹疾者，以河魚為喻。106不禁事　經受不起事情。猶今云不行。107當　似當作「嘗」。文淵閣本即作「嘗」。108乳酪　用牛、羊等動物乳汁提煉而成。109膏腴　肥美的食物。

【語譯】唐高祖武德四年四月十一日，詔令諸州學者及平民，有通曉經術、才能優異、才智傑出而又明於事理，為鄉里所稱譽的人，委託本縣進行考試，州郡長官重新覆核，選取上等之人，每年十月隨同進貢的物品一起進京。至武德五年十月，諸州共選送明經一百四十三人，秀才六人，俊士三十九人，進士三十人。十一月受到高祖接見，詔令委託尚書省進行考試；十二月，吏部上奏委派考功員外郎申世寧主持考試，秀才一人，俊士十四人，所考試的內容全都通曉。詔令選用任命給與官職；其餘落第之人，每人各賜絹五匹，充作回程的錢糧，各自勤於修習學業。從此考功員外郎主持考試，成為固定的制度。到開元二十四年，因考功員外郎李昂與應試舉子的矛盾有失體統，於是改由禮部侍郎專門主持貢舉。

貞觀初，進士考試發榜之日，唐太宗悄悄到宮殿的正南門，看見新科進士在榜下列隊而出，高興地對陪同的大臣說：「天下英雄，都入了我的籠中了！」

進士榜的榜首，豎著黏貼四張黃紙，用羊毫筆以淡墨宛轉曲折地書寫「禮部貢院」四字。有人說，這是文皇帝先前用飛白的筆法書寫的。或許象徵陰注陽受之狀。

進士按舊例在都省考試。南院發榜，南院是禮部主事在此領受文書之地，凡是文書的原件及各種體例，大多陳列在此。張挂榜文之牆是南院的東牆。這是另外築起的一堵牆，高一丈多，外面有矮牆圍繞。發榜之日，天未亮，即派人從北院攜帶榜到南院張挂。元和六年，被監生郭東里拆壞棘籬，棘籬在垣牆之下，南院正門外也有。拆裂文榜，因此後來大多用虛榜從尚書省正門而出，正榜也等稍晚方才張挂。

開成二年，高鍇侍郎主持貢舉，唐文宗特恩賜考試的詩題為〈霓裳羽衣曲〉。開成三年，又將去年考試的詩題改為賦題，考〈霓裳羽衣賦〉。開成石經刻成，置於太學，因而〈太學石經詩〉及文章，到進入貢院之日面試。大中年間，都尉鄭顥尚書發榜，唐宣宗用紅色牋紙書寫一張名帖，上寫「鄉貢進士李御名」，用以賜給鄭顥。

文貞公魏徵的神道碑，是唐太宗撰寫的文章。魏徵將死之時，唐太宗曾在夢中見到他，等到太宗醒來，左右奏告魏徵已卒。故而太宗在碑文中寫道：「不久前在彷彿之間，忽然見到形貌儀容。」又寫道：「殷高宗昔日得賢相於夢中，朕今宵失良臣於醒來之後。」

唐高祖稱呼裴寂為裴三，唐明皇稱呼宋濟為宋五，唐德宗稱呼陸贄為陸九。

唐高祖稱呼蕭瑀為蕭郎，唐宣宗稱呼鄭顥為鄭郎。

晉國公裴度去世，唐文宗賜御製祭文一篇，置於裴度靈座之上。

白居易去世，宣宗皇帝作詩祭弔，詩云：「綴玉聯珠六十餘年，誰叫冥路去作詩仙。浮雲不繫名叫居易，造化無為字號樂天。童子解吟〈長恨〉之曲，胡兒能唱〈琵琶〉名篇。文章已滿行人之耳，一度思卿原作鄉，據《全唐詩》改。一番愴然。」

元和十三年，參加進士考試的陳標，有詩獻給諸位前輩，詩云：「春官南院院牆之東，地色初分月色已紅。文字一千重馬簇擁，喜歡三十二人相同。眼前魚變辭別凡水，心逐鶯飛出自瑞風。莫怪雲泥從此有別，總曾惆悵去年之中。」

趙國公令狐綯，大中初年在內庭，恩寵無人可比。宣宗曾在便殿召見令狐綯議事，到夜深才結束，宣宗特賜以金蓮花燈燭送他回翰林院。翰林院自院使以下官員，以為是宣宗前來，全都在臺階下鞠躬。不一會只聽傳言云：「學士回院！」所有官員無不驚異萬分。金蓮花，是燭臺，只有皇帝才能擁有。

韋澳、孫宏，大中年間同在翰林院任職。一日酷熱，唐宣宗在太液池中宣召二位學士。等到二人赴召進宮，宦官看見二人身穿葛布夏衣感到驚訝。起初，韋澳、孫宏實在不明宦官驚訝的道理，待到就座，只覺得寒氣逼人，仔細察看，見有產生寒氣的龍皮在邊上。不一會，宣宗賞賜銀餅餡，味道甚美，隨即，二人又因飲醇厚的美酒而醉。事後，韋澳、孫宏二人因此而苦於腹瀉數日。宣宗得知後笑著說：「卿等不禁事，朕每天用銀餅餡十餘只，從未有什麼事。」銀餅餡，是用乳酪等膏腴之物製作的。

王源中❶，文宗時為翰林承旨學士。暇日與諸昆季❷蹴踘❸于太平里第，毬子❹擊起，誤中源中之額，薄有所損。俄有急召，比至，上訝之，源中具以上聞。上曰：「卿大雍睦❺！」遂賜酒兩盤，每盤貯十金椀❻，每椀容一升許，宣令并椀賜之。源中飲之無餘，略無醉態。

白樂天❼以正卿❽致仕❾，時裴晉公❿保釐⓫夜宴諸致仕官，樂天獨有詩曰：「九燭臺前十二姝⓬，主人留醉任歡娛。飄颻⓭舞袖雙飛蝶，宛轉歌喉一索珠⓮。坐久欲醒還酩酊，夜深臨散更踟躕⓯。南山賓客東山妓，此會人間曾有無？」

長慶⑯中，趙相宗儒⑰為太常卿，贊郊廟之禮⑱，罷相三十餘年，年七十六，眾論其精健⑲。有常侍⑳李益㉑笑曰：「僕㉒為東府㉓試官所送進士。」

開成㉔中，戶部楊侍郎㉕檢校尚書鎮東川㉖，白樂天即尚書妹壻。時樂天以太子少傅分洛㉗，〈戲代內子賀兄嫂〉曰：「劉綱㉘與婦㉙共升仙，弄玉㉚隨夫亦上天。何似沙哥沙哥，汝士小字。領崔嫂，碧油幢㉛引向東川！」又曰：「金花銀椀饒㉜兄用，罨畫㉝羅裙盡嫂裁；覓得黔婁㉞為妹壻，可能㉟空寄蜀茶來！」

李石㊱相公鎮荊㊲，崔魏公㊳在賓席㊴；未幾公擢拜翰林，明年登相位，時石猶在鎮。故賀書曰：「賓筵㊵初起，曾陪罇俎㊶之歡；將幕未移，已在陶鈞㊷之下。」此李隲㊸之詞也。時為節度巡官。

薛能㊹尚書鎮彭門，時溥㊺、劉巨容㊻、周岌㊼俱在麾下。未數歲，溥鎮徐，巨容鎮襄，岌鎮許，俱假㊽端揆㊾。故能詩曰：「舊將已為三僕射㊿，病身猶是六尚書(51)。」

崔安潛(52)鎮西川(53)，李鋌(54)為小將(55)。廣明(56)初，駕幸西蜀(57)，鋌乃蜀帥帶平章事，安潛乃具寮(58)耳。曾趨走(59)，人皆美之。

庾承宣(60)主文，後六七年方衣金紫(61)，時門生李石(62)，先於內庭恩錫矣。承宣拜命63之初，石以所服紫袍、金魚拜獻座主。

令狐趙公64在相位，馬舉65為澤潞66小將，因奏事到宅；會公有一門僧67善聲色68，偶窺之，謂公曰：「適有一軍將參見相公，是何人？」以舉名語之。僧曰：「竊視此人，他日當與相公為方面69交代70。」公曰：「此邊方小將，縱有軍功，不過塞垣71一鎮72，奈何以老夫交代？」僧曰：「相公第73更召與語，貧道74為細看。」公然之。既去，僧曰：「今日看更親切75，并恐是揚汴76。」公於是稍接77之矣。咸通元年78，公鎮維揚79，舉破龐勛80有功。先是上面許成功與卿揚州，既而難於爽信81，即除舉淮南行軍司馬82。公聞之，即處分83所司84，排比85迎新使。群下皆曰：「此一行軍耳！」公乃以其事白之，果如所卜。

光化二年86，趙光逢87放柳璨88及第。光逢後三年不遷，時璨自內庭大拜89，光逢始以左丞徵入。未幾，璨坐罪誅死，光逢膺90大用91，居重地92十餘歲，七表乞骸93，守司空致仕。居二年，復徵拜上相。

韋承貽94咸光95中策試96夜，潛紀長句於都堂97西南隅曰：「褒衣博帶98滿塵埃，獨上都堂納試迴。蓬巷99幾時聞吉語，棘籬100何日免重來？三條燭101盡鐘初動，九轉丸102成鼎103未開。殘月漸低人擾擾，不知誰是謫仙104才？」又「白蓮105千朵照廊明，一片昇平雅韻[106]聲。纔唱第三條燭盡，南宮[107]風景畫難成[108]。」光化[109]初，幾為坊擾[110]者有所廢，楊洞[111]見而勉[112]之，遂留之如故。

趙渭南嘏[113]嘗有詩曰：「早晚麤酬[114]身事[115]了，水邊歸去一閑人。」果渭南一尉[116]耳。嘏嘗家於浙西[117]，有美姬，嘏甚溺惑[118]。洎[119]計偕[120]，以其母所阻，遂不攜去。會中元[121]為鶴林[122]之遊，浙帥不知姓名。窺之，遂為其人奄有[123]。明年嘏及第，因以一絕箴[124]之曰：「寂寞堂前日又曛[125]，陽臺[126]去作不歸雲。當時聞說沙吒利[127]，今日青娥[128]屬使君[129]。」浙帥不自安，遣一介[130]歸之於嘏。嘏時方出關[131]，途次橫水驛，見兜舁[132]人馬甚盛，偶訊其左右，對曰：「浙西尚書差送新及第趙先輩娘子入京。」姬在舁中亦認嘏，嘏下馬揭簾視之，姬抱嘏慟哭而卒。遂葬於橫水之陽[133]。

【注釋】❶王源中　字正蒙。唐琅玡（今山東臨沂西）人。元和二年（八〇七）狀元。中宏辭科。累遷左補闕，轉戶部郎中、侍郎，擢翰林學士，進承旨。出為山南西道節度使，入為刑部侍郎，領天平軍節度使。開成三年卒。❷昆季　兄弟。長為昆，幼為季。❸蹴踘　亦作「蹴鞠」、「蹴毱」等。我國古代的一種足球運動。用以練武、娛樂、健身。傳說始於黃帝，初以練武士。戰國時已流行。❹毬子　即「毬」。古代泛稱遊戲類用球。最初以毛糾結而成，後以皮為之，中實以毛或充以氣。❺雍睦　猶和睦。❻椀　通「碗」。❼白樂天　白居易。❽正卿　當指尚書省六部尚書。❾致仕　因年老或衰病而辭去職務的官員。亦猶言退休。❿裴晉公　即裴度。⓫保釐　治理百姓，保護扶持使之安定。此引申為執政之意。⓬九燭臺前十二姝　九、十二言其多。姝，美女。⓭飄颻　形容舉止輕盈、灑脫。⓮一索珠　比喻歌聲宛轉，猶如成串之珠。⓯踟躕　徘徊不前；緩行貌。此有留戀之意。⑯長慶　（八二一～八二四）唐穆宗年號。⑰趙宗儒　（七四六～八三二）字秉文。唐鄧州穰縣（今河南鄧州）人。登進士第。歷右拾遺，充翰林學士。貞元六年（七九〇），主持考功，黜陟公當，無所畏忌，進考功郎中，遷給事中。十二年，進同平章事。十四年，罷為太子右庶子。二十年，遷吏部侍郎。元和中，歷禮、戶、刑、兵、吏部尚書。曾鎮荊南。長慶初，守太常卿，改太子少師。後以司空致仕。⑱贊郊廟之禮　皇帝祭天地百神和祖先宗廟時，主持宣唱儀節，叫人行禮。⑲精健　精幹強健。⑳常侍　皇帝的侍從近臣。但此指何官未詳。㉑李益　（約七四八～約八二七）字君虞。唐隴西姑臧（今甘肅武威）人。大曆四年（七六九）進士。初為鄭縣尉，久未升遷，北遊河朔，幽州節度使劉濟辟為從事，進為營田副使。後憲宗聞其名，授祕書少監、集賢殿學士。大和初，以禮部尚書致仕。大曆十才士之一。善歌詩，與李賀齊名。有《李益集》二卷。㉒僕　自稱。猶「我」。㉓東府　唐宋時指宰相府。㉔開成　（八三六～八四〇）唐文宗年號。㉕汝士　見卷三〈慈恩寺題名遊賞賦詠雜紀〉「寶曆年中」段⑫。㉖鎮東川　指楊汝士在開成元年由兵部侍郎出為劍南東川節度使。㉗分洛　即分司洛陽。唐時中央官員在陪都（洛陽）任職者，稱為分司。㉘劉綱　三國時吳下邳人。傳說他能檄召鬼神，後與妻樊雲翹同入四明山仙去。㉙婦　此指妻子。㉚弄玉　據《列仙傳》載，春秋時秦穆公之女弄玉，嫁給善吹簫之蕭史，日就蕭史學簫作鳳鳴，穆公為其作鳳臺以居之。後夫妻乘鳳飛天仙去。㉛碧油幢　青綠色的油布車帷。南齊時公主所用，唐以後御史及其他大臣多用之。㉜饒　任憑；儘管。㉝罨畫　色彩鮮明的繪畫。㉞黔婁　據劉向《列女傳．魯黔婁妻》載，黔婁為春秋魯人。《漢書．藝文志》、晉皇甫謐《高士傳．黔婁先生》則說是齊人。隱士，不肯出仕，家貧，死時衾不蔽體。後作為貧士的代稱。㉟可能　能否；能不能。㊱李石　見卷五〈切磋〉❶。㊲鎮荊　指李石開成年間曾任荊南節度使。㊳崔魏公　即崔鉉。見卷二〈海述解送〉❻。㊴賓席　幕友；幕僚。㊵賓筵　宴請賓客的筵席。㊶罇俎　古代盛酒食的器皿。亦借指宴席。㊷陶鈞　指借以施展治國之才的權位。此指相位。㊸李隲　見卷二〈爭解元〉(96)。㊹薛能　見卷三〈慈恩寺題名遊賞賦詠雜紀〉「曲江亭子」段❼。㊺時溥　見卷一〇〈海敘不遇〉「李巨川」段(61)。㊻劉巨容　見卷九〈四凶〉(59)。㊼周岌　曾任山南東道節度使，餘未詳。㊽假　授予；給予。㊾端揆　指相位。宰相居百官之首，總攬國政，故稱。中晚唐，節度使多授以「同中書門下平章事（即宰相）」銜，因稱。㊿僕射　官名。秦始置，漢魏以來委任漸重。隋唐五代時，為尚書省次官，左右各置一人。唐初，因太宗曾為尚書令，而後不授人，遂由左右僕射總判尚書省事務，為宰相正官，師長百僚，享禮崇重。此指宰相。(51)六尚書　六部尚書。此處為寫詩對仗所需，而非薛能任六部尚書。薛能曾任工部尚書。(52)崔安潛　見卷七〈升沉後進〉⑰。(53)鎮西川　崔安潛曾任西川節度使。(54)李鋋　未見著錄。抑或王定保所記有誤。(55)小將　職位低的武官。(56)廣明（八八〇）唐僖宗年號。[57]駕幸西蜀　唐僖宗在廣明元年（八八〇）底，因黃巢軍攻破洛陽、長安而入蜀。[58]具寮　亦作「具僚」。官員；百官。[59]趨走　奔走服役。[60]庾承宣　貞元八年（七九二）進士。累官至陝虢觀察使、京兆尹兼御史大夫，官終檢校吏部尚書、天平軍節度使。庾承宣主文，在貞元十三、十四年。[61]金紫　金魚袋及紫衣。唐宋的官服和佩飾。亦用以指代貴官。[62]門生李石　李石為貞元十三年進士，因有是語。[63]拜命　受命。指拜官任職。[64]令孤趙公　即令狐綯。見卷四〈師友〉「方干師徐凝」段[22]。[65]馬舉　咸通六年，以神策大將軍為秦州經略招討使，十一年，任淮南節度使充南面招討使。[66]澤潞　即昭義軍。唐方鎮名。[67]門僧　指約定為大戶人家做禮儀，平時並有往來的僧道。[68]聲色　指相術。常據被相者的聲音顏色以揣測其人的吉凶禍福。[69]方面　古指一個地方的軍政要職或其長官。[70]交代　指前後任相接替、移交。[71]塞垣　此指北方邊境地帶。[72]一鎮　指任一邊境重地的將領。鎮，古代於邊境重地設鎮，以重兵駐守。後內地亦設。[73]第　姑且。[74]貧道　僧道自稱的謙辭。晉、南北朝時，朝廷定制僧人自稱貧道。唐以後僧人改稱貧僧，道士謙稱「貧道」。[75]親切　真切；確實。[76]揚汴　揚州、汴州一帶。[77]接　交往。[78]咸通元年　西元八六〇年。咸通，唐懿宗年號。[79]公鎮維揚　令狐綯任淮南節度使，駐揚州（即維揚）。[80]龐勛　（?～八六九）唐徐州（今屬江蘇）人。初任桂林徐、泗守軍糧料判官。咸通九年，桂林戍卒起事，被推為首領，引兵北歸。先後攻克宿州、徐州及周圍地區。十年，兵敗，死於亂軍中。[81]爽信　失信。[82]行軍司馬　唐五代方鎮幕職名。掌軍符號令、軍籍、兵械、糧廩衣賜之事，權任甚重。德宗以後，常繼位為節度使，有「副倅」之稱。文宗時一度省罷，晚唐復置。[83]處分　吩咐。[84]所司　有關部門。[85]排比　安排；準備。[86]光化二年　西元八九九年。光化，唐昭宗年號。[87]趙光逢　唐末五代京兆奉天（今陝西乾縣）人。字延吉。幼嗜學，性方直溫潤。乾符五年（八七八）進士。昭宗時，為翰林學士承旨、御史中丞。後棄官歸洛陽。入後梁，為中書侍郎、同平章事，累遷左僕射兼租庸使，致仕。末帝時，起為司空、同平章事，以司徒致仕。後唐天成初，以太保致仕，封齊國公。[88]柳璨　見卷三〈慈恩寺題名遊賞賦詠雜紀〉「咸通中」段[13]。[89]大拜　指拜相。[90]膺　接受；承受；承當。[91]大用　重用。[92]重地　此指相位。[93]乞骸　乞骸骨。古代官吏自請退職。意謂使骸骨得歸葬故鄉。[94]韋承貽　字貽之。咸通八年（八六七）進士。官戶部員外郎、主客員外郎。[95]咸光　當為咸通之誤。[96]策試　古代以策問試士，因稱對臣下或舉子的考試為策試。[97]都堂　唐尚書省總辦公處稱都堂。[98]褒衣博帶　「褒」亦作「裦」。寬衣大帶。古代儒者的裝束。[99]蓬巷　猶言陋巷。[100]棘籬　猶棘圍。指科舉時代的試院。[101]三條燭　唐代考進士科，試日可延長至夜間，許燒燭三條，故唐人詩文中常言「三條燭」。[102]九轉丸　即九轉丹。道教謂經九次提煉，服之能成仙的丹藥。[103]鼎　煉丹之鼎。[104]謫仙　謫居世間的仙人。常用以稱譽才學優異之人。此指考中進士。[105]白

蓮　指白色的蓮花燈。[106]雅韻　《全唐詩》卷六〇〇作「雅頌」，是。唐代科舉考試，多考作詩。[107]南宮　尚書省的別稱。又因進士考試多在禮部舉行，故又專指六部中的禮部為南宮。此即指禮部。[108]風景難畫成　有暗寓前途未卜之意。此詩四句，《全唐詩》在詩下注云：「此首一作薛能詩。」[109]光化　（八九八～九〇〇）唐昭宗年號。[110]圬墁　亦作「圬鏝」。塗飾牆壁；粉刷。[111]楊洞　字文遠。事跡未詳。[112]勉　勸。[113]趙渭南嘏　趙嘏，見卷三〈慈恩寺題名遊賞賦詠雜紀〉「曲江亭子」段[23]。[114]麄酬　即「麤酬」。粗疏的酬答。[115]身事　自身之事。[116]渭南一尉　趙嘏宣宗時官渭南尉，因有是語。[117]浙西　唐方鎮名。浙江西道簡稱。[118]溺惑　沉迷；迷惑。[119]洎　至；到。[120]計偕　稱舉人赴京會試。[121]中元　指農曆七月十五。即中元節。舊時道觀於此日作齋醮，僧寺作盂蘭盆會，民間亦有祭祀亡故親人等活動。[122]鶴林　指佛寺。[123]奄有　全部占有。[124]箴　寄。[125]曛　黃昏；傍晚。[126]陽臺　戰國楚宋玉〈高唐賦〉序：「昔者先王嘗遊高唐，怠而晝寢，夢見一婦人，曰：『妾巫山之女也，為高唐之客，聞君遊高唐，願薦枕蓆。』王因幸之。去而辭曰：『妾在巫山之陽，高丘之岨，旦為朝雲，暮為行雨，朝朝暮暮，陽臺之下。』」後遂以陽臺指男女歡會之所。[127]沙吒利　《太平廣記》卷四八五引唐許堯佐〈柳氏傳〉載有唐代蕃將沙吒利恃勢劫占韓翃美姬柳氏的故事。後人因以「沙吒利」指霸占他人妻室或強娶民婦的權貴。[128]青娥　指美麗的女子。[129]使君　漢代稱刺史為使君。後亦用以尊稱州郡長官。[130]一介　一人。[131]出關　似當指函谷關。[132]兜舁　泛指轎輿車。舁，通「輿」。車。[133]橫水之陽　橫水北岸。橫水在今河南孟津西。

【語　譯】王源中，唐文宗時為翰林學士承旨。閒暇之日與眾兄弟在太平里府第中蹴踘，毬子擊起，誤中王源中額頭，稍稍受到損傷。不一會，文宗緊急召見，待王源中到宮中，文宗見了頗為驚訝，問其緣故，王源中將事情詳細上奏。文宗說：「卿家中非常和睦！」於是賞賜王源中御酒兩盤，每盤中放置十只金碗，每碗盛酒一升多，並傳令連同金碗一起賞賜給王源中。王源中將兩盤酒飲用，一點沒有剩餘，但他卻毫無醉態。

白居易以刑部尚書致仕，當時晉國公裴度執政，他夜宴諸位致仕官員，只有白居易有詩。詩云：「九燭臺前十二麗姝，主人留醉任情歡娛。飄飄舞袖雙雙飛蝶，宛轉歌喉猶如串珠。坐久欲醒卻還酩酊，夜深臨散更覺踟躕。南山賓客東山歌妓，此會人間可曾有無？」

長慶年間，宰相趙宗儒時任太常卿，主持郊廟禮儀。當時，趙宗儒罷相已三十餘年，且又七十六高齡，百官都談論他身體精幹強健。此時，常侍李益卻笑著說：「他是我在宰相府任試官時所選送的進士。」

開成年間，戶部侍郎楊汝士以檢校尚書銜鎮守東川，白居易即楊汝士妹夫。當時白居易以太子少傅銜分司洛陽，作了一首〈戲代內子賀兄嫂〉詩以示祝賀。詩云：「劉綱與妻共同升仙，弄玉隨夫亦都上天。何似沙哥引領崔嫂，碧油幢指引向東川！」又云：「金花銀碗任由兄用，罨畫羅裙盡是嫂裁。覓得貧士以為妹婿，能否空寄蜀地茶來！」

宰相李石鎮守荊南，魏國公崔鉉時在李石處任幕僚；不久，崔鉉升遷拜翰林學士，第二年登上相位，此時李石仍在荊南任上。故李石在賀信中寫道：「賓宴初開之時，公曾陪罇俎之歡；將幕未移之日，我已在陶鈞之下。」此信為李騭手筆。李騭當時為節度巡官。

薛能尚書鎮守彭門，時溥、劉巨容、周岌均在薛能部下任職。不多幾年，時溥鎮守徐州，劉巨容鎮守襄陽，周岌鎮守許昌，都授予宰相銜。故而薛能在詩中寫道：「舊時部將已為三位僕射，老病之身猶為六部尚書。」

崔安潛鎮守西川，李鋌為其部下小將。廣明元年，僖宗駕幸西蜀，李鋌已是西蜀主帥帶平章事銜，崔安潛是其屬官。崔安潛奔走效力，受到百官稱讚。

庾承宣主持禮部貢舉，六七年之後方被授予金魚袋及紫衣，其時，庾承宣當年門生李石，已早於他在內庭受到恩賜了。庾承宣在拜官任職之初，李石將自己所穿的紫袍、所佩的金魚袋拜獻給恩師。

趙國公令狐綯在宰相任上，馬舉為澤潞節度使部下小將，因奏事到令狐綯府邸，而令狐綯府中有一門下僧人擅相術，偶然間見到了馬舉，對令狐綯說：「剛才有一軍將參見相公，他是何人？」令狐綯將馬舉的姓名告訴了僧人。僧人說：「我暗中察看此人，日後將與相公是前後任地方大臣。」令狐綯說：「此人是邊地一員小將，縱然有軍功，也不過是邊地一鎮的將領，怎麼說老夫將與他前後任交接？」僧人說：「相公姑且再次召見與他談話，貧僧為相公再仔細察看他一番。」令狐綯同意了。馬舉被再次召見離去之後，僧人說：「今日看得更為真切，恐怕日後交接在揚州、汴州一帶。」令狐綯於是和馬舉漸有交往了。咸通元年，令狐綯鎮守揚州，馬舉也攻破龐勛有功。在此之前，唐懿宗曾當面許諾馬舉如果成功擊破龐勛即授職揚州，其後懿宗難以失信，即任命馬舉為淮南節度使行軍司馬。令狐綯得知後，即吩咐有關官員，安排迎接新的使節。令狐綯的部下都說：「此人不過是一行軍司馬罷了！」令狐綯就將此事的本末告訴他們，事情的結果果真如門僧預卜的那樣。

光化二年，趙光逢主持貢舉，取柳璨進士及第。此後三年趙光逢未獲升遷，此時柳璨則自內庭拜相，趙光逢才以尚書左丞徵入朝廷。不久，柳璨因罪被誅死，趙光逢獲得重用，居於相位十餘年，七次上表請求退職，以守司空職銜致仕。過了兩年，再次被徵拜為宰相。

韋承貽咸通年間參加策試之夜，潛入都堂，在都堂西南隅留下長句，詩云：「寬衣大帶沾滿塵埃，獨上都堂納卷迴還。陋巷幾時能聞吉語，試院何日免再重來？三條燭盡鐘聲初動，九轉丹成鼎尚未開。殘月漸低人聲擾擾，不知誰是謫仙之才？」又云：「白蓮燈千朵照廊明，一片昇平雅韻之聲。才唱第三條燭方盡，南宮風景畫實難成。」光化初年，韋承貽所題之詩差點被塗飾牆壁者刷去，楊洞見了加以勸阻，因而保留如故。

趙嘏曾有詩寫道：「早晚粗酬自身事了，水邊歸去作一閒人。」趙嘏後來果然只是一個渭南尉。趙嘏曾家住浙西，有一貌美姬妾，趙嘏甚為迷戀。待到趙嘏赴京應試，由於他母親的阻攔，未能帶她入京。逢中元節遊覽佛寺，浙帥不知姓名。窺視了趙嘏姬妾的美貌，就將她占為己有。第二年趙嘏進士及第，於是寄了一首詩給浙帥，詩云：「寂寞堂前日又黃昏，陽臺去作不歸之雲。當時聽說有沙吒利，今日青娥屬於使君。」浙帥見詩後很覺不安，派遣一人將美姬送歸趙嘏。趙嘏當時正出函谷關，途經橫水驛，見車轎人馬頗多，偶爾詢問左右此是何人，左右回答說：「浙西尚書差人送新及第進士趙先輩娘子入京。」美姬在車中也認出了趙嘏，趙嘏下馬揭起簾子察看，美姬抱持趙嘏慟哭而卒。於是趙嘏將美姬葬在橫水北岸。

條流進士

【題解】所謂「條流」，是指訂立條例。本條所記，即是關於應試舉人不得騎馬的規定及士人的反應。

咸通❶中，上❷以進士❸車服❹僭差❺，不許乘馬，時場中不減千人，雖勢可熱手❻，亦皆跨長耳❼。或嘲之曰：「今年敕下盡騎驢，短轡❽長鞦❾滿九衢❿。清瘦兒郎猶自可，就中愁殺鄭昌圖⓫。」相國魁梧甚，故有此句。此條已見卷一二〈輕佻〉門。

【注釋】❶咸通　（八六〇～八七三）唐懿宗年號。❷上　指唐懿宗。❸進士　指應進士試的舉人。❹車服　車輿禮服。此指車馬服裝。❺僭差　僭越失度。即不合規定。古時對車輿服飾有嚴格的規定。❻熱手　猶言炙手可熱。此喻指規模極盛。❼長耳　指驢。❽轡　駕馭馬的繮繩。❾鞦　指絡在牲口股後尾間的絆帶。❿九衢　縱橫交叉的大道；繁華的街市。⓫鄭昌圖　即鄭光業。見卷三〈慈恩寺題名遊賞賦詠雜紀〉「鄭光業新及第年」段❶。

【語譯】咸通年間，唐懿宗因應進士試的舉子的車馬服飾不合禮制，因而下令舉子不准騎馬。當時考場中的應試舉子不下千人，雖然規模極盛，但胯下騎著的是清一色的毛驢。有人對此譏嘲云：「今年敕下盡皆騎驢，短轡長鞦擠滿九衢。清瘦兒郎猶自還可，就中愁殺那鄭昌圖。」鄭昌圖相國身材極為魁梧，故而有此句。此條已見卷一二「輕佻」門。

閩中進士

【題解】唐宋以前，八閩之地讀書之風不盛，進士亦很少。故而此條專記閩地進士。

薛令之❶，閩❷中長溪人，神龍二年❸及第，累遷❹左庶子❺。時開元❻東宮官僚清淡❼，令之以詩自悼❽，復紀於公署曰：「朝旭❾上團團❿，照見先生⓫盤。盤中何所有？苜蓿⓬長闌干⓭。餘澀⓮匙難綰⓯，羹稀筯⓰易寬。何以謀朝夕？何由保歲寒？」上⓱因幸東宮覽之，索筆判⓲之曰：「啄木觜距⓳長，鳳皇⓴羽毛短。若嫌松桂㉑寒，任逐桑榆㉒暖。」令之因此謝病東歸。詔以長溪歲賦資之，令之計月而受，餘無所取。

歐陽詹㉓卒，韓文公㉔為哀辭㉕，序云：「德宗初即位，宰相常袞㉖，為福建觀察使，治其地。袞以辭進㉗，鄉縣小民，有能讀書作文辭者，親與之為主客之禮㉘，觀遊㉙宴饗㉚，必召與之，時未幾，皆化㉛翕然㉜。於時詹獨秀出，袞加敬愛，諸生皆推服。閩越之人舉進士，繇詹始也。詹死於國子四門助教，隴西李翺㉝為傳，韓愈作哀辭。」

【注釋】❶薛令之　字珍君。閩長溪（今屬福建）人。神龍二年（七〇六）進士。官終左補闕、太子侍讀。《全唐詩》存詩二首。❷閩　即今之福建。❸神龍二年　西元七〇六年。神龍，唐中宗年號。❹累遷　多次升遷。❺左庶子　東宮官名。❻開元（七一三～七四一）唐玄宗年號。❼清淡　貧薄；沒油水。據《新唐書・賀知章傳》，薛令之題詩是因多年未得升遷。❽自悼　猶自傷。自我傷悼。❾朝旭　初升的太陽。❿團團　圓貌。⓫先生　年長有學問者。亦指老師。東宮官員多輔佐太子，因稱。⓬苜蓿　植物名。豆科，一年生或多年生。可供作飼料或肥料，亦可食用。⓭闌干　交錯散亂貌。⓮餘澀　似指苜蓿之外剩下的東西。⓯綰　綰結。⓰筯　筷子。⓱上　指唐玄宗。⓲判　評判；裁定。⓳觜距　禽鳥的嘴和爪甲。⓴鳳皇　即鳳凰。㉑松桂　喻指京師。京師又稱桂玉之地。㉒桑榆　喻指隱居田園。㉓歐陽詹　見卷一〈廣文〉❼。㉔韓文公　即韓愈。㉕哀辭　亦作「哀詞」。文體名。古用以哀悼夭而不壽者，後世亦用於壽終者。多用韻語寫成。㉖常袞　見卷一三〈無名子謗議〉㊼。㉗辭進　以文辭進身。㉘主客之禮　接待賓客的禮節。㉙觀遊　亦作「觀游」。觀賞遊覽。㉚宴饗　亦作「宴享」。設宴饗客。㉛化　教化。㉜翕然　安寧、和順貌。㉝李翺　見卷二〈置第等〉❼。

【語譯】薛令之，閩中長溪人。中宗神龍二年進士及第，經多次升遷官至左庶子。其時正值開元年間，東宮太子屬官貧薄，薛令之作詩自傷，又將此詩題在官署之壁，詩云：「初升的太陽圓團團，照見先生桌上盤。請問盤中何所有？苜蓿交錯又散亂。餘物湯匙難結綰，羹稀更覺筷子寬。用什麼能謀朝夕？用什麼可保歲寒？」唐玄宗因到東宮而見到此詩，要來筆墨對此詩評判云：「啄木鳥嘴尖爪長，鳳凰鳥羽毛粗短。若嫌京師松桂寒，任尋田園桑榆暖。」薛令之見玄宗詩後告病東歸故鄉。玄宗詔令用長溪每年的賦稅收入資助薛令之，薛令之按月領取應有俸祿，此外一概不取。

歐陽詹卒，韓愈為他寫哀辭，韓愈在序中云：「德宗即位之初，宰相常袞時任福建觀察使，治理其地。常袞以文辭進身，因此對鄉縣中的平民百姓，有能夠讀書寫文章之人，以接待賓客的禮節對待他們，觀賞遊覽設宴饗客，也必定邀請他們參加，時隔不久，當地百姓都安然得到教化。當時歐陽詹最為突出，常袞對他特別敬重愛護，閩地的士人對歐陽詹也都推崇佩服。閩越之人考中進士，自歐陽詹開始。歐陽詹死於國子監四門助教任上，隴西李翺為他作傳，韓愈為他寫哀辭。」

賢僕夫

【題解】本條所記，都是忠心事主的僕人，讀後自令人有一番感慨。然而世事變遷，人們的觀念發生很大的變化，視這些人為不可理解，或以為他們迂腐，這便是見仁見智的問題了。

蕭穎士❶性異常嚴酷，有一僕事之十餘載，穎士每以箠楚❷百餘，不堪其苦。人或激❸之擇木❹。其僕曰：「我非不能他從，遲留❺者，乃愛其才耳！」

武公幹❻常事蒯希逸❼十餘歲，異常勤幹，洎❽希逸擢第，幹辭以親在乞歸就養❾，公堅留不住。公既嘉其忠孝，以詩送之，略曰：「山險不曾離馬後，酒醒長見在牀前。」時人醵絹❿贈行，皆有繼和。尋本末未得。

盧鈞⓫僕夫⓬已見宴集門⓭，及鈞孫肅⓮僕夫並同前。

李元賓⓯與弟書云，賴一僕傭債⓰，以資⓱日給⓲。其文頗勤勤⓳敘之，而不記姓名。

李敬⓴者，本夏侯譙公㉑之傭也。公久厄塞㉒名場㉓，敬寒苦備歷，或為其類㉔所引㉕曰：「當今北面官人㉖，入則內貴，出則使臣，到所在打風打雨㉗。你何不從之？而孜孜㉘事一箇窮措大㉙，有何長進！縱不然，堂頭官人，（此輩謂堂吏㉚為官人。）豐衣足食，所往無不克㉛。」敬囅然㉜曰：「我使頭㉝及第後，還擬作西川留後官。」眾官大笑。時譙公於壁後聞其言。凡十餘歲，公自中書㉞出鎮成都，臨行有以邸吏㉟託者，一無所諾；至鎮，用敬知㊱進奏㊲，既而鞅掌㊳極矣。向之笑者，率多投之矣。

【注釋】❶蕭穎士　見卷一〈兩監〉❻。❷箠楚　本指棍杖之類，引申為拷打。❸激　激勵；激發。此有鼓動之意。❹擇木　謂鳥獸選擇樹木棲息。常用以比喻擇主而事。❺遲留　停留；逗留。❻武公幹　武幹。事跡未詳。❼蒯希逸　見卷三〈慈恩寺題名遊賞賦詠雜紀〉「周墀任華州刺史」段(134)。❽洎　及；到。❾就養　侍奉父母。❿醵絹　謂贈送錢物。醵，集資。絹，絹帛。⓫盧鈞　見卷三〈慈恩寺題名遊賞賦詠雜紀〉「盧相國鈞初及第」段❶。⓬僕夫　本指駕馭車馬之人。後泛指供役使之人。猶言僕人。⓭宴集門　即指卷三〈慈恩寺題名遊賞賦詠雜紀〉條。⓮肅　盧肅。⓯李元賓　李觀，唐鄭州（今屬河南）人。官右衛兵曹參軍。⓰傭債　猶言替人幫傭。⓱資　助。此有貼補之意。⓲日給　每天供給。此指日常費用。⓳勤勤　懇切至誠。⓴李敬　未詳。㉑夏侯譙公　即夏侯孜（？～約八六九）。孜字好學。唐亳州譙縣（今安徽亳州）人。寶曆二年（八二六）進士。大中時累遷婺、絳二州刺史。入為諫議大夫，轉給事中。十一年，遷戶部侍郎，判戶部事。次年，以兵部侍郎充諸道鹽鐵轉運使、同平章事。咸通八年（八六七），出為成都尹、劍南西川節度使。十年，以太子少保分司東都。夏侯譙公，夏侯孜在懿宗時封為譙郡侯，因稱。㉒厄塞　窘迫艱難，時運不濟。㉓名場　指科舉的考場。以其為士子求功名的場所，故稱。㉔其類　指亦為僕傭之人。㉕引　引導。此作指點。㉖北面官人　當指宦官。唐內侍省在皇宮之北，時稱北司。下文「入則內貴，出則使臣」係指斥宦官。㉗打風打雨　猶言呼風喚雨。㉘孜孜　猶言專心一意。㉙措大　指貧寒失意的讀書人。㉚堂吏　唐宋時中書省的辦事吏員。㉛不克　不能。㉜囅然　笑貌。㉝使頭　唐宋元明時奴僕對家主的稱呼。㉞中書　指中書省。㉟邸吏　古代地方駐京辦事機構的官吏。㊱知　主持；掌管。㊲進奏　向皇帝上奏。然此處當指進奏院。唐代藩鎮在京置邸，稱上都留後院。大曆十二年改為上都進奏院，為各州鎮官員入京時之寓所，並掌章奏、詔令及各種文書的投遞、承轉。㊳鞅掌 謂職事紛擾煩忙。

【語譯】蕭穎士性情異常嚴酷，有一個僕人服事他十餘年。蕭穎士時常用棍杖拷打百餘下，其苦楚不堪忍受。有人鼓動他另擇主人，那位僕人說：「我並不是不能另擇主人，我留在他身邊，是敬佩他的才學啊！」

武幹曾服事蒯希逸十餘年，異常勤快幹練，及蒯希逸考中進士，武幹以雙親健在請求回家侍奉告辭，蒯希逸一再挽留但武幹去意已決。蒯希逸嘉嘆他的忠心，作詩相送。詩大略云：「山險不曾離鞍前馬後，酒醒常見侍奉於床前。」當時許多人都設宴贈物為他送行，而且都有和蒯希逸詩贈武幹。追尋此事的本末，但卻未能得到。

盧鈞僕人已詳見〈宴集〉門，以及盧鈞之孫盧肅僕人之事，也見於〈宴集〉門。

李元賓在給他弟弟的信中說，他幸虧一個僕人替人幫傭，以貼補日常費用。此信寫得懇切至誠，但卻沒有記下那位僕人的姓名。

李敬，原本是譙郡侯夏侯孜的僕人。夏侯孜於科場久不得志，李敬備嚐貧寒苦難，也作僕傭的人中有人指點李敬說：「現今北面官人，入則顯貴於內庭，出則擔任使臣，所到之處呼風喚雨，你為何不跟從他們？反而專心一意地侍候一個窮書生，能有什麼長進！即使你不願跟隨北面官人，那侍候堂頭官人，此輩僕傭稱堂吏為官人。也能豐衣足食，無往而不能。」李敬笑著說：「等我主人進士及第後，將來還要作西川留後官。」眾人聽了大笑。當時夏侯孜在房後聽到了他們這一番交談。此後過了十餘年，夏侯孜自中書省離京鎮守成都，臨行之時有人請託將來擔任駐京的邸吏，但夏侯孜什麼也沒有答應。到任所後，夏侯孜任用李敬掌管駐京的進奏院，後來事務極為煩忙。以前那些笑話李敬的人，大都投奔到了他的門下。

舊話

【題解】此條所謂「舊話」，實為經驗之談。教應試舉人在考試前如何應付拜謁等事，頗能從側面窺知唐代科舉的某些特點。

一日聞多見少，跡靜心勤❶。省閑遊，事知己也。卷頭❷有眼，投謁❸必其地❹也。肚裡沒嗔❺。得失❻算命❼，群居❽用和❾。二日貌謹氣和，見面少，聞名多。古人有言，見多成醜❿之謂也。凡後進遊歷⓫前達之門，或慮⓬進趨揖讓⓭，偶有蹶失⓮。則雖有烜赫⓯之文，終負生疎⓰之誚⓱。故文藝⓲既至，第⓳要投謁慶弔⓴及時，不必孜孜㉑求見也。如其深知己下歲寒之契㉒，師友則不然也。三日上等舉人，應同人舉㉓；推公共也。中等舉人，應丞郎㉔舉；計通塞㉕也。下等舉人，應宰相舉。

【注　釋】❶跡靜心勤　謂要少行動，勤於思考。跡，同「迹」。❷卷頭　指平時所作詩文。❸投謁　本指投遞名帖求見。此指以所作詩文謁見。❹必其地　此指一定要最合適的人。❺嗔　責怪；埋怨。❻得失　猶成敗。❼算命　此當指歸於命運。❽群居　眾人共處。❾用和　猶宜和。應該和睦。❿見多成醜　謂相處日久，短處都顯露出來了。⓫遊歷　交遊。此有出入、奔走意。⓬慮　擔心。⓭進趨揖讓　指言談舉止。進趨，亦作「進趣」。舉動；行動。揖讓，賓主相見的禮儀。⓮蹶失　失足跌倒。此指不當。⓯烜赫　顯赫；昭著。⓰生疎　粗疏；不熟悉。⓱誚　譏笑。⓲文藝　此指文章才學。⓳第　但是；只是。⓴慶弔　亦作「慶吊」。慶賀與弔慰。㉑孜孜　不懈怠；不停歇。㉒歲寒之契　喻最忠貞的友誼。歲寒，一年中最冷的時候。契，投合。㉓應同人舉　接受一起參加考試者的推舉。㉔丞郎　唐稱尚書省左右丞及六部侍郎為丞郎。㉕通塞　謂境遇之順逆。

【語　譯】一叫做聽得多見得少，行動要靜，思考要勤。減少閒遊，侍奉知己。如果卷頭有眼所作詩文投謁給最合適的人。心中就不會有遺憾。得失成敗歸於命運，眾人相處理應和睦。二叫做容貌恭謹氣色和順，見面少，聞名多。古人有言，見得多了，短處也就顯露出來了。大凡後輩出入前輩賢達的門下，有人擔心言談舉止，偶爾不當，那麼即使有顯赫的文才，終究要背上處事粗疏的譏嘲。故而文章才學達到極高境界，但也要做到投謁慶弔及時，不一定要不停地求見。如果是有深厚交情的知己，或師友，那就不必如此了。三叫做上等應試舉人，受同人推舉；為一起參加考試者所推舉。中等應試舉人，受丞郎推舉；要考慮境遇是否順利。下等應試舉人，受宰相推舉。

【題　解】本條所記，是指在科場的種種忌諱。有對應試舉人而言的，也有對受人請託者而言的，唐代科舉的「走後門」，從這極少的文字中，也能探知一二。

切忌

就門生手裡索及第❶，求僧道薦屬姑息❷，對人前說中表❸在重位，誇❹解❺作客❻，愛享後進酒食。

【注　釋】❶就門生句　指為親友求取及第。❷姑息　本指苟安；無原則的寬容。此指有失體統。❸中表　表親。❹誇　誇耀。❺解　指由州縣地方推薦發送入京的應試舉人。❻作客　此指暫住京師。

【語　譯】參加科舉，有些事切忌去做。下列一些做法即是。如：向早先的門生為親友求取進士及第，求僧道舉薦屬有失體統，切忌在人前說有表親居於重要的職位，向人誇耀自己由州縣推薦而暫住京師，喜歡享用後輩的酒食

沒用處

【題　解】本條所記諸人，都是無真才實學之人。而本卷所作之論，實為作者撰寫《摭言》之注解，頗能看到作者之心態。

天寶二年❶，吏部侍郎宋遙❷、苗晉卿❸等主試❹，祿山❺請重試，制舉❻人第一等人十無二。御史中丞張倚❼之子奭❽，手持試紙，竟日不下一字，時人謂之拽帛❾。

高渙❿者，鍇⓫之子也，久舉不第。或謔之曰：「一百二十箇蜣蜋⓬，推一箇屎塊⓭不上。」蓋高氏三榜⓮，每榜四十人。

薛昭儉⓯，昭緯⓰之兄也，咸通⓱末數舉不第，先達⓲每接⓳之，即問曰，賢弟早晚⓴應舉？昭儉知難而退。

論曰：七情十義㉑，靡不宗於仁而祖於禮㉒者，矧㉓乃四科㉔之本，文不居先，三益㉕之門，德常在首；又何片言小善，辨口利辭㉖，垂於簡編㉗，侔㉘於粉繢㉙者也！或曰：不然，夫人頂天踵地㉚，惟呼㉛最靈，有德者未必無文，其上也文不勝德，其次也德不勝文；有若文德具美，含元㉜不耀㉝者，其唯聖人乎！奈何近世薄徒㉞，自為岸谷㉟，以含毫紙墨㊱為末事，以察言守分㊲為名流；洎㊳乎評品㊴是非，適較㊵今古，竟不能措一辭，發一論者，能無愧於心乎！故僕㊶雖題親詠㊷，折衝罇俎㊸者皆列於門目㊹，斯所以旌表㊺贍敏㊻，而矛盾㊼榛蕪㊽也。亦由辱㊾以馬韉㊿，而俟(51)之鶯谷(52)，知我者當免咎(53)與！若乃(54)先達(55)所傳(56)，臧否(57)人物，雖不研究58根本，皆可著鑑59行藏60，莫匪正言，足方61周諺62。其有跡處卑隸63，而行同君子者，苟遺而不書，則取捨之道，賤賢而貴愚；忠孝之本，先華而後實；七十子之徒64，其臣於季孟65者，亦其類而已。

【注釋】❶天寶二年　西元七四三年。天寶，唐玄宗年號。❷宋遙　唐扶風（今陝西鳳翔）人。官密縣尉。後累官魏、汴州刺史，禮、戶、吏部侍郎。❸苗晉卿　（六八五～七六五）字元輔。唐潞州壺關（今屬山西）人。開元七年（七一九）進士。累遷吏部侍郎、中書舍人，知吏部選事。天寶二年，由判御史中丞張倚子奭為登科之首，玄宗復試，奭持紙終日不下筆，人謂「拽白」，因貶安康太守。安祿山攻入長安，潛隱金州。肅宗時，拜左相。尋為侍中。歷仕三朝，小心謹畏，以保其位。❹主試　指知吏部選事。《舊唐書．嚴挺之傳》亦載：「中書侍郎李元紘為相，素重宋遙，引為中書舍人，考吏部等第判。」可知宋、苗二人並非主持貢舉。❺祿山　即安祿山。見卷一二〈自負〉「盧延讓業癖澀詩」段㉑。❻制舉　唐代科舉取士制度之一。除地方貢舉外，由皇帝親自詔試於殿廷稱為「制舉科」。簡稱「制舉」或「制科」。❼張倚　官左司員外郎、御史中丞、河南道採訪使、尚書左丞等官。❽奭　張奭，事跡未詳。❾拽帛　即「拽白」。考試交白卷。❿高渙　事跡未詳。⓫鍇　高鍇，見卷九〈惡得及第〉⓮。⓬蜣蜋　亦作「蜣螂」。俗稱屎克郎、坌屎蟲。此將及第進士比作蜣蜋。⓭屎塊　將高渙比作屎塊。⓮高氏三榜　高鍇三主貢舉在開成元年至三年（八三六～八三八）。⓯薛昭儉　事跡未詳。⓰昭緯　見卷三〈慈恩寺題名遊賞賦詠雜紀〉「曹汾尚書鎮許下」段⓫。⓱咸通　（八六〇～八七三）唐懿宗年號。⓲先達　有德行學問的前輩。⓳接　接待；交往。⓴早晚　何日；幾時。㉑七情十義　七情，指喜、怒、哀、懼、愛、惡、欲七種情感。十義，儒家倫理道德的十個原則。即：父慈、子孝、兄良、弟悌、夫義、婦聽、長惠、幼順、君仁、臣忠。㉒宗於仁而祖於禮　以仁為宗，以禮為祖。㉓矧　況且。㉔四科　儒家評論人物的分類。即德行、言語、政事、文學。出自《論語．先進》。㉕三益　指直、諒、多聞。語本《論語．季氏》：「孔子曰：益者三友，損者三友。友直，友諒，友多聞，益矣。」㉖辨口利辭　雄辯的口才，犀利的言辭。㉗簡編　本指串連竹簡的帶子。此指書籍、史冊。㉘侔　齊等；相當。㉙粉繢　亦作「粉繪」。彩色的圖畫。㉚頂天踵地　猶頂天立地。踵，腳後跟，亦泛指腳。㉛呼　本指呼喚。此有言談、談論之意。㉜含元　包含萬物的本源；包含元氣。㉝耀　炫耀；誇耀。㉞薄徒　淺薄無知或浮薄輕佻之人。㉟岸谷　高傲。㊱含毫紙墨　一本作「含毫舐墨」。意為勤於讀書寫作。含毫，將筆含在口中。㊲察言守分　察言觀色，安守本分。㊳洎　及；至。㊴評品　評論。㊵適較　猶言評判比較。㊶僕　我。作者自稱。㊷詠　歌頌。㊸折衝罇俎　亦作「折衝尊俎」。謂不用武力而在酒宴談判中制敵取勝。此似指科場取勝。㊹門目　猶門類。即將相關的人、事分門別類寫入條目。㊺旌表　表彰。㊻贍敏　形容詞語豐富，文思敏捷。㊼矛盾　特指以文詞相辯難。此指指責非難。㊽榛蕪　本指草木叢雜。此指不學無術之輩。㊾辱　玷辱；辜負。㊿馬韉　亦作「馬韉」、「馬帴」。墊在馬鞍子下面的東西。此似指辜負他人厚望。51俟　等；等待。52鶯谷　鶯處幽谷。比喻人未顯達時的處境。53咎　責怪。54若乃　至於。55先達　前輩賢達。56傳　指撰寫的人物傳記。57臧否　品評；褒貶。58研究　探求；探索。59蓍鑑　猶言審察。蓍，草名。我國古代常用它占卜。鑑，照察；審辨。60行藏　行跡；底細；來歷。61方　等同；比擬。62周諺　所指未詳。當指周代的諺語。63皁隸　皂隸。古代賤役。後專以稱舊衙門裡的差役。64七十子之徒　指孔子門下才德出眾的七十二個學生。「七十」係舉其成數。65季孟　指春秋時魯國貴族季孫氏和孟孫氏。孔子的學生中有擔任他們家臣的。

【語譯】天寶二年，吏部侍郎宋遙、苗晉卿等主持吏部官員的等第考核，安祿山對結果不滿意，請求朝廷重新考試，原來制舉科考為第一等的人在復試中被取的不足二成。御史中丞張倚之子張奭，手持試卷，終日沒有能寫下一個字，交了白卷，當時人把他叫做「拽白」。

高渙，係高鍇之子，屢次應舉均未能得中。有人嘲謔高渙說：「一百二十個蜣螂，推一個屎塊不上。」這是因為高鍇三次主持禮部貢舉，每榜取四十人，共一百二十人。

薛昭儉，是薛昭緯的兄長。咸通末年，薛昭儉數次應舉不中，前輩賢達每每在與他交往時，就問他說，賢弟何時再次應舉？薛昭儉知難而退，不再應舉。

論曰：人的七情十義，無不以仁為宗而以禮為祖，況且德行、言語、政事、文學四科的根本，文學並不居於最先；直、諒、多聞三益的門徑，德行也終是在首位。那又有什麼片言隻語小小善行，雄辯之口犀利之辭，能垂名於史冊，相等於圖籍呢！有人說：不對。人頂天立地，惟有言語區別於生靈，為萬物之首，有德行者不一定沒有文學，他們中的上等人文學不能超過德行，次一等的人德行不能勝過文學；如果有文學德行都很美好，包容萬物之源而不炫耀，大概只有聖人能達到這樣的境界罷！怎奈近世淺薄無知之徒，自以為了不得，將刻苦讀書勤於寫作視作末事，把察言觀色安守本分當作名流；及至評論是非，比較今古，竟然不能置一辭，發一論，這樣的人內心能沒有一點羞愧嗎！故而我提筆撰述加以頌揚，凡在科場事有可記者，都將他們分門別類寫入條目，用以表彰文思敏捷之人，而非難不學無術之輩。然而我卻有辱於馬轍，而等待於鶯谷，了解我的人應該不會責怪我吧！至於前輩賢達所撰寫的人物傳記，品評人物，我雖然沒有探尋它們的根底，但都可以審察人物的行跡，而且都是合於正道之言，足以比肩周諺。對於那些身處低賤，而行為如同君子之人，如果遺漏而未加記載，則是我在寫此書時立下的取捨原則，抑損賢者而推崇愚者；忠孝的根本，是先開花而後結實。孔門的七十子之輩，他們臣事於季孫氏、孟孫氏，也大概是此類情況而已。

附錄

盧見曾序

進士所從來尚矣。射義稱：古者天子之制，諸侯歲獻，貢士於天子；天子試之於射宮。鄭康成注：歲獻國事之書及計偕物也。三歲而貢士：大國三人，次國二人，小國一人。漢踵其選，郡國有好文學、敬長上、出入不悖所聞，二千石謹察可者，常與計偕，詣太常受業；即有秀才異等，輒以名聞。唐之朝集使與貢士見於殿廷，舉人朝見，列於方物之前，猶循歲獻、計偕之例。故進士一科，雖始於隋之大業，盛於唐貞觀、永徽之際，而王制大樂正論造士之秀者，以告於王而升諸司馬曰進士，其造端乎！考唐〈選舉志〉科目，有秀才、明經、俊士、明法、明字、明算等多至八十五科，然終不得與進士並列，宜為學者之所爭趨也。唐末有鳳閣侍郎王方慶八代從孫定保，撰《摭言》一書，記進士應舉登科雜事，共列一百五門，釐為十五卷；每條有論贊。所述典故，有〈選舉志〉所未備者。豈非以當時崇尚，而又為歷代之所遵行者，故不憚詳細，言之以存舊事歟！此書行世絕少，吾鄉漁洋山人謂與《封氏見聞記》皆秘本可貴重者，特刊布以廣其傳。定保，光化二年進士，為吳融子華壻。其載子華〈祭陸魯望文〉，傑驁有奇氣云。

乾隆丙子德州盧見曾序。

張海鵬題識

《唐摭言》十五卷，無宋槧可讎，所見者唯一二照宋鈔本。後有嘉定辛未鄭昉題識者，最為近古，所稱「白頭本」是也。按第十卷載應不捷聲賈益振蔣凝條云：「白頭花鈿滿面，不及徐妃半妝。」後人罔知，改作「白頭」。於字義則易明，於用意則甚乖。雅雨堂槧本亦仍其失。世人輕改古書，東坡固嘗病之矣；余既從邵朖仙處假得舊本是正，益歎校訂之難。倘異日宋槧種子尚見人間，或恐金根日及，有不止於是者。是又深望而未敢必者也。嘉慶乙丑荷誕日琴川張海鵬識。

四庫全書總目提要

《唐摭言》十五卷，五代王定保撰。舊本不題其里貫，其序稱王溥為「從翁」，則溥之族也。陳振孫《書錄解題》謂定保為吳融之壻，光化三年進士，喪亂後入湖南。《五代史・南漢世家》稱：定保為邕管巡官，遭亂，不得還，劉隱辟置幕府；至劉龑僭號之時尚在，其所終則不得而詳矣。考定保登第之歲，距朱溫篡唐僅六年。又序中稱溥為「丞相」，則是書成於周世宗顯德元年以後，故題唐國號，不復作內詞。然定保生於咸通庚寅，至是年八十五矣，是書蓋其暮年所作也。同時南唐鄉貢士何晦亦有《唐摭言》十五卷，與定保書同名。今晦書未見，而定保書刻於商氏《稗海》者，刪削大半，殊失其真。此本為松江宋賓王所錄，末有跋語，稱以汪士鋐本校正，較《稗海》所載特為完備。近日揚州新刻，即從此本錄出。惟是晁公武《讀書志》稱是書分六十三門，而此本實一百有三門，數目差舛，不應至是。豈商濬之前已先有刪本耶？是書述有唐一代貢舉之制特詳，多史志所未及；其一切雜事，亦足以覘名場之風氣，驗士習之淳澆。法戒兼陳，可為永鑒，不似他家雜錄，但記異聞已也。據定保自述，蓋聞之陸扆、吳融、李渥、顏蕘、王溥、王渙、盧延讓、楊贊圖、崔籍若等所談云。

唐摭言四庫本後附跋

唐以進士為重，《摭言》所載最為詳備。刊之宜春郡齋，與好事者共之。嘉定辛未重午日柯山鄭昉跋。

唐重科目，舉措分殊，有國史未具析者，藉王氏《摭言》小大畢識，後代得聞其遺制。奈流傳者寡，又為末學所刪，存不及半。是編一十五卷，獲之京師慈仁寺，集乃定本也。卷尾有柯山鄭昉跋，稱嘉定辛未刊于宜春郡。吳江徐電發近錄棠村相國所藏，與此本略同。嘗就其校讐譌字發雕焉。朱彝尊竹垞跋。

《摭言》足本十五卷，從朱竹垞翰林借鈔，視《稗海》所刻多什之五。唐人說部流傳至今者絕少，此書洎《封氏聞見記》皆秘本，可貴重。當有好事者共表章之。王士禎阮亭跋。

新譯人間詞話　馬自毅注譯　高桂惠校閱
新譯幽夢影　馮保善注譯　黃志民校閱
新譯菜根譚　吳家駒注譯　黃志民校閱
新譯賈長沙集　林家驪注譯　陳滿銘校閱
新譯揚子雲集　葉幼明注譯　周鳳五校閱
新譯曹子建集　曹海東注譯　蕭麗華校閱
新譯阮籍詩文集　林家驪注譯　簡宗梧等校閱
新譯嵇中散集　崔富章注譯　莊耀郎校閱
新譯陶淵明集　溫洪隆注譯　齊益壽校閱
新譯駱賓王文集　黃清泉注譯　陳全得校閱
新譯昌黎先生文集　周啟成等注譯　陳滿銘等校閱
新譯杜牧詩文集　張松輝注譯　陳全得校閱
新譯范文正公選集　王興華等注譯　葉國良校閱
新譯王安石文集　沈松勤注譯　王基倫校閱
新譯薑齋文集　平慧善注譯　周鳳五校閱
新譯顧亭林文集　劉九洲注譯　黃俊郎校閱
新譯閱微草堂筆記　嚴文儒注譯

【歷史類】

新譯尚書讀本　吳　璵注譯
新譯尚書讀本　郭建勳注譯
新譯左傳讀本　郁賢皓等注譯　傅武光校閱
新譯史記讀本　韓兆琦等注譯
新譯公羊傳　雪　克注譯　周鳳五校閱
新譯穀梁傳　顧寶田注譯　葉國良校閱
新譯春秋穀梁傳　周　何注譯
新譯戰國策　溫洪隆注譯　陳滿銘校閱
新譯國語讀本　易中天注譯　侯迺慧校閱
新譯新序讀本　葉幼明注譯　黃沛榮校閱
新譯吳越春秋　黃仁生注譯　李振興校閱
新譯西京雜記　曹海東注譯　李振興校閱
新譯列女傳　黃清泉注譯　陳滿銘校閱
新譯越絕書　劉建國注譯　黃俊郎校閱
新譯燕丹子　曹海東注譯　李振興校閱
新譯東萊博議　李振興、簡宗梧注譯
新譯唐摭言　姜漢椿注譯

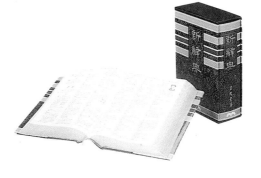

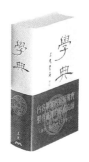

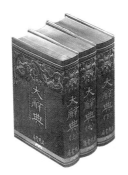

開卷解惑——汲取大師智慧，優游國學瀚海

國學常識

邱燮友 張文彬 張學波 馬森 田博元 李建崑 編著

搜羅研讀國學者不可或缺的基礎常識，
以新觀念、新方法加以介紹。
書末並附有「國學基本書目」及「國學常識題庫」，
助您深化學習，融會貫通。

國學常識精要

邱燮友 張學波 田博元 李建崑 編著

擷取《國學常識》之精華而成，易於記誦，
便於攜帶。

國學導讀（一）～（五）

邱燮友 田博元 周何 編著

將國學分為五大門類，分別由當前國內外著名學者，
匯集其數十年教學研究心得編著而成。
是愛好中國思想、文學者治學的寶典，
自修的津梁。